DE ZEVENDE DOODZONDE

Lisa Jackson

DE ZEVENDE DOODZONDE

the house of books

Eerste druk, april 2007
Dertiende druk, augustus 2011

Oorspronkelijke titel
Shiver
Uitgave
Kensington Books, New York

Vertaling
Karina Zegers de Beijl
Omslagontwerp
Studio Jan de Boer BNO, Amsterdam
Omslagfoto
Getty Images/Matthieu Spohn
Foto auteur
© Sigrid Estrada
Opmaak binnenwerk
ZetSpiegel, Best

ISBN 978 90 443 3376 3
D/2009/8899/59
NUR 332

Voor Jack en Betty Pederson –
fantastische ouders, geweldige vrienden
en mensen die ervan overtuigd zijn dat ik alles kan.
Mam en pap, bedankt!

Dankbetuiging

Bij de totstandkoming van dit boek zijn heel wat mensen volop betrokken geweest. Mijn dank gaat uit naar mijn redacteur, John Scognamiglio, voor zijn inzicht, visie, ideeën, steun en grenzeloos geduld. Hemel, wat heeft hij hard aan dit boek gewerkt. En dat geldt ook voor mijn zus, Nancy Bush, die niet alleen mijn fan en persoonlijke redactrice was, maar die me op meerdere fronten in mijn dagelijks leven terzijde heeft gestaan en er met de grootste kalmte voor heeft gezorgd dat de boel niet in het honderd is gelopen. Bedankt, Nan.

Verder dank ik mijn fantastische agent, Robin Rue, en alle anderen van Kensington Books – met name Laurie Parkin – die ook hard aan dit boek hebben gewerkt.

En dan gaat mijn dank nog uit naar al die anderen die me hebben geholpen. Ken Bush, Kelly Bush, Matthew Crose, Michael Crose, Alexis Harrington, Danielle Katcher, Marilyn Katcher, Ken Melum, Roz Noonan, Kathy Okano, Samantha Santistevan, Mike Sidel en Larry Sparks.

Mocht ik iemand zijn vergeten, dan hoop ik dat je me dat kunt vergeven. Jullie waren allemaal geweldig.

Noot van de schrijver

Omwille van het verhaal heb ik het hier en daar niet al te nauw genomen met de starre politievoorschriften, en heb ik mijn eigen politiebureau in het leven geroepen.

Dit boek is geschreven voordat de orkaan Katrina een groot deel van de geweldige stad New Orleans en de nabije Gulf Coast verwoestte. Ik hoop dat ik de unieke sfeer van New Orleans heb weten te treffen – zoals het was en zoals het weer zal zijn.

Proloog

Twintig jaar eerder.
Het ziekenhuis van Our Lady of Virtues
In de nabijheid van New Orleans, Louisiana

Ze voelde zijn adem.

Warm.

Verleidelijk.

Boosaardig en erotisch tegelijk.

Haar nekharen kwamen overeind. Haar huid begon te tintelen. Het zweet brak haar uit.

Haar hart dreunde in haar borst, en ze was amper in staat zich te verroeren. Angstig tuurde ze om zich heen, in de donkere hoeken van haar kamer. Door het venster klonk het gekwaak van de kikkers in het nabije moeras, en het voortratelen van een trein op het spoor in de verte.

Maar hier, nu, was hij bij haar.

Ga weg, probeerde ze te zeggen, maar ze hield haar mond omdat ze tegen beter weten in hoopte dat hij haar niet bij het raam zag staan. Buiten hulden de veiligheidslampen het terrein in een bleekblauw licht, en te laat besefte ze dat de omtrekken van haar lichaam, tegen het spookachtige licht op de achtergrond, dwars door het dunne nachthemd heen te zien waren.

Natuurlijk zag hij haar, wist hij haar in het donker te vinden.

Dat wist hij altijd.

Haar keel was droog. Ze deed een stapje naar achteren en legde haar hand op het raamkozijn. Misschien had ze zich zijn aanwezigheid alleen maar verbeeld. Misschien had ze alleen maar gedácht dat de deur open was gegaan. Ze had een slaapmiddel gekregen, en misschien was ze wel te snel uit die diepe slaap ontwaakt. Het was uiteindelijk nog maar pas acht uur 's avonds.

Misschien was ze toch wel veilig in deze kamer, háár kamer, op de tweede verdieping.

Misschien.

Net toen ze het lampje op haar nachtkastje aan wilde doen, hoorde ze het zachte, schurende geluid van een leren schoenzool op het parket.

Ze wilde het uitschreeuwen, maar haar keel zat dichtgesnoerd.

Nu haar ogen aan het halfduister waren gewend, liet ze haar blik over het bed met gekreukte lakens gaan – het bewijs dat ze onrustig had geslapen. Op de commode stonden een lamp en een dubbele fotolijst met kiekjes van haar beide dochters. Aan de andere kant van de kamer was een kleine open haard. Ze zag de siertegels en het vuurrooster en, boven de mantel, een inmiddels verschoten kale plek waar eerst een spiegel had gehangen.

Maar waar bleef hij dan toch? Ze keek naar de hoge vensters. Buiten was het een zwoele oktoberavond. In het glas kon ze vaag haar spiegelbeeld zien – haar tengere gestalte, de treurig kijkende ogen met de gouden irissen, de hoge jukbeenderen en haar naar achteren gekamde, glanzende kastanjebruine haren. En achter haar... Was dat een schaduw die naderbij kwam?

Of verbeeldde ze zich dat alleen maar?

Dat was het probleem. Soms verstopte hij zich.

Maar hij was altijd in de buurt. Altijd. Ze kon hem vóélen. Ze hoorde zijn zachte, vastberaden stap op de gang, of ze rook zijn geur – een mengeling van mannelijke muskuslucht en zweet – of ze ving een glimp op van een snelle, passerende schaduw wanneer hij langsliep.

Er viel niet aan hem te ontkomen. Niet nu en nooit. Zelfs niet in het holst van de nacht. Hij vond het heerlijk om haar te verrassen, om haar stilletjes te besluipen wanneer ze aan haar bureautje werkte, of om zich over haar heen te buigen wanneer ze voor haar bed zat geknield. Op elk moment van de dag of de nacht kon hij, zonder waarschuwing vooraf, zijn gezicht in haar nek drukken, of van achteren om haar heen reiken en zijn handen op haar borsten leggen. En hoewel ze aan de ene kant van hem walgde, wond hij haar tegelijkertijd ook ontzettend op. En dan trok hij haar tegen zich aan en drukte zijn erectie tegen haar rug. Ze was geen moment veilig – niet onder de douche, en niet onder de dekens van haar smalle bed.

Ironisch dat ze haar hier hadden opgesloten... voor haar eigen veiligheid.

'Ga weg,' fluisterde ze. Haar hart ging als een gek tekeer, haar gedachten tuimelden chaotisch door haar hoofd. 'Laat me met rust!'

Ze knipperde met haar ogen en probeerde scherper te zien.

Waar was hij?

Zenuwachtig richtte ze haar blik op de enige verstopplaats die de kamer rijk was – de kast. Ze liet haar tong over haar droge lippen gaan. De houten kastdeur stond op een kiertje, maar de opening was groot genoeg om erdoorheen de kamer in te kunnen kijken.

In de smalle donkere spleet leek iets te fonkelen. Een weerspiegeling? Ogen?

O, god.

Misschien stond hij wel in de kast. Te wachten.

Ze kreeg kippenvel. Ze zou iemand moeten roepen, maar als ze dat deed zou ze opgesloten worden en medicijnen moeten slikken... of nog erger. *Hou op, Faith. Stel je niet zo aan!* Maar ze voelde de glimmende ogen in de kast naar haar kijken. Ze sloeg een arm om haar middel, sloeg de andere arm eroverheen en haalde haar nagels over de huid van haar elleboog.

Krab, krab, krab.

Misschien was het alleen maar een nare droom. Een nachtmerrie. Dat was immers wat de nonnen beweerden wanneer ze haar zachtjes toefluisterden, liefdevolle klopjes op de handen gaven en haar vol medeleven, maar ongelovig aankeken. Een nare droom. Ja! Een nachtmerrie van ongekende proporties. Zelfs de zuster was het eens met de nonnen, en zei dat hetgeen ze gezien meende te hebben niet echt was. En de dokter, die gevoelloze, klinische en ongemanierde dokter, sprak tegen haar alsof ze een dom, klein kind was.

'Kom, kom, Faith, je wordt heus niet gevolgd,' zei hij, met een zuinig en verwaand lachje. 'Er is niemand die naar je kijkt. Dat weet je best. Je bent... je bent alleen maar een beetje in de war. Hier ben je veilig. Dit is waar je nu woont. Dit is nu je huis.'

De tranen brandden in haar ogen en ze krabde nog wat harder. Haar stompe vingernagels schraapten over de gladde huid van haar onderarm en stootten hier en daar op korstjes. Haar huis? Dit verschrikkelijke oord? Ze sloot haar ogen en zocht steun bij het hoofdeinde van het bed.

Was ze echt zo ziek als ze beweerden? Zag ze echt mensen die er niet waren? Hoe vaak hadden ze dat al niet tegen haar gezegd? Zo vaak dat ze niet langer wist wat echt was en wat niet. Misschien was dat juist hun bedoeling, dat ze zou geloven dat ze even gek was als zij zeiden.

Ze hoorde voetstappen en keek met een ruk op.

De haartjes op haar armen kwamen overeind.

Ze zag de kastdeur een klein beetje verder opengaan en ze begon te trillen.

'Here Jezus.' Bevend over haar hele lichaam deed ze een stapje naar achteren, terwijl ze ondertussen strak naar de kast bleef kijken, haar nagels als bezeten aan haar arm krabden en haar maag zich van pure angst samenbalde. Heel langzaam ging de deur verder open. 'Ga weg!' fluisterde ze.

Een wapen! Je hebt een wapen nodig!

In paniek keek ze de bijna donkere kamer, met zijn aan de vloer vastgeschroefde bed rond.

Pak je briefopener! Snel!

Ze deed een stapje in de richting van haar bureau, maar herinnerde zich toen opeens dat zuster Madeline haar de briefopener had afgepakt.

De lamp op het nachtkastje!

Maar die zat ook vastgeschroefd!

Ze drukte op de schakelaar.

Klik.

Geen licht. Koortsachtig drukte ze opnieuw op de schakelaar. En nog eens.

Klik! Klik! Klik! Klik!

Ze keek op, en toen zag ze hem. Een lange man die voor de deur naar de gang stond. Het was te donker om zijn gezicht te kunnen zien, maar ze kende zijn valse grijns en boosaardig fonkelende ogen.

Hij was de duivel in eigen persoon. En er viel niet aan hem te ontkomen. Nu niet. Nooit.

'Nee, niet, alsjeblieft,' smeekte ze met een zielig zwak stemmetje terwijl ze op trillende benen achteruitdeinsde.

'Niet, wat?'

Raak me niet aan... kom niet aan mijn lichaam... zeg me niet dat ik mooi ben... kus me niet...

'Ga weg, alsjeblieft,' drong ze aan. Lieve god, was er dan nergens een wapen, niets waarmee ze hem kon tegenhouden?

'En wat als ik niet ga?'

'Dan schreeuw ik en roep ik de bewakers.'

'De bewakers,' herhaalde hij met die zachte, geamuseerde en bijna hypnotische stem van hem. 'Hier?' Hij klakte met zijn tong alsof ze een stout kind was. 'Dat heb je al eens geprobeerd.'

Op dat moment wist ze zeker dat er geen ontkomen aan was en dat ze zich opnieuw aan zijn wil zou onderwerpen.

Zoals altijd.

'Hebben de bewakers je de vorige keer geloofd?'

Natuurlijk niet. Waarom zouden ze ook? De twee magere, puistige pubers hadden duidelijk laten merken dat ze dachten dat ze gek was. Dat was in ieder geval wat ze geïnsinueerd hadden, hoewel ze er duurdere woorden voor hadden gebruikt... *ze zou aan waanvoorstellingen lijden... paranoïde zijn... schizofreen...*

Hadden ze dat eigenlijk wel gezegd? Misschien ook niet. Misschien dat ze haar alleen maar met hun medelijdende, en tegelijk hongerige blikken hadden aangekeken. Had één van de twee niet gezegd dat ze sexy was? Terwijl de ander zijn hand op haar billen had gelegd? Of... of was dat alleen maar een afgrijselijke en verschrikkelijk echt lijkende nachtmerrie geweest?

Krab, krab, krab. Ze voelde haar nagels door haar huid heen gaan.

Een gevoel van vernedering maakte zich van haar meester en ze deinsde achteruit. Wat haar overkwam was haar eigen schuld. Ze had gezondigd, en dit was er het gevolg van. Degene die slecht was, dat was ze zelf. God was boos op haar, en dit was haar straf. 'Ga weg,' fluisterde ze opnieuw, terwijl ze nog heftiger aan haar arm plukte.

'Faith, niet doen,' waarschuwde hij, op een ondraaglijk kalmerende toon. 'Met jezelf te verminken schiet je niets op. Ik ben hier om je te helpen. Dat weet je toch.'

Om haar te *helpen*? Nee... nee, nee, nee!

Ze wilde op de vloer ineenduiken, zich zo klein mogelijk maken, haar schuld van zich afschudden, ontsnappen aan de vreselijke jeuk.

Verzet je dan, beval een innerlijke stem. *Laat je niet dwingen tot dingen waarvan je weet dat ze verkeerd zijn. Je bent de baas over jezelf. Sta niet toe dat hij je dit aandoet.*

Maar het was al te laat.

Hij was inmiddels vlak bij haar, en toen hij opnieuw met zijn tong klakte zag ze het spitse, natte, roze puntje ervan van de binnenkant van zijn boventanden glijden.

Hees fluisterend zei hij: 'O, o, Faith, volgens mij ben je weer stout geweest.'

'Nee.' Ze jammerde zacht. En daar had je het... dat gevoel van opwinding dat zich van haar meester maakte.

'O, Faith toch, weet je dan niet dat liegen een zonde is?'

Ze keek naar de muur boven haar bed waar het kruisbeeld van Jezus hing. Bewoog het? Ze knipperde met haar ogen en verbeeldde zich dat Jezus haar in het halfduister vriendelijk en berispend tegelijk aankeek.

Nee, Faith, dat bestaat niet. Vooruit, laat je niet zo gaan, verdorie. Het is gewoon maar een beschilderd beeldje, meer niet.

Snel en oppervlakkig ademhalend keek ze van Christus' verwrongen gelaat naar de open haard... die koud was, zonder as en zonder spiegel die erboven had gehangen, een kale plek nu waarvan de omtrek nog zichtbaar was op het rozenbehang. Ze zeiden dat ze de spiegel tijdens een woedeaanval had gebroken en dat ze zichzelf eraan had gesneden. Dat ze door haar eigen spiegelbeeld in paniek was geraakt.

Maar in werkelijkheid had híj het toch gedaan, of niet? Deze duivel die niets anders wilde dan haar martelen en kwellen? Had ze het hem niet met eigen ogen zien doen? Ze had hem geweigerd, en toen had hij de spiegel kapotgeslagen. Glasscherven waren in het rond gevlogen, hadden haar geraakt en waren vervolgens als glimmende, dodelijke messen op de grond gevallen.

Dat was wat er in werkelijkheid was gebeurd.

Ja toch?

Of niet?

Nu ze bloed onder haar nagels voelde was ze er ineens niet meer zo zeker van.

Wat is er toch met me aan de hand?

Ze keek naar haar bloederige handen. Haar nagels, die vroeger altijd zo zorgvuldig gemanicuurd en gelakt waren, waren nu onverzorgd en gebroken, de binnenkant van haar handen zat onder de schrammen, en wat hoger, bij haar polsen, waren de diepe sneeën aan het helen. Had ze zich dat zelf aangedaan? In gedachten zag ze hoe ze een glasscherf in haar handen hield terwijl het bloed van haar vingers droop...

Omdat je hem, om jezelf te verdedigen, had willen vermoorden...

Ze sloot haar ogen en begon zachtjes te kermen. Het was waar. Ze wist niet meer wat ze geloven moest. Waarheid en leugens vermengden zich met elkaar, feiten en verzinsels liepen in elkaar over, en haar leven, dat eens zo gewoontjes en voorspelbaar was geweest, was in losse delen uit elkaar gevallen. Gerafeld en onduidelijk geworden. En dat door haar eigen toedoen.

Ze deed een paar stapjes achteruit, naar het raam toe, bij hem vandaan – bij de verleiding vandaan, en van de zonde.

Waar was haar man? Waar waren haar kinderen? Wat was er met haar meisjes gebeurd?

Doodsangst nam bezit van haar ziel. Paniek en verwarring maakten zich van haar meester. Ze knipperde met haar ogen en probeerde snel na te denken. Ze waren veilig. Dat kon niet anders.

Concentreer je, Faith. Laat je niet zo gaan! Zoey en Abby waren bij Jacques. En ze komen vanavond op bezoek, weet je nog wel? Want je bent jarig.

Was ze dat wel echt? Of was alles één grote leugen? Een macaber verzinsel?

Ze deed nog een stapje naar achteren.

'Je bent in de war, Faith, maar ik kan je helpen,' zei hij zacht, alsof er niets tussen hen gebeurd was, alsof ze alles maar verzonnen had en hij haar nooit had aangeraakt.

Goeie god, hoe gek wás ze eigenlijk?

Ze draaide zich met een ruk om, en bleef met haar teen achter de rand van het kleed haken. Terwijl ze haar evenwicht verloor, zag ze zichzelf opnieuw in het raam, maar nu zag ze ook hoe hij op haar afkwam en haar beetpakte.

'Nee!' riep ze, terwijl ze viel.

Het glas brak.

Knalde uiteen toen ze er met haar schouder hard tegenaan stootte.

En het raam bezweek onder haar gewicht.

Met een kreunend geluid schoten de metalen tralies los uit de muur.

Ze schreeuwde het uit en sloeg in het niet om zich heen. Ze probeerde de vensterbank te pakken, het raamwerk van ijzeren spijlen dat nog slechts aan één schroef vastzat, de bakstenen gevel, wat dan ook! Maar het was te laat. Haar lichaam vloog door de gebroken ruit, en scherpe punten glas en houtwerk boorden zich in haar armen, scheurden haar nachthemd en sneden in haar blote benen.

En op datzelfde moment wist ze dat het voorbij was. Dat ze geen pijn meer zou voelen.

Faith Chastain sloot haar ogen en stortte omlaag in de duisternis van de warme avond.

Hoofdstuk 1

Twintig jaar later
Cambrai, Louisiana

'Ik wilde je alleen maar een fijne verjaardag wensen,' zei haar zus, in het bericht dat ze op het antwoordapparaat insprak.

Abby stond midden in haar kleine keuken mee te luisteren. Even overwoog ze de telefoon op te nemen, maar besloot toen het niet te doen. Haar stemming liet te wensen over. Ze was het grootste gedeelte van de dag in haar atelier in New Orleans geweest, waar ze gewerkt had met kinderen die er geheel eigen ideeën over kerstkaarten op nahielden. Waar ze behoefte aan had was een glas wijn. Of desnoods twee. Maar niet aan de uitvoerige verjaardagswensen van haar zus.

'Nou... bel me dan maar terug wanneer je dit hoort. Het is hier aan de Westkust nog vroeg, weet je. Ik, eh, zou je graag even spreken, Abby. Vijfendertig jaar is een belangrijke mijlpaal.'

In meerdere opzichten, dacht Abby, terwijl ze de koelkast opentrok en er de fles chardonnay uithaalde die ze bijna een maand eerder had gekocht, toen ze dacht dat haar vriendin Alicia bij haar zou komen logeren.

'Nou... dus... wanneer je dit hoort, ik bedoel, ik ga ervan uit dat je nu niet naar me staat te luisteren en weigert de telefoon op te nemen, bel me dan, oké?' Na een korte aarzeling voegde Zoey eraan toe: 'Het is al zo lang geleden, Abby. Hoog tijd om de strijdbijl te begraven.'

Daar was Abby nog niet zo zeker van. Ze draaide de kraan open en hoorde het kreunen en steunen van de oude leidingen terwijl ze het wijnglas omspoelde, dat al twee jaar lang de kast niet uit was geweest en onder het stof zat.

'Weet je, Abby, dit gaat niet alleen om jou,' bracht Zoey haar door het luidsprekertje van het antwoordapparaat in herinnering.

Natuurlijk niet. Het gaat om jou.

'Het is voor mij ook geen gemakkelijke dag. Ze was ook míjn moeder.'

Abby's gezicht verstrakte, en opnieuw overwoog ze de telefoon op te nemen, en alweer besloot ze het niet te doen. Het zou een vergissing zijn om vandaag met Zoey te praten. Ze voelde het gewoon. In de la vond ze de kurkentrekker die ze nog tijdens haar studie had gekocht, en ze begon de fles open te maken.

'Hé, Abs, ik hoop echt dat je niet alleen thuis bent en hier naar staat te luisteren... Je zou uit moeten gaan om het te vieren.'

Dat ben ik ook van plan.

De telefoon gaf een klikje ten teken dat Zoey had opgehangen. Abby blies de ingehouden adem uit haar longen en leunde tegen het aanrecht. Ze had op moeten nemen, moeten luisteren naar de gebruikelijke verjaardagsbabbel, het valse opgewekte toontje, het doen alsof ze uiteindelijk toch één grote, gelukkige familie waren, maar ze bracht het niet op. Niet vandaag. Omdat ze wist dat Zoey het daar niet bij zou laten. Ze zou het willen hebben over hun moeder, over wat er twintig jaar geleden was gebeurd, en ten slotte zou ze ook nog willen weten hoe het met Luke was.

Ze trok de kurk van de fles.

Het kostte haar nu eenmaal ontzettend veel moeite om haar zus te vergeven dat ze met haar man naar bed was geweest. Goed, het was inderdaad lang geleden, en ook voordat ze met Luke getrouwd was, maar dat nam niet weg dat het feit, sinds Abby achter hun verhouding was gekomen, als een duidelijke hindernis tussen haar en haar zus in had gestaan.

Maar had Zoey niet eerst een relatie met hem gehad?

Nou en? Abby schonk de wijn in en keek hoe de gekoelde, heldere vloeistof in het glas spatte. Haar geweten speelde op, ook al was het dan waar dat Luke Gierman uiteindelijk helemaal niet zo'n geweldige vaste vriend was geweest, en als echtgenoot had hij nog veel meer te wensen overgelaten.

En hoewel Abby intussen van hem gescheiden was, was Zoey toch nog steeds haar zus. Daar viel niets aan te veranderen. Misschien zou ze het verleden moeten laten rusten, dacht Abby, terwijl ze door het op een kier staande raam naar buiten keek, en het naar aarde en water geurende briesje dat naar binnen waaide in zich opsnoof.

De avondschemer had ingezet, de krekels tjirpten volop en de eerste sterren waren al zichtbaar aan de nu nog lavendelkleurige hemel. Ze woonde op een schitterend plekje, ook al was het dan een beetje afgelegen. Zij en Luke waren van plan geweest om het huis verder uit te bouwen, en een gemiddeld Amerikaans gezin met 2,3 kinderen, een withouten hekje en een personenbusje op de oprit te worden.

Een droom die een droom was gebleven.

Het was warm, en ze schoof het raam een klein eindje verder open.

Lang zal ze leven...

Het treurige verjaardagslied leek zachtjes mee te klinken op de wind die door de takken van de oude eiken streek, en het hangende Spaanse mos zachtjes heen en weer deed wiegen. Het werd nu snel donker. In de verte hoorde ze het geratel van een trein. Dichterbij, bij een van haar buren aan het kronkelende landweggetje, blafte een hond. Door de takken heen zag ze het spookachtig bleke licht van de opkomende maan.

Haar kleinbeeldcamera stond op het aanrecht bij de achterdeur, en de schemering was zo stil en vredig, en ook zo intrigerend, dat ze in de verleiding kwam er een paar foto's van de nemen om het rolletje vol te maken. Het filmpje zat al een hele tijd in het fototoestel aangezien ze tegenwoordig veel meer met haar digitale camera werkte. Ze liet de wijn op het aanrecht staan, zette de camera en de flitser aan, liep via de eetkamer de veranda op en ging aan de rand ervan staan. Ansel, haar kat, volgde haar naar buiten en sprong op het bankje onder de magnolia. Abby stelde de camera in en maakte een paar foto's van de cyperse kat tegen de achtergrond van het donker wordende bos. De kat draaide zich opzij, spitste zijn oren en tuurde tussen de bomen door. Zijn vacht lichtte op in de laatste zonnestralen. 'Hé, jongen,' zei ze, en de kat keek achterom over zijn schouder terwijl ze de laatste twee foto's nam, waarbij het flitslicht in Ansels goudkleurige ogen weerkaatste. Waarom zou ze ook niet een paar foto's van haar vijfendertigste verjaardag mogen nemen? dacht ze, terwijl ze zich omdraaide om weer naar binnen te gaan.

Krak!

In het bos vlakbij kraakte een takje.

Haar hart ging sneller slaan.

Half en half in de verwachting dat ze iemand in de schaduw tussen de bomen zou ontwaren, draaide ze zich om. Haar blik ging over de boomstammen en de dichtbebladerde takken. Ze kreeg kippenvel en haar hart bonsde in haar oren.

Maar er kwam niemand plotseling tevoorschijn, en er was niemand die opeens van achter de bomen de veranda op stapte.

Hou op, dacht ze, terwijl ze haperend ademhaalde. *Vooruit... hou op.* Ze was de hele dag al niet zichzelf. Ze voelde zich kribbig en kon weinig hebben. Niet omdat het haar verjaardag was – daar had het niet echt aan gelegen. Wat maakte het uit dat ze weer een jaartje ouder was? Vijfendertig was nog redelijk jong. Nee, wat haar vandaag zo dwars had gezeten was dat het op de kop af twintig jaar geleden was dat haar moeder was overleden.

Nog steeds een beetje geschrokken ging ze weer naar binnen, en riep haar kat.

Ansel negeerde haar. Hij bleef strakgespannen naar de donkere schaduwen tussen de bomen staren, naar de plek waar hij een nachtelijk wezen vermoedde. Hetzelfde wezen dat op een takje was gestapt. *Een groot wezen.* 'Kom op, Ansel, zo is het wel genoeg voor vandaag,' drong ze aan.

De kat blies.

De haren van zijn gestreepte vacht kwamen overeind. Hij legde zijn oren plat in zijn nek, zijn ogen groot en rond. En het volgende moment schoot hij als een pijl uit de boog over de veranda, de hoek om naar haar atelier. Ze zou hem onmogelijk kunnen vangen.

'Hé, grote, dappere kat,' zei ze plagend, maar terwijl ze de deur afsloot voelde ze zich toch niet helemaal op haar gemak. Hoewel ze nog nooit iemand in het bos achter haar huis had gezien, was er voor alles een eerste keer. Ze legde haar fototoestel op de eettafel en liep terug naar de keuken waar het knipperende lichtje van het antwoordapparaat haar opnieuw aan Zoey deed denken.

Abby en haar zus hadden nooit een nauwe band gehad, in ieder geval niet voor zover ze zich kon herinneren.

Verdomme, Zoey, dacht ze, terwijl ze haar glas pakte en een grote slok nam. Waarom konden zij en Abby niet zo'n speciale zusterband hebben? Zo'n intieme band waarbij zussen elkaars beste vriendin zijn? Alle vrouwen die dat wel hadden waren er dolgelukkig mee. Kwam het soms doordat zij en Zoey maar zo weinig in leeftijd scheelden? Zoey was maar net veertien maanden ouder. Of misschien kwam het wel doordat Zoey zo ontzettend ambitieus was. Of misschien, heel misschien, lag het feit dat ze elkaar niet echt mochten evenzeer aan Abby zelf als aan haar zus.

'Krijg wat,' fluisterde ze. De gekoelde wijn gleed moeiteloos door haar keel, maar zelf koelde ze er niet echt van af.

Het was warm. Vochtig. De ventilatoren aan het plafond van het bijna honderd jaar oude huis konden de broeiende hitte in dit gedeelte van de bayou, het moerassige gebied langs de rivierarmen, amper aan. Ze pakte de theedoek om, met een puntje ervan, het zweet van haar voorhoofd te vegen.

Had ze die stomme telefoon nou moeten opnemen of niet?

Nee. Abby was niet klaar geweest voor dat gesprek. Niet vandaag. En waarschijnlijk nooit.

It was twenty years ago today...

De tekst van een oud nummer van de Beatles, een van haar moeders lievelingsnummers, schoot door haar hoofd. 'Hou op,' zei ze tegen zichzelf. Twintig jaar lang had ze gedacht aan wat er die namiddag was gebeurd, en nu was het echt wel genoeg. Het was tijd voor een nieuwe bladzijde. Vanavond, nam ze zich voor, zou ze met een schone lei beginnen. Dit was het begin van Abby Chastain, deel II. Ze zou haar best doen om te vergeten dat er op deze dag, op de kop af twintig jaar geleden en op haar moeders vijfendertigste verjaardag, op de meest tragische en afschuwelijke manier een eind was gekomen aan Faith Chastains gekwelde bestaan.

'O, god, mam,' zei ze nu, en ze sloot haar ogen. De herinnering die ze zo graag wilde onderdrukken, drong zich in vertraagde beelden aan haar op. Ze herinnerde zich hoe ze met zijn drieën in haar vaders auto door het openstaande smeedijzeren hek naar binnen waren gereden. Langs zorgvuldig onderhouden gazons naar het hoge, uit rode baksteen opgetrokken gebouw waar de oprit een bocht maakte rond een fontein – een fontein met drie engelen die het water naar de sterrenhemel omhoogspoten. Abby, die in die tijd al in jongens geïnteresseerd was, had de stoute schoenen aangetrokken en Trey Hilliard gevraagd of hij vrijdagavond met haar mee wilde naar het feestje bij Sadie Hawkins thuis. Hij had ja gezegd, en dat wilde ze aan haar moeder vertellen. Dus toen haar vader de auto tot stilstand bracht en de motor afzette, was ze er zo snel mogelijk als eerste uit gesprongen. Met in haar hand een doos waar een fuchsiarode strik omheen zat, keek ze omhoog naar de tweede verdieping, naar het raam van haar moeders kamer.

Maar er brandde geen warm licht achter het glas.

De kamer was donker.

En toen was Abby bekropen door een vreemd gevoel, net alsof er iemand zachtjes achter in haar nek stond te ademen, en haar hart had een paar slagen gemist. Er was iets mis. En goed ook. 'Mamma?' fluisterde ze de naam van de vrouw die ze al tien jaar niet had gesproken.

Net toen ze het brede bordes van het ziekenhuis op wilde lopen, hoorde ze de klap.

Ze keek met een ruk op.

Een douche van glas. Kleine scherfjes die het blauwige licht weerkaatsten.

Een bloedstollende kreet verscheurde de nacht. Een donker lichaam dat door de lucht naar beneden kwam vallen. En met een doffe klap van brekende botten op de betonnen oprit landde.

Op slag maakte een enorme angst zich van haar meester.

De ontkenning liet niet op zich wachten. 'Nee! Nee! Neeee!' Abby liet de doos met de strik uit haar handen vallen en haastte zich naar de tengere, gebroken gestalte die op haar rug op het harde beton lag. Rond het hoofd van haar moeder vormde zich een plas van donker bloed. Grote, whiskykleurige ogen tuurden met een nietsziende blik op naar de hemel.

Abby stortte zich op de roerloze, verwrongen gestalte.

'Abby!'

Als vanaf de andere kant van een lange tunnel hoorde ze haar naam roepen. De wanhopige en geschrokken stem van haar vader. 'Abby, niet doen! O, god! Laat iemand hulp halen! Faith!'

Ze viel op haar knieën. Tranen welden op in haar ogen, en ineens had ze het ijskoud. 'Mamma! Mamma!' jammerde ze, totdat sterke armen haar bij haar moeder vandaan trokken.

Nu knipperde ze met haar ogen en riep ze zichzelf tot de orde. 'Jezus,' kwam het fluisterend over haar lippen, terwijl ze de verschrikkelijke beelden die haar de afgelopen twintig jaar achtervolgd hadden van zich afzette. Ineens drong het tot haar door dat de kraan boven de gootsteen openstond. In plaats van hem dicht te draaien, draaide ze hem juist helemaal open. Ze hield haar handen onder de straal, maakte haar verhitte wangen nat en probeerde opnieuw de diep onthutsende beelden de baas te worden en de smet van die nacht voorgoed van haar ziel te wassen.

Met bevende handen griste ze de theedoek van het aanrecht en droogde haar gezicht ermee af. Wat scheelde haar toch? Had ze zichzelf dan niet net voorgenomen om het verleden te vergeten? 'Idioot,' mompelde ze. Ze vouwde de theedoek dubbel, keek naar het halfvolle glas op het aanrecht en had ineens het gevoel dat er iets aan die herinnering niet helemaal klopte.

'Wil je nu eindelijk eens ophouden?' berispte ze zichzelf, terwijl ze het glas oppakte en even in de fonkelende diepten van de wijn keek.

'Gefeliciteerd met je verjaardag, mam,' fluisterde ze voor zich uit, waarbij ze het glas hief alsof Faith bij haar in de kamer was. Ze nam een slokje van de fruitige chardonnay. 'Op ons.' Haar moeder had haar altijd gezegd dat ze bijzonder was, dat ze, omdat ze op dezelfde dag was geboren als zij, een speciale band hadden en dat ze tweelingzielen waren.

Nou... niet helemaal.

Of liever, helemaal niet.

Absoluut niet.

'En zou je nu dan weg willen gaan... alsjeblieft?' fluisterde ze. 'En me met rust willen laten?'

Ze dronk de wijn op, deed de kurk weer op de fles en zette hem in de deur van de koelkast. Het moest nu eindelijk eens afgelopen zijn met de verlammende nachtmerries, en herinneringen aan die momenten uit het verleden die haar van tijd tot tijd de baas dreigden te worden. Dat alles was met ingang van vanavond verleden tijd.

Vastbesloten om haar leven weer op het juiste spoor te krijgen, zette ze haar glas net iets te snel terug op het aanrecht. Het brak af bij de steel en sneed haar in haar duim. 'Geweldig, hoor,' mompelde ze, toen de snee begon te bloeden. Precies wat ze nodig had, schoot het geïrriteerd door haar heen. Ze trok de kast open en pakte de pleisters. Terwijl het bloed op het formica aanrechtblad drupte, pulkte ze het doosje open en zag dat er nog maar één pleister in zat – een heel grote. Nou, daar zou ze het mee moeten doen. Onhandig frummelde ze er de steriele verpakking van af en wikkelde de pleister tweemaal rond haar duim.

Nadat ze het aanrecht had afgenomen en het kapotte glas in de vuilnisemmer had gegooid, liep ze binnendoor naar de garage en deed het licht aan. Daar, tegen het gestapelde openhaardhout, stond het bord dat alles zei: TE KOOP VAN EIGENAAR. Ze pakte het op, liep ermee naar het eind van haar lange oprit en hing het aan de haken van de paal die ze laat die middag in de voortuin had geslagen.

'Mooi,' zei ze, hoewel ze het huis niet van harte in de verkoop deed. Het bescheiden huis was de plek waar ze al eens eerder geprobeerd had om met een schone lei te beginnen. Het had de ideale plek geleken om haar op de klippen gelopen huwelijk een tweede kans te geven – een stille, afgelegen plek waar ze menige droom had gekoesterd. Toen zij en Luke het huis hadden gekocht had ze er hoge verwachtingen van gehad, en ze had vurig gehoopt dat ze hier gelukkig zouden kunnen worden.

Hoe had ze zo dom kunnen zijn. In het schaarse licht van de avondschemering met haar steeds langer wordende schaduwen liet ze haar blik over het huis gaan. Wat ze zag was een gezellig aandoende, met houten delen betimmerde bungalow van bijna honderd jaar oud. Het stond een flink eind van het kronkelende landweggetje af. Het originele huis was gerenoveerd en er was een deel bij gebouwd, en tegenwoordig bestond het uit een woon/eetkamer, twee slaapkamers, een enkele badkamer en een zolder met dakraam waar ze haar kantoor had ingericht. Het aangebouwde deel was oorspronkelijk bedoeld geweest als gastenverblijf, maar Abby had het verbouwd tot fotostudio, doka en een extra badkamer.

Vijf jaar geleden hadden zij en Luke het huis ontdekt en het had hun volmaakt geleken. Ze hadden er een paar jaar gewoond totdat het uiteindelijk definitief was stukgelopen tussen hen. Hij was naar elders verhuisd en had het met andere vrouwen aangelegd... Nee, wacht. Andersom. Hij had het eerst met andere vrouwen aangelegd. Om te beginnen met Zoey. Nog vóórdat ze getrouwd waren.

Niet dat het er nu nog iets toe deed.

Luke Gierman, ooit een gerespecteerde nieuwslezer en diskjockey die op zijn retour was en het nu van schokkende radioshows moest hebben, was een afgesloten hoofdstuk in haar leven. Inmiddels was het ruim een jaar geleden dat hun scheidingspapieren ondertekend waren, en de rechter hun huwelijk ontbonden had verklaard.

Abby pakte de hamer van het gras waar ze hem eerder had neergelegd, deed een stapje naar achteren om het resultaat van het opgehangen bord te bekijken, om te zien of het recht hing en om nog eens naar de woorden en het telefoonnummer te kijken.

Ze was vastbesloten geweest om haar leven op orde te krijgen en had alle adviezen van de deskundigen opgevolgd, hoewel ze, als ze eerlijk was, vond dat een groot deel van die goede raad waardeloos was geweest. Ze had geprobeerd haar huwelijk een tweede kans te geven, maar dat was op een fiasco uitgelopen. Ze waren gescheiden en zij had het huis gehouden. Haar vrienden hadden haar ervoor gewaarschuwd dat ze zich er op feest- en verjaardagen alleen maar ellendig en melancholiek zou voelen, maar daar had ze er inmiddels al een stel van achter zich gelaten en het was reuze meegevallen. Waarschijnlijk omdat ze bij de herkansing niet nog eens heel haar hart aan Luke had geschonken. En ze was ook niet echt verbaasd geweest toen zijn behoefte aan andere vrouwen opnieuw de kop had opgestoken.

Waarschijnlijk zou Luke zijn leven lang de neiging houden om zijn vaste partner ontrouw te zijn.

Krak!

Een takje tussen het struikgewas. Alweer! Ze keek met een ruk in de richting waar het geluid vandaan was gekomen, en verwachtte een wasbeer of een stinkdier te zien dat tussen de bomen door de tuin in kwam wandelen.

Maar ze zag niets en ineens was het doodstil. Ze realiseerde zich dat zelfs de krekels stil waren, en dat ook de kikkers hadden opgehouden met kwaken. Haar hartslag versnelde en ze spitste haar oren. Hoorde ze nog meer geluiden die niet gewoon waren?

Plotseling voelde ze zich kwetsbaar op deze plek, zo ver van de weg.

In het duister turend voelde ze dat er naar haar werd gekeken – dat ze werd bekeken door ogen die zij niet kon zien. Ze huiverde, maar riep zichzelf tot de orde – ze stelde zich aan. Het was haar verjaardag, ze was alleen en ze was alleen maar overgevoelig omdat ze aan haar moeders dood had gedacht.

Rustig nou maar, zei ze bij zichzelf. *Ga naar binnen. Het is donker, en je hebt het bord eindelijk opgehangen.*

Vanuit haar ooghoeken zag ze tussen de struiken iets bewegen, hoorde ze het ritselen van dorre blaadjes. Ze verstijfde en haar zenuwen waren tot het uiterste gespannen.

Het volgende moment kwam er een donkere schaduw tussen de struiken vandaan. Haar hart maakte overuren.

Ansel schoot tevoorschijn uit zijn schuilplaats onder de wegedoorn. Hij kwam recht op haar af, stopte voor haar voeten, draaide zich om in de richting waar hij vandaan was gekomen, en begon luid te blazen.

Ze schrok. 'Lieve help,' zei ze zacht, en ze drukte haar hand tegen haar op hol geslagen hart. 'Wil je daarmee ophouden? Of wil je me soms een hartaanval bezorgen? Nou, dat is je bijna gelukt!' Ze bukte zich en probeerde hem op te pakken. 'Volgens mij ben jij ook zenuwachtig. Wil je wat drinken? Voor mij een wijntje, en voor jou $H_2 0$.'

Maar voor ze Ansel had kunnen pakken, was hij de oprit al af, en de openstaande garage in gerend. Een kleine halve kilometer verder begon de hond van de buren te blaffen alsof zijn leven ervan afhing.

Ze was bang. Ze verstevigde haar greep op de hamer en had opnieuw het bespottelijke gevoel dat er iemand naar haar stond te kijken. *Stel je niet aan. Dat verbeeld je je maar. Je bent niet zoals je moeder... Je bent niet gek*. De rottweiler van de Pomeroys blafte. Nou en?

Terwijl ze haar zenuwen de baas probeerde te worden, liep ze, de eerste herfstblaadjes vertrappend, met vastberaden pas terug naar huis. In de garage drukte ze op de knop om de deur te sluiten, waarna ze door het jassenhok de keuken weer in liep. Ansel zat met een zenuwachtig zwaaiende staart op de vensterbank boven het aanrecht strak naar buiten te kijken.

'Wat is er, jongen?' vroeg ze.

De kat negeerde haar.

'Je weet toch dat je niet in de buurt van het aanrecht mag komen.'

Nog steeds geen reactie.

Abby stond voor het aanrecht en keek door het raam naar buiten, naar de hoge, donkere bomen rond het terras en de tuin. Het raam stond een beetje open, en de geluiden van de avond en het briesje drongen door de kier naar binnen.

Opnieuw hoorde ze de hond blaffen. Op hetzelfde moment kraakte de oude houten structuur van het huis. Abby schrok, joeg de kat van de vensterbank, gooide het raam dicht en deed het op slot. Hoewel ze niet gauw bang was, voelde ze zich soms niet helemaal op haar gemak en was ze zich meer dan anders bewust van het feit dat ze zo afgelegen woonde.

Maar dat ging veranderen.

Als ze Alicia's uitnodiging aannam en naar San Francisco verhuisde, zouden ze weer flatgenoten worden – net als toen ze nog studeerden, alleen dat ze intussen alle twee gescheiden waren en Alicia een kleuter van vijf had.

'Verleidelijk, vind je ook niet?' vroeg ze aan de kat, die beledigd onder tafel kroop. 'Je doet maar, hoor, Ansel. Als je beledigd wilt zijn, dan is dat jouw probleem. Je moet niet denken dat ik me er ook maar iets van aantrek.'

De telefoon ging. Abby, die zich nog steeds schuldig voelde om het feit dat ze het gesprek van haar zus niet had aangenomen, pakte de telefoon op zonder naar het nummer op de display te kijken. 'Hallo,' zei ze, terwijl ze met de telefoon de woonkamer in liep.

'Gefeliciteerd.'

Ze bleef met een ruk staan en haar hart sloeg een slag over bij het horen van Lukes stem. 'Dankjewel.'

'Je bent zeker verbaasd dat ik bel.'

Nou, dat was zwak uitgedrukt. 'Zeg maar gerust stómverbaasd. Je bent wel de laatste van wie ik een telefoontje verwachtte.'

'Abs,' zei hij, haar koosnaampje langgerekt uitsprekend zodat het bijna liefdevol klonk. 'Ik weet toch dat het een moeilijke dag voor je is, vanwege je moeder.'

Ze trapte er niet in. Ze kende hem al te lang. 'En je belde om me een hart onder de riem te steken?'

'Ja.'

'Maak je geen zorgen, ik voel me best,' zei ze, op overtuigende toon.

'Nou, dat is fijn om te horen,' zei hij. Hij klonk verbaasd, net alsof hij verwacht had dat ze een hopeloos verdrietig wrak in tranen zou zijn. 'En dat meen ik.'

'Bedankt. Dag.'

'Hé, wacht! Niet ophangen.'

Ze hoorde de dwingende klank van zijn stem, en zag hem in gedachten zijn hand uitsteken alsof hij op die manier zou kunnen voorkomen dat ze de verbinding verbrak. Dat gebaar maakte hij altijd wanneer hij iets wilde en het gevoel had dat ze niet naar hem luisterde. 'Wat is er, Luke?' Ze stond in de woonkamer, de kamer waar ze ooit eens samen televisie hadden gekeken, popcorn hadden gegeten en het laatste nieuws hadden besproken.

Of ruzie hadden gemaakt. Ze hadden elkaar meer dan eens flink uitgescholden.

'Heb je die spullen nog, die ik heb laten staan?' vroeg hij ten slotte. Dit was de werkelijke reden voor zijn telefoontje.

'Welke spullen?'

'Ach, je weet wel,' zei hij, alsof ze hem zomaar te binnen schoten. 'Mijn hengels en die doos met het tuig. En mijn oude golfclubs. Duikspullen.'

'Nee.'
'Wat?'
'Die dingen heb ik niet meer.'
Haar blik dwaalde af naar de boekenkast waar ze de fotoalbums nog had staan waarin ze hun trouwfoto's had weggestopt.
Hij was even stil en ze wist dat ze hem de wind uit de zeilen had genomen.
'Hoe bedoel je, je hebt ze niet meer?' vroeg hij. In gedachten zag ze hem zijn blauwe ogen half dichtknijpen. 'Je hebt mijn spullen toch niet weggegeven, wel?' Ineens klonk zijn stem ijzig. Achterdochtig. Beschuldigend.
'Natuurlijk heb ik ze weggegeven,' antwoordde ze, zonder zich ook maar een ietsjepietsje schuldig te voelen. 'Ik heb je zes maanden de tijd gegeven om je spullen te komen halen, Luke. En dat was aanmerkelijk langer dan ik eigenlijk wel wilde. En uiteindelijk heb ik het Leger des Heils gebeld. Ze hebben alles meegenomen, met inbegrip van de rest van je kleren en alle andere troep die je nog in de garage, op zolder en in de kasten had staan.'
'Jezus, Abby! Daar zaten echt waardevolle dingen bij! Het was helemaal geen "troep"!'
'Dan had je het moeten komen halen.'
Er viel een pauze, en ze zette zichzelf schrap. 'Hé, wacht even. Je wilt me toch niet zeggen dat je mijn ski's hebt weggegeven? Zoiets zou je nooit doen. De Rossignols staan nog steeds op zolder, ja toch?' Ze was zich bewust van de ongelovige klank in zijn stem. Abby liep terug naar de keuken, trok de koelkast open en haalde de wijn er weer uit. 'Jezus, Abby, die dingen hebben me een vermogen gekost. Ik kan gewoon niet geloven dat je... o, christus, zeg me alsjeblieft dat mijn surfplank nog in de garage staat.'
'Ik geloof van niet,' zei ze, hoofdschuddend. 'Ik weet zogoed als zeker dat ik die ook heb weggedaan.'
'Maar die heb ik in Hawaï gekocht! En de kano?'
'Nou, als ik eerlijk ben geloof ik dat die voor een veiling voor het goede doel naar Our Lady of Virtues is gegaan.'
'Our Lady of Virtues? Het ziekenhuis waar je moeder – '
'Het was voor de kerk,' viel ze hem in de rede. 'Het ziekenhuis is al jaren dicht.'
'Abby, je bent volkomen geflipt,' zei hij op beschuldigende toon. 'Je bent even gek als zij.'
Abby's maag balde zich samen, maar ze wachtte. Zei niets terug. Weigerde te happen. Ze klemde de telefoon tussen haar schouder en haar

oor en trok de kurk uit de fles. Haar duim deed pijn. Ze was niet gek. Natuurlijk niet. De enige keer in haar leven dat ze op het randje van gekte had gezweefd, was toen ze Luke haar jawoord had gegeven. Dat waren inderdaad hoogst twijfelachtige momenten geweest. Maar voor het overige – even afkloppen – was ze geestelijk in orde. Ja toch? Ook al was ze dan af en toe wel eens een beetje paranoïde.

'Wat een nachtmerrie. Dit is een nachtmerrie, verdomme. Dan heb je die punt achtendertig van mijn vader zeker ook weggegeven?' Toen ze geen antwoord gaf, verduidelijkte hij: 'Je weet wel, Abby, zijn revolver?'

'Ik weet heus wel wat je bedoelt.' In plaats van een nieuw wijnglas te pakken, haalde ze haar favoriete, gebarsten koffiemok van de plank.

'Maar die revolver was van mijn vader! Hij – hij heeft dat ding jarenlang gehad. Hij zat bij de politie, verdomme, en... dat ding heeft sentimentele waarde. Ik geloof nooit dat je hem hebt weggegeven.'

'Hmmm.' Ze schonk de wijn in en maakte zich niet druk over het beetje dat op het aanrecht spatte. 'Al vraag ik me wel af wat ze bij het Leger des Heils met zo'n ding moeten.'

'Het Leger des Heils neemt helemaal geen wapens aan.'

'O nee?' Ze nam een grote slok. 'Nou, dan heb ik hem misschien wel aan de nonnen van Our Lady gegeven. Ik weet het niet meer.'

'Je wéét het niet meer?' Hij was ontzet. 'Je hebt mijn revolver weggegeven, maar je weet niet meer aan wíé? Godallemachtig, Abby, dat ding staat op mijn naam! Als hij bij een misdaad wordt gebruikt – '

'Echt zeker weet ik het natuurlijk niet, en ik kan me vergissen, maar volgens mij staat moeder-overste niet, bij wijze van bijbaantje, aan het hoofd van een smokkelorganisatie.'

'Er valt echt niet om te lachen, Abby!'

'Natuurlijk wel, Luke. Het is om je te bescheuren.'

'Ik heb het over mijn eigendommen. *Mijn* eigendommen!' In gedachten zag ze hem met zijn duim nijdig op zijn borst wijzen. 'Je had geen enkel recht om mijn spullen weg te doen!'

'Nou, Luke, dan ga je toch naar de politie.'

'Dat zal ik zeker doen,' verklaarde hij fel.

'Moet je horen, Luke, ik heb hier geen opslagplaats. Ik ben geen magazijn voor jóúw spullen. En als je er zo aan gehecht was, dan had je ze moeten meenemen toen je het huis uit ging, of ze in het eerste halfjaar daarna moeten halen.'

'Dit is niet te geloven!'

'Dan geloof je het toch niet, Luke.'

'Het weggooien van mijn spullen is gemeen, Abby. En je zult hier nog meer van horen. Ik denk dat ik het in mijn volgende uitzending van *Gier-*

man's Groaners zal hebben over wraakzuchtige ex-vrouwen en hoe je met dat soort valse krengen moet omgaan.'

'Je doet maar, Luke. Ik luister toch niet.' Ze klemde haar kiezen op elkaar en hing op. Hoe had ze zo stom kunnen zijn om, alvorens op te nemen, niet eerst naar het nummer op de display te kijken. 'Dit was de laatste keer,' beloofde ze zichzelf, terwijl ze nog een slokje chardonnay nam en wou dat de wijn de woede die ze door haar aderen voelde kolken kon kalmeren. Luke had het akelige vermogen om haar echt giftig te maken. Ze had verwacht dat ze zich, wanneer ze hem vertelde dat ze zijn spullen had weggegooid, voldaan zou voelen, maar ze voelde zich alleen maar leeg. Hol. Hoe was het mogelijk dat het tussen twee mensen, die gezworen hadden elkaar tot aan de dood lief te hebben, zo verschrikkelijk mis kon gaan? 'Laat je niet door hem op de kast jagen,' waarschuwde ze zichzelf, terwijl ze de zitkamer in liep waar ze, ondanks de hitte, de aansteker van de barbecue pakte en het vuur in de open haard aanstak.

Van de boekenplank naast de haard pakte ze haar album met trouwfoto's. Op advies van haar vriendin Alicia had ze de fotoreportage van haar grote dag niet meteen na haar scheiding weggegooid. Intussen had ze hem een jaar bewaard, en dat was echt lang genoeg. Het was hoog tijd voor de laatste, definitieve daad. Lukes telefoontje had haar alleen maar in haar oorspronkelijke voornemen gesterkt.

Ze sloeg het album open, en bij het zien van de eerste foto maakte haar hart een snoekduik.

Daar had je ze, het pasgetrouwde stel, voor de eeuwigheid veilig weggestopt onder een laagje doorschijnend plastic. Bruid en bruidegom. Knappe, atletisch gebouwde Luke met zijn fonkelende blauwe ogen en haast oogverblindende glimlach. Hij stond met zijn arm om Abby heen geslagen. Zij was bijna dertig centimeter kleiner dan hij, en haar ongetemde rode haren omlijstten haar kleine, hartvormige gezicht. Haar glimlach was oprecht, en aan de manier waarop ze in de lens keek was goed te zien dat ze vol hoop was voor de toekomst.

'Hoe heb je zo stom kunnen zijn,' mompelde Abby, terwijl ze de foto onder het plastic vandaan trok en in het vuur gooide. Ze nam nog een slok wijn en het kloppen van haar pijnlijke duim ging gelijk op met het slaan van haar hart. Ze zag de randen van het papier langzaam maar zeker bruin worden, omkrullen en vlam vatten. Het stralend gelukkige stel werd geconsumeerd door de vlammen en ging letterlijk in rook op. 'Tot de dood ons scheidt,' zei ze spottend. 'Ja, hoor.'

Opnieuw keek ze omlaag naar het album. De volgende foto was van de familie. Zij met haar vader en zus – hij met zijn trotse ouders en zijn twee kleinere, minder succesvolle en minder knappe broers, Adam en Lex. Zijn zus, Anna, en haar man stonden ook op de foto.

'Geen tijd voor sentimenteel gedoe,' zei ze, toen Ansel de kamer in kwam geslenterd en op de bank sprong. Ze gooide de foto op de houtblokken. Gretige vlammen namen vrijwel meteen bezit van de droge brandstof en even later had de foto vlam gevat.

Nog een slokje wijn en de volgende foto waarop Luke in zijn eentje trots in zijn zwarte smoking poseerde. Ze moest toegeven dat hij knap was. Ze realiseerde zich dat ze ooit van hem had gehouden, maar dat leek een hele tijd geleden. Hij was nieuwslezer geweest in Seattle, en zijn populariteit was groeiende geweest. Hij was naar haar studio gekomen omdat hij een nieuw portret nodig had.

Ze hadden zich onmiddellijk tot elkaar aangetrokken gevoeld. Hij had grapjes gemaakt en zij, totaal niet onder de indruk van het feit dat hij min of meer een plaatselijke beroemdheid was, had heel oneerbiedig gewoon gezegd wat ze dacht. Wat hem geïntrigeerd had was dat het haar blijkbaar totaal niet kon schelen wie hij was.

Pas later, zo'n halfjaar nadat ze elkaar hadden leren kennen, hij haar ten huwelijk had gevraagd en zij zijn aanzoek had aangenomen, hoorde ze waarom hij naar haar studio was gekomen. Hij had haar naam gekregen van een collega, een productieassistente, haar zus, Zoey. Niemand had erbij gezegd dat ze minnaars waren geweest. O, nee. Dat was er pas later uit gekomen, bijna een maand na hun bruiloft – hun bruiloft waarop Zoey Abby's boeket had opgevangen. Het was uitgerekend in de slaapkamer geweest dat Abby achter hun verhouding was gekomen, toen Luke de verkeerde naam had gestameld. Hoewel zowel Luke als Zoey had bezworen dat hun verhouding tegen de tijd van het huwelijk al lang voorbij was, had Abby hen in dat opzicht geen van beiden geloofd.

'Dit lucht goed op,' zei ze nu tegen Ansel. Hij klom op de rugleuning van het tweepersoonsbankje en maakte het zich gemakkelijk op het dekentje dat door haar grootmoeder was gebreid. Terwijl hij geeuwde en zijn tanden toonde, trok Abby snel de ene na de andere foto onder het plastic vandaan, gooide ze op het vuur en keek hoe ze krulden, begonnen te roken en vlam vatten.

'Tot stof vergaan,' mompelde ze, toen het vuur langzaam begon te doven. Onder het nemen van de laatste slok wijn bezwoer ze zichzelf dat haar leven vanaf dit moment voorgoed zou veranderen.

Haar voornemen had niet profetischer kunnen zijn.

Hij glipte tussen de planken van het kapotte hek door en keek op naar het gebouw waar het al die jaren geleden gebeurd was. Een gevoel van macht siste door zijn aderen terwijl hij zich een weg door het dichte struikgewas baande. Natte spinnenwebben plakten aan zijn gezicht, en hij snoof de vochtige, wat muffe geur van aarde en verval in zich op.

Tjirpende en zoemende insecten brachten de avond tot leven. Het zwakke licht van de maan scheen over het landschap van vervallen bakstenen, opgedroogde, afgebrokkelde fonteinen en overwoekerde gazons.

Het enige dat over was van de weelderige, zorgvuldig gesnoeide hagen en heldere vijvers met waterlelies van weleer, was wanhoop en verval. Het prachtige gebouw met zijn gargouilles aan de dakgoten was nu een duister, in onbruik geraakt skelet van wat eens een voorname dame was geweest.

Even sloot hij zijn ogen en dacht terug aan hoe het ziekenhuis er vroeger uit had gezien en hoe het geroken had – het ziekenhuis met zijn indrukwekkende gevel en perverse, duistere geheimen. Gebed en onderdrukt geschreeuw – het was de plek waar God en satan elkaar ontmoetten.

Zijn thuis.

Hij opende zijn ogen en liep snel verder over het met onkruid overwoekerde pad waarvan hij zogoed als zeker wist dat iedereen het was vergeten.

Iedereen, behalve hij.

Twintig jaar was een generatie.

Twintig jaar was een heel leven.

Twintig jaar was een vonnis.

En twintig jaar was lang genoeg om te vergeten.

Het was tijd om herinneringen op te halen.

Uit zijn zak haalde hij een sleutelbos, en liep door naar een deur aan de achterzijde. Hij stak een sleutel in het oude, roestige slot en draaide het open. Moeiteloos. Met behulp van een zaklantarentje zocht hij zijn weg. Hij was alweer aardig gewend sinds hij bijna twee maanden geleden was teruggekeerd. En al die tijd had hij nodig gehad om zich hier opnieuw te installeren en de nodige voorbereidingen te treffen.

Geruisloos sloop hij door de gang naar een gesloten deur die toegang gaf tot de kelder, maar hij passeerde hem, sloeg rechtsaf en liep de twee treetjes op naar de oude keuken met zijn enorme roestende aanrechten en het gigantische, zwartgeblakerde fornuis. Verder ging het, over de gebarsten vloertegels, naar de grote eetzaal, en vandaar naar de foyer onder aan de trap waar de oude staartklok ooit eens de seconden van zijn leven had weggetikt.

Zijn zaklamp gaf nauwelijks licht en het was donker, maar de afgelopen twee weken waren voldoende geweest voor het hernieuwen van zijn kennismaking met de duistere, muffe gangen, de kromgetrokken houten vloerdelen en de gebarsten en dichtgetimmerde vensters. Hij haastte zich met lichte tred de trap op, en was een beetje buiten adem toen hij de overloop bereikte waar het oude glas-in-loodvenster wonder boven wonder nog helemaal intact was. Even richtte hij de lichtbundel van zijn lamp op het gekleurde glas, en de herinnering aan haar donkere silhouet tegen de achtergrond van de glas-in-lood-Maria drong zich aan hem op.

Nee. Hij had geen tijd te verliezen. Hij moest verder. Snel draaide hij zich om en liep het laatste deel van de trap naar de tweede verdieping op.

Naar haar kamer.

Hij had het gevoel dat zijn keel werd dichtgesnoerd en zijn bloed begon van opwinding sneller te stromen toen flitsen van herinneringen hem in rap tempo door het hoofd schoten. Hij beet op zijn lip en dacht terug aan haar weelderige kastanjebruine haren, aan die stralende gouden ogen die groot werden van verbazing en hem verleidelijk aankeken wanneer hij haar verraste, de lijn van haar wangen en de lichte kromming van haar hals die hij zo graag kuste en waar hij zo graag zachtjes in beet.

Hij herinnerde zich haar grote, stevige borsten. Ze kreeg haar blouses maar nét dicht, en de knoopjes stonden zo strak gespannen dat je er tussendoor een glimp kon opvangen van het verrukkelijke dal. Soms droeg ze een broek, maar ze had een rok waarvan de kleur hem aan rijpe perziken deed denken. Na al die jaren kon hij zich nog precies herinneren hoe, wanneer ze de trap op liep, de zoom ervan vlak onder haar knie rond haar stevige, gespierde kuiten danste.

Hij voelde zich hard worden bij de gedachte aan de gebogen lijnen van haar benen, het zachte wiegen van die doorschijnende stof, aan de manier waarop ze over haar schouder naar hem keek terwijl hij beneden was blijven staan om te wachten tot ze de oude trap was opgelopen. Haar vingers gleden over de glanzende leuning terwijl de oude klok – *tik, tik, tik* – de seconden van zijn leven wegtikte.

Zo machtig als zijn wellust toen was geweest.

En door zijn bloed had gedreund.

Door zijn brein had gedenderd.

Hij had nog nooit zo intens naar iets verlangd als naar Faith.

Nu voelde hij het opnieuw, die overweldigende pijn die tussen zijn benen begon en vandaar langzaam door zijn romp omhoogkroop. Het zweet brak hem uit op zijn voorhoofd en schouders. Het kruis van zijn broek zat ineens onaangenaam strak.

Met wild kloppend hart liep hij de laatste treden op.

Kamer 207 bevond zich halverwege de gang, en keek uit op de cirkelvormige oprit. Een kleine, intieme ruimte waar zijn leven voorgoed was veranderd.

Hij stak de sleutel in het slot, deed de deur zachtjes open en stapte de kamer in waar het allemaal was gebeurd.

Het licht van de sterren hulde de vertrouwde ruimte in een wit, spookachtig licht. De warme dag had zich genesteld in de vervallen muren van het gebouw waar, in zijn honderdjarige bestaan, op velerlei manieren gebruik van was gemaakt. Sommige van die manieren waren goed geweest, andere ronduit verdorven en boosaardig.

En nog niet eens zo heel lang geleden...

Hij sloot zijn ogen, concentreerde zich en herinnerde zich de geluiden die op de gangen hadden geklonken – het geratel van de karretjes, het zachte schuren van sloffen, het wanhopige kreunen en huilen van de gekwelde zielen die hier tegen hun wil waren ondergebracht. Die geluiden waren overstemd geweest door de gebeden en het galmende slaan van de klok.

En Faith was hier geweest. Beeldschone Faith. Angstige Faith. Trillende Faith.

Opnieuw werd hij gegrepen door beelden uit het verleden.

Haarscherpe beelden.

Uiterst nauwkeurige beelden.

Nog even haarscherp en nauwkeurig als twintig jaar geleden.

Meerdere dingen wist hij zich nog heel precies voor de geest te halen – de geur van haar huid, die ondeugende, speelse glimlach, haar zachte, diepe stem, en de sexy manier waarop ze liep, waarbij haar billen onder haar kleren op en neer bewogen.

Zijn gezicht verstrakte. De pijn was heftig en bracht zijn bloed naar het kookpunt. Zijn slapen dreunden en oude begeerten staken de kop weer op.

Zijn begeerte naar haar was niet goed geweest.

Het was een zonde.

Hij had haar niet mogen kussen.

Hij had haar truitje niet over haar blote borsten omlaag mogen trekken.

Dat alles was een zonde geweest.

Hij had niet met haar mogen slapen – zijn lichaam nat van het zweet en haar handen die zijn schouders beetgrepen terwijl zij het uitschreeuwde van genot en van pijn.

Het was hemel op aarde geweest.

En hel.

Hij balde zijn vuisten bij de gedachte aan zijn intense verlangen naar haar, aan het proeven van het zout op haar huid, aan hoe het geweest was om haar diep binnen te dringen en haar vochtige warmte om zich heen te voelen, en aan hoe ondraaglijk het was geweest toen hem dat heerlijke, zoete paradijs van het ene op het andere moment was afgenomen. Hij klemde zijn kiezen zo hard op elkaar dat zijn kaken er pijn van deden.

Hij liep door de kamer en wreef de toppen van zijn gehandschoende vingers zenuwachtig tegen elkaar. *Faith. O, Faith, je zult gewroken worden.*

Voorzichtig, eerbiedig bijna, streek hij zijn handen over het gezwollen hout van de vensterbank, en keek naar de plek waar haar bed had gestaan. Hij herinnerde zich hoe het in de kleine kamer vaag naar seringen en rozen had geroken, hoe de zon, door de op het zachte warme briesje fladderende vitrage voor de hoge boogvensters, naar binnen was gevallen.

Maar nu was de kleine kamer leeg.

Hij liet de lichtbundel van zijn zaklamp over de geroeste geulen gaan waar het bed met bouten aan de houten vloer bevestigd was geweest. De vloer lag bezaaid met kleine, broze karkassen en uitwerpselen van dode insecten. Alles zat onder het stof en de spinnenwebben, en de verf was van het raamkozijn en de plinten gebladderd. Het bloemetjesbehang was verschoten en had hier en daar losgelaten, en op sommige plekken, waar het dak had gelekt, zaten bruine vochtvlekken.

Zoveel pijn en verdriet. Zoveel angst. Het was nog steeds te voelen. Zijn bovenlip krulde in het besef van de slechte en verachtelijke daden die zich tussen deze vier muren hadden afgespeeld. Er was hier zoveel slechts en boosaardigs gebeurd.

Een diepe, duistere woede maakte zich van hem meester.

Eindelijk zou hij dan al dat onrecht kunnen wreken.

Zou hij zichzelf kunnen wreken.

Onontkoombaar.

En vanavond zou het beginnen.

Hoofdstuk 2

Abby reed sneller dan officieel was toegestaan. Ze was laat en ze probeerde tijd in te halen.

Zit het tegen, doe dan extra je best.

Jacques Chastains persoonlijke motto schoot door haar hoofd terwijl de ruitenwissers de regen van de voorruit van haar Honda veegden. Ze deed haar koplampen aan voor een beter zicht in de gietende stortbui.

Net als Zoey had ze geprobeerd zich haar vaders houding eigen te maken, maar ze wilde best toegeven dat haar zus veel sterker was dan zij... Nee, zij leek – zowel voor wat haar uiterlijk als haar karakter betrof – meer op haar moeder.

Op weg naar de snelweg naar New Orleans was ze zo stom om naar het radioprogramma van haar ex-man te luisteren. Ze had zichzelf beloofd om dat niet te doen, maar aan de andere kant was het juist een test. Ze vroeg zich af hoeveel ze zou kunnen verdragen, en kwam tot het inzicht dat ze eigenlijk best wel een beetje moed van haar vader zou kunnen gebruiken.

Luke had woord gehouden, en zijn uitzending draaide vandaag om verbitterde ex-vrouwen die het, volgens hem, nooit hadden kunnen verkroppen dat ze aan de kant waren gezet. Ze waren duidelijk de 'verliezers' in het huwelijksspel, deze vrouwen die in feite dolgraag opnieuw zouden willen trouwen maar daar geen enkele kans toe hadden. Dikke vrouwen. Lelijke vrouwen. Eersteklas krengen die hun boekje ver te buiten gingen.

Het was duidelijk dat Luke nog steeds boos was over hun gesprek op de avond van haar verjaardag, en dat hij vanochtend in zijn programma wraak wilde nemen. Kennelijk kon het hem niet schelen of hij mensen kwetste. Vandaag had hij zich ten doel gesteld eens goed van leer te trekken tegen gescheiden vrouwen.

Abby was woedend en zou het liefste naar de uitzending bellen om hem te zeggen dat hij er helemaal naast zat, maar daar was het hem juist om te doen. Bij hem ging het op de eerste plaats om een zo groot mogelijk aantal luisteraars, en het maakte hem en de zender waar hij voor werkte niet uit of zijn publiek hem leuk vond, hem niet uit kon staan of dat de mensen alleen maar luisterden omdat ze gefascineerd waren door zijn uitgesproken meningen.

Zij werd er kotsmisselijk van.

Ja, het was inderdaad hoog tijd om New Orleans de rug toe te keren. Hoe eerder ze hier weg kon, hoe beter.

Haar banden zongen over het natte asfalt. Er vloog een zwerm pelikanen onder de loodgrijze wolken door terwijl ze de skyline van New Orleans in de verte zag opdoemen.

Ze luisterde vandaag alleen maar naar de uitzending om er getuige van te kunnen zijn dat hij zichzelf in het openbaar belachelijk maakte. Aangezien hij haar er door de telefoon voor gewaarschuwd had dat hij haar te grazen zou nemen, hoorde ze liever zelf wat hij over haar te zeggen had dan dat via-via, en met de nodige commentaren van anderen, te moeten horen.

Ze begreep werkelijk niet wat de mensen aan zijn programma vonden, maar het scheen dat hij dagelijks meer en meer luisteraars trok. Er waren in New Orleans maar weinigen die niet van Luke Gierman hadden gehoord, en als de geruchten waar waren zou hij binnenkort ook landelijk worden uitgezonden. Ze onderdrukte een kreun. Weldra zou hij haar niet alleen plaatselijk, maar ook landelijk kunnen beledigen.

Het zei niet veel goeds over de smaak van het Amerikaanse publiek.

Ha, maar jij hebt zelf ook op hem afgestemd, of niet soms? Een ontnuchterende gedachte. Sinds haar scheiding luisterde ze expres niet meer naar Luke de Leugenaar. In het afgelopen jaar was ze maar een paar keer toevallig op zijn programma gestuit terwijl ze de radio afzocht naar een programma dat haar de moeite waard leek.

'Ja, die ex van mij, dat is me er eentje,' zei hij, op een gespeeld verbaasde toon. 'Bij haar vergeleken is Mata Hari nog een heilige.'

Er werd luid gelachen.

'Gut, gut, wat ontzettend grappig,' mompelde Abby. Haar vingers sloten zich zo strak om het stuur dat haar knokkels er wit van zagen. Hoe had ze ooit kunnen denken dat ze van die rotzak hield?

'Ze heeft me volledig uitgekleed bij de scheiding, en dat vond ze nóg niet genoeg! En dan hebben we het wel over achtennegentig procent van alles wat ik bezat.'

'Ze had je helemáál onderuit willen halen,' riep Maury, zijn partner.

Die Maury zou ze ook eens goed de waarheid moeten zeggen, dacht Abby. Maar dat zou hij haar dan ook weer via de radio betaald zetten, waardoor zijn populariteit, als slachtoffer, eveneens zou stijgen en zij alleen nóg meer kritiek te incasseren zou krijgen.

Ze wierp een blik op haar tas, overwoog haar mobiel te pakken en naar de uitzending te bellen. Ze had Luke verbaal altijd al de baas gekund, en ze wilde niets liever dan het niet alleen voor zichzelf opnemen, maar voor alle gescheiden mannen en vrouwen in de wereld die te maken hadden gekregen met een man of vrouw die loog en bedroog.

Ze slipte een beetje toen ze een bocht net iets te snel nam. 'Trek het je niet aan.' Ze was vooral nijdig op zichzelf, maar dat nam niet weg dat ze zich toch stoorde aan de luide, onbeschofte toon van Lukes stem – die eens tedere woordjes van liefde in haar oor had gefluisterd en het ooit, in politieke debatten, voor de armsten der maatschappij had opgenomen.

'... weet je?' zei hij nu door de microfoon. 'Volgens mij heeft iedereen, man of vrouw, wel een beetje te lijden onder een scheiding. Vrouwen meer dan mannen. Sommigen, zoals mijn ex, raken het spoor helemáál bijster en krijgen last van achtervolgingswaan. Worden ronduit paranoïde.'

Maury de idioot lachte.

'Je raadt nooit wat mijn ex me heeft geflikt.'

Nu zul je het krijgen. Haar maag balde zich samen. 'Ze had het lef om alles weg te doen wat voor mij belangrijk was. Al mijn spullen. Mijn ski's – Rossignols nog wel – mijn golfclubs, een handgemaakte surfplank die ik op Hawaï had gekocht... en ze heeft alles aan het Leger des Heils gegeven.'

'Nee!' riep Maury ontzet uit. In gedachten zag Abby het kleine, kalende kereltje een quasi-geschokt gezicht trekken en zijn hand tegen zijn borst drukken.

'Ja. En ik maak me echt zorgen, weet je dat?'

Ja, hoor. Abby keek in de achteruitkijkspiegel, zag een politiewagen en de moed zonk haar in de schoenen. Ze was zo helemaal opgegaan in de uitzending, dat ze niet gemerkt had dat ze veel te hard was gaan rijden, maar één blik op de kilometerteller zei haar dat ze bijna twintig kilometer boven de limiet zat. Ze nam gas terug op hetzelfde moment dat de agent zijn sirene en zwaailicht aanzette. *Geweldig.* Dat moest haar weer overkomen! Ze week uit naar de rechterrijstrook en zocht een plekje waar ze de auto aan de kant zou kunnen zetten. De politiewagen schoot met loeiende sirene en zwaailicht langs haar heen.

Ze had mazzel gehad, en blies de ingehouden adem uit.

Dat krijg je er nou van, als je naar dat achterlijke programma van Luke luistert.

Ze wilde net een andere zender opzoeken, toen ze Luke hoorde zeggen: 'Begrijp me goed. Ze is een beeldschone vrouw. Ontzettend sexy. En intelligent. Maar soms denk ik echt dat er meer dan één schroefje bij haar loszit.'

'Ja, ze is met jou getrouwd, niet?' zei Maury, die altijd even grappig was.

'Stelletje idioten,' mompelde Abby, terwijl ze opnieuw het gaspedaal intrapte.

Luke lachte. 'Ja, nou, maar dat niet alleen. Haar moeder heeft in een inrichting gezeten. Echt waar.'

'O, vuile, smerige hufter!' Abby was met stomheid geslagen. Dit was wel héél diep onder de gordel.

'En dat is nog niet alles. Luisteraars, bel ons als jullie ex ooit zoiets geschifts heeft gedaan als de mijne. Toen ik mijn ex twee dagen geleden belde om haar met haar verjaardag te feliciteren en te zeggen dat ik langs zou komen om de spullen die ik had achtergelaten te halen, zei ze me dat ze alles had weggegeven! Met inbegrip van mijn Rossignol-ski's! En ze wist dat ik van de winter wilde gaan skiën. Nu vraag ik je, is dat wraakzuchtig of niet?'

'Ai.' Maury was in zijn element, en hij deed er nog een schepje bovenop. 'Had je niet met je vriendin naar de sneeuw gewild?'

'Precies.'

'En is zij niet toevallig twintig jaar jonger dan je ex?'

'Vijftien.'

'Ai, ai.'

Abby greep het stuur stevig beet.

Luke vervolgde: 'We hadden afgesproken dat ze een deel van mijn spullen, met inbegrip van mijn ski's, zou bewaren tot ik een groter huis had gevonden. Uiteindelijk heeft zij het huis, de auto, de studio en eigenlijk zogoed als alles wat we bezaten, mogen houden.'

'Gemene leugenaar,' siste Abby. Ze had hem betaald voor zijn deel van het huis en de studio, en deze auto, deze kleine Honda, stond op háár naam, terwijl hij een knoert van een Lexus SUV bezat! Ziedend was ze. Als ze ook maar een beetje slim was, zette ze de radio nú uit, of zocht ze een zender met rustige jazz of kalmerende klassieke muziek.

'En moet je horen. Mijn ex beweert dat ze alles wat ze voor me zou bewaren, met inbegrip van een familie-erfstuk, een antieke revolver die nog van mijn vader is geweest, heeft weggegeven. Dat ze alles, maar dan ook alles, aan het goede doel cadeau heeft gedaan.'

'Het goede doel?' herhaalde de debiel met gespeelde ontzetting.

Wat een lul!

'Alsof ik zou moeten geloven dat er een liefdadige instelling is die een revolver aan zou willen nemen. Dat was natuurlijk een leugen. Maar hoe veilig denk je dat ik me intussen voel, in de wetenschap dat mijn psychotische ex-vrouw wel eens de neiging zou kunnen hebben om me met mijn vaders wapen, het wapen dat hij in dienst van de politie heeft gekregen, te bedreigen?'

'Als ik jou was zou ik maar snel verhuizen.'

'Of ergens onderduiken,' zei Luke, terwijl Maury zat te gieren van de lach.

Abby kon het geen seconde langer aanhoren. Ze groef in haar tas, haalde er haar mobiel uit, klapte hem open en draaide het rechtstreekse nummer van de uitzending.

Er werd opgenomen door een monotone vrouwenstem. 'KSLJ. *Gierman's Groaners.*'

Abby wist zich nog nét op tijd te beheersen. Voor ze nog maar één woord had gezegd, klapte ze de telefoon weer dicht. *Speel zijn spelletje niet mee. Laat hem niet weten dat je naar zijn programma luistert. En weiger je dat pathetische gezwam dat hij entertainment noemt, aan te trekken. Want doe je dat wel, dan heeft hij gewonnen.*

Ze trok een vies gezicht, zette de radio uit en realiseerde zich dat ze haar afrit had gemist. Napruttelend van boosheid reed ze door naar het centrum van de stad, waar ze een afspraak had met een stel dat een trouwreportage wilde. Door het missen van de juiste afslag reed ze tien minuten te laat de oprit van de schitterende, tweehonderd jaar oude villa in het Garden District op. Het zachtgroen geschilderde huis met zijn zwarte luiken werd omgeven door een prachtige, goedverzorgde tuin waar nog volop bloemen bloeiden.

Net toen ze uit de auto stapte ging haar mobiel. Ze keek op de display om te zien wie er belde. Alweer een makelaar. En dat was zeker al de twintigste sinds ze haar advertentie van *Te koop van eigenaar* in de krant had geplaatst en het bord twee avonden eerder in de tuin had gezet.

Ze liet het gesprek opnemen door haar voicemail en zette de telefoon uit. Toen pakte ze haar portfolio van de achterbank, zette haar kraag op tegen de warme regen, en liep het tuinpad af voor haar afspraak met het bruidspaar.

Hoe ironisch, dacht ze, dat ze haar eigen foto's had verbrand terwijl ze tientallen andere pasgehuwden met de grootste aandacht en toewijding op de foto zette.

Wie durfde er te beweren dat God geen gevoel voor humor had?

Waar bracht hij haar naartoe?

Mary LaBelle bad tot God. Haar polsen en enkels waren gebonden en haar mond zat dichtgeplakt met een stuk tape.

Ze bad om hulp.

Om bevrijd te worden.

Om gered te worden.

Haar tranen doorweekten de doek die strak om haar hoofd zat gebonden, en dropen eronderdoor naar de tape die ze zo hardhandig op haar mond geplakt had gekregen. Ze was misselijk en had de neiging om over te geven, maar het lukte haar dat gevoel de baas te worden, al was het maar omdat ze niet in haar eigen kots wilde stikken.

Het was donker. Ze kon niets zien. Het voelde aan alsof ze in het een of andere voertuig zat – te oordelen naar het ruwe gehobbel en het motorgeluid moest het een pick-up zijn. Ze had de man niet gezien, maar hij had haar op de smalle achterbank geduwd die bedekt was met plastic. De bestuurder, de man die haar van achteren had besprongen toen ze op de campus van de All Saints-universiteit aan het joggen was geweest, was plotseling, vlak nadat het ineens ontzettend hard was gaan regenen, achter een heg vandaan gekomen. Mary, die haast had gehad om zo snel mogelijk naar haar kamer terug te keren, had hem niet gezien. Ze had zelfs nog geen glimp opgevangen van zijn gezicht. Ze had alleen zijn gewicht maar gevoeld toen hij haar van achteren had getackeld, een zak over haar hoofd had getrokken, en haar, door haar arm op haar rug te draaien en omhoog te duwen, op haar knieën had gedwongen. Ze had willen schreeuwen, maar hij had een revolver tegen de zijkant van haar hoofd gedrukt – ze kon het kille metaal op haar huid nog altijd voelen. Ze had haar mond gesloten en zich bij haar lot neergelegd.

God zou haar wel redden.

Dat deed Hij altijd.

Zo niet, dan was het omdat Hij haar naar huis riep. Haar geloof zou haar moed geven... maar terwijl ze naar het zoemen van de banden over het asfalt luisterde en ze de auto door plassen hoorde rijden, had ze het gevoel dat haar einde nabij was.

Alstublieft Heer, nog niet. Ik ben jong... Ik heb nog zo veel te bieden. Er is nog zo veel van Uw heilige taak dat mij te doen staat.

Ze dacht aan haar vader en moeder en onderdrukte een snik. Ze hield zo veel van hen. Ze mocht niet nu al sterven. Nee! Ze was een vechtster en ze was – hoe klein van gestalte ook – een atlete. Ze had op de middelbare school in het tennisteam gezeten en ze deed er alles aan om in vorm te blijven. Vandaar dat ze was gaan joggen.

Maar haar hoop nam af naarmate het busje langer door de nacht reed. Waar bracht deze gek haar naartoe? Waarom had hij juist háár ontvoerd? Of was het zuiver toeval geweest? Was ze alleen maar op het verkeerde moment op de verkeerde plek geweest? Haar ouders hadden haar regelmatig gewaarschuwd voor de vele wereldse gevaren, maar zij had hun woorden in de wind geslagen omdat ze had geweten dat God zich over haar zou ontfermen. Maar nu... wat nu?

Ze was niet zo naïef om niet te beseffen wat hij naar alle waarschijnlijkheid van haar wilde – haar verkrachten en vermoorden. En dat kon ze niet toestaan. Dat zóú ze niet toestaan. Ze probeerde haar tranen en angst de baas te blijven en probeerde de tape los te werken waarmee haar handen op haar rug, en haar enkels bij elkaar waren gebonden. Als het haar lukte om zich los te wurmen, zou ze over de rugleuning van de voorbank kunnen reiken en hem kunnen verwonden, of kunnen kelen met de tape die hij voor haar polsen en enkels had gebruikt.

Maar moord is een zonde, Mary... denk daaraan. En als je hem onder het rijden iets aan probeert te doen, zou hij wel eens de controle over het stuur kwijt kunnen raken. En zou jij zelf ook gewond kunnen raken.

Wat dan nog, als ze een ongeluk kregen? dacht ze. Als zij zich uit zelfverdediging genoodzaakt zou zien een man te doden, dan zou God daar heus wel begrip voor hebben. *O, alstublieft, help me dan toch, Jezus, toe.*

Het risico op een aanrijding waarbij ze gewond zou raken was altijd nog beter dan wat hij met haar van plan was.

Daar twijfelde Mary niet aan.

Maar de tape zat strak en er viel geen millimeter beweging in te krijgen – hoe wanhopig ze er ook aan trok.

Paniek maakte zich van haar meester.

De tijd begon te dringen. Hij zou niet eeuwig blijven rijden. Ze bleef het proberen, bleef aan de tape rukken en trekken, terwijl de pick-up de ene na de andere kilometer aflegde. Ze kwamen steeds verder uit de buurt van Baton Rouge. Verder en verder uit de buurt van enige hoop op redding.

Ze kreeg het koud van angst.

Haar armen deden pijn en aan haar verkrampte benen had ze ook al niets.

Mamma, ik hou van je, en ik had zo gehoopt dat je trots op me zou zijn wanneer ik het klooster in ging.

Pappie, vergeef me dat ik zo stom ben geweest dat ik me door deze gek heb laten overvallen. Je hebt me altijd op het hart gedrukt dat ik nooit zonder mobiel het huis uit moest gaan en dat ik nooit in het donker moest gaan joggen. Je hebt me een wapen gegeven, en ik heb het niet willen gebruiken... Het spijt me echt heel erg...

Ze voelde hoe de pick-up vaart minderde en de snelweg verliet. Dat betekende waarschijnlijk dat ze de eindbestemming naderden. Ze raakte opnieuw in paniek, en probeerde nogmaals haar handen los te trekken.

Haar hart ging als een wilde tekeer, het zweet droop van haar lichaam en al haar zenuwuiteinden waren tot het uiterste gespannen.

Bevrijd jezelf, Mary. God helpt hen die zichzelf helpen!

'Het heeft geen zin,' zei hij, en ze schrok. Tot op dat moment had hij nog geen woord tegen haar gezegd. Niet één. Zijn stem klonk verrassend kalm. Rustig. Waardoor ze alleen nog maar banger werd. 'Je kunt toch niet ontsnappen.'

Opnieuw was ze bang dat ze moest overgeven. Wie was deze gek? Waarom had hij haar uitgekozen? Ze geloofde niet dat ze zijn stem eerder had gehoord, maar eigenlijk was ze helemaal nergens meer zeker van. Het scheelde een haar of de paniek werd haar volledig de baas.

'Nog een paar minuten maar.'

O, Heer, nee. Hou hem tegen. Kom namens mij tussenbeide, alstublieft. Als U mij aan Uw zijde wilt hebben, laat dat dan op een andere manier gebeuren, en niet door de hand van een sadist, niet op deze wrede wijze, niet door een gek.

Bevend over haar hele lichaam dacht ze aan alle gemartelde heiligen, aan de vreselijke manieren waarop ze voor hun geloof waren gestorven. Ze probeerde moed te verzamelen, te vertrouwen op haar geloof. Als dit een test was, of als het echt Gods wil was, dan moest het maar zo zijn. Dan zou ze de dood dapper onder ogen zien en met hart en ziel vertrouwen op de Vader.

Wees gegroet Maria, vol van genade, de Heer is met u...

Ze voelde de pick-up vaart minderen en vervolgens een snelle draai maken. Het geluid van de wielen veranderde, en nu reden ze waarschijnlijk over stenen, of over gebarsten beton of asfalt. Ze probeerde boven het geronk van de motor uit te luisteren, in de hoop dat ze ergens verkeerslawaai zou horen, of andere geluiden die erop wezen dat ze niet ergens op een stille, afgelegen plek waren zoals ze vreesde. Maar het vertrouwde ruisen van passerende auto's, van getoeter of geschreeuw van bestuurders was al lang opgehouden, en het kleine beetje hoop dat ze nog had gehad, verdween als sneeuw voor de zon.

Gij zijt de gezegende onder de vrouwen, en gezegend is Jezus, de Vrucht van Uw schoot...

Hij reed nog een paar minuten verder – minuten die als uren aanvoelden – en toen trapte hij ten slotte zo hard op de rem dat ze naar voren schoot, en weer terugrolde.

Haar hart bonsde in haar keel. Ze begon van binnenuit te trillen. Doodsangst kolkte door haar aderen.

Heilige Maria, Moeder van God, bid voor ons, zondaars, nu en in het uur van onze dood...

Hij zette de motor af. Regen spetterde op het dak van het busje. Mary kon amper nog ademhalen. *Amen.*

Een portier klikte open, en terwijl hij uitstapte voelde ze de kleffe, warme avondlucht de auto in stromen. Ze hoorde het soppen van zijn laarzen of schoenen in de modder. Hoorde een doffe klap – had hij zijn stoel naar voren geschoven?

Het volgende moment werd ze hardhandig uit de auto gesleurd.

Haar sportschoenen zakten diep weg in de klei en ze struikelde bijna over haar eigen voeten. De muskusachtige geur van het moeras drong haar neusgaten binnen en ze dacht aan slangen en krokodillen, roofdieren die niets waren in vergelijking met het monster dat haar ontvoerd had. Ze probeerde zich los te rukken.

'Hou op met dat gedraai!' schreeuwde hij, en opnieuw sloeg de angst haar om het hart. Als hij zijn stem zo luid durfde te verheffen, betekende dat, dat ze alleen waren... helemaal alleen. O, god, dit betekende het einde! Ze zou sterven in het duister, ergens in het moeras van de bayou. 'Ik zal je voeten losmaken, maar als je probeert weg te lopen...' Opnieuw drukte hij de loop van het wapen tegen haar slaap. '... dan vermoord ik je.' Ze had bijna in haar short geplast. Hij zou haar toch wel vermoorden. Dat wist ze zeker. Als ze de kans zou krijgen, zou ze vluchten. Beter om in de rug te worden geschoten dan om urenlang verkracht en op de meest verschrikkelijke manieren mishandeld te worden. Ze moest zien te ontsnappen. Ze zou alles op alles moeten zetten. Zodra hij de tape van haar enkels haalde...

Met één snelle beweging sneed hij de tape rond haar enkels door. Toen kwam hij overeind en deed hetzelfde met de tape rond haar polsen, maar vrijwel op hetzelfde moment, en voor ze had kunnen reageren, greep hij haar gemeen hard bij de arm. Haar schoudergewrichten deden pijn van al de tijd dat haar handen op haar rug gebonden waren geweest, maar dit – zijn aanraking – was veel en veel erger. 'Haal het niet in je hoofd,' waarschuwde hij, alsof hij aanvoelde dat ze er vandoor wilde gaan, waarop hij zó hard in haar arm kneep dat ze zachtjes kermde van de pijn en zich op haar knieën liet vallen.

Hij rukte haar overeind. 'Kom mee.' Door haar met de ijskoude loop van het wapen in de rug te prikken, en haar arm gemeen hard vast te blijven houden, dwong hij haar verder te lopen.

Ze hoorde het getjirp van krekels en het kwaken van kikkers, en voelde de zachte grond en half vergane blaadjes onder haar voeten. De warme motregen droop achter in haar nek en druppelde van het puntje van haar paardenstaart.

Ze meende een rivier te horen, maar het geluid was vaag en ze wist het niet zeker, en het volgende moment, toen ze tegen iets hards op botste dat niet meegaf – een boom? een grote steen? – raakte ze volledig in paniek. Dit was een verschrikkelijke droom, dat kon niet anders. Het was een afgrijselijke nachtmerrie.

Maar ze was klaarwakker.

'Naar boven,' beval hij, dicht bij haar oor. Ze gehoorzaamde, en beklom twee treden. Ze hoorde hem een hordeur opentrekken, en het slot van een deur openmaken. 'Naar binnen.'

O, goeie god, dit was de plek waar hij haar wilde vermoorden.

Haar keel balde zich samen bij het ruiken van het droge, muffe interieur. Ze meende het geluid van snel wegschietende nagels, als van ratten, te horen, en een nieuwe angst maakte zich van haar meester.

De hordeur sloeg achter haar dicht en ze schrok.

Ze wilde het uitschreeuwen en tekeergaan tegen haar ontvoerder en tegen God, omdat Hij haar verlaten had – zoals Jezus het wanhopig had uitgeroepen toen hij aan het kruis had gehangen. De man duwde haar verder een kamer in die rook alsof hij nooit gebruikt werd en smerig was. Alsof dit huisje, of wat het ook was, in jaren niet bewoond was. De plankenvloer kraakte onder haar voeten. Haar keel was zo droog dat ze niet eens spuug kon maken.

Doodsangst kroop langs haar ruggengraat omhoog toen ze hem de zware deur hoorde sluiten. Hij duwde haar verder voorwaarts en ze vroeg zich af of ze van een tree zou vallen, of in een duister gat geduwd zou worden, of in een donkere kelder waar hij haar dan aan haar lot zou overlaten en ze uiteindelijk zou sterven. Zachtjes kermend, haar plas met de allergrootste moeite ophoudend, deed ze aarzelend nog een stapje naar voren, en toen hoorde ze het... een gedempt geluid alsof er nog iemand anders in de kamer was.

Ze viel bijna flauw.

Goeie god, hij had haar toch zeker niet naar een plek gebracht waar nog andere mannen op haar zaten te wachten? Hernieuwde angst joeg haar hart op hol. Ze kromp ineen, en ze rook iets, nee, *iemand* anders.

Een mengeling van zweet, een muskusachtige geur en pure doodsangst kroop met ijzige vingers over haar huid.

Ze had gehoord van barbaarse rituelen met vrouwen, en ze zette zich schrap voor wat voor ziekelijk lot dan ook de man voor haar in petto had.

'Mooi zo. En nu eventjes braaf zijn,' fluisterde hij in haar oor, en zijn hete adem streek langs haar nek. 'Zolang je maar precies doet wat ik zeg, hoef je nergens bang voor te zijn. Dan zal je niets overkomen.'

Ze geloofde hem helemaal niet.

Zijn poeslieve woorden waren een val. Een truc waar ze niet in zou trappen.

'Kleed je uit.'

Ze verstijfde. Vreesde dat ze zou moeten overgeven.

Hij drukte de revolver tegen haar borst en ze speelde even met de gedachte om te weigeren, maar uiteindelijk gehoorzaamde ze hem. In het besef dat hij haar onder schot hield, trok ze eerst haar T-shirt, en toen haar short uit. Ze beefde over haar hele lichaam en had zich nog nooit zo kwetsbaar gevoeld. De tranen stroomden over haar wangen. Haar maag had zich samengebald van angst. Hoeveel mensen – mannen – zaten er naar haar te kijken? Hoeveel zouden haar zo aanraken? Ze kreeg braakneigingen en vreesde van haar stokje te zullen gaan.

'Mooi zo.'

Ze verstijfde in haar slipje en beha.

Dus dan hoefde ze niet helemaal naakt?

'En nu wil ik dat je dit aantrekt.' Ze hoorde het opentrekken van een rits, en toen kreeg ze iets zachts en zijdeachtigs in haar handen gedrukt. Een jurk? Met onhandige vingers betastte ze het kledingstuk en vond een manier om het aan te trekken. Ze wist nog steeds niet wat het was, maar het was groot genoeg om haar naaktheid mee te bedekken, en dat was op dit moment het belangrijkste. 'Draai hem om,' beval hij, waarop ze de stof, zonder te zien wat ze deed, automatisch ronddraaide, waarna ze het lijfje van de jurk omhoogtrok – over haar middel en nog hoger, over haar borsten. Met enige moeite vond ze de lange mouwen, en ze stak haar armen erin. Hij ging achter haar staan, pakte haar opnieuw bij de arm en trok de rits op tot iets onder haar schouders. Zijn adem was heet. Stinkend. Bijna klef, zoals hij van heel dichtbij langs haar nek streek.

Misschien dat ze nu... iets zou kunnen verzinnen om hem tegen te houden. Maar dat kon ze wel vergeten.

Langzaam, zonder haar arm los te laten, liet hij de koude loop van de revolver over de huid van haar nek gaan.

Ze kreeg er kippenvel van.

Als ze zich nu heel snel omdraaide, misschien dat ze hem dan bij verrassing met haar elleboog hard in zijn maag zou kunnen stompen, het wapen uit zijn hand zou kunnen slaan, de blinddoek af zou kunnen trekken en er als een speer vandoor zou kunnen gaan. Ze was snel. En met de adrenaline die op dit moment door haar aderen stroomde, zou ze gemakkelijk zeven, acht kilometer kunnen rennen zonder te hoeven stoppen om uit te rusten.

'Eh, eh, eeehhh,' zuchtte hij van zo dichtbij dat ze zijn borst langs haar rug voelde schuren, terwijl zijn erectie door de zachte plooien van de jurk in haar bilnaad drukte.

Haar kin begon te trillen. Hij zou haar verkrachten... en dan zou hij de zwijgzame anderen in de kamer mogelijk ook hun gang met haar laten gaan.

Waarom? O, Heer, waarom?

Vooruit dan, Mary, zet het op een lopen! Waag het erop! Wat kan het schelen als hij schiet?

De hand die haar schouder had vastgehouden, verplaatste zich nu naar haar middel, en hij trok haar dicht tegen zich aan. 'Ziezo, Mary,' zei hij met hese stem, en ze had het niet meer toen ze zich realiseerde dat hij wist hoe ze heette. Dat betekende dat ze geen toevallig slachtoffer was geweest. Hij had het specifiek op haar gemunt gehad. 'Nu zal ik je vertellen wat je moet doen om in leven te blijven. Hoor je me?'

Ze knikte, en haatte zichzelf. Haatte hem.

'Je pakt deze revolver van me aan, en dan schiet je ermee in een kussen.'

Wat?

'Ja, je hebt het goed gehoord. Ik geef je het wapen, maar je moet me beloven dat je je niet zult omdraaien om ermee op mij te schieten, goed? Ik hou mijn hand op de jouwe. Kijk, zo...' Hij drukte de revolver in haar bevende, zwetende hand en legde haar wijsvinger om de trekker. Zijn sterke hand leidde de hare, en toen ze het wapen toch naar achteren, op hem probeerde richten, duwde hij haar hand met kracht naar voren.

'Het enige wat je hoeft te doen, is de trekker overhalen.'

Ze trilde van top tot teen. Dit was waanzin. Geschift. Ze vertikte het om blindelings in het donker te schieten. Even vroeg ze zich af of dit misschien een ziekelijke studentengrap was, een soort van ontgroeningsritueel, maar ze geloofde het niet echt. Ze had zich bij geen enkele vereniging aangesloten en zou binnenkort ophouden met haar studie. En daarbij, het onderliggende gevoel van pure, zuivere boosaardigheid getuigde op geen enkele manier van een grappige of lollige opzet.

Het was bepaald geen grap.

'Toe dan,' drong hij aan. Zijn ademhaling kwam in kleine, opgewonden stootjes. Nu hoorde ze het weer, die gedempte kreet – was het onderdrukt lachen? Iemand die het in doodsangst probeerde uit te schreeuwen maar dat niet kon? Waar kwam het precies vandaan? Van dichtbij? Van ver weg? Was het afkomstig van iemand die in een kast zat opgesloten? Of van iemand die naar haar zat te kijken? En was het slechts één persoon? Of waren het er twee? Tien?

Ze was zo bang dat ze stond te trillen als een riet, en als die man haar hand niet zo stevig had vastgehouden, zou het wapen zeker op de grond zijn gevallen.

Was het maar een nachtmerrie!

Kon ze maar wakker worden in haar eigen bed op de campus!

'Je krijgt vijf seconden.'

Nee! Alweer dat gedempte geluid.

'Vijf.'

Alstublieft, Heer, help mij dan toch.

'Vier.'

Ik smeek U, laat mij niet in de steek.

'Drie.'

Ik ben Uw nederige dienares.

'Twee.'

Heb genade!

'Een.'

En toen haalde hij de trekker voor haar over.

Beng! Het wapen knalde en deed haar hand schokken.

Van ergens vlakbij klonk opnieuw een gedempte kreet.

Ze rook cordiet, een brandlucht en nog iets anders... de penetrante geur van urine?

Opnieuw een gekweld en onderdrukt geluid.

Nieuwe doodsangst maakte zich van haar meester.

Goeie god, had ze zojuist een ander menselijk wezen doodgeschoten?

Nee, nee! Laat dat niet waar zijn alsjeblieft!

Wat wás dit toch? Ze probeerde het uit te schreeuwen ondanks haar dichtgeplakte mond, probeerde zich los te rukken, maar de gek hield haar nog steviger vast en haalde met een snelle beweging de blinddoek van haar hoofd.

Toen hij het volgende moment ook de pleister van haar mond trok, moest ze meteen kokhalzen.

In de gloed van een enkele lantaarn zag ze wat ze had gedaan. Een man die haar vagelijk bekend voorkwam, zat, met een dun kussen op zijn borst gebonden, vastgebonden op een stoel. Zijn handen waren op zijn rug gebonden, en zijn enkels waren met tape aan de metalen stoelpoten vastgemaakt. Hij zat slap voorovergebogen, en onder hem, in een steeds groter wordende plas, lag het bloed dat uit zijn lichaam stroomde. Hier en daar zag ze als sneeuwvlokjes omlaagdwarrelende veertjes die de een na de ander terechtkwamen in de donkerrode plas.

Mary kon haar maaginhoud niet langer binnenhouden, en ze gaf over op de vloer, vlak voor de witte jurk die ze van hem had moeten aantrekken. Huilend, en trillend van de shock, keek ze naar de man die voor haar ogen stervende was. Zijn ogen keken niets-ziend voor zich uit in het zachtgouden licht en Mary was er, terwijl ze heftig snikte en de tranen over haar wangen stroomden, zogoed als zeker van dat ze zijn ziel zijn lichaam zag verlaten.

Goeie god, ze had een onschuldig, aan een stoel vastgebonden mens vermoord. Ze keek van de man naar het kleine wapen dat ze nog steeds in haar hand hield... háár wapen... de kleine revolver die haar vader haar had gegeven om zichzelf mee te verdedigen.

En ze had er een man mee vermoord.

Nee, Mary, niet jij. Het monster dat je ontvoerd heeft. Je hebt het wapen nog steeds in je hand. Waarom gebruik je het niet om hem ermee dood te schieten? Je hoeft echt niet bang te zijn dat God je zou willen straffen voor het doden van deze zondige duivel.

En terwijl ze dat dacht, verstevigde hij de greep op haar hand. 'Je hebt hem vermoord, Mary,' zei hij bijna liefdevol, alsof hij haar wilde strelen.

Ze rilde, wilde hem tegenspreken, maar voelde hoe hij haar hand nog steviger vastpakte. Ineens trok hij haar met een ruk naar achteren, zodat ze met haar rug tegen zijn harde borst stond geleund, en de achterkant van haar benen tegen zijn dijen en schenen, haar romp tegen zijn kruis, en zijn erectie opnieuw tegen haar bilnaad drukte. Haar hart ging als een gek tekeer. Pure doodsangst verlamde haar.

'Doden is een zonde.' Zijn adem was heet en zacht, en ze kon zijn verdorvenheid ruiken. 'Maar ik vertel je niets nieuws, wel?'

Ze gaf geen antwoord, en was zich alleen maar bewust van de tranen die over haar wangen stroomden. Het maakte niet uit wat ze zou zeggen. Ze was er geweest. Ze voelde het. Vluchten was onmogelijk.

'Je hebt gezondigd, Mary,' fluisterde hij verleidelijk, en ze slikte. Probeerde wanhopig moed te verzamelen. Wist wat er zou komen.

Vader, vergeef me...

'En we weten allemaal dat zondigen met de dood bestraft moet worden...'

Langzaam draaide hij haar hand in de zijne, waarna hij de loop van haar eigen revolver tegen haar slaap drukte.

Hoofdstuk 3

'Drie uur moet lukken,' zei Abby, met haar mobiel tussen haar schouder en oor geklemd. Twee dagen nadat ze naar Lukes programma over gescheiden echtgenotes had geluisterd, kwam ze thuis met haar rechterarm vol boodschappen van de supermarkt, en haar map met fotomateriaal in haar andere hand. Ze had het grootste deel van de vorige dag en deze ochtend doorgebracht in haar studio in de stad, waar ze haar administratie had bijgewerkt en met een aantal ouderen, die een avondstudie volgden en weldra zouden afstuderen, over een fotosessie had gesproken. Daarna had ze op weg naar huis snel nog even een paar boodschappen gedaan.

Ze zette de boodschappen op het aanrecht waar Ansel met een zwaaiende staart voor het raam naar de vogels in het vogelhuisje zat te kijken. 'Op de grond!' fluisterde ze, terwijl de vrouw aan de andere kant van de lijn de tijd opschreef waarop ze hadden afgesproken dat ze langs zou komen om haar huis te bekijken.

Er waren nog geen tweeënzeventig uur verstreken sinds ze het Te Koop-bord had opgehangen, en intussen hadden er al meerdere mensen gebeld van wie deze vrouw de eerste was die, nadat Abby haar de prijs had genoemd en nadere informatie had verstrekt, het huis vanbinnen wilde zien.

Terwijl Ansel weigerde te gehoorzamen en languit op het aanrecht ging liggen, liep Abby de woonkamer in waar ze haar map op een bijzettafeltje legde.

'Hoe was uw naam ook alweer? En wat is uw nummer?' vroeg ze, nadat ze snel weer naar de keuken was gegaan, een pen uit haar tas had gehaald en de gegevens op een blocnote schreef die ze bij de telefoon had liggen. 'Goed, dan zie ik u om drie uur.'

Abby hing op en keek op haar horloge. Dat betekende dat ze nog geen vier uur had om het huis een snelle beurt te geven.

Niet dat het echt een bende was. Zolang je maar niet naar het dunne laagje kattenharen op de bank en de stoelen keek, of naar de dikke dotten die zich in de hoeken verzameld hadden. Ze stofzuigde minstens om de dag, maar Ansel was in de rui en verloor zoveel haar dat er amper tegenop te boksen was. 'Misschien dat een scheerapparaat voor jou meer zin zou hebben dan de stofzuiger, hm?' Ze tilde de zware kat van het aanrecht en drukte hem even tegen zich aan. Terwijl ze hem aaide, fluisterde ze in zijn oor: 'Maar ik hou toch wel van je, hoor. Ook al ben je zo nu en dan echt ontzettend lastig.' Hij drukte zijn kopje tegen de onderkant van haar kin, en spinde zo luid dat haar eigen lichaam ervan meetrilde.

Ze wist dat het onzin was wat ze tegen het dier zei, maar toch voelde het goed.

De afgelopen twee dagen had ze het met de ene na de andere fotosessie zo druk gehad, dat ze amper aan zichzelf was toegekomen. En dat was eigenlijk maar goed ook, want op die manier had ze geen tijd gehad om te denken aan de gemene dingen die Luke in de uitzending over haar had gezegd.

Abby had zich voorgenomen om zich Lukes aanval niet aan te trekken.

'Het is het niet waard.' Ze gaf de kat een zoen tussen zijn oren, zette hem op de grond en keek of er nog water in zijn bakje zat. Nog halfvol. Hij liep naar de achterdeur, draaide zich om en miauwde tot ze had opengedaan. Ansel schoot naar buiten en liep rechtstreeks naar de boom bij het vogelhuisje waar een paar mezen en boomklevers van de nootjes pikten. Warme, naar aarde geurende oktoberlucht drong het huis binnen.

Abby stapte naar buiten, de veranda op. Het zonnetje probeerde tussen een aantal grijze wolken door te gluren. Even meende ze de vage kleuren van een regenboog te ontwaren, maar ze had het nog niet gedacht of ze waren alweer verdwenen.

'Jammer,' zei ze, waarna ze weer naar binnen ging en de deur achter zich dichtdeed. Ze keek om zich heen en besloot aan de slag te gaan.

Ze ging naar haar slaapkamer om haar broek en blouse te verruilen voor haar 'schoonmaakkloffie' – haar favoriete oude spijkerbroek en een T-shirt dat onder de bleekwater- en oude koffievlekken zat. Nadat ze haar haren in een staart had gedaan, pakte ze de stofdoek en ging aan de slag.

Onder het lappen van de ramen door zette ze de televisie aan om wat geluid op de achtergrond te hebben. De weerman waarschuwde voor een in aantocht zijnde zware storm die over enkele dagen vanaf de Atlantische Oceaan over New Orleans zou trekken. Na de nodige meteorologische speculatie, was het tijd voor de reclame. Toen het nieuws daarna weer verderging en Abby net het aanrecht onder handen wilde nemen, hoorde ze de woorden die er onveranderlijk voor zorgden dat haar hart een paar slagen miste.

'Our Lady of Virtues...'

Ze keek met een ruk op en richtte haar aandacht op het kleine scherm in de boekenkast. In beeld was een voluptueuze, perfect geschminkte verslaggeefster met kort donker haar, die voor het oude ziekenhuis stond waar Faith Chastain om het leven was gekomen.

'... het ziekenhuis, dat al sinds bijna honderd jaar een opvallende plaats in het landschap inneemt,' vertelde de vrouw van een jaar of vijfentwintig. De wind speelde met haar haren, en blies enkele lokjes in haar gezicht. 'Het gebouw dat u hier achter mij ziet, heeft een lange en wisselende geschiedenis achter de rug, en is niet voor schandalen bespaard gebleven.'

O god, ze zouden toch niet alweer over de dood van haar moeder beginnen, wel?

Abby zette zich schrap alsof ze elk moment een klap zou kunnen krijgen.

'Het oorspronkelijke weeshuis, dat vanaf de Tweede Wereldoorlog als ziekenhuis dienstdeed, is van begin af aan beheerd door een katholieke nonnenorde.' De camera zwaaide van de verslaggeefster naar het eens zo voorname gebouw.

Abby's hart balde zich samen terwijl ze naar het ziekenhuis keek met zijn eens zo fraaie, maar nu volledig door onkruid overwoekerde oprijlaan. Ze herinnerde zich de zorgvuldig onderhouden gazons aan weerszijden, en de fontein aan het einde ervan. Lang geleden had Abby op de rand van het bassin gezeten en naar de tussen de waterlelies door zwemmende goudvissen gekeken terwijl ze de fijne waterspatjes van de fontein op haar huid had gevoeld. Vanaf die plek had ze een goed zicht gehad op haar moeders kamer op de tweede etage.

Ze slikte. Hoe vaak had ze niet uren achtereen op de rand van die fontein gezeten? Nu was het bassin uitgedroogd en gebarsten, en zaten de beelden van de engelen onder een groen, slijmerig mos, waarvan de plukjes op hun gezichten net tranen leken.

'Als laatste heeft Our Lady of Virtues dienstgedaan als psychiatrische inrichting, maar hoewel het een particuliere stichting was, heeft het de kortingen op overheidssubsidies niet weten te overleven. In een periode waarin geruchten de ronde deden over misbruik van de patiënten, en een van hen blijkbaar door zelfmoord om het leven is gekomen, heeft het bijna achttien jaar geleden de poorten moeten sluiten...'

Abby had het gevoel dat haar keel dicht werd gesnoerd terwijl ze de stofdoek uit haar hand liet vallen en als verstijfd naar de surrealistisch aandoende beelden op de televisie bleef kijken.

Boven de televisie, in de boekenkast naast de open haard, stond een foto van haar moeder. Abby's blik dwaalde af naar de knappe vrouw met naar achteren gekamd haar, die lachend met haar grote, amberkleurige ogen in de lens keek. Aan niets was te zien dat ze het op wat voor manier dan ook moeilijk zou hebben.

Abby slikte, liep naar de boekenkast en pakte de foto van de plank. Een intens verdrietig gevoel maakte zich van haar meester, en ze werd gegrepen door een verlangen naar haar moeders glimlach, haar koele handen en haar naar bloemen geurende parfum.

'... als alles volgens plan gaat, in de loop van volgend jaar gesloopt zal worden.'

Met een ruk keek Abby weer naar de televisie. Wilden ze het oude ziekenhuis slopen?

Op het scherm verscheen een schematische tekening van een twee verdiepingen tellend gebouw dat op zich veel op het oorspronkelijke leek, maar nieuwer, minder somber en moderner was. Weg waren de glas-inloodvensters, de gargouilles aan de dakgoten en de brede veranda's. De bakstenen werden vervangen door gladde muren, de ramen werden breder en de fontein met engelen moest wijken voor een 'waterpartij' van metaal en natuursteen.

Het beeld keerde terug naar de studio, naar nieuwslezer Mel Isely achter zijn brede, half cirkelvormige bureau. In de linkerbovenhoek van het beeld was een venstertje waarin de verslaggeefster op het ziekenhuisterrein nog in beeld was, en verder vertelde over het lot van Our Lady of Virtues.

'Het is de bedoeling dat het nieuwe gebouw een bejaardencentrum wordt waarin zowel serviceflats als een verpleegafdeling zullen worden ondergebracht.'

'Dankjewel, Daria,' zei de nieuwslezer, terwijl het venstertje linksboven sloot en het volledige beeld in beslag werd genomen door het bureau en Isely, een man die Abby tijdens haar huwelijk met Luke een aantal keren ontmoet had. Ze had hem altijd net een beetje te glad gevonden. Hij was knap, maar Abby hield niet zo van het type. 'En dan nu... de sport,' zei Isely, terwijl hij breed glimlachend de camera in keek. Half en half verwachtte ze een knipoogje van hem. Ze herinnerde zich een galadiner voor het goede doel waarop hij, met een slok te veel op, geprobeerd had haar te versieren. Nu pakte hij de papieren die op zijn bureau lagen bij elkaar en zei: 'Na de reclame zijn we terug met nieuws over de Saints!'

'Nee, dankjewel.' Abby zette de televisie uit en het volgende moment was Mels gezicht met de onthutsend blauwe ogen en dikke wimpers van het scherm verdwenen.

Ze liet de ingehouden adem uit haar longen ontsnappen en dacht na over het nieuws dat ze gehoord had.

Wat kon het schelen dat de inrichting waar haar moeder was overleden met de grond gelijk zou worden gemaakt? En dat er een nieuw gebouw voor in de plaats zou komen? Dat was immers toch vooruitgang, of niet soms?

Nadat ze de foto van haar moeder op de plaats had teruggezet, liep ze de keuken in en trok de koelkast open. Geen water. 'O, verdorie.' Ze haalde een glas uit de kast, draaide de kraan open en luisterde naar de protesterende geluiden van de oude leidingen. Met haar heup tegen de gootsteen geleund liet ze het glas vollopen en dacht ze aan alle redenen op grond waarvan ze had besloten om weer terug te gaan naar Louisiana.

Ze had echt niet staan popelen om weer hier te gaan wonen.

Naar haar idee was Seattle – met zijn schitterende kust, koelere klimaat, besneeuwde bergen op een paar uur rijden, interessante geschiedenis, en vooral het feit dat het een paar duizend kilometer van Louisiana was verwijderd – de ideale plek om te wonen.

Afgezien dan van Zoey en haar avontuurtje met Luke. Ze nam een grote slok water.

Kom, zeg, Abby, wees eerlijk, zei haar geweten. *Zoey's relatie met Luke was geen simpel avontuurtje, maar een echte, zwaar emotionele en hartstochtelijke verhouding geweest!*

'Schoft,' mompelde ze, waarop ze haar glas leegdronk en in de vaatwasmachine zette.

Ze had meteen van Luke moeten scheiden toen ze erachter was gekomen dat hij haar tijdens hun verloving had bedrogen, maar nee hoor, ze was zo stom geweest om haar huwelijk een tweede kans te willen geven. Hij had gezworen dat het geen tweede keer zou gebeuren als ze bereid was om met hem mee naar New Orleans te verhuizen.

Natuurlijk had ze getwijfeld aan de overlevingskansen van hun huwelijk, maar de verleiding om met een schone lei te beginnen was groot geweest, en bovendien dacht ze in die tijd nog dat ze van haar man hield.

'Stommerd,' zei ze zachtjes voor zich heen, terwijl ze terugliep naar de woonkamer en verderging met afstoffen. Er waren ook nog andere redenen geweest om terug te gaan naar New Orleans. Had ze zich niet altijd voorgehouden dat ze terug wilde naar de plek waar haar leven, na Faith Chastains dodelijke val, voorgoed was veranderd? Had Abby niet altijd geweten dat ze, om de spoken uit het verleden een definitieve rustplaats te kunnen geven, het ziekenhuis zou moeten bezoeken en er foto's van zou moeten nemen? Alleen op die manier zou het haar lukken haar gefragmenteerde herinnering aan die avond helder en duidelijk te krijgen.

'O, mamma,' zei ze, terwijl ze haar moeders portret opnieuw uit de boekenkast pakte en in de ogen keek die zo sterk op de hare leken. Haar blik dwaalde af naar de open haard waar ze, enkele avonden eerder, haar trouwfoto's had verbrand. De zwarte as ervan zat nog aan het rooster geplakt.

Haar mobiel ging. Hij zat nog in haar tas die in de eetkamer naast haar fotomap stond. Ze haastte zich ernaar toe, viste hem uit haar tas en klapte hem open. 'Hallo?'

'Hallo, Abby, je spreekt met Maury,' zei de stem aan de andere kant. 'Maury Taylor. Lukes collega, weet je nog?'

'Ja, natuurlijk weet ik nog wie je bent,' antwoordde ze op koele toon. Maury de debiel.

'Je hebt zeker niet van Luke gehoord, hè?'

'Nee,' zei ze aarzelend, in het vermoeden dat ze haar ergens in probeerden te luizen – dat het om een van Lukes vele flauwe grappen ging. Hij stond erom bekend dat hij mensen tijdens de uitzending voor de gek hield, waarbij hij zijn slachtoffer ten overstaan van al zijn luisteraars belachelijk maakte. Soms nam hij dat soort sessies ook wel op band op, om ze dan later, tijdens de uitzending, af te spelen. Ze slikte.

'Echt niet?'

'Nee, echt niet. Waarom zou ik van hem gehoord moeten hebben?'

'Ik weet niet.' Maury klonk een beetje ongerust, paniekerig. 'Hij, eh, is gisteren niet in de studio verschenen. We hebben de hele uitzending zonder hem moeten doen, en uiteindelijk een opname van een programma van afgelopen zomer uitgezonden.'

Ze trapte er niet in, en eigenlijk kon het haar ook geen barst schelen. Zij en Luke Gierman hadden elkaar niets meer te vertellen. 'Waarom zou ik moeten weten waar hij uithangt?'

'Zomaar. Ik dacht dat je misschien geluisterd had naar onze uitzending van begin van de week, die over ex-echtgenoten.'

Ze zei niets, maar voelde dat ze boos begon te worden. *Rotzak*, dacht ze, terwijl ze Luke in gedachten achter de microfoon zag zitten terwijl hij de ene na de andere leugen de ether in slingerde. Ze greep de telefoon steviger vast.

'Je hebt waarschijnlijk wel gehoord dat hij, eh, geen spaan van je heeft heel gelaten.'

'En daarom zou ik hem gebeld moeten hebben?' vroeg ze spottend. Ze wist haar woede onder controle te houden, en was er nog steeds niet helemaal zeker van dat het niet om een zogenaamde grap ging. 'Wat dacht je? Nee, ik heb er geen idee van waar hij is. Dag, Maury.'

'Nee, luister! Abby,' riep hij, alsof hij bang was dat ze op zou hangen.

'Het spijt me. Die uitzending... we zijn echt veel te ver gegaan, dat weet ik heus wel, maar zijn publiek verwacht dat nou eenmaal van hem.'

'Ja, en?'

'Nou... na die uitzending is Luke verdwenen. Je weet dat hij na de uitzending altijd naar de sportschool gaat, maar daar is hij niet geweest.'

Ja, dat wist ze nog. Het zou makkelijk zijn geweest om een opmerking te maken over Lukes obsessie om in vorm te blijven, maar ze beheerste zich. Hij ging niet alleen omdat hij er goed uit wilde zien, maar het had iets dwangmatigs.

'Niemand heeft van hem gehoord. Ik ben bij zijn flat geweest, maar er wordt niet opengedaan, en ik heb hem zowel thuis als op zijn mobiel gebeld, maar hij neemt niet op.'

'Hij komt wel weer boven water,' zei ze. Ze weigerde zich druk te maken.

'Maar – '

'Ik heb hem niet gezien, oké? Laten we eerlijk zijn, hij heeft het voor de hele wereld verkondigd, ik ben zijn vrouw niet meer.' Ze werd boos, en haar tong begon een eigen leven te leiden. 'Ik hou niet bij waar hij uithangt. Waarom vraag je het niet aan zijn vriendinnetje?'

'Nia... tja... Luke en Nia...'

Toen hij zijn zin niet afmaakte, vroeg ze ongeduldig: 'Wat?'

'Nia weet niet waar hij is.'

Ze voelde dat hij nog meer wilde zeggen, maar het kon haar niet schelen. 'Misschien weet ze het wel, maar wil ze het niet zeggen.'

'Dit is niets voor hem.' Maury klonk bezorgd. Echt bezorgd.

Mooi. Laat hem zich maar zorgen maken. Tot haar verbazing realiseerde ze zich dat Lukes streken en zijn liefdesleven haar niet interesseerden. En ze maakte zich geen zorgen om hem. Luke was iemand die van publiciteitsstunts hield. Het zou echt iets voor hem zijn om te doen alsof hij dood was. Alles om de luistercijfers omhoog te krijgen. 'De laatste keer dat ik Luke heb gezien, was vorig weekend toen hij Hershey kwam halen, de hond waarover we gedeelde voogdij hebben. Het spijt me, ik kan je niet helpen. Ik hoop alleen maar dat hij voor mijn hond zorgt.'

'Goed, goed, maar mocht je van hem horen, laat hem dan meteen naar de studio bellen. De producer heeft het niet meer.'

'Best.' Het liet haar echt ijskoud. Ze hing op en weigerde zich af te vragen wat Luke in zijn schild voerde. Het deed er niet meer toe. Ze waren gescheiden. Punt uit.

En zijn spullen stonden niet langer in de garage.

Tegen beter weten in liep ze naar de slaapkamer waar ze de tweede la van haar nachtkastje opentrok, aan wat in het verleden Lukes kant van het bed was geweest.

Daar lag, zoals hij al jaren had gedaan, zijn vaders dienstrevolver. Ze pakte de .38 op en voelde zich een beetje schuldig om het feit dat ze tegen haar ex had gelogen, maar haar berouw was van korte duur.

Voorlopig bleef het wapen hier.

'En... wat hebben we hier?' Rechercheur Reuben Montoya, in spijkerbroek, T-shirt en zwartleren jack, deed enkele voorzichtige stappen in de richting van de deur van het vervallen huisje in de bayou. De ochtendzon kroop door de bomen en struiken en joeg de laatste flarden nachtmist op de vlucht. De moeraslucht drong zich aan hem op: traag voortstromend water, vergane plantenresten, en nog iets anders, een stank die hij herkende – de stank van rottend vlees. Zijn maag draaide zich een beetje om, maar hij beheerste zich. In de meeste van de gevallen kreeg hij het voor elkaar zijn emoties onder controle te houden, en zijn werk ter plekke te doen zonder zijn lunch te verliezen.

'Het lijkt een geval van moord-zelfmoord,' zei de assistent-sheriff, Don Spencer. Hij was klein, had bleekblauwe ogen en gemillimeterd roodblond haar. 'Maar er is een aantal onduidelijkheden. Er wordt aan gewerkt. De technische recherche is al een uur bezig.'

Montoya knikte en keek om zich heen. De onmiddellijke omgeving was al afgezet met gele tape. Hij zette zijn handtekening op het veiligheidsprotocol en liep naar de agenten die voor hem bij het afgelegen huisje waren gearriveerd. 'Waren jullie hier als eersten?'

'Ja. Ik kreeg een oproep van de meldkamer. Een lokale visser – die toegeeft dat hij zonder toestemming op andermans terrein was – die op weg was naar de rivier, zag de deur openstaan en is naar binnen gegaan.'

'Is hij nog hier?'

De agent knikte. 'Daar, in zijn pick-up.' Spencer bewoog zijn kin in de richting van een oude, gebutste Dodge die ooit rood was geweest, maar na jaren te zijn blootgesteld aan de hete zon van Louisiana behoorlijk verschoten was. In de laadbak bevonden zich een kleine kano en vistuig. Montoya keek naar de cabine van de auto en zag een zwarte man achter het stuur zitten. 'Hij heet Ray Watson. Woont een kleine tien kilometer stroomopwaarts. Geen strafblad.'

'Is hij de enige getuige?'

'Tot dusver.'

'Hou hem nog even hier. Ik wil hem een paar vragen stellen.'

'Komt in orde.'

Montoya snakte naar een sigaret, maar hij probeerde het verlangen te negeren. Hij trok sloffen over zijn schoenen aan en liep naar de deur, waarbij hij zorgvuldig om de labtechnicus heen stapte die bezig was het overwoekerde pad te fotograferen. Montoya zag het vertrapte onkruid en de verpulverde blaadjes, en het was duidelijk dat er meerdere mensen over het pad naar de veranda hadden gelopen.

Hij liep de treden op, stapte het huisje in en bleef roerloos staan.

'Wat ís dit, verdomme?' vroeg hij, met een blik op de scène van het geweldsmisdrijf. Hij voelde zijn maag samenballen.

Felle lampen verlichtten het kleine vertrek, met op de vloer een mengsel van bloed, veren, braaksel en vuil. Het stonk er naar cordiet, bloed, kots, urine en stof. Collega's waren bezig met opmeten, het nemen van vingerafdrukken en het zoeken naar bewijsmateriaal.

De beide slachtoffers bevonden zich midden in de kamer. Een van de slachtoffers, een blanke man, lag poedelnaakt op zijn rug. Montoya schatte hem begin veertig, en zo te zien was hij goed in vorm. Hij had een gat in zijn borst waar bloed uit was gelopen, maar niet zo veel als Montoya verwacht had. Hij moest snel gestorven zijn.

'Jezus,' mompelde Montoya.

Het tweede slachtoffer, een vrouw die een trouwjapon van witte zijde en kant droeg, lag boven op de dode man. Het leek alsof ze, na éénmaal in het hoofd te zijn geschoten, over hem heen was gevallen. De achterzijde van de japon was laag uitgesneden, en haar lange paardenstaart lag uitgewaaierd over haar blote rug. Een paar blonde pieken bij haar slaap waren bloederig en aan elkaar geplakt.

Een fotograaf maakte de ene foto na de andere en het flitslicht van zijn camera maakte het toch al lugubere tafereel extra macaber. Bonita Washington, de inspecteur van Geweldsmisdrijven, zat op haar hurken naast de slachtoffers.

'Heb je het protocol getekend, Montoya?' vroeg ze. Ze droeg een leesbrilletje, en keek met een zuur gezicht op van de schets die ze aan het maken was. Haar blik was voldoende om hem duidelijk te maken dat ze niet met zich liet sollen. Bonita was van Afrikaans-Amerikaanse afkomst, en daar was ze trots op, en ze leidde haar team rechercheurs met ijzeren hand.

'Wat dacht je?'

'Ik vraag het alleen maar. Niemand komt hier binnen zonder dat hij zijn handtekening heeft gezet. Ik wil precies weten wie hier binnen is geweest.' Ze trok haar donkere wenkbrauwen op en keek hem over de rand van haar brilletje strak en doordringend aan. 'Je staat erom bekend dat je het niet zo nauw neemt met de voorschriften.' Het was duidelijk dat ze vandaag niet in was voor een grapje.

'Ik heb mijn handtekening gezet, dat zeg ik toch.'

'Mooi. Waar is Bentz?'

'Op vakantie met zijn vrouw. Las Vegas.' Rick Bentz was Montoya's partner. Dat was hij al jaren, sinds de dag waarop Bentz vanuit Los Angeles naar New Orleans was overgeplaatst en Montoya zelf nog een groentje bij de recherche was geweest. De enige tijd dat ze niet samen hadden gewerkt, was geweest toen Montoya een aantal maanden naar Savannah was gegaan om daar aan een zaak te werken. De gedachte aan die pijnlijke periode bezorgde hem een bittere smaak in zijn mond, maar hij zette de herinnering van zich af en concentreerde zich op het hier en nu. En dat was geen pretje. 'Bentz is over een paar dagen weer terug,' zei hij, zijn sikje strelend. 'Voorlopig zul je het met mij moeten doen,' zei hij tegen Washington, en hij grijnsde.

'Is me dat even boffen?' zei ze, met een minimale dosis humor, waarna ze meteen weer ernstig werd en met het gummetje op de achterkant van haar potlood op de beide slachtoffers wees. 'Kijk uit met waar je loopt en wat je aanraakt. We zijn nog steeds sporen aan het verzamelen.'

Montoya haalde zijn notitieboekje uit zijn achterzak en keek haar lichtelijk geïrriteerd aan. 'Dit is echt niet de eerste keer dat ik op de plek van een misdrijf kom, hoor.'

'Goed.' Ze fronste nog steeds, maar knikte kort en werd een beetje vriendelijker. 'Mijn eerste indruk. Het schijnt dat alles zich hier in deze kamer heeft afgespeeld. Te oordelen naar de bloedsporen en de houding van de lichamen zijn beide slachtoffers hier gedood.' Ze wees met haar gehandschoende wijsvinger op de vloer van het huisje en scheen zeker te zijn van de plaats van handeling, maar naar de diepe rimpels op haar voorhoofd te oordelen, was er iets waar ze niet blij mee was. 'Maar het is in scène gezet.'

'In scène gezet?'

'Hm, ja. We hebben hier te maken met ofwel een moord-zelfmoord, of met een dubbele moord. Daar ben ik nog niet uit, maar dat komt nog.'

Daar twijfelde hij niet aan.

'Ik denk dat de man vastgebonden heeft gezeten aan die stoel daar.' Ze wees op een oude cafetariastoel van metaal en plastic, die in een hoek van de kamer was geschoven. 'Er zitten bloedsporen op, en je kunt zien dat hij door het stof is getrokken... en naast de schuifsporen lopen voetsporen. Schoenen. Onze jongen hier' – ze wees op de dode man die met nietsziende ogen vanuit een gezwollen gezicht opkeek naar het plafond – 'heeft geen schoenen aan. En we hebben die ook nergens gevonden. De schoenafdrukken zijn te groot voor het meisje, dus volgens mij hebben we met een derde partij te maken. Te oordelen naar de afdrukken moet het een grote kerel zijn. Laten we hem voor het gemak Maat Zesenveertig noemen.'

'De moordenaar.'

'Ja. Het mannelijke slachtoffer heeft een maatje tweeënveertig, tweeenveertig half. Volgens mij is deze hele scène hier op kunstmatige wijze gearrangeerd, maar op een slordige manier, zodat we het vrijwel meteen zouden doorhebben. Zoals ik al zei is de moordenaar ofwel een idioot, of hij wil dat wij weten dat hij erachter zit. In dat geval probeert hij alleen maar op te scheppen.' Ze keek Montoya over haar brilletje aan en vernauwde haar ogen. 'Er zitten kruitresten op de handen van de vrouw, en ook een beetje bloed, maar deze hele plek zit me niet lekker.'

'Wie heeft er overgegeven?'

'Zij. Te oordelen naar haar kleren.'

'Een trouwjapon. Was ze een bruid?'

'Dat weet ik niet. Ik denk van niet... dat hoopje kleren daar in de hoek? Een joggingshort en een T-shirt. Ze heeft zich verkleed. Of ze hebben haar verkleed. Vóór haar dood, want de bruidsjurk zit onder de bloedspetters.'

'Waarom zou ze zich verkleed hebben?'

'Geen idee.' De rimpels op haar voorhoofd werden dieper. Ze tikte met het potlood tegen haar lippen en dacht na. 'Maar wie de moordenaar ook mag zijn, hij wil dat we opmerken dat de man naakt is, en dat het meisje op weg is naar haar eigen bruiloft... of iets in die geest. Wie zal het zeggen...'

Montoya was niet blij met wat ze suggereerde. Hij keek naar de man die op zijn rug lag en de vrouw die over hem heen gedrapeerd was. Iets aan de man...

'Herken je die man?' vroeg ze, terwijl ze met haar potlood op het mannelijke slachtoffer wees.

'Moet dat?'

'Luke Gierman. Plaatselijke beroemdheid – of dat dacht hij zelf tenminste. Iemand die het shockeren tot zijn beroep heeft gemaakt.'

'Gierman's Groaners,' zei Montoya, die zich de controversiële radiomaker herinnerde. Hij had Gierman nog nooit ontmoet, maar had zijn foto wel een paar keer in de krant gezien.

'Hij had zijn rijbewijs op zak. Zo te zien ontbreken er geen creditcards en is er ook geen geld van hem gestolen. Hij had tweehonderdzes dollar bij zich, en een bonnetje van een geldautomaat van de First Congressional Bank in Decatur Street, waarop staat dat hij eergisteravond om zes over halfzeven tweehonderd dollar heeft opgenomen.'

'Hij zou kort daarna ontvoerd kunnen zijn.' Hij nam zich voor de video-opnamen van de bank te bekijken.

'Misschien. En voor wat haar betreft...' Ze wees op de dode vrouw die bovenop Gierman lag. 'Volgens de collegekaart in haar portemonnee heet ze Courtney LaBelle. Ze had geen tas bij zich, alleen maar zo'n klein portemonneetje voor creditcards dat ze in de zak van haar short had zitten. Geen creditcards, en alleen maar een briefje van vijf dollar. Wel een rijbewijs waarop een adres uit het Garden District staat.' Ze klakte met haar tong en even gleed er een verdrietige uitdrukking over haar gezicht. 'Achttien jaar. Volgens de lijkschouwer,' ging ze verder, terwijl ze weer een en al zakelijkheid werd, 'is de dood eergisteravond of -nacht ingetreden. Ergens tussen tienen 's avonds en drie uur in de ochtend. Nauwkeuriger kan hij niet zijn.'

'Niet lang nadat Gierman zijn geld op had genomen.'

'Precies.'

'Kende ze Gierman?' vroeg Montoya, met een blik op het stoffelijk overschot van het meisje. Haar huid was bleek en opgezet, maar hij vermoedde dat ze een paar dagen eerder een knappe jonge vrouw was geweest.

'Dat zul je uit moeten zoeken. Het schijnt dat Gierman gevoelig was voor jonge meisjes, en zij zou zeker in aanmerking zijn gekomen.'

Montoya was al aantekeningen aan het maken. Soms kreeg hij de kriebels van Bonita Washington, maar ze was een kei in haar vak. Haar tegenspreken was zogoed als onmogelijk, en plagen was er al helemaal niet bij. 'Hebben we het wapen?'

'Ja. Al ingepakt en van een label voorzien. Een .22-pistool. De vrouw had het in haar hand.'

Opnieuw liet hij zijn blik over de oude houten vloer gaan. Veren, stof, modder en bloed. 'Waar komen die veren vandaan?'

'Van een kussen waarvan ik vermoed dat het voor Giermans borst was gebonden. Mogelijk om het geluid van het schot te dempen, ik weet niet. Maar het lag naast de stoel op de grond.' Ze wees, en Montoya bekeek de slappe, bevlekte kussensloop. In het midden zat een gat. De stof rondom het gat en de veren erin waren verschroeid en zaten onder donker, opgedroogd bloed. 'Het schot is van dichtbij afgevuurd.'

Montoya keek naar de lijken en probeerde zich voor te stellen waar ze zich vóór hun dood hadden bevonden, en hoe ze uiteindelijk, bijna als een stel geliefden, bovenop elkaar op de vloer terecht waren gekomen.

'Zoals ik al zei, op grond van de striemen op Giermans armen en benen vermoed ik dat hij vastgebonden is geweest, bijvoorbeeld met zijn enkels aan de poten van de stoel. Dat zou een verklaring zijn voor de blauwe plekken op zijn lichaam. Ik denk dat zijn mond was dichtgeplakt met tape, al hebben we daar tot op dit moment niets van gevonden. Maar op zijn gezicht zitten sporen van de een of andere kleefstof.'

Toen Montoya wat beter keek, zag hij resten van een grijsachtig spul aan Giermans wangen en bakkebaarden kleven. Zijn bleke huid vertoonde een rechthoekige rode plek, en zijn lippen waren ruw en gebarsten, alsof er iets opgeplakt had gezeten dat er hardhandig vanaf was gerukt.

'Ze zijn niet getrouwd?'

'Hij is vrijgezel. Gescheiden, geloof ik. Van haar weet ik het niet, maar ze heeft een lelijke schaafwond op haar linkerringvinger, net alsof er een ring om heeft gezeten die er met kracht van af is gerukt. Kijk maar hoeveel huid er is meegekomen.'

'Jezus,' zei Montoya, bij het zien van de zwaargehavende, bloederige vinger van het meisje.

'Kennelijk heeft het jawoord hun de nodige moeite gekost,' merkte Washington op. Het was een macaber grapje, bedoeld om de sombere sfeer wat op te vrolijken.

Sinds Montoya bij Geweldsmisdrijven was komen werken had hij heel wat bizarre moorden meegemaakt, maar deze kon gemakkelijk tot de top drie daarvan worden gerekend. Hij rechtte zijn rug. 'Denk je dat het een soort pseudohuwelijk zou kunnen zijn? Dat onze moordenaar voor priester speelde, dat hij de vrouw de ring om haar vinger heeft geperst en hem er toen met kracht weer van af heeft getrokken? Is de ring gevonden?'

'Het slachtoffer had alleen maar een kettinkje om.' Ze wees op het tere gouden kettinkje met een diamanten kruisje eraan.

'Geen schoenen?' vroeg hij, toen hij haar blote voeten zag.

'De enige schoenen die we hebben gevonden zijn haar en zijn sportschoenen. Ik weet niet of het relevant is, maar zo te zien gingen ze sporten, of hádden ze net gesport. Beiden waren oorspronkelijk in short en T-shirt en droegen sportschoenen. Maar hij' – ze wees met haar potlood op de dode man – 'eindigt in zijn nakie, terwijl zij' – Washington wees op de dode vrouw – 'een trouwjurk aanheeft. Geen schoenen, geen kousen, geen sluier en geen ring... Nogal bizar, als je het mij vraagt.'

'Dat ben ik helemaal met je eens.'

Washington hield haar notitieblokje tegen haar borst gedrukt en tikte met de achterkant van haar potlood tegen haar mond. 'Die man heeft ontzettend veel mensen tegen zich in het harnas gejaagd,' zei ze, terwijl ze naar Gierman keek. 'Kerkgenootschappen. Ouderverenigingen. Hij had zelfs de omroepcommissie achter zich aan. Hoewel hij aan de ene kant ontzettend populair was, werd hij ook door velen hartgrondig gehaat.'

Ze tuitte haar lippen. 'Hij ging zijn boekje regelmatig heel ver te buiten.'

'Jij mocht hem niet.'

'Ik was bepaald geen fan van hem, nee, maar' – ze keek naar het meisje – 'wie haatte hem zo erg dat hij of zij hem dood wilde hebben?'

'Courtney LaBelle?' opperde Montoya.

'Nee, dat geloof ik niet. Waarom zou een studente hem naar deze plek brengen, hem willen gijzelen – want daar ziet het naar uit – om zichzelf en hem vervolgens te doden?'

'Seksspelletjes?' vroeg Montoya, omdat dat waarschijnlijk leek.

'Hij is naakt, maar zij niet. Hij was, zo te zien in een onderdanige houding, aan de stoel vastgebonden.' Ze keek hem met haar bruine ogen aan. 'Maar een bruidsjapon is niet echt te vergelijken met zwart leer.'

'Hoe weet jij dat?' vroeg Montoya.

'Kom zeg, Montoya, je denkt dat je me kent, maar je vergist je. Hondenriemen, zwepen, lange handschoenen... dat is nog maar het begin.' Ze grijnsde om hem duidelijk te maken dat het een grapje was, waarop ze opnieuw naar haar tekening keek en weer zakelijk werd. 'Ik hou het nog steeds op meneer Maat Zesenveertig, maar zodra de technici hier klaar zijn weten we meer.'

'Goed.'

'Intussen stel ik voor dat je begint met zo veel mogelijk gegevens over de slachtoffers te verzamelen.'

Dat lag voor de hand, maar in plaats van dat tegen haar te zeggen, vroeg hij: 'Hoe staat het met de rest van het huisje?'

'Zo te zien is daar niemand geweest, maar alles wordt onderzocht, met inbegrip van de vliering.'

'Zat er een slot op de deur?'

'Oud en verroest. Het is geforceerd. Het wordt onderzocht.'

'Weet iemand van wie het huisje is?'

Ze keek hem over de rand van haar brilletje aan. 'Iemand weet dat ongetwijfeld, maar ik niet. Nóg iets dat je uit moet zoeken.' Ze ging verder met tekenen, en hij keek nog een laatste keer aandachtig naar de slachtoffers in hun macabere positie in het midden van de kleine kamer, waarna hij een blik op zijn horloge wierp, zijn handtekening op het protocol zette en naar buiten ging. Hoewel de ochtendlucht nog steeds vochtig en benauwd was, voelde het fris aan in vergelijking met de stinkende, beklemmende sfeer in het huisje. Hij passeerde een technicus die bezig was gipsafdrukken van banden- en voetsporen te maken, en liep naar de oude, verschoten rode pick-up.

Achter het stuur zat een stevig gebouwde zwarte man naar de radio te luisteren en ongeduldig met zijn vingers op het stuur te trommelen.

'Ray Watson?' vroeg Montoya, terwijl hij zijn identificatie voor het open zijraampje hield. Hij wierp een blik in de laadbak van de truck. Afgezien van de kano, had de man nog een paar hengels, een tuigdoos, roeispanen, een zwemvest en een emmer met aas meegenomen. Alles was zorgvuldig vastgezet, aangezien de achterklep van de laadbak openhing omdat de kano langer was dan de beschikbare ruimte.

'Dat ben ik.' Watson was een jaar of vijftig. Hij had een plat gezicht, een donkere huid, ver uit elkaar staande ogen en wanneer hij sprak kon je zien dat hij een paar gouden kronen had. Op zijn peper-en-zoutkleurige kroeshaar droeg hij een oude, verfomfaaide pet van de Saints, en hij ging gekleed in een T-shirt en een ruimvallende overall. Hij maakte een vermoeide en opgewonden indruk. Naast hem, op de stoel van de bijrijder, lagen lieslaarzen, een zaklantaarn en een blikje pruimtabak.

'Meneer Watson, kunt u mij vertellen wat u heeft gevonden? En hoe het is gegaan?'

'U heeft het zelf gezien,' zei Watson, zijn ogen opensperrend. 'Ik ben nergens aan geweest. Alles daar' – hij wees door de voorruit vol dode insecten op het huisje – 'is nog net zo als toen ik de deur opendeed. Ik kom hier altijd om te vissen, maar deze keer had ik het gevoel dat er iets veranderd was... ik weet niet... alsof er iets niet klopte. Ik ben uitgestapt om te kijken, en toen zag ik dat de deur openstond. Ik ben naar binnen gegaan. En daar lagen ze, die dode mensen.' Hij schudde zijn hoofd. 'Ik kon mijn ogen niet geloven. Ik bedoel, die man is poedelnaakt en die vrouw ziet eruit alsof ze op weg was naar het altaar.' Hij keek Montoya recht aan. 'Ik zag meteen dat ze dood waren, en toen ben ik zo snel mogelijk teruggelopen naar mijn auto om, met de mobiel van mijn vrouw, het alarmnummer te bellen.'

'Kent u de slachtoffers?'

'Nee, meneer,' antwoordde hij, en hij schudde zijn hoofd.

'En hoe laat was het toen u ze vond?'

'Ongeveer anderhalf uur geleden,' zei hij, op zijn horloge kijkend. 'Vijf uur. Ik ga altijd heel vroeg vissen. Voor het ontbijt. Het was nog donker toen ik langs het huisje kwam, maar ik scheen het licht van mijn zaklantaarn erop, zoals ik altijd doe, en zoals ik al zei, had ik vrijwel meteen het gevoel dat er iets niet klopte... dat er iets niet in de haak was, snapt u wat ik bedoel? Ik kan het niet precies uitleggen, maar ik kom hier vaak en ik voelde meteen dat er iets niet helemaal goed was, en ik besloot op onderzoek uit te gaan.'

'En toen bent u naar binnen gegaan.'

'Precies.' Watson trok een vies gezicht, alsof hij zich de lijklucht herinnerde. 'Ik heb zoiets nog nooit eerder gezien. Van mijn leven nog niet.'

'Weet u wie de eigenaar van dit huisje is?'

'Niet van wie het nu is. Vroeger was het van een zekere Bud Oxbow, een vismaatje van me.'

'En waar is Oxbow nu?'

'Hij werkte in Mobile op het postkantoor, maar na zijn pensionering is hij naar het noorden gegaan, ergens in de buurt van Chicago, geloof ik. Dat was een jaar of vijf, zes geleden. Hij heeft hier nooit gewoond, maar hij kwam hier om te vissen, en dan zat hij vaak in Lottie's Diner, waar we indertijd aan de praat zijn geraakt. Hij woonde in Mobile, waar hij ook werkte.' Watson krabde zijn kin. 'Ik geloof dat hij het huisje van een oom had geërfd, maar dat weet ik niet zeker.'

Montoya liet Watson zijn relaas herhalen, en dat deed hij zonder er nieuwe feiten aan toe te voegen. Hij zei dat hij voor verdere ondervraging beschikbaar zou zijn en beloofde het bureau te bellen als hem nog iets te binnen schoot dat mogelijk van belang zou kunnen zijn.

Met twee klopjes op de motorkap van de pick-up liet Montoya de getuige gaan. Watson startte de motor en reed achteruit het met afgevallen blaadjes bezaaid liggende erf af. De zon stond al wat hoger aan de hemel en de temperatuur begon op te lopen, maar vanuit de verte kwam een donkere wolkenlucht aanzetten. Nadat Montoya nog een paar dingen aan de technici van het lab had gevraagd, kwam hij tot de conclusie dat hij hier niets meer aan de weet zou kunnen komen. Hij stapte in zijn auto en reed terug naar de stad.

Het zou me het dagje wel worden. Twee lijken, en dat terwijl de dag nog maar amper begonnen was.

Hoofdstuk 4

'Nog anderhalve kilometer,' nam Abby zichzelf voor, terwijl ze verder jogde langs de kant van de weg. Haar hart ging als een gek tekeer, haar kuiten deden pijn maar ze wist haar ritme vol te houden. Het zweet droop van haar voorhoofd in haar ogen, en hoewel het weer was omgeslagen en het zonnetje achter dikke, donkere wolken was verdwenen, had ze besloten om het erop te wagen en was ze een eind gaan rennen. Ze had al drie weken niet meer gelopen, en dat was goed te merken aan haar protesterende spieren. Ze klemde haar kiezen op elkaar en liep verder.

Toen ze in Seattle had gewoond, had ze minstens drie keer per week getraind, maar in New Orleans, waar het bijna altijd benauwd warm en vochtig was, en de weg waar ze aan woonde zo smal was dat twee auto's elkaar amper konden passeren, had ze meer dan genoeg uitvluchten om het met haar trainingsritme minder nauw te nemen.

Maar dat moest afgelopen zijn.

Haar verjaardag was de ideale aanleiding geweest om haar training opnieuw serieus te nemen. Of ze nu hier woonde, of ergens anders, ze moest haar figuur in de gaten blijven houden. Jammer alleen dat haar longen intussen in vuur en vlam leken te staan, en haar zij was gaan steken. Ze negeerde de pijn en bleef rennen tot ze bij de brievenbus van de Pomeroys was gekomen, hetgeen betekende dat ze er zes kilometer op had zitten.

Ze passeerde het indrukwekkende hek, minderde vaart en wierp een nauwelijks geïnteresseerde, vluchtige blik door de smeedijzeren spijlen van de poort in de muur die het bezit van Asa Pomeroy, de plaatselijke multimiljonair, aan het oog van nieuwsgierige voorbijgangers onttrok. Pomeroy woonde met echtgenote nummer vier op het schitterende landgoed dat deed denken aan Tara in *Gejaagd door de wind,* dat hij tweemaal per jaar – met Kerstmis en op Mardi Gras – openstelde voor het publiek. Afgezien daarvan was ze er, hoewel ze zijn buurvrouw was, nog nooit binnen geweest.

Abby bewoog zich nu eenmaal niet in dezelfde maatschappelijke kringen als Vanessa Pomeroy.

Ze hoorde zacht grommen en keek naar het hek. De rottweiler van de Pomeroys stond van achter de spijlen naar haar te kijken. Het was een enorm beest met een indrukwekkende kop, en Abby schrok even toen hij opeens luid begon te blaffen.

Hou toch op, dacht ze. Buiten adem, en zo bezweet dat haar haren er nat van waren, legde ze de laatste vierhonderd meter naar haar huis in stevige wandelpas af. Haar roze T-shirt zat aan haar lichaam geplakt, en zelfs haar short was vochtig van het zweet. Ze trok de onderkant van haar shirt uit haar short, boog zich naar voren en veegde haar gezicht ermee af, maar het was zinloos, want ze had het zweet nog niet weggeveegd of er waren alweer nieuwe druppeltjes voor in de plaats gekomen.

Ze gaf het op toen ze bij haar eigen oprit was gekomen, en bleef even tegen het Te Koop-bord aan staan leunen. Ze boog zich voorover om haar kuitspieren en de spieren aan de achterkant van haar dijen te rekken. Ondanks de pijn voelde ze zich goed in het besef dat ze iets positiefs voor zichzelf had gedaan.

Maury's telefoontje had haar dwarsgezeten. Wat voerde die ex van haar nu weer in zijn schild? 'Dat gaat je niets aan,' zei ze hardop, terwijl ze, met haar handen in haar zij, haar rug langzaam naar voren en naar achteren boog, en voelde hoe haar spieren zich spanden en ontspanden.

Die ochtend had ze het huis verder schoongemaakt, had ze telefoontjes aangenomen van mensen die wilden komen kijken, en had ze tijd uitgetrokken om te rennen voordat ze om halftwee in haar studio een afspraak met klanten had. Daarna had ze nog twee opnamesessies en zouden er twee mensen naar het huis komen kijken. Eén stel was de vorige avond al geweest, en wilde het nog eens zien. De tweede potentiële koper was een ongehuwde man.

Goed nieuws.

Ze trok de krant uit de brievenbus terwijl Ansel, met een muis in zijn bek, uit de struiken kwam geslopen. 'O, jakkes, wat heb je daar?' vroeg ze, toen ze zag dat het kleine knaagdier nog leefde en met angstige kraaloogjes om zich heen keek. 'O, Ansel,' fluisterde Abby. Ze had er geen behoefte aan om iets met een dode of levende muis te moeten doen. 'Laat hem los. Vooruit! En waag het niet hem opnieuw te vangen, of hem zonder kop in huis te brengen! Ansel!' Op het moment dat de kat het struikgewas weer in wilde schieten, hoorde ze het geluid van een langsrijdende auto die vaart minderde, en toen ze zich omdraaide zag ze een politieauto haar oprit in rijden. Haar hart maakte een snoekduik. Wat zei haar vader ook alweer altijd? Er waren maar twee redenen waarom de politie aan de deur kwam, en geen van beide was goed.

Of ze kwamen om te zeggen dat er iemand dood was.

Of ze kwamen je arresteren.

Ze kreeg op slag een droge mond.

Vanuit haar ooghoeken zag ze dat het de muis gelukt was zich te bevrijden. Het diertje schoot weg tussen de struiken, en Ansel sprong hem achterna. Ze zag het, maar het drong amper tot haar door. Al haar aandacht was gericht op de politieauto en de man die eruit stapte.

Ze schatte hem op zo'n een meter tachtig. Hij had een atletisch postuur, gitzwart haar en een scherp getekend gezicht dat deed vermoeden dat hij, behalve Zuid-Amerikaans, ook iets van indianenbloed had. Hij had een sikje, en het zonlicht weerkaatste op zijn gouden oorbel.

'Abby Gierman?' vroeg hij, terwijl hij zijn zonnebril afzette en haar aankeek met donkere ogen onder volle, zwarte wenkbrauwen. Hoewel niet zozeer knap op een Hollywoodachtige manier, was hij een aantrekkelijke verschijning die in zekere zin iets gevaarlijks uitstraalde. Hij haakte de zonnebril in de openstaande boord van zijn overhemd waar, zo zag ze, een paar donkere borstharen bovenuit staken.

'Ja, ik ben Abby.'

Hoewel hij haar tegen de zon in strak aankeek, vermoedde ze dat er van de omgeving weinig was dat hem ontging. Zijn gezicht sprak boekdelen: hij kwam met slecht nieuws. Waarschijnlijk het slechtste dat mogelijk was.

Ze dacht aan haar vader... die elk moment kon sterven aan de gevolgen van longemfyseem en kanker. O nee, God, alsjeblieft, laat pappa niet dood zijn! Haar hart ging als een gek tekeer en haar zenuwen spanden zich tot het uiterste.

'Ik heet Chastain. Abby Chastain.'

Hij haalde zijn identificatie uit zijn zak. 'Maar u heeft wel Gierman geheten,' zei hij, en voegde eraan toe: 'Reuben Montoya, recherche, van de politie van New Orleans.' Zijn identificatie bevestigde zijn identiteit.

'Bent u op zoek naar mij?' vroeg ze, zichzelf schrap zettend.

'Helaas, ja. Misschien kunnen we maar beter naar binnen gaan.'

'Wat is er aan de hand?' vroeg ze, terwijl ze op hetzelfde moment aan het telefoontje van Maury Taylor moest denken. Maury had gisteren gebeld omdat hij zich afvroeg waar Luke was. En de agent had haar Gierman genoemd. Dus dan kwam hij niet voor haar vader, maar... 'O, god, er is iets met Luke,' kwam het geschrokken over haar lippen, terwijl haar hand naar haar mond schoot. 'Wat is er gebeurd?'

'Het spijt me, mevrouw Chastain, hij is dood.'

Zonder dat ze het besefte kwam er een zacht kreetje over haar lippen en haar knieën knikten. Montoya greep haar razendsnel bij de arm om te voorkomen dat ze zou vallen.

Haar brein haperde, en ze had het gevoel dat ze het contact met haar omgeving kwijt was. Het volgende moment schoot er, in hoog tempo, een reeks beelden van Luke door haar gedachten. Luke die op Puget Sound aan het zeilen was, en de wind die zijn haar in zijn gezicht blies. Luke die haar een enkele roos gaf toen hij haar, tijdens een wandeltocht in de bergen, ten huwelijk vroeg. Luke die zich in alle vroegte de deur uit haastte om voor de radiozender in Seattle het nieuws te lezen. Een verfomfaaid uitziende Luke die laat thuiskwam en een slappe smoes vertelde. Luke, dronken, die haar over Zoey vertelde...

Ze sloot haar ogen. Probeerde haar tranen de baas te blijven. Haar maag balde zich samen en ze was bang dat ze zou moeten overgeven.

Dood? Was hij dood? Luke? Onmogelijk! Dat bestond niet. Het kon gewoon niet waar zijn. Ze had hem een paar avonden geleden nog gesproken, nog ruzie met hem gemaakt. Ze knipperde met haar ogen, onderdrukte de tranen. 'Dat... dat geloof ik niet.'

Montoya's gezicht sprak boekdelen. Dit was geen grap. Het was geen door Luke zelf bedachte stunt. 'Het spijt me,' herhaalde hij.

Abby liet de ingehouden adem uit haar longen ontsnappen, streek haar haren naar achteren en zag dat Montoya haar arm nog vast had. Alsof hij zich op hetzelfde moment realiseerde dat hij haar nog steeds bij de arm hield en dat ze niet ter plekke flauw zou vallen, liet hij haar los.

'Waarom dacht u dat ik het over Luke Gierman had?'

Ze haalde haar schouders op en wenste met heel haar hart dat haar laatste gesprek met Luke anders was verlopen. 'Omdat ik gisteren door Maury Taylor ben gebeld, die me vroeg of ik wist waar hij was. Maury was bang dat hem iets was overkomen. Maar ik heb nauwelijks naar hem geluisterd omdat ik dacht dat het wel weer de een of andere stunt van Luke zou zijn...' Ze kneep haar ogen dicht en haalde diep adem. Dit kon niet waar zijn. Het moest een vergissing zijn. 'Ik kan het gewoon niet geloven. Het moet een misverstand zijn.'

'Nee, het is geen misverstand,' verklaarde Montoya stellig.

'Goeie god.' Luke... dood? Opnieuw vocht ze tegen de tranen om een man van wie ze niet langer hield. 'Wat is er dan gebeurd?' vroeg ze. Haar eigen stem klonk haar in de oren alsof hij van heel ver kwam. De woorden waren correct, maar leken van iemand anders afkomstig te zijn. Hij moest een ongeluk hebben gehad. Die verrekte auto van hem... dat was het.

'Ik denk echt dat we beter naar binnen kunnen gaan.'

'Waarom?' vroeg ze, en toen zag ze iets in Montoya's ogen – iets duisters, iets angstaanjagends. Opnieuw sloeg haar hart op hol. 'Wat is er gebeurd?' vroeg ze nogmaals, maar nu luider, terwijl haar brein op volle toeren werkte.

'Hij is doodgeschoten. Van dichtbij.'

'*Wat?*'

'Hij is vermoord.'

'Nee! Wacht!' Ze deed een paar stapjes naar achteren. Nee, nee, nee! 'Iemand heeft op hem geschoten en hem gedood?'

'Inderdaad.'

Ze hoorde hem, maar de woorden klonken alsof ze van ver kwamen, vanaf de andere kant van een lange tunnel.

'Goeie god. Ik... ik dacht dat het een auto-ongeluk was geweest...' Automatisch sloeg ze een kruisje zoals ze dat als kind had geleerd, terwijl het nieuws door haar hoofd weergalmde en ze haar maaginhoud omhoog voelde komen. Het begon te regenen. Dikke druppels spatten op de grond om hen heen en vielen op haar gezicht. 'Wie?' vroeg ze. 'Waarom?'

'Dat weten we nog niet.'

'O, god.' Ze sloeg haar blik hemelwaarts en was zich niet bewust van de regendruppels die op haar gezicht vielen en langs haar hals dropen.

'Mevrouw Chastain,' zei hij, op de voordeur wijzend. Ze keek op, en zag hoe de dikke druppels in zijn haar bleven plakken en de schouders van zijn overhemd donker kleurden.

'O, ja... ja, natuurlijk,' zei ze, toen het ten slotte tot haar doordrong dat ze allebei nat werden. 'Laten we naar binnen gaan.' Als verdoofd liep ze naar de garagedeur, waar ze een code op het sleutelpaneeltje intoetste. Op het display verscheen de boodschap dat de code niet correct was. Ze probeerde het opnieuw. De bui was intussen goed op gang gekomen, en dikke druppels kleefden aan haar wimpers. Alweer had ze een verkeerde cijfercombinatie ingetoetst en ging de deur niet open. 'Verdorie,' mompelde ze. Bij de derde poging rolde de zware deur met de nodige herrie naar boven, en nog voor hij zijn hoogste punt had bereikt, dook ze eronderdoor en gebaarde de rechercheur dat hij haar moest volgen. Druipend van de regen liep ze tussen haar auto en de stellingen met blikken verf, tuingereedschap en kattenbakgrit door naar de deur van het jassenhok waar ze haar schoenen uitschopte. Met Montoya die haar op de hielen volgde, liep ze regelrecht door naar de keuken en het aanrecht, waar ze de kraan opendraaide en haar gezicht natmaakte met koud water.

Luke was dood. Dood! *O, jezus.*

Ze kon het niet geloven. Alles kwam haar vaag en onwerkelijk voor.

Terwijl ze een theedoek van het aanrecht griste en haar gezicht ermee afdroogde, weergalmden de woorden *Luke is dood. Luke is dood. Luke is dood!* onophoudelijk, en in een dreunend ritme, door haar hoofd. Ze voelde hoofdpijn opkomen.

'Gaat het?' vroeg Montoya zacht. Alsof hij om haar gaf, alsof haar gevoelens hem interesseerden. Dit was voor hem niet de eerste keer. Hij had zo'n situatie als deze waarschijnlijk al tientallen keren bij de hand gehad – was het gewend om slecht nieuws te brengen. En ondertussen was er niets wat zijn bruine ogen ontging. Sexy en donker – ze hielden haar nauwlettend in de gaten. Ze voelde het en vertrouwde het niet. Helemaal niet.

Ze keek hem een beetje verbaasd en ongelovig aan. 'Of het gaat?' herhaalde ze. 'Nou nee, niet echt.' Ze schudde haar hoofd, voelde haar natte staart langs haar nek zwiepen, leunde met haar heup tegen het aanrecht en bood hem de theedoek aan.

'Nee, dank u.'

'Ik kan het niet geloven,' vervolgde ze, terwijl ze de theedoek dubbelvouwde. 'Dat heb ik al gezegd, dat weet ik, maar het is ontzettend moeilijk te aanvaarden.' Haar hart sloeg alweer iets minder snel, maar ze was nog steeds overdonderd. 'Ik bedoel... We hebben pas nog met elkaar getelefoneerd.' Ze herinnerde zich hun ruzie over het feit dat ze Lukes spullen had weggegeven, en toen ze ineens een kleur kreeg, realiseerde ze zich dat ze daarvoor waarschijnlijk bleek had gezien. Het speet haar verschrikkelijk dat de laatste woorden die ze met Luke had gewisseld een boze en beschuldigende klank hadden gehad. Zonder erbij na te denken vouwde ze de theedoek nogmaals dubbel.

'Waar heeft u over gesproken?' Opeens – ze had het hem niet tevoorschijn zien halen – had hij een notitieboekje in zijn hand.

'O...' Ze liet haar ingehouden adem ontsnappen en schudde haar hoofd bij de herinnering. 'We hadden ruzie. Logisch. We hadden altijd ruzie. Het ging zoals altijd over onze scheiding. Deze keer ging het over zijn spullen die hij hier had laten staan. Hij was woedend omdat ik ze weg heb gegeven.' Ze keek weg omdat ze niet in die wetende ogen wilde kijken. Vrijwel op hetzelfde moment realiseerde ze zich dat ze voorzichtig moest zijn met wat ze tegen deze alerte man zei. Hij was geen vriend, hij was geen geestelijke, en hij was zelfs geen kennis. Hij was een smeris. Ze keek naar de theedoek in haar handen. Hoe vaak had ze hem intussen niet opgevouwen, uitgevouwen en weer opgevouwen? Vier keer? Vijf? Ze was zich niet van haar daden bewust geweest. 'We konden het niet meer met elkaar vinden.'

'Heeft u kinderen?'

Ze schudde haar hoofd en probeerde niets van haar teleurstelling te laten blijken terwijl ze het zweet wegwiste dat zich in haar nek had verzameld. Ze had graag kinderen willen hebben, en had gehoopt dat ze een gelukkig gezin zouden kunnen vormen. Ze had twee miskramen gehad waar ze kapot van was geweest, maar naarmate haar huwelijk steeds slechter werd, had ze uiteindelijk vrede kunnen vinden in het besef dat het feit dat haar zwangerschappen nooit langer dan drie maanden hadden geduurd in feite een zege was. 'We lagen voortdurend met elkaar overhoop,' zei ze, de bittere herinnering van zich af zettend. 'Toen we uit elkaar gingen kreeg ik Ansel, de kat, en Luke kreeg Hershey, onze labrador. Ik had het al moeilijk genoeg met het opgeven van de hond, en moet er niet aan denken hoe dat met kinderen zou zijn geweest.' Bij de gedachte aan de hond schrok ze. 'Wat is er met Hershey?' vroeg ze. 'Waar is ze?'

'De politie is op dit moment bezig met het doorzoeken van Giermans flat.'

'Ik wil mijn hond terug,' zei ze met klem.

'Een grote hond voor een flat.'

'Ja, ja, dat weet ik. Ik had beide dieren willen houden, maar daar wilde Luke niets van horen. Hij zou ook verhuizen naar een groter huis met een tuin... binnenkort, geloof ik.' Ze fronste haar voorhoofd en probeerde het zich te herinneren. 'Wat moet ik doen om mijn hond terug te krijgen? Ik ga er meteen naartoe.'

'Nee.' Hij schudde zijn hoofd. 'U kunt daar niet naar binnen want de politie is de boel aan het onderzoeken.'

'Wat? Maar Hershey – '

'Laat u het maar aan mij over.'

'Ja?'

'Ja. Ik breng hem wel, maar dat wordt pas later in de middag.'

Er knapte iets in haar. Het vriendelijke gebaar van deze keiharde smeris ontroerde haar. 'Dank u,' fluisterde ze, terwijl ze haar hand over haar natte haren streek. Ze knipperde en snoof en probeerde haar tranen de baas te blijven. De omvang van het nieuws begon nu pas tot haar door te dringen.

'Is er op dit moment politie in Lukes flat? Zou u kunnen bellen om te vragen of alles goed is met Hershey?'

'Ik ben er eerder langs geweest. Alles is goed met de hond.' Hij keek haar aan. 'Iemand van het bureau heeft een wandeling met haar gemaakt en haar in een kennel gezet, maar alles is goed met haar. Echt waar,' voegde hij eraan toe toen ze wilde protesteren.

'Goed, goed. Het is allemaal zo... onwerkelijk. Zo onverwacht. Heeft u er enig idee van wie het gedaan kan hebben?'

'Daar proberen we achter te komen.'

'Waar was hij dan? U zegt dat zijn flat wordt onderzocht. Is er bij hem ingebroken?'

Duizenden vragen drongen zich aan haar op en ze had het gevoel dat ze het contact met haar lichaam kwijt was, alsof ze een nachtmerrie had. En ondertussen was ze zich ervan bewust dat de rechercheur haar aandachtig observeerde. Dacht hij soms dat ze iets te verbergen had? Hij haalde zijn blik geen moment van haar gezicht. Nou, hij mocht net zo veel kijken als hij wilde. 'Laten we gaan zitten.'

Ze knikte, en hoewel haar knieën knikten, lukte het haar hem voor te gaan naar de woonkamer waar ze op haar favoriete stoel – de schommelstoel die ze van haar grootmoeder had geërfd – ging zitten. Abby had de stoel in de hoek bij het raam gezet, en ze trok zich er vaak op terug wanneer ze wilde nadenken. Ze kon er uren achtereen op zitten schommelen terwijl ze ondertussen naar de dieren in de natuur keek, of de donkere nacht in tuurde.

Maar nu schommelde ze niet. Ze beet op haar lip en observeerde de rechercheur met zijn wetende ogen die alles gezien leken te hebben, zijn strakke lippen en regelmatige witte tanden. Zijn neus was lang en een beetje gebogen, en ze vermoedde dat hij minstens één keer, en zo niet meerdere keren gebroken was geweest. Hij had de forse handen van een atleet, en zijn tot over zijn ellebogen opgerolde hemdsmouwen toonden zijn behaarde, zongebruinde armen.

Hij was knap, dat was duidelijk, en ze nam aan dat hij zich daarvan bewust was. Iets aan hem deed vermoeden dat hij van die aangeboren sexy uitstraling van hem gebruik wist te maken.

Geen doorsnee-rechercheur met opgerolde mouwen, spijkerbroek en oorbel.

Niet typisch een smeris met een missie.

Hoe kwam het dat het haar opviel dat hij aantrekkelijk was?

'Zal ik een glas water voor u halen, of zo?' bood hij aan, en ze schudde haar hoofd.

'Het gaat alweer.' Dat was een leugen, en dat wisten ze alle twee, maar toch voegde ze eraan toe: 'Waarom vertelt u me niet wat er gebeurd is?'

Hij ging in een hoek van de bank zitten en vertelde hoe Luke was gevonden in een huisje, ergens in een afgelegen moeras op zo'n vijftien kilometer van haar huis. De een of andere visser had opgemerkt dat de deur van het huisje niet goed dichtzat, ging op onderzoek uit en vond Luke. Dood.

'... maar,' ging Montoya verder, terwijl hij zijn handen tussen zijn knieën klemde, 'uw man was niet – '

'Ex-man,' haastte ze zich te verduidelijken, hoewel de hele scène onwerkelijk was en Montoya's woorden van heel ver weg klonken.

Montoya schraapte zijn keel en hij keek haar zo mogelijk nog doordringender aan. 'Uw ex was niet alleen. Er was een tweede dode in het huisje.'

'Wat?' vroeg ze, stomverbaasd. 'Er zijn twéé mensen vermoord?'

Hij aarzelde. 'Daar heeft het alle schijn van.'

'Hoe dan?'

'We weten niet precies wat er zich heeft afgespeeld. Dat zijn we nog aan het uitzoeken. We vermoeden dat de boel in scène is gezet om het een moord-zelfmoord te laten lijken. Op dit moment lijkt het een dubbele moord, en denken we dat de slachtoffers naar dat huisje in het moeras zijn meegenomen.'

'Maar dat weet u niet zeker?'

'Op dit moment nog niet, nee. Voorlopig houden we nog met alles rekening.'

Ze was sprakeloos. 'Dus... wat denkt u dat er is gebeurd?'

'Ik zei al, we zijn niet helemaal zeker – '

'Ja, ik weet wat u zei, maar u heeft toch vast wel een idee, of niet? Dat zeggen ze toch altijd, dat een rechercheur die regelmatig met moordzaken geconfronteerd wordt een soort zesde zintuig ontwikkelt en een neus krijgt voor wat er zich heeft afgespeeld?'

'We zullen snel meer weten.'

'Hoe is het mogelijk,' fluisterde ze, terwijl ze, ondanks de hoge temperatuur, een huivering langs haar ruggengraat voelde trekken. Ze zette zich schrap en vroeg: 'En wie is het tweede slachtoffer?' Zou blijken dat er nog iemand die ze kende vermoord was? Ze greep de armleuningen van de schommelstoel zo stevig beet dat haar knokkels er wit van zagen.

'Een achttienjarige vrouw. Courtney LaBelle.' Hij zweeg even en nam haar met die bijna zwarte ogen van hem aandachtig op. 'Een eerstejaarsstudente van het All Saints College in Baton Rouge.'

Courtney LaBelle? Had ze die naam ooit eerder gehoord? Heel vaag rinkelde er een belletje, maar ze wist niet waarom.

'Kent u haar?'

'Nee.' Abby schudde langzaam haar hoofd terwijl ze de naam door haar hoofd heen en weer liet gaan. Er schoot haar niets te binnen. *Achttien? Een kind nog, bijna? O, Luke... Stomme idioot!*

'Was ze een bekende van uw ex-man?'

'Dat weet ik niet.' Abby dacht diep na en probeerde zich een naam en een bijpassend gezicht te herinneren, een meisje dat ze alle twee kenden, of dat op een van de vele feestjes aan haar was voorgesteld, maar dat kon helemaal niet... daar was ze nog te jong voor. 'Het spijt me. Luke en ik zijn al ruim een jaar gescheiden. Ik weet niet met wie hij optrekt... of met wie hij een relatie heeft of bevriend is. Hij schijnt een vaste vriendin te hebben. Nia zus-en-zo.'

'Nia Penne,' zei hij, zonder zijn aantekeningen te raadplegen. 'Dat schijnt een ex-vriendin te zijn. Ze is in Toronto. Daar is ze al een week.'

Abby dacht aan het telefoontje van Maury. Dat was dus wat hij had willen zeggen, dat het uit was tussen Luke en Nia. Ze trok een gezicht bij de herinnering aan de paniek in de stem van Lukes vriend, en aan hoe ze hem had afgepoeierd in de overtuiging dat het om de een of andere ziekelijke publiciteitsstunt ging.

Ze schudde haar hoofd en probeerde het allemaal te begrijpen. 'Dat heeft Maury niet gezegd toen hij gisteren belde. Maury Taylor is Lukes collega. Hij was naar hem op zoek.'

'Was er een speciale reden op grond waarvan hij dacht dat Luke contact met u zou hebben gezocht?'

'Geen idee. Ik neem aan dat hij op dat moment al met al Lukes vrienden gesproken had... maar dat weet ik niet zeker. U zult het aan hem moeten vragen.'

'Dat zal ik doen.'

Daar twijfelde Abby niet aan. Te oordelen naar de vastberaden gloed in Montoya's ogen zou hij deze zaak tot op de bodem toe willen uitzoeken.

'Had uw ex ook vijanden?' vroeg hij, en ze keek hem aan alsof hij gek was.

Het scheelde een haar of ze was in de lach geschoten. 'Vijanden maken deed hij voor de kost, rechercheur. En dat weet u net zogoed als ik. Ik kan me zo voorstellen dat de producer van Lukes programma u zo een meterslange lijst zal kunnen geven van mensen die zich over hem hebben beklaagd.'

'En persoonlijke vijanden?'

Ze haalde haar schouders op en probeerde zich te concentreren, maar haar brein werd gesaboteerd door het feit dat Luke dood was en dat iemand hem vermoord had. 'Waarschijnlijk. Maar op dit moment wil me niemand te binnen schieten. Nu niet.' En al was dat wel het geval geweest, dan was het nog maar de vraag of ze het gezegd zou hebben. Iets aan Montoya maakte haar zenuwachtig, iets op grond waarvan ze het vermoeden had dat hij meedogenloos en gevaarlijk was, dat hij vertrouwd was met beide kanten van de wet. Zijn zinnelijke uitstraling maakte het er bovendien niet beter op. Het was net alsof hij bij haar naar binnen kon kijken, alsof hij kon zien hoe ze in elkaar zat. Als vrouw. Als verdachte. En ze maakte zichzelf niets wijs. Ex-vrouwen waren ideale verdachten. Ze nam zich voor om goed op haar woorden te letten – om de waarheid te zeggen, maar om voorzichtig te zijn.

Het was bijna alsof hij, door haar zo doordringend aan te kijken, probeerde te ontdekken of ze loog, en dat hij, in de pauzes in het gesprek, verwachtte dat ze iets zou zeggen waarvan ze achteraf spijt zou hebben. Of was dat allemaal alleen maar verbeelding van haar? Had het nieuws van Lukes dood haar van haar nuchtere verstand beroofd?

'Het lijkt me geen goed idee dat u alleen bent. Is er iemand die u gezelschap kan komen houden? Een vriendin? Iemand van de familie? Iemand van de buren?'

Ze dacht aan haar buurvrouw Vanessa Pomeroy, aan haar zus in Seattle, aan Alicia aan de Westkust, aan haar vader en aan Tanisha, de studente die parttime in haar studio in de stad werkte. 'Nee, dat is niet nodig. Echt niet. Het is niet alsof ik nog zo zielsveel van hem hield.'

Zijn donkere wenkbrauwen kwamen omhoog, en ze had onmiddellijk spijt van haar woorden. Ze voelde zich gedwongen zichzelf nader te verklaren. 'Het feit dat hij me voor een ander, een veel jongere vrouw, heeft laten zitten, wil nog niet zeggen dat ik nog steeds om hem zit te treuren of dat ik, zodra u de deur uit bent, mezelf een stuk in de kraag zal zuipen van verdriet. Van mijn aanvankelijke liefde voor Luke is al heel lang niets meer over. Triest maar waar.' Ze keek omlaag naar haar handen en beet even op haar onderlip. In de stilte die viel leken de geluiden in huis – het kraken van de houten constructie, de eekhoorn die over het dak liep en de regen die in de goot stroomde – ineens luider dan voorheen. 'Ik durf bijna te zeggen dat ons huwelijk al voorbij was toen we vanuit Seattle hiernaartoe verhuisden. We hadden onszelf een tweede kans gegeven, maar uiteindelijk is het toch niet gelukt.' Ze knikte alsof het haar goed deed haar ware gevoelens te bekennen. 'Maar desalniettemin kost het me grote moeite om te aanvaarden dat hij dood is.' Nu was het haar beurt om hem strak aan te kijken. 'U weet het toch wel echt heel zeker, hè? Toen ik van Maury hoorde dat hij vermist werd, was ik er zogoed als zeker van dat het een publiciteitsstunt was.'

'Als het dat was, dan is de boel goed uit de hand gelopen. Luke Gierman is dood. Dat kunt u rustig van mij aannemen.'

Een intens verdriet maakte zich van haar meester. Hoewel zij en Luke het uiteindelijk helemaal niet meer met elkaar hadden kunnen vinden, vond ze het een afschuwelijke gedachte dat hij vermoord was, en dat er, nog voor zijn veertigste, een eind aan zijn leven was gemaakt.

Montoya stond op en haalde zijn portefeuille uit zijn achterzak. Ze keek hoe hij zich bewoog en zag hoe zijn spijkerbroek zich om zijn billen sloot. Ineens realiseerde ze zich wat ze deed, en ze keek snel weg. Hemel, wat bezielde haar? Goed, zijn heupen bevonden zich pal voor haar neus, maar wat dan nog? Had Lukes wrede dood haar libido wakker geschud? Dat was behoorlijk gestoord. En hoe haalde ze het eigenlijk in haar hoofd om naar de billen van die smeris te kijken?

Het kwam waarschijnlijk doordat ze in een shocktoestand verkeerde. Ze zei wel dat alles goed met haar was, maar in werkelijkheid was dat niet helemaal waar. Lukes onverwachte dood had haar meer aangegrepen dan ze wel toe wilde geven.

Het was haar alleen maar opgevallen dat de rechercheur sexy was, nou en? Alsof dat zo verschrikkelijk was. Bovendien wist ze heel goed dat ze hem van geen kant kon vertrouwen.

Hij schreef iets achter op een kaartje, en als hij gemerkt had dat ze naar hem had gekeken, dan was hij zo fatsoenlijk om daar niets van te laten blijken. 'Mijn mobiele nummer,' zei hij. 'Als u nog iets mocht bedenken, dan belt u me maar.'

'En u ook.' Ze stond op en nam het witte visitekaartje van hem aan, en het volgende moment schoot haar iets weerzinwekkends te binnen. 'Ik hoef hem toch niet te identificeren of zo, hè?' vroeg ze, terwijl ze opnieuw de bibbers in haar knieën kreeg.

'Nee. Zijn ouders komen naar New Orleans.'

Ze knikte, en weigerde stil te staan bij haar gewezen schoonouders en het verdriet dat ze moesten hebben.

'Eh... Ik zag het Te Koop-bord in uw tuin. Wilt u hier weg?'

'Zodra ik mijn huis verkocht heb, ja,' zei ze, en ze vroeg zich af waarom ze zich opeens zo defensief voelde en het idee had dat dit het soort vraag was dat hij aan een verdachte zou stellen. Half en half verwachtte ze dat hij haar een knipoog zou geven en zou zeggen dat ze de stad niet uit mocht, maar hij ging er verder niet op door en herhaalde alleen maar dat het een goed idee zou zijn als er iemand bij haar zou kunnen zijn.

Nadat hij beloofd had dat hij terug zou komen met haar hond, liep ze met hem mee naar de deur. Het regende niet meer, maar er stonden plassen op de oprit en de bomen druppelden nog wat na. Vanaf haar veranda keek ze hoe hij in de politieauto stapte, en hoe de half versluierde zon flauwtjes op zijn zwarte haar weerkaatste. Hij stuurde achteruit, door de plassen spetterend, haar oprit af en reed de weg op.

Op het moment dat hij uit het zicht was verdwenen, liet ze zich op de grond zakken en barstte in heftige snikken uit. Ze voelde zich behoorlijk dwaas omdat ze immers al heel lang niet meer van Luke hield, maar het besef dat hij vermoord was, dat ze hem nu nooit meer zou zien, voelde als een enorme leegte.

Wie had hem vermoord? Had hij zijn moordenaar gekend? Had die vrouw de trekker overgehaald? Had iemand hen alle twee vermoord?

Montoya was behoorlijk zuinig geweest met de details van de moord, en nu, nu ze over de eerste schok heen was, zat ze ineens met een heleboel vragen. Wie had Luke vermoord? Goed, hij had tientallen, misschien zelfs wel honderden vijanden, maar wie was zo intens verontwaardigd, zo verblind door woede geweest, dat hij hem had willen vermoorden?

En wat had het meisje ermee te maken?

Tenzij ze een relatie hadden gehad. Een intieme relatie.

Hoe ziekelijk het ook was, ze kon zich goed voorstellen dat Luke gefascineerd was geraakt door de onschuldige, stralende glimlach en het soepele lichaam van een eerstejaarsstudente. Hij was altijd al gevoelig geweest voor jonge vrouwen, en deze had hem uiteindelijk misschien wel het leven gekost. Maar hoe had iemand hem weten te overmeesteren? Waar was hij ontvoerd? En waarom?

Met een nijdig gebaar veegde ze de stomme tranen van haar wangen, stond op en ging weer naar binnen. *Vooruit, Abby, stel je niet zo aan. Beheers je een beetje, wil je? Hij was allang je man niet meer, en geef ook maar rustig toe dat je af en toe een ontzettende hekel aan hem had!*

Ze sloot de voordeur af, deed het dubbele nachtslot erop en liep naar haar slaapkamer. Ze moest nadenken. Ze kon verder niets doen. Met een blik op haar horloge stelde ze vast dat de man die haar huis wilde zien elk moment zou kunnen komen, en dat ze alleen nog maar tijd zou hebben om zichzelf een beetje op te frissen en het bad schoon te maken.

Ze kleedde zich uit en liep de badkamer in. Het leven ging door, hield ze zich voor, toen de tranen haar opnieuw dreigden te overmannen. En hoe rot ze zich ook voelde, ze weigerde haar afspraken af te zeggen.

Als vanzelf dacht ze weer aan het motto van haar vader. *Zit het tegen, doe dan extra je best...*

'Ja, ja, ik weet het,' zei ze, terwijl ze de kranen opendraaide. De douche maakte een sputterend geluid, en het duurde even voor het water eruit kwam. Ze ging onder de warme stralen staan en waste het zweet, de tranen en de shock van zich af. Nadat ze de temperatuur had bijgesteld pakte ze haar shampoo en nam zich voor om het eerstkomende uur niet meer aan de moord op Luke, en alleen nog maar aan de verkoop van haar huis te denken.

Hoofdstuk 5

Iets aan wat Abby Chastain had gezegd klopte er niet, dacht Montoya, terwijl hij op weg was naar de stad. Maar het ergste was nog wel dat ze ontzettend sexy was en dat ze dat in het geheel niet leek te beseffen. Zelfs zonder make-up, met haar haren in een staart en een van het joggen bezweet T-shirt, had hij haar onmiskenbaar aantrekkelijk gevonden.

Hij was niet blij geweest met de manier waarop zijn lichaam gereageerd had toen hij de regendruppeltjes in haar haren had zien fonkelen. Bij het zien van hoe de regen haar natte T-shirt aan haar lichaam had doen plakken. Het shirt had een V-hals gehad, en hij had een glimp opgevangen van het dal tussen haar borsten. Het was hem opgevallen hoe het deel van haar natte haren dat los was geraakt uit haar staart recht omlaag langs haar hartvormige gezicht viel, en hij had zich – stommeling die hij was – afgevraagd hoe ze eruit zou zien wanneer ze onder de douche vandaan kwam.

Verdomme.

Hoe had hij, ook al was het maar heel even geweest, zulke onprofessionele dingen kunnen denken?

Dergelijke gedachten waren absoluut niet op hun plaats.

Waarschijnlijk kwam het doordat hij al veel te lang geen vrouw meer had gehad. Sinds Marta's dood... Zijn maag balde zich samen en zijn vingers grepen het stuur steviger beet. Hij zette de sirene en het zwaailicht aan en gaf gas, alsof hij zijn gedachten en zijn verdriet te snel af zou kunnen zijn.

Het was intussen bijna twee jaar geleden dat Marta was gestorven – hoog tijd dat hij de draad van zijn leven weer oppakte. Misschien was het een goed teken dat deze vrouw, de gewezen mevrouw Gierman, zijn aandacht had getrokken. Misschien betekende het wel dat hij zichzelf weer was.

Toch zou hij voorzichtig moeten zijn.

Abby Chastain was verboden terrein. Méér dan verboden terrein. Weliswaar leek alles erop te wijzen dat er een man op de plaats van de misdaad was geweest, maar dat betekende nog niet dat ze er niet bij betrokken zou zijn. Of dat ze opdracht tot de moord zou hebben gegeven, of er achter de schermen aan meegedaan zou hebben. Daar leek het niet op, maar zolang niet alle bewijzen binnen waren kon hij het zich niet veroorloven om ook maar iemand van zijn lijstje met verdachten te schrappen.

Wie wist wat voor persoonlijke motieven Abby Chastain had?

Nijdig op zichzelf, nam hij gas terug. En zette hij het zwaailicht en de sirene uit. Allemachtig, wat haalde hij zich wel niet in het hoofd?

Terwijl hij het Garden District binnenreed begon de radio te knetteren. De ruitenwissers probeerden gelijke tred te houden met de onregelmatig vallende regen. Hij keek in de achteruitkijkspiegel en zag de geïrriteerde blik in zijn ogen. Hij geloofde niet dat Abby ronduit had gelogen. Daar leek ze te slim voor. Maar ze wist meer dan ze zei. Zelfs als het nieuws van de dood van haar man een oprechte verrassing voor haar was geweest, had ze dingen voor hem achtergehouden. Dat voelde hij gewoon.

En dat zat hem waanzinnig dwars.

Hij remde voor een stoplicht op de St. Charles Avenue. Terwijl hij ongeduldig met zijn vingers op het stuur trommelde, keek hij hoe het rode licht in de druppels op de voorruit weerkaatste. Het was het enige licht op deze natte, grauwe middag. De passagiers die uit de bus waren gestapt, haastten zich onder hun paraplu's en regenhoedjes naar de stoep met bomen aan de overkant.

Studenten op weg naar hun college op de universiteiten van Tulane en Loyola – de twee oude universiteiten die naast elkaar aan de St. Charles Avenue lagen – staken in groepjes over. Lachend, pratend, met kartonnen bekertjes koffie en rugzakken, maakten ze dat ze zo snel mogelijk over de brede lanen en uitgestrekte gazons bij hun faculteiten kwamen die zich op enkele minuten afstand van het huis van Courtney LaBelle bevonden. Zou ze, als ze ervoor gekozen had om aan Loyola te studeren – de uit rode baksteen opgetrokken, katholieke universiteit met haar torentjes en kantelen, die op een middeleeuws kasteel leek – nu nog in leven zijn geweest? De Loyola-universiteit lag hier, in het Garden District, op loopafstand van haar ouderlijk huis. Van de plek waar ze mogelijk veilig zou zijn geweest.

Bij het zien van de studenten die geen idee hadden van wat Courtney LaBelle was overkomen, klemde hij zijn kiezen op elkaar. Jezus, wát een zaak was dit.

Waar hij behoefte aan had, dat was een sigaret. Tegen de spanning. Hij overwoog om naar de benzinepomp te gaan en een pakje Marlboro te kopen. Jezus, wat hád hij een behoefte aan een flinke haal nicotine. Hij had niet verwacht dat het stoppen met roken zo moeilijk zou zijn, en hij herinnerde zich hoe hij Bentz, toen zijn partner een paar jaar geleden was opgehouden, het leven behoorlijk zuur had gemaakt. Hij had hem verweten een slappeling te zijn omdat hij nicotinepleisters had geplakt en nicotinekauwgum had genomen.

Maar nu kon hij dat volledig begrijpen.

Verdomme.

Het was op dit soort momenten – momenten waarop hij echt wilde nadenken, waarop hij gesprekken met getuigen in gedachten nog eens helemaal wilde doornemen – dat hij de behoefte had er eentje op te steken.

Het licht sprong op groen. Alle voetgangers waren overgestoken. Hij trapte op het gas, en het regenwater in de plassen spatte naar alle kanten hoog op. Opnieuw dwaalden zijn gedachten af naar Abby Chastain.

Ze had diepe indruk op hem gemaakt.

Op een heel speciale manier.

Hoewel hij niet geloofde dat ze ronduit tegen hem had staan liegen, had hij echt sterk het gevoel dat ze dingen voor hem verzwegen had. Er had een mysterieuze blik gelegen in die gouden ogen van haar, een soort van geheim. Ze was niet terughoudend geweest, absoluut niet, maar er klopte iets niet. Of misschien kwam het alleen maar doordat hij niet goed had opgelet, doordat hij overdonderd was geweest door de indruk die ze op hem had gemaakt. Hij was van plan geweest om onverwacht bij haar aan te bellen, haar het treurige nieuws te vertellen, haar reactie te observeren en er ten slotte voor te zorgen dat er iemand bij haar kwam die haar tot emotionele steun zou kunnen zijn.

Maar het was heel anders gelopen.

De vrouw had een gevoelige snaar bij hem geraakt.

En hij had haar, verblind als hij was, haar gang laten gaan.

Tenger, slank en met alle welvingen op de juiste plaats.

Hij zette de radio aan en nam zich voor om niet meer aan Abby Chastains lichaam te denken. Jezus, had hij in de afgelopen vijf jaar dan niets geleerd? Zijn gezicht verstrakte terwijl hij gas terugnam om rechtsaf te slaan. Het was hem altijd verweten dat hij een versierder was, en het was maar al te waar dat hij van vrouwen hield. En uitgerekend die ene keer dat hij voor een vaste relatie had gekozen, was het misgegaan.

Hij kreeg een brok in zijn keel toen hij opnieuw aan Marta dacht... God, wat was ze mooi geweest, en met die scherpe tong van haar en die vonkende donkere ogen die hem zo helemaal in hun ban hadden gehad.

Hij had gemeend dat zij de ware voor hem was – als er al zoiets bestond. Voorheen had hij daar nooit in geloofd, en eigenlijk geloofde hij het nog steeds niet, maar gedurende die korte tijd in zijn leven was hij er zeker van geweest dat hij met Marta Vasquez wilde trouwen.

'Hé, lul!' riep hij, toen hij werd gesneden door een man in een rode Mazda RX7. Montoya trapte hard op de rem. Toen de bestuurder in zijn spiegel keek en zich realiseerde dat hij bijna een aanrijding met een politieauto had gehad, schakelde hij terug tot de toegestane snelheid en werd meteen een voorbeeldige chauffeur. 'Ja, hoor,' mompelde Montoya. Wat hij zou moeten doen, was de man laten stoppen, hem laten uitstappen, hem fouilleren, zijn handboeien tevoorschijn halen en hem een fikse bekeuring geven. Maar daar had hij op dit moment geen behoefte aan.

Hij glimlachte bij de gedachte aan het gezicht dat de man zou trekken, en keek op zijn horloge toen het weer begon te regenen.

Geen tijd.

'Je houdt het van me te goed, jongen,' zei Montoya, toen de sportwagen de parkeerplaats van een bank op reed.

Met een zucht concentreerde hij zich op de taak die voor hem lag: het bezoek aan meneer en mevrouw LaBelle om hun te vertellen dat hun dochter nooit meer thuis zou komen. 'Krijg toch allemaal de kolere.'

Dit was het deel van zijn werk waar hij de grootste moeite mee had.

'... Ik weet niet,' zei Sean Erwin, terwijl hij langzaam door Abby's huis liep. Van achter zijn hippe zwarte brilmontuur schoten zijn ogen van de ene kant van de woonkamer naar de andere, terwijl hij en Abby naar de eethoek liepen. Het was de derde keer dat ze dit deden en Sean, een lange, magere man met stekeltjeshaar, een aristocratische neus en dunne zwarte wenkbrauwen boven expressieve ogen, was niet helemaal gelukkig met wat hij zag. Maar aan de andere kant hield hij het ook niet voor gezien. 'Ik ben alleen bang dat het te klein zal zijn.' Hij tikte met zijn lange wijsvinger tegen zijn mond, fronste zijn voorhoofd en tuitte zijn lippen alsof hij op een citroen had gezogen. 'Ik heb een heleboel grote meubels. Een antieke kast van mijn grootmoeder, een enorme bank, een kleine piano... en ik heb een heel groot bed.' Hij liep met snelle passen de gang af naar waar de beide slaapkamers door de badkamer werden gescheiden. Opnieuw keek hij om het hoekje van Abby's slaapkamer. 'Nee. Ik denk toch van niet. Uw slaapkamer lijkt me te klein voor mijn enorme bed, twee nachtkastjes én mijn commode.' Met een dramatische zucht haalde hij een meetlint uit zijn zak. 'Ik denk dat ik het maar beter kan opmeten.'

'Ga uw gang. Mocht u me nodig hebben, dan ben ik in de keuken.'

Abby moest zich beheersen om het niet uit te schreeuwen. Terwijl deze kunsthandelaar uit de stad door haar huis marcheerde alsof het al van hem was, terwijl hij maar steeds riep dat hij niet blij was met wat hij zag, moest zij voortdurend aan Luke denken. Op de een of andere manier kon ze zich vandaag niet echt druk maken over Sean Erwins meubels. Het stel dat een uur eerder was komen kijken had het huis voor de tweede keer bekeken, maar had uiteindelijk toch geen interesse gehad. Ze waren weggegaan zonder verder nog vragen te stellen.

De telefoon ging en ze nam op in de keuken waar Ansel zich onder een van de stoelen had verstopt.

'Hallo?'

'O, mijn god. Zeg dat het niet waar is!' klonk Zoey's schrille stem door de lijn. 'Zeg me dat Luke nog leeft!'

'Onmogelijk.'

'Is hij echt vermoord? Hij, en een meisje?'

Abby knikte, hoewel haar zus dat niet kon zien. 'Ik heb het een kleine twee uur geleden gehoord. Er is een rechercheur langs geweest om het me te vertellen.'

'Ben je erg over je toeren?'

'Een beetje, maar dat lijkt me normaal,' antwoordde Abby. Ze sprak zacht omdat ze Erwin in de badkamer kastjes hoorde opentrekken en sluiten. 'Hoe ben jij het te weten gekomen?'

'Ik zit in het vak, of was je dat soms vergeten?'

'Ja, maar je woont helemaal aan de Westkust.'

'Seattle is niet bepaald de rimboe, en we krijgen van over de hele wereld nieuwsflitsen door. Ik zag toevallig een melding over een dubbele moord, of een moord-zelfmoord in New Orleans... en toen heb ik een plaatselijke radiozender gebeld. Ze zeiden dat op dit moment de naaste familie wordt ingelicht, maar iemand van de zender heeft een vriendje op het politiebureau. Hij heeft verteld wie de slachtoffers waren. Officieel geeft de politie de namen van de slachtoffers pas vrij nadat de naaste familie op de hoogte is gebracht, maar volgens mij ben jij dat, en Lukes ouders.' Ze liet de ingehouden adem uit haar longen ontsnappen. 'Ik kan het gewoon niet geloven.'

'Ik ook niet,' zei Abby.

'En hoe ben je eronder?'

'Nog een beetje verdoofd, maar het gaat alweer.'

'Weet je dat zeker?' vroeg Zoey bezorgd.

'Natuurlijk,' zei Abby, een beetje kribbig. Haar gevoelens voor Luke waren ambivalent, maar ze kon niet ontkennen dát ze iets voor hem voelde. Ze hoorde Erwin de badkamer uit komen en de deur van de gangkast uitproberen – de deur die altijd piepte. 'Luister, ik moet ophangen. Er is op dit moment iemand hier die naar het huis kijkt. Ik bel je terug.'

'Ik zou pap maar bellen, als ik jou was. Hij zal er alles van willen weten. Hij heeft Luke altijd gemogen.'

Een van de weinigen van de familie, dacht Abby, tandenknarsend. 'Dat zal ik doen,' beloofde ze, op het moment dat Sean Erwin zijn stekeltjeshoofd om de hoek van de keuken stak. Met een diep gefronst voorhoofd en het meetlint in de aanslag wierp hij een blik op de achterdeur. 'U hebt geen bijkeuken, hè?' vroeg hij. Hij scheen niet gemerkt te hebben dat ze nog steeds aan het telefoneren was.

'Ik bel je terug,' zei ze tegen haar zus, en toen zag Erwin pas dat ze de telefoon vasthield.

Als een bange schildpad trok hij zijn hoofd tussen zijn schouders. 'Sorry,' mompelde hij zacht, maar ze had al opgehangen.

'Niks aan de hand.' *O, o, Abby, wat kun jij liegen.* Ze was geïrriteerd en kon niet nalaten om te zeggen: 'Nee, ik heb geen bijkeuken. En ik heb ook geen piano, dus het kan me niet echt schelen dat ik daar geen plaats voor heb, en het kleinere bed is voor mij meer dan voldoende.'

Hij knipperde met zijn ogen en maakte een geschrokken indruk, en ze bedacht dat het maar goed was dat ze de kost verdiende met fotograferen en niet met het verkopen van huizen. Maar ze was nijdig, en Erwins vragen kwamen haar niet geïnteresseerd, maar zuiver snobistisch voor.

'Ik begrijp het,' zei hij gekwetst, 'maar ik probeer oplossingen te vinden voor de ruimte die er is.'

'Nou, maar het blijft een kwestie van gewoon ja of nee. Dit is de ruimte die er is, tenzij u wilt aanbouwen of de studio bij het huis wilt trekken.' Ze liep naar de achterdeur en deed hem open. Ansel schoot als een speer de veranda op. 'De deur staat open, als u er een kijkje wilt nemen.'

'Dat zal ik zeker doen. Bedankt.' Hij haastte zich de keuken uit, en Abby wou dat hij wegging. Hoe graag ze het huis ook wilde verkopen, vandaag was er niet de dag voor.

'... O, god, nee. Nee! Nee! Nee! Niet Mary. Nee, u moet zich vergist hebben!' Virginia LaBelle stond naast haar man. Ze beefde over haar hele lichaam en haar blauwe ogen waren groot van de schrik. Ze was lijkbleek geworden en haar knieën knikten, en als haar man haar niet ondersteund had zou ze ongetwijfeld als een hoopje verdriet op de marmeren vloer van haar Victoriaanse villa in elkaar zijn gezakt. De tranen stroomden over haar wangen. 'Niet mijn meisje,' jammerde ze, en Montoya had oprecht met haar te doen terwijl hij langs de gebogen trap naar boven, naar de overloop keek waar een portret van een stralend, beeldschoon meisje in een gouden lijst hing. Helderblauwe ogen, schouderlang, licht krullend goudblond haar, een oogverblindende glimlach geflankeerd door kuiltjes in de wangen. Echt een beeldschone jonge vrouw. In gedachten zag hij het vrouwelijke slachtoffer met haar bleke, gezwollen gezicht, en hij voelde zijn maaginhoud omhoogkomen.

'Het is verschrikkelijk,' zei hij, en dat meende hij ook. Dit was het moeilijkste gedeelte van zijn werk. Het ergste. Het was stukken eenvoudiger om met doden te werken dan overlevenden te moeten vertellen dat ze een dierbare hadden verloren. En helemaal wanneer het om een kind ging. 'Op haar rijbewijs staat ze vermeld als Courtney.'

'Iedereen noemt haar Mary. Dat is al zo sinds ze, toen ze in de vijfde klas zat, verklaarde dat ze zo wilde heten,' zei haar vader. Clyde was een lange man met een stevig postuur, rossige wangen en een kortgeknipt baardje dat even grijs was als zijn weinige haar. Montoya zag hoe hij met de minuut ouder werd. Hij liet zijn schouders hangen, werd bleek en zijn blauwe ogen achter het gouden brilletje leken ineens een stuk fletser.

'Nee, dat was al in de derde klas. Zuster Penelope was haar juf,' zei Virginia. Ze probeerde de tranen te onderdrukken, en Montoya zag aan haar gezicht dat ze nog steeds niet geloofde dat haar dochter dood was.

'Weet u heel zeker dat het om ons kind gaat?' vroeg Clyde zacht.

'Ja, maar ik heb iemand nodig die haar stoffelijk overschot kan identificeren.'

Courtneys moeder slaakte opnieuw een hoge, schrille kreet en liet zich gaan.

'Er moet een vergissing in het spel zijn.'

'Ik doe het wel.' Clyde spande zijn kaakspieren en Montoya zag hoe hij zijn schouders rechtte.

'Het kan niet waar zijn, het kan gewoon niet waar zijn,' stamelde Virginia.

'Ssst.. lieverd... ssst.' Hij drukte zijn lippen tegen haar haren, maar ging niet zo ver door haar te verzekeren dat alles goed zou komen.

Want dat zou het niet. Dit echtpaar zou tot aan hun dood over hun dochter blijven rouwen, en de rest van het leven deed er niet meer toe. Alles waar ze van gedroomd en voor gewerkt hadden – dit voorname oude huis, de zilverkleurige Cadillac die op de oprit stond – zou geen waarde meer hebben.

'Misschien kun je maar beter wat gaan liggen,' zei Clyde tegen zijn vrouw, maar daar wilde ze niets van horen.

Terwijl ze met haar lange, zorgvuldig gemanicuurde vingers haar tranen onder haar ogen vandaan streek, fluisterde ze: 'Ik wil alles horen wat deze agent te vertellen heeft. Ik weet dat hij zich vergist, maar ik wil het horen.'

'Ginny, rechercheur Montoya zou niet hier zijn als hij er niet zeker van was dat – '

'Maar het móét een vergissing zijn. Dat weet jij net zogoed als ik.' Ze haalde langzaam, huiverend adem en maakte zich los van haar man. Hoewel ze onvast op haar benen stond wist ze overeind te blijven, en het volgende moment maakte ze zich zo lang mogelijk. 'Een momentje, graag.' Ze voelde aan haar kapsel alsof het opeens tot haar was doorgedrongen dat het niet helemaal netjes meer zat, en liep op haar hooggehakte gouden sandalen naar wat de dichtstbijzijnde badkamer leek.

'Ik ben psychiater,' zei Clyde. 'Ik zal haar wel iets kalmerends voorschrijven.' Hij wierp een zenuwachtige blik op de gesloten deur van de badkamer. 'En ik zal de priester bellen. Pastoor Michael heeft een kalmerende invloed op haar.'

Montoya's blik viel op het gebeeldhouwde houten kruis boven de boogdoorgang die toegang gaf tot de achterzijde van het huis. Op een tafeltje naast de voet van de trap lag een zware, in leer gebonden bijbel. Het plafond van de hal was hoog en sloot zich pas boven de tweede verdieping. De overloop van de eerste verdieping vormde een galerij waar nog meer portretten van de enige dochter van de LaBelles hingen.

De deur van de badkamer ging open. Virginia La Belle had haar make-up en kapsel bijgewerkt, maar het glimlachje dat ze op haar gezicht had getoverd paste niet bij de blik in haar ogen. 'Rechercheur, komt u verder, alstublieft.' Even trilde haar stem en leek het of ze opnieuw in tranen zou uitbarsten, maar ze trok aan de boord van haar mouwen, haalde diep adem en voegde eraan toe: 'Laten we naar de zitkamer gaan. Ik weet zeker dat het hier om een verschrikkelijke vergissing gaat.'

Clyde en Montoya wisselden een blik, maar ze volgden de vrouw des huizes naar een gezellige kamer met veel zalmkleurig chintz, antieke tafeltjes en kristallen lampen. Virginia drukte op een knopje waardoor de open haard aansprong, hoewel het in huis al bijna vijfentwintig graden moest zijn, en ging vervolgens op de rand van een tweepersoonsbankje zitten. Ze vouwde haar handen op haar schoot en probeerde een kalme en beheerste indruk te maken, om opnieuw een waardig lid te zijn van de voorname familie waarvan ze – en daar twijfelde Montoya niet aan – een telg was. 'Wilt u misschien iets drinken? Ik kan Ada vragen of ze een kopje thee voor ons wil zetten.'

'Nee, dank u,' zei Montoya.

Terwijl haar man naast haar ging zitten, keek Montoya snel de kamer rond. Boven de open haard hing nog een reusachtig portret van Courtney, en op de marmeren schouw stonden meerdere foto's van het meisje op verschillende momenten uit haar leven – foto's van haar als peuter, foto's waarop ze wat ouder was en een beugel en een brilletje droeg, en meer recente foto's van een jonge vrouw met een fris gezicht en een tevreden glimlach.

'Ze gaat in het klooster,' zei Virginia trots, terwijl ze het diamanten kruisje om haar hals betastte dat sterk leek op het hangertje dat haar dochter had gedragen.

Als non?

Dat was wel het laatste wat Montoya had verwacht. Hij nam de moeder wat aandachtiger op en vroeg zich af of ze ze misschien niet allemaal op een rijtje had. 'Zou ze non zijn geworden?'

'We weten dat het tegenwoordig nauwelijks nog voorkomt dat iemand een roeping heeft, en u mag rustig geloven dat haar vader en ik herhaaldelijk geprobeerd hebben om haar op andere gedachten te brengen.' Ze wisselde een wetende blik met haar man. 'We dromen van kleinkinderen, weet u...' Ze zweeg terwijl haar blik afdwaalde naar de foto's op de schouw. Vanuit haar ooghoek rolde een enkele traan over haar wang.

Montoya had het er moeilijk mee. Zo behoedzaam mogelijk vertelde hij hun wat hij kwijt kon. Over het afgelegen huisje. Over Gierman. Over het pistool die ze in de hand van hun dochter hadden gevonden. Over de trouwjurk.

De ouders van Courtney LaBelle luisterden aandachtig naar zijn relaas. Geboeid en verdrietig. Zonder hem in de rede te vallen. Regen sloeg tegen de hoge vensters terwijl het gas achter de namaakhouten blokken in de open haard een zacht, sissend geluid maakte. Clyde en Virginia zaten stilzwijgend dicht tegen elkaar aan en hielden elkaars hand vast terwijl het licht van de vlammen op hun trouwringen weerkaatste. Het leek bijna alsof hij tegen een stel poppen zat te praten. Alleen toen hij over het pistool begon, knipperde de vader met zijn ogen en gleed er een schuldige uitdrukking over zijn gezicht.

'Ik heb haar dat wapen gegeven. Voor zelfverdediging,' fluisterde hij hees. 'Maar ik had nooit gedacht dat... O, jezus.' Hij sloeg zijn hand voor zijn gezicht en zijn schouders begonnen te schokken.

Tot Montoya's verrassing legde Virginia haar hand even op de schouder van haar man, alsof ze hem kracht probeerde te schenken.

'Dat had ik nooit moeten doen. Als ik het niet had gedaan, zou ze nu misschien nog leven,' zei hij.

'Ssst, nee, Clyde. Wat er ook gebeurd is, het is niet jouw schuld. Wacht maar af. Het is een vergissing.' Ze wendde zich weer tot Montoya en keek hem met verdrietige ogen aan. 'Ik weet zeker dat Mary Luke Gierman niet kent. Hij is toch die man met dat verschrikkelijke radioprogramma? Die man die door iedereen geboycot wordt?'

'Hij werkte voor WSLJ. Zijn programma was speciaal bedoeld om mensen te shockeren.'

'Precies. Mary kent hem niet. Zou hem niet hebben gekend. En ik kan u verzekeren dat ze geen trouwjapon bezit. U heeft het verkeerde meisje voor. Het moet iemand zijn die toevallig het rijbewijs van onze dochter bij zich had.'

'Heeft u de afgelopen twee dagen contact met uw dochter gehad?' Hij dacht aan de foto in zijn zak, de foto van het dode meisje, maar kon zichzelf er niet toe brengen hem tevoorschijn te halen.

'Nou, nee.'

'De foto op haar collegekaart en op haar rijbewijs is van de vrouw die we hebben gevonden.'

Er kwam een zacht, hoog kreetje over Virginia's lippen.

'Wilt u dat ik pastoor Michael voor u bel?' vroeg Montoya, in het besef dat hij vandaag niet meer van deze gekwelde ouders aan de weet zou kunnen komen.

'Nee, nee... Dat kunt u rustig aan mij overlaten.' Virginia schonk hem een onvast glimlachje, en liep naar het bureau waar ze de telefoon oppakte en een nummer intoetste. Ze sprak kort, hing op en liet haar hand iets langer dan nodig was op de hoorn liggen, alsof ze de verbinding nog niet had willen verbreken.

'U zei dat Courtney, eh, ik bedoel Mary, non wilde worden,' zei Montoya, toen de moeder van het meisje weer op hetzelfde plekje op de bank was gaan zitten, haar tas had gepakt en er een tissue uit had gehaald. 'Wanneer heeft ze dat besloten?'

Clyde fronste zijn voorhoofd. 'Zes tot acht maanden geleden, schat ik.' Hij keek zijn vrouw vragend aan.

'Afgelopen Kerstmis.' Virginia draaide het papieren zakdoekje tussen haar vingers en keek door het raam alsof ze verwachtte dat haar dochter elk moment de tuin binnen zou lopen. 'Ze was op bezoek geweest bij de nonnen van Our Lady of Virtues.'

Montoya was zich ervan bewust dat er ergens in zijn achterhoofd een puzzelstukje op zijn plaats viel.

'Het was tenminste dichtbij,' ging de moeder verder, en Montoya had heel erg met haar te doen. 'En uiteindelijk hebben we ook iets als een band met de orde. Toen het ziekenhuis nog open was, zat Clyde bij de medische staf en was ik er maatschappelijk werkster. We hebben elkaar daar leren kennen.' Ze glimlachte vluchtig. 'Het oude ziekenhuis wordt afgebroken, maar de nonnen blijven in het klooster wonen. Ik heb gehoord dat er verzorgingsflats worden gebouwd, en wanneer de nonnen oud zijn hebben ze recht op een gratis flat met alles erop en eraan. Uiteraard alleen als ze niet langer voor zichzelf kunnen zorgen, of wanneer de orde hun verzorging niet langer op zich kan nemen.' Ze sloot haar ogen en zuchtte, en bleef maar met het zakdoekje spelen.

Montoya had over de sloop- en bouwplannen van het oude ziekenhuis gehoord. Zijn eigen tante was jaren geleden bij de orde gegaan. En ze zat er nog steeds.

Clyde zei: 'We hebben alleen maar van haar verlangd dat ze tenminste één jaar zou studeren voor ze daadwerkelijk haar gelofte aflegde, maar... haar besluit stond al vast.'

'En weet u ook waarom?'

Hij aarzelde. Trok aan zijn zilveren baardje en wierp een blik op zijn vrouw. 'Ze had het gevoel dat God haar had geroepen.'

'Persoonlijk?'

'Ja.' Hij knikte en keek weg.

Dus dan was Mary, alias Courtney, misschien toch niet helemaal honderd procent normaal geweest.

'Ik weet hoe het klinkt, rechercheur. Ik werk met mensen die voortdurend stemmen horen – '

'Maar haar geval was anders!' viel Virginia hem in de rede. 'Mary... Ze was er alleen maar van overtuigd dat God haar gebeden verhoorde, meer niet. Ze was heus niet schizofreen, of zo!' Ze trok een afkeurend gezicht. 'Ze is een doodnormaal, gezond en lief meisje.'

Ja hoor, net als Jeanne d'Arc.

Clyde sloeg zijn arm om de schouders van zijn vrouw.

Montoya vroeg: 'Had ze vriendjes?'

'Niets serieus.'

'Weet u dat zeker?'

'Ja.' Virginia antwoordde, maar beide ouders knikten bevestigend.

'Kan het zijn dat ze op iemand verliefd was, maar dat haar liefde niet beantwoord werd?'

'Mary kan met iedereen goed overweg, rechercheur,' zei Virginia. 'Hoewel ze heel wat vriendjes had kunnen hebben, en dan bedoel ik echt héél wat, had ze die niet. Ze heeft zichzelf al aan God beloofd. En daarom droeg ze haar ring.'

'Haar ring?'

'Ja, de ring aan haar linkerhand,' zei Clyde, en Montoya dacht onmiddellijk aan de zwaar geschaafde ringvinger van het slachtoffer.

Virginia voegde eraan toe: 'Terwijl andere meisjes een vriendschapsring of een verlovingsring van hun vriendje dragen, draagt Mary een ring ten teken van haar belofte aan de Vader. Ze heeft hem zelf uitgezocht, op haar achttiende verjaardag, de dag waarop ze haar gelofte deed.'

'De Vader. God.'

'Natuurlijk.' Virginia rechtte haar schouders alsof ze haar kind probeerde te verdedigen.

Montoya wist niet wat hij moest zeggen. Het verhaal werd er met de minuut vreemder op. Opnieuw liet hij zijn blik over het portret gaan. Het was een geposeerde foto waarop het meisje haar gevouwen handen op de rugleuning van een bank had liggen. En inderdaad, rond haar linkerwijsvinger zat een gouden filigraanring met een enkele, vierkante rode steen.

'Dus ze had geen trouwplannen?'

'Wat? Nee! Natuurlijk niet.' Virginia maakte een afwijzend geluid.

'Was ze in het bezit van een bruidsjapon?'

'Nee... Waarom zou ze? Ik zei u toch al, ze had niet eens een vriend!'

'Had ze een speciale reden om aan All Saints te willen studeren?'

Clyde antwoordde: 'Dat was onze keuze. We wilden dat ze zo dichtbij zou zijn dat we haar gemakkelijk konden bereiken, maar ver genoeg om te kunnen ervaren wat het studentenleven betekent. Ze had natuurlijk naar Loyola kunnen gaan, en de jezuïeten daar doen werkelijk voortreffelijk werk. Die universiteit staat dan ook heel goed bekend, dat weet ik. Ik heb er zelf een paar jaar gewerkt.'

Virginia begon snippertjes van het papieren zakdoekje te scheuren. 'Het leek Clyde een goed idee als ze het huis uit ging en nieuwe mensen zou ontmoeten, ook al zou ze dan weldra naar het klooster gaan.' Ze knipperde met haar ogen en snoof. Haar kin trilde. 'Clyde wilde dat ze iets van het leven zou leren kennen.'

Er gleed een gekwelde uitdrukking over het gezicht van Courtneys vader. 'Ik wilde alleen maar het beste voor haar.'

'Dat wilden we alle twee.' Virginia veegde een traan weg.

'Dat begrijp ik,' zei Montoya, maar hij loog, want hij begreep er niets van. Vandaag de dag gingen meisjes van achttien niet meer naar het klooster. Knappe, populaire meisjes hadden vriendjes. Tenzij ze homoseksueel waren. En dan hadden ze vriendinnetjes, en als Courtney 'Mary' LaBelle van meisjes hield, wat deed ze dan in vredesnaam met iemand als Luke Gierman?

De twee slachtoffers hadden niet meer van elkaar kunnen verschillen.

Montoya sprak verder met de LaBelles tot hij een bronskleurige auto voor het huis zag stoppen. Het was het teken dat zijn tijd erop zat, en dat hij plaats moest maken voor de priester. Een lange man in een zwart pak, met een zwart overhemd en een witte boord, stapte uit de auto. Aan zijn dikke grijze haar, zijn brilletje zonder montuur en de rimpels op zijn verweerde gezicht was te zien dat hij tegen de zeventig liep, maar door zijn kaarsrechte houding en veerkrachtige stap leek hij jonger.

De deurbel zond zachte, melodieuze klanken door het huis.

Mevrouw LaBelle stond op, en op het moment dat de priester de kamer binnenkwam, was het met haar zelfbeheersing gedaan en barstte ze in heftige snikken uit.

Montoya was blij dat hij weg kon uit dit volmaakte huis dat wel een altaar leek voor de dochter die nooit meer thuis zou komen. Hij keerde terug naar zijn auto, stapte in en startte de motor. Alvorens weg te rijden, belde hij met zijn mobiel naar het bureau en werd doorverbonden met Lynn Zaroster, een rechercheur in opleiding die op dat moment achter de telefoon zat.

'Hallo, met Montoya. Zou je voor me naar de technische recherche willen bellen om te vragen of er op Courtney LaBelle – het vrouwelijke slachtoffer dat vanochtend samen met Luke Gierman is gevonden – juwelen zijn aangetroffen? En of Gierman sieraden droeg?'

'Als ik het goed heb begrepen, was hij in natuurlijke staat. Was jij er niet gaan kijken?'

'Ja. Voor zover ik kon zien was hij inderdaad helemaal naakt.' Montoya reed weg, keerde en gaf gas. 'Maar zou je het toch even voor me na willen vragen, en me dan terug willen bellen? Het schijnt dat het meisje een verlovingsring droeg en dat ze die nooit afdeed.'

'Komt in orde.'

'Zijn er nog mensen bij Gierman thuis?'

'Brinkman is er, en iemand van de technici.'

'Bel ze, en zeg dat ze de hond in een bench moeten stoppen. Ik kom eraan om haar te halen.'

'De hond?'

'Ja. Giermans ex wil haar hond terug. Het schijnt dat ze haar bij de scheiding heeft moeten afstaan.'

'De hond?' vroeg Zaroster opnieuw.

'Dat zeg ik toch.'

Ze mompelde iets over hysterische hondenliefhebbers, en voegde er toen luider aan toe: 'Je weet zeker niets van de recente telefoontjes naar het radiostation?'

Montoya sloeg linksaf en wisselde van rijstrook. 'Nee, hoezo?'

'Die dag dat de uitzending over op wraak beluste ex-partners ging?'

Montoya greep het stuur steviger vast. 'En?'

'Bij de studio houden ze een lijst bij van de mensen die opbellen. De telefoonnummers verschijnen op de display van de computer.'

'En wie hebben er gebeld?'

'Ontzettend veel mensen. Woedende luisteraars, maar ook lieden die hun verhaal aan Gierman kwijt wilden. Maar het interessante is dat er iemand heeft gebeld die meteen weer ophing zonder iets te zeggen.'

Montoya voelde het aankomen.

'En heel toevallig was die opbeller zijn ex. Abby Chastain. Ze heeft niets gezegd, waarschijnlijk leek het haar beter om niet tijdens de uitzending met haar man te praten. Ik zou in haar geval ook mijn mond hebben gehouden. Maar het is duidelijk dat ze naar de uitzending heeft geluisterd. Ik heb zojuist naar de opname van het programma geluisterd. Hij heeft haar afgemaakt, en niet zo zuinig ook. Als ik dat gehoord had en *míjn* ex had al die vuiligheid over mij gespuid, dan denk ik dat ik hem vermoord zou hebben.'

'Wil je daarmee zeggen dat je denkt dat Abby Chastain haar man en Courtney LaBelle om het leven heeft gebracht?' Nee, dat voelde niet goed aan. Niet met de bruidsjurk en de schoenen maat zesenveertig.

'Dat meisje, weet ik niet. Maar die Gierman? Godallemachtig, wat een zak is dat. Het enige wat ik zeg is dat hij zijn ex wel een heel goed motief heeft gegeven.'

'Hou die opname bij de hand. Ik wil hem horen.'

'Ik heb hem hier,' zei ze, en hij hoorde geroffel, alsof ze ergens op trommelde om haar woorden te onderstrepen.

'Is zijn auto al gevonden?'

'Voor zover ik weet niet.'

'Laat het me weten wanneer hij boven water komt,' zei Montoya, waarna hij ophing en naar Luke Giermans huis in het French Quarter reed. Giermans flat bleek een maisonnette in een oud huis te zijn, compleet met hoge ramen met kleine ruitjes, stormluiken en mooie smeedijzeren balkons. De privé-ingang met een klein binnenplaatsje was afgezet met politietape.

Montoya keek om zich heen en duwde de deur open. Een van Bonita's technici, Inez Santiago, was juist bezig om haar tas met gereedschap dicht te doen. Ze keek op toen Montoya het halletje in stapte.

'Hé, wie hebben we daar,' riep ze. Ze grijnsde, en haar witte tanden staken af tegen haar goudkleurige huid. Santiago was gezegend met het lichaam van een danseres en met lang, koffiekleurig haar waar ze rode highlights in liet maken, maar dat ze op haar werk altijd in een keurig knotje droeg. Ze had intelligente groene ogen, en er was nagenoeg niets dat haar ontging.

'Ben je hier klaar?'

'Ja.'

'En? Iets gevonden?'

'Vingerafdrukken, maar die kunnen van iedereen zijn. We zullen ze door het systeem halen en kijken of het iets oplevert. Brinkman heeft wat persoonlijke spullen ingepakt, en een aantal dossiers, de computer, de vuilnis en het antwoordapparaat. Volgens mij hebben we alles. Je kunt overal aankomen, zolang je maar niets overhoophaalt tot Washington me groen licht heeft gegeven.' Opnieuw die prachtige glimlach van haar.

Alles zat onder het poeder waar vingerafdrukken mee werden genomen, en een paar laden waren niet opnieuw dichtgedaan, maar voor het overige had de sporendienst de flat keurig achtergelaten. 'Ik kom voor de hond.'

'Is de hond daarvan op de hoogte? Misschien is ze het er wel niet mee eens.'

'O,o, zijn we in een ondeugende bui vandaag?'

Ze gaf hem een knipoogje en zei: 'Dat zou je wel eens willen weten, hè?' Ze pakte haar tas op en knikte in de richting van de keuken. 'De hond is daar. Ik heb geprobeerd om Brinkman ermee op te zadelen, maar hij weigerde. Volgens mij is hij bang voor dieren.'

'Is hij al weg?'

'Ongeveer een kwartier geleden. Hij zei dat je naar het bureau moest komen en dat jullie dan samen naar Baton Rouge konden gaan om de kamer in het studentenhuis van dat meisje te bekijken.'

Montoya zei niets. Het aantal uren dat hij samen met Brinkman in de kleine ruimte van een auto kon doorbrengen, was beperkt. Vandaag zou hij het gezelschap van zijn irritante collega moeten accepteren, maar hij keek reikhalzend uit naar de terugkeer van Bentz. Rick Bentz was zijn vaste partner, en hoewel Montoya graag geintjes over Bentz maakte en beweerde dat de man te oud was voor zijn leeftijd, had hij hem toch duizend keer liever dan Brinkman de Betweter.

Santiago liep door de keuken naar de bijkeuken waar, voor de droger, een aantal hondenvoerbakken stond, en een grote bench naast de kast met ingebouwde strijkplank was gezet. Tussen de tralies door was de bruine labrador duidelijk te zien. 'Ze heeft met ongeduld op je zitten wachten,' zei Santiago.

'Dat geloof ik zo.' Montoya hurkte naast het krat. 'Hé, meisje, hoe is het met je?' vroeg hij, en de hond liet een hoog blafje horen. 'Ze zal er wel uit willen.' Hij maakte het deurtje open, en de hond sprong er onmiddellijk uit en begon zo enthousiast en wild om haar eigen as te draaien dat ze haar waterbak omvertrapte.

'Maar goed dat ik hier al geweest ben,' mompelde Santiago.

'Je bent hier toch klaar, niet?'

'Ja, maar ik weet niet wat Washington nog meer van me wil hebben. Je kunt haar maar beter' – vervolgde ze, op de hond wijzend – 'snel even uitlaten, maar liever niet op het binnenplaatsje.'

'Komt in orde,' zei Montoya, en toen, toen de hond tegen hem op begon te springen. 'Hé, hé, rustig een beetje.' Hij pakte de riem van een haak aan de muur en haakte hem aan de halsband van de hond. 'Halt!' beval hij, maar de labrador trok zo hard aan haar riem dat ze zichzelf bijna keelde. 'Ik ga haar uitlaten.'

'Goed idee,' zei Santiago met een spottend knikje. 'Briljant, mag ik wel zeggen. En tussen haakjes, het bevel is niet "halt" of "rustig". Ik denk dat je met kreten als "af", "zit" en "blijf" meer succes zult hebben.'

'Bedankt.'

'Niets te danken.'

'Je bent echt in een goeie bui, hè? Fijne avond gehad?'

'Toevallig wel, ja,' zei ze, en haar ogen straalden. 'Maar niet wat je denkt. Ik ben uit geweest, met een vriendje. Dansen. En ik was pas om één uur thuis. Onschuldig plezier en spelletjes.' Weer die grijns. 'Je hoeft niet meteen van die smerige dingen te denken, Montoya. Dat past niet bij je.' Ze gingen naar buiten, en nadat de hond vlak bij de hoek een plas had gedaan, liet Montoya haar achterin de politieauto springen.

'Ik zou het raampje maar een beetje openzetten.'

'Dat wilde ik net doen,' zei hij, terwijl hij zijn portier al opentrok, het contactsleuteltje omdraaide en de raampjes voorin een paar centimeter liet zakken. Hij parkeerde in de schaduw, stapte weer uit en leunde tegen de motorkap.

'Heb je binnen nog interessante dingen gevonden?' vroeg hij, met een knikje in de richting van het binnenplaatsje.

'Niet veel. Je hebt het zelf gezien. Uit niets blijkt dat er een worsteling plaats zou hebben gevonden.'

'En zijn auto is nog steeds niet gevonden.' Het was een bevestiging, geen vraag. De garage, die plaats bood aan een enkele auto, was leeg. Montoya had het zelf gezien.

'Nee.'

'En zijn persoonlijke spullen? Kleren, sieraden?'

'Alles netjes op zijn plaats. Ik kan eigenlijk wel zeggen dat hij een goede smaak heeft. Een dure smaak. Ik heb een paar keer naar zijn programma geluisterd, en op grond daarvan eigenlijk automatisch aangenomen dat hij een ordinaire viespeuk moest zijn. De man gaat echt voortdurend te ver in zijn uitspraken. Ik zag hem aan voor racist, voor vrouwenhater, voor homohater en noem maar op, maar dat schijnt niet zo te zijn. Al heeft hij wel wapens in huis.'

'Dus we hoeven de dader niet in homoseksuele kringen te zoeken.'

'Hij had ontzettend veel vijanden.'

'Ja, dat heb ik al vaker gehoord vandaag.'

'Hij streek veel mensen tegen de haren in. Speelde graag met vuur, als je snapt wat ik bedoel.' Ze fronste haar voorhoofd. 'Maar dat was kennelijk alleen maar voor de show. Voor de luistercijfers. Voor de centen, zullen we maar zeggen.'

'We zullen zien.'

'Ja, nou, voor Gierman is het te laat. Hé, zal ik die hond voor je wegbrengen?' bood ze aan.

'Ik denk dat ik het wel aankan.'

'O?' Santiago keek hem even verbaasd aan, maar toen stak ze haar kin in de lucht en knikte bedachtzaam. 'Ja, ja. Je gaat me toch niet vertellen dat Giermans ex een knappe, ongehuwde vrouw is? Jezus, Montoya, leer je het dan nooit?'

'Wat moet ik leren?' vroeg hij, en ze lachte alleen maar.

'Best, nou, dan breng je die hond maar zelf!' Santiago maakte haar eigen auto open die voor Giermans patrouillewagen stond.

Montoya negeerde haar opmerkingen en ging nog even bij Gierman naar binnen om een laatste blik te werpen op het onderkomen dat de man het afgelopen jaar zijn huis had genoemd.

Santiago had gelijk – alles was keurig netjes, of dat was het in ieder geval geweest voordat de technici alles onder de poeder hadden gestrooid. Glanzende parketvloeren, moderne meubels in gedempte tonen en hier en daar bonte abstracte kunst.

Boven, in de grote slaapkamer, vond Montoya zorgvuldig gestreken en geperste kleren, en een doosje waar zijn sieraden in zaten – dasspelden, manchetknopen en een paar ringen. Op de commode een paar foto's van zichzelf tijdens het skiën en het zeilen. Montoya herkende Puget Sound, de Space Needle, de skyline van het centrum, en een enorme berg – was het Mount Rainier? – op de achtergrond terwijl Gierman tegen de harde wind in zeilde.

Gezien de plek en Giermans leeftijd op de foto nam Montoya aan dat hij gemaakt moest zijn in de tijd dat hij met Abby Chastain getrouwd was, of kort daarvoor. Een vreemd stel, dacht Montoya, bij de herinnering aan Abby Chastains frisse gezicht en haar – ondanks het feit dat ze net gehoord had dat haar ex dood was – wrange gevoel voor humor. Ze leek hem fijngevoelig en beschaafd, terwijl Gierman overkwam als bot en ongemanierd.

Maar voor hetzelfde geld zat hij er bij alle twee naast.

Montoya had nog niet diep genoeg gegraven om zijn oordeel al te durven vertrouwen.

De badkamer boven was schoon. Giermans scheerapparaat was schoon, ondanks het werk van het onderzoeksteam. De douche, het bad en zelfs de wc waren schoongeboend door een werkster, een vriendin of door Gierman zelf.

Hoewel dat laatste niet waarschijnlijk leek.

Montoya trok een kastje open. Geen kinky seksblaadjes. Zelfs nog geen *Playboy*. In plaats daarvan vond Montoya catalogi van dure meubelzaken en kunstgaleries, de meest recente nummers van een skitijdschrift, *Golf Digest* en *Men's Health*. Aangezien alles erop leek te wijzen dat Gierman alleen woonde, had het er alle schijn van dat zijn ongelikte en vlegelachtige optreden op de radio gespeeld was. Of hij was iemand met een complex karakter.

Aan het einde van een korte gang met glanzend parket op de vloer was een tweede slaapkamer die in gebruik was als kantoor en fitnessruimte. Geen slaapbank of een lekkere luie stoel, maar slechts een bureau, een computer, een archiefkast, een televisie met dvd en een video, en een Bose-geluidsinstallatie. Net als in de slaapkamer en in de woonkamer. Een mediafreak. Tegen de andere muur stond een trainingsbank met gewichten, en een boekenkast met een uitgebreide collectie cd's met klassieke werken, jazz en oude rock-'n-roll.

Giermans bezoek moest het bed met Gierman delen, of op de olijfgroene bank in de woonkamer slapen.

Omdat het inwendige van de computer wegens het onderzoek was meegenomen, hing er nu een aantal snoertjes uit die voorheen aan de harde schijf bevestigd waren geweest. Meerdere laden van de archiefkast stonden open en waren voor een deel leeggehaald, en Montoya twijfelde er niet aan dat de ontbrekende dossiers inmiddels op zijn bureau op hem lagen te wachten.

Brinkman ging grondig te werk, maar dat veranderde niets aan het feit dat hij een lul was.

De oude leidingen lekten.

De muffe geur van vochtige aarde kwam achter het tegelwerk en de stenen muren vandaan. De voegen waren verouderd, poreus geworden en afgebrokkeld, en hadden hun isolerende waarde verloren.

Het kon hem niet schelen.

Het maakte niet uit.

Het was niet van invloed op zijn plan.

Als hij heel stil stond en zijn ogen sloot, kon hij zich de doordringende, overheersende geuren van ontsmettingsmiddelen en ammonia nog herinneren, die gebruikt werden om de scherpe menselijke stank van urine, zweet en angst te verdoezelen.

De geuren werden op hun beurt overheerst door de geluiden. Als hij echt heel aandachtig luisterde, kon hij het gedempte gefluister, het ingetogen bidden en het zachte, onophoudelijke kreunen en steunen nog horen. Hij hoorde het ratelen van de metalen karretjes, het slaan van de klok, en was zich opnieuw bewust van dat alom heersende vage gevoel van verdorvenheid en verval dat werd overgoten met een sausje van gezondheid, zonneschijn en valse hoop.

Hij stond in het labyrint van de gangen in de kelder en herinnerde zich hoe het geweest was. Hij zag het allemaal nog glashelder voor zich – de leugens, de glanzende ogen, de geduldige glimlachjes, het bezorgde fronsen van wenkbrauwen, maar alles was valse schijn geweest.

Hij deed zijn ogen open en begon, aangespoord door al dat bedrog, al die geheime, duistere zonden, zonden waar zijn moeder hem voor gewaarschuwd had en zonden waarvoor hij op wrede wijze gestraft was, door de donkere gangen te lopen. Hij het gevoel dat hij eindelijk was thuisgekomen, dat hij terug was gekomen om alles recht te zetten.

Geruisloos liep hij verder. Op belangrijke kruispunten zette hij een lantaarn neer, en het gouden lamplicht kroop omhoog langs wat ooit eens glimmend witte wanden waren geweest. Nu was de boel beschimmeld. De witte tegels waren kapot en zaten onder het stof en de vlekken. Dit was het gedeelte van de kelder dat altijd afgesloten was geweest en geheim was gehouden. Het daglicht drong er niet door en er waren maar weinigen die wisten wat zich hier had afgespeeld. Zij die het wisten spraken er niet over, en dachten dat het verraad en de lage daden vergeten waren.

Maar ze vergisten zich.

Het was niet vergeten.

En ook niet vergeven.

Die waardevolle lessen had hij van zijn moeder geleerd.

Hij ontstak nog een lantaarn en ging een volgende hoek om. Hij pakte zijn sleutel, maakte de laatste deur open en stapte de vensterloze ruimte binnen waar hij zijn bezittingen bewaarde. Nadat hij de kaarsen had aangestoken, liep hij naar het antieke bureautje met zijn vele kleine vakjes. Het zat niet op slot. Door op een knopje te drukken kon hij het schrijfblad uitklappen, waarachter zich nog meer kleine vakjes bevonden die ideaal waren voor het bewaren van zijn geheime schatten. Uit zijn zak haalde hij de ring – de smalle gouden band met een fonkelende rode steen. Even wreef hij het metaal tussen zijn duim en wijsvinger, en voelde hij de warmte ervan terwijl hij terugdacht aan het meisje dat hem gedragen had. Het bloed stroomde warm door zijn aderen en hij bevochtigde zijn lippen. Ze had niet volmaakter kunnen zijn... en zo onschuldig. Hij zag het bloed op de gouden cirkel. Haar bloed. Beter kon het bijna niet.

In gedachten beleefde hij opnieuw hoe hij haar het wapen in de hand had gelegd, hoe ze samen de trekker hadden overgehaald en hoe haar strakke, soepele rug tegen zijn buik had gedrukt en zich toen, toen de dood haar overmeesterde, van hem had losgemaakt.

Doodsbang was ze geweest, en hij wist dat hij haar tot alles had kunnen dwingen. Hij had zich echt moeten beheersen om niet aan dat verlangen gehoor te geven. Haar billen hadden zo heerlijk intiem tegen zijn keiharde pik gedrukt. Hij zou haar moeiteloos hebben kunnen nemen, en zich hebben kunnen vergrijpen aan haar maagdelijke lichaam. Hij had zich voorgesteld hoe het zou zijn om haar strakke, nog onberoerde kutje binnen te rammen, en die vliesdunne barrière te doorbreken die haar van kind tot vrouw zou maken.

Alleen, dat zou verkeerd zijn geweest.

Daarmee zou hij zijn zorgvuldig uitgedachte plan hebben verpest.

En terwijl hij nu weer aan dat warme, bevende lijf dacht, voelde hij zich opnieuw hard worden en verlangde hij ernaar die vurige, dwingende pijn in zijn lendenen de vrije loop te laten.

Maar hij wist dat deze kwelling bij zijn boetedoening hoorde.

Langzaam liet hij de ingehouden lucht uit zijn longen ontsnappen, realiseerde zich dat hij de ring zo stevig had vastgehouden dat het metaal diep in zijn huid had gedrukt, en riep zichzelf in gedachten tot de orde. Het was nog geen tijd. Nog niet.

Boos op zichzelf omdat hij zich zo had laten gaan, legde hij de gouden ring in een speciaal vakje, waarna hij het dure horloge uit zijn zak haalde en naast de ring legde.

Volmaakt, dacht hij, terwijl de kaarsen brandden en, op de gang, het water uit de leidingen lekte. Dit was de eerste stap, en hij was nog lang niet klaar. Zijn werk zou tijd in beslag nemen – er waren zo velen die moesten boeten. Hij pakte een zwart, gebonden fotoalbum uit een van de vakjes van het bureau, begon het langzaam door te bladeren en bekeek de geposeerde foto's, krantenknipsels, kiekjes en artikelen uit tijdschriften.

Glimlachend keek hij neer op de levenloze opnamen, en hij las de verhalen nog eens door die hij intussen allang uit zijn hoofd kende. Maar zijn gezicht betrok toen hij bij de foto van Faith Chastain kwam – een studioportret in zwartwit waarop ze bijna wellustig in de lens keek. Hij bracht zijn hand naar de foto en liet zijn wijsvinger over haar wang gaan. Zijn hart balde zich samen bij de herinnering aan hoe ze in levenden lijve was geweest. En in de dood.

Met een nijdig gebaar sloeg hij het album dicht, stopte het weg in het speciale vakje van het bureau en sloot het schrijfblad. Hij had geen tijd voor sentimenteel gedoe. Er was werk aan de winkel.

De volgende slachtoffers waren aan de beurt.

Hoofdstuk 6

'Wij, hier bij de WSLJ, zijn allemaal nog diep aangeslagen,' zei de diskjockey, 'en we zullen Luke Gierman missen. Ik bedoel, die man was hier een levende legende...'

Bewaar me, dacht Abby.

'... om Luke te herdenken, en als eerbetoon aan hem, en aan alles wat hij voor de vrije meningsuiting heeft gedaan, hebben we besloten enkele van zijn meest populaire uitzendingen te herhalen. We zouden graag van u, luisteraars, willen horen welke uitzending u nog eens zou willen beluisteren. U kunt ons bellen, of uw keuze via onze website kenbaar maken.' De diskjockey noemde de telefoonnummers en het internetadres met zoveel enthousiasme dat Abby er braakneigingen van kreeg. Ze zette de radio uit.

'Nu wordt hij tot heilige verklaard,' zei ze tegen Ansel, die op de rugleuning van de bank zat en naar een kolibrie bij het vogelhuisje keek. 'Hoe bestaat het. De heilige Luke. Hoe vind je die?' Dat zei ze nu wel, maar ondertussen had ze wel degelijk spijt van hun laatste gesprek en van het feit dat ze had gelogen over de revolver van zijn vader.

'Hou daar nu maar over op,' zei ze bij zichzelf, en op hetzelfde moment hoorde ze een auto op het grind van de oprit. Ansel verloor zijn belangstelling voor de kolibrie, sprong van de bank en liep naar de deur, maar bleef toen plotseling stokstijf staan.

'Wat is er?' vroeg Abby, terwijl ze naar buiten keek. Rechercheur Montoya was terug. Met Hershey. Abby's hart maakte een sprongetje. Verdikkie, wat had ze dat beest gemist. Ze trok de voordeur open en warme oktoberlucht drong het huis binnen toen ze naar buiten stapte.

Hershey trok aan haar riem en trapte de afgevallen blaadjes opzij. Rechercheur Montoya probeerde de hond niet in te tomen, maar holde achter haar aan en probeerde haar bij te houden. Hij keek op, zag Abby bij de voordeur op de veranda staan en glimlachte.

De oprechte, jongensachtige grijns kwam volkomen onverwacht.

'Volgens mij heeft ze u gemist,' zei hij, terwijl Hershey de traptreden op sprong. Het dier drukte zich kronkelend tegen Abby's benen en eiste op elke denkbare manier haar aandacht op.

'Ja, ja, je bent braaf, je bent een heel brave hond,' stelde Abby haar gerust, terwijl ze de labrador over de zachte vacht aaide en zich bukte om haar gezicht door Hershey te laten likken. 'O, Hersh, wat heb ik je gemist.'

De hond blafte luid en Abby lachte. Hoewel ze haar onder de meest treurige omstandigheden geërfd had, vond ze het heerlijk dat het dier weer thuis was. 'Bedankt voor het terugbrengen,' zei ze tegen Montoya, terwijl ze de riem van hem aanpakte.

'Het was geen moeite.'

Ze trok haar wenkbrauwen op. 'Ik woon nou niet direct om de hoek van het politiebureau. Laat me u op z'n minst een biertje aanbieden, of een cola... o, dat was ik vergeten, ik heb alleen maar suikervrije...'

'Nee, niets, dankuwel.'

Ze maakte de riem los en Hershey, die Ansel had opgemerkt, schoot het huis in. 'O, o, kijk uit.' De kat zette zijn haren op, siste en ging er vandoor, de tuin in, waar hij een dikke eik in klom. De hond zat haar op de hielen, maar toen hij bij de boom was gekomen moest hij zijn achtervolging staken. Hij kon niet anders dan luid blaffen naar Ansel, die op een lage, dikke tak was gaan liggen en naar hem keek.

Abby moest erom lachen. 'Dat is hun lievelingsspelletje.'

Hershey blafte en jankte tot ze de geur van een ander dier opving, en snuffelend tussen de struiken verdween. 'Het is altijd weer hetzelfde liedje,' zei Abby hoofdschuddend. 'Elke keer als Luke de hond kwam brengen, draaide ze helemaal door en maakte Ansel zich zo snel mogelijk uit de voeten. Hershey ging haar dan blaffend achterna, en twintig minuten later lagen ze dan samen in de woonkamer – Ansel op de rugleuning van de bank, Hershey in haar mand bij het vuur, diep in slaap alsof ze zich geen van beide van de ander bewust waren.' Abby streek haar haren uit haar gezicht. 'Soms is het hier net een circus.'

'Gebeurde het vaak dat uw ex de hond hier bracht?'

'Vrijwel elk weekend,' zei ze. Het was een absurde situatie geweest. 'Tijdens de scheiding heeft hij als een gek voor Hershey geknokt, maar in de praktijk vond hij het hebben van een hond maar lastig. Met zijn werk in de studio en al zijn andere activiteiten was hij maar weinig thuis.' Ze keek Montoya aan. 'Luke was een echte buitensporter, en als hij niet kon vissen of jagen, of skiën of wat dan ook, bracht hij uren op de sportschool door. Hij was nauwelijks thuis en de hond was een probleem voor hem. Maar ik vond het niet erg. Ik zei u al, ik heb Hershey gemist.' Haar hart balde zich samen. 'Ik vind het heel erg wat er met

Luke is gebeurd, verschrikkelijk. We konden niet goed met elkaar overweg, en ons laatste gesprek... was afschuwelijk, het was echt een heel naar gesprek... en de dag erna heeft hij in zijn programma de vloer met me aangeveegd.'

'Hebt u ernaar geluisterd?'

Ze rolde met haar ogen. 'Ja. Ik vermoed dat ik nieuwsgierig was, of misschien heb ik ook wel iets van een masochist, ik weet niet. Maar ja, ik heb op zijn programma afgestemd. En dat was een vergissing.' Ze keek naar de hond en wreef afwezig met haar rechterhand over haar linkeronderarm. 'Hij heeft werkelijk geen spaan van me heel gelaten.'

'En u was kwaad?'

'Wat dacht u!' bekende ze, en ze keek hem aan. 'Iedereen zou kwaad zijn geweest, maar dat bedoelt u niet. Wat u bedoelt is of ik kwaad genoeg was om hem te kunnen vermoorden. Nee, ik heb hem niet vermoord.'

'En Courtney LaBelle? Is u met betrekking tot haar nog iets te binnen geschoten?'

'Nee... maar haar naam komt me op de een of andere manier bekend voor.'

'Er is een beroemde zangeres die LaBelle heet,' opperde hij. 'En een diskjockey bij de WNAB.'

'Nee... Het is meer dan dat.' Ze had er de hele dag over lopen piekeren. Vanaf het moment waarop ze de naam van het meisje had gehoord, zat het haar al niet lekker. 'Maar ze is te jong. Ik kan haar niet hebben gekend.'

'Ze liet zich Mary noemen.'

'Mary LaBelle.' Abby wreef haar nek en tuitte haar lippen terwijl ze de naam door haar hoofd liet gaan. Er wilde haar nog steeds niets te binnen schieten, en het stoorde haar omdat ze sterk het gevoel had dat ze zich wel degelijk iets zou moeten herinneren. Iets belangrijks. 'Het spijt me. Ik zal me wel vergissen.'

'Weet u of uw ex iets van sieraden droeg die van speciale betekenis voor hem waren?'

'Zoals? Een neusring?'

Hij lachte. 'Geen idee, maar laten we maar bij een gewone ring beginnen. Eentje voor zijn vinger.'

Ze sloeg haar armen over elkaar. 'Nadat we ongeveer een halfjaar getrouwd waren heeft hij zijn trouwring afgedaan en nooit meer omgedaan. Hij had een ongelukje tijdens het zeilen en was met de ring ergens achter blijven hangen – of dat beweerde hij in ieder geval. Hoe dan ook, hij wilde hem niet meer om. Later was dat volgens mij alleen nog maar omdat hij niet te koop wilde lopen met het feit dat hij getrouwd was. Ik heb hem nog, in mijn juwelendoosje,' bekende ze, met iets van schaamte. 'Ik denk dat ik hem bewaard heb om hem te zijner tijd in de Mississippi te slingeren, maar daar is het nooit van gekomen.'

Hij keek haar aan met die donkere ogen van hem die meer leken te zien dan ze wilde. Ze voelde zich dwaas en sentimenteel over een huwelijk dat al lang geleden een natuurlijke dood was gestorven, lang voordat de feitelijke echtscheidingsprocedure in gang was gezet.

'Dus... geen trouwring en ook geen andere ring?'

'Ik heb hem er nooit een zien dragen.' Ze keek nadrukkelijk naar de gouden ring in Montoya's oor. 'En ook geen oorbellen of... armbanden of gouden kettingen... het enige sieraad dat hij droeg, als je dat zo kunt noemen, was zijn horloge. Dat droeg hij dag en nacht.' Ze dacht terug aan die dag waarop ze in de regen naar buiten was gerend, naar de plek waar hij de BMW had geparkeerd. Ze had een goede daad willen verrichten – ze had het open dak dicht willen doen en de verzekeringspapieren willen pakken omdat er een onduidelijkheid was ten aanzien van de dekking van de nieuwe auto. Wat ze gevonden had in het handschoenenvakje van de glanzende zwarte sportwagen was een duur horloge, een kaartje dat was getekend met de initialen van Connie Hastings, de eigenaresse van een concurrerende radiozender die probeerde om Luke bij WSLJ vandaan te lokken, en de stellige zekerheid dat haar man haar bedrogen had. Alweer. Haar handen hadden gebeefd bij het lezen van het suggestieve kaartje. Ze had haar maaginhoud omhoog voelen komen toen ze het doosje open had gemaakt waarin de Rolex lag. Het was alsof ze een stomp in haar maag had gekregen. Ze had geen adem meer kunnen halen, en het was in het geheel niet tot haar doorgedrongen dat het portier openstond, dat het waarschuwingssignaal onophoudelijk piepte, en dat de regen door het open dak en het portier naar binnen woei en haar en dat stomme verzekeringsbewijs doorweekte.

God, wat was ze stom geweest. Als ze op dat moment niet zwanger was geweest, zou ze onmiddellijk van hem zijn gescheiden. Maar in plaats daarvan liet ze het dak open, legde ze het kaartje en het cadeau op de stoel en deed ze ook het portier niet dicht. Ze hoopte echt dat het interieur van de auto voorgoed verpest zou zijn, dat zijn accu leeg zou raken en dat zijn kostbare nieuwe horloge gestolen zou worden. Ze had tot Hersheys genoegen overgegeven tussen de struiken, en was naar binnen gegaan waar ze gewacht had tot Luke onder de douche vandaan zou komen.

Nu keek ze op naar Montoya, die haar afwachtend stond aan te kijken. 'O, ja. Het horloge. Het is een Rolex, eentje waarmee je tot weet ik hoeveel meter diepte kunt duiken. Hoe bestaat het. Het was een ontzettend gaaf ding en hij deed het nooit af. In ieder geval niet tijdens ons huwelijk.'

'Had hij het verzekerd?'

'Dat weet ik niet,' bekende ze. 'Maar u vraagt ernaar, dus het zal wel weg zijn.'

'Ik maak alleen maar een lijst van al zijn spullen.'

'Maar als hij het gedragen had, dan zou u ervan geweten hebben, niet?' vroeg ze. 'Dan had u mij er niet naar hoeven vragen.'

'Roof zou een motief geweest kunnen zijn.'

'Als Courtney hem doodgeschoten heeft, dan heeft ze hem niet beroofd. En als het iemand anders was, waarom zou diegene hen dan naar die afgelegen plek willen brengen?' vroeg Abby geïrriteerd. 'Een dief steelt doorgaans op straat, op kantoor, in een huis of hij haalt een auto leeg. Het is hem veel te veel moeite om twee slachtoffers samen ergens naartoe te brengen en de een of andere bizarre moord-zelfmoordscène te creëren.'

'Tenzij de dader van dat soort dingen houdt,' zei Montoya.

'Is er een reden waarom u mij maar zo weinig verteld heeft over wat er precies is gebeurd?' vroeg ze. Het leek haar het beste om haar angst niet langer te verzwijgen. 'Word ik soms ergens van verdacht, of zo?'

'Op dit moment is iedereen een verdachte.'

'En in het bijzonder een ex-vrouw die op de dag van de moord, voor de hele wereld hoorbaar, de ene heftige belediging na de andere te incasseren krijgt.'

Er gleed een harde uitdrukking over Montoya's gezicht. 'Ik kom terug,' beloofde hij. 'En dan breng ik een collega mee en kunnen we u verhoren en kunt u ons net zo veel vragen stellen als u maar wilt.'

'En die zult u dan ook beantwoorden?'

Hij glimlachte vluchtig. 'Dat kan ik niet beloven. Het enige dat ik kan beloven, is dat ik de waarheid zal vertellen.'

'Ik verwacht ook niet anders van u.'

Hij knikte kort. 'En mocht u zich ondertussen nog iets herinneren, belt u mij dan.'

'Dat zal ik doen,' beloofde ze, geïrriteerd. Ze keek hem na terwijl hij zich de twee treden van de veranda af haastte en naar zijn auto liep. Ze schatte hem een aantal jaren jonger dan zichzelf, hoewel ze daar niet zeker van kon zijn. Hij straalde een zekere onderdrukte seksualiteit uit, net alsof hij zich ervan bewust was dat vrouwen hem aantrekkelijk vonden.

Geweldig. Daar zat ze nou net op te wachten – een sexy smeris die haar waarschijnlijk bovenaan zijn lijstje van verdachten had staan. Ze floot de hond, die meteen met grote sprongen kwam aangerend. 'Zit!' beval Abby, toen ze de hoeveelheid modder en dorre blaadjes aan haar poten zag. Hershey gehoorzaamde onmiddellijk, en Abby pakte de speciaal voor dit soort momenten bestemde hondenhanddoek van het haakje achter de deur en veegde de vier natte poten schoon en droog. 'Dit zou wel eens een probleem kunnen worden, hè?' zei ze plagend tegen de hond, waarna ze de handdoek over de kop van het dier liet vallen.

Hershey schudde haar kop, gooide de handdoek van zich af, pakte hem tussen zijn kaken en trok hem weg. Abby greep de andere kant van de handdoek vast, en ze speelden een poosje samen van wie de sterkste was. Abby moest lachen, en het was de eerste keer dat ze weer ergens plezier in had sinds het moment waarop ze het nieuws van haar ex had gehoord. De telefoon ging, en ze liet de hond alleen verder spelen.

'Hallo?' zei ze, nog steeds nagrinnikend over Hersheys capriolen.

'Abby Chastain?'

'Ja.'

'U spreekt met Beth Ann Wright van de *New Orleans Sentinel.*'

Abby slikte. De pers. *Ook dat nog.*

'Klopt het dat u Luke Giermans vrouw was?'

'Waar gaat dit over?' vroeg Abby achterdochtig, terwijl Hershey de keuken in kwam gelopen en afwachtend voor de achterdeur bleef staan. 'Even wachten,' zei ze geruisloos tegen de labrador. Hershey begon langzaam te kwispelen.

'O, neemt u mij niet kwalijk,' zei Beth Ann, en ze klonk alsof ze zich oprecht wilde verontschuldigen. 'Dat had ik meteen moeten zeggen. De krant wil een aantal artikelen over Luke schrijven, omdat hij ten slotte een plaatselijke bekendheid was. Ik zou daarvoor graag een gesprek met u willen hebben. Komt morgenochtend u uit?'

'Luke en ik waren gescheiden.'

'Ja, dat weet ik, maar het gaat mij om een persoonlijk portret van de man achter de microfoon, als u begrijpt wat ik bedoel. Er zijn genoeg mensen die hem oppervlakkig kenden, maar ik weet zeker dat mijn lezers graag meer van hem willen weten – zijn persoonlijke geschiedenis, waar hij van droomde en wat belangrijk voor hem was. U weet wel, een schets van hoe hij in werkelijkheid was.'

'Daar is het een beetje laat voor,' zei Abby, die geen enkele moeite deed om vriendelijk te klinken.

'Maar u heeft hem toch intiem gekend. Ik had gehoopt dat u ons een aantal anekdotes zou kunnen vertellen om de mensen een duidelijker beeld van hem te geven.'

'Nou, ik denk van niet.'

'Ik ben me ervan bewust dat u en hij problemen hadden.'

'Pardon?'

'Ik heb zijn laatste uitzending gehoord.'

Abby verstijfde en greep de telefoon steviger beet.

'Dus ik begrijp dat dit erg moeilijk voor u is, maar toch zou ik u graag een aantal vragen stellen.'

'Misschien een ander keertje,' zei ze.

Beth Ann ging er onmiddellijk op in. 'U zegt maar wanneer u kunt. Als ik het goed heb bent u hier in Louisiana geboren, niet?' Abby voelde hoe haar nekspieren zich spanden. 'U bent hier opgegroeid, maar u heeft Luke in Seattle leren kennen waar hij voor een plaatselijke zender werkte... Hoe heet die ook alweer? Ik moet het hier ergens hebben opgeschreven.'

'KCTY.' Dat was een publiek gegeven.

'O, ja. Maar u bent hier opgegroeid en u heeft hier op school gezeten. En uw ouders, die waren toch ook van hier?'

Abby hoorde waarschuwingsbelletjes rinkelen en voelde dat ze hoofdpijn kreeg.

'Ik wil er niet over praten.'

'Jacques en Faith Chastain.'

'Luke is maar een paar jaar hun schoonzoon geweest,' zei Abby kortaf.

'Wacht eens even...' zei Beth Ann, alsof ze haar aantekeningen moest raadplegen, hoewel Abby heel sterk de indruk had dat de vrouw dit heel goed wist. 'Uw moeder heeft hem waarschijnlijk nooit ontmoet, niet? Was dat niet uw moeder, Faith Chastain, die dat ongeluk heeft gehad in het Our Lady of Virtues-ziekenhuis, waarvan net bekend is geworden dat ze het gaan slopen?'

Beth Ann had duidelijk haar huiswerk gemaakt.

'Dus dan heeft ze Luke nooit als schoonzoon leren kennen?'

Abby hing op. Ze smeet de hoorn op het toestel en nam zich heilig voor om, als hij opnieuw over zou gaan, niet op te nemen maar dat aan het antwoordapparaat over te laten. Ze zou zelf uitmaken wie ze wilde spreken. Iedereen die een afspraak wilde maken om het huis te zien, of die door haar gefotografeerd wilde worden, zou een boodschap moeten inspreken.

Ze bleef nog even naar de telefoon kijken alsof ze verwachtte dat hij elk moment opnieuw over zou gaan, en toen blies ze de ingehouden adem uit haar longen. *Ik zou er maar vast aan wennen*, schoot het door haar heen. *Dit is nog maar het begin. Tot Lukes moordenaar is gevon-*

den, en ook daarna nog, zul je telefoontjes kunnen verwachten van de pers, de politie en van willekeurige nieuwsgierigen.

Daar was geen ontkomen aan.

De rit naar Baton Rouge viel eigenlijk reuze mee, stelde Montoya vast. Brinkman was lang niet zo irritant als anders, en hij beperkte zijn opmerkingen tot de moord. Tot dusver had het lab nog niets gevonden, maar intussen was wel Giermans auto boven water gekomen. Hij was aangetroffen in een steeg achter zijn sportschool, en vlak bij de geldautomaat waar hij kort voor zijn dood geld had opgenomen. Het probleem was dat, volgens Brinkman, niemand op de sportschool Gierman daar binnen had gezien. Hij was niet verschenen voor zijn persoonlijke trainingssessie, en niet voor het rotsklimmen op de kunstmatig aangelegde bergwand die de club rijk was, en waar Gierman altijd graag een poosje zijn spieren de kost gaf.

Op het eerste gezicht leek zijn BMW schoon te zijn, maar de technici van het lab waren er nog mee bezig.

'Verder heb ik met Nia Penne, Giermans ex-vriendinnetje, gesproken,' ging Brinkman verder, terwijl hij zijn raampje een heel klein beetje opendeed nadat Montoya Highway 10 op was gereden. Het was gaan schemeren, het licht van de koplampen boorde zich door de toenemende duisternis, en alles leek erop te wijzen dat ze nog meer regen zouden krijgen.

'Wat had ze te vertellen?'

'Vooral dat Gierman een rokkenjager was. Hij was gek op flirten, maar volgens haar hield hij nog steeds van zijn ex-vrouw.' Hij keek Montoya van terzijde aan.

'En dan hebben we het over dezelfde man als die welke zijn vrouw in de uitzending voor rotte vis heeft uitgemaakt.'

'Inderdaad. Maar het zijn haar woorden. Ik heb haar daar naar gevraagd, maar ze zei dat dat programma van hem alleen maar een act was. En dat moet je dan maar geloven.'

En dat deed Montoya niet.

'Hoe dan ook, als je het mij vraagt is het buiten hangen van al je vuile was nou niet bepaald de beste manier om bij je ex weer in een goed blaadje, of in haar bed te komen.' Hij grinnikte, graaide in zijn binnenzak en viste er een gekreukeld pakje sigaretten uit. 'Onbegrijpelijk.' Hij schudde er een sigaret uit, stak hem in zijn mondhoek en zocht in zijn zakken naar een aansteker.

Montoya vond het niet echt onbegrijpelijk. Hij nam een flauwe bocht en bedacht dat het wel eens heel moeilijk zou kunnen zijn om een vrouw als Abby Chastain te vergeten.

'Ik ben bezig met het nakijken van de financiën.' Zijn sigaret wipte op en neer op het ritme van zijn woorden. 'Wie er wat krijgt, tenminste, als blijkt dat hij na zijn scheiding nog wat over had. Meestal is het de ex-vrouw die met de poet gaat strijken.'

Daar twijfelde Montoya aan, maar ja, hij had dan ook niet, zoals Brinkman, drie scheidingen achter de rug. En verder had hij het gevoel dat Abby niet iemand was die veel waarde hechtte aan geld. Maar daar kon hij zich natuurlijk in vergissen. Het zou niet de eerste keer zijn dat hij iemands karakter verkeerd inschatte. 'Terug naar Gierman. Hij was een rokkenjager, maar dat wisten we al. Heeft het vriendinnetje een alibi?'

'Ja, en daar valt niet aan te tornen.' Brinkman had zijn aansteker gevonden en stak zijn sigaret op. 'Ze was bij vrienden in Toronto. Een stel met een baby van tien maanden.' Hij blies een wolk rook naar zijn open raampje. 'Op het moment dat Gierman is vermoord, zat ze met die vrienden aan tafel wijn te drinken en te kaarten. Ze is daar tot halftwee 's nachts gebleven. Ze maakten zoveel lawaai dat de buren er last van hadden en de politie hebben gebeld. Die zijn gekomen en hebben van iedereen de naam opgeschreven.'

'Misschien heeft ze wel iemand ingehuurd.'

'Zo klinkt het niet.' Brinkman schudde zijn hoofd en trok zijn neus op. 'Ze was een tikje nijdig op hem. Het schijnt dat hij een avontuurtje heeft gehad met een serveerster van een restaurant in Bourbon Street, en dat Nia daar achter was gekomen. Ze heeft een scène gemaakt en de relatie beëindigd. Ze woonden niet samen, dus ze heeft er gewoon een punt achter gezet. Ik heb het gevoel dat ze opgelucht was.'

'En de serveerster?'

Hij nam nog een trekje. 'Zover ben ik nog niet. Hé, is dit niet de afrit die we moeten hebben?'

Montoya had al op de rem getrapt. Hij zette zijn richtingaanwijzer aan en reed het verregende Baton Rouge binnen. Hoewel het nog niet helemaal donker was, waren de straatlantaarns al aan, en het schijnsel ervan weerkaatste op het natte asfalt. Voetgangers haastten zich onder afdaken door en liepen onder hun paraplu's, en hier en daar reed een fietser door de plassen. Neonreclames van bars en restaurants langs de weg brachten kleur in de grauwheid.

'En bij de radio? Was daar iemand die Gierman voorgoed uit de lucht wilde hebben?'

'Daar ben ik nog naar aan het kijken. Tot dusver heb ik met een aantal collega's gesproken, maar van hen niets dan goeds over de dode. Als je hen mag geloven was Gierman een geweldige kerel. Een kei.' Hij snoof en de rook kwam uit zijn neusgaten. 'Een geweldige kerel, ha! Maar ik heb nog niet iedereen gehad. Voorlopig is Maury Taylor, zijn aangever in het programma, de laatste die hem levend heeft gezien. De man maakt een diep aangedane indruk, maar dat zou wel eens gespeeld kunnen zijn.' Hij gooide de peuk van zijn sigaret naar buiten. 'Radiolui,' verzuchtte hij minachtend, 'stelletje abnormaal tuig.'

Ze reden een woonwijk binnen waar de huizen, naarmate ze dichter in de buurt van de universiteit kwamen, groter en voornamer werden. De omgeving van All Saints College ademde zorgvuldig onderhouden tuinen, brede veranda's, houten accenten, verse verf en rijkdom.

'Weet je waar we moeten zijn?' vroeg Brinkman, toen ze het hek door reden.

'Cramer Hall.'

'Ben je hier al eerder geweest?'

Montoya knikte. 'Bentz' dochter Kristi heeft hier gestudeerd, en ze woonde in hetzelfde studentenhuis.' Hij wijdde niet uit over de redenen waarom hij hier was geweest, en de afschuwelijke nachtmerrie die Kristi en haar vader hadden doorgemaakt, maar Brinkman had toen ook al bij de recherche gezeten, en hij wist wat er gebeurd was.

'O ja,' zei hij nu, met een knikje. 'Die zaak met die seriemoordenaar die zichzelf de Uitverkorene of zo noemde. Jezus, dat was me een verknipt type.'

Zijn ze dat niet allemaal? Montoya zette de auto op een bezoekersparkeerplaats, en hij en Brinkman stapten uit. Binnen, bij de receptie van het studentenhuis, werden ze opgewacht door de decaan, dr. Sharon Usher, met wie ze eerder hadden gesproken. De vrouw was klein van stuk met kort bruin, ietwat grijzend haar. Ze droeg geen make-up, had dunne lippen en maakte een behoorlijk zenuwachtige indruk. Montoya schatte haar een jaar of vijfenveertig, maar het kon zijn dat ze door het grijze haar ouder leek dan ze in werkelijkheid was. Ze beantwoordde met haar uilenbrilletje, lange wollen rok en bruine trui in ieder opzicht aan het stereotype van een academica.

Ze gaven elkaar allemaal een hand. Ze had een enorme sleutelbos bij zich en ging hen voor de oude trap van het gebouw op. Het gebouw rook naar parfum, zweterige sportkleren en enthousiasme. Meisjes in groepjes van drie of vier – opgewonden met elkaar kletsend, met hun mobiel tegen hun oor gedrukt, of met een oortelefoon in – kwamen langs zonder de oudere mannen echt op te merken.

Maar op de tweede etage was alles rustig. De deur van kamer 534 was door de politie verzegeld.

'Ik hoop dat u hier snel klaar mee zult zijn,' zei dr. Usher, alsof de politie expres lang over onderzoeken zou doen.

'Dat is wel de bedoeling,' zei Brinkman, met een samenzweerderige blik op Montoya.

'Mooi. Fijn. U vroeg naar Courtneys rooster, een lijst van de studenten die samen met haar college liepen, en van iedereen die hier in het studentenhuis woont. Ik heb alle gegevens voor u verzameld. Verder denk ik dat het voor u van belang is om te weten dat meneer Gierman enkele weken geleden op onze universiteit is geweest. Hij was gastspreker tijdens het college Communicatiewetenschappen van dr. Starr. Courtney heeft die lezing bijgewoond.'

Montoya bleef staan en nam de vrouw aandachtig op. 'Luke Gierman is hier, op All Saints College, geweest?'

'Precies.' Ze zocht de juiste sleutel.

'Heeft Courtney met hem gesproken?'

'Ik geloof van niet, maar ik weet het niet zeker. Ik heb met dr. Starr gesproken. Het bestuur was niet erg te spreken over zijn keuze van gastspreker.' Ze stak een sleutel in het slot van de kamer. 'Zaken als diversiteit en vrijheid van meningsuiting staan weliswaar hoog in ons vaandel, maar in de praktijk zijn we toch een redelijk conservatieve universiteit.'

'Wij willen ook graag met dr. Starr spreken.'

'Daar heb ik op gerekend. Zodra wij klaar zijn, zal ik hem waarschuwen,' zei ze, met de efficiëntie waarmee ze waarschijnlijk alles aanpakte wat op haar weg kwam. 'In het dossier dat ik voor u heb aangelegd staat ook zijn mobiele nummer vermeld. Wanneer u hier klaar bent kunt u naar mijn kantoor komen om de gegevens te halen.'

Montoya en Brinkman wisselden een blik. Misschien dat de universiteit een belangrijke aanwijzing op zou leveren. Usher deed de deur voor hen open.

Montoya stapte naar binnen en had heel even het gevoel dat hij in een andere wereld terecht was gekomen. 'Wat ís dit, in vredesnaam?' vroeg hij, terwijl hij het licht aan deed en naar de muren keek. Eén kant van de kamer was wit geschilderd en hing vol met kruisbeelden, afbeeldingen van de Heilige Maagd Maria en portretten van Jezus aan het kruis. De andere kant van het vertrek was zwart geschilderd en de muren waren kaal. Geen foto's, geen posters – niets dat iets over de bewoonster zou kunnen vertellen. Het bureau aan de witte kant van de kamer stond vol met ingelijste foto's van Courtney Mary LaBelle, en er lag een opengeslagen bijbel op. Aan de knop van de kastdeur hing een rozenkrans. Op het bureau aan de andere kant van de kamer stond alleen maar een kleine printer, en er was een boekenkastje met daarin een aantal boeken over vampiers, weerwolven en het paranormale, van onder andere Anne Rice.

'Ik snap er niets van,' zei Brinkman, en bij wijze van uitzondering was Montoya het met hem eens.

'Deze kamer is van Courtney LaBelle' – dr. Usher wees op de rommelige helft van de kamer – 'maar ook van Ophelia Ketterling.' Ze wees op de kale, zwarte muren.

'De meisjes delen de kamer?' vroeg Brinkman.

'We moedigen onze studentes aan om hun eigen persoonlijkheid naar voren te laten komen, en sommigen van hen gaan daarin heel ver.' Om haar woorden te onderstrepen trok dr. Usher het rolgordijn voor het raam omlaag, en deed ze de lamp aan die op het bureau aan de zwarte kant van de kamer stond.

'Godallemachtig,' zei Brinkman. De verduisterde kamer had een heel ander aanzien gekregen. De zwarte muren bleken vol te staan met tekeningen die alleen bij paars kunstlicht te zien waren. Bizarre, bijna abstract aandoende afbeeldingen van gargouilles, vampiers, wezens met lange tanden, staarten en tongen, zagen eruit alsof ze uit de ingewanden van de hel naar de oppervlakte waren gekropen. 'Jezuschristus nog aan toe,' stamelde Brinkman. 'Wel heb je ooit.'

'Ophelia doet onze kunstopleiding. Ze heeft talent, al laat de keuze van haar onderwerpen het nodige te wensen over.' Usher deed het grote licht aan, en de groteske beelden vervaagden.

'Waren Courtney en haar kamergenootje bevriend?'

'Absoluut niet.'

Nou, daar kijk ik van op, dacht Montoya.

'En heeft ze zich beklaagd over, eh, die vreemde tekeningen?' vroeg Brinkman.

'Niet bij mij, en niet bij mijn collega's,' antwoordde de decaan. Ze beet op haar onderlip. 'Het studiejaar is net begonnen. Ik weet dit pas,' zei ze, op de zwarte muren wijzend, 'nadat we van de moord op Courtney hadden gehoord.' Ze zuchtte en sloeg haar armen om haar slanke middel. De sleutels rinkelden. 'Het is zo vreselijk, allemaal.'

Zeg dat wel, dacht Montoya. 'Kenden de meisjes elkaar voor ze naar All Saints kwamen?' vroeg hij.

'Courtney en Ophelia? O, nee.' Ze schudde haar hoofd.

Montoya geloofde haar. 'Hoe zijn ze dan op dezelfde kamer terechtgekomen?'

'Dat heeft de computer beslist,' antwoordde de decaan.

'En er wordt geen rekening gehouden met het feit dat ze totaal verschillend zijn?'

'Zo verschillend zijn ze niet. Beiden houden van kunst, ze roken niet, ze komen uit een gelovig gezin, Courtney komt uit New Orleans en

Ophelia uit Lafayette. Hun beide moeders hebben hier gestudeerd en behoren tot de hogere middenklasse. Ze hebben alle twee op een particuliere katholieke middelbare school gezeten. Hoewel ze heel anders waren, hadden ze toch veel aspecten met elkaar gemeen.' Ze glimlachte zonder overtuiging. 'Maar in de praktijk blijkt het geen goede combinatie te zijn geweest.'

'Zouden we met Ophelia Ketterling kunnen spreken?' vroeg Montoya.

'Ze wacht op u in mijn kantoor.'

Brinkman was al aan het rondsnuffelen. Montoya zei: 'We hebben maar een paar minuten nodig.'

'Dan zie ik u weldra beneden.' De decaan verliet de kamer. Haar verdwijnende voetstappen weergalmden door de betegelde gang.

'Hier wordt een mens niet vrolijker van,' mompelde Brinkman. 'Al die enge beesten op de muur... die vampierboeken, en die zwart geschilderde wanden. Dit meisje is gestoord. Flink gestoord. Het lijkt me geen slecht idee om na te gaan waar ze was op de avond van de moord op haar kamergenootje.'

'Vampierboeken zijn tegenwoordig heel gewoon. Ze zijn in.'

'Het feit dat iets in is hoeft nog niet automatisch te betekenen dat het zo'n goed idee is.'

In stilte doorzochten ze de kamer, maar hun zoektocht leverde niets van waarde op. Courtney LaBelles kant van de kamer bevatte studieboeken, een paar spijkerbroeken, T-shirts en sweaters, een jurk en een la met ondergoed. In haar bureautje lagen de spullen die je daar kon verwachten – haar iPod, laptop, mobiele telefoon, make-upspullen en toiletartikelen. Het was vreemd dat ze haar mobiel niet bij zich had gehad, vond Montoya, terwijl hij het ding voor nader onderzoek in een plastic zakje deed. Zijn blik ging over de religieuze symbolen. Afbeeldingen van engelen, posters van religieuze schilderijen – er waren een paar die Montoya herkende – kruisbeelden en Mariabeeldjes. Over de knop van de kastdeur hing een rozenkrans, en een tweede exemplaar hing aan het hoofdeinde van haar bed. Heiligenkaarten en medaillons werden in een afzonderlijk doosje bewaard.

Hij dacht aan haar obsessie. Had het feit dat Courtney haar kamer had moeten delen met een meisje dat uitsluitend in de duistere kant van het leven geïnteresseerd was, ervoor gezorgd dat ze nog fanatieker in God was gaan geloven? Ze had voorheen al gemeend dat ze geroepen was, dat ze Gods stem had gehoord. Wat had de nabijheid van dit kamergenootje voor invloed op haar gehad?

'"Vreemder en vreemder..."' zei Brinkman ten slotte. 'Is dat niet iets uit een boek?'

'Uit *Alice in Wonderland*, geloof ik,' antwoordde Montoya.

'Dat zou kunnen.' Brinkman wees met zijn duim op de donkere helft van de kamer. 'Over Wonderland gesproken. Dit meisje heeft ze echt niet allemaal op een rijtje.' Hij keek naar Courtneys helft. 'Nou, en zij eigenlijk net zomin.'

'Misschien dat de computer ze daarom wel bij elkaar heeft gezet,' zei Montoya. 'Yin en yang.'

'Of wat dan ook. Ik wil een sigaret.' Hij was al in de binnenzak van zijn jasje aan het graaien. 'Wat zou je ervan zeggen als we het hier voor gezien hielden, ik naar buiten ga en dat we elkaar over vijf minuten in het kantoor van de decaan terugzien?'

'Mij best.'

De hond zou een probleem zijn.

Dat waren honden altijd.

Hij stond in het bos over de kwestie te piekeren. Het was intussen bijna donker en de geuren van het moeras drongen zijn neusgaten binnen. Door het hangende Spaanse mos en de takken van de oude, dikke eiken tuurde hij naar het huisje met zijn vele vensters.

De regen in de goot maakte een gorgelend geluid en de wind blies van het huis zijn kant op, zodat hij niet bang hoefde te zijn dat de hond hem zou kunnen ruiken. Vanaf deze plek kon hij, net als voorheen, rustig naar haar staan kijken terwijl ze zich door haar huis bewoog. Hij wist waar ze haar handcrème bewaarde – in de kleine badkamer naast de trap. Hij had haar, terwijl ze haar handen wreef, uit die deur zien komen. Hij had gezien hoe ze zich zo lang mogelijk had gemaakt om bij de kerstspullen op de bovenste plank van de gangkast te komen, waarbij haar truitje omhoog was gekomen en er, boven de tailleband van haar spijkerbroek, een streep blote buik zichtbaar was geweest. En hij wist dat er in een la naast het bed, aan de kant waar ze niet sliep, een revolver lag. Hij had gezien hoe ze hem eruit had gehaald, hem terug had gelegd en de la toen snel weer gesloten had.

Het dienstwapen van de vader van haar man, zoals hij tijdens Lukes laatste radio-uitzending te weten was gekomen.

Op dit moment was ze binnen. Hij zag haar toen ze door het raam naar buiten keek. De verlichte vensters waren als bakens in het vallende duister. Ze had een pot koffie voor zichzelf gezet en dronk uit een mok terwijl ze van kamer naar kamer liep, tegen haar dieren sprak, de televisie aanzette en aan een tafel ging zitten werken waarop ze negatieven en foto's had neergelegd. Hoewel hij het rinkelen van de telefoon amper had gehoord, had hij gezien hoe ze het toestel in de keuken had opgenomen en de opbeller met een strak gezicht te woord had gestaan. Hij vermoedde dat het gesprek over haar dode echtgenoot was gegaan.

Terwijl hij haar zo opnam, vroeg hij zich af hoe ze ooit met zo'n type als Gierman had kunnen trouwen – een man die haar openlijk had bedrogen en haar tijdens zijn uitzending belachelijk had gemaakt.

Mary heeft je een gunst bewezen, dacht hij, en hij herinnerde zich hoe het gevoeld had toen het meisje de trekker had overgehaald en Gierman had doodgeschoten. En weer zag hij Gierman voor zich, die met van angst uitpuilende ogen naar hen had gekeken, en wild met zijn hoofd had zitten schudden alsof hij daarmee het onvermijdelijke zou kunnen voorkomen.

Op het moment dat het meisje gevuurd had, had Giermans lichaam een schokkende beweging gemaakt, en was nog geen seconde later gaan bloeden. Ja, Mary, de maagd, had de wereld een gunst bewezen door Gierman te doden. En daarna had ze zichzelf geofferd.

Hij voelde hoe zijn bloed sneller ging stromen bij de herinnering aan het gevoel van macht en gerechtigheid dat zich van hem had meester gemaakt.

Vanaf zijn schuilplaats in het bos zag hij Abby haar gewicht op haar rechterbeen plaatsen en een arm onder haar borsten leggen. Ze hield haar hoofd schuin en drukte de telefoon tegen haar oor. Krullend, rossig, enigszins goudkleurig haar viel tot op haar schouder – niet het mooie kastanjebruin van Faith, maar wel even verleidelijk. Vurig. Hartstochtelijk.

Hij slikte en was zich ervan bewust dat de regen aan zijn wimpers bleef plakken en van zijn neus druppelde.

Ze draaide haar hoofd alsof ze een stijve nek had en die losser probeerde te maken, en hij kreeg een erectie bij het zien van de welving van haar keel en de sleutelbeenderen aan weerszijden daarvan.

Hij wreef zijn gehandschoende vingertoppen tegen elkaar en bevochtigde zijn lippen bij het vooruitzicht. Zijn tong proefde een mengeling van zweet en regenwater. God, wat was ze mooi. En wat leek ze op Faith. Heel even sloot hij zijn ogen en gaf hij zich over aan de innerlijke pijn en het verlangen. Hij voelde de regen – Gods tranen – over zijn gezicht lopen en wist dat zijn missie Zijn zegen had.

Ik zal niet falen, bezwoer hij zichzelf in gedachten, waarna hij zijn ogen weer opendeed om naar haar beeldschone gezicht te kijken, maar ze stond niet langer voor het raam van de zitkamer.

Waar was ze dan?

Paniek maakte zich van hem meester terwijl hij naar het ene na het andere raam keek... en nergens een spoor van haar kon ontdekken. Had ze besloten om een luchtje te scheppen? Maar hij was nog niet klaar. Hij stak zijn hand in zijn zak, en terwijl hij het heft van het jachtmes betastte, vroeg hij zich af of hij het zou moeten gebruiken.

Met wild kloppend hart en zijn vingers om het heft geklemd, begon hij te lopen.

Opeens zag hij haar weer. Ze kwam vanuit een kamer in het hart van het huis langs het raam gelopen. Hij ontspande zich. Ze was op weg naar de eethoek, maar bleef plotseling staan alsof ze iets gehoord had. Ze draaide zich opzij en keek hem recht aan. Rond haar mondhoeken verscheen een bezorgd trekje, en ineens kwam ze met vastberaden stap op het raam toe gelopen.

Ze keek naar buiten.

Hij verstijfde.

Zijn adem stokte.

Zijn eerdere opwinding was verdwenen, en hij zag hoe ze haar goudkleurige ogen vernauwde en in het duister tuurde.

Wat was ze mooi. Hij keek naar haar terwijl ze op de rechterkant van haar onderlip beet en strak naar de plek keek waar hij zich verschool. Had hij zich bewogen? Had hij op de een of andere manier haar aandacht getrokken? Misschien dat het dan toch tijd was... haar tijd...

Nee, nee! Hou je aan je plan! Je kunt niet zomaar vergooien waar je jaren aan hebt gewerkt! Luister NIET naar je intuïtie... nog niet.

Maar wat leek ze sprekend op de andere – ze leek bijna een kopie van Faith. Hij keek recht in haar vurige ogen en daagde haar uit om hem te zien.

Afwezig krabde ze haar nek, en hij volgde haar bewegingen en dacht aan de zachte huid vlak onder haar haargrens. Hij vroeg zich af hoe ze zou smaken, hoe ze zou aanvoelen, terwijl ze op haar buik lag en zich nergens van bewust was tot het moment waarop zijn gewicht haar dieper in de matras zou drukken...

Ze liep bij het raam vandaan en zijn fantasie verbleekte. Ze begaf zich van het ene uiteinde van het huis naar het andere, en sprak tegen iemand. Ze was op weg naar de achterdeur waar het stoepje was dat van het huis naar haar studio liep. Toen ze de terrasdeuren passeerde, begreep hij het. Die verrekte hond liep opgewonden met haar mee. Hij hield zijn neus in de lucht alsof hij zich bewust was van elk woord dat ze zei. Nog even, en dan was ze bij de achterdeur en zou ze die pokkenhond waarschijnlijk naar buiten laten, en hij kon zich al helemaal voorstellen hoe hij blaffend en springend achter hem aan zou komen.

Hij stak zijn hand in zijn jaszak, haalde er de gestolen mobiel uit waarop het nummer van de opbeller niet te zien was, en drukte op de sneltoets voor haar nummer. Het nummer dat hij eerder geprogrammeerd had, nadat hij de telefoon uit een niet afgesloten auto had gegapt. Ondertussen liep hij door het dichte bos van cipressen, dennen en struikgewas bij haar huis vandaan en kon hij niet meer zien of ze nog wel opnam, of niet.

Hij ging een keer over.

Zwetend sprong hij over de boomstam die over het pad was gevallen.

Nog een keer.

O, verdomme, was ze soms de hond aan het uitlaten?

Drie keer.

Ze nam niet op. Verdomme, intussen zou ze al bij de achterdeur moeten zijn. Hij versnelde zijn pas.

Vier keer.

Verdomme!

Klik.

Zijn hart bleef even staan.

'Hallo, je spreekt met Abby. Spreek een boodschap in.'

Hij klapte de telefoon dicht, stopte hem terug in zijn zak en rende verder door het dichte loof. Hij was snel en hij was goed getraind, maar hij wilde niet dat hij voortijdig door die stomme hond ontdekt zou worden. Zijn auto stond ruim anderhalve kilometer verder achter de schuur van een oude zaagmolen.

Hoewel het bijna helemaal donker was had hij geen zaklantaarn nodig – hij had hier al zo vaak gelopen. Toen hij bij de omheining van het landgoed van Pomeroy was gekomen minderde hij vaart, en liep langzaam verder langs het hek, en langs een kleine, onopvallende personeelsingang die ver van de weg af lag. Hij was buiten adem en verwachtte dat Asa's verrekte rottweiler tegen het hek zou springen.

Alsof één stomme hond niet al genoeg was.

Maar er werd niet gegromd en niet geblaft, en er klonken geen snelle hondenpoten. En hij zag geen kwijlende hondenkaken die hem van achter de ijzeren spijlen van het hek probeerden te bijten. Opnieuw zette hij de vaart erin, stak de weg over, en dook het smalle hertenpaadje in dat achter de oude molen liep.

Enkele minuten later sprong hij over het verroeste lage hek en landde achter de vervallen droogschuur waar zijn auto stond.

Tegen de tijd dat hij achter het stuur kroop, was hij doorweekt van het rennen door het natte struikgewas en van zijn eigen zweet. Zijn hart sloeg snel en zijn ademhaling was onregelmatig, maar niet van het rennen, maar van het besef dat hij op een haar na gesnapt was.

Nog niet. O, nee, nog niet.

Hij startte de motor, liet de ingehouden adem uit zijn longen ontsnappen, zette de ruitenwissers aan en reed weg bij de schuur. Voor het geval iemand hem zou zien deed hij zijn koplampen nog even niet aan.

De pick-up hotste en botste over de kuilen in het pad. Hij moest stoppen om het hek open te maken, en nadat hij erdoorheen was gereden, moest hij nog eens stoppen om het weer achter zich te sluiten. Alleen op die manier kon hij er zeker van zijn dat hij hier de volgende keer weer zou kunnen parkeren. Weken geleden, toen hij deze plek ontdekt had, had hij het oude hangslot doorgeknipt, en er een eigen slot voor in de plaats gehangen.

Want een betere plek om zijn auto te verstoppen was er niet.

Nadat hij weer was ingestapt reed hij verder naar de doorgaande weg, en toen hij geen ander verkeer zag aankomen, reed hij de weg op en deed zijn koplampen aan. Zijn hart sloeg nog steeds een onregelmatig ritme, en hij kon zich niet herinneren dat hij ooit zo zenuwachtig was geweest. Hij draaide het raampje open omdat de ruiten beslagen waren, en toen hij een aantal kilometers uit de buurt van Abby Chastains huis was, zette hij de radio aan en drukte op het knopje waarop WSLJ geprogrammeerd was.

'... gaan we vanavond verder met ons eerbetoon aan Luke Gierman. Wij allen hier, bij WSLJ, zijn, net als iedereen in New Orleans, ontzet en diep geschokt door wat Luke is overkomen, en als er onder de luisteraars mensen zijn die iets denken te weten waar het politieonderzoek mee gebaat kan zijn, bel ons dan alsjeblieft. Op het moment weten we nog niet precies hoe het allemaal in zijn werk is gegaan, maar het schijnt dat de moord-zelfmoordtheorie inmiddels geschrapt is, en dat de politie het nu op een dubbele moord houdt die zodanig in scène is gezet dat het moest lijken of het vrouwelijke slachtoffer, Courtney LaBelle, eerst Luke Gierman, en vervolgens zichzelf had doodgeschoten. De plaatselijke politie, het bureau van de sheriff en de federale autoriteiten zijn op zoek naar de moordenaar van zowel Luke Gierman als Courtney Mary LaBelle. Zodra we meer informatie over deze afschuwelijke misdaad binnenkrijgen, hoort u dat natuurlijk meteen.

'We gaan nu verder met het opnieuw uitzenden van een aantal van Lukes favoriete uitzendingen. Tussen de twee uitzendingen door heeft u, luisteraar, een halfuur de tijd om te bellen en te zeggen wat u op het hart heeft, maar als u wilt kunt u ook een e-mail sturen, die we dan zullen voorlezen. We beginnen om negen uur met een uitzending van afgelopen zomer, van een paar dagen voor de vierde juli...'

Hij glimlachte tevreden en zette de radio uit. Het herdenkingsprogramma voor Luke Gierman was natuurlijk pathetisch, maar het positieve eraan was dat het publiek zich van Giermans dood bewust bleef. Dus iedereen in New Orleans was 'ontzet en diep geschokt'. Mooi zo. Dat was hoog tijd. Méér dan hoog tijd.

Stem morgen weer op ons af, schoot het door hem heen, terwijl hij aan zijn volgende vergeldingsdaad, aan zijn volgende slachtoffers dacht.

Ze waren vlakbij.

En wachtten op hem.

Hoofdstuk 7

Montoya sloot de deur van Courtney LaBelles kamer in het studentenhuis af, en liep samen met Brinkman de trap af naar de algemene receptie van Cramer Hall. Terwijl Brinkman naar buiten ging om een sigaret te roken, vond Montoya het half achter de brievenbussen verscholen gelegen kantoortje waar de decaan achter een breed eikenhouten bureau zat. Op de stoel naast het bureau zat een dik meisje met geverfd zwart haar en een slechte huid die gedeeltelijk bedekt werd door een spookachtig witte make-up. Ze droeg een lange, zwarte jurk, vingerloze handschoenen van zwarte kant en zwarte laarzen. Ze had haar benen over elkaar geslagen en hoewel ze een verveelde indruk probeerde te maken, lukte het haar niet haar voet die op de grond stond stil te houden.

'Ophelia, dit is rechercheur Montoya.' Usher keek langs hem heen naar de deur, waar ze verwachtte dat Brinkman zou verschijnen. 'Rechercheur, dit is Ophelia Ketterling.'

'O is voldoende,' corrigeerde het meisje de decaan. 'Ik word O genoemd.' Ze lachte niet.

Montoya ging zitten op de enige nog beschikbare stoel die vlak bij die van het meisje stond. 'Rechercheur Brinkman komt zo,' zei hij. 'Laten we intussen maar vast beginnen. Dit gesprek wordt opgenomen. Heb je daar bezwaar tegen?'

Ze haalde één schouder op. Alsof het haar allemaal ijskoud liet en ze niet snel genoeg weg zou kunnen. 'U doet maar.'

'Mooi.' Hij zette de kleine recorder op een hoekje van het grote bureau.

Dr. Usher keek naar het apparaatje met zijn langzaam draaiende bandjes alsof het een hondsdolle hond was, maar ze zei er niets van. 'Beide rechercheurs zijn van de politie van New Orleans, en ze willen je een paar vragen over Courtney stellen.'

'Volgens mij bedoelt u Mary,' zei het meisje, dat een beetje tot leven kwam. 'Ze heeft heel duidelijk gezegd dat ze zo genoemd wilde worden.'

Aan het verstrakken van de mondhoeken van de decaan was duidelijk te zien dat ze geïrriteerd was. 'Zolang je de vragen maar beantwoordt.'

'Vraagt u maar,' zei het meisje verveeld. Montoya vroeg zich af hoe veel lagen mascara ze op had.

'Om te beginnen, had ze een vriendje?'

Ophelia snoof minachtend en sloeg haar armen over elkaar waardoor het dal tussen haar borsten dieper werd. Hij vermoedde dat het opzet was. Montoya had tientallen van dit soort kinderen meegemaakt, die zo verschrikkelijk hun best deden om voor 'slecht' en 'anders' te worden versleten, dat ze daardoor juist extra doorzichtig waren. 'Nee, oké?'

'Geen vriendje?'

Ze rolde met haar expressieve ogen alsof ze hem maar een enorme stommeling vond. 'Niet tenzij je Jezus meerekent.'

'Ophelia!' riep de decaan ontzet uit. 'Dit is een vraaggesprek en alles wat je zegt wordt opgenomen!'

'Nou, het is waar. Ze had het over niets anders. God, Jezus en de verrekte Heilige Geest. Ze was geschift. Je had haar moeten horen. Ze had het voortdurend over hoe ze zichzelf aan God had beloofd, en hoe ze met Hem ging trouwen en dat ze amper kon wachten tot ze naar de nonnen kon en dat ze alleen maar hier op de universiteit was om haar ouders een plezier te doen.'

'En hoe vond jij dat?'

'Wat dacht u?' zei ze, en Montoya zag dat ze een neuspiercing had van een klein rood steentje, en dat ze een ketting droeg die in feite een lang leren koord was. Aan dat koord hing een glazen buisje dat donker was gekleurd door de vloeistof die erin zat.

Ze pakte het buisje met haar vingers beet en hield het tegen het licht. 'Zit u hier naar te kijken? Wilt u weten wat het is?' Ze trok haar donkere wenkbrauwen op en keek hem bijna verleidelijk aan. 'Het is bloed, oké?'

'Genoeg!' zei de decaan, en ze wilde de recorder pakken. 'Laten we dit uitzetten. In ieder geval voorlopig.'

Ophelia glimlachte zowaar. Montoya keek naar haar glanzende, paars gestifte lippen, en ze zei: 'Nee, nee, niet uitzetten. Hoe eerder ik hier weg kan, hoe beter. En voor de duidelijkheid zal ik er nog maar even bij zeggen dat dit niet zomaar bloed is.' Ze schudde het buisje met de donkere vloeistof heen en weer. 'Het is mensenbloed.'

Dat was het moment waarop Brinkman, die de geur van sigarettenrook meebracht, de kamer binnenkwam en bij de deur de wacht bleef houden.

Ophelia had de smaak nu goed te pakken. Montoya wachtte, toonde geen enkele emotie en liet haar haar spelletje spelen.

'Natuurlijk is het geen mensenbloed,' zei de decaan, maar ze was bleek geworden en ze had haar rechterhand tot een vuist gebald. 'We hebben regels voor dat soort dingen.'

'Nee, dat heeft u niet. Het is míjn bloed, en daar kan ik mee rondlopen zoals ik wil – in mijn lijf, in een reageerbuisje of in zo'n dingetje als dit.' Ze liet het buisje aan het koord heen en weer zwaaien. 'En het is zeldzaam bloed ook,' voegde Ophelia er trots aan toe. 'AB positief.'

Brinkman schraapte zijn keel. Naar zijn gezicht te oordelen voelde hij zich allesbehalve op zijn gemak.

'Ik wil het graag even over je kamergenootje hebben,' zei Montoya, die zich niet liet afleiden. Genoeg met dat geklets over bloed, vond hij. 'Kun je me iets vertellen over de laatste keer dat je Courtney LaBelle hebt gezien?'

Deze keer nam Ophelia niet de moeite om de naam te corrigeren. 'Nou, op de dag waarop ze vermoord is, was alles heel normaal. Ik heb gezien hoe ze zich klaarmaakte om naar de bibliotheek te gaan zoals ze altijd doet... deed. Ze had haar rugzak bij zich en had haar joggingkleren aan, dezelfde als anders, wanneer ze na het studeren nog wat wilde lopen.'

'En ze maakte een gewone indruk?'

'Hé, ho! Ga weg. Voor wat mij betreft maakte ze nóóit een gewone indruk,' zei Ophelia, terwijl ze het buisje tussen haar vingers liet ronddraaien. 'Ze kwam minstens tien rozenkranskralen te kort, om met haar woorden te spreken. Maar als u bedoelt of ze anders leek dan anders, nou nee, ze was hetzelfde. Even geschift en heilig als altijd.'

'Ophelia,' waarschuwde de decaan.

'Ik heet O, weet u nog?'

Montoya vroeg: 'Hoe laat is ze die dag weggegaan?'

Ophelia liet het buisje los en ging verzitten. Het dal tussen haar borsten verdween. 'Dat weet ik niet precies, maar in ieder geval wel na het eten, als je de prak die hier op tafel komt zo kunt noemen.' Ze rilde en trok een gezicht.

'Dus dan was het al donker?'

'Ja. Donker. Ik schat... zeven uur, halfacht, zoiets.'

'En rond welke tijd kwam ze gewoonlijk weer terug?'

'Voor middernacht, zal ik maar zeggen,' waarna ze zich opzij draaide en door het venster naar buiten keek. Haar bleke gezicht weerspiegelde in de ruit.

'Weet je of ze met iemand had afgesproken?'

Ophelia schudde haar hoofd en wikkelde een lok van haar steile zwarte haren om haar vinger. 'Dat weet ik niet. Ik geloof het niet. Ze was een echte eenling. Dat zei ik al. Buitengewoon vreemd. Verschrikkelijk gelovig. En totaal geschift.'

'Ze zal toch wel vriendinnen hebben gehad.'

Ophelia haalde haar schouders op. 'Misschien via de kerk. Ik weet het niet. Er is daar een jeugdgroep, en verder kende ze een non, geloof ik, van de een of andere orde... Jezus, hoe heette ze ook alweer? Melinda of Margaret, iets in die geest. Nee...'

'Maria?' vroeg Montoya, terwijl hij op hetzelfde moment een steek van angst door zijn buik voelde schieten.

'Ja! Precies.'

'Van Our Lady of Virtues?' Hij werd ijskoud vanbinnen.

'Dat kan zijn. Ja, misschien.' Ze kauwde op een klein, zwart nageltje, zuchtte en richtte haar blik opnieuw op Montoya. 'Ik heb niet echt opgelet, weet u? Ik kan het me niet zo goed herinneren.'

'En voor zover jij weet had ze geen vaste vriend?' vroeg Montoya.

Ophelia slaakte een overdreven wanhopige zucht. 'Daar hebben we het toch al over gehad? Ze was met God getrouwd, weet u wel? Geen relaties met normale stervelingen. Dat zat er volgens mij niet in. Het was geen vrij huwelijk.'

Montoya negeerde haar sarcasme, en vroeg door. 'Droeg ze een ring?'

'O, ja. Altijd. Haar maagdenring.'

'Wat?'

'Nou, zo noem ik hem. Je ziet het wel vaker bij kinderen die helemaal op de God-toer zijn. Ze kopen een ring, of ze krijgen er een van iemand die belangrijk voor hen is, zoals, zeg maar, een vader of moeder, en daarmee zweren ze dan, of zij, het meisje, bedoel ik, dat ze geen wilde dingen zal doen, weet u wel? Seks? Het is een soort afspraak tussen het meisje dat de ring draagt en God. Ze zweert dat ze maagd zal blijven tot ze trouwt of... misschien wel tot aan haar dood, zoals in Mary's geval, weet u wel, omdat ze met God was getrouwd, en zo.' Ophelia hief haar handen op. 'Wie snapt zoiets nou? Eeuwig maagd? Laat me niet lachen.' Ze schudde haar hoofd alsof ze obscene gedachten van zich af wilde zetten. 'Kijk, dat bedoel ik nou. Mary was echt helemaal, hartstikke geschift.'

'Heeft ze ooit over Luke Gierman gesproken?' vroeg Montoya.

'Ja, ik geloof van wel,' antwoordde Ophelia, niet echt geïnteresseerd. 'Een of twee keer, wanneer ze toevallig iets van zijn uitzending had gehoord en' – ze hief haar handen op en beschreef twee aanhalingstekens in de lucht – '"geschokt" was over wat hij had gezegd. Jezus, daar gíng het toch juist om, of niet soms?'

Montoya voelde een inwendig schokje dat het directe gevolg was van de dosis adrenaline die vrijkwam op het moment waarop hij, in een onderzoek, iets van een verband begon te vermoeden. 'Kende ze hem?'

'Nee, dat geloof ik niet.'

'Heeft ze ooit naar zijn uitzending gebeld?'

Ophelia deed haar mond open om te antwoorden, maar deed hem toen weer dicht en dacht even na. 'Ik had nee willen zeggen, maar eigenlijk weet ik dat niet zeker. Ze heeft nooit verteld dat ze gebeld heeft, en ik heb het haar ook nooit horen doen. Ze was er het type niet voor. Te laf, zal ik maar zeggen. En te verlegen. Maar, hé, er zijn wel vreemdere dingen gebeurd. Het kan best zijn dat ze gebeld heeft, maar míj heeft ze daar nooit iets over gezegd.'

'Maar ze sprak wel over hem?'

'Nee, niet echt. O, wacht, nee... Misschien dat ze ooit eens een opmerking over hem heeft gemaakt. Ja, iets in de zin van dat hij Jezus zou moeten vinden. Maar dat vond ze van iedereen, met inbegrip van mij, dus ik heb er geen acht op geslagen.'

'Maar je weet niet of ze daar ooit met hem over heeft gesproken,' verduidelijkte Brinkman, en O schudde haar hoofd.

'Laten we nog even teruggaan,' zei Montoya. 'Courtney, Mary, ging wel uit met vrienden? Ze deed dingen, had een vriendenkring?'

'Nou, als je het zo zou willen noemen, ja. Maar het waren geen normale dingen. Ze ging niet naar de plaatselijke kroeg of zo, of naar concerten.'

'Was ze niet ook te jong voor de kroeg?' vroeg Brinkman, waarop de decaan zenuwachtig ging verzitten.

Ophelia wierp Brinkman een blik toe waarmee ze scheen te willen zeggen dat hij niet zo stom moest doen en dat iedereen toch wist hoe je de leeftijd op je collegekaart moest veranderen. 'Meestal ging ze na het eten naar de bibliotheek, dan jogde ze terug, verkleedde zich en ging een uurtje of twee naar de kapel om te bidden, of voor wat dan ook.'

'De kapel op de campus?'

'Ja, maar volgens mij is ze die avond niet zo ver gekomen,' zei Ophelia. 'Ze is niet teruggekomen om zich te verkleden, en ze zou nooit in haar sportkleren naar de kapel zijn gegaan.'

'Hou je dat bij, wanneer ze komt en gaat?' vroeg Brinkman.

Ze wierp hem opnieuw een verveelde blik toe. 'Ga weg. Na de eerste week college heb ik haar helemaal niets meer gevraagd. Ze had er een handje van om alles, en dan bedoel ik echt álles, zo te draaien dat het om God ging. Het maakte niet uit of ik studeerde of telefoneerde of wilde gaan douchen, ze stond altijd klaar om me, met dat opgewekte gezicht van haar, aan te raden om Jezus te zoeken. Ik ben katholiek opgevoed, weet u wel, en ik heb op St. Theresa gezeten, in Santa Lucia. Dat is in Californië, tussen haakjes.'

'Ik dacht dat je uit Lafayette kwam,' zei Montoya.

'Toen ik jonger was, bedoel ik. In de eerste klas van de middelbare school werd mijn vader overgeplaatst naar Lafayette. Dat was goed waardeloos.

'Hoe dan ook, tijdens al die jaren op die katholieke school heb ik nooit iemand hoeven bekeren. De meeste kinderen die daar op school zaten gingen er heel tof mee om. Ik bedoel, ze liepen niet met God te koop, en zo. Er was er niet een die zich geroepen voelde de wereld voor de ondergang te behoeden. Maar Mary, ze is er eentje van het soort dat het uitgevonden lijkt te hebben, als u snapt wat ik bedoel. Fanatiek. Dus nee, ik hield haar komen en gaan niet in de gaten. Ik probeerde haar juist zo veel mogelijk te ontlopen. Ze was echt hartstikke maf. En ik had ook al een verzoek voor een ander kamergenootje ingediend.'

Montoya keek naar Usher, en de vrouw knikte.

'Wacht even,' zei Brinkman, terwijl hij zijn armen over elkaar sloeg. 'Jij vond háár geschift?'

O knikte. 'Ja. En meer heb ik niet te vertellen.'

Ze stelden haar nog een paar vragen, waarna dr. Usher hun het door haar aangelegde dossier over Courtney gaf. Ze bedankten haar en gingen naar de kapel waar ze kennismaakten met dr. Starr. Montoya schatte de slanke, sportief overkomende man op een jaar of dertig. Hij knipperde voortdurend met zijn ogen alsof zijn contactlenzen niet helemaal goed zaten. Hij nam hen mee naar zijn kantoortje dat nauwelijks groter was dan een bezemkast, en dat op de eerste verdieping lag van een van de enorme gebouwen waarin zich de collegezalen bevonden. Aan de ene kant van zijn bureau – waarvan het fineer op sommige plaatsen los was geraakt en was afgebroken – stonden twee klapstoelen, en aan de andere kant stond een roodleren bureaustoel met wieltjes. 'Gaat u zitten, alstublieft,' zei hij, nadat ze zich aan elkaar hadden voorgesteld. Zijn bureau was groot, maar heel netjes, net alsof hij de hele dag niets anders deed dan zijn papieren en memobriefjes op keurige, precieze stapeltjes te leggen. Hetzelfde gold voor de boekenkast achter hem – elk boek stond keurig recht op zijn plaats, en Montoya had het gevoel dat het kantoortje eerder voor de show was dan om er te werken. Montoya's eigen werkruimte op het politiebureau was een georganiseerde chaos met steeds nieuwe en wisselende dossiers, rapporten en boodschappen die in zijn aflegbakje belandden. Bentz had zijn eigen, alleen door hem te begrijpen chaos, en Brinkman leefde als het ware in een stal – overal stonden lege koffiebekertjes te midden van rapporten, kranten en losse papieren. Om nog maar te zwijgen over de vele rondslingerende pennen.

Maar het kantoortje van deze man... het was gewoon té keurig allemaal.

'Ik weet dat het om Mary gaat,' zei Starr, terwijl hij op het schakelaartje van een bureaulamp drukte, en het vertrek in een warmgeel schijnsel hulde. Montoya maakte in gedachten de aantekening dat hij haar goed genoeg had gekend om haar Mary, en niet Courtney, te noemen. 'Wat een tragedie. Ik kan u verzekeren dat wij van de faculteit, en natuurlijk ook de studenten zelf, diep geschokt zijn.'

'Hoe goed kende u haar?' Brinkman viel meteen met de deur in huis.

'Goed genoeg om te weten dat ze opvallend veel schrijftalent had. Haar opstellen getuigden van inzicht, en haar opmerkingen in de les waren redelijk gefundeerd. Al moet ik zeggen dat haar theologische kennis te wensen overliet.' Hij glimlachte en wierp een onopvallende blik op zijn horloge.

'Kleine groep?' vroeg Montoya. 'Zo klein dat u uw studenten na een paar weken al kende?'

'Inderdaad,' antwoordde hij geduldig. 'Acht uur in de ochtend is nu niet bepaald een tijdstip waarop de meeste studenten staan te dringen. Ik heb maar zesentwintig leerlingen.' Hij knipperde met zijn ogen. Fronste zijn voorhoofd. 'Of liever, die hád ik.'

'We hebben gehoord dat u Luke Gierman als spreker heeft uitgenodigd,' zei Brinkman.

'Luke Gierman, ja, ik weet het, de controversiële radioman die vermoord is. Zijn stoffelijk overschot en dat van Mary zijn samen aangetroffen. Ik heb het op het nieuws gezien.' Starr was inmiddels een stuk minder zelfverzekerd, en Montoya zag dat er een paar zweetdruppeltjes op zijn voorhoofd waren verschenen. 'Ik had Gierman gevraagd om voor de klas van CW een lezing te komen houden –'

'CW?' viel Brinkman hem in de reden.

'Communicatiewetenschappen,' antwoordde Starr. 'Ik dacht dat de kinderen hem leuk zouden vinden en dat het de boel hier een beetje wakker zou schudden. Hij kon alleen maar om acht uur 's ochtends, en dat hebben we toen zo georganiseerd.' Starr wendde zijn blik af en keek naar buiten door het kleine venster van zijn kantoor. 'Ik had er natuurlijk geen idee van wat er zou gebeuren.'

'Natuurlijk niet,' zei Brinkman, en Starr keek hem even fel aan.

'Ik verzeker u dat ik niet meer heb gedaan dan een spreker uit te nodigen die bekend was van de radio.' Hij legde zijn pennen op een rij naast het vloeiblad dat op zijn bureau lag. 'Weet u, ik zou het op prijs stellen als u, in het onderzoek, mijn naam zo weinig mogelijk zou willen noemen... Ik ben redelijk nieuw hier en hoewel ik de aandacht wilde trekken met het uitnodigen van een plaatselijke bekendheid, wil ik... eh... heb ik weinig behoefte aan dit soort publiciteit.'

'We doen onderzoek naar een dubbele moord,' zei Montoya op geïrriteerde toon. 'Het is echt niet onze bedoeling om iemands reputatie om zeep te helpen, maar we moeten ons werk doen.'

'Ja, dat begrijp ik, maar – '

'Bent u eerder in aanraking geweest met justitie?' vroeg Montoya, en de man trok bleek weg.

'Ja, in zeker opzicht,' bekende Starr, en hij haastte zich eraan toe te voegen: 'Het was niets ernstigs. Het was iets met een protestactie voor het milieu, maar... dit is een uiterst conservatieve school.'

'En ze weten het niet?'

Hij schudde zijn hoofd. 'Nee, ik geloof van niet.'

'Als u niets verkeerds heeft gedaan, dan heeft u ook niets te verbergen,' zei Montoya, die slecht tegen dit soort theater kon. Een van zijn studentes was vermoord, en de man maakte zich zorgen om zijn reputatie. Wat een zak.

Vanaf dat moment veranderde de toon van het gesprek, maar de rechercheurs kwamen niets te weten waarmee ze verder konden. Als Starr de waarheid vertelde – en voor Montoya was het nog maar de vraag of de man helemaal eerlijk was – was de docent door externe omstandigheden midden in een moordonderzoek beland.

Starr was duidelijk opgelucht toen de mannen opstapten.

Terwijl ze over het terrein naar de kapel liepen, stak Brinkman een sigaret op en zei: 'Heb je gezien hoe hij met die pennen speelde? Zenuwachtig als de pest. En dat betekent in mijn boekje dat hij schuldig is.'

'Waaraan?'

'Dat weet ik niet, maar als we hem op verwaandheid door het systeem zouden kunnen halen, zou hij zeker scoren. Jammer dat dat geen strafbaar feit is.'

Voor de verandering was Montoya het met hem eens.

In de kapel troffen ze de priester aan die op dat moment dienst had, pastoor Stephen. Hij was een klein mannetje met een dikke bril en een gehoorapparaat dat hij voortdurend bij moest stellen. Het enige wat ze van de oude priester te weten kwamen, was dat Mary LaBelle voor hem 'een frisse wind' en een 'lief meisje' was, dat de 'weg van devotie had verkozen boven een meer egoïstisch en materialistisch bestaan'.

Alles bij elkaar kon Montoya heel slecht tegen dat soort gewauwel, maar hij hield zijn mond en liet de oude man zijn zegje doen. Toen Luke Gierman ter sprake kwam, klakte de oude baas met zijn tong, maar onthield zich verder van ieder commentaar.

Op weg terug naar de auto mompelde Brinkman: 'Jezus, wat een oude zak! Volgens mij leeft hij nog ergens in de middeleeuwen.'

Montoya grijnsde. Misschien viel Brinkman uiteindelijk dan toch nog mee, maar tijdens de rit terug was hij weer even irritant als altijd.

'Dat kamergenootje is een behoorlijk geschifte tante,' zei Brinkman, terwijl Montoya van het universiteitsterrein naar de snelweg reed. Het weer was opgeklaard, en hij hoefde de ruitenwissers alleen nog maar aan te zetten wanneer er vrachtwagens langsreden.

'Ophelia?'

'Nee, nee, zo heet ze niet. Zij heet "O" en Courtney heet "Mary". Jezus, het lijkt wel alsof iedereen tegenwoordig ineens een andere naam wil hebben. Overigens, heb ik dat staartje van jullie gesprek goed begrepen? Dat ze haar eigen bloed om haar hals draagt?'

'Dat beweert ze in ieder geval.' Montoya veranderde van rijstrook.

'Geschift, wat ik je brom.' Brinkman draaide zijn raampje een paar centimeter open en haalde zijn sigaretten tevoorschijn. Hij stak zijn laatste Marlboro op en verkreukelde het lege pakje in zijn hand. 'Stel je voor dat je haar zou moeten naaien! Jezus, ik wed dat ze haar tanden in je nek zet op het moment dat je net klaar wilt komen!' Hij inhaleerde diep.

'Ach, ze is maar een kind. Een kind dat wil provoceren.'

'Door een buisje met bloed te dragen?' Hij blies de rook uit zijn mondhoek en mompelde: 'Misschien heeft zij het wel gedaan.'

'Je bedoelt dat ze Gierman vermoord zou hebben?'

'Ze is raar.'

'Ze heeft een alibi.'

'Ja, van net zulke freaks als zij zelf.' Rook kringelde uit zijn neusgaten. 'Misschien hebben ze het wel met hun allen gedaan. Iets van een ritueel, of zo.'

'Voor zover we hebben kunnen nagaan is er, behalve de twee slachtoffers, alleen nog maar iemand in dat huisje geweest die grote voeten heeft.'

'Ja, maar er staat nog niets vast. Ik zeg je, die geschifte tante heeft ze niet allemaal op een rij. Die kleren! De donkere lippenstift, dat witte gezicht, en die handschoenen zonder vingers.'

'Je hebt veel ergere dingen gezien, man. Echt. Je werkt in New Orleans. Ben je dan nog nooit op Bourbon Street geweest?' Waar kwam dit opeens vandaan?

'Ja, ja, maar dat is het Quarter. En die wijk heeft niets te maken met deze zwaar katholieke universiteit.'

'Kinderen zijn kinderen.'

'Ik zeg alleen maar dat ze er iets mee te maken kan hebben gehad.' Opnieuw een diepe haal van zijn sigaret. 'Geschifte griet.'

Iedereen kon erbij betrokken zijn, dacht Montoya, dat was nu juist het probleem. Hij gaf nog wat gas. Brinkman bestudeerde de gloeiende punt van zijn sigaret. 'Maar hoe meer ik erover nadenk, hoe meer ik het op zijn ex-vrouw hou.' Hij keek Montoya van terzijde aan. 'Wacht maar af. Ik wed dat zij Giermans erfgename is.'

'Ze waren gescheiden.'

'Dat maakt niet uit.' Brinkman nam een laatste trekje en gooide de peuk uit de auto. 'Ik wed dat mevrouw Gierman hier de nodige centen aan overhoudt, en zodra dat inderdaad het geval blijkt te zijn, komt ze meteen helemaal bovenaan het lijstje van verdachten te staan.'

Montoya wilde het niet geloven, maar terwijl hij naar de zee van rode achterlichten voor hen op de weg keek, moest hij Brinkman wel gelijk geven. Abby Chaistain was een verdachte. Of hij dat nu leuk vond of niet.

Abby staarde uit het raampje. De nacht was donker en nat, en het was harder gaan waaien. Buiten was er iets waar Hershey helemaal gek van werd. De labrador was zenuwachtig, en zat voortdurend bij de achterdeur te janken. Op zich was dat niet écht ongewoon. Telkens wanneer Luke Hershey voor een weekend had gebracht, was ze zenuwachtig en onrustig geweest. Nu stond het dier weer om haar eigen as te draaien en popelde ze om naar buiten te kunnen, om elk dier dat de pech had om zich op dat moment te dicht in de buurt van het huis te bevinden te lijf te gaan. Niet dat Hershey nou echt zo gevaarlijk was. Abby vermoedde dat ze, in een gevecht met een wasbeer of stinkdier, het onderspit zou delven.

'Rustig nu maar,' zei ze tegen de labrador. Hersheys gedraai maakte haar zenuwachtig, en voor het eerst sinds lange, lange tijd vroeg ze zich af wat er buiten was dat naar binnen stond te gluren.

Of wie?

Ineens had ze het koud, en ze wreef haar armen.

Het feit dat er was opgebeld toen de hond ineens als een gek tegen de achterdeur op was gesprongen, had het er niet beter op gemaakt. Volgens de display van de telefoon had de beller een geheim nummer gehad, en Abby had niet opgenomen.

Wie het ook geweest was die gebeld had, hij of zij had geen boodschap ingesproken.

Waarschijnlijk iemand die iets probeerde te verkopen. Of een journalist.

Dat deed echter niets af aan het feit dat ze het gevoel had dat er meer achter dat telefoontje zat... iets dat aan het sinistere grensde. De haren op haar arm kwamen overeind.

'Stel je niet aan,' mompelde ze, maar desondanks sloot ze de gordijnen voor de ramen aan de achterkant van het huis. Daarna schonk ze zichzelf het laatste restje koffie in dat nog in de pot zat, en warmde het op in de magnetron.

Het kwam door de moorden dat ze zo zenuwachtig was. Dat was het enige. De hond maakte het er niet beter op, en de wind die om het huis en door de takken loeide al evenmin. Ze hield zichzelf voor dat er buiten niemand was die haar bespiedde, en dat hetgeen ze gevoeld, en wat de hond gehoord had, alleen maar een dier was geweest. Een stinkdier, of een wasbeer, of een van de wilde zwijnen die hier door het bos liepen.

Het was ironisch, dacht ze, want ze hadden dit huis juist zo aantrekkelijk gevonden omdat het ver weg van de stad, heerlijk in de natuur lag. Toen ze het huis waren gaan bezichtigen, had ze eerst een reiger en even later een hert gezien. Ze was op slag verkocht geweest. En toen ze hier waren komen wonen, had ze de eerste tijd urenlang voor het raam en op de veranda achter het huis gezeten, en gekeken naar de reigers, de pelikanen, de eekhoorns, de herten... maar dat was geweest voordat alles scheef was gelopen en ze nog hoop had gehad.

Ze had geen tijd voor sentimenteel gedoe.

Het belletje van de magnetron ging. Ze pakte een pannenlap, haalde de mok eruit, nam voorzichtig een slokje en brandde bijna haar lippen.

De telefoon ging opnieuw en ze schrok, waarbij ze wat van de hete drank over haar arm heen kreeg. 'Verdorie,' gromde ze, terwijl ze de mok uit haar hand op de vloer liet vallen. Scherven en koffie spatten alle kanten uit.

Hershey stak haar staart tussen haar achterpoten en snuffelde aan de bende. De telefoon ging opnieuw. Abby griste de hoorn van het toestel, keek naar het nummer dat op de display stond en zette zichzelf schrap. 'Dag, pap,' zei ze, terwijl ze de telefoon tussen haar schouder en oor klemde, en de pannenlap gebruikte om de koffie van haar mouw te vegen.

'Dag, liefje.' Jacques Chastains stem was niet half zo krachtig meer als hij vroeger was geweest. In gedachten zag ze hem, met de zuurstoftank naast zich en de plastic slangetjes in zijn neus, in zijn stoel zitten. Kanker en longemfyseem hadden een hoge tol van zijn lichaam geëist. Er was een deel van zijn keel weggehaald, en chemotherapie had veel van zijn krachten gevergd. Hij was alweer wat opgeknapt, dat wel, maar hij zou nooit meer de lange, robuuste en levenslustige man worden die hij geweest was. Iemand die bergen beklom, tenniste en aan wildwatervaren deed.

Voorbij.

'Hé, pap, hoe is het met je?' vroeg ze, haar best doend om normaal te klinken.

'Nou, ik leef, dus ik mag niet klagen. En jij?'

'Het gaat.'

'Ik heb het gehoord van Luke,' zei hij. 'Zonde, van de man. Heel tragisch.'

'Ja.' Ze negeerde de door de gloeiend hete koffie veroorzaakte rode blaar op haar hand.

'Ik weet dat jullie problemen hadden, maar... ik mocht hem.'

'Ik ook, maar dat was lang geleden.' Ze voelde zich verraden door haar vaders woorden, door het feit dat hij iets bekende waarvan hij wist dat hij haar ermee zou kwetsen. Jacques, de eeuwige dromer, vond dat ze niet van Luke had moeten scheiden, en was van mening dat haar ex zijn leven uiteindelijk, als ze hem nog een kans zou willen geven, gebeterd zou hebben. Abby was het daar niet mee eens geweest. Zij had er een punt achter willen zetten. Ze had het al eens geprobeerd met een verzoening, en daar was niets van terechtgekomen.

Maar ja, haar vader had dan ook niets geweten van Lukes verhouding met Zoey. En dat zou ze hem ook nooit vertellen. Er was geen reden om Jacques' relatie met zijn oudste dochter te verstoren. En daarbij, het was intussen al zo lang geleden.

'Weet je al wanneer de begrafenis is? Ik zou er graag bij willen zijn.'

'Nee. Voor zover ik weet heeft de politie zijn stoffelijk overschot nog niet eens vrijgegeven. Maar zodra ik het weet, bel ik je.' Haar hand begon pijn te doen, dus sprong ze over de troep van scherven en koffie heen naar de gootsteen, draaide de koude kraan open en liet het water over haar pols stromen.

'Kende je dat meisje dat samen met hem is gevonden?'

'Nee.'

Toen hij even aarzelde, wist ze wat er zou komen. 'Ik vraag het niet graag, maar had hij een verhouding met haar?'

'Dat weet ik niet, pap.'

'Nee, dat zul je ook wel niet weten,' zei hij, terwijl ze de theedoek van het hengsel van de oven trok, zich bukte en met haar vrije hand de grootste scherven van de mok opraapte en in de afvalemmer onder de gootsteen gooide.

'Maar het was een dubbele moord, niet? Niet een moord-zelfmoord, zoals aanvankelijk werd gezegd?'

'Ik weet evenveel als jij,' zei ze. Voorzichtig veegde ze de koffie van de hardhouten vloer. Hoe moest ze zijn vragen beantwoorden? Ze wist zelf niet eens wat er aan de hand was, en de politie wilde niets vertellen. Niemand scheen met zekerheid te weten wat er was gebeurd, en zij al helemaal niet.

'O, nou...' ging Jacques verder, terwijl zij het laatste beetje koffie opnam en de vuile, druipnatte theedoek in de gootsteen liet vallen. 'En hoe is het met jou? Ik bedoel, dit zal niet gemakkelijk voor je zijn.'

'Nou, ik leef, dus ik mag niet klagen,' herhaalde ze zijn eerdere antwoord.

Hij lachte.

'Hoe is het met Charlene?' vroeg ze, hoewel ze nooit echt overweg had gekund met haar stiefmoeder – een ijdele vrouw die tegen de zestig liep, eruitzag als vijftig en beweerde 'eind veertig' te zijn. Waar de natuur haar in de steek had gelaten, had ze hulp gekregen van plastisch chirurgen, en dat zou helemaal zo erg nog niet zijn als ze het maar gewoon toe zou geven. Maar dat deed ze niet. Alsof het tegenwoordig iemand nog iets kon schelen. De vrouw werkte Abby op haar zenuwen.

'O, met Char gaat het best. Ze is druk met van alles,' zei hij, en zijn stem kreeg een hoopvolle klank. 'Zodra het van de dokter mag, neemt ze me mee naar huis.'

'En wanneer is dat?'

'O, ik denk binnenkort.'

Het was een leugen, en dat wisten ze alle twee. Maar Abby wilde haar vader er niet mee confronteren. Een beetje valse hoop kon geen kwaad. Het was alleen maar fijn voor hem als hij dacht dat hij weldra terug kon naar zijn buitenhuis in de buurt van Shreveport. En wie weet, misschien werd hij echt wel weer beter. Terwijl ze met hem sprak duimde ze, en probeerde ze haar tranen de baas te blijven.

'Nou, ik wilde alleen maar even horen hoe het met je was, lieverd. Mocht ik iets voor je kunnen doen, laat me dat dan alsjeblieft weten, wil je?'

'Dat zal ik doen, pap. En jij ook.'

'En bel me zodra het bekend is van de begrafenis.'

'Daar heb ik niets mee te maken. Ik denk dat een van Lukes broers alles regelt, of zijn ouders.'

'Maar ze zullen je bellen om het je te vertellen,' zei hij stellig, alsof ze nog steeds één grote, gelukkige familie waren.

'Ik kom er wel achter.'

'Mooi zo. Zorg goed voor jezelf, lieverd.'

'Dat zal ik doen. Jij ook, pap.' Ze hing op en voelde zich verdrietig bij de gedachte aan hun kleine familie en hoe weinig contact ze feitelijk hadden. Haar vader zat alleen in een serviceflat. Ze wist dat hij voortdurend hoopte dat hij binnenkort naar huis zou mogen, maar die dag leek nooit te komen. Zoey woonde in Seattle, duizenden kilometers ver weg. Abby was hier, in zuidelijk Louisiana, in een huis dat ze zo snel mogelijk wilde verkopen omdat ze wilde verhuizen.

Of vluchten, zei een uitdagend stemmetje in haar achterhoofd.

Ze dweilde de vloer en nam de kastjes af en probeerde ten slotte de vlek uit de mouw van haar blouse te wassen. Onmogelijk. De huid van haar pols deed ontzettende pijn, maar ze probeerde het te negeren en liep, met Hershey op haar hielen, naar de woonkamer, waar Ansel op zijn favoriete plekje op de rugleuning van de bank lag te dutten. Abby ging in een hoekje van de kleine bank zitten, en de hond sprong naast haar, zonder op een teken te wachten.

Abby begon de labrador een standje te geven, maar bedacht zich. Ze krabde Hershey achter de oren, en het dier legde haar kop op Abby's been en keek met haar grote, expressieve hondenogen naar haar op. 'Je weet precies hoe je me moet vermurwen, hè?' zei Abby, en ze grinnikte. Op de andere bank rekte Ansel zich uit, geeuwde en toonde zijn vlijmscherpe tanden en zwarte lippen.

Het leven zou erger kunnen zijn, dacht ze, en ze vroeg zich af hoe het zou zijn om beide dieren mee te nemen naar de Westkust. Haar blik dwaalde af naar de haard, waar de as van de verbrande foto's nog in de zwartgeblakerde asla lag.

De foto's van Luke.

Het was afschuwelijk dat hij vermoord was, maar dat veranderde niets aan het feit dat hij een waardeloze echtgenoot was geweest. Hij mocht voor heel wat mensen dan een plaatselijke held zijn geweest, maar toevallig dacht zij anders over hem.

Uiteindelijk had ze hem dan ook veel beter gekend.

Hoofdstuk 8

'Moet je dit horen,' zei Lynn Zaroster. Ze zat achter haar bureau in de grote, door middel van scheidingswandjes tot vele afzonderlijke hokjes opgesplitste teamkamer, waarin andere rechercheurs en geüniformeerde agenten rondliepen, met elkaar spraken, rapporten doornamen of achter hun computers zaten te werken. Lynn, een jonge vrouw van vijfentwintig, met een atletisch lichaam, een bos kortgeknipte, zwarte krullen en voldoende idealisme om de wereld recht te willen zetten, drukte op het 'play'-knopje van de bandrecorder die midden op haar bureau stond.

Giermans stem schalde door de speaker. '... mijn ex beweert dat ze alles wat ze voor me zou bewaren, met inbegrip van een familie-erfstuk, een antieke revolver die van mijn vader is geweest, heeft weggegeven.'

Montoya's maag balde zich samen. Hij leunde met zijn heup tegen Lynns bureau en luisterde.

'Dat ze alles, maar dan ook alles, aan het goede doel cadeau heeft gedaan.'

'Het goede doel?' vroeg een andere mannenstem ongelovig.

'Dat is zijn aangever die soms ook wel wordt aangekondigd als medepresentator van het programma,' vertelde Zaroster. 'Maury Taylor.'

Gierman ging woedend tekeer. 'Alsof ik zou moeten geloven dat er een liefdadige instelling is die een revolver aan zou willen nemen. Dat was natuurlijk een leugen. Maar hoe veilig denk je dat ik me intussen voel, in de wetenschap dat mijn psychotische ex-vrouw wel eens de neiging zou kunnen hebben om me met mijn vaders wapen, het wapen dat hij in dienst van de politie heeft gekregen, te bedreigen?'

Psychotisch. Interessante term.

Maury Taylor suggereerde sluw: 'Als ik jou was zou ik maar snel verhuizen.'

'Of ergens onderduiken,' zei Luke tegen heel New Orleans en omgeving, terwijl de man die naast hem in het hokje zat daar hard om moest lachen.

Het programma ging op dezelfde toon verder, tot Lynn het niet langer kon aanhoren. Ze drukte op het 'stop'-knopje en keek op naar Montoya. 'Wat een clown,' siste ze. 'Als ik zijn ex was geweest, dan zou ik hem ter plekke, en voor de open microfoon, hebben doodgeschoten.' Ze maakte haar rechterhand tot revolver, strekte haar wijsvinger en bewoog haar duim alsof het de haan was. 'Poef,' zei ze, en de 'revolver' sloeg terug terwijl ze deed alsof ze op de bandrecorder schoot. 'Daar ga je, klojo.' Ze hield haar wijsvinger voor haar lippen, blies erop en deed vervolgens alsof ze de 'revolver' weer in zijn holster stak. Met een wrange grijns voegde ze eraan toe: 'Opgeruimd staat netjes.' Opnieuw keek ze Montoya aan. 'Het eind van de zoveelste leugenachtige, belazerende ex. Zeg nou zelf, hoe zou jij het vinden als al jouw vuile was buiten werd gehangen?'

'Misschien is dat wel de reden waarom ze wil verhuizen.'

'De ex-vrouw?'

'Precies.'

Achter zich hoorde hij voetstappen naderbij komen. 'Perfecte timing,' zei Brinkman. 'Ik heb zojuist Giermans papieren doorgenomen, met inbegrip van zijn testament en de polis van zijn levensverzekering. En wie denk je dat de grote erfgenaam is?'

'De ex-vrouw,' zei Zaroster opnieuw, en ze kneep haar blauwe ogen halfdicht.

'Bingo. Mevrouw heeft een prijs gewonnen!' Brinkman grijnsde van oor tot oor. 'Heb je het voorlopig onderzoek van de lijkschouwer gezien?' vroeg hij aan Montoya. 'Het lijkt zogoed als zeker dat er behalve Gierman en LaBelle nog een derde iemand in de ruimte aanwezig was. En uit de bloedspetters en de cordietresten valt af te leiden dat deze nummer drie zijn hand op die van het meisje heeft gehouden toen de trekker werd overgehaald. Rond haar mond, polsen en benen zijn sporen van kleefstof aangetroffen. En bloeduitstortingen, waaruit blijkt dat ze op een zeker moment gebonden moet zijn geweest. Iemand heeft alles zorgvuldig in scène gezet.'

'Waarom zou Abby Chastain de moeite hebben genomen om die vrouw te vermoorden? Het zou voldoende zijn geweest als ze alleen haar ex maar te grazen had genomen,' zei Montoya.

'Om ons op een dwaalspoor te brengen.' Brinkman keek hem aan alsof hij zaagsel in zijn hoofd had. 'Je hoort mij niet zeggen dat ze de perfecte moorden heeft gepleegd, maar ze is uiteindelijk een amateur en zal ook wel niet veel weten van forensisch onderzoek.'

'Iedereen met een televisie is tegenwoordig expert in forensisch onderzoek,' verklaarde Montoya. Hij ging staan om op gelijke ooghoogte met Brinkman te komen.

'Ik heb het niet over die rommel die ze op tv laten zien, maar over het échte onderzoek,' zei Brinkman.

'Ze heeft geen schoenmaat zesenveertig.'

'Nou, dan heeft ze hulp gehad.'

'Hou toch op, Brinkman, je hebt de verkeerde te pakken. Motief of niet, ze heeft het niet gedaan.'

'Hoe weet jij dat?' Brinkman was duidelijk geïrriteerd en Lynn Zaroster, die ook wel eens wilde weten hoe Montoya daar zo zeker van kon zijn, keek haar collega vragend aan. 'Het kan zijn dat ze weet dat haar man op All Saints is geweest, en dat ze uitzoekt wie er naar zijn lezing heeft geluisterd. Of misschien dacht ze wel hij het met dat meisje deed.'

'Met de Maagd Maria?' vroeg Montoya. 'De lijkschouwing heeft aangetoond dat ze nog maagd was.' De jonge vrouw was nog steeds een raadsel voor Montoya. Courtney LaBelle. Intens gelovig. Liet zich bij haar tweede voornaam noemen.

'Maar zijn ex weet dat niet, of wel?'

'Deze moorden zijn niet door een vrouw gepleegd,' zei Zaroster. 'Al die organisatie om de boel zo in scène te zetten. Nee.' Ze leunde naar achteren. 'Mijn oom doceert aan All Saints. Religie. Misschien heeft hij het slachtoffer, of vriendinnen van haar, wel gekend.'

'We zijn daar al geweest,' zei Brinkman. 'Ze had nauwelijks vriendinnen. Alleen maar een kamergenootje – een zwarte heks die ze niet allemaal op een rijtje heeft.'

Zaroster keek Montoya vragend aan.

'Een goth,' verduidelijkte hij.

'Jezus, Brinkman. Ben je onlangs nog in het Quarter geweest? Vergeleken met wat je dáár allemaal ziet is goth, ik weet niet, kinderspel.' Ze lachte. 'Misschien zou ik mijn oom moeten vragen of hij iemand kent die lid is van een plaatselijke heksenclub.'

'En vraag dan meteen ook maar naar vampiers. Dat kind loopt met een buisje van haar eigen bloed om haar hals.'

Opnieuw die vragende blik. 'Nou, dan is ze méér dan alleen maar een doorsnee-goth,' zei Zaroster.

'Een tikje overdreven,' gaf Montoya toe, en vervolgde: 'Ja, vraag het maar aan die oom van je. Hoe meer informatie we hebben, hoe beter.'

Ondertussen moest hij zelf ook nog met zijn tante praten. Hij had tante Maria al gebeld, maar ze had niet teruggebeld. Maar in het klooster waren ze nu niet bepaald hightech. Eén enkele telefoon, geen cabines, en hooguit één computer, dacht hij. Misschien dat langsgaan eenvoudiger was. Zijn tante was meer iemand voor intermenselijk contact dan voor technologische communicatie.

Brinkman snoof en kamde zijn vingers door zijn schaarse haar. 'Een gesprek met je oom haalt toch niets uit.'

'Dat valt nog te bezien,' zei Zaroster. 'Ik blijf erbij dat deze moorden niet door een vrouw zijn gepleegd.'

'We hebben het niet over een vrouw. We hebben het over een woedende ex-vrouw die een vermogen zou erven.' Zijn glimlachje droop van zelfgenoegzaamheid, en hij knikte in de richting van de deur. 'Kom op, ik stel voor om onze erfgename aan de tand te voelen.'

Het was zover. Het 'officiële' gesprek met Montoya en een andere rechercheur. Ze zaten aan haar eettafel, Abby met een kaarsrechte rug. De eerste keer was Montoya alleen gekomen om haar te vertellen dat Luke dood was. De tweede keer om de hond te brengen. Bij elke gelegenheid had hij quasi-terloops een paar vragen gesteld. Ze was uiteindelijk ook in shock.

Maar deze keer voelde ze dat het menens was.

Brinkman, de kalende smeris die met hem was meegekomen, probeerde niet eens om aardig te zijn. Er lag een achterdochtige blik in zijn ogen, zijn optreden was beleefd maar kil, en hij keek haar aan alsof hij meer van haar wist dan ze zelf deed.

En dat maakte haar behoorlijk zenuwachtig.

Brinkman stond op, ging voor de terrasdeuren staan en keek naar buiten. Montoya zat tegenover haar. Tussen hen in stond een kleurige herfstcompositie van verschillende soorten pompoenen, blaadjes en kaarsen. Het leek bespottelijk feestelijk en niet op zijn plaats, helemaal met de bandrecorder die op de rand van de tafel stond, Montoya die aantekeningen maakte en de overwegend sombere toon van het gesprek.

Bijna beschuldigend.

Bijna.

Ze wierp een onvriendelijke blik op rechercheur Brinkman met zijn weke buik, kalende schedel en uitstraling van iemand met wie niet viel te spotten. De aanwezigheid van de man kwam het gesprek niet ten goede, stelde ze vast. Montoya zou, wanneer hij alleen was geweest, veel meer van haar te horen hebben gekregen.

De beide mannen waren een halfuur eerder gearriveerd. Hershey had uitbundig blaffend en springend op het bezoek gereageerd, maar Ansel was naar de zithoek gegaan en was onder de bank weggedoken, van waar hij hen achterdochtig in de gaten hield.

Abby had koffie aangeboden, maar de drie kopjes waren zogoed als onaangeroerd gebleven terwijl de ene na de andere vraag op haar werd afgevuurd. Inmiddels hadden ze de thema's gehad die ze al eerder met

Montoya had doorgenomen, en was het tijd voor nieuwe onderwerpen.

Ze hield zichzelf voor dat dit routine was, dat ze met iedereen spraken die Luke en het meisje dat bij hem was, had gekend, maar dat nam niet weg dat het haar maar niet lukte om het gevoel dat ze verdacht werd van zich af te zetten. Ze had sterk de indruk dat de politie het vermoeden had dat ze bij de tragedie betrokken was, en dat was natuurlijk bespottelijk. Goed, ze had niet meer van Luke gehouden en ze had nagenoeg geen respect meer voor hem gehad, maar ze zou nooit iets doen om hem te vermoorden, en ze hoopte dat in ieder geval Montoya dat zou begrijpen.

Ze probeerde stil te zitten en haar handen rustig te houden, maar ze was zenuwachtig en gespannen door het feit dat het gesprek werd opgenomen en dat beide mannen haar strikvragen probeerden te stellen. Net toen ze dacht dat ze bijna klaar waren, draaide Brinkman zich naar haar om – ongetwijfeld om haar gezicht te kunnen zien – en vroeg: 'Wist u dat uw naam nog steeds op de polis van uw ex-mans levensverzekering staat? Dat u zijn erfgenaam bent?'

'Wat?' Ze was met stomheid geslagen. 'Had hij een levensverzekering?'

'Inderdaad. En het verzekerde bedrag is een half miljoen dollar.' Zijn glimlach was vals. 'Dat is een leuk sommetje.'

'Er moet een vergissing in het spel zijn.'

'Nee. Zijn polis lag bij zijn persoonlijke papieren, en ik heb het bij de verzekering nagevraagd.'

'Niet te geloven.' Nooit, echt nooit van haar leven had ze verwacht ook nog maar een cent van Luke te zullen krijgen.

'Ik neem aan dat hij er gewoon niet aan toe is gekomen om dat te veranderen,' zei hij.

'Ik wíst niet eens dat hij een levensverzekering had,' zei ze, eerlijk. 'Goed, ja, toen we net getrouwd waren hebben we elkaar over en weer verzekerd, maar voor echt heel kleine bedragen.'

'En, is hij nog steeds uw erfgenaam?'

'Nee.' Ze schudde haar hoofd. 'Ik heb de polis laten verlopen en ik heb mijn testament meteen na de scheiding veranderd.' Alles wat ze bezat zou naar haar vader gaan, en in het geval dat hij eerder zou komen te overlijden dan zij, zou Zoey al haar bezittingen erven. Abby had ervoor gezorgd dat Luke niets zou krijgen. Ze had aangenomen dat hij hetzelfde zou doen. Nu ze hoorde dat ze zijn erfgenaam was, had ze het gevoel dat ze hem onredelijk behandeld had.

'Zoals ik al zei, een leuk sommetje.' Brinkman wreef zijn nek alsof hij diep in gedachten verzonken was. 'Een half miljoen. Stel je voor. En dan is er nog zijn rekening-courant, zijn pensioenfonds, niet het huis, want dat heeft u al, maar alles bij elkaar is hij toch altijd nog goed voor zo'n zeshonderdduizend dollar.'

'Dan kan niet kloppen,' zei ze, met een blik op Montoya. Sinds Brinkmans onthulling had hij niets meer gezegd, maar hij zat met zijn armen op tafel gesteund en naar voren gebogen. 'Luke heeft familie. Zijn ouders en zijn broers.'

'Ik heb het nagevraagd bij de notaris.' Brinkman haalde zijn schouders op. 'Tenzij uw ex een andere notaris heeft genomen en een nieuw testament heeft opgesteld waar niemand iets van weet, is de versie die hij vijf jaar geleden getekend heeft nog steeds van kracht. En dat betekent dat u een rijke vrouw bent.' Hij hield zijn hoofd schuin. 'Maar wat u bedoelt is dat u niets af wist van het testament?'

'Ik had aangenomen dat hij een nieuw testament had gemaakt, en ik zweer u dat hij me nooit iets van die levensverzekering heeft verteld.' Abby wist niet wat ze er verder nog van moest zeggen, en ze volstond met het kijken van de ene rechercheur naar de andere, die beiden niets liever wilden dan haar Lukes moord in de schoenen schuiven.

'Het ziet ernaar uit dat u de loterij heeft gewonnen.'

'Dat kan zijn, maar zo voelt het niet, oké?'

'Als u het zegt.'

'Moet u horen, uw insinuaties bevallen me helemaal niet.' Ze wendde zich tot Montoya, die er in deze laatste ronde merendeels het zwijgen toe had gedaan. 'Heeft u verder nog vragen?' vroeg ze, zo onverschillig en kalm als ze maar kon. Brinkman probeerde haar alleen maar zenuwachtig te maken, en dat wist ze.

'Nee, ik denk dat we het wel hebben gehad,' zei Montoya.

'Mooi, want ik begon me al af te vragen of ik misschien beter een advocaat zou kunnen bellen.'

'Hoezo?' vroeg Brinkman, met een glimlach die ontwapenend zou moeten zijn, maar die ze van geen kant vertrouwde.

Ze wendde zich tot Montoya. 'Is er verder nog iets?'

'Alleen dat we een verband hebben gevonden tussen Luke en Courtney LaBelle. Hij was gastspreker tijdens een van haar colleges op All Saints College.'

'Dus dan kende hij haar?'

'We weten niet eens of ze elkaar ontmoet hebben, alleen maar dat ze op hetzelfde moment op dezelfde plaats zijn geweest.'

'Wat op zich wel heel toevallig is.'

'Als je in toevalligheden gelooft, ja,' zei Brinkman. 'Iets wat ik niet doe.'

Abby was zich bewust van het vertrouwde samenballen van haar maag dat ze altijd had wanneer ze iets hoorde over haar ex-man met jongere vrouwen. 'Maar ze hebben niets met elkaar gehad?'

'Dat is nu juist het vreemde. Uit niets blijkt dat ze zelfs maar met elkaar hebben gesproken.'

'Ik kan me maar moeilijk voorstellen dat het toeval was,' zei Brinkman, 'maar u' – hij wees op Abby – 'heeft haar nog nooit ontmoet.'

'Nee, nooit,' beaamde ze op effen toon. Ze stond op en keek beide mannen om beurten strak aan. 'U schijnt te denken dat ik iets te maken heb met de moord op mijn ex-man. Ik kan u verzekeren dat ik er geen idee van heb wie de dader zou kunnen zijn. Ik ken Courtney LaBelle niet, en ik heb zelfs nog nooit van haar gehoord. Ik weet niet hoe, noch óf ze mijn ex-man kende. Ik heb me heel bewust niet met zijn leven bemoeid, en hem verzocht om zich ook buiten het mijne te houden.'

Brinkman zei: 'Behalve dat u die dag, tijdens die uitzending van hem waarin hij alle ex-echtgenotes zwartmaakte, naar de studio heeft gebeld.'

'Nee... o, ja, ik heb inderdaad gebeld, maar ik heb niets gezegd. Ik heb meteen weer opgehangen. Ineens besefte ik dat Luke me uit mijn tent wilde lokken. Hij was goed nijdig op me. Ik had een telefoontje van hem gekregen waarin hij om zijn spullen vroeg, en ik moest hem bekennen dat ik alles weg had gegeven omdat ik er op een gegeven moment schoon genoeg van had om als opslagplaats gebruikt te worden. Ik had hem herhaaldelijk verzocht om ze te komen halen, maar toen hij maar steeds niet kwam, heb ik ze weggegeven. Hij was woedend. De volgende dag hoorde ik hoe hij me in de uitzending aan de schandpaal nagelde, en ja, ik heb gebeld, maar uiteindelijk heb ik met niemand gesproken. Ik wilde voorkomen dat ik iets zou zeggen waar ik achteraf spijt van zou hebben.'

Intussen was ze weer even boos als ze tijdens de uitzending was geweest. Ze had er zelfs rode wangen van gekregen. 'Wat me tijdens die ruzie aan de telefoon, en de volgende dag tijdens de uitzending, wel duidelijk was geworden, was dat ik hier zo snel mogelijk weg wilde. Dat ik zo snel mogelijk zo ver mogelijk uit de buurt van mijn ex wilde zijn.'

'De dood lijkt me een behoorlijk afdoende manier daarvoor,' merkte Brinkman op.

'Bent u gek? De man wordt inmiddels vereerd als een heilige! Ik word dag en nacht gebeld door mensen van de krant. Mensen die met me willen praten omdat ze, ik citeer, "de ware Luke Gierman" willen leren kennen. Wat een grap. Het enige waar Luke ooit van droomde was vijftien minuten roem, die hij, met een beetje geluk, tot een halfuur zou kunnen rekken. Met zijn dood heeft hij gekregen wat hem tijdens zijn leven onmogelijk was. Maar helaas zijn er nog steeds mensen die denken dat ze bij mij moeten zijn om meer over hem aan de weet te komen.'

Brinkman maakte een geluid dat het midden hield tussen snuiven en lachen. 'Net als Priscilla Presley met Elvis.'

'Nou, dat ligt wel een beetje anders,' zei ze, en het kostte haar echt moeite om haar boosheid te onderdrukken. Ze wist dat Brinkman haar met opzet zat te sarren omdat hij op een reactie van haar hoopte, maar ze kon het niet helpen. 'Ik wil alleen maar verder met mijn leven. Elders opnieuw beginnen.'

'Was u daarom niet juist hier gekomen? Om weer thuis te zijn en met uw man een nieuwe start te maken? U bent toch van hier, niet?'

Ze was prompt op haar hoede en keek naar Montoya. Hij zat nog steeds aan tafel naar haar te kijken. Ze hoorde een suizen in haar oren. 'Wat heeft dat ermee te maken?'

'U bent hier opgegroeid en heeft hier op school gezeten. Waren uw ouders niet Jacques en Faith Chastain?'

'Dat *zijn* mijn ouders. Mijn vader leeft nog.' Het suizen werd luider.

'En uw moeder?'

'Is dood.' Ze wierp de kleine, dikke rechercheur een moordlustige blik toe. 'Maar dat wist u al, of niet? U probeert me alleen maar op de kast te krijgen. Waarom?' Ze richtte haar nijdige blik van hem op Montoya. 'Waarom doet u dit?'

'We hebben een verband tussen de twee slachtoffers gevonden. Courtney LaBelles ouders werkten in het Our Lady of Virtues-ziekenhuis in dezelfde tijd als waarin uw moeder daar patiënte was. Clyde LaBelle was er psychiater en Virginia Simmons was de maatschappelijk werkster.'

Abby keek hem verbaasd aan.

Montoya ging verder: 'En daarbij studeerde Courtney, die zich Mary liet noemen, alleen maar om haar ouders een plezier te doen. Ze had al besloten dat ze non wilde worden.'

'Ik heb gehoord dat de kerk probeert om jonge mensen in de kloosters te krijgen.'

'Nou, het schijnt dat Courtney LaBelle dat wilde. Ze had al gesproken met de moeder-overste van Our Lady of Virtues. Het oude ziekenhuis wordt afgebroken, maar het klooster blijft.'

'En dit is uw "verband"?' vroeg ze. 'Het ziekenhuis? Maar daar had Luke niets mee te maken. Voor zover ik weet is hij er zelfs nog nooit geweest. Mijn moeder was al dood toen we trouwden.'

'Kunt u zich Courtneys ouders herinneren?' vroeg Montoya.

Abby schudde haar hoofd. 'Virginia... Simmons, zei u dat ze zo heette?'

Montoya knikte. 'Ja.'

'Nee.' Ze deed haar best, maar het gezicht van de vrouw wilde haar niet te binnen schieten. Het enige wat ze kreeg waren verwrongen beelden van de artsen die in het ziekenhuis hadden gewerkt. Ze herinnerde zich een lange, bijna uitgemergelde man met een korte baard en een enorme bril die zijn ogen groter deed lijken dan ze waren. Hij stond altijd een beetje krom, en hij had Abby altijd aan een bidsprinkhaan doen denken.

'Maar dr. LaBelle... Ik geloof dat hij mijn moeder ooit eens behandeld heeft.' Even sloot ze haar ogen, beet op haar lip en probeerde terug te denken aan de tijd vóór de tragedie, toen zij, haar vader en Zoey in het ziekenhuis op bezoek waren gegaan. Ze herinnerde zich de fontein met de engel, en hoe ze, nadat ze een wens had gedaan, de goudvissen tussen de bladeren van de waterlelies door had zien zwemmen. Libellen waren over het wateroppervlak van de vijver van links naar rechts geschoten. Kikkers hadden gekwaakt en eekhoorns hadden geprobeerd om de oude cyperse kat die altijd over het terrein dwaalde van hun territorium te jagen. Oudere mensen in rolstoelen hadden op de brede veranda's gezeten, of in de schaduw van de geurige takken van de enorme magnolia's.

En er was ook personeel geweest – verpleegsters in kraakheldere en gesteven uniformen en artsen in witte doktersjassen waarvan de panden fladderden op de wind. Ze liepen met hun stethoscoop om de hals en met een ongeduldige blik in hun ogen, tot op het moment waarop ze haar, Zoey of haar vader hadden gezien. Op die momenten had hun ijskoude vastberadenheid plaatsgemaakt voor een brede glimlach, een vriendelijke hand en warme, bemoedigende woorden.

'Het gaat alweer een heel stuk beter met haar... ja, nou... een enkele aanval... reageert goed op de nieuwe medicatie... niet zo heel veel langer meer... we kunnen meerdere wegen bewandelen... steeds weer nieuwe behandelmethoden...'

In gedachten zag Abby zichzelf als kind het grote terras aan de voorzijde op lopen. Ze zag de grote aardewerken bloempotten met roze en witte petunia's en Suzanne met de mooie ogen – die frisgele bloemen met hun bijna zwarte hart. Wespen en sluipwespen hadden tussen de balken gezoemd, en hier en daar werden fluisterzachte gesprekken gevoerd.

Ze herinnerde zich de enorme deur die openzwaaide, en het gapende donkere gat erachter. Bij die deur werd alles anders. Als klein kind al had ze zich op slag slecht op haar gemak, en ook een beetje angstig gevoeld op het moment dat ze over de drempel was gestapt, en de geluiden van buiten niet meer te horen waren geweest en het zonlicht alleen nog maar door de dikke, en veelal glas-in-loodvensters naar binnen had kunnen vallen. Binnen had ze heel sterk het gevoel gehad dat er bepaalde dingen helemaal niet klopten.

Het zachte gefluister, het bidden, en het zachte maar onmiskenbare kreunen en kermen dat op de lange gangen met hun notenhouten lambriseringen en jagersgroene behang te horen was geweest. De geuren van urine, braaksel en menselijk verval waren gecamoufleerd geweest door ontsmettende schoonmaakmiddelen met chloor en dennengeur, maar Abby had die onderliggende luchtjes, die nooit helemaal verdwenen en alleen gemaskeerd waren, altijd geroken.

Er was een arts geweest die haar moeder had behandeld, maar hij had anders geheten – niet LaBelle. Hoe heette hij ook alweer? Holman? Of Hellman? Nee, Heller! De gedachte aan hem bezorgde haar een bittere smaak in de mond, maar ze kon zich verder niets van hem herinneren. Heller was lid geweest van de uitgebreide staf. Ze dacht diep na. LaBelle?

Abby's ingewanden leken te worden verpletterd toen ze ineens weer wist wie dr. LaBelle was. Ze zag hem haastig de trap af komen, schichtig naar Abby kijken en zijn blik meteen weer afwenden. Ze had een beeld van hem waarin hij een papier op een klembord ondertekende – ze vermoedde dat het de gegevens van een patiënt waren geweest – waarna hij opkeek en iets tegen haar vader zei. Hij leek ongeduldig, net alsof Jacques' vragen naar zijn vrouw volkomen onbenullig of oninteressant, of gewoon zonde van zijn tijd waren geweest. Dr. LaBelle had een zekere verwaandheid uitgestraald, en sprak met het vermoeide toontje van iemand die dezelfde vragen al minstens duizend keer beantwoord had. Hij deed alsof hij het veel te druk had om onnodige tijd aan de familie van patiënten te besteden – alsof hij veel belangrijkere dingen te doen had. Het was alsof hij Jacques en zijn twee dochters maar lastig vond – de zoveelste domme klus waar hij niet onderuit had gekund.

Nu deed ze haar ogen open en merkte ze hoe ze het vanbinnen ijskoud had gekregen.

'Ja... nu weet ik het weer,' zei ze, nog steeds met die vieze smaak in haar mond. Het kostte haar moeite om zich LaBelle voor te stellen als vader, als iemand die treurde om het verlies van zijn kind.

'Maar u heeft zijn dochter nooit ontmoet.'

'Nee. Ik weet niets van hem af. Na de dood van mijn moeder ben ik nooit meer in het ziekenhuis geweest, en ik heb nooit iemand gesproken die daar gewerkt heeft of patiënt is geweest.' Ze keek Montoya recht aan. 'Ik heb geprobeerd om alles wat zich daar heeft afgespeeld te vergeten.' Het kostte haar nog steeds moeite om te geloven dat Luke vermoord was met een meisje dat, al was het maar oppervlakkig, iets met Our Lady of Virtues te maken had gehad. 'Kan dr. LaBelle zich mijn moeder nog herinneren?'

'Dat zijn we aan het uitzoeken.'

Voor Abby kon dit alles alleen maar toeval zijn. De politie deed haar werk grondig, en elke aanwijzing zou belangrijk kunnen zijn. De link met het ziekenhuis was op z'n zachtst gezegd zwak, en ze was blij toen het gesprek was afgelopen en Montoya de bandrecorder afzette. 'Ik denk dat we genoeg weten, zo.' Hij schonk haar een vaag glimlachje. 'We danken u voor uw tijd, en mocht u nog iets te binnen schieten, belt u mij dan alstublieft.' Hij drukte een kaartje in haar hand, en ze kromde haar vingers eromheen.

'Dat zal ik zeker doen.'

Ze liet hen uit en zag hoe Brinkman, nog voor hij goed en wel de deur uit was, een sigaret uit zijn pakje schudde en opstak.

Op het moment dat Montoya de veranda op stapte, pakte ze hem in een opwelling bij de arm. 'Rechercheur?'

Hij bleef staan. Keek omlaag naar de vingers op zijn onderarm, en vervolgens naar haar gezicht. Donkere ogen keken onderzoekend in de hare, en even bespeurde ze zo'n mannelijke interesse in zijn blik dat haar adem ervan stokte.

'Eén ding wil ik nog zeggen.' Ze liet hem niet los. 'Tussen u en mij. Het maakt niet uit hoeveel geld Luke mij heeft nagelaten, hij was hoe dan ook een rotzak. Ik hield niet meer van hem en ik wilde hier weg. Wilde zo ver mogelijk bij hem vandaan.' Haar vingers grepen zijn arm een fractie steviger beet. 'Maar ik heb hem niet vermoord en ik vind het naar dat hij dood is.' Ze bleef hem strak aankijken en hief haar kin een heel klein beetje hoger. 'En uw link van de slachtoffers met het ziekenhuis is niet echt overtuigend.'

'Misschien is de link wel niet het ziekenhuis zelf,' zei hij, op een toon die haar hart op hol deed slaan.

'Maar – '

'Er bestaat een kans dat u de link bent.'

'Hoe bedoelt u?'

Hij glimlachte niet en klemde zijn dunne lippen op elkaar. 'Wees voorzichtig, Abby,' zei hij, elke formaliteit vergetend. 'Hou je ramen en deuren op slot. Zet je alarm aan, als je er eentje hebt. Heb je er geen, bel dan een beveiligingsbedrijf en laat per omgaande een systeem installeren.' Hij trok zijn wenkbrauwen samen tot een enkele, doorlopende lijn. 'En vergeet niet over je schouder te kijken.'

Ze voelde zichzelf verbleken.

'U denkt dat *ík* de link ben? Ik?' Ze schudde haar hoofd. 'Dat bestaat niet.'

'Zolang je maar voorzichtig bent.' Hij legde zijn hand even op haar schouder, in een gebaar dat op de een of andere manier intiem aanvoelde. 'Ik bel je,' beloofde hij, en tot haar verbazing realiseerde ze zich dat haar hart een sprongetje maakte.

Hij trok zijn schouders op en liep terug naar de patrouilleauto. Het was gaan regenen, maar ze bleef op de veranda staan en keek hem na tot de achterlichten aan het eind van de oprit uit het zicht verdwenen.

Abby sloot de deur en leunde ertegenaan, terwijl Montoya's waarschuwende woorden door haar hoofd weergalmden.

En zo bleef ze lange tijd staan, zonder zich te verroeren.

De cijfers op de deur van de kamer leken vreemd en ongelijk, maar Abby wist dat dit haar moeders kamer was: 207. Hier was het. Mamma was altijd op haar kamer. Abby voelde aan de deur in de verwachting dat hij op slot zou zitten, maar hij was open en ze stapte naar binnen.

'Mam?' riep ze, en ze zag Faith Chastain voor het raam staan. Zoals altijd glimlachte ze die liefdevolle glimlach van haar.

'Lieverd.' Haar glimlach verbreedde zich. 'Je bent gekomen.'

Maar toen draaide Faiths blik opzij, en keek ze van Abby naar de openstaande deur en de donkere gang erachter.

Abby meende iets in haar moeders ogen te bespeuren. Angst? En toen een lichtelijk spannen van haar nekspieren.

'Mam, is er iets?' vroeg Abby, terwijl ze, nu met lood in de schoenen, verder de kamer in liep. 'Mam?'

Ineens veranderde het gezicht van haar moeder. Haar glimlach maakte plaats voor een verwrongen masker van paniek. Ze begon naar achteren te lopen terwijl ze ondertussen strak naar de open deur bleef kijken. Elk stapje bracht haar dichter bij het raam. 'Nee,' fluisterde ze. 'Lieve god, nee.'

'Mam?' riep Abby opnieuw. Wat gebeurde er? 'Mam, kijk uit!'

Maar kennelijk kon haar moeder haar niet horen.

Een diepe mannenstem leek vanuit de hemel op haar neer te dalen. 'Wat doe jij hier? Duvel op!'

Wie was die man? Een andere bezoeker? Een patiënt? Een dokter? Iemand van de beveiliging?

'Ik zeg je, eruit!'

Met wild kloppend hart, en zo bang dat ze meende flauw te zullen vallen, draaide Abby zich om naar de man, maar hij stond niet achter haar. De deur naar de gang leek scheef in zijn voegen te hangen. Ze keek in alle donkere hoeken. Had hij zichzelf in het donker verstopt? Of in de kast, waarvan de deur op een kiertje stond? Of in de dekenkist aan de voet van haar moeders bed? Het bed! Zat hij weggedoken onder het bed? In het donker onder de dunne matras? Zat hij met die afzichtelijke, verfoeilijke ogen naar haar te gluren?

Ze had het gevoel dat haar keel was dichtgesnoerd terwijl ze het beeld helder probeerde te krijgen, maar het kwam en ging. Een gelaat met ijzige trekken, het gezicht van de duivel?

Haar bloed veranderde in ijs.

Ze moest hier zo snel mogelijk weg. Met haar moeder. Deze kamer was het hol van de duivel. Het hol van de dood.

Ze sloeg een kruisje en keek op naar het beeld van Jezus dat boven het bed aan de muur hing. Het geschilderde bloed op Christus' aardewerken handen en voeten begon te druipen, en liep over het oude, hier en daar loshangende behang.

'Mamma?' fluisterde Abby met haar kinderstemmetje, en ze zag het gezicht van haar moeder weerkaatst in de spiegel boven de schoorsteenmantel. Lang, dun, uitgemergeld, haar kleren kapot en gescheurd, blauwe plekken op haar gezicht, en haar polsen waar het bloed uit droop. Haar moeder leek voor haar ogen te sterven.

Ineens brak het glas van de spiegel in honderden stukjes, die door de kamer vlogen.

Abby deinsde achteruit, weg bij de rondvliegende scherven.

'Het is niet jouw schuld,' fluisterde haar moeder in haar oor.

'Wat?' Abby keek met een ruk om, maar haar moeder schrompelde almaar verder ineen en was al bijna verdwenen. 'Mamma, wat is niet mijn schuld? Mamma?' riep ze wanhopig uit.

Op dat moment klonk er een oorverdovende klap door de kamer.

Ze voelde haar moeders broodmagere armen om zich heen. Ze drukte haar zo stevig tegen zich aan dat ze haar bijna verpletterde.

Er knalde nog meer glas uit elkaar, en op hetzelfde moment zakten ze door de vloer. Samen vlogen ze door de nacht. Samen vielen ze door het duister in de diepte.

'Het is niet jouw schuld,' fluisterde Faith opnieuw, en ze vielen en vielen. Abby was er zeker van dat ze regelrecht in de hel terecht zouden komen. 'Het is niet jouw schuld...'

Abby's ogen schoten open.

Ze ging met een ruk rechtop zitten.

Ze zat in bed. Haar bed. Hershey lag naast haar, met haar neus onder de deken. Ze was doorweekt van het zweet, ondanks de zachtjes ronddraaiende ventilator aan het plafond. Haar hart ging als een gek tekeer, en ze was volkomen buiten adem.

De hond tilde haar kop op en geeuwde toen Abby de lamp op het nachtkastje aandeed. Haar kleine slaapkamer baadde ineens in het zachte licht. Het hoofdeinde glansde, de rolgordijnen waren dicht, haar badjas lag op het voeteneinde waar ze hem achteloos had laten vallen. Ansel, die er bovenop lag, deed slaperig een oog open.

'O, god,' fluisterde ze, terwijl ze weer ging liggen. Het was een droom geweest. Een nachtmerrie.

Altijd weer dezelfde nachtmerrie.

Wanneer ze gestrest was, droomde ze van haar moeder en het ziekenhuis. Soms was het alsof ze zich buiten haar lichaam bevond en neerkeek op een jongere versie van zichzelf die de oude ziekenhuistrap op liep, even voor het glas-in-loodraam op de overloop bleef staan, en vervolgens de donkere gang van de tweede verdieping af liep, de deur opendeed en haar moeder voor het raam zag staan. Andere keren, zoals nu, speelde ze daadwerkelijk een rol in het drama, liep ze zelf door de gang, maar altijd was ze weer jong. Vijftien.

Onwillekeurig, zoals ze altijd deed wanneer ze van een nachtmerrie wakker was geworden, sloeg ze een kruisje en haalde ze een paar keer diep adem. Met het vervagen van de droom kwam haar hart weer tot rust, maar ze wist dat de nachtmerrie elk moment opnieuw de kop op zou kunnen steken.

En dat alles was de schuld van die verrekte Montoya, dacht ze geërgerd. Waarom had hij het nodig gevonden iets over het ziekenhuis en haar moeder te zeggen? En waarom moest hij ook zo verrekte sexy zijn?

Ach wat, Abby, hou toch op. Die man doet gewoon zijn werk, en verder kan hij het ook niet helpen dat hij knap is.

'Verdorie!' Ze gooide de deken van zich af.

En keek op de wekker. Zestien minuten over vier. Bijna te vroeg om op te staan.

Montoya's waarschuwende woorden weergalmden door haar hoofd. *Hou je ramen en deuren op slot. Zet je alarm aan, als je er eentje hebt. Heb je er geen, bel dan een beveiligingsbedrijf en laat per omgaande een systeem installeren.*

'Nou, ik heb geen alarmsysteem,' mompelde ze.

Nog steeds een beetje van streek stond ze op en liep ze alle ramen en deuren na om te kijken of alles goed op slot zat. Hershey volgde haar – haar nagels tikten op het parket.

Misschien had Montoya wel gelijk. Op dit moment was ze voor haar veiligheid afhankelijk van een vriendelijke labrador die nog geen vlieg kwaad zou doen, een revolver waar ze nog nooit mee had geschoten en haar eigen intelligentie. 'Dit gaat niet goed, Abby,' zei ze bij zichzelf. Ze had stickers op de binnenkant van de ramen geplakt waarop stond dat het huis beveiligd was met een alarmsysteem dat rechtstreeks in verbinding stond met het bureau van de sheriff. Maar dat was een leugen. De vorige eigenaar had die stickers erop geplakt, en zij had ze laten zitten. Als iemand hier inbrak, dan zou ze er alleen voor staan.

'Kom op, stel je niet aan,' hield ze zichzelf voor, terwijl ze naar de keuken liep, een glas uit de kast haalde en de kraan opendraaide. Ze ging voor het raam staan, hield het glas even tegen haar voorhoofd gedrukt om af te koelen, en dronk het vervolgens halfleeg. Toen ze slikte zag ze haar bleke gezicht in de ruit boven het aanrecht. Buiten lag het donkere bos waarin iedereen zich schuil zou kunnen houden en ongezien bij haar naar binnen zou kunnen kijken.

En wie zou dat moeten zijn, Abby?

Begin je soms paranoïde neigingen te krijgen?

Net als zij?

Als Faith?

Denk eraan dat de ziekte van je moeder is begonnen met een doodgewoon gebrek aan vertrouwen, en dat het daarna niet lang duurde voor ze niets en niemand meer vertrouwde en aan achtervolgingswaan begon te lijden. Gebeurt datzelfde nu met jou?

'Nee!' Met een nijdig gebaar mikte ze het laatste restje water in de gootsteen.

Zo moeder, zo dochter.

'Hou je mond!'

En begin je nu ook al tegen jezelf te praten, Abby? Deed zij dat niet ook? Heb je niet gezien hoe ze in de keuken tegen zichzelf stond te praten? En was dat niet wat de klanten van de antiekzaak haar verweten?

Abby liet het lege glas op het aanrecht staan en weigerde te luisteren naar de stem in haar hoofd. Ze was *niet* zo als haar moeder.

Ze was van streek, en omdat ze wist dat ze toch niet zou kunnen slapen, besloot ze naar haar doka te gaan om de foto's te bekijken die ze had ontwikkeld.

Al was het maar om te bewijzen dat ze niet bang was om in dit huis te wonen, trok ze een spijkerbroek en een T-shirt met het logo van het Hard Rock Cafe aan, en pakte haar sleutels. Even later droeg ze Hershey op om goed op het huis te passen, sloot de achterdeur af en liep naar haar studio. Kikkers kwaakten en krekels tjirpten, en ze ving een glimp op van de maan die zich juist weer achter een wolk verschool.

De doka was amper meer dan een grote kast met een gootsteentje. De planken erboven boden plaats aan papier, tangen, chemische stoffen en bakken om de foto's in te ontwikkelen.

Tegenwoordig ontwikkelde ze haar foto's nauwelijks nog zelf, en maakte ze vrijwel altijd gebruik van het lab vlak naast haar studio achter

Jackson Square. Voor de commerciële opdrachten werkte ze meestal met haar digitale camera en computer. Maar haar persoonlijke zwartwitfoto's ontwikkelde ze het liefste zelf.

Het was een werkje waar ze rustig van werd, en vooral de laatste tijd kon ze niet genoeg van dat soort klussen doen.

Een paar dagen eerder had ze de negatieven ontwikkeld van het filmrolletje dat ze in haar oude 35mm-camera had gevonden, die ze kort na haar scheiding van Luke door een nieuwer model had vervangen. Omdat ze nieuwsgierig was naar wat er op het filmpje had gestaan, had ze het volgeschoten met Ansel, die in het herfstlicht op de veranda had liggen doezelen. Ze had een vel met contactjes van de negatieven gemaakt en die aan het lijntje in de doka te drogen gehangen.

Ze had er dezelfde dag nog naar willen kijken, maar toen was rechercheur Montoya gekomen om haar over Lukes dood te vertellen. Het nieuws had haar zo in beslag genomen dat ze helemaal niet meer aan de foto's had gedacht. Nu pas, nadat ze op dit onmogelijk vroege uur uit haar nachtmerrie was ontwaakt, was het filmpje haar weer te binnen geschoten. Diep in haar hart vermoedde ze dat het méér was dan alleen maar de behoefte om te zien wat er op die foto's stond, en dat het in de eerste plaats een excuus was om op te blijven uit angst dat ze opnieuw een nachtmerrie zou krijgen.

'Lafaard,' mompelde ze zacht, terwijl ze het vel met de contactjes van het lijntje haalde en ermee vanuit de doka naar haar bureau in het hoofdgedeelte van haar studio liep. Ze deed het licht aan, haalde haar favoriete vergrootglas uit een la, en begon de opnames een voor een te bestuderen. Ze glimlachte bij het zien van de foto's van Ansel die lag de slapen, die op jacht was of zich onder de bank had verstopt.

Toen ze bij de derde strip was gekomen, slaakte ze een kreet. 'O, god.' Bijna liet ze haar vergrootglas uit haar handen vallen.

Het gezicht van haar dode echtgenoot keek haar aan.

Met een ontspannen, sexy glimlachje waarbij net een beetje van zijn tanden, en van de kuiltjes in zijn wangen te zien was, keek hij in zwart en wit naar haar op.

'Verdorie.' Ze begreep niet dat die foto haar bij het bekijken van de negatieven was ontgaan.

Ze deed een stapje naar achteren alsof ze verwachtte dat de foto opeens in een man van vlees en bloed zou veranderen.

Het was haar volledig ontschoten dat ze deze foto ooit van hem had genomen. Het was geweest nadat ze had besloten een digitale camera aan te schaffen. Luke had nieuwe portretten willen hebben, en die had ze van hem genomen.

Kort na die sessie was ze achter zijn affaire met Connie Hastings gekomen. Die middag had ze meteen naar haar advocaat gebeld, Luke gezegd dat hij zijn spullen kon pakken, de opnamen in haar digitale camera gewist en maatregelen genomen om haar huwelijk te beëindigen. Maar deze opname had ze helemaal vergeten.

Hoelang was het geleden sinds ze deze foto's had genomen? Achttien maanden? Twee jaar? Het deed er niet toe.

'De tijd vliegt als je het leuk hebt,' mompelde ze bij zichzelf, en stelde vast dat het echt een heel goede foto was. Zijn jongensachtige, ietwat overmoedige karakter waar ze al die jaren verliefd op was geworden, kwam er helemaal op uit.

Een foto die waardeloos was geworden.

Tenzij ze hem aan zijn ouders wilde geven.

Hoewel, het was nog maar de vraag in hoeverre ze de behoefte had om contact met die mensen op te nemen. Lukes moeder had nooit geloofd dat haar zoon een rokkenjager was, en had laten doorschemeren dat het aan de vrouw lag wanneer een man zijn heil elders zocht.

'Niet dus,' zei ze, terwijl ze een kruis op de foto zette. Er waren genoeg andere opnamen – van Hershey, Ansel en wilde dieren die ze rond het huis had gefotografeerd. Ze zou er later vergrotingen van maken. Voorlopig had ze genoeg plezier gehad.

Ze sloot de studio achter zich af en liep terug naar het huis. Het was nog volkomen donker buiten, en de enige geluiden kwamen van de kikkers en de insecten. Hershey lag op de mat voor de deur. 'Wat bén je toch een brave hond,' fluisterde Abby, terwijl ze de hond achter de oren krabde. 'Ik zou dit eigenlijk niet moeten doen,' ging ze verder, 'dus denk erom dat je het aan niemand vertelt.' Ze pakte een doos met hondenkoekjes en gooide er eentje van op naar de hond. Hershey ving hem in de vlucht, liep ermee naar de woonkamer en at het lekkers daar genietend op.

'Kom op, laten we maar weer naar bed gaan. Misschien dat we nog een paar uur kunnen slapen.' De klok op de schoorsteenmantel wees een paar minuten over vijf. Abby kreunde. Slapen zou vrijwel onmogelijk zijn, want ze had om negen uur een afspraak in haar studio in de stad, en dat betekende dat ze uiterlijk om halfacht op zou moeten staan. Ze liep terug naar de slaapkamer, maar Hershey, die was opgestaan om haar te volgen, bleef ineens voor de terrasdeuren staan.

'Wil je naar buiten?'

De hond stond als verstijfd en Abby zag hoe haar nekharen langzaam omhoogkwamen. Het volgende moment begon ze zachtjes te grommen.

'O, niet doen, alsjeblieft,' fluisterde ze, terwijl ze meteen weer aan

Montoya's waarschuwende woorden moest denken. Had ze de keukendeur wel weer op slot gedaan toen ze binnen was gekomen?

Abby deed het licht uit zodat het donker was in huis. Net als de hond tuurde ze naar buiten, maar het enige wat ze zag was de donkere, donkere nacht.

'Het is maar een wasbeer,' zei ze, en de hond gromde opnieuw. Zacht. En dreigend.

'Wil je ophouden, Hersh? Je maakt me bang.' Ze dacht aan de revolver in het nachtkastje en vroeg zich af of ze ooit de moed zou hebben het wapen daadwerkelijk te gebruiken om een indringer mee op de vlucht te jagen.

Zonder het licht aan te doen liep ze terug naar de keuken om de achterdeur te controleren. Ze had hem inderdaad op slot gedaan. Ze had niets te vrezen. Nee toch? Abby keek door het raam van de keukendeur naar haar studio en zag een bewegende schaduw in het licht van de beveiligingslamp boven de deur van het bijgebouw.

Haar hart miste een slag.

Ze verstijfde en verwachtte half en half dat er elk moment een mannengezicht voor het raam zou verschijnen.

Maar er gebeurde niets. Ze zag niemand, en er verscheen geen gezicht voor het raam. En de schaduw die ze had gezien leek te zijn verdwenen.

Je stelt je aan, Abby.

Er is niemand daar buiten.

Helemaal niemand.

De hond gromde opnieuw, en de angst die zich van haar meester maakte was even duister als de nacht zelf.

En ging gepaard met een allerakeligst voorgevoel.

En het besef dat hetgeen met de moord op Luke was begonnen, nog lang niet voorbij was.

Hoofdstuk 9

'Pedro!' riep zuster Maria, toen ze haar neef zag, en ze zwaaide.

Montoya was nog maar net de hal van het klooster binnengestapt, en hij voelde zich er nu al niet op zijn plaats. Het horen van de naam die hij bij zijn vormsel had gekregen, deed daar nog een schepje bovenop.

'Wat een verrassing!' Ze gaf hem een arm en omhelsde hem. Ze was ouder geworden sinds zijn laatste bezoek, en haar eens zo stralende huid zat nu vol met rimpels. Haar lippen waren dun geworden en ze had vlekken op haar handen gekregen, maar ze straalde nog steeds een onmiskenbare kracht en vitaliteit uit. 'Kom mee, kom mee, laten we in de tuin gaan zitten en dan kun je me vertellen wat de reden is van je bezoek. Hoewel ik natuurlijk niets liever van je wil horen dan dat je je oude tante zo miste, heb ik het gevoel dat je hier voor iets anders bent.' Onder het plagen gaf ze hem kleine klopjes op zijn arm, een gebaar dat hij zich al van jongs af aan van haar herinnerde.

Ze nam hem mee door een lange gang met glas-in-loodboogvensters waar het licht van de sombere dag doorheen naar binnen viel. Onderaan een gebogen houten trap duwde ze de deur naar een binnenplaats open, waar talloze potten met bijna uitgebloeide bloemen stonden. In het midden was een fontein waarvan het opspuitende water op een engel kletterde die twee kruiken vasthield waaruit water in een groot, vierkant bassin stroomde. In de vijver zag Montoya goudvissen tussen de waterlelies door zwemmen.

Maria ging naast hem zitten op een stenen bankje onder het overhangende dak van het klooster. In haar profiel ving hij een glimp op van het meisje dat ze lang geleden was geweest – een angstige tiener die, zoals hij uit familieroddels had gehoord, voor haar twintigste zwanger was geworden. Ze had aan niemand verteld wie haar geliefde was geweest, en Montoya wist niet wat er met de baby was gebeurd. Maria was nooit getrouwd, maar was in plaats daarvan toegetreden tot deze nonnenorde waar ze zich geborgen had gevoeld en waar ze, zo vermoedde hij, ook vergeving had gevonden.

Onder de aanwakkerende wind die het Spaanse mos in de oude eiken die boven de kloostermuren uit groeiden heen en weer deed zwiepen, spraken ze kort over de verschillende leden van de familie, wisselden nieuwtjes uit en lachten om die keer dat zuster Maria hem met zijn eerste vriendinnetje had betrapt.

'Maar intussen ben je een volwassen kerel,' zei ze, terwijl ze zich naar hem toe draaide om hem aandachtig op te nemen. 'En heb je jezelf eindelijk vergeven voor wat er met je... vriendin is gebeurd?'

'Ik ben niet voor Marta gekomen,' zei hij zacht, terwijl er een wolk voor de zon schoof.

'Nee? Waarvoor ben je hier dan wel, Pedro? Heeft het soms te maken met de ophanden zijnde sloop van het ziekenhuis?'

'Maria, ik heet Reuben. Er zijn mensen die me bij mijn middelste naam noemen – Diego – en dat vind ik ook best, maar niemand noemt me Pedro.'

'Alleen ik maar,' zei ze glimlachend. 'En dat blijf ik doen. Het is een mooie naam, weet je. Pedro – Petrus – is mijn lievelingsheilige.' Ze grinnikte. 'En je weet toch dat ze zeggen dat je oude honden geen nieuwe trucs kunt leren.'

'Nou, volgens mij zou je best nog nieuwe trucs kunnen leren als je dat wilde.'

Ze lachte. 'Nou, vooruit, jij je zin. Zolang je me maar niet te dansen vraagt.'

'Afgesproken.' Hij ontspande zich. Hij had altijd al van haar gezelschap genoten.

Ze legde haar hand even op zijn knie. 'Vertel me dan maar waarom je wel hier bent. Wat wil je van me weten?'

'Ik ben niet specifiek hier voor de sloop van het ziekenhuis,' zei hij, 'maar ik heb er wel een paar vragen over. Je hebt er toch gewerkt, niet?' Hij bewoog zijn kin in de richting van het oude hospitaal. 'Zo'n jaar of twintig geleden?'

Ze trok aan haar mouw en keek naar twee vogels, een vliegenvanger en een meesje, die bij de fontein in de weer waren. 'Ja, ik had een kantoortje dat ik met een maatschappelijk werkster deelde.'

'Virginia Simmons?'

Zijn tante keek hem aan. 'Ja, zij was er een van. Heeft uiteindelijk een van de dokters aan de haak geslagen. Dr. Heller, geloof ik, dat het was.' Ze fronste haar voorhoofd bij het uitspreken van Hellers naam, alsof alleen al de herinnering aan hem een naar gevoel bij haar opriep. 'Nee... wacht, niet dr. Heller maar dr. LaBelle.' Er gleed een verbaasde uitdrukking over haar gezicht toen er ineens iets tot haar doordrong. 'O, help.

Ze is de moeder van Courtney Mary LaBelle, het meisje dat ze dood hebben aangetroffen!'

'Precies.'

Er kwam een verdrietige blik in Maria's ogen. 'Ik heb gehoord dat ze vermoord is,' zei ze zacht, terwijl ze haar handen op de plooien van haar zwarte habijt legde. 'Tragisch. Dus daarom ben je hier. Je bent bezig met het onderzoek naar de moord. Je kunt waarschijnlijk beter met moeder-overste praten. Ze weet meer van Mary, die hier novice zou worden. Ik had me helemaal niet gerealiseerd... Wat dom van mij... Ik heb haar naam gehoord en ik heb haar ontmoet, maar het is geen moment tot me doorgedrongen dat ze Virginia's dochter was.' Ze glimlachte zonder vreugde en zei: 'Ach, weet je, soms vergeet ik wel eens iets.'

Daar hoorde hij niet van op. Zijn moeder had verteld dat ze zich zorgen maakte over de 'vergeetachtigheid' van haar zus die ook vaak in de war was. Hoewel niemand het hardop zei hielden ze er binnen de familie rekening mee dat Maria wel eens dement zou kunnen worden of Alzheimer zou kunnen krijgen.

Maria schraapte haar keel en betastte het kruisje om haar hals. Ze keek op toen, aan de andere kant, een hek in de kloostermuur openging en een lange man met brede schouders de tuin in kwam. Hij duwde een kruiwagen voort waarin een hark en een bezem lagen.

'Wie is dat?' vroeg Montoya, terwijl hij de man gadesloeg. Hij droeg een zonnebril en een baseballpet die hij ver over zijn voorhoofd had getrokken. Om zijn nek hing een koptelefoon om mee naar muziek te luisteren. Het snoer ervan verdween in zijn zak, waar hij een iPod of een kleine cd-speler in had zitten.

'De tuinman. Lawrence.' Ze gaf een klopje op de hand van haar neef terwijl Lawrence de muziek aanzette en de blaadjes bijeen begon te harken. 'Je gaat me toch niet vertellen dat je hém verdenkt, wel?'

'Nee, ik ben alleen maar verbaasd, want ik dacht dat hier geen mannen mochten komen.'

Ze grinnikte. 'Nou, zo af en toe komen ze heel handig van pas. We zijn hier heel zelfstandig, maar de meesten van ons zijn niet meer zo jong, en er zijn klussen die beter door mannen dan door een stelletje oude nonnen geklaard kunnen worden.' Ze pakte zijn hand. 'Soms, Pedro... eh, Reuben, denk ik wel eens dat het tegenwoordig wel heel slecht gesteld is met de mensen. Maar dan denk ik weer aan de woorden van de Vader, en die zijn een ware balsem. Daar word ik dan weer rustig van, waardoor ik ook het vertrouwen in de mensheid weer terugkrijg. Maar ik kan me heel goed voorstellen dat dat voor jou moeilijk is, helemaal met het soort werk dat je doet.'

'Is dat de reden?'

Ze drukte zijn hand. 'Zo te zien zou je op dit moment best wel wat van dat vertrouwen kunnen gebruiken.'

'Waarschijnlijk,' zei hij. Een heleboel, zelfs, dacht hij, want veel vertrouwen in de mensheid had hij tegenwoordig niet meer. Hij bracht het gesprek terug op het onderwerp dat hem interesseerde. Abby Chastains moeder. 'Laten we even teruggaan in de tijd. Twintig jaar. Herinner je je een patiënte die Faith Chastain heette?'

Maria's rimpels leken ineens twee keer zo diep. Ze vlocht haar vingers in elkaar. 'Een paar dagen geleden was het precies twintig jaar geleden dat ze gestorven is,' zei ze. Het verbaasde hem dat ze dat zo goed wist. 'Ik zal het nooit vergeten. Ik was als eerste bij haar. Ik was juist de deur uit gegaan om terug te gaan naar het klooster, toen ik ineens lawaai hoorde van verbrijzelend glas en kreunend metaal. En toen die gil. Die vreselijke, bloedstollende kreet van pure doodsangst.' Maria wreef haar keel. 'Faiths man en dochters waren net aangekomen met de auto. Een van de meisjes was al naar binnen gegaan – ik geloof dat ze al halverwege de trap was... Ja, ik geloof dat ik haar, op weg naar beneden, op de overloop gepasseerd was. De andere dochter en Faiths man waren nog buiten. Ze waren iets aan het doen met het cadeau dat ze voor haar hadden meegenomen, geloof ik... hoewel het intussen alweer zo lang geleden is...' Er gleed een schaduw over haar ogen, en hoewel ze naar de harkende tuinman keek, wist Montoya dat ze in gedachten heel andere dingen zag.

Haar huid leek vliesdun. Zachtjes zei ze: 'Het was verschrikkelijk. Ik hoorde schreeuwen en roepen, en ik stapte juist naar buiten en daar lag ze... de arme stakker, als een gebroken pop op het beton.' Snel sloeg ze een kruisje. 'Het meisje was erbij, en haar man... Jacques. O, het was verschrikkelijk. Afschuwelijk.' Ze huiverde en probeerde de opgekomen tranen terug te knipperen. 'Een van de meisjes had een cadeau meegebracht. Faith was jarig die dag. Vreemd, heel vreemd, om op dezelfde dag als je geboren wordt deze aarde weer te verlaten.' Ze fronste haar voorhoofd. 'En een van haar dochters was ook jarig, de jongste geloof ik, maar dat weet ik niet helemaal zeker.'

'Wat kun je me over Faith vertellen?' vroeg Montoya.

'Over haar ziekte? Niet veel, ben ik bang. Patiëntengegevens zijn vertrouwelijk.'

'Ja, dat weet ik, maar ze is dood, *Tía*. En dat is ze al heel lang.'

'Toch mag ik je die dingen niet vertellen.'

'Ik zou er een rechterlijk bevel voor kunnen krijgen.'

'En als ik dan toch blijf weigeren, stuur je me dan naar de gevangenis?'

Ze ging staan en liep naar een van de balken van het afdak waaraan een met mos begroeid mandje met varens en bloemen was opgehangen. Ze begon de uitgebloeide bloesems en dorre blaadjes eruit te plukken.

'*Tía* Maria, alsjeblieft,' zei hij. Het kostte hem moeite om niet wanhopig te klinken. 'Ik vraag je of je me wilt helpen. Het enige wat ik wil, is de moordenaar van Courtney vinden.'

'Door vragen over Faith Chastain te stellen?' Het was duidelijk dat ze hem niet geloofde.

'Alles wat je zegt blijft tussen ons, dat weet je.'

'Er zijn wetten die patiënten en artsen beschermen,' zei ze zacht, terwijl ze de dode blaadjes tussen haar vingers fijnkneep, en terugliep naar het bankje. Ze beet op haar lip en liet de plantenresten op de grond dwarrelen. Aan de andere kant van de tuin ging de tuinman onverstoord verder met harken. Hij liet zijn hoofd een beetje hangen alsof hij hen helemaal niet samen op het bankje had zien zitten.

Ze zuchtte. 'Nou ja. Het is waarschijnlijk geen geheim dat Faith hier meerdere keren achter elkaar opgenomen is geweest. Verschillende artsen stelden verschillende diagnoses. Je moet niet vergeten dat het twintig jaar geleden was, en dat er in die tijd nog niet zo veel bekend was over het functioneren van de psyche als tegenwoordig.' Ze sloeg de laatste restjes van haar handen. 'Ik kan je zeggen hoe ik het zag. Volgens mij was Faith Chastain een vrouw die nooit is begrepen en die het mede daardoor geestelijk erg moeilijk had. Dat is geen medische diagnose, maar de waarheid. En voor wat haar ziekte betreft? Mogelijk was ze inderdaad schizofreen. Dat ze aan achtervolgingswaan leek, dat is zeker. Het was alsof ze strijd leverde met een stel innerlijke demonen. Ik heb geprobeerd haar met bidden te helpen, in de hoop dat ze daar enige troost in zou vinden en dat God haar vrede zou schenken. Of dat ook gelukt is? Dat weet ik niet...' Er gleed een schaduw over Maria's ogen.

'Wat is er met haar gebeurd? Waarom is ze uit het raam gesprongen?'

'Geen idee. Volgens mij weet niemand dat. Het is een van de grote mysteries van het ziekenhuis. Maar nu is ze bij God en wordt ze niet langer geplaagd en gekweld door die demonen in haar hoofd. De rest is niet belangrijk meer.'

'Behalve dat Courtney LaBelle en Luke Gierman zijn vermoord, en het enige wat hen verbond, was dat ze elk iemand in de familie hadden die iets met het ziekenhuis te maken had.'

'Luke Gierman? Die man van de radio? Had hij hier familie?' Ze fronste haar voorhoofd en dacht diep na.

'Niet hijzelf, maar zijn ex-vrouw is Abby Chastain. Faiths jongste dochter.'

'O... dat wist ik niet.' Ze tuurde naar een onduidelijk punt in de verte. 'Dat arme meisje. Wat zij die dag heeft gezien...'

'Dus je snapt dat ik je hulp nodig heb.'

Ze keek hem aan en legde haar koele hand even op zijn wang. 'Ik begrijp wat je bedoelt, en ik weet dat je heel moeilijk werk doet waarbij je vaak geconfronteerd wordt met de meest afgrijselijke en ondraaglijke kanten van het leven, maar ik weet verder niets waar je iets aan zou kunnen hebben.' Ze glimlachte. 'Het spijt me, Pedro.' Ze keek op haar horloge en stond op. 'Over een paar minuten begint mijn keukencorvee, maar het was fijn om je weer eens te zien. Doe de hartelijke groeten aan je moeder.'

'Dat zal ik doen.'

'En, hier.' Ze stak haar hand in haar zak en haalde er een rozenkrans van bloedrode kralen uit. 'Voor jou.'

'Dat kan ik niet aannemen,' zei hij.

Ze pakte zijn hand, legde de rozenkrans erin en sloot zijn vingers eroverheen. 'Natuurlijk wel. En gebruik hem, Pedro. Denk aan die heilige naar wie je bent vernoemd. Probeer je iets eigen te maken van zijn kracht en zijn overtuiging.' Ze nam zijn hand in de hare. 'Je zult versteld staan over Gods kracht.'

'Gods kracht?' herhaalde hij. 'Wacht eens even Maria, je begint net zo te klinken als die fanatieke predikers, je weet wel, als die... hoe heet hij ook alweer?' Hij knipte met zijn vingers. 'Billy Ray Furlough. Is dat niet zijn slogan? "Gods kracht is met u"?'

Ze wendde haar blik af. 'O ja?'

'Ja, volgens mij wel. Je maakt me bang, *Tía*. Ik moet er niet aan denken dat je de orde ontrouw bent door naar zo'n hel en verdoemenis predikende televisie-evangelist te kijken.'

'Dat is hoogst onwaarschijnlijk.' Hij had verwacht dat ze erom zou moeten lachen, maar dat deed ze niet, en in plaats van dat de rimpeltjes bij haar ogen zich ontspanden, had hij het gevoel dat ze alleen maar dieper werden.

Maria bracht Montoya door het labyrint van gangen van het klooster terug naar de hoofdingang, en hij keerde terug naar zijn auto. Hij reed het hek uit, maar in plaats van verder te rijden naar de doorgaande weg koos hij op de kruising voor wat er over was van de oprijlaan van het ziekenhuis.

Hij kon niet verder dan het oude, ijzeren hek dat gesloten was – afgezien van het slot zelf zat er ook nog een roestige ketting met hangslot omheen – maar hij liet de motor draaien en stapte uit. Met op de achtergrond het zachte tinkelen van het alarm dat hem eraan herinnerde dat hij het portier niet had gesloten, liep hij naar de barricade om door de ijzeren spijlen naar het vervallen gebouw erachter te kijken.

De betonnen oprit was gebarsten en afgebrokkeld, in de scheuren groeide onkruid en het gazon aan weerszijden ervan stond een halve meter hoog. Van het dak van het gebouw zelf ontbraken meerdere pannen, en een groot deel van de vensters was dichtgetimmerd. In het midden van het gebouw, recht boven de ingang en de kapotte fontein, bevond zich een dakkapel met een rond venster met gekleurd glas in het voor het overige gladde dak. Aan één kant van het gebouw waren de resten van wat ooit eens een veranda met een laag stenen muurtje was geweest, en die nu overwoekerd was door braamstruiken en ander onkruid, terwijl aan de andere kant van het vervallen ziekenhuis een verouderde, verroeste brandtrap was die juist op dat moment een rammelend, ratelend geluid maakte toen er een windstoot doorheen trok.

En dit was de link tussen de beide vermoorde slachtoffers?

Dit oude, vermoeide en vervallen gebouw?

Hij probeerde zich Abby voor te stellen toen ze als jong meisje hier was gekomen om haar moeder te bezoeken, die geplaagd werd door 'innerlijke demonen', om met Maria's woorden te spreken. Hij dacht aan zijn eigen familie – ze hadden geen geld gehad, maar ze waren meestal gelukkig geweest en hadden een hechte band. Vijf onstuimige broers en twee zussen. Zijn familie had gestreden tegen de armoede en tegen alle frustratie en verleidingen die gepaard gingen met het hebben van weinig geld, maar ze hadden voortdurend op elkaar kunnen steunen en hun ouders hadden er alles aan gedaan om toch een zo goed mogelijk leven te hebben. Ze hadden hem aangemoedigd om atleet te worden, en dankzij zijn voetbaltalent had hij beurzen gekregen waardoor hij de universiteit af had kunnen maken.

Maar alle problemen van klasse en ras die hij had moeten overwinnen leken onbeduidend in vergelijking met het hebben van een moeder die geestelijk niet in orde was, en die haar leven had beëindigd door, voor de ogen van haar dochter, van een hogere etage uit het raam te springen. Het moest vreselijk zijn om daar als kind getuige van te zijn.

Niemand lette op.

De politie rende rond als ratten in een doolhof.

De verslaggevers waren niet meer geïnteresseerd omdat het nieuws van de moorden inmiddels achterhaald was door nieuwe gebeurtenissen, en hoewel er zo heel af en toe nog gerefereerd werd aan de 'bizarre dubbele moord' op Luke Gierman en een eerstejaarsstudente, werd het grote publiek alweer door andere zaken in beslag genomen.

En dat was *niet* de bedoeling.

Begrepen ze dan niet dat dit een heel gewichtige zaak was? Dat het om de uiteindelijke vergelding ging?

Hij sloop door de gangen van het oude gekkengesticht, want dat was het uiteindelijk gewoon geweest, ook al had het nog zo'n fraaie naam gehad. Hij liep met gehaaste pas, liet zijn gehandschoende vingers intiem strelend over de muren gaan en probeerde innerlijk tot rust te komen. Maar zelfs hier, in zijn heiligdom, lukte het hem niet om de troost te vinden waar hij zo'n behoefte aan had. En van de kick die hij had gevoeld – het snellere stromen van zijn bloed en de adrenaline, dat het directe gevolg van de moorden was geweest – was inmiddels nog maar weinig over.

Hij haastte zich verder door zalen en kamers die nog maar door weinigen herinnerd werden, en diegenen die zich deze ruimten nog wel herinnerden, wilden ze het liefste voor altijd vergeten. De stank van stof en misbruik kleefde aan de muren en aan de gebarsten vloertegels. De plafonds lekten, maar dat kon hem niet schelen.

Dit was waar hij wilde werken.

Dit zou zijn thuis zijn.

Dit was de plek die nooit uit zijn gedachten was verdwenen.

Dit was de plaats waar hij alles recht zou zetten.

Hij zette een lantaarn in de hoek van een van de vensterloze, donkere kamers en bekeek de oude apparatuur die nog steeds aan haken aan de muur hing, of vergeten op de scheefgezakte planken stond te verstoffen. Langzaam streelde hij de dwangbuis die aan een roestige spijker hing. De riemen ervan hingen bijna tot op de grond. De dwangbuis was ooit wit geweest, maar was nu grijs en stonk naar vocht en schimmel. In een hoek stond een vergeten elektrische prikstok, een martelinstrument dat volgens de wet niet meer op mensen gebruikt mocht worden, maar waar heel wat patiënten stroomstoten van hadden ontvangen. Tegen de muur stond een metalen karretje, en hij liep erheen. Het bovenblad was van roestvrij staal, en het had ondiepe laden. Bij het opentrekken van de bovenste la zag hij een aantal, door het verstrijken van de tijd dof geworden, op maat en vorm gerangschikte chirurgische instrumenten.

Hij slikte een brok in zijn keel weg. Bij de herinnering. O ja, hij kon zich alles nog zo goed herinneren.

Met zijn gehandschoende hand haalde hij een scalpel uit de la en hield het smalle lemmet vlak bij zijn gezicht om zijn eigen spiegelbeeld erin te kunnen zien. Hij vernauwde zijn ogen in het schaarse licht en verbeeldde zich even dat hij het ijzingwekkende geschreeuw weer kon horen van diegenen die ooit naar dit vertrek waren gebracht waarin zich praktijken en operaties hadden afgespeeld die niet langer ethisch genoemd konden worden.

Hoeveel had hij er niet gezien? Hoeveel hysterische patiënten die, na verdoofd te zijn, stilletjes deze kamer waren binnengereden?

Hij kon zich elke patiënt nog herinneren die de archaïsche en machiavellistische behandeling overleefd had – of niet.

Nadat hij, afgezien van het scalpel, nog een paar instrumenten had uitgezocht, stopte hij ze in zijn rugzak.

Niemand wist dat hij het overleefd had.

Niemand wist dat hij nog leefde.

En er was niemand die dat iets kon schelen.

Maar daar zou verandering in komen, dacht hij, terwijl het vooruitzicht hem een aangenaam warm gevoel bezorgde. O ja, reken maar.

Hoofdstuk 10

Het begon te schemeren toen Montoya terugliep naar zijn patrouillewagen en instapte. Na gekeerd te zijn, liet hij het vervallen, oude ziekenhuis achter zich en reed terug naar New Orleans. Even later ging zijn mobiel.

'Montoya,' zei hij, terwijl hij zijn koplampen aandeed en luisterde naar wat Bonita Washington hem te vertellen had. Laboratoriumonderzoek had aangetoond dat er onder Courtney LaBelles nagels geen huidresten, of wat voor DNA-materiaal dan ook, was aangetroffen. Geen van de vingerafdrukken die in het huisje waren genomen hadden, nadat ze door het systeem waren gehaald, iets opgeleverd, en dat betekende dat de moordenaar geen vingerafdrukken had achtergelaten, of dat hij niet in de database voorkwam. Courtney LaBelles rugzak was gevonden, maar hij was leeg geweest en ze hadden er verder niets aan gehad.

Washington ging verder met te vertellen dat de autopsie geen verrassingen had opgeleverd. Beide slachtoffers waren door een enkel, van nabij afgevuurd schot om het leven gekomen. Beiden waren naar alle waarschijnlijkheid gekneveld en ontvoerd.

'Dus,' ging ze verder, terwijl het weer begon te regenen en hij gas gaf en de snelweg op reed, 'we zullen het moeten doen met de schoenafdruk maat zesenveertig en de enkele korte zwarte haar op de trouwjurk.'

'Nou, dat is in ieder geval iets.'

'Dat is waar. De haar bevindt zich op dit moment in het DNA-lab. Zodra het rapport binnen is, laat ik je dat weten. En dan is er nog iets,' vervolgde ze, terwijl hij de ruitenwissers aanzette. 'De trouwjurk die door het vrouwelijke slachtoffer werd gedragen had geen etiketten en merkjes, want die waren er allemaal uitgeknipt. Volgens mij is het echter een heel dure jurk geweest. Hij is gemaakt van geïmporteerde zijde, en langs de mouwen en halslijn is hij met de hand met kraaltjes geborduurd. Ik wed dat het een couturemodel is, en hoewel ik zelf geen deskundige ben op dat gebied, ken ik iemand die dat wel is. Misschien dat zij ons meer kan vertellen over waar hij gekocht kan zijn, of wie de ontwerper is.'

'Ik kan me niet goed voorstellen dat onze moordenaar bij een ontwerper naar binnen is gestapt of speciale modeshows heeft bezocht.'

'Ik ook niet. Hij zal wel gestolen zijn. Of misschien komt hij uit een tweedehandswinkel, of heeft de dader hem via eBay gekocht. Maar dat hij niet van Courtney was, dat is zeker. Afgezien van dat ze met God wilde trouwen en zo, is de jurk een paar maten te groot. Courtney had waarschijnlijk een maatje zesendertig, terwijl de jurk een tweeënveertig is, en hij was ook te lang voor haar. De zoom is smerig op de plaatsen waar ze erop heeft gestaan.'

'Ze droeg geen schoenen. Een bruid draagt hakken.'

'Ja, maar geen hakken van vijftien centimeter... Deze jurk ziet eruit alsof hij voor iemand op maat is gemaakt, maar niet voor Courtney LaBelle of iemand van haar postuur.'

'Dus we moeten erachter zien te komen voor wie dan wel.'

'Dat zou helpen. Zoals ik al zei, ik zal het aan mijn deskundige vragen, en als we er achter kunnen komen waar de stof en de kralen vandaan komen, misschien dat die gegevens ons dan naar de couturier brengen. Veel is het niet,' gaf ze toe, 'maar het zou een begin kunnen zijn.'

'Hé, op dit moment is alles welkom, hoe schijnbaar onbeduidend ook. Bedankt.'

Hij hing op, reed een paar kilometer en belde Brinkman.

'Ja?'

'Weten we al wie onze slachtoffers het laatst in leven hebben gezien?'

'Ja... nou, we denken van wel... even kijken... ja, hier heb ik mijn aantekeningen. Laten we met de Maagd Maria beginnen, goed? Ik ben haar gangen die avond zo goed als ik kon nagegaan, en de laatsten die haar levend hebben gezien zijn twee meisjes die de bibliotheek binnengingen op het moment dat zij eruit kwam. Dat moet rond halftien zijn geweest. Ze zijn er zogoed als zeker van dat het Mary was. Een van de meisjes, Jenny Ray, volgde een aantal zelfde colleges als zij. En Jenny was erbij toen Luke Gierman zijn gastcollege gaf.'

En nog een heleboel andere studenten ook.

'Dus deze twee meisjes hebben haar gezien. Ze had haar joggingkleren aan, en ze had haar rugzak bij zich. Ze is over de campus in de richting van het studentenhuis gelopen.'

'Haar vaste routine.'

'Als we die geschifte kamergenote van haar mogen geloven, ja.'

'En Gierman?' vroeg Montoya.

'We hebben niemand kunnen vinden die hem na zijn vertrek uit de studio heeft gezien. Maar iemand heeft bij hem thuis de post uit de brievenbus gehaald en op het aanrecht in de keuken gelegd. Ik heb het die dag dat we zijn flat doorzochten gevonden, dus ik neem aan dat hij van de studio naar huis is gegaan, zich wat heeft ontspannen en een hapje heeft gegeten – volgens het autopsierapport had hij resten lasagne in zijn maag, en ik heb een lege lasagneverpakking in de vuilnisemmer gevonden. Volgens mij is hij daarna naar de sportschool gegaan, maar omdat hij nog maar weinig contanten op zak had, is hij eerst nog even bij de geldautomaat langsgegaan.

'En ja, voordat je ernaar vraagt, ik heb de video van de geldautomaat gezien. Hij staat er van voren en in profiel, en in zijn sportkleren op terwijl hij het geld opneemt. Het is Gierman, daar is geen enkele twijfel over mogelijk. Hij is alleen. Ik heb zelfs nog gekeken naar mensen die in de uren vóór en na Gierman bij de bank binnen zijn geweest. Alles lijkt normaal en legitiem.'

'Dus we hebben niets?'

'Niet veel.'

'Schoft,' gromde Montoya, met een nijdige blik op het busje voor hem. Een bumpersticker pochte over het kind van de eigenaar. 'En wordt er binnen het circuit over de zaak gesproken? Heeft iemand iets gezien? Of er iets van gehoord?'

'Niet van de gebruikelijke verklikkers... de dader – hij of zij – heeft er niet over gerept.'

'Ik ben het met Zaroster eens – dit is het werk van een man,' zei Montoya. Het stoorde hem dat Brinkman, ook al was hij nog zo'n goede rechercheur, Abby Chastain nog steeds op zijn lijstje van verdachten had staan.

'Ja, nou, de tijd zal het leren.'

Montoya hing op en probeerde zijn frustratie te onderdrukken. Hij reed naar het centrum van de stad, en zag de skyline van New Orleans voor zich opdoemen. Maar hij was met zijn gedachten bij de zaak. De tijd verstreek en hij had het gevoel dat er snel iets moest gebeuren. En hij dacht aan Abby met haar verleidelijke glimlach, intelligente ogen en haar fraaie lichaam. Verdorie, ze deed hem wat, en dat was iets wat hem al heel lang niet meer was overkomen. Er was een tijd geweest waarin hij naar elke mooie vrouw had gekeken, maar tegenwoordig... o, stik. Hij klemde zijn vingers om het stuur en onderdrukte een vloek. Het was van het grootste belang dat hij het hoofd koel hield en onpartijdig bleef, maar juffrouw Chastain, de gewezen mevrouw Gierman, was duidelijk van invloed op zijn oordeelsvermogen.

Hij had zich geërgerd aan de manier waarop Brinkman haar tijdens het gesprek onder druk had gezet. Voor het eerst had hij de agressieve manier van verhoren niet op zijn plaats gevonden, en dat was bespottelijk. Hij moest er niet aan denken hoe vaak hij precies datzelfde had gedaan – een getuige onder druk zetten, hem of haar een beetje bang maken in de hoop een bekentenis los te krijgen. In Abby's geval had Montoya alleen maar zo veel mogelijk zijn mond kunnen houden, en hij had zich moeten beheersen om het niet voor haar op te nemen. Maar van tijd tot tijd echter had hij meegespeeld en Brinkmans tactiek gevolgd, en dat had hij niet kunnen uitstaan van zichzelf. De sessie had meer op een verhoor van de inquisitie geleken dan op een simpel vraaggesprek.

Toch wilde hij best erkennen dat hij niet zo objectief was als hij wel zou moeten zijn.

Als hij heel eerlijk was zou hij zich eigenlijk terug moeten trekken en het onderzoek aan Brinkman en Bentz overlaten, maar hij moest er niet aan denken hoe die twee samen Abby onder druk zouden zetten.

Dat Bentz en zijn vrouw uitgerekend nu op huwelijksreis moesten gaan!

Montoya verliet de snelweg, reed de stad in, minderde vaart en ging op weg naar het French Quarter. Zoals gebruikelijk was het overal waanzinnig druk. Voetgangers probeerden auto's, bussen, vrachtwagens en door muildieren voortgetrokken koetsjes te ontwijken. Het regende, maar dat scheen de straatmuzikanten niet te deren – ze speelden er net als altijd op los in de hoop dat de mensen wat geld in hun openstaande instrumentenkoffers zouden laten vallen. Mensen met en zonder paraplu haastten zich om niet al te nat te worden, en geuren van de plaatselijke restaurants vermengden zich met de stank van uitlaatgassen.

En nog steeds kon hij nergens anders aan denken dan aan de zaak en aan Abby Chastain.

Waar het op neer kwam, concludeerde hij, terwijl hij rechts afsloeg, was dat hij – of hij dat nu leuk vond of niet – zich tot de vrouw voelde aangetrokken. In lichamelijk en geestelijk opzicht. De eerste vrouw na Marta. En hij had geen slechtere keus kunnen doen.

Luke Giermans ex, nog wel! En ook al werd ze dan niet rechtstreeks van zijn dood verdacht, ze was toch wel degelijk iemand om rekening mee te houden.

Ze had de middelen en de gelegenheid. En het motief? Ruim een half miljoen dollar was geen slecht begin. Het feit dat Gierman haar in het openbaar voor gek had gezet, was ook niet iets om te negeren.

Maar hoe had ze in zo korte tijd zo'n zorgvuldig geplande moord kunnen plegen? En hoe stond het met Courtney LaBelle? Nee, het was ondenkbaar. Zelfs al hád ze Gierman, na alles wat hij in de uitzending over haar gezegd had, dood gewenst, dan had ze hoe dan ook onvoldoende tijd gehad om een moordenaar in te huren, de ontvoering voor te bereiden, en de moorden te plegen die de indruk moesten wekken alsof ze... Alsof ze wat? Alsof het om een ruzie tussen geliefden ging? Nee, er zou niet één betaalde huurmoordenaar te vinden zijn die bereid was om Gierman en LaBelle een dergelijke behandeling te geven, en dat nog afgezien van de korte tijd die tussen de uitzending en de gepleegde moorden zat.

Brinkmans theorie sloeg nergens op. Nergens.

'Verdomme nog aan toe,' gromde hij, terwijl hij zichzelf in de achteruitkijkspiegel zag. Hij zag zijn donkere ogen, zijn getuite lippen en de vastberaden trek rond zijn mond. 'Je moet objectief zien te blijven,' beval hij zichzelf. Toen het licht op groen was gesprongen reed hij het laatste stukje naar de parkeerplaats van het bureau, waar hij de patrouilleauto op een vrij plekje zette. Nog steeds nijdig op zichzelf, de zaak en de hele wereld, stapte hij uit de oude Crown Vic en ging met zijn pestbui naar binnen.

Vrouwen waren altijd al zijn probleem geweest.

Hij mocht ze.

En zij mochten hem.

Zo simpel was dat.

Zijn irritante libido had de neiging tot het maken van overuren, of liever, dat was zo geweest totdat Marta in zijn leven was gekomen. Gedurende een tijdje was hij monogaam geweest en had hij zijn rokkenjagerspet voor juffrouw Vasquez aan de wilgen gehangen.

Maar dat was nu allemaal verleden tijd, dacht hij, terwijl hij de trap op liep en de afdeling Geweldmisdrijven binnenging. Hij werd begroet door het lawaai van rinkelende telefoons, ratelende toetsenborden, en door een niet nader te definiëren, maar voelbaar aanwezige stress. Ergens klonk het zoemen van een kopieermachine die vellen papier uitbraakte, en naast Zarosters bureau zat een verdachte met handboeien om, slordige dreadlocks tot op zijn schouders en ongeschoren wangen uiterst geanimeerd te praten. In spijkerbroek en spijkerjack waar de mouwen uit waren geknipt, hield hij tegenover Zaroster en een andere rechercheur bij hoog en bij laag en heftig gesticulerend vol dat hij onschuldig was.

Montoya botste bijna tegen Brinkman op die, terwijl hij zijn jasje aantrok, op weg was naar buiten. 'Hoe bestaat het,' zei hij, met een blik op de verdachte. 'En dat terwijl hij toch echt betrokken was bij een steekpartij op de hoek van Esplanade Avenue en Royal Street. Klootzak Nummer Eén hier,' zei hij, terwijl hij met zijn duim op Dreadlocks wees, 'was niet zo blij met het feit dat Klootzak Nummer Twee het goed kon vinden met het vriendinnetje van Klootzak Eén. Hij pakte een keukenmes en maakte daarmee een eind aan het leven van Klootzak Twee.' Hij gebaarde met zijn duim alsof het een mes was waarmee hij zijn halsslagader doorsneed. 'Oei, help, neem me niet kwalijk. Ik bedoel dat hij naar verluid bijna nummer Twee's hoofd eraf heeft gehakt, en dat pal voor de ogen van mevrouw, en dan bedoel ik "mevrouw" natuurlijk wel in de meest ruime zin.'

'Waarom zit hij niet in een verhoorkamer?'

'Alles is bezet. Een schietpartij op Decatur Street en een ongeluk op de boulevard. We hebben een drukke dag gehad. Het type hier heeft al een verklaring afgelegd in een verhoorkamer, en die is op de band opgenomen, maar hij wilde nog een aantal persoonlijke dingen kwijt. En hij wilde een advocaat hebben omdat hij daar recht op heeft. We hadden de ruimte nodig, dus...' Hij haalde zijn schouders op alsof hij wilde zeggen dat het er allemaal bij hoorde, viste zijn pakje Marlboro's uit zijn binnenzak, peuterde er eentje uit en stopte hem in zijn mondhoek.

'Weet je wat ik me afvraag?' zei hij. 'Waarom iedereen in die verrekte Gierman-zaak een andere naam heeft. Courtney heet Mary, die geschifte kamergenote noemt zichzelf O... Wat heeft dat te betekenen?'

'Geen idee.'

'Hé, zelfs jíj hebt je een poosje Diego genoemd, of niet? Toen je nog op dames joeg?'

Het leek Montoya beter om de man niet te vertellen dat zijn tante hem Pedro noemde. Het was allemaal al verwarrend genoeg.

Brinkman klopte op zijn zakken om te kijken waar hij zijn aansteker had, en begon de trap af te lopen. 'O, tussen haakjes. Bentz is terug,' riep hij over zijn schouder. 'Hij is naar je op zoek. Ik neem aan dat ik me uit de zaak kan terugtrekken.' Hij zei het zonder ook maar een spoortje bitterheid. Montoya vermoedde dat Brinkman hem evenmin mocht als hij hem.

Terwijl de corpulente rechercheur de trap afdaalde, liep Montoya de afdeling op naar zijn hokje. Hij controleerde zijn ingekomen berichten, printte Bonita Washingtons rapporten uit en stopte ze in een snel groeiend dossier. Met de map onder zijn arm geklemd liep hij langs de koffiemachine in het keukentje waar hij twee bekertjes inschonk, en ging ermee op weg naar het kantoor van Bentz.

Zonder aan te kloppen duwde hij de deur, die al op een kier stond, met zijn schouder verder open, en zag Rick Bentz achter zijn met papieren bezaaide bureau zitten. Hij keek op toen Montoya binnenkwam.

'*Hola, mi amiga*,' zei Bentz grinnikend. Hij was een forse kerel die zijn gewicht de baas probeerde te blijven door dagelijks een boksbal te lijf te gaan. Hij zag de koffie en gebaarde Montoya dat hij verder moest komen. Bentz, die een uiterst laconieke indruk maakte maar bekendstond om zijn woede-uitbarstingen, met name wanneer iemand het zijn dochter Kristi, die inmiddels vijfentwintig was, of zijn tweede vrouw Olivia lastig maakte. *'Como es usted?'*

'Jezus, Bentz, het is *amigo*. Met een o! Ik ben een man. *Un hombre!* Gesnopen?'

Bentz' mondhoeken bewogen en hij keek nadrukkelijk naar Montoya's oorbel. 'Nou, als je het zegt.'

'Verdomme, man, laten we het daar nu maar niet over hebben, goed?'

'Ik probeer alleen het ijs maar te breken, *hombre*. Om weer een beetje te wennen aan het gedoe hier,' zei Bentz, terwijl hij een slokje koffie nam en het bekertje hief. '*Gracias*.' Hij was midden veertig en had het vierkante postuur van een gewezen footballspeler. Op zijn leeftijd zorgden de paar grijze haren en de rimpels in zijn gezicht juist voor een karaktervolle uitstraling, of dat zei hij in ieder geval tegen Montoya wanneer deze hem pestte met het feit dat hij een dagje ouder werd. Hij was een fantastische rechercheur, en daar deed hetgeen hem in Los Angeles was overkomen niets aan af.

'En ik maar denken dat je de banken in Las Vegas hebt laten springen.' Montoya nipte van zijn koffie en leunde tegen de archiefkast waarop een nagenoeg verwelkte plant stond. 'Ik was er al zogoed als zeker van dat je een paar duizend dollar met blackjack had gewonnen en nooit meer terug zou komen.'

Bentz snoof. 'Ja, en dat heb je helemaal goed, behalve dat het met roulette was. Ik ben zó stinkend rijk dat ik Asa Pomeroy en Billy Ray Furlough samen op zou kunnen kopen.'

Montoya lachte. Asa Pomeroy was een rijke industrieel die zijn fortuin in de wapenhandel had verdiend, en Billy Ray Furlough was een televisie-evangelist die Gods woord via de buis de wereld in zond en maar al te graag schenkingen incasseerde. Asa Pomeroy had zijn geld in zijn exvrouwen, trustfunds en projectontwikkeling gestoken. Billy Ray Furlough – 'Gods kracht is met u' – gaf het zijne uit aan armenhulp, het verspreiden van Gods woord in de derde wereld, en aan het vullen van de rekeningen van in belastingparadijzen ondergebrachte stichtingen waaraan hij een levensstijl ontleende waar een vorst nog wat van zou kunnen leren.

'Mooi, en aangezien je dan nu de nieuwe Donald Trump bent – '

'Nu zullen we het krijgen.' Bentz leunde naar achteren in zijn stoel tot deze ervan kraakte.

Montoya grijnsde. 'Je weet toch dat ze Trump "The Donald" noemen, niet? Dus ik stel voor om jou vanaf nu "The Rick" te noemen... Nee!' Hij knipte met zijn vingers. 'Eigenlijk vind ik "The Dick" nog beter.'

Bentz lachte. 'En ik neem aan dat je dat niet bedoelt in relatie tot mijn werk hier, of wel?'

'Hemel, nee!' Hij had zich al niet meer zo goed gevoeld sinds kort voor de ontdekking van de dubbele moord. De omgang met Brinkman was moeizaam geweest. Bentz was veel gemakkelijker. Intelligenter. Kalmer. Het juiste tegenwicht voor Montoya's veel explosievere karakter. 'Dus, "The Dick",' zei hij, 'als je in een gulle bui bent, zou ik eigenlijk best wel een nieuwe auto willen. Een Ferrari zou leuk zijn, maar ik neem genoegen met een Porsche, zolang hij maar opgevoerd is.'

'Zijn ze dat niet allemaal?' vroeg Bentz, terwijl de telefoons rondom zijn kantoortje rinkelden en ze mensen langs hoorden lopen. 'Maar ik zal het onthouden. Het is ten slotte bijna Kerstmis.' Hij stopte een paar pilletjes tegen brandend maagzuur in zijn mond, slikte ze door en wees op zijn computerscherm, waarop beelden van de Gierman-LaBelle-moorden zichtbaar waren. 'Ik stel voor dat je me heel snel op de hoogte brengt. Ik heb de voorlopige rapporten gezien. Wat heb je verder nog?'

Montoya gaf Bentz het dossier en vertelde hem zijn versie van wat er zich volgens hem had afgespeeld. 'We hebben geen verdachten,' zei hij, 'want voorzover we kunnen nagaan is er niemand die iets tegen Courtney Mary LaBelle had. Ze was nog maagd en stond op het punt toe te treden tot de nonnenorde van Our Lady of Virtues.'

Bentz was hem voor. 'Maar aan de andere kant hebben we Luke Gierman die vijand nummer één is van elke feministische organisatie, oudercommissie of maatschappelijk bewuste groepering omdat hij veel uitzendingen wijdt aan bizarre seks en abnormaal gedrag, en wel heel ver gaat in zijn pogingen het grote publiek te amuseren.'

'Precies.'

'Wat is er bekend van het moordwapen?'

'Courtney had het van haar vader gekregen om zichzelf mee te kunnen verdedigen, en op de campus is het hebben van een wapen ten strengste verboden. Ik heb het vandaag nog nagevraagd. Zelfs haar kamergenootje, die zichzelf O laat noemen, en een zwak heeft voor goth-cultuur en bloed, wist niets van de revolver af.'

'In tegenstelling tot iemand anders die er wel van op de hoogte was,' zei Bentz.

'Inderdaad.' Montoya krabde zijn sikje. 'Vreemd is het wel. Het meisje draagt een verlovingsring en zweert, alsof het een heilige rite zou zijn, God dat ze maagd zal blijven, maar ondertussen geeft haar vader haar een revolver om zichzelf te verdedigen.' Hij fronste. 'Voor mij zijn God en wapens geen dingen die samengaan.'

'Je vergist je. Kijk maar naar de kruistochten, of naar wat er in het Midden-Oosten gebeurt. Elke oorlog draait om geloof en geld.'

'Dus nu ben je ook nog filosoof.'

'Een filosoof die toevallig net een vermogen aan de roulettetafel heeft gewonnen,' zei Bentz, terwijl hij zijn leesbril uit de la haalde. Hij bladerde het dossier door. 'Wat heb je verder nog?'

Montoya deed verslag van de alibi's van vrijwel iedereen uit de directe omgeving van de slachtoffers, en van het gebrek aan bewijsmateriaal op de plaats waar de misdaad was gepleegd. De technische recherche was nog steeds bezig met speuren naar bruikbare bandensporen in de omgeving van het huisje, en ze zochten naar het merk en model van de schoen waarvan een afdruk was gevonden. Hadden ze eenmaal ontdekt om welk merk schoen het ging, dan zouden ze uit kunnen zoeken waar die schoenen plaatselijk verkocht werden, en om ten slotte bij de betreffende winkels te kijken aan wie er in het afgelopen paar jaar dat model maat zesenveertig was verkocht. Een tijdrovend proces, maar het was noodzakelijk.

Hij vertelde Bentz over de bruidsjapon en de enkele, donkere haar die daarop was aangetroffen.

'Op dit moment is het DNA-lab ermee bezig. We kunnen alleen maar hopen dat het van iemand afkomstig blijkt te zijn die de slachtoffers heeft gekend.'

Er verscheen een rimpel op Bentz' voorhoofd. Beiden waren zich ervan bewust dat het vinden van die ene persoon wel eens heel lang zou kunnen duren. Er zou van alle potentiële daders DNA-materiaal afgenomen moeten worden, en als die potentiële verdachten weigerden om dat vrijwillig te doen, zou er een rechterlijk bevel voor moeten worden aangevraagd.

En dat was weer een heel gedoe op zich.

Bentz luisterde verder terwijl Montoya over de bruidsjapon vertelde, over het feit dat het wel eens een couturemodel zou kunnen zijn, en dat er inmiddels al foto's waren genomen van de met bloed besmeurde jurk, en dat de stof geanalyseerd was. De foto's waren al verstuurd naar alle couturiers, naaiateliers en zaken waar bruidskleding werd verkocht in heel Louisiana.

Montoya en Bentz namen de lijst van verdachten door – wie had er een nauwe band met de slachtoffers en wie zou hen dood willen hebben. Ze scherpten het lijstje verder aan door te kijken naar wie er, op grond van hun opgegeven alibi, in staat zou zijn geweest om Gierman en LaBelle ongezien te kunnen ontvoeren. Ten slotte bekeken ze de plaatsen waar de slachtoffers ontvoerd waren, en waarom juist voor die plek was gekozen.

Beiden waren het erover eens dat de keuze van de slachtoffers niet toevallig was geweest. Daarvoor waren de moorden te zorgvuldig gepland.

'Maar de belangrijkste vraag blijft: wie wilde Courtney LaBelle en Luke Gierman dood hebben?' Bentz haalde een pakje kauwgum uit de la van zijn bureau, nam er eentje uit en bood Montoya het pakje aan.

'Nee, dank je.'

'Heb je het al die tijd volgehouden?' vroeg hij, terwijl hij de kauwgum in zijn mond stak.

'Ja.'

'En hoe voelt dat?'

'Best,' snauwde Montoya. Hij vertikte het om toe te geven dat hij er op dit moment vrijwel alles voor over had om een trekje te kunnen nemen.

Bentz trok zijn wenkbrauwen op en keek hem ongelovig aan, maar liet het erbij. 'Laten we het nog eens doornemen. De laatsten die Courtney in leven hebben gezien, zijn een stel studentes die de bibliotheek binnengingen op het moment dat zij eruit kwam, correct?'

'We hebben verder niemand kunnen vinden,' bekende Montoya.

'En de laatste die Gierman in leven heeft gezien is Maury Taylor van WSLJ.'

Montoya knikte, vertelde hem over Brinkmans theorie en wat er op de video van de geldautomaat te zien was. Bentz dronk ondertussen zijn koffie op, terwijl die van Montoya koud stond te worden.

'Ik ken een paar mensen bij die radiozender. Ik denk dat ik daar maar eens wat ga rondneuzen, en misschien vind ik iets wat Brinkman over het hoofd heeft gezien.' Hij verkreukelde het kartonnen bekertje in zijn vuist en gooide het in de prullenbak. 'Dus het lijkt erop dat de ontvoerder Gierman rond tien over halfzeven gegrepen moet hebben, en het meisje zo'n drie uur later.'

'In Baton Rouge. Dat is anderhalf uur rijden. Heeft hij Gierman al die tijd in de kofferbak van de auto laten zitten?'

'Het huisje ligt niet ver van de westelijke oever van Lake Pontchartrain.'

'Tweeëndertig kilometer van Highway 10.'

'Dat brengt ons bij de vraag waar de moordenaar woont,' piekerde Bentz hardop. 'En hoe wist hij van het bestaan van dat leegstaande huisje?'

'Er is geen verband tussen de eigenaars ervan en de slachtoffers. Daar heb ik al naar gekeken.' Montoya nam een slok van zijn koffie, trok een vies gezicht en leegde het bekertje in de pot van de nagenoeg dode plant.

'En het enige verband tussen de slachtoffers dat je hebt kunnen vinden is de lezing die Gierman op All Saints heeft gegeven, en het feit dat de moeder van Giermans ex-vrouw patiënt is geweest in het ziekenhuis annex klooster waar Courtney LaBelle's ouders hebben gewerkt, en waar Courtney weldra non zou worden.'

'Ik weet het, echt overtuigend is het niet,' gaf Montoya toe.

'En dat is zwak uitgedrukt.'

'Dus dan denk jij dat het toeval is?'

Bentz leunde naar achteren in zijn stoel en kauwde peinzend op zijn kauwgum. 'Je weet hoe ik over toeval denk,' zei hij, terwijl zijn blik over de onthullende foto op zijn computerscherm ging.

'Voor mij bestaat er geen toeval. In dat opzicht ben ik het met Brinkman eens.' Montoya keek ook naar het scherm. Het naakte lichaam van Luke Gierman dat deels bedekt werd door het meisje in haar met bloed besmeurde trouwjapon. Het was duidelijk een geënsceneerde pose – het werk van een ziekelijk brein, van een gestoord iemand die een boodschap wilde overbrengen.

'Ben je het met me eens?'

'Ja.'

Bentz wreef zijn nek en fronste. 'Iemand die zoiets doet als dit is op zoek naar aandacht.'

Montoya wist waar hij heen wilde. 'Denk je dat hij het nog eens zal doen?'

Bentz' gezicht verstrakte en hij keek Montoya aan. 'Ik hoop bij god van niet.'

Hoofdstuk 11

'Ik wil bij de begrafenis zijn,' herhaalde Zoey vanaf de andere kant van het continent. 'Wanneer is het?'

'Dat weet ik niet.' Abby drukte de mobiel tegen haar oor en stuurde de auto door het drukke verkeer. Ze had er een hekel aan om onder het rijden te moeten telefoneren. Het kostte haar al moeite genoeg om haar aandacht tot één ding te bepalen. Tieners links en rechts van haar manoeuvreerden moeiteloos – met en zonder mobiel tegen het oor gedrukt – van de ene naar de andere rijstrook, alsof het doen van twee dingen tegelijk voor hen de meest normale zaak van de wereld was.

Het regende. De hemel was egaal donker, hoewel het tegen twaalf uur 's middags liep. Ze reed met vijfennegentig kilometer per uur door de plassen van de langzaamste rijstrook. Enorme vrachtwagencombinaties denderden haar voorbij. 'Zoey, ik kan nu niet praten. Ik zit in de auto. Ik bel je terug, oké?'

'Ik zit ook in de auto. Nou en?'

'Ik kan me niet tegelijk op het verkeer en op het gesprek concentreren.'

'Toe zeg. Ik dóé niet anders. Het stelt echt niets voor.'

'Ja, hoor,' zei Abby op een sarcastisch toontje, toen ze ineens werd gesneden door een zilverkleurige Toyota en ze hard op de rem moest trappen. 'Lul!'

'Ik?'

'Nee. Nou, in ieder geval niet vandaag.'

'Godzijdank,' zei Zoey. 'Wanneer had je gedacht te bellen?'

'Zodra ik klaar ben. Dat beloof ik je.'

'Wat moet je doen? Heb je een fotosessie?'

'Ja,' antwoordde Abby na een korte aarzeling. Het was geen echte leugen. Geen vette, in ieder geval. Maar ze wist dat Zoey een hartaanval zou krijgen als ze wist dat Abby op weg was naar Our Lady of Virtues met het idee eindelijk eens een punt achter het verleden te zetten. De vorige dag was ze druk bezig geweest met fotograferen, met mensen het huis te laten zien en met het proberen in te halen van achterstallige slaap.

Ze was de hele dag doodmoe geweest, en had zichzelf gedwongen om vijf kilometer te gaan joggen. Ze was er kapot van geweest. Nadat ze een diepvriesmaaltijd in de magnetron had opgewarmd, een uitvoerig warm schuimbad – met inbegrip van een glas wijn – had genomen, was ze als een blok in slaap gevallen. Ze had geen last gehad van nachtmerries, en haar dromen waren ook niet verstoord geworden door beelden van haar ex-echtgenoot.

Vanochtend was ze verfrist en uitgerust wakker geworden, en tijdens het ontbijt had ze besloten om de teugels van haar leven eindelijk eens in eigen hand te nemen. Punt één op haar agenda was een bezoek aan het oude ziekenhuis. Om het verleden te kunnen laten rusten. Het was tijd. Hoog tijd. Maar dat zou Zoey niet kunnen begrijpen.

'Goed, zolang je me maar laat weten wanneer de begrafenis is.'

'O, Zoey...'

'Nee. Je hebt iemand nodig voor steun. Lukes familie is nu niet bepaald warm en hartelijk. Niet het typische gezinnetje waar de koffie altijd klaarstaat, als je snapt wat ik bedoel. Allemachtig, wat een stelletje clowns.'

Abby moest glimlachen. Soms kon Zoey echt grappig uit de hoek komen, maar soms was ze ook ronduit onuitstaanbaar. 'Goed, goed, goed, ik laat het je weten.'

'Abby?'

'Wat?' vroeg ze, terwijl ze in de achteruitkijkspiegel keek en zag dat een vrachtwagen zo dicht op haar bumper zat dat het wel leek alsof hij eraan vast zat geplakt.

'Hoe voel je je eronder?'

'Wat? O, best,' zei ze, hoewel dat niet helemaal waar was, natuurlijk. 'Net als anders. Het doet me niets.'

'Abby, even serieus, oké? Ik weet dat Lukes dood moeilijk is, en – '

'Ik moet ophangen, ik ben bij mijn afslag,' viel Abby haar nijdig in de rede. Ze verbrak de verbinding voordat Zoey nog iets had kunnen vragen. Ze had haar buik vol van haar zogenaamd overbezorgde, bemoeizuchtige oudere zus. Tjees. Maandenlang had ze niets van Zoey gehoord, en nu hing ze opeens om de haverklap aan de telefoon. Het leek wel alsof haar zus op de een of andere macabere manier gefascineerd was door de moord op Luke, of dat ze er zo nauw mogelijk bij betrokken wilde zijn.

Hou toch op, Abby, ze is echt bezorgd. Laat dat wat er in Seattle is gebeurd toch rusten. Dat is verleden tijd. 'Ja, hoor,' mompelde Abby voor zich heen, en ze zette haar mobiele telefoon helemaal uit. Als er verder nog mensen waren die haar wilden bellen, dan spraken ze maar een bericht in. Ze keek opnieuw in haar achteruitkijkspiegel en zag dat dezelfde vrachtwagen nog steeds op haar bumper zat. De verleiding om met een slakkengangetje te gaan rijden om die man te pesten was groot. Als hij haar te langzaam vond rijden, waarom haalde hij haar dan niet gewoon in?

'Debiel,' mompelde ze, terwijl ze gas terugnam voor de afrit. De vrachtwagen denderde langs. Ze zag de sticker die hij achterop had, waarin de medeweggebruiker naar zijn rijstijl werd gevraagd. Als ze tijd had gehad, zou ze het opgegeven nummer hebben gebeld en degene die opnam de wind van voren hebben gegeven. Maar hij was al voorbij, en te ver weg om het nummer nog te kunnen lezen.

Ze kon zich de weg naar Our Lady of Virtues nog goed herinneren. Het landschap was natuurlijk veranderd, en de bossen en velden met grazend vee van weleer waren intussen met meerdere woonwijken bebouwd.

Verder langs het kronkelende weggetje werd de bebouwing minder, en kwam het terrein met eiken en hulst haar vertrouwder voor. Haar hart begon sneller te slaan en haar handen op het stuur werden vochtig. Meer dan eens speelde ze met de gedachte om terug te keren.

Zit het tegen...

'Ja, ja, pap, hou maar op,' mompelde ze voor zich heen, terwijl ze haar paniek, die met elke verstrijkende kilometer toenam, de baas probeerde te blijven. Nog even, en ze zou op de plek zijn waar haar leven voorgoed was veranderd.

Ze beet op haar lip.

Vooruit, je kunt het best.

Een laatste bocht en de smalle oprit met zijn verweerde bord werd zichtbaar. OUR LADY OF VIRTUES.

Abby greep het stuur zo stevig vast dat haar knokkels er wit van zagen, en ze reed het terrein op dat bij het Our Lady of Virtues-klooster hoorde: een waardevol perceel van dertig hectare, bestaande uit goed onderhouden tuinen, gebouwen en bos waar projectontwikkelaars al jaren kwijlend beslag op probeerden te leggen. Als gevolg van de stadsuitbreiding was het land van de nonnen de afgelopen jaren in waarde verdubbeld en uiteindelijk zelfs verdrievoudigd, hoewel veel van de gebouwen zelf zodanig in verval waren geraakt dat ze alleen nog maar gesloopt konden worden.

Bij de splitsing van de privéweg sloeg Abby rechtsaf, de weg die naar het ziekenhuis voerde. En natuurlijk zat het hek op slot. Er zat zelfs nog een ketting met een hangslot omheen, en er hing een onvriendelijk verschoten bord met VERBODEN TOEGANG.

'Aardig,' mompelde ze sarcastisch. 'Echt christelijk.' Ze had er rekening mee gehouden dat de ingang dicht zou zijn, en onderweg een reserveplan bedacht. Ze zou zich nergens door laten weerhouden. Ze zou dit soort heftige emoties geen tweede keer kunnen verdragen. Ze haalde de camera uit zijn hoesje, maakte de riem eraan vast en stapte uit haar auto. Ze had niet verwacht dat de aanblik van de verwaarloosde toestand van de tuinen haar zo treurig zou maken. Haar hart miste een slag bij het zien van het oude ziekenhuis – een gebouw dat een Burgeroorlog en twee Wereldoorlogen had overleefd. Het was honderdvijftig jaar onderhouden en verzorgd geweest, en het had zelfs een bloeiperiode meegemaakt, maar uiteindelijk was het toch ten onder gegaan.

Alles heeft zijn levensduur.

Alles en iedereen gaat dood.

Het onverwacht sentimentele gevoel negerend, duwde ze de lens van haar camera door de spijlen van het hek en maakte een zestal foto's in het zwakke namiddaglicht.

Bij het kijken door de zoeker werd ze zich bewust van een intens verdriet over het afbrokkelende cement, de vervallen muren en de vele dichtgetimmerde ramen. Lichtgevende oranje graffiti was zichtbaar onder een laag zwarte verf die iemand – waarschijnlijk in opdracht van de zusters zelf – had opgebracht om de schunnige teksten mee te bedekken.

Goeie god, wat scheelde haar? Ze haatte deze plek. Waarom voelde ze zich in vredesnaam zo verdrietig als ze zo'n enorme afschuw voor het gebouw koesterde? Ze zou juist overgelukkig moeten zijn over het feit dat het weldra gesloopt zou worden.

Misschien was ze wel verknipter dan ze had gedacht.

'Hou op,' beval ze zichzelf. Hier schoot ze echt niets mee op.

Abby probeerde het hek. Voelde de regen op haar haren. Het oude metaal rammelde en ratelde, maar het slot hield stand. Natuurlijk. Dat had ze immers ook verwacht. Ze had de plek waar haar moeder was gestorven tenminste vanaf een afstand gezien. Toch was ze niet tevreden. En dit, zo nam ze zich heilig voor, zou haar laatste bezoek aan Our Lady of Virtues worden. Als het haar vandaag niet lukte om het verleden af te sluiten, dan zou ze er de rest van haar leven last van blijven houden.

Wat een ontzettend deprimerende gedachte.

Ze zou een beetje meer haar best moeten doen.

Abby stapte weer in haar Honda, maar in plaats van terug te keren naar de doorgaande weg, nam ze de oprijlaan die naar het klooster voerde. Toen ze bijna bij het hek was, nam ze het weggetje dat naar een parkeerplaats voerde die in het verleden voornamelijk was gebruikt door leveranciers en mensen die voor het onderhoud zorgden.

Als kind had ze vaak op het ziekenhuisterrein gespeeld, en op een keer hadden zij en Zoey deze parkeerplaats ontdekt. Ze waren, op jacht naar vlinders en gebroken dromen, een paadje gevolgd dat van het ziekenhuis naar het klooster liep, en waren langs deze plek gekomen.

Toen was het een zonnige dag geweest, maar vandaag was het somber en regenachtig.

Opnieuw pakte ze haar camera, en stapte uit. Overal om haar heen zongen vogels, en niet ver weg hoorde ze een eekhoorn. Maar vanuit het klooster zelf klonk geen muziek of gebed. Mooi zo. Ze wilde niet dat de nonnen zagen wat ze ging doen.

Zenuwachtig, niet alleen omdat ze de wet overtrad, maar ook omdat ze in emotioneel opzicht mogelijk een enorme vergissing beging, sloot ze de auto af en liep langs een van de garages waar de nonnen het tuingereedschap bewaarden.

Het hoge hek ging schuil achter nog hogere cipressen. Het hekwerk was aan de bovenzijde naar binnen, naar het ziekenhuisterrein toe gebogen, waardoor het nagenoeg ondoenlijk was om er vanaf die kant overheen te klimmen. Voor een lenig iemand was het echter niet zo'n probleem, wist Abby uit ervaring.

Op haar tiende had ze het meer dan eens gedaan.

Nu leek het haar evenwel een onmogelijke opdracht. Erin klimmen, dat ging misschien nog wel, maar om er aan de andere kant, van een hoogte van drie meter van af te springen, en er dan later, vanaf de binnenkant weer uit te klimmen, dat leek toch minder eenvoudig dan ze zich herinnerde. Als kind was ze als een lenige aap overal op- en ingeklommen. Intussen was ze bijna vijfentwintig jaar ouder en twintig kilo zwaarder dan ze indertijd was geweest. Maar ze herinnerde zich dat ergens een poortje was geweest, waardoor de nonnen en het ziekenhuispersoneel tussen de beide instellingen heen en weer hadden kunnen lopen. Ze zocht net zo lang tot ze, verscholen achter de natte, ongesnoeide takken van de struiken en cipressen, een soort van doorgang had gevonden. Even dacht ze aan het dichte rozenwoud rond het kasteel van Doornroosje, een sprookje dat haar moeder haar, toen ze klein was, vaak had voorgelezen. In het verhaal had de prins zich een weg door de doornstruiken naar het kasteel weten te banen en had hij zijn prinses gered. Abby verwachtte geen romantische dingen te zullen vinden. En zelfs áls het haar lukte om, zoals haar laatste therapeut haar had aangeraden, bij het ziekenhuis te komen en het verleden onder ogen te zien, wat dan? Zou ze zich dan op slag een stuk gelukkiger en geestelijk lichter voelen? Zouden al haar problemen opeens op wonderbaarlijke wijze verdwenen zijn?

Dat was niet waarschijnlijk.

Ze duwde de takken opzij en voelde aan het hek dat, tot haar grote verbazing, niet alleen niet op slot bleek te zijn, maar ook nog eens moeiteloos openzwaaide.

Waarom?

Ze aarzelde. Dit was té gemakkelijk. Iets klopte er niet. Waarom zou je het grote hek met slot en hangslot afsluiten en er bovendien een groot, onvriendelijk bord met VERBODEN TOEGANG op hangen, terwijl je dit hek openliet? Dat sloeg nergens op... tenzij de nonnen er nog steeds naar binnen gingen, of het onderhoudspersoneel of tuinlieden er nog werk deden. Dat moest het zijn.

Maar waarom was er dan niets aan het onderhoud van de cipressen gedaan? Waarom werden ze niet meer, zoals vroeger, netjes tot een haag gesnoeid, en werd het pad niet vrijgehouden? Aan de andere kant van het hek, op het ziekenhuisterrein, was duidelijker te zien dat hier door de struiken en over de gazons was gelopen... geknakte takjes en blaadjes... en alleen om haar eigen zenuwen een beetje te kalmeren besloot ze het overwoekerde pad te fotograferen.

Haar hart versnelde zijn ritme toen ze tussen de bomen door liep waar het pad dermate dichtgegroeid was dat het vrijwel onbegaanbaar was geworden. Haar schoenen maakten een soppend geluid op de drassige bodem. Ze herinnerde zich hoe ze als kind in dit bosje van eiken en dennen had gespeeld. Zoey was vaak in de bomen geklommen, waar ze zich verstopt had, en soms had het er naar de bloesems van de bloeiende jasmijn en magnolia gegeurd.

Ze zag zichzelf als in een oude film – zij en haar zusje zoals ze tussen de bomen door waren gerend en naar holle eiken, bijennesten, konijnen en stinkdieren hadden gezocht. En al die tijd had ze gedaan alsof er helemaal niets met Faith Chastain aan de hand was, alsof alle kinderen van de particuliere katholieke school die ze bezochten hun eigen moeders ook alleen maar op zondag na de kerk zagen, of, in de zomer, ook op woensdagavond. Als kind had ze zichzelf proberen wijs te maken dat de moeders van haar klasgenootjes ook aan hoofdpijnen leden die zo ondraaglijk waren dat ze er een ander mens van werden. Die moeders lagen vast ook overdag in bed met alle gordijnen dicht om dan 's nachts, net als Faith Chastain, over de gang op en neer te lopen. Abby herinnerde zich die weinige korte periodes dat haar moeder thuis had gewoond.

Die lange nachten had Abby in haar grote bed gelegen en geluisterd naar de wind die door de horren voor de vensters naar binnen waaide, en naar het ruisen van de houten ventilator aan het plafond. Ze luisterde naar een uil in de verte en naar het langsrijdende verkeer, en zag het schijnsel van koplampen over de lambrisering van haar kamer glijden.

En ondertussen lag haar oudere zus in het andere bed lekker diep te slapen. Zoey had niets geweten van haar moeders ritueel.

Maar Abby wel.

Ze had naar het streepje licht onder de deur gekeken en de schaduwen heen en weer zien bewegen terwijl Faith Chastain de gang op en neer was gelopen. Ze had de rook van haar moeders schijnbaar eeuwig brandende sigaret geroken.

Op een van die nachten, toen Jacques, een houthandelaar, voor zaken de stad uit was geweest, en Abby wakker had gelegen en naar het tjirpen van de krekels had liggen luisteren en naar de schaduwen op de gang had gekeken, had ze het ineens gevoeld... had ze ineens gevoeld dat er aan de sfeer in huis iets veranderd was.

Ze was een jaar of tien geweest, en ze had het bad horen vollopen, had het water door de leidingen horen ruisen, en had gehoord dat haar moeder niet meer over de gang heen en weer aan het lopen was.

De deur van de badkamer was met een klikje op slot gegaan.

Ze vond het vreemd dat haar moeder om drie uur 's nachts een bad wilde nemen.

Abby had in bed liggen wachten – al wist ze niet waarop – en luisteren naar het steeds maar doorlopende water.

Uiteindelijk had ze het niet langer uitgehouden en had ze de dunne zomerdeken van zich af gegooid. Tegen de tijd dat ze haar kamer uit was en de gang op was gelopen, was het water al onder de deur van de badkamer door, en over de houten vloerdelen van de gang gestroomd... water met een rood tintje...

Terwijl ze zich nu door de struiken rond het vroeger zo zorgvuldig onderhouden gazon haastte, had ze het gevoel dat haar keel werd dichtgeknepen en kroop de regen in haar nek onder haar kraag door. In haar achterhoofd had ze altijd gedacht dat haar moeders eerste verblijf in het ziekenhuis háár schuld was geweest. Dat, als ze niet zo bang was geweest en eerder was gaan kijken, ze had kunnen voorkomen dat Faith Chastain zich in de badkamer zou opsluiten en dat haar moeders leven niet in een tragedie zou zijn veranderd.

Ik vergeef je... Abby Hannah, ik vergeef je... In gedachten hoorde ze de stem van haar moeder, even zacht en lieflijk zoals altijd in haar droom. Het volgende moment stapte ze achter de heg vandaan en stond ze voor de achterkant van het ziekenhuis.

Hoe vaak had ze niet op precies dezelfde plek gestaan en met angstig kloppend hart gehoopt dat geen van de nonnen – en vooral niet die strenge zuster Rebecca, of de altijd zo wanhopig reagerende zuster Madeline – haar in het bos had zien spelen?

Opnieuw pakte ze haar camera en maakte een paar foto's van deze kant van het oude gebouw, van de treurwilg en de lange, brede veranda waarop nog een enkele, oude, verroeste en kapotte terrasstoel stond.

Krrrraaaaakkkk!

Ze keek op en zag dat een deel van de roestige goot vol afgevallen bladeren, die van het dak was losgeraakt, door de wind heen en weer werd bewogen. Een gargouille met uitpuilende ogen en een open mond om het water uit te laten, keek op haar neer.

God, wat was ze als kind bang geweest voor die uit steen gehouwen, middeleeuwse monsters. Ze had heel zeker geweten dat eekhoorns of vogels die zo dom zouden zijn om die gapende mond te onderzoeken, onmiddellijk door het boosaardige wezen zouden worden opgeslokt.

Wat kinderen zich niet allemaal verbeelden, dacht ze nu, terwijl ze naar de voorzijde van het gebouw liep.

Ze keek naar boven, naar de eerste en tweede etage, en het raam recht boven de hoofdingang. De ruit, die verbrijzeld was toen Faith erdoorheen was gesprongen, was vervangen en was een van de weinige vensters die nog ongeschonden en niet dichtgetimmerd waren.

Na Faith Chastains ongeluk was het vrijwel meteen gerepareerd, en het had tot op de dag van vandaag gehouden. Abby richtte de lens van haar camera op het raam en liep achteruit, naar het begin van de oprit, om het hele gebouw en de fontein in beeld te krijgen. Schaduwen van de bomen bewogen over de gevel. Heel even, net toen ze door de lens keek en de eerste foto afdrukte, meende ze een donkere gestalte voor haar moeders raam te zien staan. Ze liet het fototoestel zakken en liet haar blik aandachtig over de verschillende vensters gaan, maar ze kon niemand ontdekken.

'Ja, hoor,' zei ze zacht. Ze moest haar verbeelding de baas zien te blijven. Ja, toegegeven, het was een trieste plek, de plaats waar haar moeder om het leven was gekomen, het gebouw waar Abby's bestaan blijvend een andere wending had genomen, maar het was tijd om de boel in perspectief te krijgen en het verleden te begraven.

Abby rechtte haar schouders, dwong haar hart een langzamer ritme te slaan, en maakte een paar opnamen van Faiths kamer. Ze werd gefascineerd door het spel van licht en schaduw, en probeerde zich voor te stellen hoe dat er op de foto uit zou zien. Ze maakte opnamen van het ziekenhuis in zijn geheel, en van bepaalde gedeeltes ervan, van de levenloze fontein met zijn met mos bedekte, treurende engelen, de skeletachtige resten van de oude brandtrap, en de enorme voordeur waar ze naar binnen was gerend om zo snel mogelijk bij haar moeder te zijn... Het was haar verjaardag geweest, en die van haar moeder, en ze had gepopeld om haar te vertellen over haar nieuwe vriendje...

Of niet?

Ze fronste haar voorhoofd en dacht na, terug in de tijd. Was het echt zo gegaan? Of wílde ze alleen maar dat het zo was gegaan die dag?

Het begon te gieten toen ze op de plek ging staan waar haar moeder met een afschuwelijke, misselijkmakende doffe klap tegen het beton was geslagen.

'O, mamma,' kwam het fluisterend over haar lippen.

Ze kreeg een brok in haar keel, en voelde zich een beetje misselijk worden bij de herinnering aan de ijzingwekkende schreeuw, en aan hoe ze was omgedraaid en haar moeder had zien neersmakken – het kraken van haar schedel en botten, en de groter wordende plas dik, donkerrood bloed.

'Jezus,' fluisterde ze nu, terwijl ze snel een kruisje sloeg. Ze wist precies op welke plek haar moeder terecht was gekomen, en wanneer ze haar ogen sloot, kon ze het ruisende geluid, de schreeuw van haar vader, het roepen, en naderbij komende, rennende voetstappen van de mensen die wilden helpen nog horen.

Te laat.

Zelfs het gieren van de sirene van de ambulance was een zinloos lawaai, dat deel uitmaakte van de algehele kakofonie waarmee de wereld deelgenoot werd gemaakt van het feit dat Faith Chastain voorgoed van haar pijn was verlost.

Abby deed een paar stappen naar achteren, weg bij dat exacte punt waar ze, als ze zich zou laten gaan, nog steeds dat bloed kon zien vloeien, terwijl haar moeders hoofd in een onnatuurlijke hoek lag en naar haar opkeek als van heel ver... alsof Abby hoog op een berg stond. Zoals gewoonlijk begon ze zich weer allerlei dingen voor de geest te halen terwijl ze snel nog een stapje naar achteren deed en haar blik maar moeilijk van die bewuste plek los kon maken.

Met haar hakken stootte ze tegen de stoep van de voordeur, en toen pas lukte het haar weg te kijken van de plek waar Faith om het leven was gekomen. Het was zinloos om hier in de regen terug te denken aan hoe die verschrikkelijke momenten waren geweest. Ze had de precieze plek terug willen zien, en dat had ze nu gedaan, en daarmee was de kous af. Ze draaide zich om, stapte op de stoep naar de voordeur, pakte het hendel en duwde met haar schouders.

Op slot.

Logisch.

Het wolkendek begon hier en daar te breken, maar het regende nog steeds en het was intussen ook bijna donker. Ze zou terug moeten gaan. Waarschijnlijk had ze genoeg gezien om de psychische en emotionele behoefte die nodig was om het verleden los te kunnen laten, te bevredigen. Maar toen ze opkeek naar Faiths raam realiseerde ze zich dat ze altijd met vragen en twijfel zou blijven zitten als ze niet ook een kijkje nam in de kamer waar haar moeders waanzin tot zelfmoord had geleid.

En nu ze hier toch eenmaal was...

Ze liep om het gebouw heen en voelde aan alle deuren – de terrasdeuren, de keukendeur waar de leveranciers hun waren hadden afgeleverd, de twee tegenover elkaar liggende deuren van de gang onder de oude brandtrap – maar ze zaten allemaal op slot.

Net toen ze het op wilde geven, toen ze tot de conclusie kwam dat het lot haar niet goed gezind was, zag ze, aan de achterzijde van het gebouw bij een kleine parkeerplaats, een raam dat op een kiertje stond – een raam waarvan de ruit nog heel was.

Misschien was het lot wel van gedachten veranderd.

Ze stapte op het half vervallen stoepje voor de keukendeur en probeerde het raam omhoog te duwen. Het gaf een heel klein beetje mee. Ze zwaaide haar camera op haar rug, pakte de onderkant van het raam met beide handen beet en probeerde het nog eens. Geen resultaat. Het bewoog zelfs niet eens. 'Vooruit, toe nou,' zei ze, terwijl ze zich afvroeg hoeveel wetten ze overtrad en ze zich in gedachten al aan rechercheur Montoya zag uitleggen waarom ze in het ziekenhuis had ingebroken. Een bespottelijke gedachte, maar ook eentje waar ze niet echt vrolijker van werd. Ze haalde een paar keer diep adem en probeerde het nog eens. Deze keer zette ze zoveel kracht dat de spieren aan de achterkant van haar armen er pijn van deden, en ook haar rug begon te protesteren. Ze klemde haar kiezen op elkaar. Nóg een beetje meer kracht.

Plotseling, en zonder enige waarschuwing vooraf, schoot het venster omhoog. Abby viel bijna van het stoepje. Bij het ruiken van de muffe geur die naar buiten toe ontsnapte aarzelde ze opnieuw, maar toen dacht ze: *Wie A zegt moet ook B zeggen.* Als eerste liet ze haar camera aan de riem over de vensterbank heen naar binnen zakken. Nu was het haar beurt. Leniger dan ze verwacht had, hees ze zichzelf omhoog tot op de hoge vensterbank. Ze draaide opzij, sprong er aan de andere kant van af en landde op de stoffige vloer van wat vroeger de eetzaal was geweest. Op drie grote plafondlampen na was de ruimte leeg. De eens glanzend gewreven parketvloer zat nu onder de vlekken van water dat door de ramen naar binnen was gelekt en er langs de muren was gedropen.

Binnen was het donker – niet alleen omdat het buiten zo somber was, maar ook omdat ze het licht niet durfde te proberen. Het zat er trouwens dik in dat de stroom tien jaar geleden al was afgesloten. De paar ramen die nog heel en niet dichtgetimmerd waren, lieten wat van het late namiddaglicht door, maar veel was het niet. Ze realiseerde zich dat ze bijna op haar tenen liep – net alsof ze bang was om lawaai te maken en de oude geesten en spoken die hier huisden te wekken.

En dat was natuurlijk belachelijk.

Ze geloofde niet eens in spoken.

O nee? Waarom rende ze dan niet luidkeels schreeuwend door de gangen? Omdat ze dacht dat iemand haar zou kunnen horen? Wie? De nonnen in hun klooster een halve kilometer verderop? Of was ze zo stil uit respect voor de doden? Of uit angst? Voor wat? Voor een slang die ergens in een duister hoekje lag te slapen? Of voor de ratten die plotseling voor haar langs zouden kunnen schieten?

Of gewoon omdat ze heel goed wist dat ze hier in feite niets te zoeken had. Niet alleen omdat ze zich op verboden terrein bevond, maar ook omdat ze, en dat wilde ze best toegeven, bang was.

Voor wat ze zou vinden.

In zichzelf.

Zit het tegen... Opnieuw weergalmden haar vaders woorden als een mantra door haar hoofd terwijl ze de kleine bijkeuken inliep die de eetzaal van de grote keuken scheidde. Ze herinnerde zich het fonkelende servies en de glazen die het bezoek en de patiënten – voor zover hun dergelijke voorwerpen toevertrouwd konden worden – aan tafel kregen voorgezet.

De keuken was duister en smerig. Het oude fornuis zat onder het vet en tien jaar oud stof en, te oordelen naar de uitwerpselen die ze overal zag liggen, het komen en gaan van vele soorten knaagdieren die duidelijk over het aanrecht en in de afvoeren hadden gelopen. Ze voelde aan de kelderdeur, maar die zat stevig op slot, en ze was heimelijk opgelucht dat er tenminste één lugubere plek minder was om te onderzoeken.

Toen ze vond dat ze lang genoeg in de keuken had rondgekeken, liep ze verder naar de grote hal waar, dat wist ze nog goed, onderaan de trap een grote staande klok had gestaan. De plek was nu leeg, en de receptie was onbemand, terwijl de kantoortjes erachter aan benauwde graftomben deden denken.

De salon met zijn hoge plafond had ooit eens chic en elegant geleken. Nu rook het er naar verval. De fluwelen gordijnen waren verschoten en gescheurd, de enige stoel die nog over was, en waarvan de bekleding dieprood was geweest, had nu een onduidelijke oranje tint, terwijl de vulling uit de kussens stak en hier en daar in plukken op de vloer lag.

Alles was even deprimerend, en op dit moment kon ze zich niet voorstellen dat ze hier ook maar iets zou vinden waarvan ze emotioneel wijzer zou worden.

Ja, maar je bent nog niet op haar kamer geweest.

En al het andere doet er in feite niet toe, of wel?

Het gaat om de kamer waar ze gewoond heeft, waar ze haar slapeloze nachten heeft doorgebracht, de kamer van waaruit ze uiteindelijk dwars door het glas haar dood tegemoet is gesprongen.

'Verdomme,' fluisterde ze, en ze liep naar de trap. Ze nam de ene na de andere tree, langzaam, zoals ze als kind had gedaan wanneer zuster Rebecca had gezegd dat er op de trap en in de gangen niet gerend, niet gehold en niet als een stelletje wilden gespeeld mocht worden.

Op de overloop van de eerste verdieping bleef ze staan en keek de lange, donkere gang af. Alle deuren van de gewezen ziekenkamers stonden open – de meeste ervan scheef gezakt en kapot.

Ze pakte de leuning vast en wilde doorlopen naar de volgende verdieping, maar bleef staan toen ze op de bovenste etage ineens iets – voetstappen? – meende te horen. Of kwam het van beneden? Ze hield haar adem in en wachtte. Luisterde. Maar het enige wat ze hoorde was de regen op het dak en het water dat door de goten liep. De rest van het oude ziekenhuis was stil, afgezien dan van haar eigen voetstappen op de krakende trap.

Stel je niet zo aan, riep ze zichzelf in gedachten toe, terwijl haar hart als een gek tekeerging en ze de overloop tussen de eerste en tweede verdieping op stapte. Ze keek naar het glas-in-loodraam en vroeg zich af hoe dat de jaren overleefd had. Waarom was het niet verkocht? Het was werkelijk vreemd dat het nog helemaal intact was. Ze wist nog hoe ze, op mooie zomerdagen, naar de beeltenis van de Madonna had gekeken, en naar hoe het zonlicht door het gekleurde glas naar binnen viel. Maria's aura had puur goud geleken, en een indrukwekkende, hemelse kwaliteit gehad. Maar nu was het venster dof en somber, en vielen er geen prachtig stralende kleuren te bewonderen.

Ze draaide zich om en liep het laatste stukje trap op – en verstijfde. Haar hart balde zich samen en deed pijn. Elke deur was dicht, en niet open zoals op de eerste verdieping het geval was geweest.

'Vreemd,' fluisterde ze. Ze had haar zaklantaarn mee moeten nemen, in plaats van hem in het handschoenenvakje van de auto te laten liggen. *Vooruit, schiet nu maar op. Hoe eerder je dit achter de rug hebt, hoe beter.* Ze stapte de gang in en liep rechtstreeks naar de deur van haar moeders kamer. Het nummer 207 was nog helemaal heel, en pas nadat ze naar de kamer ernaast had gekeken, realiseerde ze zich dat dit vreemd was. De kamer ernaast had helemaal geen cijfers op de deur, en van het nummer op de deur aan de overkant van de gang ontbrak de nul, zodat het leek alsof dat kamer 26 was, met een spatie tussen de beide cijfers.

Nou en?

Alsof dat zo bijzonder was.

Allemachtig, Abby, stel je toch niet zo aan. Had je soms verwacht dat alles hier nog net zo zou zijn als vroeger?

Ze schepte moed, legde haar hand op de deurknop en wilde hem naar rechts draaien.

Hij zat vast.

Ze probeerde het nog eens. De deur zat waarschijnlijk gewoon klem omdat hij was uitgezet van het vele vocht. Ze deed nog een poging. Maar er viel geen beweging in de knop te krijgen. Het was niet dat de deur klém zat, hij zat op slot!

'Geweldig.'

Waarschijnlijk, bedacht ze, waren er op deze verdieping nog meubels of voorwerpen van waarde, en dat was waarom de kamers op slot zaten. Het glas-in-loodraam zei in dat opzicht eigenlijk al voldoende. Kennelijk had degene die verantwoordelijk was voor het opruimen en leeghalen van het oude ziekenhuis het...

Weer hoorde ze een geluid, een zacht geschuifel, en weer balde haar hart zich samen. Liep er beneden iemand over de gang? Of door een kamer? Iemand die de deur achter zich op slot deed? *O, god.*

Ze liet zich slap tegen de deur naast die van haar moeders kamer aan zakken.

Hij gaf mee.

Zwaaide open door haar gewicht.

Ze viel en struikelde de lege kamer in. Slaakte een zachte kreet, hervond haar evenwicht en probeerde boven het bonzen van haar hart uit te luisteren of er in dit enorme, nagenoeg lege gebouw nog andere geluiden te horen waren.

Ze hoorde niets.

Of misschien toch?

Ze liet haar tong over haar lippen gaan. Was dat niet een zacht tikje van een dichtvallende deur?

Haar haren schoten bijna overeind.

O, jij en je verrekte zenuwen ook altijd, Abby. Er is niets aan de hand. Niets. Je stelt je aan.

Je bent even paranoïde als zij *was!*

Ze wist een geluidje van protest nog juist op het laatste moment te onderdrukken. Ze was niet paranoïde, verkeerde helemaal niet op het randje van instorten... Natuurlijk niet! Ze was geestelijk sterk. Dat kon niet anders. *Zit het tegen...*

Klik.

Abby's borstkas leek te nauw voor haar hart. Was dat alweer een gedempt geluid, of had ze zich dat geluidje van een draaiend slot alleen maar verbeeld?

Ze wilde roepen, maar deed dat niet. In plaats daarvan dook ze met wild kloppend hart weg in een donker hoekje.

Doe niet zo stom, Abby! Beheers je een beetje. Laat je toch niet bang maken door het kreunen en steunen van dit oude, vervallen gebouw!

Ze dwong haar hart te kalmeren en liet zich slap tegen de muur aan vallen. Ze sloot haar ogen en hoorde niets. Ze had zich alles alleen maar verbeeld. Alweer. Ze liet de ingehouden adem uit haar longen ontsnappen, probeerde haar irrationele angst de baas te worden en overtuigde zichzelf ervan dat ze alleen was.

Vooruit, doe het nu, en dan heb je het achter de rug. Schiet op!

Ze rechtte haar rug, en keerde terug naar de deur van haar moeders kamer. Ze rammelde aan de deurknop en drukte met haar volle gewicht tegen de houten panelen.

Ze deur zat stevig op slot.

Ze liep naar een andere deur op de gang en probeerde de deurknop. Hij veerde moeiteloos mee en de deur zwaaide even gemakkelijk open alsof de scharnieren de vorige dag nog geolied waren. De kamer was even vuil, stoffig en verwaarloosd als de andere was geweest. Ze probeerde nóg een deur, aan de overkant van de gang, en die ging eveneens moeiteloos open. En de volgende net zo.

Maar *207* zat op slot. De enige kamer op de hele verdieping. Haar moeders kamer. Het zogenaamd veilige toevluchtsoord van waaruit Faith haar dood tegemoet was gesprongen...

Of was het misschien toch een beetje anders gegaan dan ze al deze jaren gedacht had?

Ze probeerde zich haar moeder bij het raam voor te stellen... Had Faith naar buiten staan kijken, een kruisje over haar magere borst geslagen en moed geschept voor haar sprong door het glas?

Dat was wat ze altijd gedacht had, maar in haar dromen stond een van angst bevende Faith altijd met haar rug naar het raam gekeerd, naar de open deur te kijken...

Stap, stap, stap!

Voetstappen!

Deze keer hoorde Abby het duidelijk. Iemand die de trap op kwam. Haar adem stokte en ze keek in paniek om zich heen. Snel dook ze opnieuw weg in de schaduw, in de kamer recht tegenover nummer 207.

Wie kon het zijn?

Had iemand haar gezien?

Of had diegene zijn eigen reden om hier, in dit oude gekkenhuis, rond te willen lopen? Om op de tweede verdieping te willen zijn?

Maar waarom?

Het hele gebouw zag eruit alsof er in jaren geen mens meer binnen was geweest. Ze haalde oppervlakkig adem, probeerde geen enkel geluid te maken en hoopte vurig dat degene die boven kwam haar niet gehoord had en niet wist dat ze zich hier schuilhield.

De voetstappen weergalmden door het trappenhuis.

Kwamen dichterbij.

Waren bijna op de overloop.

O, god. Ze slikte en begon te bidden.

Ze kwamen dichterbij. De vloerdelen van de gang kraakten onder het gewicht.

Ze sloot haar ogen en durfde amper nog adem te halen.

Nog dichterbij.

O, help!

Ze bleven staan.

Ze deed haar ogen open en onderdrukte een kreet.

Op de drempel van de bijna donkere kamer stond een duistere, forse gestalte.

Hoofdstuk 12

Abby slaakte een gesmoorde kreet en deinsde achteruit.

'Jij bent toch het meisje, niet?' vroeg een zachte stem. 'Faiths dochter.' De gestalte kwam dichterbij, meer in het licht, en Abby viel bijna flauw toen ze het gezicht van de oude non zag, en ze de vrouw meende te herkennen.

'Ja...'

'Wat kom je hier doen?'

Wist ik dat maar! 'Mijn therapeut heeft gezegd dat ik hiernaartoe terug moest. Om eindelijk eens van een paar problemen af te komen, u weet wel.'

'En heeft hij je ook aangeraden om op verboden terrein te komen en in te breken?'

Ze voelde dat ze knalrood werd. 'Dat was mijn idee.'

'Je had het kunnen vragen.'

'Zou iemand me dan binnen hebben gelaten?'

De non glimlachte en schudde haar hoofd. 'Waarschijnlijk niet. Tussen haakjes, ik ben zuster Maria.'

Zuster Maria. Natuurlijk. Abby keek naar de oude non in het schaarse licht en probeerde zich voor te stellen hoe ze er twintig jaar geleden uit had gezien... een gladdere huid, een gezonde uitstraling, fitter...

'Ik meende dat ik iemand deze kant op zag gaan, en ik besloot hem of haar te volgen,' ging zuster Maria verder. 'Ik ben alleen niet meer zo snel als vroeger, dus het heeft even geduurd voor ik je had ingehaald.' Ze hield haar hoofd schuin. 'En, Faith, heb je gevonden waarvoor je bent gekomen?'

'Ik ben Abby. Faith was mijn moeder.'

'O... ja, natuurlijk. Dat bedoelde ik ook.' Ze knipperde snel met haar ogen als om een beeld uit het verleden van zich af te zetten.

Abby vroeg: 'Waarom zit de deur van mijn moeders kamer op slot?'

'Op slot?' herhaalde de oudere vrouw. 'Ik denk dat je je vergist. Sinds we het ziekenhuis hebben gesloten zijn de deuren van de kamers niet meer op slot geweest. Hoelang is dat intussen geleden? Vijftien jaar? De toegangsdeuren wel, natuurlijk, die houden we dicht, maar binnen staat alles open.'

'Ik kon hem niet open krijgen.'

'Hij zal wel klem zitten – uitgezet door het vocht...'

'Volgens mij niet.' Ze liepen naar 207 aan de overkant van de gang. 'Alle deuren op deze verdieping waren dicht, allemaal, maar ze zaten niet op slot.'

'Echt?'

'Maar de deuren op de eerste verdieping stonden allemaal open.'

'Dat is vreemd,' zei zuster Maria afwezig. Het leek haar totaal niet te interesseren. Ze voelde aan de deur. Ze kreeg hem niet open. 'O, vooruit.' Ze probeerde het opnieuw. Zonder resultaat. 'Wel heb je ooit.' Ze deed nog een laatste poging alvorens het op te geven. 'Je hebt volkomen gelijk,' gaf ze ten slotte toe. 'Hij zit inderdaad op slot. Wat vreemd.'

Ze zuchtte en keek opzij.

In haar profiel herkende Abby een jongere vrouw die met opbollend habijt haastig de trap af kwam gerend en Abby passeerde... 'U was erbij,' zei ze, terwijl het ineens tot haar doordrong dat dit de non was die als eerste naast Faith was geknield en geprobeerd had haar pols te voelen. 'Die dag toen mijn moeder is gestorven. Ik heb u gezien.'

'Toen werkte ik in het ziekenhuis, ja.'

'Ik kwam op bezoek... het was haar verjaardag,' zei Abby. 'Ik... ik had een cadeautje voor haar meegebracht.'

De oude non fronste haar voorhoofd. 'Jij?' Ze keek naar Abby's haar, en toen naar haar ogen. Ze was duidelijk verward. 'Was jij dat, met dat gouden pakje met het roze lint eromheen?'

'Ik was ook jarig,' zei Abby, die voelde hoe het oude verdriet opnieuw bezit van haar nam. 'Het was een wit dekentje met een zilveren draadje erdoorheen dat ik in Toulouse Street had gezien. Ik wist dat mijn moeder het prachtig zou vinden...' Flarden van beelden van die avond zo lang geleden flitsten door haar hoofd. Het cadeautje. Het tuleachtige lint. De ijzingwekkende schreeuw. Haar moeders gebroken lichaam naast de fontein, en zij die erop neerkeek...

'Het spijt me dat ik je niet herkend heb. Ik dacht dat het je zusje was, die met het donkere haar, die met dat cadeautje was gekomen.' Het was duidelijk dat de non in de war was. 'Zijn we elkaar dan niet tegengekomen op de overloop? Jij rende de trap op, en ik rende de trap af, op weg naar het klooster. Ik weet het zeker.'

'Nee.' Abby schudde haar hoofd, maar voelde op hetzelfde moment hoe er een verraderlijke, duistere gedachte haar hoofd binnenkroop.

'Onmogelijk.' Of niet? Maar toch herhaalde ze haar verhaal, het verhaal waarvan ze altijd zeker was geweest dat het de waarheid was. 'Ik was net uit de auto gestapt toen het gebeurde.' Ze kreeg kippenvel.

Alsof ze een voorgevoel had.

Maar van wat?

Waarom keek de oude non haar zo doordringend aan? Waar kwamen die onuitgesproken beschuldigingen vandaan die opeens tussen hen in de lucht leken te hangen? Alsof ze stond te liegen. Maar waarover dan? Over het cadeau? Maar dat was absurd. Abby kon zich nog herinneren dat ze het met beide handen had vastgehouden, en dat ze er in de auto met Zoey ruzie over had gemaakt – over wie het zou mogen dragen. Alsof dat er wat toe deed. Abby was ongeduldig geweest, ze was met haar gedachten bij het aanstaande feestje en bij Trey Hilliard geweest en... zo was het toch gegaan, of niet?

De non was gewoon oud en haar geheugen werkte niet meer goed, dat was alles. Zuster Maria had zich vergist.

En toch lag er een scherpe blik in de donkere ogen van de vrouw, alsof ze Abby beter begreep dan ze zichzelf begreep. Abby schraapte haar keel. Forceerde een glimlachje. 'Dus dan heeft u haar gekend? Mijn moeder?'

'Niet goed,' antwoordde zuster Maria, aarzelend. 'En eigenlijk geloof ik dat niemand haar goed kende.' Ze zweeg en keek naar de deur van kamer 207. 'En als je op zoek bent naar antwoorden, dan vrees ik dat je die hier niet zult vinden. In ieder geval niet vandaag.' Ze zuchtte en legde haar hand even op Abby's arm. 'Je moeder was diepgelovig, kind. Misschien dat je, in plaats van in oude gangen en duistere kamers te zoeken, je beter tot God kunt wenden.' Ze gebaarde om zich heen. 'Hier zul je niet vinden wat je zoekt. Je moet bij jezelf naar binnen kijken. In je hart. De Vader zal je helpen.'

Abby dacht aan de eindeloze uren van bidden en de slapeloze nachten waarin ze gehuild had en om God had geroepen – vooral in de dagen vlak na het ongeluk. Waar was Hij toen geweest? Ze had in haar hart gekeken, in haar ziel en in haar gedachten, en het enige wat ze had kunnen vinden was een overweldigend gevoel van wanhoop vermengd met een flinke dosis schuldgevoel.

'Kom mee, je zult hier echt niets vinden. En daarbij, dit gebouw is afgeschreven.'

Door wie?

Door de staat Louisiana?

Of door de gekwelde zielen die hier hadden gewoond?

Abby was niet zo ver gekomen om zich op dit punt terug te laten sturen. 'Dat weet ik, zuster, maar ik wil de kamer van mijn moeder nog één keer zien voordat hij onder de slopershamer komt. Het maakt deel uit van mijn persoonlijke levensopgave, van mijn poging om verder te kunnen met mijn leven, en mijn moeders dood eindelijk te kunnen aanvaarden.' De non aarzelde. 'Ik heb gebeden, zuster Maria, en niet zo'n beetje ook. En ik heb sterk het gevoel dat het God is die me hier naartoe heeft gezonden.' Dat was een beetje gelogen, maar Abby had er veel voor over om in dit opzicht haar zin te krijgen.

Maria nam haar met grote ogen schattend op. 'Goed dan,' zei ze peinzend, alsof ze niet goed wist wat ze moest geloven. 'Ik zal kijken wat ik voor je kan doen.'

Abby nam genoegen met die verzekering, en samen met de vrouw liep ze terug naar de trap.

'We hebben hier een opzichter die de boel onderhoudt,' zei zuster Maria. 'Ik zal hem vragen of hij naar de deur wil kijken en of hij hem open kan krijgen.' Ze schonk Abby een vriendelijk, begrijpend lachje dat Abby een beetje bevreemdde. Hoe was het mogelijk dat deze vrouw iets van haar af wist? Of was het aan haar gemeenzaamheid met de Heer te danken dat ze zo'n kalme, serene en begrijpende indruk maakte? 'Je moet er rekening mee houden dat het nog wel even kan duren. Meneer DuLoc heeft zijn handen vol aan het klooster, maar hij is een reuzehandige man. Ik weet zeker dat hij zal kunnen helpen.' Ze waren op de eerste verdieping gekomen en de oude vrouw bleef staan om de gang af te turen. 'Zei je niet dat alle deuren openstonden?'

Abby stond als verstijfd. Ze keek de gang af en haar hart dreunde in haar oren.

Alle deuren waren dicht.

Echt helemaal dicht.

'Is dat niet mal?' peinsde zuster Maria hardop, terwijl ze naar de eerste deur liep. 'Hallo? Is hier iemand?' riep ze, zichtbaar geïrriteerd.

'Wie zou er hier moeten zijn?'

'Ik weet niet, maar ik stel voor om dat uit te zoeken.'

'Nee, wacht!' Abby haastte zich voor de non uit, hoewel ze helemaal niet wist wat ze achter de deur verwachtte. Ze kon echter niet verhinderen dat de vrouw de deur van kamer 106 openmaakte. Hij zwaaide moeiteloos open en het zwakke schemerlicht viel door het enkele, gebarsten raam door de kamer en de gang.

Abby liet haar ingehouden adem ontsnappen. De non probeerde de deur van kamer 105. Ook die deur ging moeiteloos open.

Er kwam geen boeman naar buiten gesprongen, er was niemand die opeens 'hebbes!' riep. Er verscheen geen spook of monster of heks in een groenige wolk om het volgende moment in rook op te lossen.

'Weet je heel zeker dat deze deuren openstonden?' vroeg zuster Maria.

'Heel zeker.'

De oude non trok haar wenkbrauwen op en keek haar ongelovig aan.

'Is het u dan niet opgevallen, toen u boven kwam?' vroeg Abby, en ze probeerde zelf een deur. Ook deze deur zwaaide gemakkelijk open. Kamer 104 was leeg.

'Ik heb er niet op gelet.'

'Wat? Maar u zei dat u mij volgde.'

Zuster Maria knikte. 'En ik wist waar je naartoe zou gaan, ja toch? Mijn ogen zijn niet meer zo goed als vroeger, de gang was donker... donkerder dan nu. Ik geloof echt dat de deuren dicht waren, Abby.'

Maar dat was onmogelijk. Abby's angst zakte weg en ze begon de gang af te lopen, deuren open te doen en naar binnen te kijken. De kamer die pal onder die van haar moeder lag, hield ze voor het laatst. Uiteindelijk liep ze erheen, zette zich schrap en draaide de knop.

De deur zat klem.

'Vooruit, zeg!' Met een nijdig gevoel leunde ze met haar volle gewicht tegen de houten panelen. Plotseling zwaaide hij open, en wat ze zag was een kamer die vrijwel identiek was aan die van haar moeder. Natuurlijk stonden er geen meubels meer, en de wanden waren kleurloos en gevlekt op die plaatsen waar het behang er al jaren geleden van af was getrokken. Op precies dezelfde plaats als boven was er een ingebouwde kast. Hetzelfde gold voor de open haard. Een paar van de siertegels hadden losgelaten en lagen gebroken op de vloer ervoor. Het enige opvallende verschil was het raam. Deze kamer had een hoog en smal venster, en er was geen rond, glas-in-loodraam boven. Dat decoratieve detail, dat soms wel roosvenster of kompasvenster werd genoemd, was alleen maar op de bovenste verdieping aangebracht, in een dakkapel die zich recht boven de hoofdingang van het gebouw bevond, en die voor een speelse noot in de strakke lijn van het dak zorgde.

Als kind, op de achterbank van haar vaders Ford, had Abby de kamer van haar moeder altijd meteen herkend op het moment dat Jacques door het hek van het ziekenhuisterrein was gereden. Die kleine uitbouw in het dak en de cirkel van gekleurd glas eronder waren haar teken geweest.

'Weet u zeker dat u de deur niet zelf dicht hebt gedaan?' vroeg Abby, toen ze de gang weer op stapte.

Zuster Maria maakte een boze en gekwetste indruk. 'Natuurlijk niet. Mijn geheugen mag me dan van tijd tot tijd in de steek laten, maar zó erg is het nog niet, en ik zou er ook heus niet om gelogen hebben. Nee, waar het om gaat is of jíj het wel goed hebt gezien! Kom mee. Het is tijd om te gaan.'

Abby volgde de non naar de trap, maar toen ze voor de laatste keer achterom de gang in keek, was het ineens alsof een duivel de scherpe punt van zijn klauw langs haar ruggengraat trok.

Terug op de begane grond leek zuster Maria weer over haar boosheid heen te zijn. Ze pakte Abby's hand en keek haar in de ogen. 'Je ziet er moe uit.'

En dat was ze ook. Nadat ze verfrist ontwaakt was uit een droomloze slaap, had ze gemeend dat ze vandaag de hele wereld aan zou kunnen, maar deze plek, dit vervallen, oude gekkenhuis met zijn sjofele wanden en duistere herinneringen, had haar energie opgeslokt, en ze was werkelijk doodmoe.

Samen met zuster Maria liep ze naar de voordeur, en de non sloot achter hen af. Voorovergebogen tegen de wind en de regen haastten ze zich naar de hoek van het gebouw, maar voor ze die omsloegen keek Abby nog één keer achterom, voor een laatste glimp van haar moeders kamer.

Daar, achter het raam, stond een lange man. Een forse man. Zijn gezicht bevond zich in de schaduw. Haar hart bleef staan. Ze draaide zich helemaal om en tuurde met half dichtgeknepen ogen door de gietende regen.

'Wat is er?'

'Voor het raam,' fluisterde ze, en ze wees.

Maar het beeld was even snel verdwenen als het was verschenen.

Zuster Maria keek naar boven. 'Ik zie niets. Kom, laten we nu maar gaan,' drong ze aan. 'We worden drijfnat.'

Abby wilde de non vertellen wat ze had gezien, maar het leek onmogelijk. Haar haren waren al drijfnat van de regen, en het was zo donker...

'Is er iets?' vroeg de oudere vrouw. 'Kom mee!'

Abby had het gevoel alsof de duivel in hoogst eigen persoon haar hart had beetgepakt en er hard in kneep. Ze klappertandde hoewel ze het helemaal niet koud had. Wie was die man die voor het raam had gestaan? Of had ze het zich alleen maar verbeeld? Was het alleen maar een bewegende schaduw geweest waarin ze, met die op hol geslagen fantasie van haar, een boosaardig wezen had willen zien?

'Abby?'

Zuster Maria was al een eindje doorgelopen.

Abby draaide zich om en haastte zich de non achterna.

'Wat is er?' vroeg ze, terwijl ze haar van terzijde aankeek. 'Je ziet eruit alsof je een spook hebt gezien.'

'Niets... er is niets,' antwoordde Abby. 'Ik wilde alleen nog een laatste keer naar het raam kijken.' Met haar Nikes door de plassen stappend, haastte ze zich het overwoekerde pad af dat tussen de bomen door liep. Een opgeschrikte eekhoorn schoot vanuit het struikgewas in een boom.

Vanuit het bos kwamen ze bij het hek dat niet op slot zat en dat zuster Maria voor haar openhield. Vandaar liepen ze in stevig tempo door naar de parkeerplaats. 'We gebruiken deze doorgang niet vaak,' vertelde Maria. 'Alleen maar wanneer de tuinman aan de andere kant moet zijn, of als de slopers komen omdat ze bepaalde dingen willen weten, of wanneer er mensen zijn die ondanks het verbod naar binnen zijn gegaan.'

Abby kreeg een kleur. 'Het spijt me. De volgende keer zal ik het vragen.'

'Denk je dat er nog een volgende keer zal zijn?'

Ze dacht aan de gestalte die ze achter het raam van haar moeders kamer had zien staan. Verbeelding? Een speling van het licht? En hoe zat het dan met die deuren op de eerste verdieping die opeens allemaal dicht waren geweest? 'Dat hoop ik. Zoals ik al zei, ik geloof dat ik nog één keer een kijkje in mams kamer wil nemen,' zei Abby, de angst van zich af zettend. Er was niemand in het oude ziekenhuis. Niemand.

Maar de deuren waren dicht!

En je hebt iemand naar je zien kijken! Heus waar, Abby! Dat heb je je niet verbeeld. Je begint echt niet opeens gek te worden!

'Wie weet er van het bestaan van deze doorgang?' vroeg ze.

Maria haalde haar schouders op. 'Afgezien van de zusters bijna niemand. Zoals ik al zei, er zijn op dit moment een paar mensen die toegang tot het ziekenhuis hebben, maar dat is alles. Toen het ziekenhuis nog open was, werd hij natuurlijk wel eens gebruikt door het personeel, maar uit die tijd zijn hier eigenlijk nauwelijks nog mensen.' Ze grinnikte zacht en veegde een dikke regendruppel van haar neus. 'Weet je, er was een tijd dat we moeite hadden om de mensen binnen te houden, in plaats van andersom.'

'Waarom gebruiken de mensen die het ziekenhuis hebben gekocht niet gewoon de hoofdingang?'

'O, dat.' Ze waren bij de parkeerplaats gekomen. Zuster Maria liep door naar het afdak van de garage en bleef staan. 'Dat zal op den duur ook wel gebeuren, maar we zijn nog steeds in onderhandeling over de verkoop. Pas als alles getekend is, als de boel echt verkocht is, dan kunnen ze met het ziekenhuis doen wat ze willen, en ook de hoofdingang gebruiken.'

'Ik dacht dat de verkoop al een feit was,' zei Abby.

'Nee, nee, nog niet helemaal. Maar dat had ik je waarschijnlijk helemaal niet mogen vertellen.' Ze nam Abby onderzoekend op. 'Weet je zeker dat alles goed met je is?'

Nee, het is niet goed met me, en het zal ook nooit goed met me zijn, dacht Abby. *Mijn moeder was schizofreen en paranoïde, en ze heeft zelfmoord gepleegd door vanaf de tweede etage door een raam te springen. Mijn vader is oud en ziek, en hij is langzaam aan het doodgaan. Mijn zuster is met mijn verloofde naar bed geweest, en daarna heeft diezelfde verloofde, maar toen als mijn echtgenoot, me nog meerdere malen met andere vrouwen bedrogen. En toen Luke eenmaal officieel mijn ex was geworden, heeft hij me in het openbaar beledigd, en nu is hij, samen met een eerstejaarsstudente, dood aangetroffen. Vermoord. Nee, ik kan echt niet zeggen dat alles goed met me is.*

'Ja, hoor. Natuurlijk.'

Zuster Maria keek haar bezorgd aan. 'Waarom kom je niet mee naar binnen?' Ze keek omhoog naar de dikke wolken. 'Ik denk dat ik wel een kopje thee voor je zal kunnen regelen.'

'Dat is echt niet nodig, dank u.' Nu ze niet meer in dat enge, oude gebouw was, wilde ze hier zo snel mogelijk weg.

Zuster Maria was niet overtuigd.

'Wilt u mij bellen zodra het slot gemaakt is en ik in mijn moeders kamer kan?'

'Weet je heel zeker dat je dat echt wilt?'

'Ja!' riep Abby overtuigd uit, terwijl ze over haar schouder naar het hek en het bos erachter keek. Vanaf deze plek waren de rode bakstenen van het ziekenhuis niet te zien. Het lag verscholen achter het bos waarvan gedacht werd dat de kalmerende geluiden, geuren en kleuren een genezende uitwerking zouden hebben op de psychiatrische patiënten die er waren opgenomen.

'Dan zal ik je zeker bellen.' Het begon nog harder te regenen, en het was ook harder gaan waaien.

'Ik bel vanavond wel naar het klooster om mijn nummer door te geven.'

Toen de non knikte, stak Abby haar hand op, zwaaide, rende naar haar auto en stapte zo snel mogelijk in. Door de beslagen voorruit zag ze hoe de verbazingwekkend fitte zuster Maria naar de poort in de muur rondom het klooster rende.

Abby startte de motor van haar kleine Honda, keerde en reed terug naar de doorgaande weg.

Ze kwam niet in de verleiding om nogmaals de oprit naar het oude ziekenhuis te nemen.

Ze had er voor vandaag meer dan genoeg van gezien.

Hij wachtte tot ze was weggereden.

Vanaf het venster op de tweede etage kon hij over het hek van de ingang kijken, en op een bepaalde plek, waar de bomen niet helemaal een dicht dak vormden, kon je net een stukje van de weg zien. Gedurende heel even, hooguit twee seconden, zou hij haar auto zien voordat ze de doorgaande weg op reed. Maar dat was genoeg. Voor vandaag, tenminste. Hij zette zijn verrekijker aan zijn ogen en was er klaar voor. Hij wilde haar gezicht bij het langsrijden niet missen.

Het duurde een beetje langer dan hij verwacht had, waarschijnlijk vanwege die kletskous van een non, die zelf ook een paar duistere geheimen had, geheimen die niet eens zo heel erg afweken van de zijne. Bij die gedachte trok hij met zijn mond. Die vrouw in haar zwarte habijt werd door sommigen voor een heilige gehouden, maar hij wist wel beter.

Nog even, en dan zou iedereen haar geheim kennen.

En dat gold ook voor al die anderen.

Hij moest snel zijn en het was waarschijnlijk een goed idee om zijn tijdschema iets aan te passen. Door de verrekijker zag hij in de regen een zilveren flits. Zijn hart bonsde van opwinding bij het vooruitzicht, en zijn bloed stroomde ineens warm en versneld door zijn aderen toen hij zag hoe ze de bocht net iets te snel nam. De banden van de Honda slipten op het natte wegdek, en de achterkant van de kleine auto schoot opzij.

In gedachten voelde hij haar angst terwijl ze haar best deed om de auto op de weg te houden.

Hij likte zijn lippen toen ze de auto weer onder controle had gekregen en uit het zicht verdween.

Zijn hart pompte als een gek en hij voelde het zweet op zijn bovenlip. Ze leek zo sterk op Faith... Hij kreeg er een droge keel van, en de begeerte kroop als een vurige, vastberaden slang door zijn aderen.

'Faith... o, mooie Faith...

Zijn hoofd dreunde en hij herinnerde zich haar zoete, verwelkomende warmte, de manier waarop ze een geruisloze kreet slaakte wanneer hij bij haar binnendrong, de angstige, bange blik in haar ogen die even later ineens hartstochtelijk werd. Zijn lichaam kwam tot leven bij de gedachte aan hoe hij haar verleid had, aan haar overgave, aan hoe ze onder hem lag te hijgen en haar tanden in zijn schouder zette.

Zijn lippen krulden terwijl hij de lucht door zijn tanden heen naar binnen zoog. God, wat verlangde hij op dit moment naar haar, wat snakte hij naar haar hete, zoekende en lenige lijf dat zich vastklampte aan het zijne.

Alles op zijn tijd, bracht hij zichzelf in herinnering, terwijl hij zijn ogen dichtkneep. Hij zag Faiths gezicht voor zich... haar vurige ogen, haar hese lach, de ondeugende grijns van haar vochtige lippen. En terwijl hij haar zo in gedachten voor zich zag, haar bijna kon ruiken zelfs, veranderde er iets aan haar trekken en ging de herinnering aan de moeder over in het beeld van de dochter.

Hoofdstuk 13

'Nee, ik herhaal, dat is de laatste keer dat ik hem heb gezien,' verklaarde Maury Taylor nadrukkelijk. Ze stonden bij de receptie van de radiostudio. Bentz, die van tevoren gebeld had, was gearriveerd op vrijwel hetzelfde moment als dat Maury, die Gierman verving en daardoor overuren moest draaien, klaar was met werken. Giermans show werd op verschillende tijdstippen tijdens de middag en avond uitgezonden, en volgens de laatste metingen vertoonden de luistercijfers een spectaculaire stijging.

Dat kreeg je, als je vermoord was. Je was op slag beroemd. Of berucht. In Giermans geval was het waarschijnlijk het laatste.

'Ik heb alles al uitgelegd aan die andere rechercheur. Hoe heette hij ook alweer?' vroeg Maury, en knipte toen met zijn vingers. 'Brinkman. De lange man met die buik.'

Bentz knikte. 'Dat weet ik, maar ik was op reis. Het gaat me alleen maar om een paar details die ik wil checken,' zei hij, en dat was gelogen. Brinkman had goed werk gedaan. Hij had met iedereen in de studio gesproken en een compleet rapport ingeleverd. Nee, Bentz wilde persoonlijk snuffelen aan wat er zich hier afspeelde.

Daarbij was hij hier niet voor het eerst. Een paar jaar geleden, in de tijd dat Vader John, een psychopaat van het ergste soort, de straten van de stad onveilig had gemaakt, was Bentz hier kind aan huis geweest. De fascinatie van de moordenaar voor dr. Sam, de psychologe die laat op de avond een programma had, was een regelrechte nachtmerrie geweest.

De studio, die vlak achter Decatur Street en in de onmiddellijke nabijheid van Jackson Square lag, zag er in grote lijnen nog precies zo uit als in die tijd – de receptie met haar comfortabele bankjes, en de grote vitrine aan een van de muren die vol stond met onderscheidingen en waarin ook relevante nieuwsberichten, foto's van beroemdheden en zelfs een origineel voodoopopje waren opgehangen – en net als toen leek Melba, de receptioniste, niets anders te doen dan te telefoneren.

'Het enige dat ik weet is dat Luke goed pissig was op zijn ex. En dan bedoel ik echt goed pissig,' vertelde Maury. 'Ze had spullen van hem weggegooid, en die dag nam hij haar tijdens de uitzending stevig te grazen.' Hij trok een gezicht. 'Ik weet ook wel dat we hier flink overdrijven, maar normaal gesproken hield Luke zich op het persoonlijke vlak redelijk rustig. Ik bedoel, hij hield er niet van om zijn eigen vuile was buiten te hangen. In dat opzicht leek hij er zo zijn eigen... ethische principes op na te houden.'

'Ethische principes?' Daar trapte Bentz niet in. Volgens hem had Gierman er alles, maar dan ook alles voor over als hij dacht dat hij er de luistercijfers mee omhoog zou kunnen krijgen. De man had een ego om u tegen te zeggen.

'Het was, ik weet niet, en hij zou het in alle toonaarden ontkennen...'

'Ja?'

'Volgens mij hield hij nog steeds van haar.' Toen hij Bentz zijn wenkbrauwen zag optrekken, haastte hij zich eraan toe te voegen: 'O, ja, ja, u hoeft mij niets te vertellen. Hij was gek op jonge grietjes. Jezus, wie is dat niet? Zoals hij erover vertelde, hij kon er maar niet genoeg van krijgen... Hij was een echte mannelijke hoer, zullen we maar zeggen. Ik weet niet hoeveel vrouwen hij heeft genaaid, maar hij heeft me over een paar van hen verteld, en die informatie heb ik al doorgegeven aan die collega van u. De enige van wie ik het me nog heel duidelijk herinner – en Luke heeft het daar maar één keer over gehad toen hij een slok op had – was de zus van zijn vrouw.'

'Wat?'

'Ja... en daar was zijn vrouw niet echt blij mee, als u snapt wat ik bedoel. Het moment waarop Luke me dat verteld had, hield hij er vrijwel meteen weer over op. Probeerde het weg te lachen, alsof het een goeie grap was. Maar volgens mij was het iets waar hij mee zat.'

Bentz maakte in gedachten een aantekening en was zich bewust van een vertrouwd soort boosheid. Het was bekend terrein – en hoe. Hij wist niet wat het voor Abby Chastain betekende om te weten dat haar man haar met haar eigen zus belazerd had, maar echt blij kon ze er niet mee zijn.

'Ik weet niet of het avontuurtje met zijn schoonzus nou wel of niet iets voor hem had betekend.'

Maak dat de kat maar wijs!

'Maar ik heb altijd het gevoel gehad dat hij van zijn ex-vrouw is blijven houden.'

'Heeft hij dat gezegd?'

'Luke? Bekennen dat hij houdt van een vrouw die niets meer met hem te maken wil hebben? Ga weg. Dat zou hij nooit doen.' Maury haalde zijn smalle schouders op en schudde zijn hoofd. 'Maar wie weet, misschien zit ik er wel helemaal naast.'

'De ex kan nooit blij zijn geweest met het feit dat hij zich aangetrokken voelde tot haar zus.'

'O, nee! Natuurlijk niet. U weet toch wat ze zeggen van liefde en haat.'

Bentz was het met hem eens, maar hij wist uit persoonlijke ervaring dat de grens tussen liefde en haat zo dun was, dat hij soms onzichtbaar was. Hartstocht kon iemand verblinden.

'Is er iets op tegen als ik zijn bureau en zijn kastje bekijk?'

'Ga gerust uw gang, maar die andere rechercheur – '

'Brinkman?'

'Ja! Tjees, waarom kan ik de naam van die man maar niet onthouden?' Taylor snoof. 'Geen goed teken. Zonder mijn geheugen ben ik nergens. Maar dan ook echt helemaal nergens.' Hij grijnsde als een schooljongen die een doelpunt had gescoord. 'Het bestuur hier denkt erover om een tweede Gierman van mij te maken. Te gek, vindt u ook niet?'

Bentz vroeg zich af in hoeverre het bestuur de luisteraars van New Orleans daar een gunst mee zou bewijzen. 'Wat wilde u over Brinkman zeggen?'

'O, ja. Hij heeft al in Lukes bureau gekeken, en meegenomen wat volgens hem belangrijk was. Komt u maar mee.' Maury ging Bentz voor de centrale gang af die bekendstond als de 'aorta', en vervolgens ging het door een doolhof van gangen. Ze passeerden andere werknemers, en door glazen wandjes afgescheiden opnamestudio's en redactiekamers. 'En wat weet u van Giermans vriendin?'

'Nia?' Taylor maakte een weinig respectvol geluid. 'Lekkere kont, maar vanboven niet veel in huis, als u snapt wat ik bedoel.' Hij tikte met twee vingers tegen zijn slaap. 'Vooral zaagsel, en Luke raakt snel uitgekeken op een vrouw die hem in dat opzicht niet bij kan benen. Lichamelijk konden ze goed overweg, en daarmee begint het voor hem altijd, maar zoiets gaat op den duur vervelen, weet u.'

Alsof Maury Casanova of Dr. Phil was. Dat nam niet weg dat Bentz Maury gelijk moest geven. Was Bentz zelf daar niet een eersteklas voorbeeld van? Na zijn eerste vrouw had hij niet willen hertrouwen, maar in Olivia Benchet had hij een vrouw gevonden die, zoals hij na korte tijd ontdekt had, niet alleen intelligent, maar ook een oogverblindende schoonheid was. Een op en top sexy combinatie.

Ze kwamen langs een vitrine met oude lp's, en Taylor vertelde verder. 'Nia en Luke hadden het uitgemaakt – maar dat wist u waarschijnlijk al. Ik heb gehoord dat ze alweer een nieuwe vriend heeft, een of andere spierbal... eentje die nóg meer tijd op de sportschool doorbrengt dan

Luke. Hoe bestaat het. "Lang, donker en knap," heeft ze Luke verteld, omdat ze het niet laten kon. Volgens haar was hij de beste minnaar die ze ooit had gehad. Hoe vindt u dat? Pijnlijk, hoor.' Hij keek Bentz aan alsof hij wilde zeggen dat hij precies wist waar hij het over had. 'Achteraf bleek dat die lieve kleine Nia al wekenlang met die gozer aan het scharrelen was. Zo zie je maar. De bedrieger bedrogen. Wat je kosmische rechtvaardigheid noemt.'

'Ja, behalve dat de bedrieger vermoord is.'

'Ja.' Maury trok een gezicht. 'En dat is dubbel pijnlijk.'

'Zegt u dat wel.' Ze waren aan de achterzijde van het gebouw gekomen waar een kleine ruimte was die vol stond met bureaus en kastjes. 'En Gierman zelf? Hield hij er gelijktijdig andere vriendinnetjes op na? Of waren er andere ex-vriendinnen die hem iets betaald wilden zetten?'

'Dat geloof ik niet. Tijdens de uitzendingen deed hij altijd alsof hij een vriendin had, ongeacht of dat nu waar was of niet. Dat hoorde gewoon bij de show,' zei Maury, terwijl hij Bentz Giermans bureau aanwees. Een aantal pennen stond in een gepersonifieerde mok met de foto van een bruine labrador erop. Op het prikbord boven het bureau hingen foto's van Gierman die aan het zeilen, skiën en tennissen was, van Gierman die tegen de motorkap van een BMW-sportwagen stond geleund en van Gierman die stoeide met dezelfde labrador als die welke op de mok stond afgebeeld – een virtueel aan zichzelf en zijn hobby's gewijd altaar. Bentz had zelden zo'n extreem egoïstisch mens meegemaakt. De enige andere foto was een klein kiekje van een vrouw in wie Bentz Abby Chastain herkende. Ze stond uit te kijken over zee, de wind speelde met haar rossige haren, en haar lippen plooiden zich in een sexy glimlachje waarbij, in haar wang, het begin van een kuiltje was te zien. Ze had het soort ogen dat leek te kunnen zien wat er zich afspeelde in de ziel van een man.

Ja, dacht hij, Maury Taylor had gelijk. Niemand zou zo'n soort foto bewaren als hij niet zielsveel van de vrouw hield.

Bentz draaide zich opzij naar Taylor, en zag dat de kleinere man ook naar de foto stond te kijken.

'Heb ik het u niet gezegd?' vroeg Taylor, met een scheve grijns. 'De enige vrouw van wie Luke Gierman ooit echt heeft gehouden, is zijn ex.'

Montoya liet zijn blik over de menigte van rouwenden gaan die zich voor de ingang van de kapel van het All Saints College verzameld hadden. Een jonge priester, pastoor Anthony, stond met een kaarsrechte rug op de stoep voor de neogotische deur. Links van de jonge priester stond de veel oudere pastoor Stephen met gebogen hoofd te bidden. En naast de bejaarde geestelijke stond de decaan, dr. Usher. De regen droop van de rand van haar hoed.

Honderden studenten hadden zich rond de ingang van het kerkje geschaard. Ze hielden een kaars in de hand en luisterden geboeid naar de rustig klinkende stem van de priester die in deze aan Courtney LaBelle opgedragen plechtigheid het woord voerde.

Met op de achtergrond het luiden van de kerkklokken, vertelde pastoor Anthony bevlogen over de vreugde die hij had beleefd aan 'Mary' en over de tragedie dat juist zij, die zichzelf aan God had beloofd, op zo jeugdige leeftijd door het lot was getroffen. Zo onschuldig als ze was geweest. En hoezeer ze op God had vertrouwd. Pastoor Anthony's witte boordje contrasteerde scherp met zijn zwarte overhemd en pak. Hij hief zijn handen op in een smekend gebaar.

Het viel Montoya op dat hij geen misgewaad droeg, maar hij vermoedde dat de priester dat alleen bij een officiële mis aan zou trekken.

Er stond een stevige wind die het Spaanse mos aan de takken boven de hoofden van de aanwezigen heen en weer deed zwiepen, terwijl pastoor Anthony allen op het hart drukte om vooral niet treurig te zijn omdat Mary nu bij de Heer was, waar ze veilig en geborgen was – een betere plek dan waar de rest van de menigte zich bevond.

Montoya luisterde maar met een half oor.

Terwijl de groep rouwenden stond te huilen en te bidden, maakte Montoya foto's met een kleine, verborgen camera. De foto's zouden allesbehalve scherp zijn, maar het was in ieder geval iets. Pastoor Anthony zou nooit hebben gewild dat de groep met extra belichting gefilmd werd.

Waar Montoya op hoopte was dat de moordenaar zich onder de aanwezigen had geschaard. Het gebeurde vaak dat een moordenaar betrokken wilde zijn bij het onderzoek, dat hij de ontwikkelingen van heel nabij wilde volgen om te kunnen genieten van wat hij als zijn superieure intellect beschouwde terwijl die domme politie deed wat ze kon om hem te vinden. Een moordenaar vertoonde zich op de plaats waar hij zijn misdaad had gepleegd, of tijdens een herdenkingsplechtigheid of mis. Soms maakte hij zichzelf zichtbaar, soms bleef hij in de schaduw. Maar in de meeste gevallen probeerde hij zo veel mogelijk deel te hebben aan het onderzoek en aan het verdriet. Zijn ego genoot van het besef dat hij het meesterbrein achter de tragedie was. Meestal was het slechts een kwestie van tijd voor hij zijn macht liet blijken.

En dus deed Montoya of hij bad en naar de wijze woorden van de priester luisterde, terwijl hij ondertussen zijn blik onophoudelijk over de menigte liet gaan en probeerde vast te stellen of er iemand bij was die niet helemaal op zijn plaats leek... niet dat dit een doorslaggevend bewijs zou zijn. Veel moordenaars hadden het aangeboren vermogen om zich volledig aan te passen, om er normaler dan normaal uit te zien, om zo'n saaie en duffe indruk te maken dat niemand ooit zou vermoeden dat ze in staat waren de keel van hun vrouw door te snijden, of een buurman dood te schieten omdat hij een kras op de geleende grasmaaier had gemaakt, of met de grootste zorgvuldigheid een reeks moorden te plannen en plegen.

Aanvankelijk had niemand Ted Bundy verdacht – een goed uitziende man, die psycholoog was en een politieke toekomst tegemoet ging. Bundy had zelfs op een centrum voor verkrachtingsslachtoffers in Seattle gewerkt. Dan had je de *BTK killer* uit Wichita die bij de politie had gewerkt en een gelovig mens met een onopvallend uiterlijk was geweest. Dichter bij huis hadden ze pastoor John gehad, en de Uitverkorene, die geen moment de aandacht hadden getrokken terwijl ze de ene gruwelijke moord na de andere hadden gepleegd. Dr. John McDonald, een briljante jonge chirurg, zat in de gevangenis voor het afslachten van zijn gezin, hoewel hij nog steeds bij hoog en bij laag volhield dat hij onschuldig was.

Nee, aan het uiterlijk alleen viel niet te zien of iemand een moordenaar was of niet.

Een voor een fotografeerde Montoya elke man, vrouw, jongen of meisje – iedereen die was gekomen om te getuigen van zijn of haar verdriet om de dood van Courtney Mary LaBelle. Mensen die zo geschokt waren over de gepleegde moorden dat ze bereid waren om regen en wind te trotseren om bij deze plechtigheid aanwezig te kunnen zijn.

Als om zijn gedachten te onderstrepen, trok er opeens een harde windstoot over het terrein – kaarsen flakkerden en doofden, en paraplu's klapten dubbel of werden uit de handen van de mensen gerukt.

'Laat ons bidden tot de Heer,' zei de priester, terwijl hij opnieuw zijn handen ten hemel hief, 'en dan naar binnen gaan om de rest van deze plechtigheid in de kapel te houden.' Hij vouwde zijn handen en neeg het hoofd.

Iedereen die in de buurt van het kerkje stond volgde zijn voorbeeld.

Met uitzondering van Montoya.

'Je hebt gezegd dat je terug zou bellen,' zei Zoey op verwijtende toon, nadat Abby de telefoon in de keuken had opgenomen.

Abby keek om zich heen. Ze was nog steeds van streek over wat haar in Our Lady of Virtues was overkomen, en raakte het gevoel maar niet kwijt dat er naar haar werd gekeken.

En dat was natuurlijk regelrecht paranoïde.

Nee, niet *paranoïde. Ze was alleen maar op haar hoede.*

De deur van de koelkast stond open en Hershey stond ervoor terwijl Abby, met haar vrije hand, tussen de halfvolle flesjes slasaus naar een pak yoghurt zocht.

'Ik heb uren zitten wachten,' klaagde Zoey.

Jezus, joh, stel je niet zo aan, dacht Abby. 'Je hebt gelijk, Zoey. Het spijt me... De tijd is omgevlogen.' Het irriteerde haar dat ze zich geroepen voelde om haar oudere zus tekst en uitleg te geven. Lieve help, ze was een vrouw van vijfendertig! Ze was geen klein, ongehoorzaam kind meer, en ze was zéker geen kind van Zoey. 'Ik was bezig. En nee, ik weet nog niets van Lukes begrafenis.'

'Maar dat zal toch wel eerdaags moeten zijn, niet?'

'Ik weet niet wanneer het zal "moeten" zijn. Als zijn ouders hem willen cremeren dan kan de mis best achteraf worden gehouden. En verder, Zoey, zou ik werkelijk niet weten wat mijn rol in deze situatie is. En of ik zelfs wel een rol heb. Ex-vrouw scoort nu niet bepaald hoog in de voedselketen, weet je. Ik heb geen status meer, en geen band meer met de familie. Maar desondanks wil ik erbij zijn. Al kan ik niet zeggen dat ik de afgelopen tijd nog warme gevoelens voor hem koesterde.'

Zoey zoog de lucht naar binnen door haar tanden. 'Dat was raak, Abby.'

'Je hebt zijn laatste uitzending niet gehoord.' Ze trok het pak yoghurt open. Haar geweten knaagde een beetje, en ze besloot om het er meteen maar uit te gooien. 'Ik ben er gisteren gaan kijken.'

'Waar ben je gaan kijken?'

'Bij het ziekenhuis.'

Er viel een stilte. 'Waarom?' vroeg Zoey ten slotte.

'Het wordt gesloopt en – '

'Mooi zo!'

' – en ik wilde er nog één keer een kijkje gaan nemen.'

'Omdat de een of andere onbenul van een therapeut je dat heeft aangeraden?'

Abby voelde dat ze boos begon te worden. Sinds het ongeluk van haar moeder was ze bij meerdere psychotherapeuten geweest – sommigen beter dan anderen – maar ze ging ervan uit dat ze allemaal wisten waar ze het over hadden. 'Omdat het me een goed idee leek.'

Haar zus mompelde iets wat ze niet verstond, en toen vroeg ze wat luider: 'En? Hoe was het? Heb je er plezier aan beleefd?'

'Niet leuk, Zoey,' siste Abby. Waarom was ze er ook over begonnen? 'Om je de waarheid te zeggen, het was er ontzettend vreemd en bizar, oké? En eng. Echt eng. De boel is totaal vervallen. Ik heb een non ontmoet die er vroeger heeft gewerkt. Ik moest bij het klooster parkeren, en ze zag me naar het ziekenhuis lopen. Misschien kun je je zuster Maria nog herinneren. Ze is lang. Knappe vrouw. Van Latijns-Amerikaanse afkomst, denk ik.'

'Ja, ik weet nog wie ze is,' zei Zoey, een tikje stug.

'Ze was erbij, die dag dat mam het ongeluk had.'

Zoey zei niets.

'Het was ook eigenaardig, want volgens mij zag ze mij voor jou aan. Ze scheen te denken dat ik voor jou en pap uit het ziekenhuis binnen was gerend, of die indruk had ik tenminste.' Abby trok een la open en haalde er een lepel uit. 'Dat ik de trap op rende, terwijl zij juist naar beneden kwam, en dat ze jou buiten was tegengekomen en dat jij het cadeautje voor mam bij je had... of iets in die geest.' Abby fronste haar voorhoofd. 'Ik had tenminste het gevoel dat ze dat bedoelde. Zoals ik al zei, het was allemaal nogal vreemd.' Ze stak haar lepel in de yoghurt en nam een hapje. Zoey had nog steeds niets gezegd. 'Zoey?'

'Ja.'

'Hoe vind je dat?' De koele yoghurt gleed door haar keel, maar ze proefde er nauwelijks iets van.

'Ik... ik vraag me af waarom ze dat heeft gezegd. Ze zal wel oud zijn, en zich de dingen niet meer zo goed kunnen herinneren.'

'Misschien, maar het meeste wist ze anders nog heel goed.'

'Het meeste,' herhaalde Zoey. 'Vergeet niet dat het twintig jaar geleden is, Abby.'

'Hé.' Ze hief haar lepeltje op en zwaaide het voor het raam heen en weer, net alsof ze niet het venster, maar haar zus tegenover zich had. 'Hoe kom ik aan het gevoel dat je me zit voor te liegen?'

'Omdat ik het nu eenmaal niet graag over die dingen heb, daarom. Ik weet dat jij nog steeds met het hele thema tobt, maar voor mij is het afgesloten en ik zit er echt niet op te wachten om het er, elke keer als jij op haar sterfdag jarig bent, over te hebben.'

'En haar geboortedag,' bracht Abby haar zus in herinnering.

'Ja, ja, dat weet ik. En daarom had jij zo'n speciale band met haar, zo'n specifiek karma, of wat voor naam je er ook aan wilt geven waar niemand behalve jij iets van snapt. Ik begrijp het wel, maar ik snáp het niet, en ik vind dat we de hele zaak zouden moeten laten rusten.'

'En dat het nu de beurt aan Lukes begrafenis is?' vroeg Abby op droge toon.

'Precies! Die zaak moet eveneens worden afgesloten. En zodra hij eenmaal onder de grond ligt, of gecremeerd is, dan stel ik voor dat jij en ik het glas heffen, een dronk op hem uitbrengen, en hem dan begraven –

hem, het verleden en die verrekte strijdbijl, oké?' Ze was steeds sneller gaan praten, en haar stem was almaar hoger en schriller gaan klinken. Toen ze klaar was, was ze buiten adem.

'Goed. Best.'

'Dus ik kom naar New Orleans.'

'Uitstekend,' zei Abby met een vals glimlachje. 'En in dat geval, Zoey, kunnen we het, vóór we dat glas heffen, over een heleboel dingen hebben, goed? Met inbegrip van mam en de dag waarop ze is gestorven. Volgens mij weet je daar meer van af dan je ooit hebt gezegd. Als je niet terug wilt naar het ziekenhuis, mij best, maar we gaan het erover hebben.'

'O, Abby...'

'Ik heb dit nodig, Zoey,' zei ze, en toen hing ze op. Met kracht. Ze gooide de rest van haar yoghurt in het aanrecht. Waarom had ze opeens zo gereageerd? Ze had altijd al het gevoel gehad dat haar zus en haar vader niet helemaal de waarheid hadden verteld over die dag, maar ze had nooit de moed gehad om hun ernaar te vragen. Ze was liever in onwetendheid gebleven, uit angst voor wat ze te horen zou kunnen krijgen.

Het feit dat zuster Maria zo eenduidig was geweest in haar uitspraak dat Abby *in* het ziekenhuis was geweest op het moment dat haar moeder uit het raam was gevallen, had brokstukjes herinnering bij haar wakker gemaakt, een herinnering waarvan ze helemaal niet had geweten dat die verbrokkeld was geweest. Iets aan de manier waarop ze zich het ongeluk herinnerde klopte niet – en dat was al twintig jaar zo geweest.

Ze was inderdaad binnen, *in* het ziekenhuis geweest. Ze herinnerde zich hoe ze de trap op was gerend, en bijna was opgebotst tegen de lange non die haar gemaand had om niet te hollen. Maar Abby had niet geluisterd naar de vrouw in het zwarte habijt, met haar strenge gezicht en ruisende rokken. Ze was langs haar heen gevlogen en de laatste trap op gerend, en het enige waar ze oog voor had gehad, was de deur van kamer 207 geweest...

Maar vanaf dat moment liet haar geheugen haar in de steek.

Nu sloot ze haar ogen en probeerde ze zich voor de geest te halen wat er die dag was gebeurd en hoe het kwam dat ze zo'n duidelijk beeld had van haar moeders gebroken lichaam zoals het op het betonnen terras had gelegen. Ze voelde, van achter in haar nek, een hoofdpijn opzetten, een kloppende waarschuwing die haar zei dat ze niet blij zou zijn met wat ze weldra zou ontdekken. Maar ze bleef haar best doen om het zich te herinneren. Zich vastgrijpend aan de rand van het aanrecht, dwong ze zichzelf om terug te denken. Als ze net uit de auto was gestapt en op de stoep van het ziekenhuis had gestaan, dan was het niet alleen dat haar eigen geheugen haar in de steek had gelaten, maar ook haar eigen familie. Haar vader. Haar zus.

Twintig jaar lang had ze het gevoel gehad dat er iets niet helemaal klopte aan haar versie van die dag, maar ze was te bang geweest om de waarheid te achterhalen, om de blinddoek van haar ogen te halen.

Maar dat was nu afgelopen.

Het was tijd dat ze ophield zichzelf in bescherming te nemen. Het was tijd om een eind te maken aan de leugens, het bedrog en de gevoelens van schuld.

En Zoey zou haar daarbij helpen, of ze dat nu wilde of niet.

De avond had niets opgeleverd. Montoya had met de studenten gesproken die bij de herdenkingsdienst waren geweest, en had speciale aandacht besteed aan Courtney LaBelles vriendinnen. Vervolgens had hij een paar woorden gewisseld met pastoor Anthony, voordat deze er halsoverkop vandoor moest om Mary LaBelles ouders tot steun te zijn. Maar Montoya mocht hem niet. Pastoor Anthony Mediera was te glad, te kalm en veel te volmaakt, naar Montoya's idee. Het geloof van de priester voelde als iets wat hij alleen maar aan de buitenkant beleed.

Daarna had hij een bezoekje gebracht aan Nia Penne, die gezelschap bleek te hebben van haar nieuwe vriend. Tenger en klein, met witblonde haartjes die in kleine lokjes rond haar Tinkerbel-achtige gezichtje vielen, had ze beleefd antwoord gegeven op zijn vragen, maar ze was bij haar aanvankelijke verhaal gebleven. Montoya stelde vast dat de nieuwe man in haar leven inderdaad een bodybuilder was. Hij leek sterk, maar deed zijn mond nauwelijks open.

De vriend had, met zijn armen over elkaar, bij het nepvuur in de namaak open haard gestaan. Zijn biceps puilden uit een te strak zwart T-shirt dat om zijn slanke taille en vermoedelijk ijzersterke buikspieren sloot. Hij heette Roy North, hij had schoenmaat zesenveertig, en Montoya nam zich voor hem door het systeem te halen, al was het maar omdat Roy een onderliggende agressiviteit uitstraalde die de rechercheur niet helemaal lekker zat. En terwijl Nia de afgelopen week bij haar vrienden in Toronto was geweest, was hij thuisgebleven.

Daarbij was Nia niet bepaald het treurende ex-vriendinnetje. Toen hij had gewezen op de dozen die her en der in de woonkamer stonden, had ze ondeugend gegrinnikt en gezegd dat ze de huur van haar flat had opgezegd omdat ze bij meneer Spierbal ging wonen.

Tinkerbel en Spierbal. Wat een stel.

Ach ja, de ware liefde, dacht Montoya, terwijl hij terugliep naar zijn patrouillewagen die hij een straat voorbij Nia's flat had geparkeerd. Heel even dacht hij aan Marta... beeldschone, levenslustige, brutale en charmante Marta. Hij dacht aan hoe hij zijn leven met haar had willen delen, en hoe het lot haar uit zijn leven had weggerukt. Toch waren het verdriet dat hij aanvankelijk had gevoeld en de laaiende, intense woede die aan hem had gevreten langzaam maar zeker vervaagd, en intussen verlangde hij zelfs niet eens meer naar haar. Het kostte hem moeite haar gezicht met de donkere ogen en de lange, krullende zwarte haren weer voor zich te zien. En die keren dat hem dat lukte, waren haar trekken vaag en onduidelijk, alsof ze weggewassen waren door de regen die maar niet wilde ophouden.

In plaats daarvan zag hij het gezicht van een andere vrouw voor zich. Een beeldschone vrouw met whiskykleurige ogen, ongetemde roodblonde krullen en een volle mond. Abby Chastain. Luke Giermans exvrouw. De vrouw die zo'n centrale plaats innam in dit onderzoek. Verdorie. Ze was werkelijk de laatste vrouw tot wie Reuben Montoya zich aangetrokken zou moeten voelen, en dat wist hij.

Alleen, was het niet altijd hetzelfde liedje? Verboden vruchten, en zo? Hoe vaak had hij zich in het verleden niet aangetrokken gevoeld tot getrouwde vrouwen? Hoeveel van hen hadden er niet met hem geflirt? Hoeveel van die vrouwen die hij leuk had gevonden, waren niet met een ander verloofd geweest? Hij had die grens nooit overschreden, maar hij zou een leugenaar zijn als hij zei dat hij niet in de verleiding was gekomen. En niet zo'n beetje ook.

Maar dit, met Abby, was anders. Ze flirtte niet met hem. Ze deed niet alsof ze onschuldig was, pronkte niet met haar lichaam en speelde geen spelletje om hem te intrigeren.

Ha! Alsof ze daar de kans toe had gehad! Hij kende haar amper. Hij had haar maar een paar keer gezien, en altijd in een gespannen sfeer. Hij was gewoon gestrest, dat was alles, en hij had al lange tijd geen vrouw meer gehad. Een veel te lange tijd.

Nu, in de gietende regen, ontsloot hij het portier van zijn auto, stapte in en trok het portier weer achter zich dicht. Terwijl hij de regen van zijn gezicht veegde en de motor startte, vroeg hij zich af waarom hij nu al over haar fantaseerde.

Ze was verboden terrein, en daarmee uit. Hij keek in zijn spiegel, zag dat er geen verkeer aankwam, keerde en reed weg.

Verdomme! Het hek wilde niet open!

Hoe had dat kunnen gebeuren?

Asa Pomeroy leunde uit het raampje van zijn Jaguar en toetste de elektronische code in om het grote hek van zijn landgoed te openen.

Niets. Alleen maar een natte arm. Alweer. De regen kwam met bakken uit de hemel, gleed van de voorruit en roffelde op zijn kalende kruin. 'Vooruit dan, etter! Schiet op! Toe dan!' Hij toetste de code voor de laatste maal in en vloekte hartgrondig. Toen probeerde hij het nog een keer met de afstandsbediening. Hij drukte een paar keer op het knopje, maar het verrekte hek verdomde het.

Hij had zijn mobiel bij zich, natuurlijk, maar wie moest hij bellen? Vanessa was een weekje bij haar moeder, de dienstmeid was naar huis en de tuinman-klusjesman woonde op twintig minuten rijden. En hij had te veel gedronken om de politie te kunnen bellen. Zijn vrienden woonden te ver – degene die het dichtstbij woonde zou een kleine drie kwartier nodig hebben om hier te komen, en bovendien hadden ze die avond met z'n allen op de club zitten drinken en hadden ze allemáál te veel op.

Nee, hij stond er in z'n eentje voor.

Hetgeen doorgaans geen probleem was. Je kon van alles van hem zeggen, maar hij was efficiënt en vindingrijk. Jezus, nadat hij twee keer een jaar in Vietnam had gevochten, was hij teruggekeerd naar de Verenigde Staten om daar een beter wapen te ontwerpen, op de markt te brengen en te distribueren. En dat wilde toch wel wat zeggen, nietwaar? Hij verkocht geweren, granaten, bazooka's, munitie en elk denkbaar wapen over de hele wereld, en dankzij dat feit was hij rijker dan hij ooit had durven dromen. Hij was de ideale mix van de yankeeslimheid van zijn vaders kant van de familie, de zuidelijke charme van zijn moeders kant van de familie, en de rasechte Amerikaanse knowhow als gevolg van het feit dat beide families generaties lang in het leger hadden gediend.

Hij vertikte het dan ook om zich te laten kisten door een prul van Japanse technologie. Nadat hij zijn Stetson van de achterbank had gepakt en op zijn hoofd had gedrukt, haalde hij een zaklantaarn uit het handschoenenvakje, zette zijn leesbril op zijn neus en stapte uit de auto. Binnen enkele ogenblikken waren zijn dure Italiaanse schoenen doorweekt – de schoenen die hij op aandringen van Vanessa op hun laatste reis naar Toscane had gekocht. Jezus, dat was pas zonde van de tijd en de centen geweest.

Hij boog zich over het toetspaneel met ingebouwde verlichting, toen het ineens tot hem doordrong dat de hond helemaal niet naar het hek was gekomen om hem te begroeten. Het was nog nooit gebeurd dat Geronimo, bij het horen van de motor van de Jag, niet onmiddellijk, hijgend en met de tong uit zijn bek bij het hek was verschenen. En als Asa eenmaal door het hek het terrein op was gereden, rende het dier altijd voor de auto uit naar het huis. Asa beschouwde het als een wedstrijdje en liet de hond altijd winnen.

Dus waar was hij nu?

Water droop van de rand van Asa's hoed. Zijn leesbrilletje besloeg terwijl hij door de spijlen van het hek en tussen de bomen door de duisternis in tuurde waar, hoewel het huis verscholen lag, lichtjes te zien moesten zijn.

Maar, afgezien van het schijnsel van de koplampen van de Jag dat zich door de kronkelende mistflarden boorde, was er in de wijde omgeving geen enkel ander licht te zien.

Hij floot luid.

Niets.

Iets klopte er niet, dacht hij, en net toen hij het gevoel begon te krijgen dat er doorgestoken kaart in het spel was, voelde hij ineens iets hards en kouds tegen zijn rug. Hij wilde zich omdraaien, maar het was al te laat.

Zap!

Een stroomstoot van driehonderdduizend volt schoot door zijn lichaam.

Zijn hoed vloog van zijn hoofd.

Hij viel op zijn knieën.

Naar lucht happend, probeerde hij zijn hand in zijn zak te stoppen om het mes te pakken dat hij bij zich droeg.

Maar hij voelde zich verward, kon zijn lichaam en brein niet coördineren, en kreeg het zelfs niet voor elkaar om ook maar één vinger op te tillen. Zijn hersens bevalen zijn handen om in zijn zak te reiken, maar zijn spieren reageerden niet.

Volkomen gedesoriënteerd zag hij een forsgebouwde man uit de schaduw op hem toe stappen en zich over hem heen buigen.

Asa raakte in paniek.

Iemand – deze man, en mogelijk zijn vrienden – had deze overval op hem gepland. En het was een heel zorgvuldig uitgedacht plan geweest.

Angst sneed als scherpe messen door hem heen.

Zijn aanvaller droeg een zwart, nauwsluitend pak, en zijn gezicht ging schuil achter een masker. Terwijl hij over hem heen stond gebogen hield hij zijn wapen omhoog zodat het zichtbaar was in het schijnsel van de koplampen.

Asa, die zich nog steeds niet kon bewegen, en die nauwelijks in staat was om scherp te zien, zag dat het een door zijn fabriek vervaardigde stungun was.

Godallemachtig, wat had dit te betekenen?

En toen begreep hij het. De man wilde hem ontvoeren. Om meerdere miljoenen losgeld voor hem te vragen. En hij zou Asa ontvoeren door gebruik te maken van een verdedigingswapen dat door Pomeroy Industries vervaardigd werd.

De doodsangst sloeg hem om het hart. Opnieuw probeerde hij zijn mes te pakken. Opnieuw weigerden zijn handen hem te gehoorzamen.

Doodbedaard drukte zijn aanvaller de stungun opnieuw tegen zijn nek en diende hem een tweede dosis toe.

De stroomstoot schoot door zijn lichaam.

Nog eens driehonderdduizend volt.

Asa schreeuwde het uit.

Pijn trok knetterend en sissend door zijn ledematen. Ondanks de advertentiecampagnes waarin het tegendeel werd beweerd, was de stroomstoot een bijzonder pijnlijke ervaring. Hij kronkelde van ellende, liet zich zijwaarts in de modder vallen en zag hoe zijn aanvaller op zijn dooie akkertje een rol isolatietape uit zijn gereedschapsgordel haalde. Daarna haalde hij er ook nog een rolletje vissnoer en een stiletto uit. Ook het mes kwam Asa bekend voor. De man klikte het wapen open. Als hij zich niet vergiste, was het een Pom 4SF – een kartelmes met een lemmet van tien centimeter, dat in de nieuwe catalogus van Pomeroy Industries vermeld stond als jachtmes dat speciaal geschikt was voor het opensnijden van groot wild, aangezien het met gemak door kraakbeen en bot sneed.

Een mes dat sterk genoeg was om een mens mee open te rijten.

Zijn bloed veranderde in ijswater.

De boodschap was duidelijk.

Niet doen! Ik ben rijk! Ik zal je geld geven. Zoveel als je maar wilt hebben! Hoewel hij schreeuwde, kwam er niet meer dan een zacht, rochelend geluid over zijn lippen.

Hij probeerde zich te verzetten, maar het was zinloos. Hulpeloos en zonder de macht over zijn ledematen lag hij, als een wrattenzwijn in drijfzand, in de modder te spartelen.

Toen hij opkeek naar zijn aanvaller kon hij zweren dat hij voldoening zag in de ogen die door de spleten in het masker op hem neerkeken.

Maar dat was onmogelijk, niet? Het was immers donker.

Wie was die man? Wat wilde hij?

Jezus, help me, bad Asa in gedachten. Hij moest hulpeloos toezien hoe de man het eerste stuk van vijftien centimeter van de rol isolatietape sneed en over zijn mond plakte. Vervolgens trok de man zijn handen op zijn rug en bond ze met dezelfde tape bij elkaar, waarna hij de boel met het vissnoer verstevigde. Asa gebruikte hetzelfde met een plastic laagje bedekt stalen vissnoer om een marlijn mee binnen te halen. De tape alleen zou voldoende zijn geweest – het snoer was bedoeld om iets extra duidelijk te maken.

Alle hoop vervloog toen ook zijn enkels met tape – maar nu zonder vissnoer – bij elkaar werden gebonden. Ten slotte kreeg hij een kap over zijn hoofd die rond zijn nek werd dichtgebonden. Er zaten luchtgaten in zodat hij adem kon halen, maar verder was het volkomen donker om hem heen.

Net als in Vietnam.

Hij was krijgsgevangene geweest. Had bijna twee weken in een kooi gezeten voordat hij had weten te ontsnappen. Nou, als hem dat één keer was gelukt, dan zou hem dat nu weer lukken, verdomme. Hij zou de angst, de verlammende paniek de baas zien te blijven, en deze vuile schoft met gelijke munt terugbetalen.

Hij werd bij de kraag van zijn jasje overeind getrokken. Hij probeerde zich te verzetten, zich los te rukken, maar het was zinloos. Hij hoorde een autoportier openen en het volgende moment duwde de man hem naar binnen. Hij stootte zijn voorhoofd en viel op wat aanvoelde als de achterbank van zijn Jag. Zijn benen werden omhooggeduwd zodat zijn knieën bogen, en het portier werd hard dichtgeslagen.

Enkele seconden later hoorde hij de aanvaller achter het stuur kruipen, voelde hij hoe de auto onder het extra gewicht een beetje omlaagzakte, en toen sloeg ook dat portier dicht. Met een oorverdovende klik werden alle portieren vergrendeld, waarna de man de auto in z'n achteruit schakelde, gas gaf en achteruit de lange oprit af naar de doorgaande weg reed.

Asa's enige hoop was dat iemand zijn auto zou herkennen.

Maar het was laat.

Op dit tijdstip was er nauwelijks verkeer op het stille landweggetje.

Voorlopig zou hij mee moeten werken. Hij twijfelde er niet aan dat het de schoft om zijn geld te doen was. Hij zou een flink bedrag aan losgeld willen hebben. En dat was best – hij had voldoende geld om wat voor exorbitant hoog bedrag dan ook te kunnen betalen.

Mogelijk dat de grap hem een vinger zou kosten.

Of een oor.

Inwendig kromp hij ineen, maar toen hield hij zichzelf voor dat het de moeite waard was, zolang als hij het er maar levend van af zou brengen.

Vanessa zou het losgeld maar al te graag willen betalen, of niet?

Zijn kinderen zaten in de raad van bestuur van Pomeroy Industries. Zij zouden zonder meer bereid zijn om de ontvoerder het gevraagde geld te betalen, ja toch?

Had hij zijn vrouwen en kinderen, en zelfs zijn kleinkinderen, niet geholpen, verdomme nog aan toe? Hij had geld gegeven voor beugels, studie, vakantie, voor alles waar zijn nageslacht maar behoefte aan had gehad, met inbegrip van die kinderen die alleen maar minachting voor zijn vermogen hadden, en beweerden dat ze slechts 'een kleinigheid' wilden hebben om 'mee aan de slag te kunnen' of 'om mee op zoek te gaan naar wie ze in werkelijkheid waren'. Hij had gedokt voor facelifts en borstimplantaten en bezoeken aan de psychiater. Gezondheidskuren, nieuwe auto's en zelfs een boot; hij had vrijwel elk verzoek ingewilligd, dus het was al diegenen die niet alleen hun leven, maar ook hun lifestyle aan hem te danken hadden, geraden om de centen op tafel te leggen die zijn ontvoerder voor hem zou willen hebben.

Denk maar niet dat je op hen zult kunnen rekenen, Pomeroy.

Je hebt wel vaker in het nauw gezeten, en wie was de enige die je te hulp is geschoten?

Niemand anders dan jij zelf.

En als hij heel eerlijk was, moest hij toegeven dat hij heel veel vijanden had, en enkele van zijn grootste vijanden waren van zijn eigen vlees en bloed. Verraders, geldwolven, leugenaars en bedriegers... vrouwen die met hem getrouwd waren geweest, of kinderen bij wie zijn bloed door de aderen stroomde.

Was dit zijn straf?

Zo moet je niet denken. Dit is alleen maar de een of andere hebzuchtige opportunist. En je hebt in de bestuurskamer wel met erger te maken gehad.

Terwijl de auto de bochtige weg af reed, begon zijn brein weer een beetje helder te worden. Hij dacht aan zijn vrouw die niet van hem hield. Zijn kinderen die geen respect voor hem hadden. Zijn twee zoons die ze alle twee niet allemaal op een rijtje hadden, en zijn dochter, die net zo'n geldwolf was als haar moeder. Zijn kleinkinderen waren al geen haar beter, en beschouwden hem als hun persoonlijke geldautomaat. Zijn zakenpartners die alleen maar deden alsof ze hem aardig vonden omdat hij zoveel geld waard was.

Was dit het werk van een van die schoften?

Zijn ijzige angst maakte plaats voor vurige woede. Hij mocht nu dan gebonden en machteloos zijn, maar dat was maar tijdelijk.

Wie de schoft ook mocht zijn die nu achter het stuur van zijn Jag zat, hij zou zijn verdiende loon niet ontlopen. De debiel had niet eens in zijn zakken gekeken, wist niet eens dat Asa zijn eigen mes pal naast zijn portefeuille in zijn broekzak had. Zodra Asa ook maar even de kans kreeg zou hij niet aarzelen om zijn eigen Pom 3.5F – een dodelijk knipmes dat moeiteloos door spier- en huidweefsel sneed – te gebruiken. Asa had niet voor niets een deel van zijn diensttijd bij de speciale troepen gezeten, en geleerd hoe hij een man tussen de ribben moest steken om zijn hart te doorboren. Het was slechts een kwestie van het verrassen van de tegenstander.

Hoewel het natuurlijk alweer jaren geleden was dat hij voor het laatst iemand had gedood, twijfelde hij er niet aan dat hij de man de baas zou kunnen. Deze keer had de ontvoerder zijn prooi danig onderschat.

Hoofdstuk 14

'Asa Pomeroy wordt vermist,' zei Lynn Zaroster, toen Montoya de volgende middag het keukentje op de afdeling binnenging. Hij was vanaf de vroege ochtend bezig geweest met het bijwerken van administratie, het doornemen van autopsierapporten en het afnemen van getuigenverklaringen, terwijl hij ondertussen had zitten wachten op uitvergrotingen van de foto's die hij de vorige avond had genomen. De stoffelijke resten van Luke Gierman en Courtney LaBelle werden vrijgegeven, de officier wilde antwoorden en Montoya was even dicht bij het vinden van de moordenaar als op het moment dat hij het huisje bij de rivier binnen was gegaan.

Zaroster dompelde een theezakje in een mok vol kokendheet water. Montoya stevende rechtstreeks op de koffie af.

'De miljonair?'

'Múltimiljonair zul je bedoelen, als we de artikelen in de *Industrialist* mogen geloven.'

'Lees jij die rommel?' vroeg Montoya, terwijl hij een kartonnen bekertje pakte en er een dun straaltje koffie in schonk.

'Mijn vriendje,' bekende ze.

'Hé, wacht eens even. Woont die Pomeroy niet in Cambrai?'

'Ja, maar ver buiten de dorpskern. Behoorlijk achteraf, en misschien zelfs wel aan de rand van het moeras.'

Met een vreemd gevoel in zijn maag herinnerde hij zich hoe hij langs het smeedijzeren sierhek rond het landgoed van Pomeroy was gereden. 'Hij woont in de buurt van Abby Chastain.'

'Echt?' vroeg ze, terwijl ze het gebruikte, natte zakje English Breakfastthee in de afvalbak liet vallen.

'Ja. Ze zijn buren.'

'Is dit vreemd, of niet?'

'Behoorlijk.' Montoya was niet blij met het gevoel dat hem bekroop. Helemaal niet. 'Wat is er gebeurd?'

'Dat weet ik niet. Ik kwam Vera van Vermiste Personen tegen op de wc, en ze vertelde dat mevrouw de stad uit was en vanmorgen bij thuiskomst vaststelde dat hij er niet was. Het bed was nog opgemaakt en het schijnt dat hij zelfs nooit de dekens terugslaat. Te veel moeite, schijnt het. Hoe dan ook, het dienstmeisje en de tuinman konden vanochtend het hek niet open krijgen – het automatische slot was geblokkeerd, of iets dergelijks. Volgens de man van de beveiliging die ze hadden laten komen, bleek dat iemand de elektronische code veranderd had. Mevrouw belt Asa's mobiel, maar hij neemt niet op. Op dat moment begint ze zich zorgen te maken, en dan belt Asa's secretaresse van kantoor om te vragen waar Asa blijft – ze hebben een belangrijke vergadering en hij is er nog niet. Na een uitvoerige belronde naar vrienden en familie – en niemand die weet waar hij is – belt zijn vrouw de politie. Ze kan elk moment hier zijn om de vermissing officieel te maken. Er zijn nog geen vierentwintig uur verstreken, maar het ziet er nu al niet goed uit.'

'Waar is hij voor het laatst gezien?'

Zaroster nam een aarzelend slokje van haar thee, hield haar vrije hand op en schudde haar hoofd. 'Ik zei al, ik weet er verder niets van. Op dit moment is het alleen nog maar geroddel. En het is niet onze zaak.'

Nog niet, dacht Montoya met een akelig voorgevoel. Het landgoed van de industrieel lag echt vlak bij Abby Chastains huis. Hoe toevallig was het dat haar ex-man vermoord wordt aangetroffen in dezelfde week als waarin haar buurman verdwijnt?

'O,' zei Zaroster, na nog een slokje te hebben genomen. 'Ik heb mijn oom op All Saints gebeld.'

'En? Wat had hij te vertellen?' vroeg Brinkman die, zijn broek ophijsend, het keukentje binnenkwam, de koffiepot pakte en zichzelf het allerlaatste restje inschonk. 'Je gaat me toch niet vertellen dat de heksen, net als mijn tantes bingoclubje, elke zondagavond om zeven uur bij elkaar komen?'

'Precies.'

'En dat ze, in plaats van zelfgebakken koekjes en vruchtenbowl, allemaal, voor een gezellige borrel, hun buisjes bloed meebrengen?'

'Was Courtneys kamergenootje echt zo erg, of overdrijf hij alleen maar een beetje?' vroeg Zaroster aan Montoya.

'Geen idee.'

'Het enige wat mijn oom zei, is dat er een heleboel goths op All Saints zitten. Niets om bang van te worden – het zijn alleen maar kinderen die hun haren zwart verven, zwarte laarzen dragen, zwarte lippenstift gebruiken en hun gezicht wit schminken. Alsof dat niet eng genoeg zou zijn.'

Brinkman snoof.

'Maar er zijn er een paar die het wat serieuzer nemen.'

'Ik wed dat ons juffertje O daartoe behoort.'

'Dat zou kunnen. Er wordt natuurlijk geroddeld, en er gaan geruchten over het aanbidden van vampiers en het drinken van bloed, ach, je weet wel, typische studentenverhalen.'

Montoya lachte.

'Heb ik het niet gezegd?' Brinkman nam een slokje koffie en trok een gezicht. 'Voordat je het weet beginnen ze maagden te offeren, behalve dat ze, nu Mary LaBelle dood is, er geen meer zullen kunnen vinden. Volgens mij was ze de laatste maagd die daar rondliep.'

'Daar zou ik maar niet zo zeker van zijn,' zei Zaroster geïrriteerd.

'Ja, hoor.' Brinkman nam nog een slokje, en toen trok hij een gezicht alsof hij in een citroen had gehapt. 'Wat is dit smerig spul, zeg.'

'Nou, dan zet je toch nieuwe,' zei Zaroster, en toen hij iets terug wilde zeggen, haastte ze zich eraan toe te voegen: 'En kom niet aan met die onzin van dat je niet weet hoe dat moet, of dat het zetten van koffie vrouwenwerk zou zijn, oké?'

'Maar dat is het wel.'

'Ik ben er niet voor in de stemming.'

Hij haalde zijn schouders op.

'Hoe onbenullig kan een mens zijn? Kijk, de pakjes zijn precies op maat.' Ze haalde een verzegeld pakje koffie uit een mandje waarin behalve koffie ook thee en zoetjes lagen. Ze hield het pakje onder Brinkmans neus. 'Let op. Je doet dit in het zeefje van het koffiezetapparaat, doet er water bij en drukt op de knop.' Ze liet het pakje weer in het mandje vallen. 'En klaar is Kees – twee minuten later heb je zalige, verse koffie.' Ze keek hem strak aan. 'Elke debiel kan het, dus ik neem aan dat iemand met zo'n opleiding als die welke jij hebt genoten zonder al te veel inspanningen een pot moet kunnen zetten. O, en vergeet niet het pakje eerst open te maken. Je weet wel, om het aluminiumfolie eraf te halen.'

Haar mobiel ging. Ze nam het gesprek aan en haastte zich, met haar bekertje thee in de andere hand, de keuken uit.

'Hemel, die is vast met het verkeerde been uit bed gestapt,' gromde Brinkman, terwijl hij haar nakeek tot ze om de hoek van de gang was verdwenen. 'En eigenlijk zou ik dat best wel eens willen zien – hoe ze, met haar haren helemaal in de war, uit bed komt.' Hij nam nog een slokje en kneep zijn ogen halfdicht bij de gedachte. 'Stel je voor, Zaroster helemaal naakt op naaldhakken en met alleen maar een schouderholster om.' Hij zoog de lucht tussen zijn tanden door naar binnen. 'Ik wed dat ze lekker heet is.'

'Dat zou ik maar nooit tegen haar zeggen, want voor je het weet dient ze een officiële klacht wegens seksuele intimidatie tegen je in. Nadat ze je éérst een trap in je ballen heeft verkocht.'

Brinkman grinnikte en Montoya keerde terug naar zijn bureau. Hij dacht aan Asa Pomeroy. Hoe groot was de kans dat de verdwijning van een multimiljonair iets te maken had met de moorden op Gierman en La-Belle? Een beetje vergezocht was het wel. Of niet? Het feit dat een rijke oude kerel niet in zijn bed had geslapen en niet op zijn werk was verschenen, betekende nog niet automatisch dat iemand hem vermoord had. Hij en Abby Chastain waren buren, nou en? Dat was waarschijnlijk alleen maar toeval. Het had niets te betekenen. Helemaal niets.

Maar onder het doornemen van zijn e-mails en telefoonboodschappen liet het akelige voorgevoel hem maar niet los. Hij pakte de telefoon en belde Vermiste Personen. Het kon geen kwaad om te vragen wat er precies aan de hand was.

Voor het geval dat.

'... de begrafenis is om elf uur,' zei Lukes broer Lex, 'en ik dacht dat je dat misschien wel wilde weten. De dienst wordt gehouden in St. Michael's. Geen kist. Hij wilde gecremeerd worden. O, god, ik kan gewoon niet geloven dat ik je dit alles sta te vertellen. Ik denk dat het nog niet echt tot me is doorgedrongen.'

'Ik snap wat je bedoelt.'

'Nou, misschien dat we elkaar daar zien.'

'Ja,' zei Abby, 'en bedankt voor het bellen.' Ze verbrak de verbinding en zuchtte. De gedachte aan de begrafenis maakte haar er niet vrolijker op. Het feit dat ze mensen die Luke tijdens zijn leven had gekend onder deze omstandigheden zou ontmoeten kwam haar surrealistisch voor, terwijl het op zich al totaal onvoorstelbaar was dat hij niet meer leefde. Er zouden alleen maar goede dingen over hem worden gezegd, en daar zou ze dan glimlachend naar moeten luisteren. Om nog maar te zwijgen over de confrontatie met zijn vader en moeder. 'Niet leuk,' zei ze tegen Hershey, terwijl ze haar mobiel in haar zak liet glijden.

Ze had de hele middag in haar studio gewerkt. Haar digitale camera was aangesloten op haar computer, die op het bureau stond. Nadat ze de foto's digitaal had bijgeknipt, drukte ze de exemplaren die ze hebben wilde af, controleerde ze opnieuw om te zien of ze er misschien nog meer af wilde knippen, en pas toen ze helemaal tevreden was over het resultaat, zette ze ze op de cd's voor haar klanten, brandde er ook eentje voor zichzelf en kopieerde de hele map naar haar harde schijf. Zoals altijd maakte ze ook afdrukken van de foto's zoals ze uiteindelijk zouden worden, waarna ze die sorteerde en in het archief borg.

Ze was er uren mee bezig geweest, en had alleen maar zo nu en dan even gepauzeerd om een kopje thee of koffie te halen. Haar ontbijt was een geroosterde boterham met pindakaas geweest, en daarna had ze zich een paar uur geamuseerd met schilderijen van de muren halen en het uittrekken van de spijkers. Daarna, tegen tienen, was ze haar studio in gedoken, en ze was zo opgegaan in haar werk dat ze helemaal vergeten was om te lunchen. De tijd was omgevlogen, en intussen was het over achten. Haar maag knorde en haar rug deed pijn. Ze wreef haar schouders en nek waar ze hoofdpijn op voelde komen. Ze kon alleen maar hopen dat ze nog een diepvriesmaaltijd had. Ze strekte haar rug toen Hershey, die in de hoek op een deken lag, plotseling overeind schoot. Ze gromde, trok haar kop tussen haar schouders en liep naar de deur.

'Wat nu weer?' mompelde Abby. De hond was de hele middag al onrustig geweest. Ze had om de haverklap naar buiten gewild, en wanneer ze buiten was, wilde ze weer naar binnen. Ze had naar eekhoorns staan blaffen die in de magnolia in de achtertuin waren gevlucht.

Hersheys nekharen kwamen overeind en ze liet haar kop zakken. Roerloos bleef ze naar de deur staan staren.

'Hou toch op, Hersh,' zei Abby, terwijl ze naar de foto's van het Shippman-huwelijk op haar computerscherm keek. De foto's waarop de bruid zuur keek, en die waarop de vetkuif van de bruidegom te veel aandacht trok, verwees ze naar de prullenbak.

Hershey gromde opnieuw.

'Hou op!'

Opnieuw keek ze naar de monitor.

De nekharen van de hond stonden nu allemaal overeind. Het grommen was bijna onhoorbaar zacht geworden, maar het was toch nog steeds luid genoeg om Abby uit haar concentratie te halen. Uiteindelijk gaf ze toe. 'Nou, vooruit dan.' Ze weigerde zich door het gedrag van de hond zenuwachtig te laten maken. 'Laat me dan maar zien wat er is.' Ze besloot er voor die dag een punt achter te zetten, zette de computer uit, deed de lampen uit en deed de deur van de studio open.

De hond ging er als een speer vandoor en begon luid blaffend langs de veranda aan de achterzijde van het huis op en neer te rennen, terwijl hij van tijd tot tijd even bleef staan om naar de donkere bomen van het bos te turen.

Abby onderdrukte een huivering van angst. Hershey maakte haar nog zenuwachtiger dan ze al was. Sinds de moord op Luke was ze zichzelf niet meer, en als ze gedacht had dat haar bezoek aan Our Lady of Virtues haar zou helpen met het verwerken van het verleden, dan had ze zich niet erger kunnen vergissen. Sinds ze door de oude, vergeten gangen had gedwaald, had ze niet meer goed kunnen slapen. Van haar bezoek waren haar drie beelden bijgebleven – de dichte deur van haar moeders kamer, het feit dat alle deuren op de eerste verdieping ineens dicht waren geweest, en de schaduwachtige mannengestalte achter het raam op de tweede verdieping. Zelfs nu nog kreeg ze weer kippenvel wanneer ze er alleen maar aan dacht.

Ze deed de studio op slot, liep het paadje af naar haar huis en maakte de achterdeur open. Hershey stond nog steeds grommend en met al haar haren overeind naar het bos te turen. Op het moment dat ze de deur opentrok, schoot Ansel vanuit het bos in volle vaart de keuken in. De grote labrador rende de kat achterna.

'Leuk hoor,' mopperde Abby, terwijl ze zich afvroeg welk dier ze als eerste de strot om zou draaien. 'Wat laat je me toch weer schrikken.' Met een nijdig gebaar schoof ze de grendel voor de deur. 'Je wordt geacht een waakhond te zijn, maar je hoeft me echt niet tegen Ansel in bescherming te nemen. Is dat duidelijk? Tjees.' Ze schopte haar schoenen uit. 'Ansel is niet de vijand. Probeer dat toch eindelijk eens te onthouden!' De kat was op het aanrecht gesprongen, en zat, met zijn staart zwaaiend, door het raam naar buiten te kijken. Zijn pupillen waren nog groot en zwart. Ook hij had al zijn haren opgezet, en hij blies naar de hond. 'En jij, ook ophouden, ja? Jullie alle twee... doe me een lol, oké? Ik heb jullie niet nodig om mezelf bang te maken. In dat opzicht heb ik al meer dan genoeg aan mijzelf, gesnopen?' Abby tilde de kat op en zette hem op de grond. Ze trok de vriezer open en vond alleen maar een reservepak koffie en een overjarige pizza.

'*Bon appetit*,' zei ze, terwijl ze de pizza eruit haalde en de oven aanzette. De pepperoni zag eruit alsof hij uit de zesde eeuw stamde, de kaas zat vol met ijskristalletjes en de korst had waarschijnlijk ook zijn beste tijd gehad. Maar het was het enige dat ze had, en ze bedacht dat het geen kwaad kon om een beetje creatief te zijn, en een tomaat en ui klein te snijden om de pizza er wat mee op te fleuren. In de voorraadkast ontdekte ze een blikje zwarte olijven. 'Vijf sterren,' zei ze tegen de dieren, waarna ze verder zocht in de kast, en een fles rode tafelwijn vond zonder enige aanvullende informatie op het etiket, en met, om de hals, een gouden koordje en een kaartje eraan waarop *Dank voor de gastvrijheid! Liefs, Alicia* stond.

Abby glimlachte bij de herinnering aan Alicia's laatste bezoek. Ze hadden een wijnzaakje in Decatur Street ontdekt waar ze, afgezien van in de winkel zelf gebottelde wijn, ook wijnen uit Frankrijk en Duitsland verkochten. Zij en Alicia waren wég geweest van de simpele witte etiketten waarop, met vette zwarte letters, alleen maar WITTE TAFELWIJN en RODE

TAFELWIJN had gestaan. Geen kleur, geen overdreven verpakking en geen barokke letters.

'Hoe vind je deze?' had Alicia gevraagd, terwijl ze de fles omhoog had gehouden. 'Zo pretentieloos en simpel. Niks van al dat overdreven gedoe dat je zo vaak op wijnflessen tegenkomt!' Ze had de fles aandachtig bekeken en rondgedraaid in het schaarse licht van het zaakje, en toen las ze: '"Smith Winery, Napa, Californië." Smith Winery. Ooit van gehoord?' Haar groene ogen hadden gestraald, en ze had gedaan alsof ze de bedenkelijk kijkende eigenaar helemaal niet zag. 'Wat denk je, zou die Smith Winery echt bestaan, of is het alleen maar een pseudoniem?' Ze liet haar hoofd in haar nek vallen en lachte. 'Deze nemen we... en de rode ook!'

Ze waren buiten op de veranda gaan zitten, hadden de fles opengetrokken, en onder het smullen van de vis van de barbecue naar de avondgeluiden geluisterd. Luke had gebeld om te zeggen dat hij die nacht in de stad zou blijven. 'Werk,' had hij gezegd. 'We zijn aan het vergaderen over een nieuw idee. Tot morgen. Hou van je, schat.'

Ja, hoor. Toen Abby had opgehangen, zei Alicia: 'Wat is die man toch een loser, Abs. Waarom laat je je niet scheiden, dan ben je ervan af.' Ze had hun glazen bijgeschonken. De wind blies zuchtend door de bomen en in de verte zong een nachtvogel. 'Maar hij zal onze avond niet verpesten. Dat gun ik hem niet, die schoft.'

O, wat had ze gelijk gehad, dacht Abby nu. Deze fles rode wijn was achter in de kast terechtgekomen waar hij gedurende ruim twee jaar stof had staan verzamelen. Ze had Alicia laten beloven dat ze hem samen zouden drinken wanneer ze volgende keer zou komen logeren, maar dat was niet gebeurd en nu had ze besloten het huis te verkopen.

Tijd om hem soldaat te maken. Wie wist hoelang zo'n unieke tafelwijn houdbaar was? Ze zou de fles opentrekken en Alicia bellen, haar zeggen dat ze ook een glas wijn in moest schenken, en dan zouden ze onder het telefoneren samen hun glaasje drinken.

Ze trok de la open om de kurkentrekker te pakken. Vanuit haar ooghoeken zag ze Hershey die roerloos als een standbeeld strak naar de donkere woonkamer stond te kijken. Terwijl ze de hele dag in de studio aan het werk was geweest, was de zon ondergegaan en was het, afgezien van de keuken waar ze het licht aan had gedaan, donker in huis.

'Hier trap ik niet in,' zei ze tegen de hond, in het vermoeden dat Ansel zich onder de bank had verscholen. Behalve dat de kat juist op dat moment op haar keukenkruk sprong en ook naar het donkere gedeelte van het huis begon te staren. 'Afgelopen!' zei ze, maar ze rilde en was zich bewust van een minimale verandering in de sfeer om zich heen. Ze aarzelde. Wat was het? Vochtig en aards... niet zozeer een geur als wel een gevoel.

'Hou toch op met je dingen te verbeelden,' fluisterde ze. Maar toen haar blik op de hamer viel die ze eerder die dag op het aanrecht had laten liggen, pakte ze hem op.

Ja hoor, alsof je iemand dood zou willen rammen? Hou toch op, riep het stemmetje in haar achterhoofd uitdagend. *Jij, de vrouw die, wanneer ze een mot in huis vindt, het beestje probeert te vangen om het buiten vrij te laten.*

'Ja, een mot wel, maar wespen maken bij mij geen schijn van kans,' mompelde ze, terwijl haar vingers de gladde houten steel nog wat steviger vastgrepen.

Hoorde ze echt wat, of was het alleen maar verbeelding? Het zachte schrapen van... wat? Een leren schoenzool over het parket? Een deur die zachtjes werd dichtgedaan? Ze dacht meteen weer aan het ziekenhuis met het spookachtige openen en sluiten van de deuren. In haar nek voelde het ineens kil en koud aan, en ze was bang.

Ze hield de hamer vast alsof haar leven ervan afhing.

Jezus, Abby, doe jezelf dit niet aan.

Ze slikte, liep de woonkamer in en deed de Tiffany-lamp aan. Veelkleurig licht verspreidde zich tot in alle hoeken van de kamer.

Hier was niemand.

Hershey gromde.

'Wil je daarmee ophouden? Je maakte me bang!' riep Abby geïrriteerd. Om haar angst de baas te worden begon ze, met de hamer in haar hand, de gang af te lopen. Haar hart ging als een gek tekeer terwijl ze de ene lamp na de andere aandeed, kastdeuren opentrok en onder haar eigen bed en het logeerbed keek.

In de badkamer hield ze haar adem in, tilde ze de hamer hoog op en – terwijl ze onwillekeurig aan beelden uit *Psycho* moest denken – trok ze het douchegordijn in één flinke ruk helemaal open. Ze was bijna misselijk van angst, maar er was niemand binnen de betegelde wanden, zelfs geen geschrokken spin die haastig de afvoer in kroop.

'Zie je wel... niets,' zei ze, om zichzelf gerust te stellen.

De enige plek waar ze nog niet had gezocht was de enkele kamer boven. Ze deed de deur van het washok open, en verstijfde.

Het raam stond open.

Haar hart kromp ineen.

Het scheelde een haar of ze had de hamer uit haar hand laten vallen.

Dat raam was toch dicht geweest, of niet?

Haar brein werkte op volle toeren terwijl ze zich dat probeerde te herinneren.

Soms deed ze dat raam wel eens open wanneer ze de droger aan had staan omdat de afvoer van dat apparaat lekte en de hele ruimte al snel vol stoom kwam te staan. Maar ze had de droger vandaag niet aan gehad, en ze kon zich niet herinneren dat ze het raam open had gezet.

Denk na, Abby. Probeer kalm te blijven. Je moet het wel open hebben gezet.

Het angstzweet brak haar uit en de hamer gleed bijna uit haar handen.

Rustig, alsjeblieft. Het is niet ondenkbaar dat je het gisteravond, toen je die lading handdoeken in de droger had, vergeten bent te sluiten.

Maar ze wist wel beter.

Elke avond liep ze alle ramen en deuren maar liefst twee keer na, en hoewel dit raam soms klemde, lette ze er altijd op dat het dicht was.

Dicht, maar niet noodzakelijkerwijs op slot, klonk het uitdagende stemmetje in haar achterhoofd. Zelfs nadat ze van de moord op Luke had gehoord, deed ze de ramen meestal alleen maar dicht en niet op slot.

Dus hoe kan het dan dat dit raam openstaat?

Ze wist het werkelijk niet. Ze stapte het washok in, smeet het raam dicht en probeerde het af te sluiten. Maar het slotje wilde niet dicht. Het kozijn was te zeer uitgezet van de vele jaren vocht. *Geweldig*, dacht ze, in het besef dat ze iets zou moeten verzinnen om ervoor te zorgen dat het niet meer open zou kunnen. Een plank uit de garage, misschien?

Terwijl ze probeerde te bedenken wat de beste oplossing zou zijn, drong er zich een ijzingwekkende gedachte aan haar op.

Zou ze daarmee de slechte jongens buitensluiten, of juist – en ongewild – die onwelkome indringer bij haar in huis opsluiten? Ze had nog steeds niet boven gekeken. 'O, verdomme,' mompelde ze, terwijl ze zich omdraaide en met vastberaden stap de gang af liep, naar de trap die naar boven, naar de studeerkamer leidde.

Ze klemde haar kiezen op elkaar.

Ze was de hele dag niet boven in haar kantoor geweest. Ze kon zich niet voorstellen dat iemand zich hier, op de verbouwde zolder, zou willen verstoppen. Maar ze moest het zeker weten. Ze wist dat ze vannacht geen oog dicht zou doen als ze niet elke hoek van het huis doorzocht had. 'Kom op, Hershey, jij bent hiermee begonnen,' zei ze tegen de hond. Ze trok de deur open, deed het lampje aan dat de trap verlichtte en begon, nog steeds met de hamer stevig in de hand geklemd, de steile, smalle trap op te lopen. De treden kraakten onder haar gewicht, en haar nekharen kwamen overeind van angst.

Dit was waanzin. Het raampje had opengestaan, nou en? En de hond stelde zich een beetje aan, nou en? Was Hershey niet altijd al een tikje hysterisch geweest? Het brave beest stond bepaald niet bekend om haar intelligentie, en ze moest er niet aan denken wat haar honden-IQ zou kunnen zijn.

Met elke stap werd het een beetje warmer. Het was een warme dag geweest en dat was vlak onder het dak nog goed te voelen. De kamer had geen echte vensters, alleen maar een speciaal dakvenster dat opengedraaid kon worden. Met wild kloppend hart nam ze de laatste tree, en deed het grote licht aan.

Er was natuurlijk niemand in de kamer.

Haar blik ging over haar bureau en de enkele klapstoel.

Geen indringer hier, zoals er ook geen indringer onder haar bed had gelegen.

'Liegbeest,' riep ze verwijtend tegen de hond, terwijl ze in de kasten keek. 'Vals alarm.' Hershey liet haar kop hangen en hield haar staart nagenoeg roerloos alsof ze zich schaamde. 'En terecht,' zei Abby streng. De donkere hondenogen keken bijna smekend naar haar op. Nu was het Abby's beurt om spijt te hebben. 'O, Hersh, neem me niet kwalijk. Je doet alleen maar je werk, niet?' Ze ging op de bovenste trede zitten, kroelde de hond achter zijn oren en boog zich naar het dier toe om zich door haar een lik op haar wang te laten geven. 'Hondenzoenen,' fluisterde Abby, en ze aaide het brave dier. 'Dat zijn de beste.' Hershey drukte haar natte neus tegen Abby's wang. 'Ik hou ook van jou. Maar doe me een plezier en probeer even iets minder de waakhond uit te hangen, goed? Geef alleen maar een teken wanneer er écht iets mis is.'

Hou op met de hond te bekritiseren. Het raam van het washok stond open, en jij hebt het niet open laten staan. En als je het wél open hebt laten staan, dan zou ik toch maar eens dringend goed naar mezelf laten kijken.

Betekende dat, dat ze haar moeder achternaging?

'Nee!' riep ze, zo luid dat de hond ervan schrok. 'O, Hersh, neem me niet kwalijk.' Ze haastte zich die gedachte te onderdrukken. 'Kom op, misschien dat ik ergens nog wel een hondenkoekje voor je kan vinden.'

De hond, die het standje alweer was vergeten, liet een kort 'woef' horen en sprong de trap af. Toen Abby weer beneden was, hoorde ze een zacht belletje, rook ze de geur van verbrandende oude etensresten, en besefte ze dat de oven eindelijk op temperatuur was gekomen. De hond stond inmiddels bij de voordeur te blaffen.

'O, allemachtig nog aan toe, wat nú weer, Hersh? Ik trap er echt niet nóg een keertje in,' riep Abby de hond achterna. 'Vergeet het maar.' Ze wilde doorlopen naar de zitkamer, maar zag het licht van koplampen op de muur schijnen.

Ze was prompt weer op haar hoede. De schrik van het open raam zat er nog goed in.

Abby, beheers je een beetje.

De hond bleef blaffen, en even later hoorde ze het geluid van een auto en het knarsen van banden op het grind. Toen ze uit het raam keek, zag ze een zwarte Mustang voor de garage tot stilstand komen. Het volgende moment werd de motor afgezet en zwaaide het linkerportier open.

Abby's adem stokte toen ze de bestuurder herkende.

'O, nee,' fluisterde ze, 'rechercheur Montoya.' Dit beloofde weinig goeds.

Hoofdstuk 15

Montoya, in een gebleekte spijkerbroek, een zwart T-shirt en een leren jack, stapte uit zijn auto. Hij sloeg het portier dicht en drukte op een knopje van zijn sleutelhanger. De gestroomlijnde auto piepte en alle lichten gingen een paar keer aan en uit, maar Abby had alleen maar oog voor de man.

Zijn broek sloot nauw om zijn heupen en benen, zijn gezicht stond strak en zijn zwarte haar viel over zijn voorhoofd terwijl hij naar de voordeur kwam gelopen. Haar hart maakte een sprongetje, en dat kon ze niet uitstaan van zichzelf. 'De hemel sta me bij.'

Abby, stel je niet aan. Zet dat onmiddellijk uit je hoofd.

Nog voor hij aan had kunnen bellen, trok ze de deur al open. Hershey sprong naar buiten en draaide kwispelend om de bezoeker heen. Ja hoor, wat je een waakhond noemt.

'Verwacht u bezoek?' vroeg Montoya. Hoewel er duidelijk een gespannen uitdrukking op zijn gezicht lag, glimlachte hij even. De man had de witste tanden die ze ooit had gezien, en zijn scheve glimlachje was van het soort waar vermoedelijk geen enkele vrouw tegen bestand was. Hij nam de tijd om de hond te aaien, die prompt nóg meer aandacht verlangde, en van puur genot gromde en zich in alle bochten draaide.

'Alleen u maar,' zei ze, in het besef dat ze zich ineens, nu hij er was, waanzinnig opgelucht voelde. En dat was zonder meer plezierig. En misschien behoorde ze wel tot die categorie van domme vrouwtjes die een zwak hadden voor stoere kerels die, wanneer je wat beter keek, een gouden hart en fonkelende ogen bleken te hebben.

O, lieve help nog aan toe, wat was dát in vredesnaam voor bespottelijke gedachte? Montoya is van de politie. Punt uit. Hij probeert Lukes moordenaar te vinden. En daarmee afgelopen.

Maar toen hij haar opnieuw dat glimlachje, dat tegelijkertijd sexy en jongensachtig was, schonk en haar aankeek met die verleidelijke en ondeugende donkere ogen van hem, voelde ze zich aangenaam warm worden vanbinnen. Hij probeerde wel heel stoer en keihard over te komen, maar in werkelijkheid was hij iemand met een groot gevoel voor humor. Alleen, het laatste waar ze op dit moment behoefte aan had was een man, en van alle mannen die er op de planeet aarde rondliepen was rechercheur Reuben Montoya voor haar bepaald de allerslechtste keuze.

Een smeris?

Vergeet het maar.

Een rechercheur Moordzaken?

Nog erger!

Gebruik je verstand, Abby.

En hoe kom je er eigenlijk bij om een man te willen? Ben je soms vergeten dat de laatste aan wie je je hart hebt geschonken zojuist vermoord is?

'U verwachtte mij?' vroeg hij. 'Heeft u daarom opengedaan met die hamer in uw hand?'

'Wat? O. Nee... Ik was spijkers uit de muur aan het trekken.' Niet echt een leugen. Dat had ze vanochtend gedaan. Ze legde de hamer op het tafeltje naast de deur. Toen Hershey naar binnen liep, ging Montoya weer rechtop staan. Het licht weerkaatste op zijn gitzwarte haar en op zijn hoge jukbeenderen, en ze vroeg zich af hoe het zou zijn om hem te kussen. Ze concentreerde zich op die dunne lippen van hem die gedeeltelijk schuilgingen onder zijn zwarte sik, en ze moest even slikken. In gedachten zag ze niet alleen hoe hij haar zoende, maar ook hoe zijn handen zoekend over haar lichaam gingen.

Ho, ho! Stop, Abby, hou daarmee op!

Maar dat kon ze niet. Zoals ze daar in de warme gloed van de lamp van de veranda stonden – hij nog buiten en zij aan de andere kant van de drempel – was er opeens een bepaalde intieme sfeer tussen hen. Haar dwaze, overactieve fantasie sloeg op hol met beelden van hoe ze samen de liefde bedreven.

Hetgeen natuurlijk absoluut bespottelijk was.

'Ben je, eh... bent u alleen?' vroeg ze, even vergetend dat hij helemaal geen persoonlijke kennis van haar was. En bovendien was het een domme vraag, want ze had al gezien dat hij alleen was. 'Zonder die beleefde en opgewekte partner van u?' Ze sloeg haar armen over elkaar alsof ze haar hart wilde beschermen.

Montoya's grijns had iets dierlijks. 'Ach, je bedoelt Brinkman?' Hij had het kennelijk ook gemerkt, van die onverwachte intieme sfeer tussen hen.

'Een echte heer,' zei ze, op sarcastische toon. 'Ik wed dat hij heel hoog scoort onder jullie vrouwelijke collega's.'

'Niet echt.'

'Hoe is het mogelijk. Maar waar ís die leuke man?' vroeg ze. Ze wist dat ze flirtte, maar ze kon er niets aan doen.

'Ik vermoed dat hij mensen aan het lastigvallen is, en ons allemaal een slechte naam bezorgt,' zei hij. Toen hij zag dat zijn eerlijkheid haar verbaasde, voegde hij eraan toe: 'Maar hij is wel heel goed in zijn werk. Ik vertrouw op zijn intuïtie. Hij is niet mijn type, dat geef ik toe, maar ik ken hem. Laat ik maar zeggen dat hij niet iemand is met wie ik graag een balletje ga trappen.'

Ze lachte, en de spanning van het afgelopen uur gleed van haar schouders.

'Misschien had ik u dit beter niet kunnen vertellen. Stel dat ik erdoor in moeilijkheden kom.'

'O, en daar bent u bang voor?' Ze geloofde het niet. Volgens haar was Montoya niet iemand die het met alle regeltjes en voorschriften altijd even nauw nam.

'Nee. Niet echt.'

'Dat vermoedde ik al.' Ze deed een stapje naar achteren, waarmee ze hem zonder woorden uitnodigde om binnen te komen. 'Welnu dan, rechercheur – '

'Je mag me Reuben noemen,' zei hij.

'Is er iemand die je zo noemt?'

Hij grinnikte. 'Alleen mijn moeder maar.'

'En de rest?'

'Afgezien van mijn tante, die me steevast Pedro blijft noemen omdat dat de naam is die ik bij mijn vormsel heb gekregen, en mijn broers en zussen die me Reu noemen, noemt iedereen mij Montoya.'

'Dan doe ik dat ook.' Minder persoonlijk, vond ze. 'Welnu dan, Montoya. Je bent niet zomaar hier. Je hebt een reden voor je bezoek – officieel of niet.' Ze sloot de deur. 'Misschien zou je me willen vertellen wat je hier heeft gebracht.'

Hij knikte, en volgde haar de kamer in. Bij het zien van de gezellige woonkamer met zijn Tiffany-lampen, antieke meubels en comfortabele bank en fauteuils, besloot Abby dat ze beter ergens konden gaan zitten waar meer licht was – de eetkamer of de keuken. Met meer licht zou ze beter na kunnen denken.

'Staat er iets aan te branden?' vroeg hij.

'Verdorie! Nee... niet echt!' Ze vloog naar de keuken en maakte Ansel aan het schrikken die onder de bank zat weggedoken. De kat sloop naar de eetkamer, waarbij hij van tijd tot tijd zachtjes blazend achteromkeek. Hij sprong op een van de eettafelstoelen vanwaar af hij goed kon overzien wat er gebeurde.

'Vriendelijk beestje,' merkte Montoya op.

'Ansel worstelt een beetje met het begrip "chill out".' Opnieuw lichtten Montoya's tanden wit op tegen zijn zwarte sikje. Zijn bruine ogen glommen. 'Hij heeft al een pestbui vanaf het moment dat je de hond hebt afgeleverd. Hij blijft hopen dat hij vanzelf weer zal verdwijnen. Of dood neer zal vallen. Dat mag ook.'

In de keuken wees Abby op de overjarige pizza die nog steeds in zijn plastic verpakking op het aanrecht lag. Haar avondmaal. Dat ze van plan was geweest om alleen te eten – of met Hershey. En dan was er nog de fles wijn. Die uitnodigend op het aanrecht stond te ademen. Ze aarzelde even, en toen hakte ze de knoop door en zei: 'Ik was juist bezig om iets voor mezelf te eten te maken. Het is... eh, het is niet veel bijzonders, maar... heb je zin om mee te eten?' Ze kreeg een kleur, en voelde zich even dwaas als toen ze, al die jaren geleden, Trey Hilliard in een opwelling had gevraagd om met haar mee te gaan naar Sadie Hawkins feestje.

Montoya pakte de fles rode tafelwijn op en glimlachte bij het lezen van het etiket. 'Ik ben vrij,' zei hij, haar aankijkend met die onvoorstelbaar bruine ogen van hem. 'En het is het beste aanbod dat ik vandaag heb gehad.'

'Echt?' Ze moest onwillekeurig glimlachen terwijl ze een paar wijnglazen achter uit de kast haalde. 'Tjees, Montoya, misschien zou je iets aan je leven moeten veranderen.'

'Maak je geen zorgen, dat heb ik al gedaan.' Hij schonk de wijn in terwijl zij het plastic van de pizza haalde. Ze maakte een zakje met geraspte Italiaanse kaas open, deed de olijven in een bakje en sneed de tomaat en de ui. 'Ik probeer het nog een keer,' zei ze, terwijl ze de kaas over de uitgedroogde worst strooide. 'Waarom ben je hier?' Ze legde de ui en een paar olijven op de kaas, en schoof haar creatie ten slotte in de oven. 'Op de een of andere manier heb ik het gevoel dat je me nog meer slecht nieuws te vertellen hebt, klopt dat?'

'Is er nog ander nieuws dan slecht nieuws?'

'Vroeger dacht ik van wel,' bekende ze. 'Nu ben ik daar niet meer zo zeker van. Daarbij voorspelt het feit dat je hier zo laat nog aan komt weinig goeds, of wel?'

'Ik vermoed van niet.' Hij gaf haar een glas aan, nam een slokje van zijn eigen wijn en ging met een halve bil op een keukenkruk zitten. Terwijl hij dat deed viel zijn jack open, en Abby zag zijn schouderholster met de revolver erin. De boodschap was duidelijk. Rechercheur Reuben Montoya was op de eerste plaats een smeris. Hij mocht dan een glaasje wijn met haar meedrinken, haar sexy glimlachjes schenken en haar hond aaien alsof hij dol was op labradors, maar hij was en bleef een rechercheur Moordzaken die de moordenaar van haar ex-man probeerde te vinden. En misschien had hij haar bovendien nog wel steeds bovenaan zijn lijstje van verdachten staan.

'Tot dusver heb je niet alleen slecht, maar vooral ook verontrustend nieuws gebracht. Wat is het nu?'

'Asa Pomeroy,' zei hij, en hij zette zijn glas op het aanrecht.

'Wat is er met hem?'

'Heb je niet naar het nieuws gekeken?'

Dat was het moment waarop ze het voor het eerst voelde – het angstige besef dat er opnieuw iets ergs was gebeurd. De opluchting die ze de afgelopen tien minuten had gevoeld, was meteen weer verdwenen. 'Nee, ik heb gewerkt. Alleen, in mijn studio.' Ze bewoog haar kin in de richting van de achterdeur, waarna ze een slokje van de wijn nam, die verrassend lekker was. 'Ik heb de radio niet eens aan gehad. Wat is er gebeurd?'

'Hij wordt vermist.'

'Vermist?' herhaalde ze bezorgd. 'Asa? Mijn buurman?'

'Sinds gisteravond.'

'En je vermoedt dat er iets ergs is gebeurd,' zei ze. De wereld verloor een beetje van zijn kleur. Als iemand die zo rijk en machtig was als Asa niet eens veilig was, wie was dat dan wel? Nee, nee, zo was het niet. Het kwam juist door de het enorme financiële vermogen van Pomeroy Industries dat hij een doelwit was.

'We weten nog niet precies wat er is gebeurd, maar aangezien hij jouw buurman is, leek het me een goed idee om even bij je langs te gaan om te kijken of alles goed met je was.'

'Met mij is het best,' zei ze. Terwijl de keuken begon te geuren naar smeltende kaas, warme tomatensaus en garende uien, dacht ze even aan het open raam en het grommen van de hond.

'Dus dan was er, afgezien van de spijkers, geen speciale reden waarom je rondliep met die hamer in je hand?'

'Ik zei toch al – '

'Ja, ik weet wat je zei, maar toen je opendeed leek je opgelucht om me te zien, en je hield die hamer zo stevig vast dat je knokkels er wit van zagen.'

'En dat is je allemaal opgevallen?'

'Ik bén ten slotte rechercheur,' zei hij. Ze wist niet of dat plagend bedoeld was, of dat hij bloedserieus was. Waarschijnlijk het laatste, want uiteindelijk was hij hier om haar over Asa te vertellen.

'Goed dan, meneer de rechercheur, dan zal ik maar bekennen. De hond gedroeg zich alsof er iemand in huis was, en toen ben ik op onderzoek uit gegaan.'

'Met alleen maar een hamer om jezelf mee te verdedigen?'

'Hij lag op het aanrecht.'

'Maar je hebt toch een alarminstallatie, of niet?' Hij draaide zijn hoofd naar het paneeltje naast de achterdeur, en de sticker op de ruit die elke eventuele indringer ervoor waarschuwde dat het huis beveiligd was, en dat het alarm rechtstreeks in verbinding stond met het bureau van de sheriff.

'Ik heb het huis zo gekocht, met die stickers. Maar er is geen alarm.' Ze haalde haar schouders op. 'En volgens mij is dat er ook nooit geweest.'

'Waarom probeer je het niet aan te sluiten? Dan weet je het zeker.' Alle humor was van zijn gezicht verdwenen.

'Meen je dat?'

'Wat dacht je? Ik zei het al, we weten nog niet wat er met Pomeroy is gebeurd, maar het ziet er niet goed uit.' Hij vertelde haar de weinige dingen die hij wist, en ze luisterde in opperste verbazing. Zowel Asa als zijn auto was verdwenen, en er waren sporen die erop wezen dat er voor het hek van zijn huis een worsteling had plaatsgevonden. Toen het dienstmeisje de volgende ochtend gearriveerd was, had het hek niet open gewild. De politie hield er rekening mee dat hij ontvoerd was en de FBI was al bij het onderzoek betrokken.

'En dat is hier allemaal vlakbij gebeurd?' vroeg ze, hoewel ze het antwoord op die vraag al wist.

'Precies. Er is natuurlijk een kans dat Asa gewoon is weggegaan zonder iemand daar iets over te vertellen, maar dat lijkt onwaarschijnlijk. Alle politiekorpsen zijn bij het onderzoek betrokken.'

'Omdat hij rijk is?' vroeg ze. 'Dat klinkt niet erg eerlijk.'

'Dat is het ook niet. Maar Promeroy is een prominente figuur met veel onroerend goed hier in de zuidelijke staten. Het hoofdkwartier van zijn bedrijf bevindt zich in New Orleans, maar hij heeft magazijnen en fabrieken in Alabama, Texas, en zelfs helemaal in Georgia. De kans bestaat dat hij is meegenomen naar een andere staat. Dat weten we op dit moment nog niet zeker, maar alle korpsen zijn gewaarschuwd. Ik werk op Moordzaken, en vooralsnog is er geen melding binnengekomen dat Pomeroy dood zou zijn. Maar dat hij vermist wordt, dat staat vast. Aangezien ik al eerder bij je was geweest, heb ik aangeboden om naar je toe te gaan om je te waarschuwen en je te vragen of er je in de buurt iets verdachts is opgevallen.'

'Maar je bent vrij,' zei ze.

'Dat is zo.'

'Dus in dat geval had er ook iemand anders bij me langs kunnen komen... iemand die dienst had.'

'Dat ligt eraan. Dit was een goede oplossing. Vertel me dus maar of je iets gezien of gehoord hebt. Het hoeft niet iets opvallends te zijn – alleen iets wat je aandacht heeft getrokken.'

'Ik weet niet. Niets.' Ze vond een ovenwant, maar ze was overdonderd en had moeite met het verwerken van alles wat hij verteld had. Ze trok de oven open, en een hete, geurige damp sloeg haar in het gezicht. Voorzichtig haalde ze de pizza eruit. Borrelende gesmolten kaas droop over de rand van de korst terwijl ze het baksel op een groot bord deed.

Ze dacht aan alle keren dat ze langs Pomeroys landgoed was gelopen of gereden. 'Ik kan me niets verdachts of ongewoons herinneren,' zei ze. 'Als ik naar mijn studio in de stad ga, kom ik er twee keer langs – op de heenweg en op de terugweg.' Ze rommelde in een la en vond een botte pizzasnijder. Ze drukte met al haar kracht op het heft en wist het cirkelvormige blad zover te krijgen dat het de pizza in acht punten sneed. 'En als ik ga joggen, dan kom ik langs het hek. Maar dat heb ik de afgelopen tijd nog maar zelden gedaan. Ben je al bij de Stinsons geweest? Ze wonen aan de overkant. Asa en Mark kennen elkaar via de een of andere vliegvereniging, geloof ik. Ze hebben alle twee een eigen toestel. Vanessa en Celia bridgen samen, of ze golfen, één van die twee.'

'Er is al met ze gesproken. We praten met iedereen die Asa heeft gekend.'

'Daar zullen jullie dan wel een poosje mee bezig zijn.'

'Je meent het.'

Ze schikte de partjes tomaat, pakte twee borden en een spatel, en legde twee pizzapunten op elk bord. Nadat ze Montoya zijn bord had aangegeven, ging ze op de kruk naast hem zitten, maar ze roerde haar eten niet aan. Nadat ze urenlang een knorrende maag had gehad, had ze opeens geen honger meer. De gedachte dat Asa Pomeroy, die slechts op een steenworp afstand woonde, ontvoerd zou kunnen zijn, maakte haar ijskoud vanbinnen. En de combinatie van Pomeroys ontvoering en de dubbele moord op Luke en Courtney LaBelle had een funeste uitwerking op haar eetlust.

'Dus dan ben je hier om te vragen of ik iets van Asa Pomeroy weet, en of mij iets is opgevallen,' zei ze, om er in gedachten aan toe te voegen: *onder het mom van dat je bezorgd om me was.*

Stomme trut!

Montoya keek in haar vragende ogen. 'Ik ben gekomen om je te waarschuwen,' zei hij, terwijl hij een stuk pizza oppakte en er een hap van nam. 'En om me ervan te verzekeren dat alles goed met je was.'

De kou verspreidde zich door haar lichaam. 'Ik ken Asa Pomeroy niet eens.'

Hij knikte. 'Dat zou op dit moment wel eens in je voordeel kunnen zijn.'

'Als jij het zegt.'

'Eet,' zei hij. 'Het is lekker.'

'Dat bestaat niet.'

Hij schonk nog wat wijn in en ten slotte nam ze een hapje. Hij loog. Het smaakte naar rauwe ui op karton, maar ze at toch door.

Montoya wachtte even, at zijn eerste stuk, en zei toen, quasi-achteloos: 'Ik heb gehoord dat je een bezoek aan het oude ziekenhuis hebt gebracht.'

Ze verslikte zich bijna. 'Hoe weet je dat?' De enige aan wie ze dat verteld had was Zoey, en ze kon zich niet voorstellen dat haar zus de telefoon had gepakt en naar de politie van New Orleans had gebeld.

Werd ze gevolgd?

En als dat zo was, waarom begon Montoya er dan over?

'Zuster Maria is mijn tante,' vertelde hij, waarna hij nog een slok wijn nam om een hap pizza mee weg te spoelen.

'O.' Abby kreeg een kleur bij de herinnering aan hoe ze zich zonder toestemming op verboden terrein had begeven. 'Heeft ze me aangegeven?'

Montoya's grijns was ontwapenend. 'Ga weg. Als ze je had willen straffen, zou ze je hebben laten knielen en je tot in de eeuwigheid rozenkransen hebben laten bidden. Ik heb haar gebeld en naar het ziekenhuis geïnformeerd. Ik wilde weten of daar, met de ophanden zijnde verkoop en sloop, dingen gebeurden, en toen vertelde ze dat jij er was geweest.'

Dat uitgerekend zuster Maria mij heeft moeten zien. De roddelnon. Ze nam nog een hap. 'Heeft ze ook verteld waaróm ik er was?'

'Nee. En ook niet toen ik haar dat vroeg.'

'En nu vraag je het dus aan mij?'

Hij zei niets en volstond met haar aan te kijken.

'Stel je er maar niet te veel van voor,' begon ze. 'Op advies van een psychotherapeut die ik een paar jaar geleden heb bezocht, besloot ik naar het ziekenhuis te gaan om mijn verleden onder ogen te zien, je weet wel, om wat rond te lopen op de plek waar mijn moeder voor haar dood had geleefd. Ze heeft zelfmoord gepleegd op mijn vijftiende verjaardag – de dag waarop ze zelf vijfendertig werd – door uit het raam van haar kamer te springen... het díchte raam van haar kamer.' Ze rilde en vervolgde: 'Maar dat wist je al, niet? Ik heb zo het idee dat je een heleboel van me af weet, in ieder geval meer dan je toe zou willen geven, en dan vraag ík mij af waarom dat zo is.' Abby begon boos te worden, en ze duwde haar bord van zich af. Het schoof door over het aanrecht en gleed net niet op de vloer. Ze merkte het nauwelijks. 'Is dat omdat ik een verdachte ben? En zo ja, van wat word ik dan precies verdacht? Van Lukes moord? Van Asa Pomeroys verdwijning? Van mijn moeders zelfmoord?' Ze keek hem doordringend aan. 'Vooruit, Montoya, zeg op. Waar gaat het in werkelijkheid om? En ik verzoek je om alsjeblieft niets te verzwijgen om mijn gevoelens te sparen. Heeft die lieve tante Maria van je, je nooit verteld dat biechten goed is vóór de ziel?'

Hij onderdrukte een glimlach en was duidelijk niet onder de indruk. Laat hem wat krijgen! 'Misschien wilde ik me er alleen maar even van verzekeren dat alles goed met je was.'

'En dat moet ik geloven? Nadat je me door de spionnen van Our Lady of Virtues hebt laten achtervolgen?' Ze klonk fel en venijnig, maar hij nam er geen aanstoot aan. Integendeel, hij leek haar verontwaardiging eerder amusant te vinden. God, wat zou ze die man graag eens stevig door elkaar rammelen!

Aan de andere kant wilde ze niets liever dan geloven dat hij inderdaad alleen maar langs was gekomen om te kijken hoe het met haar was. Omdat hij haar graag had willen zien. Maar dat waren domme, sentimentele gedachten. In werkelijkheid wist ze wel beter.

Montoya was een smeris. Punt uit. Hij vertrouwde haar niet en nu vertrouwde ze hem ook niet meer.

'Je kunt denken wat je wilt.' Hij stond op, scheurde een stukje papier van de keukenrol en veegde zijn handen eraan af.

'Dat zal ik zeker doen.'

Hij gooide het papier in de afvalbak. 'Dus hier is alles in orde?'

Allemachtig, hij gaf het niet op, hè?

'Afgezien van een neurotische hond en een paranoïde kat, ja.' Even kwam ze in de verleiding om hem te vertellen over het open raam en Hersheys gegrom, maar ze besloot erover te zwijgen. Ze wilde niet dat hij van haar zou denken dat ze een angstig, hysterisch vrouwtje was. En daarbij, er was niemand binnen geweest.

Dat had ze toch bewezen, of niet?

Hij keek de keuken rond als om zichzelf overtuigen. 'Nou, bedankt voor het eten.'

'Als je het zo zou kunnen noemen.'

Opnieuw schonk hij haar die aanstekelijke, ontwapenende glimlach, en als ze het zichzelf toe zou staan om iets beter te kijken, zou ze ook de kuiltjes in zijn wangen zien.

'Ik heb al lange, lange tijd niet meer zo'n heerlijk maal voorgeschoteld gekregen.' Toen ze hem tegen wilde spreken, hield hij zijn hand op. 'En dat meen ik.'

'Nou, dan ben je zeker met weinig tevreden.'

'Mogelijk.' Zijn donkere ogen fonkelden en smeulden, en ze voelde haar adem stokken. 'Nu je het zegt, ja, ik geloof inderdaad dat je daar gelijk in hebt.'

O, goeie god. Haar hart ging als een waanzinnige tekeer. Het werd warm in haar onderbuik en die warmte verspreidde zich naar haar ledematen. Waarom had die man deze uitwerking op haar? Het ene moment kon ze hem wel wurgen, en het volgende flirtte hij met haar en vond ze hem aantrekkelijk.

En dat was helemaal niet goed.

Hij zag er verschrikkelijk sexy uit in dat zwarte leren jack en die strakke spijkerbroek, en ze vermoedde dat hij precies wist hoe hij een vrouw moest versieren – iets waar ze meteen op af had moeten knappen. Ze nam zich voor om op haar hoede te zijn. Flirten was tot daar aan toe, maar ze weigerde om voor zo'n man als rechercheur Montoya te vallen. Montoya was níéts voor haar.

'Luister,' zei hij, terwijl ze met hem meeliep naar de voordeur. God, ze hoopte maar dat hij niet merkte hoe ze naar hem keek. 'Als je iets te binnen mocht schieten, of als je iets ziet waarvan je denkt dat het niet helemaal klopt, bel me dan.' De manier waarop hij haar aankeek kon op vele manieren geïnterpreteerd worden. 'Je hebt mijn nummer.'

Ze zou hem dolgraag ook zomaar bellen. Om hem als man beter te leren kennen. 'Ik heb je toch al gezegd dat ik niets weet.' Ze trok de deur open.

Montoya aarzelde alvorens naar buiten te stappen.

Gedurende minstens een halve minuut bleef hij de donkere nacht in turen. Het was weer gaan regenen en de wind geselde de takken van de oude eiken naast de oprit. 'Hé,' zei hij ten slotte. Hij draaide zich naar haar toe en keek haar recht aan. Op zijn voorhoofd lagen diepe rimpels en zijn mondhoeken wezen omlaag. 'Wees voorzichtig.'

Er knapte iets bij haar en even was ze haar stem kwijt.

'Ja... ja dat beloof ik.'

'Ik meen het.' Hij was volkomen serieus. Hij legde zijn hand even op haar arm en met zijn andere hand wees hij op het veiligheidsslot van de deur. 'Er is hier iets gaande. Ik weet niet wat het is, maar het bevalt me niet. Laat zo gauw mogelijk iemand komen om dat alarm aan te sluiten, wil je?'

'Je maakt me bang.'

'Mooi. Dat is de bedoeling.' Hij bleef haar strak en doordringend aankijken.

'Goed,' bracht ze met moeite uit.

Hij keek over haar schouder heen naar binnen, naar het tafeltje bij de deur. 'En die hamer is nog niet eens zo'n slecht idee. Ik hou niet zo van burgers met revolvers en waakhonden, maar doe wat nodig is om jezelf te beschermen.' De rimpels op zijn voorhoofd werden dieper. 'Misschien dat je aan een grotere zou moeten denken.'

'Een grotere wat? Revolver of hond?'

'Hamer.'

'Een moker?'

'Precies.' Hij knikte en liet zijn hand vallen. 'Een moker lijkt me een uitstekend idee.' Maar hij glimlachte niet toen hij zijn schouders optrok tegen de regen. Ze keek hem na terwijl hij zich de treetjes van de veranda af haastte en op een holletje naar zijn zwarte Mustang liep. Hij stapte in, startte de motor, keerde en reed de oprit af. Even later waren zijn achterlichten uit het zicht verdwenen.

'Heb je dat gehoord, Hershey? Dat van die moker? Stel je voor. En van jou als waakhond heeft hij ook niet echt een hoge pet op, wel?' Ze schoof de grendel voor de deur en liep naar de slaapkamer, terwijl ze het niet jammer probeerde te vinden dat hij weg was. Ze kende hem amper en ze vertrouwde hem niet. Maar zonder hem leek het huis opeens akelig leeg.

Dom.

Ze dacht aan zijn waarschuwende woorden. Misschien was het tijd om de revolver te laden. In de kast stond een doosje met munitie.

Met het idee Montoya's raad op te volgen, trok ze de la van het nachtkastje open.

Maar de revolver was weg.

Ze knipperde met haar ogen. Dat kon niet! Het wapen van Lukes vader kón niet verdwenen zijn. Ze had het een paar dagen geleden nog in de la zien liggen!

Waar was hij gebleven?

Onthutst ging Abby op de rand van haar bed zitten. Ze speelde met de gedachte om Montoya te bellen, maar besloot het niet te doen. Ze keek opnieuw in de la en rolde toen over het bed heen naar de andere kant om in de la van het andere, identieke nachtkastje te kijken. Zenuwachtig trok ze de la open en hoopte vurig dat het wapen dáárin zou liggen – dat ze alleen maar was vergeten waar ze het voor het laatst had zien liggen.

Niet.

De revolver was verdwenen.

En het raam had opengestaan.

Er was iemand in huis geweest.

Er was iemand door het raam naar binnen geklommen om Lukes revolver te stelen.

Haar adem stokte bij de gedachte aan hoe het gegaan zou kunnen zijn. De moordenaar was het huis binnengedrongen op zoek naar iets waarvan Luke had gezegd dat het persoonlijke waarde voor hem had. Of een geobsedeerde fan van Luke, die hem in de uitzending over zijn revolver had horen spreken, had besloten om het 'onrecht' dat zij zijn held had aangedaan recht te zetten, of hij had gedacht dat de revolver op eBay, of op de zwarte markt, veel geld op zou kunnen brengen, of waar je dan ook een wapen dat van een bekende persoonlijkheid was geweest zou kunnen verkopen.

'Veel te bizar,' mompelde ze, en ook te eng. Alvorens echt in paniek te raken, besteedde ze het daaropvolgende halfuur aan het ondersteboven keren van de slaapkamer en de rest van het huis, waarbij ze bleef hopen dat ze de revolver per ongeluk ergens anders had opgeborgen. Maar uiteindelijk bleek het wapen nergens te vinden.

Wie had hem gestolen?

En wat was de dief ermee van plan?

Hoofdstuk 16

De oude man zat te wachten.

En dat was best, dacht hij, terwijl hij door het duister sloop en over het hek klom. Zijn pick-up stond achter de schuur van de oude zaagmolen, en hij bedacht dat dit de laatste keer was dat hij zo dicht in de buurt van Pomeroys landgoed had kunnen parkeren.

De adrenaline pompte door zijn aderen, en sinds de moord op Gierman en de maagd had hij zich niet meer zo vol leven gevoeld. Nu de politie wist dat Pomeroy vermist werd, was de dreiging veel groter geworden. De FBI zou erbij worden gehaald, en alle telefoons in Pomeroys huis zouden worden afgetapt omdat ze een telefoontje verwachtten waarin de ontvoerders verklaarden hoeveel losgeld ze wilden hebben.

Zijn lippen plooiden zich in een sluwe grijns.

Ze hadden geen idee van wat er gaande was. Nog niet.

Hij zou ervoor zorgen dat ze er morgen meer van wisten. Hij wist al hoe hij contact met ze zou moeten maken, en via wie.

Maar hoe hij er ook van genoot om de politie radeloos op het hoofd te zien krabben, ze maakten het hem er niet gemakkelijker op. Hoe meer manschappen er naar deze streek gezonden werden, hoe voorzichtiger hij zou moeten zijn. Hij zou heel erg op zijn hoede moeten zijn. Daarom had hij die revolver ook vandaag gestolen, toen Abby in haar atelier aan het werk was. Nadat hij haar ruim een uur geobserveerd had, en het duidelijk was geworden dat ze waarschijnlijk tot laat in de middag aan het werk zou blijven, had hij het erop gewaagd. Hij had geweten dat het weldra moeilijker zou worden, helemaal nu hij had besloten om er meer vaart achter te zetten. En dus was hij haar huis binnengedrongen en had hij de revolver uit de la van haar nachtkastje gestolen.

En hij had zichzelf ook een beetje verwend.

Hoewel het risico waanzinnig groot was geweest, had hij even de tijd genomen om op haar bed te gaan liggen, om haar geur in zich op te snuiven en om zich voor te stellen hoe haar lichaam onder het zijne zou voelen.

Hoe ze kronkelde.

Hoe ze zweette.

Hoe ze hem begeerde.

Faiths dochter.

Zijn bloed stroomde sneller bij de herinnering aan haar geur. In zijn fantasie had hij haar wilde krullen als een waaier om haar hoofd op het kussen zien liggen, had hij haar lippen trillend vaneen zien gaan, en had hij zich verbeeld hoe ze haar heupen op zou heffen om hem te ontvangen. Hij was bij haar binnengedrongen. Hard. Snel. Tot ze buiten adem was en het volmaakte moment was aangebroken en hij haar zou doden...

O, wat zou het heerlijk zijn geweest als hij haar vandaag had kunnen verrassen. Hij beefde bij het vooruitzicht en zijn bezwete handen grepen het stuur steviger vast.

Geduld.

Nog even, en dan is het haar tijd.

Nu deed hij het hek open, reed zijn pick-up erdoorheen, en deed het hek weer achter zich dicht. Het regende iets minder hard nu, en hij zoog de vochtige nachtlucht diep in zijn longen. Hij reed de doorgaande weg op en deed zijn koplampen aan. Nu de politie waakzamer was dan ooit, was het tijd om tot actie over te gaan.

Gedurende bijna vierentwintig uur had hij de oude man de tijd gegeven om over zijn leven na te denken. En dat was lang genoeg.

Het moment was aangebroken om er een eind aan te maken.

'Verdomme!' Gina Jefferson smeet haar potlood door het kleine vertrek. Het vloog tegen de muur en kraste over het stucwerk onder de onderscheiding die ze in 2002 van de stad New Orleans had gekregen als Afrikaans-Amerikaanse Zakenvrouw van het Jaar. Uiteindelijk landde het potlood achter de archiefkast. 'Geweldig, hoor, Gina. Dat heb je goed voor elkaar,' mompelde ze voor zich heen, en ze kon het niet uitstaan van zichzelf dat ze zich zo had laten gaan. Het was laat, over negenen, en ze was de enige die nog op kantoor was. Ze had twaalf uur achter elkaar zitten werken en was in haar vijfenvijftigjarige leven nog nooit zó gefrustreerd geweest. Blij dat ze de enige in de ruimte was, stond ze op en liep over de versleten vloerbedekking naar de kast. Ze probeerde hem opzij te schuiven om haar potlood te pakken, maar het ding zat zó propvol dossiers van cliënten – cliënten die weldra op zoek zouden moeten gaan naar een andere instantie die zich over hun geestelijke gezondheid wilde ontfermen – dat er geen beweging in te krijgen was.

Als ze niet heel snel aan geld wist te komen, zouden ze het Crescent City Center moeten sluiten.

Ze had al te vaak aangeklopt bij de sponsors op wie ze in het verleden altijd had kunnen rekenen. Wat ze nodig had, was een nieuwe lijst van filantropen, voor zover die nog bestonden. Met een kleerhangertje lukte het haar het potlood – nu voorzien van een kleverig spinnenweb – achter het kastje vandaan te vissen. Ze haalde er een papieren zakdoekje overheen en zette het in de beker op haar bureau die, bij wijze van cadeautje, gemaakt was door iemand die was geholpen door de instelling die gratis psychische hulp bood.

'O, Heer, geef me kracht,' zei ze, terwijl ze haar regenjas van de kapstok haalde en aantrok. Haar jas leek strakker te zitten dan anders, en ze herinnerde zichzelf schuldbewust aan het feit dat ze op dieet behoorde te zijn en dat ze minstens dertig pond af moest vallen. Maar ze was te depressief om zich druk te kunnen maken over haar uitdijende middel. Te depressief en te gestrest. Sommigen van haar vrienden rookten wanneer ze onder druk stonden, en anderen hadden het waanzinnige geluk dat ze op die momenten geen hap door hun keel konden krijgen. Maar zij putte juist troost uit voedsel, en op dit moment stond ze zó onder druk dat ze wel aan één stuk door zou kunnen blijven eten. Het centrum werd met sluiting bedreigd, en als ze niet heel snel geld zou vinden om de deuren open te kunnen houden, zou het er weldra mee gebeurd zijn.

Gina keek naar buiten. De avond leek donkerder dan anders, maar misschien was dat wel omdat ze zo somber was. Na zich maandenlang uitgesloofd te hebben en dagen van twaalf uur te hebben gemaakt, kreeg ze steeds meer het gevoel dat het voor niets was geweest. Dat het urenlang telefoneren met sponsors niets op had geleverd, of in ieder geval niet voldoende om het centrum draaiende te kunnen houden. Tenzij er een wonder zou gebeuren en er opeens een multimiljonair zou komen die besloot om hun stichting duizenden en duizenden dollars cadeau te doen. En zelfs in dát geval zouden ze nog geld te kort komen. Wat ze werkelijk nodig hadden, was hulp van de overheid, en een vast inkomen van een aantal kerken. Maar dat zat er niet in.

Ze draaide met haar hoofd om haar stijve nekspieren wat losser te maken, deed het licht uit en keek door de glazen deuren naar de plek aan de overkant van de straat waar ze in de loop van de avond twee keer een man had zien staan.

Op zich was ze het gewend om met vreemde snuiters om te gaan. Uiteindelijk was het centrum juist bedoeld voor mensen die behoefte hadden aan psychologische en geestelijke hulp. De meer ernstige gevallen werden doorverwezen naar het ziekenhuis, maar het grootste gedeelte van hun cliënten waren mensen die het even niet meer zagen zitten, die behoefte hadden aan medicijnen of alleen maar aan een goed gesprek en advies. Ze werkten met drie vrijwilligers – een arts en twee verpleegkundigen. De rest van het personeel bestond uit klinisch psychologen en maatschappelijk werksters.

In de vijftien jaar dat Gina dit werk nu deed, had ze met heel wat vreemde lieden te maken gehad. Dus ze begreep niet goed hoe ze aan het gevoel kwam dat er iets niet helemaal pluis was aan het type dat ze aan de overkant in de schaduw had zien staan.

Intuïtie?

Of kwam het alleen maar doordat ze doodmoe was?

In dit gedeelte van New Orleans waren veel daklozen en zwervers. En de stad kampte met een niet gering aantal neurotici, verslaafden en geschifte lieden. Ze hield van New Orleans, maar ze was zich ervan bewust dat het op straat gevaarlijk kon zijn. Ze was hier geboren en opgegroeid. Haar vader, Franklin, was in zijn jonge jaren bokser geweest, en later was hij buschauffeur geworden. Haar moeder had de kinderen opgevoed, en niet alleen voor het gezin, maar ook voor mensen in de buurt gekookt. Daarna had Ezzie Brown, met een kleine erfenis en de steun van al haar bekenden, haar eigen restaurant aan de rand van het French Quarter geopend. Alle kinderen van Ezzie en Franklin, of ze daar nu volgens de wet oud genoeg voor waren of niet, hadden in dat restaurant gewerkt – in de bediening, in de keuken en in de schoonmaak. Ze hadden er al vroeg geleerd wat geld waard was, en ze hadden er een liefde voor goede jazz ontwikkeld. In de ruimte achter het restaurant stond een van twee oude deuren geïmproviseerde tafel die als bureau dienstdeed, en waaraan de kinderen – omringd door planken vol potten augurken, blikken tomatenpuree, zakken met uien, knoflook en Spaanse pepers, en pakken maïsmeel en bloem – geacht werden hun huiswerk te maken.

Nu zette Gina het alarmsysteem aan, klemde haar paraplu onder haar arm, haalde haar sleutels uit haar tas, ritste haar tas weer dicht, pakte haar aktetas op en duwde de deur open met haar schouder. Het was smerig weer buiten – nat en winderig, de goten vol water, en af en toe een van de muziek dreunende auto die langsreed en het water in de plassen hoog deed opspatten.

Ze snoof de geur van de stad in zich op. Overal waar je was kon je de Mississippi ruiken. Heer, wat hield ze toch van deze plek.

Aan de overkant was geen mens te zien.

Ze keek nog eens goed, haalde opgelucht adem en sloot de deur achter zich af, terwijl ze ondertussen dacht aan het restaurant van haar bijna tachtigjarige moeder waar je nog steeds de beste creoolse garnalen van heel Louisiana kon krijgen. Haar ouders hadden hun kinderen geleerd om sterk en slim te zijn, om hard te werken en de Here lief te hebben.

Ook in tijden dat er niet zoveel geld was hadden Franklin en Esmeralda Brown elke maand een bijdrage aan hun kerk betaald, en hadden ze in het koor gezongen, geld voor de missie gegeven en hun kinderen geleerd om hetzelfde te doen. Er was nooit een buurman de deur uitgegaan zonder dat hij iets te eten had gekregen. Als er met Kerstmis niet voldoende was voor grote cadeaus, dan werd dat aanvaard. Als de busmaatschappij Franklin ontsloeg, dan zou hij net zo lang her en der klussen tot hij weer nieuw werk had gevonden. En onveranderlijk, in goede en in slechte tijden, hadden haar ouders geen moment aan hun geloof getwijfeld.

Zelfs niet bij de geboorte van hun jongste zoon, Martin. De bevalling was vanaf het eerste moment problematisch geweest. Esmeralda, die zes wolken van baby's ter wereld had gebracht, was bij nummer zeven bijna in het kraambed gestorven. Een met spoed uitgevoerde keizersnede en bloedtransfusie hadden haar leven gered, maar de kleine, magere baby had een poosje in de couveuse gelegen en was gedurende zijn eerste levensjaar veel ziek geweest. Wie zal zeggen of die moeilijke entree in de wereld iets te maken had met het feit dat hij later zo'n gewelddadig karakter had ontwikkeld? Wat ook de reden was, Martin was altijd anders geweest.

Altijd.

Gina kon zich al niet meer herinneren hoe vaak hij in jeugdgevangenissen, psychiatrische inrichtingen en later in de echte gevangenis had gezeten. Hij was uitgegroeid tot een grote, knappe kerel, maar in geestelijk opzicht was hij nooit volwassen geworden. Door haar twintig jaar jongere broer had Gina voor het eerst van dichtbij meegemaakt hoe het was voor iemand die met psychische problemen worstelde. Hoewel Martin uit alle tests en onderzoeken als normaal naar voren kwam, en hij volgens standaardproeven ook intelligent was, was er altijd iets dat er nét naast leek te zitten. Het feit dat hij een licht ontvlambaar en agressief karakter had, maakte het er allemaal niet beter op. Hoeveel psychiaters hem ook behandeld hadden, met inbegrip van dr. Simon Heller van Our Lady of Virtues toen het ziekenhuis nog open was geweest, hij had nooit in een hokje gepast.

Mensen als Martin hadden dit centrum nodig. Voor hen was de stichting van levensbelang. Ze mocht zichzelf en de gemeenschap niet teleurstellen, en zou tot het laatste toe voor het voortbestaan moeten blijven knokken.

Met haar handtas, aktetas en paraplu in één hand, kreeg ze het voor elkaar om het ijzeren harmonicahek voor de deur uit te trekken en ook op slot te doen. Ze rammelde even aan de tralies om zich ervan te overtuigen dat alles echt veilig op slot zat.

Nadat ze haar paraplu had opengeklapt, haastte ze zich zoals elke avond het steegje door naar haar auto. De Buick Regal, haar grote trots, stond zoals altijd op de parkeerplaats achter het centrum, dat in feite niet meer was dan een paar vierkante meter treurig asfalt. De wind deed haar paraplu dubbel klappen en de regen sloeg tegen haar benen, en opnieuw bekroop haar dat vreemde gevoel dat ze vandaag al vaker had gehad. Ze keek achterom, maar zag niemand. Er was niemand in de steeg, en op straat was nauwelijks verkeer.

Waarom was ze dan zo zenuwachtig?

Er is niemand hier, Gina, dacht ze. *Stel je toch niet zo aan! Je hebt dit al honderden keren gedaan, elke avond. Je bent nog nooit door iemand lastiggevallen. Je bent alleen maar van streek omdat het centrum zal moeten sluiten als je niet heel snel een manier vindt om het open te kunnen houden. Jij, Gina. De enige die dat kan doen, dat ben jij!*

Terwijl ze haastig verder liep, vroeg ze zich opnieuw af hoe ze snel aan veel geld zou kunnen komen. De bodem van hun geldpot was in zicht, en er moesten rekeningen worden betaald, dacht ze, terwijl ze probeerde te voorkomen dat haar paraplu opnieuw zou dubbel klappen.

Het zou mooi zijn als ze de hulp zou kunnen krijgen van een bekende persoonlijkheid. Iemand die bekend was bij het grote publiek, iemand die het vertrouwen van de mensen zou kunnen winnen, en aan wie de mensen met gulle hand zouden geven. Ze dacht aan Billy Ray Furlough, de fanatieke televisie-evangelist. Hij kreeg het altijd weer voor elkaar dat mensen wekelijks een vermogen aan zijn kerk schonken, en zijn slogan *Gods kracht is met u* was in het hele land te horen.

Tot nu toe had ze Billy nog nooit om geld gevraagd – ze vond hem net iets te glad en te zakelijk. Maar misschien dat nu dan toch eindelijk het moment was aangebroken waarop ze zich over haar trots heen moest zetten en een afspraak met hem moest maken. Ze wilde het niet telefonisch doen, maar zou proberen om via het hindernissenparcours van secretaresses, lijfwachten en jaknikkers tot de man persoonlijk door te dringen. Er werd van hem gezegd dat hij een echte 'duizend watt Hollywood-glimlach' had, en dat alleen al was voldoende om haar braakneigingen te bezorgen. Ze vermoedde dat die kreet bedacht was door een reclamebureau, in de veronderstelling dat het zijn populariteit ten goede zou komen. Tegenwoordig schenen zelfs predikanten zich druk te maken om hun publieke imago – een imago waaruit vooral niet mocht blijken dat de brave predikant zelf ook de nodige problemen had gehad.

Ja, ze zou proberen om Billy Ray Furlough persoonlijk te spreken te krijgen. En ze zou een nieuwe poging doen om Asa Pomeroy te benaderen – een andere rijke stadgenoot die ze niet uit kon staan. Pomeroy had de gewoonte zijn vrouwen telkens weer in te ruilen voor jongere modellen, en hij verkocht wapens aan de hoogste bieder. Dat nam evenwel niet weg dat het van hem bekend was dat hij honderdduizenden dollars schonk als het goede doel hem aansprak. En zelfs Asa, de almachtige, had een zoon die met psychische problemen kampte.

Opnieuw zou ze liefjes moeten glimlachen en beleefd moeten vragen, en verder haar mond moeten houden.

Je bent een hypocriet, Gina. Je hebt een gloeiende hekel aan predikanten voor wie glamour en kijkcijfers belangrijker zijn dan de Here zelf, en je voelt niets als verachting voor lieden die wapens verkopen.

Maar wanhopige situaties riepen om wanhopige maatregelen.

En dat hoefde niemand haar te vertellen. Vorige week nog had Gina haar vriendin Eleanor Cavalier gebeld, die bij WSLJ werkte. Gina had om zendtijd gevraagd, en ze hoopte dat Samantha Leeds haar in haar programma *Midnight Confessions* aan het woord zou willen laten. Dr. Sam was psychologe die in het Boucher Center achter Toulouse Street werkte, en die een paar keer ook iets voor het Crescent City Center had gedaan. Het probleem was echter dat de programmadirecteur van de zender van mening was dat het voor het publiek interessanter zou zijn als Gina ook in Luke Giermans programma zou komen. En hoewel Gina sterk het gevoel had dat ze haar ziel aan de duivel verkocht, had ze daarin toegestemd.

Ze vermoedde dat ze daar, nu Gierman dood was, van verlost was.

Ze liep worstelend met haar paraplu en zo veel mogelijk de plassen vermijdend over de parkeerplaats naar haar auto. Haar laarzen waren doorweekt – de nattigheid was door de zolen heen gedrongen.

Het was werkelijk hondenweer. Ineens zag ze waarom het zo donker was. De parkeerplaats beschikte over een enkele veiligheidslamp, en die was doorgebrand.

Vreemd.

Opnieuw was ze zich bewust van dat akelige gevoel.

De lange werkdagen begonnen haar parten te spelen. Het leek vanavond wel alsof ze overal spoken zag.

Wat ze, na de rit van tien kilometer naar huis, nodig had, was een warme douche, een glas wijn voor haar en Wally, en een spannend potje Scrabble, dat ze natuurlijk van hem zou winnen. Hij zat op dit moment thuis op haar te wachten, zoals hij dat alle zesendertig jaar van hun huwelijk had gedaan.

Hij was een goed mens. Hij had altijd voor haar klaargestaan, door dik en door dun. Ze kwam bij haar auto en wilde haar sleutel in het portierslot steken, maar zoals alles vanavond tegen scheen te moeten zitten, bleek het openen van het portier nu ook een probleem te zijn. Het slot was geblokkeerd.

Ze probeerde het nog eens. 'Kom op,' siste ze, met opeengeklemde kaken. Ze werd nog zenuwachtiger dan ze al was. 'Schiet op, alsjeblieft!'

Terwijl ze het warm begon te krijgen besloot ze haar tas open te ritsen om haar mobiele telefoon te pakken, maar op hetzelfde moment voelde ze iets – het was echt alleen maar een gevoel, want zien deed ze niets – dat haar ertoe bracht zich met een ruk, en met haar paraplu zwaaiend, om te draaien. Te laat! Er werd iets metaalachtig kouds tegen haar nek gedrukt.

Ze wilde schreeuwen toen er een stroomstoot van duizenden volts door haar lichaam siste. Ze zakte door haar benen, wapperde als een gek met haar armen, kon geen lucht meer krijgen, niet helder en rechtlijnig meer denken. Het was alsof ze met duizenden dolkjes in haar huid werd geprikt. Nee! Ze probeerde opnieuw te schreeuwen, maar het enige wat over haar lippen kwam was een onverstaanbaar zacht gemurmel.

Snel en behendig, alsof hij dit al honderden keren eerder had gedaan, plakte haar aanvaller een stuk tape over haar mond, griste de sleutels van de grond waar ze uit haar handen waren gevallen, trok iets van het portierslot van de auto, opende beide linkerportieren en duwde haar zonder pardon op de achterbank. Hulpeloos, en niet in staat zich te bewegen, zag ze hem nog iets van het asfalt pakken... haar tas en toen haar paraplu, die hij vervolgens op de stoel van de bijrijder gooide.

Gina, die totaal in paniek was, probeerde weg te komen, probeerde haar gevoelloze benen tot actie te dwingen, maar het had geen zin. De man was snel, en met dezelfde tape als die welke hij voor het dichtplakken van haar mond had gebruikt, bond hij nu ook haar enkels en benen bij elkaar, die op dat moment nog van de bank af buiten de auto hingen. Toen hij haar benen gebonden had, kroop hij half de auto in, duwde haar armen ruw en hardhandig achter haar rug en wikkelde tape om haar polsen.

Ze probeerde hem te zien en te verwonden, om de huid van zijn armen te krabben, maar hij was te snel, en bovendien had hij zich vermomd in iets wat op een zwart duikerpak leek. Wie was hij, en waarom deed hij dit in vredesnaam? Ze deed wat ze kon om zich te verzetten, om te vechten, om voor zichzelf op te komen, maar hoewel haar brein het ene bevel na het andere probeerde door te geven, vertikten haar spieren die op te volgen. Haar armen en benen weigerden elke dienst. Het volgende moment deed hij haar een blinddoek om.

Binnen twee minuten zat ze gebonden en geblinddoekt opgesloten achterin haar eigen auto, en reed hij – wie hij ook zijn mocht – weg. Ze voelde de banden van de Regal over de geulen en kuilen van de parkeerplaats hossen terwijl hij de steeg uitreed.

En hij had nog steeds niet één woord tegen haar gezegd.

Dodelijk efficiënt.

De ijzige, wrede manier waarop hij haar behandeld had deed haar hart ineenkrimpen van angst.

Het was net alsof hij dit al dagen, weken, of mogelijk zelfs maanden van plan was geweest.

Maar waarom?

Wie zou haar zoiets aan willen doen?

Here Jezus, help me! De tranen sprongen in haar ogen en ze beefde over haar hele lichaam. Ze probeerde zich te concentreren, probeerde een ontsnappingsplan te verzinnen om zich desnoods uit de rijdende auto te laten vallen, maar net toen ze dat gedacht had, hoorde ze het klikken van de kindersloten.

Hij nam gas terug om – zo vermoedde ze – van de steeg de straat in te rijden.

Goeie god, waar bracht hij haar naartoe?

Om wat met haar te doen?

Ze trilde over haar hele lichaam en de tranen rolden over haar wangen. Nee. Ze knipperde met haar ogen en probeerde zich te beheersen.

Denk na, Gina. Je mobiel! Je moet je mobiel te pakken zien te krijgen en het alarmnummer bellen!

Koortsachtig dwong ze haar spieren te gehoorzamen, maar wat zou ze ermee opschieten? Haar handen waren op haar rug gebonden – ze waren zo strak naar achteren getrokken dat het aanvoelde alsof haar armen elk moment uit de kom konden schieten, en haar schouders deden pijn. En bovendien zat haar mobiel in haar tas, en haar tas lag voorin, naast de man op de stoel van de bijrijder.

De moed zonk haar in de schoenen.

Ontsnappen was onmogelijk.

Dat zou het in ieder geval zijn als ze niet iets probeerde te verzinnen! Geef het niet op, Gina... probeer iets te bedenken om weg te komen. Zeg je niet altijd tegen de mensen die je probeert te helpen dat God je altijd een kans geeft, maar dat je zelf moet ontdekken waar die kans uit bestaat, en dat je er je best voor moet doen? Nou, vooruit, zie dat je die kans vindt, nu, voor het te laat is!

Dit is een test. Een test van God.

Je kunt jezelf redden. De Here is bij je.

Ze probeerde kalm te blijven, haar innerlijke rust te bewaren, troost te putten uit haar geloof. *God helpt hen die zichzelf helpen.* Wat ze zou kunnen doen, was zich concentreren op waar ze naartoe gingen. Ze kon niets zien, maar ze kende de straten van de stad als haar broekzak. Het centrum was twee straten vanaf de Esplanade, en bij het verlaten van de steeg was hij in westelijke richting gereden.

Hij reed langzaam en zocht zich een weg door het centrum. Ze meende dat ze nog steeds naar het westen reden. Door de blinddoek heen kon ze verlichting – straatlantaarns – ontwaren. Ze hoorde ook ander verkeer – het suizen van banden, motorgeluiden, mensen die schreeuwden – en toen, terwijl de Buick harder ging rijden, wist ze dat ze op de snelweg waren, alleen. Maar in welke richting? Ze wachtte op het geluid van een brug. Een korte brug over de Mississippi, of een lange over Lake Pontchartrain.

Hoewel, vóór ze de snelweg op waren gereden had hij zóveel bochten genomen dat ze een beetje in de war was geraakt. Even later scheen er geen licht van straatlantaarns meer door de blinddoek. Ze meende nog steeds te voelen dat ze op de snelweg waren, maar ze wist werkelijk niet welke kant ze opreden.

Ze was de weg kwijt, was met handen en voeten gebonden, en was alleen met een man van wie ze vermoedde dat hij een moordenaar was.

Ze bad om haar redding, maar met elke verstrijkende kilometer zag ze het steeds somberder in.

Gina was niet achterlijk. Ze had allang begrepen dat het deze gek niet om geld te doen was. Anders zou hij haar portemonnee en sieraden hebben gepakt en ervandoor zijn gegaan. En hij zou ook geen losgeld willen eisen, want zij en Wally leefden bescheiden en hadden zogoed als geen geld. Ze was geen rijke vrouw. Dus als hij haar niet om het geld had ontvoerd, dan was dat om een andere, veel beangstigendere, dodelijkere reden.

Hij wilde haar lichaam. Om haar te verkrachten of te vermoorden, of beide.

Ze hield zichzelf voor dat ze waanzinnig zou boffen als ze het hier levend van af zou brengen. Ze hield zichzelf voor dat, wát hij ook met haar van plan mocht zijn, overleven het enige was dat telde.

Opeens klonk er muziek, een zachte jingle, door de auto. Nieuwe tranen sprongen haar in de ogen bij het herkennen van de beltoon die ze aan het nummer van thuis had toegekend. Wally belde haar. Hij zat te wachten. Hij had de wijn al ingeschonken en het Scrabblebord stond klaar op de keukentafel. Ze kreeg een brok in haar keel. Ze was waarschijnlijk nog maar net tien minuten later dan anders, en hij belde nu al om te vragen waar ze bleef. O, wat een schat was hij toch. *Ik hou van je*, dacht ze, en haar hart balde zich samen terwijl ze zich zijn gezicht voor de geest haalde en bedacht hoe ze meteen na hun eindexamen van de middelbare school getrouwd waren. Ze herinnerde zich die eerste keer dat ze, op de avond na hun bruiloft, in hun kleine flatje voor het eerst met elkaar naar bed waren geweest. Ze hadden besloten om niet op huwelijksreis te gaan om geld te sparen. De daaropvolgende vijf jaar hadden ze gewerkt en gestudeerd, hadden ze geld geleend en een beurs gekregen. In die tijd hadden ze besloten om geen kinderen te nemen omdat ze alle twee hun grote families, en hun broers en zussen hadden willen helpen. Wally was onderwijzer geworden en zij had, door haar broer Martin, besloten dat ze met geesteszieke mensen wilde werken.

Hoe ver weg leek dat alles niet, nu ze op de achterbank lag en haar mobiel hoorde overgaan.

Het rinkelen hield op en haar hart voelde op slag loodzwaar aan.

Wally, geef het niet op! Geef het niet op, alsjeblieft!'

Tien minuten later klonk opnieuw hetzelfde deuntje uit haar tas. De bestuurder negeerde haar mobiel. Alsof het hem niet kon schelen. Alsof het hem totaal onverschillig liet.

Was hij dan niet op de hoogte van het bestaan van GPS-chips? Dat de telefoon gevonden kon worden aan de hand van de antennes waardoor het signaal werd opgevangen, of iets in die geest? Ze had niet echt goed geluisterd toen de verkoper eindeloos had opgegeven over het enorme belang van de Global Positioning Chip waar haar nieuwe mobiel van was voorzien, maar nu hoopte ze toch echt dat het haar, hoe het ook mocht werken, zou kunnen helpen.

Opnieuw hield de telefoon op met rinkelen en in gedachten hoorde ze de bezorgde klank van Wally's stem terwijl hij alweer een boodschap insprak.

Haar ontvoerder reed gewoon door – verder en verder door de donkere avond. Gina had er geen idee van waar ze waren, maar op grond van het gebrek aan verkeerslawaai en de tijd die was verstreken, nam ze aan dat ze inmiddels een flink eind uit de buurt van New Orleans moesten zijn.

Toen de telefoon voor de derde keer ging, moest ze bijna huilen. Die arme lieve schat van een Wally. Hij was waarschijnlijk gek van bezorgdheid. Maar hij zou naar haar op zoek gaan, en dat was goed. Hij zou de politie bellen, en ze zouden op zoek gaan naar haar auto, naar haar GPS-chip... o Heer, dit was de eerste keer van haar leven dat ze geen andere keus had dan op de technologie te vertrouwen.

Nadat ze nog ongeveer een uur hadden gereden, sloeg hij van de snelweg af, een geasfalteerde, bochtige weg op. Haar mobiel ging nog twee keer... en ze vermoedde dat Wally intussen vrienden en familie had gebeld.

Ten slotte nam de ontvoerder gas terug. Hij maakte een scherpe bocht naar rechts, en de auto hotste en botste over hobbels en door kuilen, en ze hoorde onkruid of struikjes langs de onderkant van het chassis schuren. Goeie god, waar was ze?

Haar hart bonsde als een gek tegen haar ribben toen hij de auto tot stilstand bracht. Hij zette de motor af, deed het portier open en ze rook de zware, leemachtige geur van bos en moeras. Er tsjilpten krekels en ze hoorde kikkers kwaken, en de wind blies de geuren de auto in.

Ze zette zichzelf schrap. Dit was het dan. Nou, ze zou zich niet zomaar gewonnen geven.

Het achterportier van de Buick werd opengerukt.

'Ik heb een revolver,' zei hij. 'Zit stil.' Om zijn woorden te onderstrepen drukte hij de koude, stalen loop van het wapen tegen haar dij. Hij meende het. 'En een mes.' Nu haalde hij een lang, koel lemmet langs haar been.

Het scheelde een haar of ze was de controle over haar blaas verloren. Nu wist ze het echt helemaal zeker. Hij zou haar vermoorden. Met de revolver, als ze geluk had. Ontsnappen zou niet mogelijk zijn.

Heer, help me. Geef me kracht.

Hij liet het mes vanaf haar knieën tussen haar benen door glijden. Als ze wat meer macht over haar spieren had gehad, zou ze kunnen proberen hem met beide voeten tegelijk een schop te geven, hem met haar laarzen in zijn gezicht te trappen. Dat had ze nog niet gedacht of hij sneed met het mes door de tape rond haar enkels. Ze reageerde onmiddellijk en haalde uit met haar rechtervoet, maar hij greep haar hard bij haar enkel en draaide. Hard. Heftige pijn schoot omhoog door haar been en er knakte iets in haar knie. Ze probeerde het uit te schreeuwen, maar haar mond was dichtgeplakt.

'Kreng!' gromde hij met een diepe, verdraaide stem. 'Snap je het dan niet?'

O, god, ja, ze had het begrepen. Haar been deed waanzinnig pijn. En dit was nog maar het begin.

Hij trok haar hardhandig uit de auto, en hoewel ze verre van tenger was, was hij sterk genoeg om haar overeind te zetten en haar, met de loop van de revolver in haar rug, vooruit te duwen.

'Lopen.'

Had ze zijn stem eerder gehoord? Kwam hij haar bekend voor?

Ze liep stapje voor stapje in het duister. Haar knie bonsde, haar hele lichaam trilde van angst. Haar laarzen zakten weg in de modder, maar ze bleef doorlopen en nam zich heilig voor een manier te vinden om hem de baas te worden – of om in Jezus te sterven.

De lucht van het moeras was overheersend en onaangenaam. Er moesten hier krokodillen zijn, dacht ze, en slangen, maar het allerdodelijkste wezen van allemaal was de man die haar ontvoerd had.

De neus van haar laars stootte op iets hards, en ze was bijna gevallen. 'Omhoog,' beval hij. 'Twee treden.'

Ze onderdrukte haar angst en kreeg het voor elkaar de treden op te lopen. Het volgende moment voelde ze zijn adem in haar nek, en reikte hij om haar heen. Ze hoorde het piepen van de hordeur die hij opentrok, en toen duwde hij haar opnieuw met de loop van het wapen in haar rug. 'Verder.' Ze liep over de holle, houten vloer van wat een veranda moest zijn.

Een andere deur ging piepend en krakend open, en haar hart ging zo wild tekeer dat ze vreesde dat het zou exploderen.

'Naar binnen!' Hij prikte het wapen in haar rug.

Ze deed nog een paar stappen. Ze voelde, zelfs met de blinddoek om, dat ze in een nieuw soort duisternis terecht was gekomen. Een benauwde duisternis. Al haar zenuwuiteinden en spieren waren gespannen, en het zweet liep in straaltjes van haar af. Ze bevond zich in een huis, een leegstaand huis, dacht ze, bij het horen van de manier waarop haar voetstappen door de ruimte weergalmden. Het stonk er naar vuil, naar misbruik en naar nog iets anders, iets scherps... urine?

Van dieren?

Van mensen?

Haar maag balde zich samen.

O jezus, lagen hier dode mensen? Of leefden ze nog en werden ze tegen hun wil vastgehouden? Een heel klein beetje licht drong door haar blinddoek heen. Haar fantasie sloeg op hol toen ze hem een stap naar zich toe voelde doen.

'Zo is het wel ver genoeg,' zei hij in haar oor, en ze voelde de scherpe kant van een koud, stalen lemmet tegen haar wang. Hij stond achter haar, drukte zich op intieme wijze tegen haar aan, en ze was van haar leven nog nooit zó bang geweest.

Hij veranderde van positie, sloeg een arm om haar middel, drukte de loop van de revolver onder haar borsten en liet de scherpe kant van het mes ondertussen langzaam en op zinnelijke wijze omlaag over haar wang gaan. Zijn erectie drukte tegen haar rug. De smeerlap kwam klaar!

De tranen brandden in haar ogen en ze voelde haar laatste beetje hoop vervliegen.

Hij liet het mes verder omlaag, tot onder haar kin gaan en drukte het tegen de kwetsbare tere huid van haar hals.

O, god... Ze had niet gedacht dat ze zo bang zou kunnen zijn. Haar blinddoek was doorweekt van de tranen.

De man drukte het lemmet met kracht tegen haar nek, en haalde het over de weke huid tussen haar sleutelbeenderen. Zijn versnellende, hijgende adem streek langs haar oor.

Haar knieën begaven het van angst, en als hij haar niet overeind had gehouden, zou ze gevallen zijn.

Jezus, geef me kracht.

Op het moment dat ze er zeker van was dat hij haar hals door zou snijden, deed hij een stapje naar achteren en opzij, en sneed de tape rond haar polsen door.

Als ze dat van tevoren geweten had, zou ze er klaar voor zijn geweest, maar in de fractie van een seconde waarin ze besefte dat ze vrij was, deed hij opnieuw een stap naar haar toe en dwong haar, terwijl hij het mes weer tegen haar keel drukte, de revolver van hem aan te pakken.

Ze was stomverbaasd. Ze zou het wapen op hem kunnen richten en hem kunnen doden. Ze had immers niets te verliezen, wel?

'Schiet,' beval hij, terwijl zijn sterke, gehandschoende vingers zich over de hare sloten.

Wat?

Hij richtte het wapen met de loop ietwat omlaag voor haar uit, en ze hoorde een ander geluid... een onderdrukte kreet?

Dus dan was er nog iemand in dit vertrek.

'Schiet, Gina!'

Het horen van haar naam maakte haar op slag kotsmisselijk. Het feit dat ze actief betrokken was bij deze macabere, ziekelijke daad – wat die dan ook precies mocht zijn – deed haar maaginhoud omhoogkomen.

Hij drukte het mes tegen haar hals, bewoog het, en ze voelde een vurige, schurende pijn toen hij haar sneed.

'Schiet en maak hier een eind aan.'

Niet doen, Gina, niet doen... er is hier iets verschrikkelijks gaande, iets wat nog veel erger is dan je aanvankelijk had gedacht.

Opnieuw een onderdrukte kreet.

Van ergens vlak voor haar. Vanaf de plek waar ze de loop van de revolver op hield gericht. Lieve help, wat wilde hij precies dat ze deed?

Ze probeerde zich met een ruk af te wenden, maar hij verstevigde zijn greep op haar hand en bracht het zware wapen weer in positie. Ze kon het niet stilhouden, maar toen deed hij dat voor haar, en dwong hij haar, door haar wijsvinger met de zijne te sturen, de trekker over te halen.

Beng!

Er weerklonk een luide knal.

Haar hand veerde omhoog, maar hij hield haar tegen.

Een jammerklacht, die door iets gedempt werd, klonk door de nacht.

O Heer, wat had ze gedaan?

De geur van cordiet en bloed verspreidde zich door de ruimte.

'Vergelding,' gromde haar ontvoerder, terwijl hij de blinddoek van haar hoofd rukte.

Het duurde even tot Gina's ogen gewend waren aan het zwakke licht van de kleine schemerlamp in de hoek van het grote, van grenenhouten lambriseringen voorziene vertrek. 'O, Lieve-Heer, nee,' fluisterde ze, toen ze zag wat ze had gedaan. Een forse man met verward grijs haar en een geschokte uitdrukking op zijn gezicht staarde haar aan, en uit het gapende gat in zijn borst stroomde bloed.

Ze herkende hem als iemand die ze verachtte, dezelfde man die ze om geld had willen vragen, en desnoods zelfs had willen smeken. Ze kreunde en zag Asa Pomeroy zijn laatste adem uitblazen. 'Nee... o nee, nee, nee.'

Zo heftig over haar hele lichaam bevend dat ze ervan schokte, deinsde ze naar achteren. Ze probeerde het wapen te laten vallen, maar het monster stond nog steeds, en met een keiharde erectie, achter haar. Opnieuw verstevigde hij de greep op haar hand. Ze keek omlaag naar het wapen – een met een paarlemoer ingelegde Colt .45, precies zo een als die waarvan haar man een set bezat.

En terwijl ze er, verstijfd van angst, naar keek, draaide hij haar hand, bracht de loop van het wapen omhoog en richtte het op haar eigen slaap. Ze had het gevoel dat haar keel werd dichtgesnoerd en in gedachten bad ze om vergiffenis. *Here, neem mijn ziel,* smeekte ze. *Ontferm U over Wally... Wally, o Wally, ik hou van je.*

Hoofdstuk 17

Maury Taylor keek naar het briefje in zijn hand en besefte dat het zuiver goud was. Hij had zich verslapen, had zich razendsnel gedoucht, zijn joggingpak aangetrokken, had bij de een of andere drive-in-espressotent zijn vaste dosis cafeïne gekocht, en had zijn Toyota op het parkeerterrein tegenover de studio gezet. Hij had geen tijd meer gehad voor een krant – hij zou het vandaag zonder moeten doen.

Daarna had hij gedurende ongeveer een uur post gesorteerd die geadresseerd was aan *Gierman's Groaners* of aan de *Luke Gierman Show.* Hij had de kaarten doorgenomen, de briefjes van medeleven, enkele cadeautjes waaronder een bandje met een opname van een oude show – alsof ze zelf geen kopieën van uitzendingen bewaarden – en het gebruikelijke gezever. Hij was er bijna doorheen toen hij dit juweeltje in de stapel vond, en op vrijwel hetzelfde moment wist dat zijn leven voorgoed veranderd was.

Ten gunste veranderd was.

En niet zo zuinig ook!

Het briefje was aan Luke Gierman – de dode in hoogst eigen persoon – gericht, en zat in een blanco envelop waarop het adres in blokletters was geschreven. Er stond geen afzender op.

Sinds Lukes dood had de studio zakken vol post ontvangen. Om nog maar te zwijgen over de honderden e-mailberichten die dagelijks binnenkwamen. De man was dood populairder dan levend, en de luistercijfers waren omhooggeschoten – iets waar Maury geen enkele moeite mee had. Zijn baas had het idee om Maury vaste presentator van het programma te maken, en de naam ervan mogelijk te wijzigen in iets als *Maury Taylor Presents Gierman's Groaners...* Het was een hele mond vol en het zou uiteindelijk vanzelf in de *Maury Taylor Show* veranderen, maar, zo hadden ze gezegd, het was waarschijnlijk beter om op den duur een toch wat meer persoonlijke naam te verzinnen. *Taylor's Trash Talk* klonk aardig, maar was toch net iets te vrouwelijk. Hij voelde er niets voor om als een negerin te klinken... maar zijn toekomst zag er in ieder geval rooskleurig uit.

Jammer voor je, Luke.

Au!

Maury had Luke altijd een zak gevonden. Een verwaande etter. Maar Maury was niet stom. Hij had zijn persoonlijke mening altijd voor zich gehouden en braaf meegespeeld in de show, gedaan alsof er bij hem een paar steekjes loszaten en overdreven gelachen om dingen die hij in werkelijkheid grof of beledigend vond.

Hemel, wie zou dat niet hebben gedaan om aan een populair programma mee te kunnen werken? Er waren maar weinig radiopresentatoren die rijk werden van hun werk, maar Luke had alle records gebroken en hij had, te oordelen naar de hoeveelheid bloemen, kaarten en telefoontjes die bij de studio waren binnengekomen, heel wat mensen iets gedaan.

Maar nu was het Maury's beurt.

Door wat hij nu in zijn handen hield.

Maury las nog een keer wat er op het enkele witte velletje stond.

HEB BEROUW

A L

God, hij zou het heerlijk vinden om dat ene woord voor de microfoon voor te kunnen lezen, om bij de luisteraars de indruk te wekken dat hij contact had met Lukes moordenaar... stel je voor wat dat met de luistercijfers zou doen. De gedachte bezorgde hem klamme handen. De politie zou woedend zijn. Maar had de studio daarvoor geen advocaten in dienst? Hij had met de gedachte gespeeld om zijn ontslag te nemen en bij WNAB te gaan werken, maar eerst wilde hij zien hoe het hier na Lukes dood verder zou gaan.

En vooralsnog had het er veelbelovend uitgezien.

Maar wat hij nú in zijn handen hield, was de sleutel tot zijn koninkrijk. Dat wil zeggen, als hij hem zou durven gebruiken.

Wat zou Luke hebben gedaan?

Daar hoefde hij niet lang over na te denken.

En Maury's besluit stond vast. Hij liep naar het kopieerapparaat in het kamertje achter de keuken en knikte naar Ramblin' Rob, een ouwe knar van een diskjockey die nog steeds echte platen draaide. Rob dronk een pot koffie terwijl hij een kruiswoordpuzzel zat te maken, hetgeen zijn vaste routine was voor hij de lucht in ging. Hij speelde tegen zichzelf – waar het hem om ging was dat hij de puzzel af zou krijgen en dan nog tijd over zou hebben voor een kop koffie en een sigaret in het steegje achter de studio voordat hij achter de microfoon moest plaatsnemen om de verzoekjes van zijn stapels oude lp's te draaien. In deze tijd van digitale muziek, computers, downloads en iPods, riep Rob dat hij 'het echt wilde houden' – wat hij daarmee ook mocht bedoelen.

Maury stopte het briefje in het apparaat en drukte op start. Er schoot hem iets te binnen wat een probleem zou kunnen zijn. Stel dat het vals was? Hij kon er nog zo'n goed gevoel bij hebben, maar dat wilde helemaal niets zeggen. Hij wilde niet dat er om hem gelachen zou worden. Niet meer. Hij had al veel te lang de rol van nar gespeeld.

De beste manier om het aan te pakken, was waarschijnlijk om het gewoon maar aan het publiek te vertellen. Hij kon erop rekenen dat degene die het gestuurd had zat te luisteren, en het enige wat hij dan hoefde te doen, was de man uit zijn tent lokken. En misschien dat de schrijver – of het nu alleen maar een gek was die op zoek was naar publiciteit, of de echte moordenaar – dan naar de uitzending zou bellen. En als Maury hem een beetje sarde, dan zou de man dat zeker doen.

En in dat geval zou het publiek uit zijn dak gaan, en de luistercijfers zouden niet meer bij te houden zijn. Uiteindelijk zou het helemaal niets uitmaken of het briefje echt was of niet. Bij de gedachte aan hoe het zou zijn om het voor de microfoon voor te lezen, krijg hij bijna een erectie.

Zijn brein werkte op volle toeren. De kopie was klaar. Hij haalde het origineel onder de flap vandaan, en net toen hij weg wilde gaan keek Rob op van zijn puzzel en vroeg: 'Heb je het nieuws al gehoord?'

'Welk nieuws?' Maury bleef met een ruk staan. Aan de ene kant ergerde het hem dat hij werd afgeleid van zijn belangrijke plan, maar aan de andere kant was hij ook nieuwsgierig.

'De ontvoering.'

'Hebben ze Pomeroy gevonden?'

'Dat weet ik niet.' De oude DJ trok een gezicht waarbij zijn toch al diepe rimpels nog dieper werden. 'Nee. Ik heb het over Gina Jefferson. Weet je wie ze is?'

'Die vrouw van die kliniek voor de minderbedeelden? Die altijd bij iedereen om geld loopt te leuren? De vrouw die Luke in zijn programma wilde om haar in het openbaar aan mootjes te hakken? Díé Gina Jefferson?'

'Ja, díé Gina Jefferson,' zei Rob, afkeurend. 'En dat mens doet echt geweldig werk. Ik weet wel dat Luke ontzettend veel zin had om haar af te maken, maar ze is echt een kei van een vrouw. Je weet niet half wat ze allemaal voor de stad en de daklozen hier heeft gedaan, en voor lieden bij wie een paar schroefjes loszitten. Hoe dan ook, zij is nu ook spoorloos verdwenen.'

'Je bedoelt dat ze vermist wordt? Net als Pomeroy?' vroeg Maury. Even had hij met de vrouw te doen, maar toen sloeg zijn brein weer op hol. Het werkte zelfs nog sneller dan voorheen. Dit zou een fantastische uitzending worden... twee vooraanstaande burgers werden vermist – de ene een stinkend rijke industrieel, en de andere een vrouw die zich inzette voor de minderbedeelden... ja, o, man, te gek! Dit zou het helemaal gaan maken. 'Is ze ontvoerd?' vroeg hij, met een blik op het briefje in zijn hand.

Kon dit briefje iets te maken hebben met die mensen die vermist werden? Was Luke niet ook ontvoerd? En dat meisje, Courtney LaBelle?

'Dat lijkt erop, maar niemand weet het nog zeker. Er is voor Pomeroy nog niet eens een verzoek om losgeld binnengekomen, en hij wordt intussen al... hoelang vermist? Twee of drie dagen?' Rob dacht diep na. 'Je vraagt je af wat er gaande is.'

Het briefje brandde in Maury's hand. Hij liep naar de deur omdat hij bang was dat Rob vragen zou gaan stellen. Niemand mocht weten wat hij van plan was. Niet de regisseur, niet de baas van de studio, niet zijn collega's. 'Zeg dat wel,' riep hij over zijn schouder.

Gierman's Groaners werd op de vaste tijd uitgezonden, maar twee andere shows – 'Lukes favoriete uitzendingen' – werden in de loop van de dag op een ander tijdstip ingelast, iets wat de producer hoofdpijn bezorgde, maar wat de luistercijfers omhoogjoeg en Maury in de studio hield, waar hij uren bezig was met knippen, editen en uitzendingen maken. De bedoeling was om nieuwe luisteraars aan te trekken, en hoewel er een aantal e-mails was binnengekomen van vaste luisteraars die hun 'gewone' programma's weer terug wilden, waren de adverteerders wild enthousiast, en kwam het erop neer dat Lukes oorspronkelijke programma, dat nu door Maury werd gepresenteerd, verreweg de meeste luisteraars trok. Zelfs nog meer dan toen die goeie ouwe Luke nog leefde.

Het ironische aan de hele situatie was dat Maury van plan was om Luke – in ieder geval in de lucht – in leven te houden. Zodra het programma officieel van hem was, zou hij een deel van de zendtijd aan Luke blijven wijden, en stukjes van oude afleveringen uitzenden bij wijze van hommage aan de meester. Hij wist niet of hij daar nu echt blij om moest zijn, maar het zou functioneren, en daar ging het uiteindelijk om. Luke Gierman zou net zo worden als Elvis na zijn dood. Meer levend en zichtbaar dan ooit.

En dit juweeltje in zijn hand, dit briefje van de moordenaar of van wie dan ook, zou de bal aan het rollen brengen. Maury zou het tijdens de uitzending voorlezen, zeggen dat hij dacht dat het mogelijk van de moordenaar was, maar dat hij eigenlijk veel meer geloofde dat het vals was, dat het gestuurd was door iemand die er niets mee te maken had. Op die manier zou hij de man die het geschreven had tegen de haren in strijken, en misschien dat hij dan zo stom zou zijn om hem tijdens de uitzending te bellen. Zou dat niet het absolute einde zijn? En het enige wat hij dan nog hoefde te doen was de man naar de studio te lokken. En dan pas zou hij de politie bellen.

Het publiek zou verrukt zijn. Op weg van de keuken, waar Rob zich weer over zijn kruiswoordraadsel had gebogen, naar de studio, moest hij glimlachen. Hij wist dat dit eindelijk zijn doorbraak zou zijn. Hij had ten slotte journalistiek gestudeerd. Hij was het zat om altijd maar de tweede viool te moeten spelen – het was tijd voor het A-team.

'Dat meent u niet,' verzuchtte Abby gefrustreerd. Dit was inmiddels het veertiende beveiligingsbedrijf dat ze aan de lijn had. Ze leunde tegen haar bureau in haar kantoortje achter haar studio in het hartje van New Orleans, telde tot tien en probeerde haar kalmte te bewaren.

'Ja, mevrouw, dat meen ik wel,' zei de schorre stem aan de andere kant van de lijn. 'We kunnen pas... eens even kijken...' Ze hoorde de man bladzijden omslaan en vroeg zich af waarom Stan's Security Service zijn afspraken niet op de computer bijhield. '... maandag over twee weken. Maar er zou natuurlijk iemand kunnen afzeggen. Dat weet je nooit. Trudie, onze secretaresse, heeft een duidelijker beeld dan ik, maar ze is net met lunchpauze. Zodra ze terug is kan ze u meer vertellen. Over een kwartier, twintig minuten is ze er weer.'

'Dank u, ik bel wel terug,' zei Abby, en ze hing op. Wie had gedacht dat het laten komen van een installateur om een alarmsysteem aan te sluiten zo moeilijk zou zijn? Ze keek naar haar computerscherm waarop ze de laatste editie van de internetversie van de Gouden Gids had staan, en had het gevoel dat de lijst van beveiligingsbedrijven en installatiebureaus voor alarmsystemen haar heimelijk uitlachte.

Waarom zou ze nog meer moeite doen?

Ze ging het huis toch verkopen.

Sean Erwin, de veeleisende man met zijn stekeltjeshaar die nog geen aardig woord over haar huis had gezegd, kwam later op de middag nóg een keertje langs om te kijken. Deze keer zou hij, behalve zijn meetlint, ook een lijst met maten meebrengen van de meubels waar hij niet buiten kon.

Volgens haar was het zonde van de tijd, maar ze had zich toch bereid verklaard hem later op de middag, zodra ze hier klaar was met al haar achterstallige administratie, thuis te ontvangen. Ze had snel een hapje gegeten, en de hele dag haar best gedaan om niet meer te denken aan Our Lady of Virtues en het akelige gevoel dat haar tot na haar vertrek van het ziekenhuisterrein was bijgebleven. En verder probeerde ze ook niet aan Lukes wrede dood en aan Reuben Montoya te denken.

Ze snapte werkelijk niet waarom de sexy rechercheur voortdurend haar gedachten binnendrong. Ze was heus niet op zoek naar een man. Ze had zich zelfs voorgenomen om, tot ze zich aan de Westkust had gevestigd, absoluut niet meer aan afspraakjes, mannen of seks te denken.

Maar de rechercheur met zijn scheve grijns, donkere ogen en bijna onbeschaafde lach leek zich een vast plaatsje in haar dromen en gedachten veroverd te hebben. En dat kon ze niet hebben.

Alles bij elkaar kon ze maar beter zo snel mogelijk verkopen en verhuizen.

Voor het te laat was.

Dat is het al, Abby. Je bent verliefd, geef het nu maar toe.

Goed, dan. Voor ze iets stoms zou doen.

Och lieverd, zei het stemmetje in haar achterhoofd. *Daarvoor zijn we toch al veel te ver heen. Voor wat de sexy rechercheur betreft ben je al hard op weg naar stommer dan stom, en dat weet je verduveld goed.*

Laura Beck was woedend.

Ze stuurde haar Lincoln Continental door het verkeer en trapte het gaspedaal met haar Manolo Blahnik nog wat verder in. Hoewel, dat was niet helemaal waar, dacht ze. De hakken met het luipaardmotief en het hielbandje waren geen echte Blahniks, maar het was een verduiveld goede imitatie en ze hadden meer dan tweehonderd dollar gekost, dus ze was niet blij dat ze door de regen en de prut zou moeten lopen met het risico dat ze ze blijvend zou verpesten.

Ze kwam uit een arm gezin in Appalachia, en had al jong geleerd hoe belangrijk het was om geld te hebben. Dankzij haar intelligentie, doorzettingsvermogen en – dat wilde ze best toegeven – door met de juiste mannen naar bed te zijn geweest, had ze het grootste gedeelte van haar dromen weten te verwezenlijken.

Dus ze kon niet hebben dat de een of andere gore proleet de beste onroerendgoeddeal van haar leven zou verpesten. Helemaal niet. Ze behoorde al acht jaar tot de eliteclub van de Respected Realty Company, en had elk jaar een omzet van ruim tien miljoen dollar.

Nu had ze de kans om de eigenaar van het onroerendgoedbedrijf uit te kopen, en ze was van plan om de zaak uit te breiden en in andere steden filialen te openen. Maar zelfs met alle contanten die ze braaf opzij had gelegd, zou ze nog steeds Asa Pomeroys hulp nodig hebben om haar plan te laten slagen.

O, waar zát die man nou toch?

Waarom was hij opeens verdwenen?

Terwijl ze de bochtige weg naar zijn jachthuis afreed, schoot haar even door het hoofd dat hij misschien wel eens dood zou kunnen zijn. In dat geval zouden al haar plannen in rook opgaan... tenzij ze zijn erfgenamen zou kunnen overhalen. Gelukkig was zijn oudste zoon, Christian, al jaren van het toneel verdwenen, maar Asa had nog steeds een stel verbitterde ex-vrouwen, twee dochters die regelrechte valse krengen waren, en een andere zoon die een absolute idioot was maar zichzelf als onweerstaanbaar beschouwde. Jeremy Pomeroy had vaak genoeg geprobeerd haar te versieren. Of liever, hij liet geen kans voorbijgaan. Jeremy was een ontzettend saaie man die veel op zijn egoïstische pappie leek, maar dan zonder diens hersens en zakelijke intuïtie. En dan die kinderen van hem! Wat een monsters. Alleen al de gedachte aan Asa's kleinzoons bezorgde Laura een onaangename smaak in de mond. De twee pubers waren even erg als hun ingebeelde vader en ijskoude moeder, maar daarbij hadden ze ze ook nog eens niet allemaal op een rijtje.

De herinnering aan hoe ze afgelopen Kerstmis met de hele Pomeroyclan opgezadeld had gezeten bezorgde haar nóg de rillingen. Ze had zich verplicht gezien om mee te lachen om schuine moppen, was om de haverklap door al te vriendelijke vingers in haar billen geknepen, en werd voortdurend meegetrokken naar de mistletoe omdat deze of gene haar wilde kussen.

En dat alleen maar omdat ze een stukje van het Pomeroy-vermogen wilde hebben.

Zij en elke andere makelaar in Louisiana.

Ze sloeg van de doorgaande weg de lange oprijlaan in die zich langs eeuwenoude bomen over het landgoed slingerde. Vanaf de weg ging het huis schuil achter het dichte struikgewas, maar het grote hek stond open, en dat bevreemdde haar. Hoewel de schoonmakers en de tuinman geen sleutels hadden, wisten ze hoe het hek gesloten moest worden.

Het leek wel alsof alles tegenzat met dit project!

'Hou toch op. Dit móét je lukken!' zei ze hardop voor zich uit, maar schrok even toen ze iets van haar oude accent uit Appalachia hoorde – iets waar ze jaren aan gewerkt had om dat te verbergen. Het was niet het deel van het land waar ze zich voor schaamde. Hemel, in de bergen van West Virginia woonden de aardigste mensen die ze kende en het landschap was er adembenemend mooi. Ze kende geen andere streek met zoveel godvrezende, hardwerkende mensen die bovendien dol waren op muziek. Nee, waar ze kippenvel van kreeg, dat was het arme deel van haar verleden – iets waar ze onafgebroken voor op de vlucht was.

Ze bekeek zichzelf in de achteruitkijkspiegel. Ze zag er nog steeds goed uit, hoewel ze binnenkort veertig werd. Haar haren waren glanzend rood en hadden de meest perfecte gouden gloed, haar wijd uit elkaar staande ogen waren groen en sexy, en dankzij een streng dieet van salades en yoghurt zonder suiker, en elke ochtend twee uur sporten, zat ze strak in haar vel. 's Ochtends twee koppen zwarte koffie, en ze kon er een dag tegenaan.

God, ze was dol op haar werk.

Maar niet wanneer een stelletje idioten de boel probeerde te saboteren. De buren hadden gebeld en gezegd dat er een auto voor het jachthuis stond... en dat uitgerekend op de dag dat ze het huis moest tonen! Aanvankelijk had ze gemeend dat het van de tuinman was die de boel netjes in orde wilde maken, maar de buurman verzekerde haar dat er nergens tuinlieden aan het werk waren, en dat de auto ook niet de gebruikelijke groene bestelwagen was. *Geweldig*, dacht ze nijdig. *Echt hartstikke geweldig!*

Ze had het huis vanbinnen al helemaal schoon laten maken, en ze had twee thermosflessen met koffie, een schaal met fruit en een mandje met minibeignets bij zich voor de andere makelaars die hier helemaal naar toe zouden komen voor de wekelijkse kijkdag. Het eerste stel dat het jachthuis van Asa Pomeroy kwam bekijken, arriveerde over een kleine twee uur. Alleen, hoe moest dat nu?

'Verdomme,' mompelde ze, toen ze de oude Buick op de oprit zag staan. De buurman had gelijk gehad. Nou, wie hier ook zijn mocht, ze zou ervoor zorgen dat hij zo snel mogelijk ophoepelde.

Voorzichtig, Laura. Doe geen overhaaste dingen. Je weet toch wat mamma altijd zegt: eerste indrukken kunnen bedrieglijk zijn. Misschien is degene die hier is wel een potentiële koper. Je weet maar nooit of hij niet een hele vloot Ferrari's en Mercedessen in zijn garage heeft staan.

Ja, geloof het zelf.

De buurman had twee uur geleden gebeld, en Laura kon zich niet voorstellen dat een eventuele koper twee uur zou blijven wachten. Ze weigerde te geloven dat het iemand was die te vroeg was voor de rondleiding, en de Regal was nou niet bepaald wat je een terreinwagen noemt.

Vreemd.

Ze zette haar Lincoln naast de Buick en stapte uit. Op hetzelfde moment voelde ze dat er een ladder in haar panty schoot – goeie god, waarom was ze niet gewoon in bed gebleven vandaag? Nou ja, zo erg was het nu ook weer niet. Ze zou haar panty gewoon uittrekken. Haar benen mochten er ten slotte best zijn. Voorzichtig om de plassen heen stappend, liep ze naar de Buick. Hij was niet op slot. En er zat niemand in.

Waar was de bestuurder?

Binnen?

Ze liet haar blik over het grote huis met zijn steile schuine dak, dakkapellen en goten vol dennennaalden gaan. Alle ramen leken gesloten. Hoe had de eigenaar van de Buick binnen moeten komen? Het gebouw was afgesloten met het speciale, elektronisch beveiligde makelaars-boxslot. Of misschien was dat wel niet meer zo en was de schoonmaakploeg met de oude sleutel binnengekomen. Of misschien hadden ze niet alleen het hek wijd open laten staan, maar het huis ook.

Die gedachte maakte haar pas echt flink pissig.

Het laddertje in haar panty kroop naar boven, en het vocht drong door de zijkant van haar schoenen toen ze van de Buick naar de voordeur liep.

Maar toen ze halverwege de twee brede stoeptreden was, bleef ze ineens stokstijf staan. Het boxslot was weg – het zat niet meer aan het hendel van de brede voordeur, waar ze het zelf twee dagen geleden aan had gedaan. Verdomme. Wat wilde dat zeggen? Haar blik ging over de brede veranda, terwijl ze in gedachten de aantekening maakte om de boel daar, voor het begin van de rondleiding, nog even schoon te vegen. Door de harde wind en de regen van de afgelopen nachten lag de oude veranda vol dennennaalden en blaadjes. En die verrekte luiwammes van een tuinman was natuurlijk weer eens niet geweest... o, stik. Ze zag het boxslot – waarvan het hendel gewoon was doorgeknipt – tegen een paaltje van de reling van de veranda staan.

'Schoft,' mompelde ze, zonder zich druk te maken om haar accent.

Ze liep door naar de voordeur, drukte de kruk omlaag en duwde tegen de zware eikenhouten panelen. Geen slot, geen alarm en niets. De deur zwaaide even gemakkelijk en geruisloos open alsof de scharnieren nog maar net gesmeerd waren.

Vreemd.

Er verscheen een rimpel op haar voorhoofd toen ze over de drempel stapte en onmiddellijk het gevoel kreeg dat er iets niet klopte.

Ja, hé, wat had je dan verwacht? Het huis stond open!

'Hallo?' riep ze. Haar naaldhakken tikten op de glanzend gewreven parketvloer van de hal. Hier en daar lagen dorre blaadjes, en er zaten vegen opgedroogde modder op de vloer. En er lag nog iets anders. Een briefje van honderd dollar. Zomaar. Benjamin Franklin lag vanonder een haltafeltje naar haar te kijken. 'Wat is hier aan de hand?'

Wie was hier binnen geweest en had een briefje van honderd dollar laten vallen?

De bestuurder van de Buick?

De inbreker?

Ze keek naar de trap met zijn met de hand gepolitoerde, glanzende leuning, en riep: 'Is hier iemand?'

Het grote buitenhuis was even stil als het graf.

'Hallo?'

Onder de boogdoorgang naar de zitkamer lag nog een briefje van honderd... en even verderop lag er alweer een. Driehonderd dollar. Ze raapte de briefjes op en ging de zitkamer binnen waar ze nóg meer dollarbiljetten – een stuk of tien – op de vloer zag liggen. Maar ze waren vuil. Er zaten vlekken op van modder en... *bloed?*

Haar hart miste een slag. O, god. Ja, de rode vlekken op Benjamin Franklins gezicht waren van bloed. En toen rook ze het ook, die koperachtige geur die haar vader altijd bij zich had gehad wanneer hij op jacht was geweest, of varkens had geslacht... Ja, dat was de geur die hier hing. Bloed en verschaalde urine.

Ze deed nog twee stappen verder de zitkamer in, tot ze de vloer voor de bank kon zien.

'O, god!'

Er lagen twee lichamen op de vloer. Zo te zien waren ze dood. Een volledig geklede zwarte vrouw bovenop een poedelnaakte Asa Pomeroy.

'Jezus, nee!' riep Laura uit. Bijna krijsend week ze een stapje achteruit. 'O nee, nee, nee...' Ze zag de kogelwonden en de plas bloed die onder en rondom Asa op de vloer lag, en het bloedspoor dat langs de zijkant van het gezicht van de vrouw liep. In haar rechterhand hield ze een met paarlemoer ingelegde revolver.

En ze was niet zomaar een vrouw, realiseerde Laura zich ineens. Toen haar brein weer op gang was gekomen herkende ze de gelaatstrekken van Gina Jefferson, de vrouw van wie eerder vandaag bekend was geworden dat ze vermist werd.

Laura kokhalsde.

Nu zag ze ook dat de hele kamer bezaaid lag met dollarbiljetten – de vloer, de banken, de lijken zelf. De wind die door de open deur naar binnen drong deed ze opwaaien.

Laura draaide zich om en haastte zich half struikelend naar de deur. Ze had zo'n haast om weg te komen dat ze haar enkel verzwikte en een schoen verloor. Het kon haar niet schelen van de schoen. Ze rende naar buiten, de veranda af, terug naar haar auto.

Ze stapte in, startte de motor, gaf gas en reed zo snel mogelijk weg. Haar hart ging als een gek tekeer en ze had het gevoel dat alle haren op haar hoofd grijs waren geworden. Asa's opgezwollen gezicht, zijn ongekamde witte haren, de plas bloed en zijn afzichtelijke, veel te dikke witte lijk, met, bovenop hem, het lichaam van Gina Jefferson.

Haar maag keerde zich om.

'O, god,' kwam het fluisterend over haar lippen, terwijl ze in haar tas naar haar mobiel zocht. Zonder te stoppen draaide ze 911. Het scheelde een haar of ze was tegen een vrachtwagen met kippen gebotst, toen ze even niet goed oplette en over de middenstreep kwam.

De vrachtwagenchauffeur toeterde en stak zijn vuist op, maar het drong amper tot haar door, want juist op dat moment nam de politie op. 'Negen-één-één. Meldkamer politie. Om wat voor spoedgeval gaat het?'

'Ik bel om een moord te melden. Een dubbele moord!' riep Laura. Ze hyperventileerde, haar hart ging als een gek tekeer en ze had het gevoel alsof ze elk moment flauw zou kunnen vallen. 'En... o, god... u hoeft niet verder te zoeken. Ik heb Asa Pomeroy en Gina Jefferson gevonden. Hij is dood! Zij is dood! O, god, ze zijn alle twee dood!' riep ze, terwijl ze haar best deed om haar maaginhoud binnen te houden. Bij de eerste de beste inrit trapte ze hard op de rem, gaf een ruk aan het stuur en hoorde het blad met de koffie, het fruit en de beignets tegen de rugleuning van haar stoel knallen. Het kon haar niet schelen. Ze gooide haar portier open, boog zich naar buiten en kotste haar koffie van die ochtend uit.

Hoofdstuk 18

'En dit huis is van Pomeroy?' vroeg Montoya, terwijl hij zijn blik over de slachtoffers liet gaan. De meldkamer van 911 had de melding zowel aan Geweldmisdrijven als aan de FBI doorgegeven. Na enige moeite had de telefoniste Laura Beck, de makelaarster die de slachtoffers had gevonden en die nu op het bureau met Brinkman zat te praten, in zoverre weten te kalmeren dat ze haar het adres had kunnen geven.

Het was laat op de avond en het was donker. Overal waren lampen neergezet, en het terrein was afgezet met politietape. Binnen, in het jachthuis, bevonden zich niet alleen de technici van het lab, maar ook agenten van het plaatselijke politiekorps, van het bureau van de sheriff en van de staatspolitie van Louisiana. Daarnaast waren, al eerder op de middag, agenten van de korpsen van Cambrai en New Orleans ter plekke verschenen, en ze hadden hun best gedaan om zo veel mogelijk samen te werken maar elkaar niet voor de voeten te lopen.

Bonita Washington, die tot het uiterste gespannen was, had Montoya al twee keer afgeblaft – eerst omdat hij het logboek niet had getekend, en daarna omdat hij niet meteen sloffen om zijn schoenen had gedaan. Hij had onmiddellijk en zonder weerwoord gehoorzaamd, terwijl Inez Santiago aan het opmeten was en foto's nam. Een andere technicus was stof aan het wegvegen terwijl een vierde aandachtig naar de bloedspetters stond te turen.

Het oude jachthuis werd centimeter voor centimeter doorzocht, alles wat maar als bewijsmateriaal zou kunnen dienen werd verzameld, de slachtoffers kregen zakjes om hun handen, en afgezien van dat er talloze foto's werden genomen, werd er ook een video-opname gemaakt.

Iedereen was zich bewust van de ernst van de zaak.

Niemand maakte grapjes.

Ze wisten dat ze te maken hadden met alweer een seriemoordenaar in een streek die al veel te vaak met dergelijke gekken geconfronteerd was geweest.

De scène was identiek aan die van de moord op Gierman en LaBelle, met het verschil dat Gina Jefferson geen bruidsjurk aanhad. Zo te zien droeg ze dezelfde kleren als ze aan had gehad op het moment van haar ontvoering. Haar man, Walter, had een nauwkeurige beschrijving gegeven van haar donkerblauwe broekpak en blouse.

Maar Asa was poedelnaakt. De kleren die hij had gedragen lagen slordig op een hoop naast de open haard – hoed, laarzen, broek, jasje en ondergoed. Op de kleren was nog geen druppeltje bloed aangetroffen. Dat betekende dat hij, net als Luke Gierman, naakt was geweest toen hij vermoord was.

Het tweede verschil met de eerste moorden was dat hier, over de lijken en op de vloer om hen heen, talloze briefjes van honderd dollar waren uitgestrooid.

Waarom?

'Kijk eens wat beter naar zijn lichaam,' zei Bentz, op Pomeroy wijzend. 'Zie je die blauwe plekjes op zijn hals? Die rode vlekken?'

'Stungun?'

'Dat vermoed ik.'

'En zij?' vroeg Montoya, waarbij hij zijn kin in Gina Jeffersons richting bewoog.

'Bij haar heb ik nog niets gevonden.'

'Dus dan heeft onze moordenaar Pomeroy de maximale stroomlading toegediend.'

'Ja, maar hij is een stuk groter en sterker dan de vrouw, en misschien heeft hij zich wel verzet. Hij staat erom bekend dat hij zich niet gauw gewonnen geeft.'

'Maar deze keer heeft hij wel het onderspit gedolven,' zei Montoya. Hij fronste zijn voorhoofd en streek over zijn sikje. 'Als we het over dezelfde moordenaar hebben, en daar ben ik zogoed als zeker van, dan heeft hij zijn aanpak veranderd. Hij is anders met deze twee omgegaan dan met Gierman en LaBelle. Bij het eerste stel heeft hij geen stungun gebruikt.' Hij wees op Gina Jeffersons wang, waar, met een mes, een lange strook huid van af was geschaafd. Het bloed van de veroorzaakte wond was nog maar nauwelijks droog.

'Misschien dat dit stel minder meegaand was dan de eerste twee. Of misschien is hij zijn techniek wel aan het verbeteren. De eerste keer is iets niet zo goed gegaan als hij wel gewild had, dus hij heeft – in de vorm van de stungun en het mes – naar een betere methode gezocht.'

'Of hij komt klaar op de pijn van zijn slachtoffers,' zei Montoya, en hij trok een gezicht.

'We zijn al aan het uitzoeken wie recent een stungun heeft aangeschaft, en misschien dat we, aan de hand van de sporen in Pomeroys hals, kunnen nagaan om welk merk en model het gaat.'

'Dat zou helpen,' beaamde Montoya. 'En wat weten we van het moordwapen?'

'We denken dat het van Walter Jefferson is. Een paar weken geleden is hij naar het bureau gekomen om aangifte te doen van de diefstal van een van zijn met paarlemoer ingelegde revolvers. In het kistje zaten er twee, en er was er maar één van meegenomen. Ze lagen in zijn werkkamer, en de dief is binnen geweest op het moment dat hij en zijn vrouw naar hun werk waren. Ik heb morgen een gesprek met de agent die proces-verbaal heeft opgemaakt en een onderzoek heeft ingesteld, maar daar hoeven we niet veel van te verwachten. Er worden dagelijks wapens gestolen. We zullen zien wat de agent ons kan vertellen, maar de echtgenoot is in alle staten, weigert te geloven dat zijn vrouw niet meer leeft, geeft zichzelf de schuld van de diefstal van het wapen, et cetera. Zaroster en Brinkman hebben al met hem gesproken, en ervoor gezorgd dat een van zijn broers nu bij hem is om te voorkomen dat zijn verdriet hem volledig de baas wordt en hij iets stoms zou willen doen – zoals zichzelf van kant maken.'

'Het wordt steeds fraaier,' zei Montoya, die zijn sarcasme even niet de baas kon. Hij keek om zich heen, de zitkamer rond, en liet zijn blik over het geld gaan, dat nog steeds lag waar het terecht was gekomen. 'En al dat geld?' Bij de vorige scène was geen geld aangetroffen – dáár was de vloer bezaaid geweest met de veren die ontsnapt waren uit het kussen dat op Giermans borst was gebonden. Hier viel geen kussen te bekennen. 'Om hoeveel gaat het?'

'Voor zover we, zonder de lichamen te verplaatsen, kunnen overzien, om ruim zesduizend dollar.'

Montoya floot zacht. 'Waaruit blijkt dat het motief geen roof is geweest.'

'Ik heb met Pomeroys vrouw gesproken. Ze zegt dat Pomeroy steevast een bedrag van vijfduizend dollar in het handschoenenvakje van zijn auto bewaart voor het geval hij ergens voor een partij poker wordt gevraagd. Het zat in zo'n paars fluwelen zakje van Crown Royal-whisky. Maar dat was alleen maar voor reserve. Normaal had hij zo'n vijftienhonderd op zak, en dat zat dan in de gouden geldclip die ze hem een paar jaar geleden voor Kerstmis had gegeven.'

'En die geldclip is gevonden?'

Bentz schudde zijn hoofd.

'Denk je dat de moordenaar hem heeft meegenomen?'

'Als we zijn vrouw mogen geloven, ging hij nooit de deur uit zonder dat ding.' Bentz keek hem aan. 'Maar het is bekend dat vrouwen zich wel eens vergissen in de gewoonten van hun man, wanneer die mannen zonder hen op stap gaan.'

Montoya liep om de slachtoffers heen en bekeek ze vanuit een andere hoek. 'Laten we aannemen dat de vrouw gelijk heeft. Dus, de moordenaar neemt de geldclip mee, maar laat het geld dat Pomeroy op zak had hier achter. Op de een of andere manier is de moordenaar ook op de hoogte van het geld in het handschoenenvakje, en dat bedrag voegt hij toe aan de hoeveelheid die hij hier uitstrooit. Het zou kunnen zijn dat Pomeroy, wanneer hij om zijn leven smeekt, de moordenaar over het geld in de auto vertelt, of iemand met wie hij onder één hoedje speelt behoort tot Pomeroys naaste omgeving, en die heeft hem over het pokergeld verteld.'

'Maar dat zullen we pas zeker weten zodra de auto is gevonden.'

'En die Buick die voor de deur staat, die is van mevrouw Jefferson?' Montoya keek Bentz vragend aan.

'Ja.' Bentz knikte. Hij probeerde zo min mogelijk naar de slachtoffers te kijken. Montoya herinnerde zich dat Bentz altijd al moeite had gehad om de inhoud van zijn maag binnen te houden wanneer hij op de plek was waar een moord was gepleegd.

'Zijn er dingen van haar gestolen?' vroeg Montoya. Een technicus begon de twee slachtoffers van elkaar te halen om hun temperatuur op te nemen en hun lijkbleekheid te controleren.

'Misschien. Walter Jefferson bezweert dat ze altijd een eenvoudig gouden kruisje draagt dat ze jaren geleden van haar moeder heeft gekregen. Aan een kettinkje om haar hals.'

'En dat is verdwenen.' Montoya keek naar de twee lichamen die nu naast elkaar lagen.

'We hebben het niet gevonden.'

'Bingo,' zei Santiago, terwijl ze haar camera liet zakken. Ze keek naar de onderkant van een leren poef en het beetje paarse stof dat eronderuit kwam. 'Ik wed dat het zakje van de whisky daaronder ligt.' Ze nam nog een paar foto's, verschoof de poef, en schoot nog een paar foto's van de vloer onder het gekreukelde zakje.

'Zo te zien heeft mevrouw deze keer wel gelijk gehad,' zei Montoya, terwijl Santiago het paarse zakje in een plastic exemplaar stopte.

Montoya had genoeg gezien. Hij begreep niet waarom de dader in beide gevallen de lichamen zodanig had neergelegd als om ermee te suggereren dat ze geliefden waren. Wat wilde hij daarmee zeggen? Hij liep met Bentz naar buiten, de veranda op, waar een agent de wacht hield met het logboek. Aan de vele lichten en lampen verderop tussen de bomen was te zien dat de pers nog steeds in groten getale aanwezig was.

Het aanhoudende ronken van een overvliegende helikopter ging vergezeld van het zoeklicht van een plaatselijk televisiestation.

Bentz en Montoya bleven onder het afdak van de veranda staan om te voorkomen dat ze opgepikt zouden worden door het zoeklicht of de lens van de cameraman. 'Courtney LaBelle droeg een diamanten kruisje, en dat heeft de dader haar laten houden. Maar hij heeft wel haar gouden verlovingsring meegenomen.' Er lag een peinzende uitdrukking op Bentz' gezicht.

'Zoals ik al zei, onze jongen doet het niet voor de centen.' Montoya was met zijn rug naar het naar vochtige aarde en regen ruikende briesje gaan staan. Zijn hand gleed automatisch in de zak van zijn jasje, op zoek naar een pakje sigaretten. Pas toen zijn vingers op de lege voeringstof waren gestoten, realiseerde hij zich wat hij gedaan had. Als Bentz het had gezien, dan was hij zo goed om er geen opmerking over te maken.

'Seriemoordenaars doen het niet voor het geld. Ze doen het uit machtsgevoel, uit egotripperij, om op te scheppen, of ze hebben een persoonlijke missie.'

'En het gebeurt maar zelden dat ze meerdere rassen in hun daad betrekken,' zei Montoya. 'Blanken vermoorden blanken, zwarten vermoorden zwarten. Maar nu hebben we drie blanke lijken, en één van Afrikaans-Amerikaanse afkomst.'

'Precies.' Bentz trok een gezicht en ramde zijn handen in zijn zakken. 'Hoe kom ik aan het gevoel dat deze zaak bijzonder is? Onze dader probeert ons iets duidelijk te maken. Zijn slachtoffers zijn niet willekeurig gekozen. Dus hij beantwoordt waarschijnlijk niet aan het profiel.'

'Dat ben ik met je eens.' Volgens de statistiek, zo wist Montoya, waren de meeste seriemoordenaars blanke mannen van in de twintig of dertig. In veel gevallen waren ze misbruikt, of waren ze als kind mishandeld. Dat was niet bij alle honderd procent van de seriemoordenaars het geval, maar het kwam wel opvallend vaak voor. Maar uiteindelijk was er altijd de uitzondering die de regel bevestigde, en Montoya vroeg zich af of ze daar nu mee te maken hadden. 'Het is duidelijk dat hij ons iets wil vertellen – kijk maar naar wat hij heeft meegenomen, en naar de manier waarop hij alles in scène heeft gezet. Waarom zijn de mannen naakt? En waarom liggen de vrouwen aangekleed bovenop hen? Wil hij duidelijk maken dat het om seks gaat? Of wijst hij op lichamelijke of psychische dominantie? Waarom probeert hij de indruk te wekken dat de vrouw de man heeft vermoord, en vervolgens de hand aan zichzelf heeft geslagen?'

'Als we dat alles wisten, dan zouden we hem al te pakken hebben.' Bentz krabde in zijn nek en tuurde de omliggende duisternis in. Er was een tweede helikopter verschenen. Hij keek omhoog. 'Krijg wat,' zei hij.

Montoya'a mobiel ging en hij nam op. 'Montoya.'

'Hé, met Zaroster. Je luistert zeker niet toevallig naar de radio, hè?'

'Ik ben in Pomeroys jachthuis.'

'Nou, pauzeer dan maar even en zet de radio aan. *Gierman's Groaners.* Het zou kunnen zijn dat de moordenaar iets van zich heeft laten horen.'

'Doe ik.' Montoya was al met grote stappen op weg naar zijn patrouillewagen. Bentz liep met hem mee. Het zoeklicht van de helikopters had hen gevonden, maar het kon hen niet schelen.

'Wat is er?'

'Zaroster denkt dat de moordenaar contact heeft gezocht met de radiozender.'

Hij stak het sleuteltje in het contact, zette de radio aan en zocht de frequentie van WSLJ. Maury Taylors nasale stem klonk door de luidsprekers.

'... precies, dus ik weet niet zeker of dit authentiek is, of dat iemand alleen maar een stunt probeert uit te halen,' zei hij. Montoya's gezicht verstrakte. Hij zat zó geconcentreerd te luisteren dat hij bijna vergat adem te halen. 'Ik bedoel, je hoeft heus geen genie te zijn om een simpel – en als ik simpel zeg dan bedoel ik simpel – briefje naar de studio te sturen. Elke idioot kan dat doen. Dus, als je op dit moment luistert, Al, dan zul je me toch wat meer uitleg moeten geven. Ik bedoel, ik snap ook wel dat je me bang probeert te maken en zo, maar ik ben er op dit moment helemaal niet zo zeker van dat je wel de echte moordenaar bent.'

'Wat?' kwam het stomverbaasd over Bentz' lippen.

'Ik bedoel, als je echt wilt dat ik geloof dat jij de moordenaar bent, dan zul je toch met iets beters moeten komen. Dus vooralsnog hou ik het er maar op dat dit nep is en dat je, wie je ook mag zijn, alleen maar probeert om de aandacht te trekken. En het spijt me, jongen, maar daar doe ik niet aan mee. Dus, laten we dan maar weer terugkeren tot ons thema van vanavond – het beduvelen van je partner. Als je dat kunt doen zonder dat de ander het merkt, kan het dan echt kwaad?'

'De schoft!' Montoya sloeg met zijn vuist op het dashboard. 'De moordenaar heeft contact met hem gezocht. Die vieze kleine smeerlap!'

'Ja, of niet. Vergeet niet met wie we te maken hebben. Maury Taylor zou zijn ziel nog aan de duivel verkopen, maar zodra hij een beter aanbod zou krijgen en hij hogere luistercijfers ruikt, zou hij doen alsof die eerste deal nooit had plaatsgevonden. Dit zou best eens alleen een publiciteitsstunt van hem kunnen zijn.'

Montoya, die bijna buiten zichzelf van woede was, vloekte opnieuw. 'Verdomme nog aan toe. Ik stel voor om hem een bezoekje te brengen.'

'Dat lijkt me een goed idee. Jij gaat naar Taylor, en ik werk de boel hier af. Bel me.' Bentz keek naar de plek op het dashboard waar Montoya's met zijn vuist had geslagen. 'Voorzichtig met de auto,' zei hij. 'Hij is van de gemeente.'

'Krijg wat, Bentz. Duvel op, want ik popel om die lul van een Taylor zijn strot om te draaien.'

Bentz stapte uit en sloeg het portier van de Crown Vic achter zich dicht.

Montoya keerde, gaf gas en reed de oprijlaan af. Alleen bij het hek, waar meerdere politieauto's de toegang tot het jachthuis versperden en de pers zich had verzameld, minderde hij wat vaart. De berm van het landweggetje stond vol met auto's van nieuwsgierigen die waren toegestroomd in de hoop een glimp van een slachtoffer op te vangen, of voor de hemel weet wat. Montoya zou hen het liefste allemaal naar huis hebben gestuurd. 'Heb je niets beters te doen?' mompelde hij voor zich heen, toen een vrouw in een geel regenjack amper een stap opzij wilde doen om hem erdoor te laten. Ze keek hem na. Even vroeg hij zich af of de moordenaar zich onder de nieuwsgierigen bevond, en hij had de agenten opgedragen om iedereen die opvallend veel zijn best deed om iets te zien te krijgen naar zijn identificatie te vragen.

Nadat hij de auto's, mensen en lampen achter zich had gelaten, gaf hij weer flink gas. Hij greep het stuur vast alsof hij het probeerde te vermorzelen, en luisterde met een half oor naar de politiezender. Even later zette hij zijn zwaailicht aan. Vanaf hier naar de stad was het bijna een vol uur rijden. Hij wilde er in een halfuur zijn.

Op.

Neer.

Op.

Neer.

Zijn spieren verzetten zich tegen de inspanning, maar hij ging door met de opdrukoefeningen terwijl hij naar de laatste minuten van de German-show luisterde. Hij kón bijna niet meer en het zweet droop van zijn naakte lichaam, langs zijn nekspieren en van het puntje van zijn neus.

Op.

Neer.

Op.

Neer.

De presentator was een idioot. Een belediging voor het menselijk ras, een minibrein die hem op bijna kinderlijke wijze zover probeerde te krijgen dat hij zichzelf bekend zou maken.

Het maakte niet uit. Het enige belangrijke, het enige wat telde, was dat het briefje bezorgd was.

Hoewel de radio-ontvangst in de kelder van het ziekenhuis vaak te wensen overliet, was het signaal vanavond goed en helder, en kon hij de uitzending goed volgen in deze ruimte, die een van de, van zachte wanden voorziene, isolatiecellen was geweest waarin hysterische patiënten werden opgesloten. Het was de ideale plek om aan zijn conditie te werken. Hij was net klaar met zijn vaste, dagelijkse programma – eentje dat door het leger was opgezet – van standaardoefeningen. Hij had een elastieken band die hij voor de nodige weerstand gebruikte, en verder nog een set gewichten. In de hoek stond een halterbank. Hij trainde dagelijks tijdens de uitzending van de Gierman-show. En hoewel hij zijn trainingsprogramma niet had willen onderbreken, besloot hij ermee te stoppen. Misschien dat hij later op de dag nog wat zou doen, maar nu niet meer. Hij ging zitten en sloeg zijn enkels over elkaar. Met zijn ellebogen op zijn knieën gesteund pakte hij een handdoek van de vloer en veegde er het zweet mee van zijn lichaam terwijl Maury Taylor, die zichzelf zo ontzettend sluw en slim vond, hem probeerde te provoceren.

'... je hoeft heus geen genie te zijn om een simpel – en als ik simpel zeg dan bedoel ik simpel – briefje...'

'Hoe weet jij dat, idioot die je bent?' Hij veegde het zweet van zijn gezicht, sloot zijn ogen en haalde heel diep adem door zijn neus. Hij kon het bleekmiddel nog ruiken dat ze hier gebruikt hadden toen het ziekenhuis nog operationeel was geweest – toen *zij* nog geleefd had.

'... ik ben er op dit moment helemaal niet zo zeker van dat je wel de echte moordenaar bent.'

Dat dondert niet, debiel. Zij *zullen het weten. De politie zal het begrijpen. Snap je het dan niet? Jij bent maar een onbeduidende loopjongen.*

Hij had genoeg gehoord en zette de radio uit. Zijn plannetje had gewerkt, en daar ging het om. Hij besloot zijn training toch nu maar af te maken, en deed de resterende vijfenzeventig opdrukoefeningen en nog een heel uur halterwerk, tot zijn spieren opnieuw pijn deden van de inspanning en hij opnieuw onder het zweet zat.

Hij pakte zijn handdoek en liep naar de badkamer, een uitbreiding die tijdens een van de laatste moderniseringen van het ziekenhuis was aangelegd. Hij had een van de waterleidingen opnieuw aangesloten, en wist dat de nonnen nooit zouden merken dat er iemand in het ziekenhuis vertoefde omdat hij geen warmte gebruikte – er was geen elektrarekening die hem zou kunnen verraden. Het water kwam van een bron op het terrein zelf, dus er was niemand die de watermeter opnam, en het afvalwater belandde in de beerput van het klooster.

Hij glimlachte om zijn enorme intelligentie. Het plan was waterdicht en niemand zou ooit weten dat hij hier dagelijks meerdere uren was. En als boven, op de begane grond of op de verdiepingen, de leidingen vreemde geluiden maakten, wat dan nog? De enige die hier rondliep was hij.

Of, bíjna de enige.

Want ze was toch gekomen, of niet? De dochter. De dochter die zo sterk op Faith leek. Zijn adem stokte bij de herinnering. Hoewel hij zich had moeten verstoppen voor ze hem had kunnen zien, wilde hij dat ze wist dat hij hier was, dat hij de deuren op de eerste etage heel zachtjes had gesloten terwijl ze op de tweede verdieping was en de deur van Faiths kamer open probeerde te krijgen. Hij was zo helemaal opgegaan in het sluiten van de deuren, dat het maar een haar had gescheeld of hij was door de non betrapt. Jezus, die ouwe trut had bijna alles verpest. Bijna. Hij had persoonlijke redenen om de schijnheilige zuster Maria niet te kunnen uitstaan. Toen hij haar op de trap had gehoord, was hij snel kamer 105 binnengeschoten. Daar was hij gebleven terwijl de non Abby boven onderschepte. Toen hij Abby en de non even later naar beneden hoorde komen, en beseft had dat hij in de val zat, had hij razendsnel na moeten denken. Hij had niet meer ongezien via de trap naar beneden kunnen ontsnappen, en hij had geweten dat Abby, wanneer ze zou zien dat alle deuren op de eerste etage dicht waren, alle kamers zou willen onderzoeken. Zijn enige kans om niet gesnapt te worden, was de brandtrap geweest, en hij was, zo snel als hij maar kon, op het roestige oude rooster gestapt, en had nog maar nét tijd genoeg gehad om het raam achter zich te sluiten voor de vrouwen bij de eerste verdieping waren gekomen.

Boven het wilde slaan van zijn hart uit had hij hen deuren open en dicht horen doen, en de gang op en neer horen lopen. Hij had met de gedachte gespeeld om aan de leuning van de brandtrap te gaan hangen en zich op de grond te laten vallen, maar was uiteindelijk toch gewoon blijven wachten. Gelukkig hadden Faiths dochter en de non niet aan het raam aan het eind van de gang gevoeld.

Als ze hem gezien hadden, zou hij zijn plan hebben moeten aanpassen, en dat zou ondenkbaar zijn geweest. Vooral omdat hij zo lang had moeten wachten tot alles volmaakt was.

Nu stapte hij op de beschimmelde tegels van de douche en draaide de kranen open. Koud water spoot in stralen uit de roestige douchekop. Hij zoog de lucht tussen zijn opeengeklemde kaken door naar binnen en zeepte zich in. Terwijl hij zich waste sloot hij zijn ogen. Zijn handen gleden over zijn gespierde lichaam, net zoals de hare dat al die jaren geleden hadden gedaan... En had hij haar toen niet ook onder de douche genomen? O, ja...

In gedachten zag hij haar zoals ze geweest was. Hij was haar kamer binnengegaan en had haar, zonder zich aan haar gefluisterde bezwaren te storen, in zijn armen getild. Het enige wat hem interesseerde was dat hij haar wilde bezitten. Hij wist nog dat hij op blote voeten was geweest, en dat hij haar gedwongen had om midden in de nacht de trap af te lopen naar de douche, waar hij de warme kraan had opengedraaid en haar met haar rug tegen de natte, glibberige tegels had geduwd.

Haar nachtjapon was doorweekt geweest, en had aan haar volmaakte lichaam geplakt. Het blauwe nylon was doorschijnend geworden, en hij had haar grote tepels kunnen zien – ronde, donkere, harde schijven in borsten die groot genoeg waren om zijn handen te kunnen vullen. Lager, onder het dal van haar middel, bevond zich het meest perfecte nestje van dikke, donkere krullen, en was door het natte nylon goed te zien waar haar benen samenkwamen... Hoe uitnodigend had dat eruitgezien. Ze rook naar seks en begeerte.

Zelfs nu, onder de koude stralen, voelde hij zich hard worden bij de herinnering aan hoe ze voor hem op haar knieën was gaan zitten, hoe het water over haar hoofd had gedropen en hoeveel moeite het hem had gekost om zich te beheersen. En uiteindelijk, toen hij zijn climax voelde naderen, had hij haar omhooggetrokken en was hij in haar gestoten.

Hij had zichzelf nog in haar open mond kunnen proeven. 'Faith,' fluisterde hij, bij de herinnering hoe haar stijve vingers een spoor over de natte tegels hadden getrokken. Hij herinnerde zich de manier waarop ze haar ogen open had gedaan – haar donkere pupillen en haar gouden irissen die *hem* strak hadden aangekeken voordat haar lichaam zich krampachtig had samengetrokken. En toen had ze zich aan hem vastgeklampt, had ze haar nagels in zijn schouders gezet en had ze haar best gedaan een kreet van zuiver, hartstochtelijk genot te onderdrukken. Ze had haar slanke benen rond zijn middel geklemd, haar hoofd in haar nek laten vallen en haar hals en die natte, glimmende borsten naar hem opgeheven, terwijl haar lichaam bokte en het warme water over hen stroomde...

O Faith, ik zweer je, ik zal je wreken... je pijn is niet vergeten.

Huiverend bij de levendige herinnering liet hij het zeepschuim van zijn benen druipen en draaide ten slotte de kranen dicht. Er moest nog zo veel gebeuren. Hij gebruikte geen handdoek. De kilte van het water op zijn huid dat aan de lucht verdampte, hield hem wakker. Het hielp hem bij de les te blijven. Meer dan ooit had hij nu behoefte aan een helder hoofd.

Hij mocht geen steken laten vallen.

Er stond te veel op het spel.

Hij liep de lange gang af die verlicht werd door de enkele lantaarns die hij had laten branden, en deed de deur open van zijn speciale kamer – de kamer waar hij zich volledig aan zijn fantasieën kon overgeven. Hij ontstak de kaarsen, keek naar de dansende schaduwen op de muren en op haar ingelijste foto op het bureautje. Faith. Ze keek hem aan met ogen die de kleur hadden van zuivere honing. Wat miste hij haar toch.

Met snelle gebaren maakte hij de oude secretaire open en haalde zijn schatten tevoorschijn. Zijn laatste aanwinst was de gouden geldclip van de dikke, oude man. Zuiver goud in de vorm van een dollar. 'Smerige, hebzuchtige egoïst,' fluisterde hij, en hij dacht terug aan de angst in Asa Pomeroys ogen toen hij in de loop van de revolver had gekeken. Hij was smerig geweest, hij had zichzelf bevuild, en had nog steeds gedacht dat hij zijn leven terug zou kunnen kopen.

Het was puur genot geweest, zoals hij die zwarte vrouw behulpzaam had kunnen zijn bij het beëindigen van zijn leven. Ze had zo over haar hele lichaam getrild dat ze de revolver bijna uit haar hand had laten vallen. Maar hij had haar geholpen, had haar geholpen bij het overhalen van de trekker, en had de uitdrukking van verbazing en ontzetting over Asa's gezicht zien trekken. Pas toen hij er helemaal zeker van was geweest dat de oude man zijn laatste, rochelende adem had uitgeblazen, had hij haar gedwongen het wapen op zichzelf te richten. O, wat had hij daarvan genoten... van haar angst die hij tussen hen in had gevoeld, en van het besef dat ze, zelfs nog op het moment dat ze het wapen had afgevuurd, tot God had gebeden.

Nu betastte hij haar kettinkje, hield het voor zijn ogen, liet het gouden kruisje voor zijn gezicht heen en weer zwaaien en keek hoe het kaarslicht erop weerkaatste. 'Je hebt de wereld een grote gunst bewezen met hem te vermoorden, Gina,' zei hij, alsof ze hem zou kunnen horen.

Maar de wereld wist het nog niet. De wereld wist nog niet dat Asa Pomeroy en Gina Jefferson hun laatste adem hadden uitgeblazen. Nog even, en dan zou het bekend worden, zou de politie weer in actie komen en zouden er plannen voor hun begrafenis worden gemaakt.

Zou hij het aandurven om naar Gina Jeffersons begrafenis te gaan? De smeris, Montoya, zou er ook weer zijn, en doen alsof hij bad terwijl hij ondertussen, net als bij de gedenkdienst voor de maagd, van alle aanwezigen foto's maakte. Hij had Montoya tussen de mensen zien staan en foto's zien maken, maar desondanks was hij gebleven, want door de aanblik van de rouwenden, het voelen van hun verdriet, en het besef dat hij degene was die dit alles had veroorzaakt, had hij zich meer levend gevoeld dan ooit. Hij was degene die hen op de knieën had gedwongen.

Hij, die de verdiende straffen had uitgedeeld.

De maagd was de eerste geweest.

De filantroop was nummer twee.

Maar dit was nog maar het begin, en bij het vooruitzicht aan nummer drie begon zijn bloed van pure opwinding sneller te stromen...

Hoofdstuk 19

Montoya parkeerde de patrouillewagen op een plaats met parkeerverbod voor het gebouw in de buurt van Jackson Square, trok de handrem aan en zette de motor uit. Nog steeds woedend, rende hij de studio van WSLJ binnen.

Hij negeerde de vrouw met de koffiekleurige huid en een kapsel van vele kleine vlechtjes die achter de receptie zat, en stormde de gang af.

'Een momentje.' Vanuit zijn ooghoeken zag hij haar opkijken van haar computer. 'Kan ik u helpen?'

Montoya liep door.

'Meneer, meneer! U kunt daar niet naar binnen!'

Hij hoorde het tikken van haar hoge hakken achter zich aan komen. Was ze van plan hem met fysieke kracht tegen te houden? Hij griste zijn identificatiebewijs uit zijn zak, hield het achter zijn rug voor haar op, en bleef met dezelfde vaart doorlopen.

'Agent, wacht u even, alstublieft!'

Het gebouw was als een doolhof, maar hij was er al eerder geweest en wist waar hij zijn moest. Hij liep rechtstreeks door naar de met glazen wanden afgescheiden studio waarvan het rode lichtje boven de deur vermeldde dat er op dat moment werd uitgezonden. Door de ruit heen zag hij hoe de kleine etter met een koptelefoon op zich van achter een lessenaar richtte tot iedereen die op deze aflevering van *Gierman's Groaners* had afgestemd. Zonder zich aan het rode waarschuwingslicht te storen, rukte Montoya de deur open, liep de ruimte in en keek strak en doordringend naar de kleine, kalende presentator die tot voor kort Luke Giermans jaknikker was geweest. 'Stomme, achterlijke idioot die je bent!' siste Montoya. Het kon hem niet schelen of heel New Orleans en omgeving hem op hun radio kon horen.

'Ach, kijk aan, wat hebben we hier? Een bezoekje van New Orleans' puikje van de zalm,' zei Maury. Hij grijnsde van oor tot oor, bijna alsof hij Montoya verwacht had. 'Rechercheur, waaraan dank ik de eer van –'

Montoya liep naar de hoofdschakelaar en draaide hem om. Het licht ging uit en Maury's mond viel open. 'Hé! Dat kunt u niet maken!' Maury was buiten zichzelf. Hij begon op allerlei knoppen te drukken en wilde de hoofdschakelaar weer aanzetten.

'Je hebt bewijsmateriaal achtergehouden in een moordzaak, en ik neem je mee naar het bureau – '

'Zou ik verdomme even mogen weten wat hier aan de hand is?' Een forse zwarte vrouw kwam de studio binnen, en hij herkende haar meteen als Eleanor Cavalier, de keiharde producer van de studio. 'Rechercheur, dit is een uitzending, en die mag *niet* onderbroken worden!' Ze keek Maury doordringend aan. 'Zet de hoofdschakelaar om. Draai maar een reclameboodschap. Ik wil géén dode lucht. *Geen* dode lucht!'

Maury, die nog nooit zo intens voldaan had gekeken, grijnsde naar Montoya en drukte op de betreffende knoppen.

'Wat heeft dit te betekenen?' vroeg Eleanor op strenge toon. Er verzamelde zich een oploopje om haar heen, waarin ze Samantha Wheeler – beter bekend als Dr. Sam, de psychologe van *Midnight Confessions* – zag staan. 'Samantha, neem de uitzending over. Je hoeft niet veel te zeggen. Je kunt volstaan met het afdraaien van een opname van een eerder programma.'

Dr. Sam knikte en er lag een geamuseerde fonkeling in haar ogen. Ze kwam de studio in, en fluisterde in het voorbijgaan tegen Montoya: 'Ik zie dat je je nog steeds in de nesten werkt.'

'En dat zal ook wel altijd zo blijven.'

Ze ging het hokje binnen, en nadat Maury haar de koptelefoon had overhandigd, zette hij een oude, verschoten pet van de Saints op zijn kale kruin en kwam op zijn dooie gemakje, met zijn handen in zijn zakken, het hokje uit. Hij deed net alsof hij op een zonnige namiddag een wandelingetje langs de Mississippi aan het maken was.

Montoya nam de man woedend op, terwijl Samantha op de barkruk ging zitten, een paar schakelaars omzette en de microfoon instelde. Ze sprak al tegen de luisteraars toen Maury eindelijk de gang op kwam.

'Dit type hier heeft bewijsmateriaal achtergehouden in een moordzaak,' zei Montoya tegen Eleanor, voordat de deur van de opnamestudio achter Maury was dichtgevallen.

'En zelf overtreedt u ook een aantal wetten, met inbegrip van parkeren waar dat verboden is tot en met het negeren van meerdere officiële regels van de omroepcommissie.' Eleanor Cavalier, die zich nergens door liet afschrikken, deed een nijdige stap in Montoya's richting. 'En waagt u het niet hier met uw schildje te zwaaien en het personeel te intimideren, begrepen? Als u bezwaar heeft tegen iets wat hier gebeurt, dan kunt u daar met míj of met de advocaten van WSLJ over praten.' Ze wendde zich tot Maury. 'En nu jij! Hoe haal je het in je hoofd? Ik heb je gehoord en ik weet wat Montoya bedoelt, en hij heeft gelijk. Vooruit, ik wil het hele verhaal van je horen.' Ze keek op en zei tot het groepje nieuwsgierigen dat om hen heen was komen staan: 'Vooruit, mensen, de show is afgelopen. Iedereen weer aan het werk.' Ze keek om beurten iedereen streng aan die zijn werk had laten liggen om te kijken wat er aan de hand was.

Ze stoven uiteen als torren onder een grote steen. Nadat ze hen even met iets van voldoening had nagekeken, wendde ze zich weer tot Montoya. 'Laten we verder praten in mijn kantoor,' zei ze, op een toon die geen tegenspraak duldde.

Ze gebaarde Montoya en Maury Taylor dat ze haar moesten volgen en nam ze mee naar een kantoortje waar elk boek, elke opname en elk dossier op zijn plaats lag. Op het bureau lag een presse-papier in de vorm van twee golfballen – iemands idee van een geintje.

'Vertel op!' Ze doorboorde het kleine mannetje met een vlijmscherpe blik, terwijl ze om haar bureau heen liep en zich op haar stoel – die een beetje kraakte – liet vallen.

'Ik heb een briefje gekregen. Nou ja, de studio. Het was geadresseerd aan Luke. Het zou van de moordenaar kunnen zijn.' Maury haalde zijn schouders op. Hij en Montoya stonden erbij als twee kwajongens die bij het schoolhoofd waren geroepen. 'Maar het zou net zogoed vals kunnen zijn.'

'Ga halen,' zei ze, haast zonder haar lippen te bewegen.

Nog geen minuut later was hij terug met een wit velletje papier en een bijpassende envelop die hij in een plastic boterhamzakje had gestopt. Ietwat onderdanig overhandigde hij het zakje aan Montoya. 'Het enige wat erin staat, is "Heb berouw", en het is ondertekend met AL, in twee hoofdletters. Ik ben eraan geweest, ja, toen ik de envelop open heb gemaakt en het eruit heb gehaald, maar toen ik me realiseerde dat het wel eens belangrijk zou kunnen zijn, heb ik het verstopt op een plek waar niemand het zou kunnen vinden. Tijdens de uitzending heb ik met een kopie ervan gewerkt.'

'Jezus, Maury, heb je dan helemaal geen hersens in je hoofd?' vroeg Eleanor. 'Waarom heb je me hier niets van verteld?'

'Ik heb het vlak voor de uitzending opengemaakt.'

'Ja.' Ze keek hem ongelovig aan.

'Je had meteen naar de politie moeten bellen,' zei Montoya.

'Hé, ik zeg toch dat ik het nét voor de uitzending heb gekregen,' hield de presentator vol, maar Montoya wist heel goed dat de man stond te liegen. 'Ik ging ervan uit dat het geen kwaad kon om het te gebruiken, en dat het de luisterdichtheid alleen maar ten goede zou komen. En wie weet, misschien dat de man zich bekend zou maken.'

Montoya was de kleine slijmbal het liefst naar zijn strot gevlogen. 'Hoe háál je het in je hoofd te denken dat je in deze zaak voor politieagent zou kunnen spelen? Dit is een zaak van de politie, en je hebt mijn onderzoek verpest. En daarvoor draai je, nog voor je tot tien kunt tellen, de gevangenis in, dat zweer ik je!'

'Hoor je dat, Eleanor? Hij dreigt me.' Maury wendde zich, wat minder overmoedig nu, tot zijn baas.

'Ja, ik heb het gehoord. En ik ben het met de rechercheur eens. Van politiezaken blijf je af! Heb je me gehoord? Van politiezaken blijf je af! En u' – ze stak haar vinger uit naar Montoya – 'heeft geen enkel recht om hier als een soort van Wyatt Earp binnen te komen vallen. Daar is een protocol voor, en ik sta erop dat u zich daaraan houdt. En u moet niet denken dat ik dit niet aan uw inspecteur zal melden.'

Montoya's kaakspieren werkten. 'Nou, zorgt u er dan maar voor dat iedereen hier in de studio zich ook aan dat protocol houdt, waar u zo trots op bent,' gromde hij.

Ze perste haar lippen op elkaar en keek hem woedend aan. Hij besefte dat hij nét even iets te ver was gegaan, maar het kon hem niet schelen. Laat Washington hem maar op het matje roepen. Daar was hij niet bang voor. Het was niet de eerste keer, en het zou ook niet de laatste keer zijn.

Met het plastic zakje in zijn hand verliet hij de studio, en hoopte dat die achterlijke debiel die zich presentator noemde het onderzoek niet had verpest.

Zoey deed haar gordel om en pruttelde nog na om het feit dat ze, nadat ze een vermogen had neergeteld voor deze vlucht met een stop-over van vier uur in Dallas, op de middelste stoel terecht was gekomen met naast zich aan de kant van het raampje een vrouw met een baby, en aan de andere kant, aan het gangpad, een man van een meter negentig lang en honderdvijftig kilo zwaar. De dikzak zat de hele tijd te draaien. En telkens wanneer hij ging verzitten, schuurde zijn arm langs die van Zoey, en hoewel ze op zich helemaal niet vies was van andere mensen, hield ze er gewoon niet van als er vreemden aan haar lichaam zaten.

Ze had ook haar twijfels over het dekentje en het kussentje dat ze, op weg naar haar plaats, op rij 13 tussen de stoelen A en B in had gevonden. Maar ze moest slapen, en ze kon alleen maar hopen dat degene die ze vóór haar had gebruikt niet onder de luizen had gezeten, of een griepvirus of nog erger had gehad.

Ze had haar iPod bij zich en had zich voorgenomen om tijdens de vlucht wat te slapen. Ze moest zich, met het oog op wat haar na de landing te wachten stond, zoveel mogelijk zien te ontspannen. Het zou een ramp zijn. Ze kende Abby goed genoeg om te weten dat haar zus, wanneer ze eindelijk de volledige waarheid hoorde, volkomen door het lint zou gaan.

Ja, dit boek zou slecht aflopen, dacht Zoey, en ze trok een gezicht. Dat stond als een paal boven water. Zoey had allang begrepen dat Abby niet wilde dat ze kwam logeren, of dat ze mee zou gaan naar Lukes begrafenis, maar ze had pech gehad. Het moment van de waarheid kon niet langer worden uitgesteld.

Zoey hechtte veel waarde aan voortekens, vervloekingen, tekenen in het algemeen en die welke een gelukkig toeval leken, en alle tekenen waar ze op vertrouwde wezen op het feit dat haar geheim onthuld moest worden. Ze had het idee dat het Lot, zo niet God zelf, over haar waakte en haar aanwijzingen gaf waaruit bleek wat haar in haar leven te doen stond. Vaak kwamen zulke tekens in de vorm van personen, zoals Luke Gierman al die jaren geleden, toen hij haar gezegd had dat hij maar steeds aan haar moest denken en dat het een kosmische ingeving was geweest die hem ertoe had gebracht haar die warme namiddag in mei achterna te rijden.

Hoewel Zoey er prat op ging dat ze mensen die haar lulkoek stonden te verkopen meteen doorhad, had ze hem toch verder laten kletsen – vooral omdat ze hem opnieuw waanzinnig aantrekkelijk had gevonden. Ze waren al eerder geliefden geweest. Ze kende zijn horoscoop uit haar hoofd en realiseerde zich dat de planeten in de juiste positie stonden voor een hereniging. *Dat* was het teken geweest – dát, en haar eigen dromen waarin ze opnieuw de liefde met hem bedreef... of liever, dat was de rationele verklaring die ze zichzelf er indertijd voor had gegeven. Hoewel ze wist dat hij op dat moment al met haar zus was verloofd, dat hij zichzelf aan Abby had beloofd, was ze niet in staat geweest Luke te weerstaan.

Sindsdien had Zoey altijd een slecht geweten gehad.

En nu was het moment aangebroken om haar zus alles te bekennen en het goed te maken.

Had haar persoonlijke astroloog haar niet pas nog gezegd dat de hemellichamen een perfecte constellatie vormden? Dat dit het moment was in het verleden begane fouten recht te zetten? Had hij daarbij niet laten doorschemeren dat hij op de enorme, twintig jaar oude familieleugen doelde? Had hij niet gesuggereerd dat ze, voordat de gunstige aspecten geweken waren, moest proberen om het bij te leggen?

En alsof het astrologische feit nog niet voldoende was, was er nog een ander, mogelijk nog overtuigender teken geweest – de anonieme brief die ze had gekregen. Geen afzender. Blokletters. Met het poststempel uit New Orleans. De tekst luidde:

KOM THUIS. HANNAH HEEFT JE NODIG.

Als dat geen overduidelijk teken was! Had Abby haar dat briefje gestuurd en had ze het niet durven tekenen? Uit schaamte. Hannah was haar tweede voornaam, de naam waarmee hun moeder haar wel aansprak. De naam van hun grootmoeder van moeders kant. Of had iemand anders het briefje gestuurd, iemand die Abby goed genoeg kende om te weten dat ze een tweede voornaam had?

Het laatste teken, wat het drietal compleet had gemaakt, was de moord op Luke geweest. Negeren was er nu niet langer bij.

Twee dingen waren zeker.

Het was tijd om terug te gaan naar New Orleans.

En het was tijd voor de waarheid.

Inmiddels waren er twintig jaren verstreken sinds de dag waarop hun moeder haar dood tegemoet was gesprongen, en Zoey was het echt spuugzat om het geheim dat zij en haar vader deelden nog langer voor zich te moeten houden.

Afgelopen.

Abby was een grote meid. Ze kon het verleden intussen heus wel aan. Probeerde ze niet zelf al om de boel eindelijk los te laten? Het feit dat ze in haar eentje naar het ziekenhuis was gegaan, was dat niet ook een duidelijk teken dat haar wonden bijna geheeld waren? En die insinuaties van haar...

... kunnen we het, voor we dat glas heffen, over een heleboel dingen hebben, goed? Met inbegrip van mam en de dag waarop ze is gestorven. Volgens mij weet je daar meer van af dan je ooit hebt gezegd... We gaan het erover hebben...

Maar opeens begon Zoey, hetgeen heel onkarakteristiek voor haar was, toch een beetje te twijfelen. Eigenlijk had ze haar bekentenissen ook net zogoed via de telefoon kunnen doen. Het had haar alleen beter geleken om haar zus, bij alle onthullingen over het verleden, in de ogen te kunnen kijken.

Ze hoopte echt dat de beslissing die ze had genomen de juiste zou blijken te zijn.

Zoey deed een schietgebedje en smeekte het Lot om haar toch vooral in de juiste richting te blijven sturen, en om haar te sterken in haar overtuiging dat ze de juiste keuze had gemaakt.

De deur van het vliegtuig werd gesloten en alle passagiers werd verzocht hun elektronische apparatuur uit te zetten. De dikke man naast haar deed zijn mobiel uit en worstelde om hem in zijn tas onder de stoel te stoppen.

'Sorry,' mompelde hij, toen hij nog wat in zijn tas scharrelde en haar een zet gaf.

Ze schonk hem een glimlachje dat ze niet voelde, maar met haar gedachten was ze bij hetgeen haar na de landing te wachten stond.

Het kostte haar de grootste moeite om te geloven dat Luke echt dood was. Vermoord nog wel. Vermoord, samen met een eerstejaarsstudentje. Kon het zieker?

Zoey had het nieuws bijgehouden en met kennissen van hun collegazender in New Orleans gebeld. Voor zover bekend had de politie nog steeds geen aanwijzingen. En dan was er die zaak van Abby's buurman, Asa Pomeroy. Wat had dat in vredesnaam te betekenen? Vanmorgen bleek er ook nog een vrouw te worden vermist – een Afrikaans-Amerikaanse die zich inzette voor de armen. Hoewel Zoey er niet helemaal zeker van was, geloofde ze dat ze haar naam al eens eerder had gehoord.

Gina Jefferson. Waarom kwam die naam haar zo bekend voor?

Te oordelen naar de hoeveelheid informatie die Zoey vanochtend op het internet had gevonden, was die Gina Jefferson een heel belangrijke persoonlijkheid in New Orleans – ze werkte voornamelijk achter de schermen, maar werd alom gerespecteerd voor alles wat ze deed voor mensen in psychische nood.

Was het dat? vroeg Zoey zich af, terwijl het vliegtuig naar de startbaan reed. Had Gina Jefferson soms in Our Lady of Virtues gewerkt, of had haar moeder iets met haar te maken gehad? Was dat mogelijk? Was ze maatschappelijk werkster geweest, of zo?

Ze voelde dat ze hoofdpijn begon te krijgen. Het vliegtuig denderde steeds sneller en met brullende motoren over de startbaan. Ze werd tegen de rugleuning van haar stoel gedrukt terwijl de 737 opsteeg, en zich met zijn neus in de donkere nacht boven het vliegveld van Seattle boorde.

Het zou het waard zijn, dacht ze. Het zou een enorme opluchting zijn om het verleden eindelijk te kunnen laten rusten. En dat wilde Abby toch, of niet? Had ze niet gezegd dat ze de waarheid wilde horen om het nu eindelijk eens allemaal te kunnen verwerken?

Godallemachtig, als Abby eens wist wat ze had gevraagd!

Dat zou ze snel genoeg, Zoey. Zet je maar schrap.

Dit wordt geen gezellige logeerpartij.

Montoya reed door de gietende regen. Hij hield zijn kaken stijf op elkaar geklemd. Het was inmiddels al meerdere uren geleden sinds hij die gluiperige kleine etter van een Maury Taylor met zijn stommiteit had geconfronteerd, maar hij was nog steeds woedend. Hij had het briefje afgeleverd bij de technische recherche, en met Bentz en Zaroster gesproken over alles wat hen over de vier moorden bekend was. En daar waren ze geen barst mee opgeschoten.

Er was nog geen nieuws over de bruidsjapon.

Er waren geen vingerafdrukken gevonden op de plaats van de eerste moorden, niet in Luke Giermans BMW, niet in Gina Jeffersons Buick – in ieder geval geen afdrukken die niet tot de kring van familie en naaste vrienden behoorden.

Asa Pomeroys auto was nog niet getraceerd.

Van de weinige gevonden sporen was er niet één die hen op het spoor van de moordenaar kon zetten... nog niet, tenminste.

Op beide plaatsen waren sporen van schoenen maat zesenveertig aangetroffen. Er was contact gezocht met de fabrikant die bezig was met het opstellen van een lijst winkels waar de goedkope bergschoenen werden verkocht.

Rekeningen van mobiele en vaste telefoons werden uitgeplozen, maar hadden tot dusver niets opgeleverd.

De foto's die hij tijdens de wake voor Courtney Mary LaBelle had genomen, werden door de speciale taakeenheid bestudeerd.

De zwarte haar op de bruidsjapon was van een man, en bevond zich op dit moment in het DNA-lab. Maar zolang ze geen ander weefsel hadden om het mee te vergelijken, hadden ze er weinig aan. Tenzij ze boften.

Montoya zuchtte en dacht na over wat ze tot dusver hadden.

Elk stel slachtoffers was vermoord met de revolver van het vrouwelijke slachtoffer, en in beide gevallen was de boel zodanig in scène gezet dat het om een moord-zelfmoord leek te gaan. Maar in beide gevallen was dat nogal amateuristisch gedaan en was het de politie vrijwel meteen duidelijk geweest dat het om een dubbele moord ging. En waarschijnlijk had de moordenaar dat met opzet zo gedaan. Hij speelde met hen en gaf hun aanwijzingen in een ziekelijk spel. Alleen begreep Montoya de regels van dat spel nog niet.

En dan was er het briefje. Als het echt was, dan betekende het dat Luke Gierman, aan wie het geadresseerd was, de opdracht kreeg om berouw te hebben. 'Heb berouw'. Twee woordjes maar. En ze waren ondertekend met AL. Wie was Al, verdomme? De taakeenheid had zich op verschillende databases gestort, en van iedereen die in verband met de beide zaken gehoord was, werd nagegaan of de naam Al op hem of haar van toepassing was of zou kunnen zijn. Ging het om iemand die Al heette? Of Allen, of Aldren, of Alfred, of Alice... of waren het initialen? Iedereen was met ideeën gekomen. Bentz had erop gewezen dat twee van de slachtoffers Asa en Luke waren geweest, en iemand anders was op het idee gekomen dat het mogelijk voor Alabama stond. Misschien had de moordenaar daar wel gewoond, of was hij daar geboren. En als je de initialen omdraaide kreeg je de afkorting voor hun staat – LA voor Louisiana – of, had Brinkman gezegd, misschien stond het wel voor Los Angeles. 'Dáár lopen pas gekken rond! Al die smog, daar kunnen mensenhersens niet tegen.'

Jezus, kon die man dan nooit eens serieus zijn?

Een paar rechercheurs dachten dat het briefje vals was, maar daar was Montoya het niet mee eens. Op de een of andere manier vond hij 'heb berouw' overtuigend klinken.

Het moest de dader om iets religieus gaan, dacht hij, want waarom zou hij anders dat kruisje stelen? *Ja, maar van de maagdelijke Mary had hij het niet meegenomen.*

Verdomme.

Gelukkig leek Maury Taylor de waarheid te hebben gesproken over het feit dat er behalve hijzelf niemand aan het briefje had gezeten – de enige vingerafdrukken die erop zaten, waren de zijne. Er zaten er natuurlijk meer op de envelop, en die werden vergeleken met de vingerafdrukken van de postbodes, maar dat was een klus waar veel tijd in ging zitten. De lijm onder de flap werd op DNA onderzocht. Als daar DNA werd gevonden, zou dat vergeleken worden met dat van de zwarte haar op de trouwjapon.

De naaste familie van Gina Jefferson en Asa Pomeroy was gewaarschuwd. Wally Jefferson was ingestort. De vierde mevrouw Pomeroy had, net als al zijn kinderen, stoïcijns op het nieuws gereageerd. Niet echt een warme, liefhebbende familie, die Pomeroys, stelde Montoya vast. Geen van de ondervraagden had er ook maar 'een flauw vermoeden' van wie de wapenkoning kwaad zou willen doen. Hetzelfde gold voor Gina Jefferson die, in vergelijking met Pomeroy, een heilige was.

Zwart en blank.

Yin en yang...

Maar iemand had hen dood gewild. Een onbekende vijand.

Een onbekende, boosaardige en levensgevaarlijke vijand.

Iemand die mensen vermoordde die elkaars tegenovergestelde waren.

Iemand die uit Abby Chastains omgeving kwam, en dat zat hem helemaal niet lekker. Hij keek naar de achterlichten van de auto voor hem. Hij had de laatste tijd vaak en veel aan Abby gedacht. Te vaak en te veel.

Hij kon niet ontkennen dat hij een groot zwak voor haar had. Intelligent, knap, sexy – bij haar vergeleken stelden andere vrouwen weinig voor. Hij genoot van haar hese lach, van de manier waarop haar ogen groot en rond werden wanneer hij iets zei waar ze niet op gerekend had. Hij betrapte zich erop dat hij niet aan haar dacht als een potentiële verdachte, en ook niet als de ex-vrouw van een slachtoffer, maar gewoon als vrouw. En dat was natuurlijk ontzettend stom. Hij mocht niets voor haar voelen. Misschien had ze wel iets te maken met de moord op haar ex. Het was vergezocht, dat wel, en hij geloofde het ook niet, maar hij moest onpartijdig blijven. Dat ze knap en sexy was, was gewoon pech.

Hij zette de gedachten aan haar van zich af en reed door naar zijn huis. De ruitenwissers gingen onvermoeibaar over de voorruit heen en weer. Hij trok een gezicht toen een stoplicht op oranje, en toen op rood sprong. Het schijnsel weerkaatste op het natte asfalt. Twee lachende voetgangers met goedkope plastic regenponcho's om renden door de plassen naar de overkant van de straat.

Zijn mobiel ging, en hij nam op zonder naar het nummer op de display te kijken.

'Hoe haal je het in je hoofd om alle voorschriften en regels aan je laars te lappen, en die studio zomaar binnen te gaan?' wilde Melinda Jaskiel, de officier van justitie, van hem weten. Voor hij antwoord had kunnen geven, vervolgde ze: 'Je boft dat Eleanor Cavalier een goede vriendin van me is, want anders had je nu op straat gestaan.'

Hij licht sprong op groen en hij gaf gas.

'Montoya, waag het niet mijn zaak te verpesten, hoor je? Deze schoft moet hangen en ik wil hoe dan ook voorkomen dat zijn advocaat dingen zal vinden om eventuele bewijzen ongeldig te laten verklaren omdat de een of andere ingebeelde, licht ontvlambare rechercheur zijn boekje te buiten is gegaan. Ben ik duidelijk?'

'Ja, je bent duidelijk,' antwoordde hij, nijdig op zichzelf, op het onderzoek en de hele verrekte wereld.

'Mooi. Onthou het dan goed.' Ze hing op, maar hij kon haar woede nog door de telefoon heen voelen.

'Godvergeten lul,' mompelde hij. Hij wist dat ze gelijk had, maar toch maakte het hem nijdig. Maar alles aan deze zaak maakte hem nijdig. En hij wist ook waarom. Vanwege Abby Chastain. Telkens wanneer hij bij haar wegging, wilde hij zo snel mogelijk weer terug. Hij dacht terug aan de slechte pizza en de matige wijn, en dat hij, toen het eten op was, het liefste helemáál niet weg was gegaan.

Hij fantaseerde over haar, begeerde haar en stelde zich voor hoe het zou zijn om haar in zijn armen te nemen, alles en iedereen naar de maan te wensen, en haar zo vurig te kussen dat ze geen van tweeën nog helder zouden kunnen denken. Hij stelde zich voor hoe hij haar kleren uit zou trekken, zijn duimen zachtjes strelend over haar borsten zou laten gaan, haar hals zou kussen en zijn vingers zou begraven in die massa wilde rode krullen.

Zijn fantasie sloeg op hol. Hij zag zichzelf met haar op bed vallen, beiden half naakt en zo opgewonden dat ze hun handen niet van elkaar af konden houden. Hij verlangde ernaar haar handen op zijn huid te voelen wanneer hij bij haar binnendrong, en hij weigerde zich te storen aan wat anderen ervan dachten.

'Verdomme,' mompelde hij. Hij was zó opgegaan in zijn fantasie dat hij zijn straat bijna voorbij was gereden. In gedachten riep hij zichzelf tot de orde, zette de gedachten aan Abby bewust van zich af en parkeerde voor de deur van zijn huis – een rechttoe-rechtaan simpel aandoend rijtjeshuis. Hij had het vorig jaar gekocht en was meteen weg geweest van het simpele ontwerp. Hij had er van alles aan opgeknapt – de veranda, het schilderwerk, had enkele ramen van smeedijzeren traliewerk laten voorzien – al die dingen waar hij vroeger op had neergekeken.

Alle huizen in de straat waren in pasteltinten geschilderd, en het zijne was lichtblauw. Hij ging naar binnen, liet zijn sleutels op het tafeltje naast de deur vallen, pakte de afstandsbediening en zette de televisie aan. Nadat hij zijn jack had uitgetrokken, liep hij door de woonkamer, werkkamer en eethoek naar de keuken aan de achterzijde van het huis. Hij had een heleboel geld en energie in het huis gestoken, maar het was de moeite waard geweest. En met alles wat er nog aan moest gebeuren, had hij gelegenheid genoeg om de stress van zijn werk van zich af te klussen en tegelijkertijd iets constructiefs te doen.

Het had hem geholpen bij het verwerken van zijn verdriet om Marta.

Hij had zich met hart en ziel op de reparatie van het pleisterwerk en de oude vloerdelen gestort, en het verleden achter zich gelaten.

Montoya haalde een biertje uit de koelkast, draaide de dop eraf en schopte tegelijkertijd de koelkastdeur dicht. En hij dacht weer aan Abby Chastain. Aan Abby en de zaak waardoor ze elkaar hadden leren kennen. De zaak die tot nu toe aan vier totaal verschillende mensen het leven had gekost.

Hij wreef zijn gezicht en nam een slok.

De lijst van verdachten werd steeds langer, maar de meeste namen werden vrijwel meteen weer geschrapt. Hij zelf hield het nog het meeste op Nia Pennes huidige vriendje. Roy North had het juiste postuur en hij had zwart haar. Hij had schoenmaat zesenveertig, maar zijn alibi was waterdicht, tenzij Nia voor haar vriendje loog. Vooralsnog had de politie geen enkele reden om aan te nemen dat hij in de buurt van Luke Gierman, of van het All Saints College was geweest. En wat zou Roy of Nia met Asa

Pomeroy en Gina Jefferson hebben gewild? Toch wilde Montoya Roys DNA laten onderzoeken. Als hij de rechter niet zover zou kunnen krijgen om daar een officieel bevel voor uit te vaardigen, misschien dat hij North dan door iemand moest laten volgen, die een sigarettenpeuk of een door hem gebruikt koffiebekertje zou moeten zien te bemachtigen, of desnoods iets anders met zijn DNA erop – voldoende om het DNA van de zwarte haar mee te vergelijken. En van het speeksel dat ze onder de flap van de envelop hoopten te vinden.

Hij nam een slok uit zijn fles en liep de woonkamer in. Elke zender zond het nieuws uit van de moord op Asa Pomeroy en Gina Jefferson. De zenders vertelden hoe de straten van New Orleans alweer onveilig werden gemaakt door een seriemoordenaar, en de persvoorlichters van de politie en van de FBI gaven verklaringen af en beantwoordden een aantal vragen. Ze vertelden niet alles – er werd angstvallig informatie achtergehouden die alleen aan de politie en de moordenaar bekend was om er zeker van te kunnen zijn dat de echte moordenaar bestraft zou worden, en niet zomaar iemand die beweerde dat hij de dader was omdat hij naar roem en bekendheid snakte.

Terwijl hij van zijn biertje dronk en naar het scherm zat te kijken, realiseerde hij zich dat de moordenaar eveneens aan de buis gekluisterd zou zitten en genoot van alle angst en onrust die hij veroorzaakte, en van de aandacht die de media en de politie aan hem schonken. En daar ging het bij dit soort lieden ook om – om het strelen van hun ziekelijke ego.

En de schoft zou opnieuw toeslaan, en nog eens, en dat alleen om zich superieur en machtig te kunnen voelen en omdat het doden van medemensen hem een kick bezorgde.

'Ik krijg je wel, vuile smeerlap die je bent,' nam Montoya zich heilig voor. Hij nam de laatste slok uit zijn flesje. Het was misschien vergezocht, maar hij had toch nog steeds het gevoel dat het oude ziekenhuis iets met de moorden te maken had. Het was te laat om zijn tante nog te bellen. Maar morgenochtend vroeg zou hij dat als eerste doen, en dan zou hij haar vragen of ze wist of Asa Pomeroy en Gina Jefferson iets met Our Lady of Virtues te maken hadden gehad.

Maar nu, en ondanks wat hij zich eerder had voorgenomen, pakte hij zijn autosleutels van het tafeltje, trok zijn jack aan en liep de regenachtige avond weer in. Iemand zou Abby Chastain moeten vertellen dat haar buurman was vermoord.

En daarvoor was hij de aangewezen persoon.

Hoofdstuk 20

Abby keek naar de televisie, maar kon haar ogen en oren niet geloven.

Asa Pomeroy en Gina Jefferson waren *dood?* Op dezelfde manier vermoord als Luke en Courtney LaBelle?

Ze zat op het randje van haar bank naar de beelden te kijken, en voelde hoe haar maag zich omdraaide. Hoe kon dit gebeuren? Wie wás deze gek die de straten van New Orleans onveilig maakte en schijnbaar ongestraft zijn gang kon gaan?

De verslaggevers waren dol op speculeren. Ze toonden opnamen van de buitenkant van Asa Pomeroys jachthuis, de plaats waar de beide slachtoffers waren gevonden. De volgende opnamen waren van het landgoed van Pomeroy, verderop in het laantje, en ten slotte werden de kijkers meegenomen naar het Crescent City Center, een kleine psychiatrische kliniek waar armen en daklozen terecht konden.

Ergens in Abby's achterhoofd jeukte en borrelde er iets... Gina Jefferson werkte voor die kliniek. Had ze in het verleden soms ook in Our Lady of Virtues gewerkt? Kwam het donkere gezicht met de regelmatige trekken van de vrouw haar daarom bekend voor? Of kwam het alleen maar doordat zij, net als Asa Pomeroy, al jarenlang regelmatig opdook in het plaatselijke nieuws?

Zenuwachtig, zonder te merken dat ze het deed, plukte ze aan de bekleding van de armleuning van de bank. Wat was er met die donkere vrouw dat ze zich zou moeten herinneren?

Alsof er een raam openstond, kreeg Abby het opeens door en door koud. Ze probeerde zich iets te herinneren, iets belangrijks, maar ze kreeg het net niet te pakken. De gedachte ontglipte haar.

Wat ze wel wist, was dat het met haar moeder te maken had, en met Our Lady of Virtues.... Maar wat wás het nu toch precies?

Ze keek naar buiten, de donkere avond in, en onderdrukte het gevoel dat iemand naar haar stond te kijken, dat er, vanuit het dichte struikgewas, een boosaardig iets of iemand bij haar naar binnen gluurde en al haar bewegingen gadesloeg. 'Hou op,' riep ze zichzelf tot de orde. Maar toch stond ze op en deed alle rolgordijnen tot beneden aan toe dicht. Nu zou niemand méér van haar kunnen zien dan haar silhouet op de gordijnen.

De hond sliep voor de verandering op haar lievelingsplekje op een kleedje voor de koude, zwartgeblakerde open haard. Ansel lag op de rugleuning van de bank. De kat had zijn ogen gesloten, lag zachtjes te spinnen en was zich niet bewust van de onrust in Abby's hoofd. Ze liep terug naar de woonkamer en zapte alle kanalen door. En zag meer van hetzelfde – een door een helikopter, kort voor het invallen van de duisternis gemaakte opname van het jachthuis, gevolgd door beelden van het oude huisje waar Luke en Courtney LaBelle waren gevonden. Foto's van alle slachtoffers uit de tijd dat ze nog leefden, en er werd een korte biografische schets van hen gegeven. Over Gina Jefferson werd onder meer verteld dat ze ooit eens in het openbaar een heftige aanval op Pomeroy Industries en Asa Pomeroy persoonlijk had gedaan omdat ze van mening was dat hij niet voldoende geld gaf aan de armen, en in het bijzonder aan diegenen onder hen met psychische problemen.

Volgens de media was het tweetal elkaar meer dan eens in de haren gevlogen over Pomeroys gierigheid.

Vanessa Pomeroy, een tenger, pittig vrouwtje met een overdreven keurig kapsel, vertelde onaangedaan en zonder een traan te laten over 'de tragedie' van de moord op haar man. Walter Jefferson daarentegen was zo kapot van verdriet dat hij door iemand van de familie ondersteund moest worden, en bij hem liepen de tranen over zijn gezicht.

'Arme man,' fluisterde Abby. Ze zette een ander kanaal op en zag dominee Billy Ray Furlough omringd door een menigte op de stoep van zijn kerk staan. Op de opname was het nog licht, dus ook deze beelden waren van eerder op de dag. Abby, die met haar benen onder zich in een hoekje van de bank zat, keek gefascineerd hoe de charismatische predikant de vreselijke moorden zodanig wist te draaien dat hij er zelf beter van werd. Hij raasde en tierde, gebaarde wild om zich heen, en bad met een godvruchtige oprechtheid waar zelfs een atheïst niet ongevoelig voor kon blijven. Dominee Bill Ray, een geboren spreker, had letterlijk zijn roeping gevonden.

'Waarom gebeurt dit?' luidde zijn retorische vraag, waarbij hij recht in de camera keek. 'Waarom slaat God onze meest vooraanstaande burgers neer?' Abby schatte de lange, knappe man met brede schouders en zijn goed getrainde lichaam ergens in de dertig. Het charisma droop bijna van hem af. Hij had een lichte huid, bruine ogen, glanzend steil zwart haar en witte tanden die bij zijn ontwapenende glimlach flitsend tot hun recht kwamen. Hij droeg zijn witte boordje niet met nederigheid maar met trots, en ook hij straalde iets uit wat haar vertrouwd voorkwam, iets waar ze geen woord voor had, iets dat de haartjes op haar armen omhoog deed komen.

'Misschien zouden we Gods wijsheid niet in twijfel moeten trekken. Laten we niet vergeten dat God diegenen helpt die zichzelf helpen, en laten we ons, wanneer we verdriet hebben en door rampen worden getroffen, tot de Here wenden en zeggen: "Ja, Vader, ik vertrouw op U."'

Ze schakelde over naar een andere zender, want het theater van de man ging haar net even iets te ver. Het was alsof hij zelf beter probeerde te worden van andermans ellende en verdriet, en hoopte met zijn optreden meer gelovigen voor zich te kunnen winnen en nog meer geld binnen te kunnen halen voor zijn kerk.

Hou daarmee op Abby. Je kunt niet over anderen oordelen.

Hershey hief zijn kop op, blafte en Abby hoorde een auto de oprit op rijden. 'Wat nu weer?' vroeg ze zich af, en opnieuw bekroop haar dat akelige gevoel waar ze al bijna de hele avond last van had. Ze liep naar het raam aan de voorkant van het huis, tilde het rolgordijn een stukje op en keek naar buiten. Montoya's zwarte Mustang kwam vlak voor de garagedeur tot stilstand.

Mooi, dacht ze, en ze voelde zich opgelucht toen hij uitstapte en het portier dichtsloeg. Haar hart maakte een sprongetje, wat ze negeerde, maar een glimlach kon ze niet onderdrukken. Ze keek naar hem en zag opnieuw hoe zijn jack rond zijn schouders spande, en hoe zijn heupen meebewogen op de grote, soepele stappen van zijn lange benen, en hoe zijn spijkerbroek rond zijn smalle heupen sloot. Voor de verandering zat zijn zwarte haar in de war, en hij streek het uit zijn gezicht terwijl hij de twee treden van haar verlichte veranda opliep. Ze zag aan zijn gezicht dat hij moe was, maar rond zijn mondhoeken lag een vastberaden trekje. Op de een of andere manier voorspelde zijn bezoek weinig goeds.

Op het moment dat hij aanbelde begon Hershey als een gek te blaffen. Abby trok de deur open en sloeg haar armen over elkaar. 'Wat een verrassing,' zei ze. 'Als het rechercheur Montoya niet is.'

'Ja, hou maar op.' Zijn mond ontspande zich iets. 'Ik begin hier een gewoonte van te maken. Het spijt me.' Verbeeldde ze het zich alleen maar, of waren zijn ogen 's avonds nog donkerder dan overdag?

'Ik kan me niet herinneren dat ik erover heb geklaagd,' zei ze, waarop ze zichzelf in gedachten een trap gaf voor de gretige klank van haar stem.

Hij trok zijn donkere wenkbrauwen op.

En toen ze hem gebaarde dat hij binnen kon komen, floepten de woorden eruit: 'Ik neem aan dat je alweer zo'n voortreffelijke maaltijd van me hoopt te krijgen.'

'Precies.' Zijn gezicht ontspande zich nog wat meer, en hij keek langs haar heen de woonkamer in waar de televisie nog steeds het nieuws van de moord op Asa Pomeroy en Gina Jefferson uitzond. Hij stapte naar binnen en Abby deed de deur achter hem dicht. 'Dus dan weet je het al van Pomeroy.'

'Het is verschrikkelijk.'

'Amen.' Hij ging vlak voor de televisie staan en keek naar het scherm. 'Vuile schoft.'

'Maar je krijgt hem wel te pakken, ja toch?'

Montoya keek haar met ernstige ogen aan. 'Daar kun je op rekenen.'

'Nou, hoe eerder hoe beter, oké?'

'Dat is de bedoeling.'

Ansel deed één oog open, zag de vreemdeling, schoot overeind en zette een hoge rug op, waarbij hij eruitzag alsof hij zijn staart in het stopcontact had gestoken. De kat blies, sprong op de vloer en sloop haastig de kamer uit. 'Die is geen fan van mij,' merkte Montoya op.

'Van niemand. Alleen van mij.'

Montoya glimlachte. 'Heb je het met Prozac geprobeerd? Ik meen het. Een van onze wijkagentes werd knettergek van haar kater die overal plaste en weigerde op de bak te gaan, en toen heeft ze hem iets van Prozac gegeven.'

'Dat meen je niet.'

Hij stak zijn hand op. 'Ik zweer het.'

'Dus nu wil je dat ik een fellere waakhond en een lievere kat neem?'

'Volgens mij komt elke andere kat in aanmerking.'

'Hoor je dat, Ansel? De smeris vindt dat je vervangen zou moeten worden,' zei ze, terwijl ze de gang in keek, de richting waarin de kat was verdwenen. Ze glimlachte. 'Ik denk toch dat ik mijn dieren maar hou.' Om haar woorden te benadrukken, boog ze zich naar Hershey toe en kroelde haar achter de oren. 'Rustig maar, lieverd, je hoeft nergens bang voor te zijn.' Ze ging weer rechtop staan en voegde er tegen de rechercheur aan toe: 'Ik ben nu eenmaal een loyaal mens.' Ze zag iets veranderen in zijn blik, en ze wist meteen wat hij dacht.

'O, o,' waarschuwde ze, 'dat niet, hè? En om je vraag te beantwoorden: ja, ik ben mijn ex altijd trouw geweest. Op het walgelijke af. Ik heb hem trouw gezworen, en ik heb overal ja op gezegd, je weet wel, in gezondheid, bij ziekte, in voor- en tegenspoed, maar wat ik er niet bij heb gezegd was: "En het maakt niet uit hoe vaak je me belazert. Ik zal altijd bij je blijven. Je bent bij voorbaat vergeven."' En bij die laatste woorden werd ze zich bewust van een geringe verschuiving in de atmosfeer, en ze herinnerde zich de droom die ze zo vaak had, de droom waarin haar moeder, vlak voor haar dood, tegen haar zei: "Ik vergeef je.' Al Abby's luchthartigheid was op slag verdwenen.

'Is er iets?' vroeg Montoya. Ze schrok en keerde terug tot het heden, tot de man met zijn onderzoekende blik en zijn bezorgde houding. En als ze ergens naar snakte, dan was het wel naar dat laatste.

'Ben je gek?' Ze probeerde er een grapje van te maken, maar het was niet grappig. 'Er loopt een gek los rond die mensen vermoordt – mijn ex bijvoorbeeld, en mijn buurman – en ik krijg regelmatig bezoek van een smeris. Of er iets is? Er is van alles.'

'Maar je vindt het prettig dat ik bij je kom kijken.'

'Ja... ja.' Ze slikte en wendde haar blik af van zijn doordringende ogen. 'Kom mee naar de keuken en dan kun je een pilsje van me krijgen... Ik neem tenminste aan dat je vrij bent.'

'Tot morgenochtend, tenzij ik gebeld word.'

'Waarvoor zou je gebeld moeten worden?'

'Als blijkt dat onze man weer heeft toegeslagen,' kwam het volkomen emotieloos over zijn lippen.

'Zo snel alweer?' Wat een afschuwelijke gedachte! Ze keek naar het televisiescherm, zag opnieuw beelden van de buitenkant van Asa's jachthuis, en bad in gedachte dat het snel voorbij zou zijn.

'Zoveel tijd zat er niet tussen de twee dubbele moorden. Bij de meeste seriemoordenaars wordt de tussenliggende tijd steeds korter.'

'Seriemoordenaars,' herhaalde ze, en er gleed een huivering langs haar rug. 'Misschien is hij wel klaar met wat hij zichzelf ten doel had gesteld.'

Zijn blik sprak boekdelen. Hij wist wel beter.

In de keuken trok ze de koelkast open, haalde er twee flesjes Lone Star uit, maakte ze open en gaf er eentje van aan Montoya. Ansel, die zich schuilhield op een van de krukken achter de eetbar, werd opnieuw bang, sprong eraf en haastte zich naar de andere kant van de gang.

'Het gaat al beter,' merkte Montoya op. 'Deze keer heeft hij niet geblazen.'

'Hij begint je écht steeds aardiger te vinden. Kijk maar uit als je op de bank gaat zitten. Ik wed dat hij op de rugleuning springt en je haar gaat likken.'

'Daar verheug ik me op,' zei hij op droge toon.

Hij trok een vies gezicht en Abby grinnikte. 'Wees maar niet bang. Ansel zou zoiets nooit doen – maar mijn vriendin Alicia heeft een siamees die daar dol op was. Hij wilde altijd haar haren likken.'

'Volgens mij heeft die kat van haar ze niet allemaal op een rijtje. Of misschien lag het wel aan het merk shampoo dat ze gebruikte.'

'Ach, nou ja, iedereen heeft zo zijn eigenaardigheden,' mompelde

Abby, die zich scherp bewust was van hoe Montoya's aanwezigheid de ruimte vulde.

'De een meer dan de ander,' beaamde hij.

Ze keerden terug naar de zitkamer waar, op de televisie, Billy Ray Furlough opnieuw vol vuur sprak over de woede van de Heer, en hoe iedereen bij zichzelf naar binnen moest kijken om te zien hoe hij of zij die arme, gekwelde ziel kon tegenhouden die al die verschrikkelijke misdaden tegen God en de mensheid beging.

'Hoe bestaat het, die man.' Montoya wees op het scherm. 'Hij heeft al ik weet niet hoe vaak naar het bureau gebeld. Hij wil samen met de inspecteur en de rechercheurs van de taakeenheid bidden om goddelijke interventie.'

'En zegt hij niet altijd dat de Heer diegenen helpt die zichzelf helpen?' Ze deed een paar stapjes naar de televisie toe. De predikant keek recht in de camera, en glimlachte op een manier die suggereerde dat de mensen in tijden van tegenslag op hem konden rekenen. 'Is die kerk van hem niet doorgelicht door de belastingdienst, of zo?' vroeg ze, terwijl ze het zich weer probeerde te herinneren.

'Dat kan zijn, ik weet het niet. Maar als hoofd van een religieuze beweging is hij nagenoeg ongrijpbaar. Ik kan je zo zeggen dat hij ik weet niet hoeveel accountants en advocaten voor zich heeft werken, en reclamemensen, en kappers en visagisten en noem maar op, dat het bijna onmogelijk zal zijn om aan te tonen dat hij geld achteroverdrukt.' Hij nam een slok. 'Maar dat is mijn mening. Het kan zijn dat mijn collega's er anders over denken.' Hij wreef peinzend over zijn sik. 'Maar het is wel vreemd – ik geloof dat het die stichting van hem is die Our Lady of Virtues probeert te kopen.'

Opnieuw voelde Abby hoe er iets ijskouds, even koud als de dood zelf, langs haar nek streek. Ze ging in een hoek van de bank zitten, en hij in de andere.

'Samen met nog een aantal kapitaalkrachtige zakenlui, onder wie Asa Pomeroy.'

'Wacht even... Asa Pomeroy? Wat? Was hij van plan om een munitiefabriek naast het klooster neer te zetten?'

'Volgens mij wilde hij het hele complex, met klooster en al. En ik weet niet zeker of het voor een fabriek was. Maar het ging toch al niet door. De nonnen waren erop tegen en het bisdom heeft het bod van de hand gewezen.'

'Waarom heb ik dit niet eerder gehoord?'

'Ik wist het ook niet. Het is al een paar jaar geleden gebeurd,' vertelde Montoya. 'Ik ben er vandaag pas achter gekomen, toen ik onderzoek naar de slachtoffers deed. Pomeroy schijnt iets met die plek te hebben. Hij was ouderling van de Eerste Doopsgezinde Kerk in Cambrai. En dan vraag je je natuurlijk af waarom hij zoveel geld aan het ziekenhuis heeft gegeven toen het nog open was. De man staat niet bepaald bekend om zijn vrijgevigheid. Ik vermoed dat hij er iemand kende, een patiënt, of iemand die er werkte.'

'Zoals Gina Jefferson?' vroeg ze. Ze probeerde het zich te herinneren. 'Het is raar, maar ik heb het idee...' Ze fronste haar voorhoofd en dwong zichzelf terug te denken aan de dag waarop haar moeder was gestorven en de weken daarvoor. 'Volgens mij heeft ze in het ziekenhuis gewerkt.'

Montoya leek zijn bier vergeten en zijn gezicht verstrakte. 'Dat zal ik uitzoeken.'

'Denk je dat het belangrijk is?'

'Dat zou het kunnen zijn. Als we weten wat de onderlinge band tussen de slachtoffers is, kunnen we waarschijnlijk beter begrijpen wat er aan de hand is – wat er achter deze moorden zit.'

'Denk je dat het ziekenhuis ermee te maken heeft?' vroeg ze. 'Ik bedoel, Clyde LaBelle was er arts, Asa heeft geld geschonken, Gina Jefferson heeft er mogelijk gewerkt...'

Ze voelde hem naar zich kijken.

'En Luke?'

Ze schudde haar hoofd en trok haar voeten onder zich. 'Daar houdt het op. Voor zover ik weet is Lukes enige connectie mijn moeder, die daar patiënt was... en er ook gestorven is.'

Er viel een korte stilte in het gesprek, en toen zei Montoya: 'Ik ben bang dat we verder moeten graven.' Hij keek naar Hershey, die het zich gemakkelijk maakte op haar plekje bij de haard, en vroeg opeens: 'Kunnen we die aansteken?' Hij wees op de stapel houtblokken die op het rooster lag. En toen, alsof hij ineens de behoefte had om zijn vraag nader te verklaren, voegde hij eraan toe: 'Ik heb nog nooit een huis met een open haard gehad.'

'Ja, hoor.' Ze kwam van de bank, vond de lange, taps toelopende barbecueaansteker die ze altijd gebruikte, en hield het vlammetje bij de krantenproppen en aanmaakhoutjes die onder de blokken lagen.

Het papier vatte vlam, en even later ook de kurkdroge aanmaakhoutjes die begonnen te knetteren en te roken terwijl de vlammetjes er begerig langs likten.

'O, nee.' De rook begon de kamer in te trekken, en snel reikte ze over de vlammen heen naar het hendel van het rookkanaal. Onmiddellijk laaiden de vlammen hoger op en werd de rook de schoorsteen in gezogen. 'Neem me niet kwalijk,' zei ze. 'Dat vergeet ik nou altijd.'

'Heb je je gebrand?'

'Deze keer ben ik er zonder derdegraads brandwonden en verschroeide wenkbrauwen van afgekomen,' zei ze, en ze lachte. 'Dit is het enige.' Ze hield haar vingers op, die zwart zagen van het roet. 'Ik ga even mijn handen wassen.'

Het duurde even voor ze de vettige smurrie van haar handen had gewassen, en een bord had klaargemaakt met toastjes en kaas. Toen ze de kamer weer binnenkwam had Montoya zijn laarzen uitgetrokken en zat hij in de vlammen te turen.

'Iets tegen de honger,' zei ze.

'Het ziet er heerlijk uit.'

'Heerlijk? Ik zou het eerder aanvaardbaar willen noemen.' Ze zette het bord op de koffietafel en ging weer op de bank zitten.

Montoya grinnikte. 'Meer dan aanvaardbaar.' Hij hield zijn bier met beide handen vast en vroeg: 'Kende Luke iemand die Al heet?'

'Al? Dat zit er wel in. Volgens mij kent iederéén wel iemand die zo heet, niet?' Toen hij geen antwoord gaf, zei ze: 'Goed... laat me nadenken. Vast wel. Wacht. Ja. Ze hebben samen college gelopen. Ik heb hem nooit ontmoet. Alan... Alan...' Ze knipte een paar keer snel achter elkaar met haar vingers en dacht diep na. 'O, hoe heette die man toch ook alweer? O'Brian! Ja. Alan O'Brian. Ik geloof dat ze ook in dezelfde studentenvereniging zaten. Hij woont... ergens in het noordoosten, Boston, denk ik. Maar ik geloof niet dat Luke contact met hem heeft gehouden. Ze zaten op de Universiteit van Washington.'

'Mooi.'

Hij leek meer van haar te verwachten, en Abby bleef haar hersens pijnigen. 'O, ja. Later had Luke een zeilvriend die een boot had, die in een haven in Lake Union in Seattle lag. Hij heette Andrew Allen, en ik geloof dat hij wel Al of Allen werd genoemd, maar Luke noemde hem altijd Drew.'

Montoya rolde het flesje tussen zijn handpalmen. 'En jij?'

'Of ik iemand ken die Al heet?' vroeg ze, en hij knikte. 'Nou, ik weet zeker dat er op school kinderen waren die zo heetten, of dat ik klanten met die naam heb gehad, maar de enige die ik ooit Al heb genoemd is mijn vriendin Alicia... die in de Bay Area woont.'

'Waar jij nu ook wilt gaan wonen.'

'Zodra ik dit huis verkocht heb, ja. Als ik het ooit verkoop.' Ze dacht aan Sean Erwin, die eerder langs was geweest en de meubels had verschoven, en elke kamer, elk raam en elke deur had gemeten en zorgvuldig aantekeningen had gemaakt. 'Waarom vraag je dat?' vroeg ze, maar ze wist het antwoord al. 'Wacht even. Ik snap het al. Ik heb een deel van Maury's programma gehoord. Ik zat in de auto en wilde weten wat er op

WSLJ werd uitgezonden. Ze hebben Lukes programma erin gehouden, maar nu doet Maury het. En hij had het over iemand die Al heet, niet? Ik had de radio net aangezet toen iemand de studio binnenkwam en de knop omdraaide. Het volgende moment had Dr. Sam de uitzending van hem overgenomen. Hé, wacht eens even! Was jij dat?'

De rechercheur knikte kort.

Abby glimlachte bij de gedachte aan Montoya die Maury's uitzending kwam verstoren. Ze kon zich helemaal voorstellen hoe die kleine idioot door het lint was gegaan. 'Te gek.' Ze boog zich naar Montoya toe en stootte haar flesje tegen het zijne. 'Proost. We hebben het verdiend.'

Hij glimlachte. 'Nou, *ik* zeker.'

Ze lachte en het was fijn om wat van de spanning van de afgelopen week los te kunnen laten. 'Nou, je mag rustig weten dat je niet de enige bent die hard heeft gewerkt. Terwijl jij druk doende was met het bestrijden van de misdaad en ervoor te zorgen dat er geen seriemoordenaars door de straten van New Orleans liepen, ben ik druk in de weer geweest met het bewerken van foto's en het betalen van rekeningen. En het is nog maar de vraag wie van ons tweeën de gevaarlijkste baan heeft.' Ze wees op hem met de bovenkant van haar flesje. 'Heb je ooit meegemaakt hoe de moeder van de bruid reageert bij het zien van een foto van zichzelf met dubbele onderkin? Of de aftekening van het elastiek van haar onderbroek? Of eentje waarop haar man het bruidsmeisje staat te kussen?'

Hij moest lachen. Ze keek naar hoe zijn witte tanden afstaken tegen zijn donkere sikje. Zijn bruine ogen lachten mee. 'Je hebt gelijk. Niet ik, maar jíj zou een revolver op zak moeten hebben.'

Ze rolde met haar ogen. 'Vooropgesteld dat ik er eentje zou hebben. De mijne is verdwenen.' Zijn gezicht betrok en ze haalde haar schouders op. 'Hij was van Lukes vader. Een punt achtendertig. Toen we zijn gescheiden heb ik hem gehouden, en daar was Luke woedend over. Ik heb het wapen pas nog in de la zien liggen, maar nu is het verdwenen.'

'Hoelang al?' vroeg hij. Zijn gezicht stond opeens heel strak.

'Ik weet niet precies. Een paar dagen.'

'Kan het zijn dat je hem ergens anders hebt opgeborgen?'

'Nee. Ik heb overal gezocht, maar ik weet werkelijk niet waar hij is gebleven.'

'Wie is hier, behalve jij zelf, nog in huis geweest?' Hij zette zijn bijna lege flesje op tafel en keek haar aandachtig aan.

Die intensiteit van hem maakte haar een beetje zenuwachtig. Dat, en het feit dat hij juist díé vragen stelde die ze zichzelf niet had durven stellen. 'Niemand, afgezien dan van een paar mensen die naar het huis zijn komen kijken.'

'Heb je hun namen, adressen en telefoonnummers?'
'Alleen de telefoonnummers maar.'
'Die wil ik van je hebben.'
'Denk je dat het belangrijk is?' vroeg ze, terwijl ze opnieuw voelde hoe de kille angst bezit van haar nam.
'In beide gevallen van de gepleegde dubbele moorden,' zei hij, 'zijn de slachtoffers doodgeschoten met de revolver van het vrouwelijke slachtoffer. In het eerste geval, waarbij je ex is gedood, was het wapen van Courtney LaBelle. Ze had het van haar vader gekregen om zichzelf te kunnen verdedigen. In het tweede geval was het wapen afkomstig uit het huis van de Jeffersons. Het maakte deel uit van de wapenverzameling van Gina's man.'
Ze kon amper nog ademhalen. Paniek maakte zich van haar meester. Ze sprong op van de bank en begon voor de haard op en neer te lopen. 'Je denkt dat de moordenaar hierbinnen is geweest' – ze wees op de vloer voor de open haard en probeerde haar op hol geslagen hart tot kalmte te manen – 'in dít huis, en dat hij míjn revolver heeft gestolen omdat hij mij daarmee wil ontvoeren? En dat hij mij daarna, samen met iemand anders – een man – met datzelfde wapen zal willen vermoorden? Bedoel je dat?' Het scheelde een haar of ze begon te hyperventileren.
'Ik zeg dat het een mogelijkheid is,' antwoordde hij, zijn woorden met zorg kiezend.
'Verdomme, Montoya, je jaagt me de stuipen op het lijf.' Hershey keek op naar Abby, die haar armen over elkaar sloeg. Ze voelde zich rusteloos en liep van het ene raam naar het andere, terwijl ze dacht aan de onzichtbare ogen die ze naar zich had voelen kijken, en het open raam dat ze ontdekt had op de dag waarop bleek dat de revolver verdwenen was... O, god, was het waar? Was er echt iemand in huis geweest? Iemand die Lukes revolver had gestolen? Of had ze het wapen toch zelf ergens anders opgeborgen? 'In dat geval kan ik je maar beter vertellen dat toen ik ontdekte dat het wapen weg was, er mogelijk een indringer in huis is geweest.'
Ze keek naar Montoya, die zijn bier helemaal vergeten leek te zijn.
'Wie?'
'Dat weet ik niet. En ik weet ook niet eens zeker óf er wel iemand binnen is geweest. Het was die avond toen ik de deur voor je opendeed met die hamer in mijn hand.'
'En daar heb je toen niets van gezegd.'
'Ik ontdekte het pas nadat je weg was. Je had me aangeraden om een wapen te nemen, en ik wilde alleen maar even controleren of het nog op zijn vaste plekje in de la lag. Ik zei je toen al dat Hershey die avond vol-

komen hysterisch was. Ze was waanzinnig zenuwachtig en gromde. Ik dacht dat het om de kat was, maar toch heb ik goed in huis rondgekeken. Voor zover ik kon zien ontbrak er niets, en hoewel ik dacht dat ik alle ramen en deuren had gesloten, bleek het raampje van het washok open te staan.'

'En dat had je niet zelf opengedaan.'

'Nee...'

'Dat had je me moeten vertellen.'

'Ik was bang dat je me voor een hysterische tante zou houden – zo'n zwak, doodsbang typetje dat ik niet uit kan staan.'

'Je veiligheid gaat voor je trots,' zei hij streng, bevélend bijna, en ze voelde zich boos worden.

'Nou, ik ben anders nog steeds hier, of niet soms?' snauwde ze. 'Ik heb het huis doorzocht, en niemand gevonden, ja? En je was al weg toen ik ontdekte dat die revolver niet meer in de la lag. Sindsdien ben ik hem aan het zoeken en' – ze schudde haar hoofd – 'hij is echt weg.'

'Het bevalt me niet.'

'Mij ook niet.'

Hij keek haar zo doordringend aan dat ze haar blik af moest wenden. 'Vertel me dan maar eens,' zei ze, over haar armen wrijvend. Ze had het ijskoud gekregen. 'Wie is deze Al?' En opeens wist ze het. 'O, god. Hij heeft contact gezocht met de radio, niet? De moordenaar! Maury heeft contact met hem gehad! Hij heeft naar de uitzending gebeld, of een brief of een e-mail naar de studio gestuurd.'

'Iemand heeft dat gedaan. Het kan net zogoed vals alarm zijn. Het gebeurt vaak dat mensen voorgeven de dader te zijn, maar dat is dan alleen maar om de aandacht te trekken.'

'Alleen dat je deze keer denkt dat het echt is,' raadde ze, terwijl ze hem aankeek en de haren uit haar gezicht streek. 'En daarom ben je hier en wil je al die dingen van me weten. Je mag dan vrij zijn, maar je werk gaat door.'

'Ik ben er niet zeker van dat het briefje afkomstig is van de moordenaar.' Montoya stond op en rekte zich uit. 'Maar het is mogelijk, en elk spoor wordt nagetrokken.'

'Wat stond er in het briefje?'

Ze liep op hem toe en haar ogen waren groot van angst. Toen ze haar ernstige gezicht naar hem ophief, knapte er iets in hem. Hij had die vraag moeten zien aankomen. Maar dat had hij niet gedaan. En hij was evenmin voorbereid geweest op de heftige emoties die dit vrouwtje met haar spontane gevoel voor humor, haar intelligentie en vastberadenheid bij hem wakker riep. Ze was zo dichtbij dat hij haar parfum kon ruiken, dat hij het vuur als goud in haar haren zag weerkaatsen en dat hij haar halsader kon zien kloppen. De FBI zou niet blij zijn als hij haar vertelde wat er in het briefje stond, en hij wilde ook niets doen wat het onderzoek in gevaar zou kunnen brengen. Maar dit, dacht hij, waren verzachtende omstandigheden. Ze was haar revolver kwijt, verdorie nog aan toe, en dat was voldoende om voor haar lot te vrezen. Dus kon het protocol de pot op. De inhoud van het briefje bestond uiteindelijk maar uit twee woorden, en wie wist hoeveel mensen in de studio het hadden gezien?

'Wat stond er in het briefje?' vroeg ze opnieuw.

'Als ik je dat zeg, dan mag je het aan niemand vertellen.'

'Dat begrijp ik.'

'Ik meen het.'

'Ik ook.'

'Ik ben volkomen serieus, Abby. Dit zou me mijn baan kunnen kosten, of erger nog, het onderzoek zou eronder te lijden kunnen hebben.'

'Ik ben ook serieus, verdomme. Wat dacht je? Zeg op, wat stond er in dat briefje?'

Hij keek haar lang en doordringend aan. 'Ik vertel het je alleen maar omdat ik het gevoel heb... omdat ik bang ben dat het op de een of andere manier met jou te maken heeft. Ik weet niet hoe, en voor hetzelfde geld zit ik er helemaal naast, maar dat idee heb ik nu eenmaal.' In haar ogen was te zien dat haar angst toenam. 'Het spijt me, maar je moet het weten en je moet op je hoede zijn. Wees heel voorzichtig. Je moet voorkomen dat iemand je kan verrassen.' Hij fronste zijn voorhoofd en negeerde de waarschuwingssignalen in zijn achterhoofd, met inbegrip van Melinda Jaskiels vermanende woorden. Het kostte hem zijn laatste beetje zelfbeheersing om haar niet in zijn armen te nemen. 'Het zijn maar twee woorden. "*Heb berouw*", en het is ondertekend met *Al*, of liever, met *A L* – twee hoofdletters.' Hij keek naar haar verbaasde, vragende gezicht, naar hoe ze haar lippen tuitte terwijl ze nadacht, en naar de schaduw van angst die over haar ogen viel.

'Berouw? Waarover?' vroeg ze. 'Zonden? Wiens zonden? En waarom?'

'Dat weten we nog niet. Maar het team is ermee bezig.'

'Zou deze informatie niet moeten worden vrijgegeven?'

'Dat gebeurt zodra de leider van het team dat een goed idee vindt.'

Ze schudde haar hoofd. 'Mij zegt het niets, en ik ken verder niemand die Al heet, of die dezelfde initialen heeft.' Ze liet haar schouders hangen. 'Waarom dóét iemand zulke vreselijke dingen?'

'Wist ik het maar.' En toen kon hij zich echt niet langer beheersen. Hij sloeg zijn armen om haar heen en trok haar tegen zich aan. Toen ze zich niet verzette, legde hij zijn kin op haar hoofd en snoof de geur van haar haren in zich op. 'Ik vrees dat we dat pas zullen weten wanneer we hem eenmaal te pakken hebben.'

Ze rilde en klampte zich aan hem vast.

'En dát we hem te pakken krijgen, daarvan ben ik overtuigd. Het is slechts een kwestie van tijd.'

'Mooi.'

Even sloot hij zijn ogen en gaf hij zich over aan haar geur en aan het gevoel van haar in zijn armen te hebben. Het zou zo gemakkelijk zijn om haar te kussen. Ze wisten het beiden, en toen ze naar hem opkeek, zag hij de vraag in haar gouden ogen. Montoya koos ervoor om verstandig te zijn, en liet haar langzaam los. En hij miste haar vrijwel op slag.

Ze accepteerde zijn gebaar en probeerde zich niet opnieuw tegen hem aan te nestelen, maar in de manier waarop ze hem aankeek bespeurde hij wel degelijk iets van verlangen.

Niet doen, Montoya. Haar kussen zou een stomme zet zijn. Stom. Denk eraan dat ze op de een of andere manier iets met deze zaak te maken heeft. Ze was met een van de slachtoffers getrouwd en het is niet ondenkbaar dat de moordenaar het ook op haar heeft voorzien.

Zijn gezicht verstrakte.

Meer om de spanning te breken dan om wat anders, wees hij op een foto op de schoorsteenmantel. 'Ben jij dat?' vroeg hij. Het was een zwart-witopname die heel erg op Abby leek, maar ook net weer niet.

'Mijn moeder.'

'Echt?'

'Ja... Ik schat dat ze een jaar of vijfentwintig geweest moet zijn op die foto. Hooguit dertig.'

'Je lijkt sprekend op haar.'

'Dat heb ik vaker gehoord.'

'Het is een complimentje.'

'Bedankt.'

Ze probeerde een geeuw te onderdrukken. Nu pas zag hij hoe moe ze eruitzag, en hoe zwaar dit allemaal voor haar was. 'Waarom ga je niet slapen?'

'Nu?'

'Je ziet er doodmoe uit.'

Ze keek naar de deur. 'Ga je weg?'

'Dat had je gedacht, juffie. Niet voordat je een alarmsysteem hebt laten installeren, een getrainde dobermann in huis hebt gehaald en je kat geleerd heeft om indringers de ogen uit te krabben.'

'Maar je kunt toch niet zomaar...' Ze maakte haar zin niet af.

'Het enige dat ik nodig heb zijn een kussen en een deken. Ik slaap op de bank. En geloof maar rustig dat ik op veel minder comfortabele plaatsen heb geslapen.'

'Ik... ik weet niet.'

'Je kunt me eruit gooien als je wilt, maar dan zal ik op de veranda moeten slapen.' Hij keek haar lang en doordringend aan. 'Ik blijf, Abby, of je dat nu leuk vindt of niet.'

'Dankje,' zei ze alleen maar.

De smeris was bij haar.

Het was al laat geweest toen hij kwam.

En hij bleef.

Vanaf zijn schuilplaats tussen de bomen achter de veranda van Abby's huis zag hij het licht uitgaan... alle lichten – als laatste het licht in haar slaapkamer. Hij kon niet door de neergelaten rolgordijnen kijken, maar hij zag een flakkerende gloed en rook de geur van brandend hout die uit de schoorsteen kwam. Het deed hem denken aan de kampvuren waar hij als kind omheen had gezeten, de vuren die hij zelf had aangelegd en waar hij in z'n eentje naar had zitten kijken. Diezelfde eenzaamheid, dat gevoel van 'anders' te zijn, 'of niet helemaal normaal', of 'buitengewoon intelligent – veel intelligenter dan andere kinderen, maar je weet wel, een beetje vreemd' – om met de woorden van zijn moeder te spreken, om te verklaren waarom hij geen vrienden had, waarom hij zo anders was dan zijn broers en zussen – datzelfde gevoel maakte zich opnieuw van hem meester. Hij voelde het opnieuw – dat duistere, kille gevoel van alleen te zijn. Buitengesloten. Gepest te worden.

Uiteindelijk had hij er vrede mee gehad, met buitengesloten te zijn.

En toen had hij Faith ontmoet.

Vanaf dat moment was hij niet langer alleen geweest.

Opnieuw dacht hij aan haar aanraking, haar warmte, het gevoel van haar lippen, die strelend over zijn huid gingen...

Maar voor hij helemaal opging in de herinnering, keek hij weer naar het huis. Hij trok met zijn mond. Een intense woede maakte zich van hem meester en hij krulde zijn lippen van pure walging.

Ze waren aan het neuken.

Hij wist het zeker.

Als een bronstige teef liet ze zich naaien door die smeris! Op dit moment lag ze waarschijnlijk onder hem te kronkelen en te draaien, te zweten en het uit te schreeuwen, en smeekte ze hem om meer.

Woede en verdriet verscheurden zijn hart.

Net als haar moeder!

Zijn maag balde zich samen. Hij voelde kleine pootjes over zijn lichaam gaan. Het was alsof er duizenden rode mieren over zijn lijf liepen, hem prikten en beten, en zijn huid in lichterlaaie zetten. En het volgende moment werd hij weer overvallen door de duistere, intense woede, diep in zijn ziel.

Ze had hem *verraden*.

Herinneringen overspoelden hem.

Hij herinnerde zich Faiths lach, dat hese, onweerstaanbare grinniken dat alleen voor hem was bestemd. Maar hij had het uit haar kamer horen komen. Laat op de avond. Toen ze op *hem* behoorde te wachten.

Hij had aan de deurknop gevoeld.

Hij had vastgezeten. Er viel geen beweging in te krijgen.

Op slot.

Hij was buitengesloten.

Waarom?

Hij had het bijna uitgeschreeuwd, en had tussen de kieren door gefluisterd. Maar toen had hij die andere geluiden gehoord – onmiskenbare paringsgeluiden – onbeheerst gekreun van dierlijk genot, het ritmische kraken van de matrasveren, het snelle inademen en de gedempte kreet van bevredigde lust.

Hij rook de geur van zondige seks die onder de deur door kwam. Zelfs nu nog kon hij de geluiden horen – het akelige, pijnlijke geluid dat zijn trommelvliezen doorboorde. Hij herinnerde zich de smerige stank van hun opwinding.

Hij klemde zijn kiezen zo hard op elkaar dat zijn kaken er pijn van deden. Zijn gezicht vertrok tot de grimas van iemand die gemarteld werd.

En nu lag de dochter het met die smeris te doen.

Hij kreeg een vieze, bittere smaak in zijn mond.

In gedachten zag hij haar gouden haren nat van het zweet, haar lichaam glimmend alsof het geolied was. Hij zag hoe ze haar heupen naar hem ophief, hoe haar volle borsten met de van opwinding gezwollen tepels naar het plafond wezen. O, hoe gretig liet ze zich kussen door die smeris met zijn lange natte tong en scherpe tanden. Zijn sikje schuurde haar zachte huid.

Zijn hart bonkte van woede. En van wellust, terwijl hij in gedachten het parende stel voor zich zag. O, en alles wat ze met hem deed, al de smerige, wellustige seksuele dingen!

De gedachte aan haar schoonheid en haar bezoedelde zuiverheid bezorgde hem tranen in de ogen. Hij stak zijn hand in zijn zak en zijn gehandschoende vingers gleden over de revolver.

Haar revolver.

Het wapen was zijn redder. En de hare.

Zijn vingers maakten een vuist rond het koude staal van de revolver.

Nog even, en je bent aan de beurt, dacht hij boos. *Nog even maar. Nog heel even maar.*

Hij sloot zijn ogen en haalde zich haar gezicht voor de geest. Beeldschoon. Onschuldig. Verleidelijk. Speels. Als twee druppels water leek ze op Faith. Ze had haar tweelingzus kunnen zijn.

En net als haar moeder had ook zij hem verraden.

In zijn hart hield hij haar voor een engel.

Maar in zijn ziel wist hij dat ze een hoer was.

Hoofdstuk 21

Het ziekenhuis was donker, de gangen somber en onheilspellend, en aan de trappen leek geen eind te komen. Abby haastte zich naar boven, met het cadeautje. Ze wilde haar moeder verrassen. Ze had haar zoveel te vertellen, zoveel toe te vertrouwen. Ze had Trey gevraagd of hij met haar mee wilde naar het feestje en... o, mijn god... wonder boven wonder had hij 'ja!' gezegd. Ze nam de ene tree na de andere. Maar het cadeautje was te groot en onhandig. Het woog steeds zwaarder, en nu kon ze ook niet zo snel meer naar boven. Ze raakte het blijde, opgewonden gevoel kwijt, en ineens voelde ze zich bedreigd door de duisternis om zich heen. Ze had moeite met ademhalen, en haar benen raakten vermoeid, en onzichtbare handen leken aan de strik rond het pakje te willen trekken.

Eindelijk was ze op de overloop waar de glas-in-lood-Madonna met de gevouwen handen en stralende aura op haar neerkeek. Abby bleef even staan om op adem te komen, en liep toen het laatste stuk trap naar de tweede verdieping op. Maar ze struikelde. Haar benen schoten onder haar vandaan en het pakje vloog uit haar handen. Wanhopig probeerde ze de leuning vast te pakken, en tegelijkertijd ook het pakje op te vangen. Het lukte haar de leuning beet te grijpen, maar het pakje niet. Ze draaide zich om en zag tot haar ontzetting hoe het cadeautje, met het fuchsiarode lint achter zich aan, van de treden stuiterde en in de diepte in de duisternis verdween. In de vergetelheid raakte.

Ze wilde het achternagaan, maar de gedempte stem van haar moeder hield haar tegen. 'Abby? Abby Hannah?' Het klonk alsof mam heel ver weg was, alsof ze haar vanaf de andere kant van een lange tunnel stond te roepen. 'Abby?'

'Ik kom eraan, mam,' zei ze, en ze wist dat Zoey het pakje mee zou brengen. Hadden ze in de auto niet geruzied over wie het aan hun moeder zou mogen geven? Laat Zoey het maar doen. Wat maakt het uit. Maar toen Abby naar beneden, omlaag in het duistere trappenhuis tuurde, vroeg ze zich af waar Zoey was. En waar was hun vader? Hoelang duurde het tot de auto geparkeerd was?

'Abby!' Faiths stem had een scherpe, angstige klank.

Abby draaide zich met een ruk om en wilde het laatste deel van de trap op gaan. Vanuit haar ooghoeken zag ze dat het beeld van de Madonna veranderd was. Een heel klein beetje maar, en het zou verder niemand opvallen, maar Abby had het gezien. Ineens was de blik van de Heilige Moeder niet meer zo sereen als voorheen, en haar engelachtige glimlach was een beetje wrang geworden – net alsof zij en Abby samen een grapje deelden.

Abby werd bang. Ze nam de laatste treden, en toen hoorde ze het snikken. Het hartverscheurende snikken.

'Mam?' Ze kon zich niet voorstellen dat het haar moeder was die huilde. Maar alle andere deuren op de tweede verdieping stonden open, en de kamers waren duister en donker, alsof er griezelige, boosaardige wezens in op de loer lagen.

De deur van kamer 207 zat dicht.

Ze pakte de knop en trok eraan.

Niets.

'O, nee, niet doen alsjeblieft,' klonk de smekende stem van haar moeder aan de andere kant.

'Mam!' Abby sloeg met haar vuisten op het houten paneel. Beng! Beng! Beng!

Bij elke klap viel er een cijfer van de deur.

Twee.

Plof.

Nul.

Bam.

Zeven.

Beng.

En op het moment dat het laatste cijfer op de grond viel, zwaaide de deur open.

Abby wankelde de kamer in, en zag verwelkte bloemen in een vaas. De spiegel boven de haard lag in scherven. Het glas zat onder het bloed. Haar moeder stond bij het raam. Maar ze was niet alleen... een man in een witte doktersjas en met een stethoscoop om zijn hals stond met zijn rug naar Abby toe. Zijn handen lagen op de schouders van haar moeder en duwden haar naar achteren, naar het raam. Faiths jurk was gescheurd en ze had nog maar één schoen aan.

Help me, *smeekte ze met haar blik, terwijl ze over de schouder van de man naar haar dochtertje keek.* Abby Hannah, help me!

Abby was met stomheid geslagen, en ze wilde de kamer verder in lopen. Maar haar voeten waren loodzwaar en voelden aan alsof ze aan de grond waren genageld. 'Mamma!' riep ze, en ze strekte haar armen uit in een wanhopig verlangen om bij haar moeder te komen.

De dokter duwde met kracht tegen Faiths schouders. Ze krijste, viel naar achteren en stootte met haar volle gewicht tegen de ruit, met het gevolg dat het glas ervan barstte. Het spatte onherroepelijk, maar als in slow motion uit elkaar. En Abby, die niet bij haar moeder kon komen, moest machteloos aanzien hoe ze viel.

Het volgende moment, toen ze zich ineens weer kon bewegen, vloog ze de kamer verder in. De dokter deinsde achteruit en verdween in een donkere hoek. De laatste glasscherf viel op de vloer en barstte in talloze stukken uiteen. Warme, vochtige lucht drong de kamer binnen.

Faith bloedde. Ze greep Abby's hand vast, vlocht haar vingers door die van haar dochter en trok haar naar zich toe. 'Ik vergeef je,' fluisterde ze.

En samen draaiden ze een pirouette door de donkere, bedompte nacht.

Abby schoot met een schreeuw overeind. Ze was nat van het zweet, en haar hart ging als een waanzinnige tekeer. De droom was zo echt geweest dat ze geen adem meer kon krijgen. 'O, god,' fluisterde ze, terwijl ze haar haren uit haar gezicht streek. Toen haar ogen aan het duister waren gewend, zag ze dat de deur van haar slaapkamer openstond. Ze schreeuwde opnieuw toen ze het silhouet van een man op de drempel zag verschijnen. O, god! Ze zette grote ogen op van doodsangst toen hij dichterbij kwam, en drukte zich tegen de kussens.

'Abby?' zei hij, en meteen herkende ze zijn stem, en wist ze dat het Montoya was die naar haar toe kwam. Hij deed het licht op het nachtkastje aan. Ze zag de revolver in zijn hand. Hij had alleen zijn spijkerbroek maar aan. Toen hij had vastgesteld dat ze alleen was, legde hij zijn wapen op het nachtkastje. 'Is alles goed met je?'

'Dat vraag je maar steeds,' zei ze, terwijl ze haar op hol geslagen hart tot kalmte maande en haar best deed om niet naar Montoya's blote borst te staren. Toen ze hem de laatste keer had gezien, had hij volledig aangekleed op de bank gezeten en de slaapzak en een kussen van haar aangepakt.

'Ik, eh, ik, o, jezus.' Ze liet zich tegen het hoofdeinde leunen en streek haar haren met beide handen naar achteren. 'Ik... ik had die droom weer.' Hoofdschuddend vroeg ze zich af of ze die vreselijke nacht en de nachtmerries waar ze sindsdien door geplaagd werd ooit zou kunnen vergeten. 'Neem me niet kwalijk... ik had je niet willen wekken.'

Hij schonk haar een glimlachje dat nauwelijks naam mocht hebben. 'Dat geeft niet.'

Ze deed haar best om niet naar zijn borstspieren te kijken die onder zijn zwart krullende borsthaar zichtbaar waren. En ze probeerde het feit te negeren dat zijn buik prachtig plat was. Ze haalde diep adem en zei niets toen hij naast haar op het bed ging zitten, en ze maakte ook geen bezwaar toen hij een arm om haar schouders sloeg. Ze protesteerde zelfs niet eens toen hij haar zo dicht tegen zich aan trok dat ze zijn mannelijke geur kon ruiken, en zijn hart hetzelfde ritme kon horen slaan als het hare.

'Beter zo?' vroeg hij.

'Ja, ik geloof van wel.' Ze liet de ingehouden adem uit haar longen ontsnappen. 'Dat hoop ik...'

Hij trok haar op bijna bezitterige wijze nog wat dichter tegen zich aan. 'Heb je iets gehoord? Of gezien?'

'Nee... het was maar een droom. Een nachtmerrie die ik wel vaker heb. Hij is elke keer een klein beetje anders, maar...' Ze huiverde. 'Maar het gaat altijd over de avond waarop ze is gestorven.'

'Twintig jaar is een lange tijd voor het terugkeren van dezelfde nachtmerrie,' merkte hij op.

'En dat is waarom ik, op aanraden van mijn tegenwoordige psychotherapeut, naar het ziekenhuis ben geweest.'

'En, met succes?'

'Nou nee, niet dus.' Ze fronste toen flarden van de droom haar weer te binnen schoten. 'Maar ik heb het gevoel dat er in mijn moeders kamer iets belangrijks moet zijn.' Ze keek op in zijn donkere, bezorgde ogen. 'Ik weet wel dat het raar klinkt, maar het is net alsof ik, door daar te gaan kijken, dit alles eindelijk zal kunnen laten rusten,' zei ze. 'Ik moet die kamer zien.'

'Waarom?' Hij zwaaide zijn benen op het bed, leunde tegen de kussens en trok haar opnieuw tegen zich aan.

'Omdat haar kamer, toen ik daar was, op slot zat.' Abby legde haar hoofd tegen zijn schouder, sloeg haar armen om zijn borst en vroeg zich vluchtig af of het wel verstandig was om zo met hem op bed te zitten. 'En hou je vast. Alle andere deuren, álle andere deuren, waren open. Nou ja... afgezien van de kelderdeur. De buitendeuren waren vergrendeld, de ramen waren dicht, maar alle binnendeuren waren open. Behalve die van kamer 207 – de kamer van mijn moeder.' Ze keek hem aan en zag de diepe rimpels op zijn voorhoofd. 'Vind je dat niet vreemd?'

'Och, lieverd, er is zo veel wat ik vreemd vind,' bekende hij, en toen ze elkaar opnieuw aankeken, veranderde er iets tussen hen. Ze wist dat hij haar zou kussen. Voor ze zich had kunnen bedenken ging hij verzitten en trok hij haar zo dicht tegen zich aan dat ze haar adem zich met de zijne voelde vermengen.

Dit is verkeerd, dacht ze, maar ze hief haar hoofd naar hem op.

'Verdomme,' mompelde hij, en het volgende moment vonden zijn lippen de hare. Zijn warme mond lag op de hare, zijn hand groef zich een weg door haar dikke haren, de andere gleed omlaag over haar rug, en zij deed niets om hem tegen te houden, om deze aanval op haar zintuigen een halt toe te roepen.

In plaats daarvan sloot ze haar ogen en gaf ze zich over aan het wonder van zijn kus, van het zachte schuren van zijn sikje over haar huid en het gevoel van zijn warme lichaam tegen het hare.

Hoelang was het geleden sinds ze voor het laatst een man had gekust? De liefde had bedreven? Ze zette die vragen van zich af en liet zich opgaan in het moment, in de druk van zijn lippen op de hare, en van zijn gewicht toen hij op haar kwam liggen.

Zijn tong gleed moeiteloos langs haar tanden, het puntje ervan beroerde de richeltjes van haar verhemelte terwijl hij haar proefde en streelde. Ze beantwoordde zijn kus, en haar eigen tong begon aan de ontdekking van deze man die ze eigenlijk maar amper kende, deze smeris die ze aan de ene kant waanzinnig aantrekkelijk vond, maar die haar tegelijkertijd ook zo kon irriteren.

Neem dit vooral niet serieus. Het stelt niets voor. Het is een klassiek geval van twee eenzame zielen die elkaar halverwege een lange, donkere nacht tegenkomen. En dit is niet wat je zoekt, Abby. Dit gaat alleen maar om de seks, en verder niets. En zo ben je niet.

En toch kon ze er niet mee ophouden. Wilde ze er niet mee ophouden.

Gebruik je hersens, Abby. Denk aan de dag van morgen, en al die dagen daarna.

Ze negeerde de nuchtere ingevingen van haar verstand. Niet vannacht. Voor deze ene keer zou ze zich nu eens niet aan de regels houden. Ze had dit nodig, ze had het al veel te lang zonder moeten stellen, en de hemel wist dat ze best een beetje ontspanning kon gebruiken. Ze kuste hem alsof ze nog nooit eerder een man had gekust, alsof ze niet genoeg van hem kon krijgen.

En dat kon ze ook niet.

Hun versmelting had niets teders, niets liefdevols, maar was een door begeerte voortgestuwde explosie. Zijn lippen eisten de hare op, en ze kuste hem met een honger zoals ze die nog nooit had gevoeld. Ze sloeg haar armen om zijn hals, en terwijl zijn handen haar nachtjapon over haar heupen omhoogtrokken, had ze moeite met ademhalen, en leek haar vermogen tot helder nadenken in rook te zijn opgegaan.

Ze kon alleen nog maar voelen, en ze gaf zich gewillig over aan het puur lichamelijke genot.

Sterke, bedreven handen sloten zich rond haar borsten, duimen streelden de toppen van haar tepels. Zijn mond was hard tegen de hare, zijn kus had iets dwingends. Eisends. Ze stond er niet bij stil of dit nu verstandig was of niet, en hoe ze hier de volgende ochtend bij het wakker worden over zou denken.

Ze begeerde hem.

Nu.

Haar lichaam schreeuwde om bevrijding, terwijl haar brein niets liever wilde dan – al was het maar voor een paar uur – de beklemming van de nachtmerries, de pijn van het verleden en de onzekerheid van de toekomst te kunnen vergeten.

De nacht behoorde hun toe en ze gaf zich eraan over. Ze kuste hem, liet haar vingers over zijn gespierde lichaam gaan en voelde hoe haar verhitte bloed door haar aderen kolkte.

Hij trok een spoor van kussen over haar wang en omlaag, langs haar hals. Zijn zachte sikje, zijn zachte lippen en vochtige tong beroerden haar huid. Het verlangen had zo volledig bezit van haar genomen dat het bijna pijn deed.

Een zacht kreunen ontsnapte aan haar lippen toen zijn plagende handen over haar ribben naar boven, naar haar borsten kropen, en haar tepels nog harder en stijver werden dan ze al waren. Hij lag bovenop haar, zijn benen op de hare, zijn erectie hard en gezwollen.

Hij kuste de kuiltjes onderaan haar hals, en bezorgde haar daarmee een hol gevoel vanbinnen. Haar hartslag versnelde en de vlammen sloegen haar uit toen hij, met zijn armen om haar heen, zijn lippen naar haar borst liet gaan.

O, neem me dan, neem me dan toch, schoot het door haar heen toen zijn tong, lippen en tanden met haar tepel begonnen te spelen. Als een meester wist hij haar zodanig te bespelen en uit te dagen dat ze zich naar hem kromde terwijl ze haar handen om zijn hoofd sloot om zijn magische liefkozingen zo lang mogelijk voort te laten duren.

‘Oooo,’ kwam het fluisterend over haar lippen. Ze kon geen genoeg van hem krijgen, en ondertussen voelde ze hoe haar verlangen naar bevrediging groeide en groeide. Haar handen gleden over zijn schouders en over zijn gespierde armen. Ze twijfelde er niet aan dat hij heel wat vrouwen bemind had, met talloze mannen had gevochten en er mogelijk zelfs een aantal had gedood.

Hij proefde haar, liet zijn tong snel heen en weer over haar tepel en borst gaan, legde zijn hand laag op haar rug en trok haar heupen tegen de zijne.

Ze kronkelde van puur genot.

Meer!
Ik wil meer!
Haar vingertoppen gleden omlaag over zijn platte buik, langs de lijn van donker haar die onder de tailleband van die verschoten, sexy spijkerbroek dook.
Ze maakte de bovenste knoop open en haar hand zocht zich een weg onder de zachte spijkerstof door. Zijn maagspieren balden zich samen, waardoor haar hand meer ruimte kreeg en de warmte tussen zijn benen toegankelijker werd.
'Kijk uit,' fluisterde hij. Zijn adem stokte. 'Dat is gevaarlijk terrein.'
'Alles is gevaarlijk terrein,' zei ze, waarna ze de knopen van zijn gulp de een na de ander losmaakte. Ze voelde zijn gladde, harde erectie en liet haar vingers er luchtigjes overheen gaan.
Montoya verstijfde van top tot teen, terwijl hij vloekte en zijn ogen dichtkneep. Sterke vingers sloten zich om haar pols. 'Abby,' zei hij met hese stem. 'Misschien... kunnen we hier beter eerst nog over nadenken.' Zijn ademhaling was versneld, en de huid op zijn spieren glom van het zweet.
'Waarom?'
'Omdat er, wanneer we een bepaalde grens overschrijden, geen weg terug is.'
'O, en je dacht dat ik dat niet wist?'
'Ik zit middenin een moordzaak, en – '
'O, is dit een moordzaak?' zei ze plagend. Haar hete adem streek langs zijn blote borst. Hij kreunde zacht. 'En ik maar denken dat je bij mij in bed lag en bezig was om de liefde met me te bedrijven. Maar kennelijk heb ik me vergist.' Ze liet haar andere hand over zijn borst naar een van zijn platte tepels gaan. 'Hoe heb ik me zo kunnen vergissen.' Ze drukte haar vochtige lippen op zijn maag.
'Ik probeer me hier netjes te gedragen,' bracht hij op gekwelde toon uit.
'Dat weet ik.'
'Abby – '
'Wat?' Opnieuw streek haar adem over zijn huid. Zijn vingers verstevigden de greep op haar pols, en toen liet hij haar los.
'Christus,' fluisterde hij. 'Nou, lieverd, als je dit wilt, dan kun je het krijgen.' Hij trok haar omhoog, nam haar gezicht tussen zijn handen en begon haar te kussen alsof hij er nooit mee op zou houden. Zijn mond was gretig en hard, zijn lippen begerig.
Met haar hulp schopte hij zijn spijkerbroek uit. Hij protesteerde niet toen ze zijn heupen beroerde, haar vingertoppen strelend over zijn keiharde dijen liet gaan en haar handen rond zijn billen sloot.

Zijn ademhaling was duidelijk te horen toen hij zich van haar losmaakte om het dal tussen haar borsten te kunnen kussen, en vervolgens haar maag en buik. De manier waarop hij haar navel kuste was zo onbeschrijflijk heerlijk, dat ze zich van pure verrukking vastklampte aan de lakens. Terwijl zijn tong en lippen op onderzoek uit waren, liet hij zijn handen strelend en masserend over haar borsten gaan. En het enige waar zij nog toe in staat was, was kronkelen van genot, hijgen, zweten en *voelen*. De hartstocht laaide in haar op en ze snakte naar meer... o, goeie god, zoveel meer.

Gewillig spreidde ze haar benen, en liet ze zich ook daar door hem proeven, likken en kietelen terwijl ze kreunde en kermde van het intense, onvoorstelbare, martelende genot.

De eerste schok was heftig en intens. Ze kromde haar tenen en greep zich opnieuw vast aan de lakens. En toen volgde de tweede, en de derde schok, maar hij bleef doorgaan met haar te plagen en uit te dagen. Zijn handen kneedden haar billen en vonden verborgen plekjes, en keer op keer bracht hij haar in extase.

Helder denken kon ze allang niet meer, en toen ze ten slotte volkomen buiten adem was, liet ze hem ophouden, trok ze hem omhoog en kuste ze hem. 'Jouw beurt,' fluisterde ze in zijn oor, en hij kreunde toen ze langzaam tussen zijn gespreide benen op haar knieën ging zitten.

Ze liet haar tong en het randje van haar tanden over zijn dijen gaan, en hij kreunde en begroef zijn vingers in haar haren. Heel voorzichtig kuste ze hem, en merkte hoe hij zich net zolang inhield en beheerste tot hij ervan begon te beven.

'Abby,' fluisterde hij ten slotte, en vrijwel op hetzelfde moment trok hij haar omhoog, kuste haar en legde haar op haar rug. En toen, in de zachte gloed van de lamp op het nachtkastje, legde hij haar benen over zijn schouders, keek haar recht in de ogen en stootte. Hard. Diep. Zo diep dat ze er een kreetje van slaakte.

Langzaam trok hij zich terug, en toen stootte hij opnieuw.

Trillend pakte ze zijn armen vast en begon met hem mee te bewegen. Hij versnelde het ritme en ze volgde hem. Vanbinnen stond ze in vuur en vlam en haar ademhaling kwam in kleine, korte stootjes. En nóg sneller ging het, tot niets in de wereld er nog toe deed, met uitzondering van dat ene plekje waar ze met elkaar versmolten waren, het plekje waar alles klopte en bonsde en dat schokgolven naar haar hersens zond.

Ze sloot haar ogen op het moment dat haar lichaam zich krampachtig samentrok. Ze wilde het uitschreeuwen, maar de kreet bleef steken in haar keel. Maar hij ging door, hard, snel, en even later pakte ze zijn koortsachtige ritme weer op. Ze drukte haar nagels in zijn schouders, haar haren waren nat van het zweet. Vuriger. Sneller. Onstuimiger. Tot haar hele lichaam bokte en schokte.

'O god... Montoya...' riep ze uit, terwijl hij verstijfde, zijn adem sissend door zijn tanden uitblies, en zijn hoofd naar achteren liet vallen.

En toen had ook hij het hoogtepunt bereikt. Hij voelde zich leeglopen in haar, sloeg zijn armen om haar heen en zijn hoofd nestelde zich in het holletje van zijn schouder. 'Dat is precies wat ik hoopte te horen,' zei hij met schorre stem.

'Wat...?'

'Mijn naam in combinatie met die van God... op het moment van extase.'

Ze lachte zacht. 'Hoe kun je op zo'n moment als dit grapjes maken?' Haar hart was totaal op hol geslagen en ze had nog steeds het gevoel dat ze niet helemaal op aarde was teruggekeerd.

'Grapjes? Wie maakt er hier grapjes?'

'Pestkop,' mompelde ze, terwijl ze hem met de achterkant van haar hand een speelse tik gaf.

'Van God tot pestkop – en dat in één adem.' Hij drukte zijn neus in haar hals en ze slaakte een intens tevreden zuchtje. Ze weigerde te denken aan de volgende ochtend en wat de gevolgen van hun daad zouden zijn.

Zolang het duurde zou ze van dit heerlijke gevoel van verliefd te zijn genieten.

En morgen zag ze wel weer verder.

Het was al laat, maar dominee Billy Ray Furlough was nog op. Hij zat in zijn werkkamer, in zijn eigen heiligdom – de enige plek waar hij ongestoord alleen kon zijn. Hoewel hij het zijn werkkamer noemde, was het in werkelijkheid een bescheiden huisje dat, door een groepje goedverzorgde wilgen, magnolia's, dennenbomen, eiken en een smeedijzeren hek van het grote huis was gescheiden. Hij beschikte er over een garage met plaats voor drie auto's, een privé-ingang, een zwembad en een overdekte basketbalpiste. Een beetje overdadig, misschien, maar hij beschouwde het als een noodzakelijkheid om het woord van God te kunnen verspreiden.

Er waren maar weinig momenten waarop Furlough zich zo dicht bij God voelde als die waarop hij, volop zwetend, die volmaakte bal wierp – juist een fractie rechts van de vrije-worplijn. Dat was zijn specialiteit, en dat was al zo sinds hij op de universiteit topscorer van de Hornets was geweest. Hij hield van die sport, en jarenlang had die sport ook van hem gehouden. Hij speelde met overgave, met een vurige bezetenheid die ook in zijn privéleven tot uiting kwam.

En het was tijdens het basketballen geweest dat hij die eerste keer het licht had gezien.

Het ene moment maakte hij een hoge sprong en stond hij op het punt de bal te grijpen, en het volgende lag hij, met een aantal spelers bovenop zich, op de grond. Niemand wist precies hoe het gebeurd was, maar daar lagen ze – hij, bewusteloos en met een gebroken enkel. Zijn bewusteloosheid had enkele minuten geduurd, en in die korte tijd had hij een heel leven geleid en het gelaat van Christus aanschouwd, en toen hij weer bij was gekomen, had hij gezworen dat, als zijn enkel zodanig zou helen dat hij het volgende seizoen weer kon spelen – hij zijn leven aan God en Zijn Zoon zou wijden.

En zo geschiedde het.

Zijn enkel was geheeld en hij had vele, lange en intens pijnlijke uren getraind. Hij ontving kaarten en briefjes van mensen die hij helemaal niet kende, maar die schreven dat ze aan hem dachten en baden voor zijn volledige herstel. Ze vertrouwden hem hun gedachten toe, wensten hem beterschap, en vroegen de Heer om hem weer helemaal beter te maken zodat de Hornets, met Furloughs hulp, het volgende seizoen hun aartsrivaal de grond in zouden kunnen boren.

En zo geschiedde het.

Zijn enkel was op wonderbaarlijke wijze geheeld, en hij had bij hoog en bij laag volgehouden dat dat niet alleen door zijn conditie en vlijtige trainen kwam, maar ook door zijn belofte aan God. Hij bezwoer dat hij zijn team voor God, met God en in Zijn Naam naar de overwinning zou brengen.

En zo geschiedde het.

De Hornets versloegen hun tegenstanders en werden kampioen van hun bescheiden divisie. Billy Ray Furlough had de beste wedstrijd van zijn leven gespeeld – de bal afhandig gemaakt, prachtige passes gegeven en drieënveertig van de vijfentachtig baskets op zijn naam gezet – met inbegrip van de laatste, gescoord op het moment dat de bel was gegaan, hoewel de Hornets op dat moment die drie extra punten allang niet meer nodig hadden gehad. Dankzij Billy Rays vuur, overgave en bezetenheid hadden ze al aan het begin van de wedstrijd de vloer aangeveegd met hun tegenstander.

Het publiek was uitzinnig geweest. Meteen na de wedstrijd was Billy Ray – met een handdoek om zijn hals, zijn haar nog nat van de douche en zijn stralende overwinnaarsgezicht – voor de plaatselijke radiozender geïnterviewd. Nog buiten adem had hij recht in de camera gekeken en de overwinning, de trofee en de titel aan God opgedragen.

Hij had honderden telefoontjes en gelukwensen ontvangen, en was daarna wekenlang door christelijke en lekenzenders geïnterviewd.

Maar hij had geen profcontract aangeboden gekregen.

Er kwam geen telefoontje van iemand die vroeg of hij interesse had om voor de NBA te spelen.

Niets.

Uiteindelijk was zijn universiteit maar een kleine onderwijsinstelling, en de competitie waar de Hornets in speelden was bij lange na niet zo fel en competitief als die van de grote universiteiten. Maar voor wat zijn enkel betrof, was hij door een heel legertje artsen volkomen genezen, en fitter en sterker dan ooit verklaard. Ondanks de metalen plaat en de twee schroeven in zijn enkel speelde hij nog even goed als voorheen.

Slechts een handjevol heel goede vrienden had geweten hoe hij na elke wedstrijd crepeerde van de pijn. Zijn rechtervoet, -enkel en -kuit voelden alsof ze boven het vagevuur werden geroosterd. Hij bestreed die pijnen niet alleen met het gebed, maar ook met Vicodin en Percocet, en wat hij verder nog aan middelen kon krijgen om die ondraaglijke brandende pijnen te onderdrukken.

Het was niet moeilijk geweest om een arts te vinden die oud-student en een grote fan van hem was, en die bereid was de nodige recepten voor hem uit te schrijven... En hij had nooit misbruik van de middelen gemaakt – had ze echt alleen maar gebruikt tegen de verblindende pijn en grenzeloze, onbeheersbare woede die ermee gepaard ging.

Omdat het profcontract in de Verenigde Staten uitbleef, had hij korte tijd met de gedachte gespeeld om zijn geluk in Europa te beproeven, maar hij wist dat hij daar uiteindelijk met dezelfde problemen te maken zou krijgen. En dan waren er nog al die kaarten en briefjes die hij ontvangen en bewaard had, van al die mensen die hem beterschap hadden gewenst, die in hem hadden geloofd, die hem om een foto met handtekening hadden gevraagd, en om zijn oude teamshirts en basketbalschoenen. De fans die hem aanbaden en hem op handen droegen. Mensen die in hem geloofden.

Hij had het uitblijven van een profcontract opgevat als een teken van God om tot 'Jezus' team' toe te treden. Billy, die allesbehalve dom was, had begrepen dat hij tot aan zijn dood in dat team zou kunnen blijven zitten, er mogelijk even goed zou kunnen verdienen als bij de NBA, maar met het verschil dat hij dat voor de rest van zijn leven zou kunnen blijven doen.

En op die manier zou hij voor altijd beroemd kunnen zijn.

En zo geschiedde het.

Dezelfde geestdrift en inzet die hem tijdens basketbalwedstrijden tot ster van het team hadden gemaakt, hielpen hem nu duizenden aanhangers te vinden. Niemand wist waar die geestdrift vandaan kwam, of de leugens waar zijn hele leven op was gebaseerd. Niemand wist hoe verraden hij zich had gevoeld toen hij ontdekte dat zijn ouders – hardwerkende, hartelijke mensen – hem vanaf het allereerste begin hadden voorgelogen.

Ze hadden hem nooit verteld dat hij geadopteerd was – hadden hem nooit verteld dat hij niet de vrucht van hun lendenen was. Hij was er op zijn veertiende, tijdens een doodnormale biologieles, achter gekomen. Mensen met blauwe ogen kregen geen kinderen met bruine ogen... een simpel biologisch feit. Dus, of zijn moeder had overspel gepleegd, of zijn ouders hadden hem geadopteerd,

Het was een koud kunstje om daarachter te komen, en dat deed hij dus.

Nu tikte hij met zijn pen tegen de rand van zijn bureau en trok een gezicht bij de herinnering. Hoe vaak had hij niet geprobeerd die arme, brave mensen te vergeven, en dat telkens weer vergeefs?

'Geef me kracht,' fluisterde hij voor zich uit in de duisternis die heerste in dit gedeelte van wat de negatieve pers zijn 'reservaat' noemde. Ze mochten het noemen zoals ze wilden. Wat kon het schelen? Volgens Billy Ray bestond er geen slechte kritiek. Waar het om ging, was dat er over hem werd geschreven – op welke manier dan ook – en dat de mensen zijn naam hoorden.

Hij wreef over zijn ogen. Hij was moe en zou naar bed moeten gaan. Zijn 'werkkamer' was voorzien van een ruim slaapvertrek met een kingsize bed, een grote lcd-televisie, en zelfs een gashaard die via de afstandsbediening aan en uit kon worden gezet. Hij sliep bij voorkeur hier, in plaats van in het grote landhuis waar zijn vrouw jaren aan had gebouwd.

Plichtsgetrouw sliep hij elke zaterdagavond in het grote huis, in bed bij zijn vrouw, en bedreef hij de liefde met haar alsof hij nog steeds van haar hield. De volgende ochtend ontbeten ze altijd in die enorme, monsterlijke eetkamer, waarna ze apart – zij met de kinderen, en hij in zijn eigen auto – naar de kerk gingen.

In het verleden waren ze hartstochtelijk geweest. Hij had zich ooit eens zover laten meeslepen om haar op die enorme eettafel te nemen, maar dat was inmiddels alweer jaren geleden. Voor ze frigide was geworden. Voor ze helemaal was opgegaan in de levens van hun kinderen en geen tijd meer voor Billy Ray had gehad. Voor ze uiteindelijk had toegestemd in één keer per week seks, waarbij ze dan nagenoeg roerloos, bijna als een standbeeld in bed lag en hem zijn gang met haar liet gaan omdat haar huwelijkse geloften dat van haar eisten.

Hij haatte het.

Seks met je echtgenote zou niet vies moeten aanvoelen.

Hij had gespeeld met de gedachte om het aan te leggen met een jongere, levenslustigere vrouw dan Aldora. Hij had zelfs geflirt met de nieuwe secretaresse van de kerk – een pasgescheiden vrouw, moeder van twee kinderen, die hoge hakken en strakke rokken droeg, en die, wanneer ze met hem sprak, tegen hem glimlachte en knipoogde.

Maar tot dusver had hij die grens nog niet overschreden.

Nog niet.

En hij was het ook niet van plan.

Maar... een man wilde kunnen voelen dat er van hem werd gehouden, niet alleen door God, maar ook door een vrouw. En de laatste tijd liet Aldora op dat gebied veel te wensen over.

Hij voelde de woede in zich opborrelen terwijl hij de knoopjes van zijn golfshirt openmaakte en naar de woorden keek die hij op zijn kladblok had geschreven. Hij had al de hele week aan zijn preek gewerkt, vanaf het moment waarop hij van de moorden op Luke Gierman en Courtney LaBelle had gehoord. De verschrikkelijke manier waarop ze om het leven waren gebracht stelde veel mensen in de gelegenheid de weg naar de Heer te vinden.

De moorden hadden hem al heel wat publiciteit opgeleverd, maar hij wilde meer. En dat was geen probleem. Dankzij de gruwelijke moord op Asa Pomeroy en Gina Jefferson.

Billy Ray zag aankomen dat de kerk zondag overvol zou zijn. Angst maakte mensen gelovig. Het was interessant, dacht hij, hoe zijn woorden over Gods toorn, over hoe de mensen voor hun slechte daden gestraft werden, over het vagevuur, zo'n aantrekkingskracht op zijn volgelingen uitoefenden. Hij had ontdekt dat, hoe krachtiger taal hij gebruikte, hoe meer hij zijn handen ten hemel hief, hoe meer hij zijn stem van woede liet schallen, hoe meer de aderen in zijn nek klopten ten teken van zijn principes, hoe meer de mensen in verrukking raakten. Hij had tegenwoordig zelfs 's avonds op WNAB een radioprogramma van een halfuur, en hij was in onderhandeling met een televisiezender.

Allemaal wilden ze een show.

Hartstocht.

Toorn.

Macht.

Maar vooral, een diepgewortelde liefde voor de Heer.

En Billy Ray had dat allemaal.

Dus dit moest een denderende preek worden – over de toorn en de liefde van een almachtige God, over het medeleven van Jezus en over... Hij keek op. Hoorde hij iets? Een voetstap? Hij wachtte, luisterde nog eens goed, maar hoorde verder niets. Niets dan de wind die buiten door de dorre herfstblaadjes ritselde. Hij had niets gehoord. Hij was gewoon moe – zijn lichaam reageerde alleen maar overgevoelig op een week van spanning, van de druk van voortdurend in vorm voor de camera's te moeten verschijnen, van het betonen van medeleven aan het adres van de families van de slachtoffers, van zijn eigen woede op de moordlustige gek die de straten van New Orleans onveilig maakte. Ja, ja, dat moest het zijn. Hij pakte zijn pen weer op en begon te schrijven, en even later had hij de juiste toon helemaal te pakken. Morgenochtend zou hij de tekst op de computer zetten en waar nodig corrigeren. Maar door zijn gedachten op papier te zetten kon hij alvast een deel zijn woede afreageren – hij schreef met zulke wilde gebaren dat zijn pen bijna door het papier ging.

Krak.

Opnieuw keek hij op.

Deze keer was hij er bijna zeker van dat hij de vloer had horen kraken. Hij leunde naar achteren en luisterde. 'Is daar iemand?' riep hij, en hij voelde zich een dwaas. Zijn lijfwacht en persoonlijke trainer was uren geleden naar huis gegaan, en hij had het hek achter Kyles Chevrolet Blazer horen sluiten, had de achterlichten van de terreinwagen door zijn raam uit het zicht zien verdwijnen.

Opnieuw was er niets dan stilte.

Het kwam gewoon doordat hij vanavond bijzonder onrustig was.

Misschien dat bidden zou helpen. Hij liet zijn pen op het bureau vallen en haalde diep adem. Toen haalde hij zijn handen over zijn gezicht, leunde naar achteren in zijn stoel, sloot zijn ogen en vroeg de Heer om inspiratie, om duidelijkheid en om hem te helpen bij een preek waarin Gods wil tot uitdrukking zou komen. Want zo werkte het, daarvan was de dominee overtuigd. Hij werd door God geïnspireerd, door Hem beroerd alsof de Vader daadwerkelijk vanuit de hemelen omlaag reikte en Zijn vingertoppen op Billy Rays hoofd legde. Dat was het moment waarop Gods gedachten Billy Rays hersens binnenstroomden, en vandaar in zijn vingertoppen trokken waar de woorden – regelrecht uit de mond van de Heer! – op het papier van zijn blocnote vloeiden.

'Here sta mij bij,' zei hij hardop. 'Wijs mij het licht, laat mij Uw nabijheid voelen, laat mij Uw verkondiger zijn...'

Opnieuw dat geluid.

Billy Ray deed zijn ogen open.

Slaakte een kreet en sprong op van zijn stoel.

Daar, voor hem en met de punt van een taser op het hart van de dominee gericht, stond satan.

En voor Billy Ray nog maar één woord kon zeggen, haalde Lucifer de trekker over.

Zuster Maria voelde iets in haar slaap.

Ze ging op haar andere zij liggen.

Iemand drukte een gehandschoende hand over haar mond.

Paniek maakte zich van haar meester en ze was op slag klaarwakker.

Het was aardedonker in haar kamer – het was nog lang geen tijd voor het ochtendgebed. Ze kon haar aanvaller niet zien, maar hij was sterk.

Vastberaden.

Woedend.

Ze kon zijn woede voelen, en rook zijn zweet.

Een misselijkmakende zoete geur drong haar neusgaten binnen.

Ether!

Ze herkende de geur uit haar tijd in het ziekenhuis.

Nee, dacht ze. *Nee, nee, nee!*

Zuster Maria verzette zich voor wat ze waard was. Probeerde te schreeuwen. Vocht uit alle macht, maar door het wilde bewegen en zwaaien met haar armen haalde ze ook sneller en dieper adem.

De chemische stof drong haar longen binnen, verdoofde haar brein, verzwakte haar ledematen en maakte haar oogleden zwaar. Ze hapte naar lucht, maar daarmee kreeg ze alleen maar nog meer van het giftige, slaapverwekkende gas binnen.

Haar bewegingen werden traag en sloom.

Ze wist wat er gebeurde, maar ze was niet bij machte om er iets tegen te ondernemen.

Uiteindelijk gaf ze het op, voelde ze hoe alles zwart werd om haar heen en zakte in elkaar.

Vergeef mij, Vader, bad ze dromerig. *Vergeef mij mijn zonden...*

Hoofdstuk 22

Billy Ray zou zich niet zomaar gewonnen geven. Zijn ontvoerder had hem geblinddoekt, zijn mond dichtgeplakt en hem aan een stoel gebonden, en was vervolgens vertrokken. Wáár hij was achtergelaten, dat wist hij niet, maar het rook er naar vochtig, rottend hout en naar vuil. Hij vermoedde dat hij in de buurt van het moeras moest zijn, want er hing ook een geur van stilstaand water, en hij hoorde kikkergekwaak en plonzen. In gedachten zag hij alligators door diep, inktzwart water glijden – alleen de ogen maar zichtbaar boven het gladde oppervlak – en hij dacht aan slangen die zich vanaf de dikke boomstammen kronkelend in de kreken lieten zakken.

Hij rilde, maar hoe gevaarlijk dergelijke moerasbewoners ook waren, ze waren niets in vergelijking met de man die hem ontvoerd had. Een lange, breedgeschouderde schoft in een zwart duikerpak en met een skibril op. Hij was dodelijk, snel en vastbesloten om te doden. Dat wist Billy Ray. Hij had genoeg over de recente moorden gelezen om te weten dat zijn ontvoerder en de gezochte moordenaar een en dezelfde waren.

Aldora zou niet om losgeld worden gevraagd.

Er zou niet over zijn vrijlating onderhandeld worden.

Er zou hem ook geen oor of vinger worden afgesneden om te bewijzen dat hij ontvoerd was. Nee, hij wist zeker dat hij weldra gedood zou worden. Tenzij hij iets deed om dat te voorkomen.

De Heer helpt hen die zichzelf helpen.

Hoe vaak had hij dat niet tegen zijn volgelingen gezegd? Het was tijd dat hij dat advies nu zelf opvolgde. Als hij zichzelf niet hielp, dan zou niemand dat doen. De moordenaar had hem alleen gelaten, dus hij had tijd om een plan te maken, om een manier te verzinnen om zichzelf te bevrijden.

Hij vroeg zich af wie de psychopaat was. En waarom had hij zijn dodelijke keuze op Billy Ray laten vallen?

Het sloeg nergens op. Niemand wilde hem dood. Hij werd door zijn volgelingen en door de media op handen gedragen. Er was binnen zijn kerk zelfs een beweging die wilde proberen hem de plaatselijke politiek in te krijgen. Toch was er iemand die hem haatte. Iemand die moedig genoeg was om over zijn hek te klimmen en zijn werkkamer binnen te dringen.

Hoe erg het ook was, Aldora en de kinderen waren tenminste veilig... ja toch? De moordenaar was toch niet teruggegaan om zijn vrouw en kinderen te halen? Nee, dat kon hij zich niet voorstellen.

Maar vermoordde deze gek zijn slachtoffers niet twee aan twee?

Een man en een vrouw?

Aangenomen dat het dezelfde moordenaar was... want voor hetzelfde geld was dit een gek die de ander imiteerde, al was hij dan wel groot, sterk en vastbesloten. Dodelijk en geruisloos. Zonder een woord te zeggen was hij Billy Rays werkkamer binnengedrongen, had hem verdoofd en zijn handen en voeten even snel en behendig gebonden als een kalkoen voor het Thanksgivingmaal. De enige manier om iets van hem gedaan te kunnen krijgen, was door mee te werken, door te doen alsof hij bang was en alsof zijn lichaam nog niet mee wilde werken. Alleen op die manier kon hij hopen op een kans de man te overmeesteren.

Misschien... alleen zou hij dan wel heel snel moeten zijn, zou hij de rotzak kunnen verrassen. Maar hoewel Billy Ray goed in vorm was, was de ander langer, sterker en fitter. Meteen nadat hij Billy met de taser had verdoofd, en Billy vleugellam achterover op de vloer was gevallen, was hij bovenop hem gesprongen, had zijn handen achter zijn rug geduwd en ze met isolatietape gebonden. Daarna had hij zijn enkels bij elkaar gebonden. Ten slotte had de man hem een blinddoek voor gedaan, en ook nog een stuk tape over zijn mond geplakt.

Binnen enkele minuten was alles bekeken geweest, had de man hem als een zak aardappelen over zijn schouder gegooid en hem naar de garage gebracht, waar hij hem een nieuwe stroomlading had toegediend. Honderdduizenden volts waren door zijn lichaam geraasd, en toen was hij op de achterbank van *zijn* Mercedes SL600 gegooid.

De vuile schoft had de motor gestart, was de oprijlaan af gereden en had Billy Rays afstandsbediening gebruikt om het grote hek van het landgoed open te maken. En al die tijd had Billy machteloos achter in de auto gelegen. Absoluut machteloos.

Het enige wat hij had kunnen doen, was bidden. En hij had letterlijk voor zijn leven gebeden. Hij had er geen idee van waar ze naartoe gingen. Nadat de man in westelijke richting de snelweg op was gereden, en vervolgens de afslag naar het noorden had genomen, was hij, na de vele bochten, het spoor uiteindelijk bijster geraakt. En hoewel hij niet wist waaróm hij was ontvoerd, had hij het akelige voorgevoel dat de ontvoerder dezelfde psychopaat was als die welke in de afgelopen paar dagen al vier mensen had vermoord.

Ongeveer een halfuur nadat hij in de auto was gelegd, voelde hij de achterwielen slippen, net alsof de bestuurder met te veel vaart een landweggetje was ingeslagen. Daarna was de Mercedes over hobbels en kuilen gehotst en gebotst.

Enkele minuten later was de auto plotseling gestopt en was de bestuurder uitgestapt. Hij had het achterportier opengetrokken, en Billy voor de zekerheid nóg een stroomstoot toegediend. Van de rest van de ontvoering kon hij zich niet zo heel veel herinneren. De man had de tape rond zijn enkels en polsen doorgesneden, had hem uitgekleed en op een stoel plaats laten nemen. Zijn blote billen hadden een barst in de plastic zitting gevoeld. Daarna had de man zijn handen weer op zijn rug gebonden en had hij zijn benen met tape aan de stoelpoten vastgemaakt.

Toen hij daarmee klaar was, had hij zich naar hem toe gebogen en voor het eerst, sinds hij Billy Rays werkkamer binnengedrongen was, iets tegen hem gezegd.

Hij had zijn mond zo dicht bij het oor van de dominee gehouden, dat hij zijn adem erlangs kon voelen strijken. 'Gods kracht is met je, broeder.'

Billy Ray had het op slag ijskoud gekregen.

De ontvoerder was weggegaan, zijn slachtoffer rillend op zijn stoel achterlatend. Even later had Billy de Mercedes horen starten en weg horen rijden.

Dat was het moment geweest waarop hij zich gerealiseerd had dat hij snel moest zijn. Er waren twee mogelijkheden. Of de schoft was van plan terug te komen om hem te kwellen, te martelen en hem te doden, of hij zou hem hier van de honger en dorst laten omkomen en door de roofdieren laten verslinden.

Hij had van alles geprobeerd. Hij had zich met stoel en al laten omkiepen, had zich in alle mogelijke bochten gewrongen om zich voort te bewegen en naar de enige deur te komen, en hij had net zolang aan de tape rond zijn handen en benen gerukt tot zijn hele lichaam er pijn van deed.

De vloer was smerig en het stof en het vuil waren zijn mond en neusgaten binnengedrongen. Zijn linkeroor was tot bloedens toe geschaafd, en hij had er geen idee van hoever het nog was naar de deur. Centimeter voor centimeter schoof de stoel nog een eindje over het stinkende zeil, langs en over stukjes stof en harde korrels waarvan hij vermoedde dat het rattenkeutels waren. Er moest toch iets... wát dan ook zijn dat hij als wapen zou kunnen gebruiken.

De minuten kropen voorbij. Het zweet droop van hem af. Nu begon ook zijn schouder, op de plek waar hij over de vloer schuurde, te bloeden. Opeens stootte zijn neus op iets zachts... iets van stof? Hij tastte het af met zijn gezicht en voelde metaal, koel, glad, dat vast zat aan een dunne, lange... slang! *Jezus, moeder Maria!* Hij schoof zo snel mogelijk achteruit en verwachtte elk moment dat het slapende serpent hem aan zou vallen.

Maar het waarschuwende sissen bleef uit.

Hij bespeurde geen beweging.

Was de slang dood? Zat hij vast in een muizenval? Lag hij op een hoop vergeten en afgedankte kleren? Maar wat was dat metaal? Glad metaal. Gepolijst. Duur metaal? Metaal dat hier niet op zijn plaats leek... en de stof had ook niet geroken alsof het oud en vergaan was. Nee, in plaats van te stinken, had er een niet onaangenaam muskusachtig luchtje aan gezeten.

Zijn hart maakte een sprongetje.

Geen slang!

Het was geen slang!

Zijn broekriem. Ja? *Zijn* kleren. Hij had de plek gevonden waar zijn ontvoerder zijn kleren had neergegooid nadat hij ze hem had uitgetrokken. En de maniak had haast gehad. Dat had Billy Ray aan alles kunnen merken. Alsof zijn tijd aan het opraken was. En dus had hij zijn kleren, zonder de zakken na te kijken, hier op een hoop gegooid. En in zijn broekzak zat het Pomeroy Ultra-zakmes dat hij afgelopen Kerstmis van zijn zoon had gekregen. Het zakmes, waar van alles in zat – van een mininijptang tot een zaagje en nagelclippers – was de droom van elke klusjesman. Het had maar liefst vijftien functies, waarvan Billy Ray er maar eentje nodig had. Het gaf niet welke.

Een ander groot voordeel van de Ultra was dat hij gemakkelijk te bedienen was. Door op een klein hendeltje te drukken, schoten twee van de meest gebruikte gereedschappen omhoog. Hij herinnerde zich hoe zijn zoon met stralende ogen voor de enorme, drie meter hoge kerstboom had gestaan. Het parket lag en stond vol met groene slingers, overdadig bloeiende kerststerren, vloeipapier en linten, terwijl zijn zoon trots uit de doeken deed hoe de Ultra een 'soort stiletto, maar dan van gereedschap was'.

Op het moment zelf had Billy toegeeflijk geglimlacht en zich afgevraagd wie zoiets nou nodig had, maar nu was hij er dankbaar voor.

Koortsachtig probeerde bij de stoel in de juiste positie voor zijn broek te krijgen. Snel liet hij zijn vingers, op zoek naar zijn broekzakken, over zijn kleren gaan, terwijl hij ondertussen de hevige pijn in zijn schouders probeerde te negeren.

Diep ademhalend en biddend dacht hij terug aan alle pijn die hij als atleet had geleden – de gebroken vingers, een gebroken neus, de gekneusde ellebogen en niet alleen de schroeven in zijn enkel, maar ook in zijn knie. Natuurlijk kon hij dit ook verdragen. Natuurlijk! Hij voelde dat hij boos begon te worden, en klemde zijn kaken op elkaar toen hij ten slotte een zak had gevonden. Mooi! Beetje bij beetje werkte hij zijn vingers naar binnen, tastte rond en vond... een aansteker. Uitstekend. Voorzichtig zette hij hem apart. Een aansteker zou ook wel eens van pas kunnen komen. Hij duwde zijn vingers wat verder in de voering. Hij wist zeker dat het mes in deze zak moest zitten! Hij had het altijd bij zich. Het zweet brandde in zijn ogen, en hij begon in paniek te raken.

En toen voelde hij hem... zijn Pomeroy Ultra! Het was moeilijk om hem vast te pakken, vooral ook omdat zijn vingers nat waren van het zweet, maar met de nodige moed en volharding kreeg Billy Ray het stuk gereedschap te pakken en wurmde het centimeter voor centimeter zijn zak uit. Goed. Maar nu? *God help me*, schoot het door hem heen, terwijl hij met bevende vingers het hendeltje probeerde te vinden.

Het mes viel uit zijn hand. Bijna had hij gevloekt, maar hij wist zich nog op het nippertje te beheersen. Hij was niet alleen. God was bij hem. Maar toch was hij boos op zichzelf vanwege zijn onhandigheid. 'Geef me kracht,' mompelde hij van achter de tape over zijn lippen, en opnieuw wist hij het mes te pakken te krijgen. Nadat hij zijn ogen had gesloten, gebruikte hij een visualisatietechniek die hij zichzelf jaren geleden had aangeleerd om zijn woede onder controle te houden. Hij begon diep en regelmatig te ademen, en toen zag hij in gedachten hoe hij de Ultra in zijn handen hield, en het mes net zolang draaide tot hij het in de goede positie vasthield. Hij zag voor zich hoe hij op het hendeltje drukte – maar waar zat dat verdomde ding? Ha! Hij voelde het knopje en drukte.

Klik.

Een lemmet sprong te voorschijn.

Halleluja!

Dank U, Heer!

Laat de Here met mij zijn, bad hij in gedachten, *en me de kracht geven om deze schoft te doden.*

In de afgelopen uren was het tot Billy doorgedrongen wat zijn missie was. God stelde hem in de gelegenheid om de wereld te verlossen van het monster dat hem ontvoerd had. Dit was niet alleen een test, maar het was vooral zijn kans om zich tegenover de Heer te bewijzen. En terwijl hij dat deed zou hij niet alleen zijn eigen leven redden, maar ook dat van degenen die de moordenaar in de toekomst nog wilde doden. En bovendien zou hij in een plaatselijke held veranderen en nog beroemder worden. De pers zou ervan smullen. Het aantal van zijn volgelingen zou minstens verdubbelen. Er zou een boek over hem worden geschreven. Ja, en er zou zelfs een televisiefilm over hem worden gemaakt.

Maar hij zou niet op de zaken vooruit moeten lopen. Vooralsnog zou hij moeten proberen de situatie op de een of andere manier de baas te worden, en daarbij rekende hij op de hulp van zijn ouwe trouw maat, de woede. Zijn woede zou hem hier doorheen slepen.

Want hij was laaiend.

Hij was ziedend, en hij wilde wraak.

Hij draaide de Ultra in zijn hand en begon de tape rond zijn polsen door te snijden.

Kom maar op, smerige, vuile psychopaat die je bent, dacht hij, terwijl de furie door zijn aderen kolkte, *je bent er geweest.*

Zuster Maria werd hardhandig overeind getrokken.

Haar handen waren achter haar rug gebonden, maar de overvaller had de tape rond haar enkels doorgesneden en de blinddoek van haar hoofd gerukt. En hij had haar rozenkrans om haar hals gehangen.

'Lopen,' beval hij, van achter zijn masker.

Ze was duizelig en haar knieën knikten, en ze hield zich amper op de been. Maar de in het zwart geklede man prikte de loop van zijn revolver in haar rug en ze strompelde door het duister. Waarheen? Waarschijnlijk naar een plek waar hij haar zou martelen. En verkrachten. En vermoorden. Van dat laatste was ze overtuigd.

Hij scheen met het licht van zijn zaklantaarn over de vochtige aarde die bedekt was met een kleed van afgevallen, dorre blaadjes. Links en rechts stonden hoge, spookachtig bleke cipressen. Hun wortels braken hier en daar, op zoek naar water, door de aarde heen. Ze had er geen idee van naar welk gedeelte van de moerassen van Louisiana hij haar had gebracht, maar ze twijfelde er geen moment aan dat ze hier zou sterven.

Onze Vader die in de hemelen zijt...

Hij scheen met het licht op een grote stacaravan die eruitzag alsof er al jaren niemand meer in gewoond had. De zijkant was verroest, de vensters waren gebroken, en het enige wat over was van de schuur die er in het verleden tegenaan was gebouwd, was een hoop schots en scheef liggende, grijs geworden oude planken.

Ze dacht aan al het vreselijks dat hij haar zou aandoen, aan de pijn die haar te wachten stond, en legde zich neer bij haar lot. Ze bad om kracht. Maria dacht aan Jezus en aan hoe Hij aan het kruis had geleden, en hoopte dat ze hetgeen haar te wachten stond met waardigheid zou kunnen dragen, en dat ze in staat zou zijn deze arme, gekwelde ziel te vergeven.

De man duwde haar een scheefgezakt trapje op en een duistere ruimte in. Ze liet zich slap tegen de wand aan vallen terwijl hij, zonder de revolver van haar rug te halen, een lamp aandeed.

Haar hart kromp ineen bij het zien van de kleine ruimte die eens een zitkamer was geweest. Alles was even smerig door verwaarlozing en ongedierte, en het rook naar verval. Op een stoel tegen de achterwand zat Billy Ray Furlough. Zijn benen waren aan de geroeste, metalen stoelpoten gebonden, en hij hield zijn handen op zijn rug – Maria nam aan dat ze ook gebonden waren. Hij was naakt en geblinddoekt, en zijn mond was dichtgeplakt met een stuk isolatietape. 'Nee!' riep ze uit, maar het geluid kwam niet over haar lippen omdat haar eigen mond ook was dichtgeplakt. Ze kon het niet helpen. Ze boog zich voorover en begon te kokhalzen.

'Verdomme!' Haar aanvaller reikte om haar heen en rukte de tape van haar mond, en op hetzelfde moment spoot haar maaginhoud naar buiten.

O Heer, nee! Dit niet!

Ze voelde zich ellendig, zo ellendig dat ze haar tranen niet langer de baas kon.

Nee! Nee! Nee!

De tranen stroomden over haar wangen en ze bleef spugen. Ze had niet gemerkt dat haar ontvoerder bij haar weg was gegaan, naar de andere kant van het vertrek was gelopen en naast haar enige kind was gaan staan.

Grote genade, hoe had dit monster dit geweten? Wat wilde hij van haar? Haar ziel balde zich pijnlijk samen. Proestend en naar lucht happend keek ze naar de gemaskerde man die haar ontvoerd had en die nu vol trots over haar zoon stond gebogen.

Dit mocht ze niet laten gebeuren. Wat hij ook bedacht had met dat ziekelijke brein van hem, ze moest voorkomen dat hij haar zoon iets aandeed... het kind dat ze al die jaren geleden had afgestaan...

'Niet doen,' smeekte ze. 'Vraag God om vergeving en zondig niet meer.'

Hij verstijfde. 'Ik ben niet degene die gezondigd heeft,' zei hij, zijn woorden langzaam uitsprekend, terwijl hij Billy Ray de blinddoek afdeed.

Billy Ray keek haar aan met een glazige blik in zijn ogen, en ze besefte dat hij ook al te lijden had gehad. Ze weigerde naar zijn naaktheid te kijken en concentreerde zich op zijn donkere ogen. Hij had de ogen van zijn vader, een jongen die ze in haar jonge jaren had leren kennen, en die allang niet meer leefde.

'Jullie kennen elkaar,' verklaarde de ontvoerder met voldoening. Maria zag tot haar ontzetting aan Billy Rays gezicht dat hij haar herkend had, en realiseerde zich dat hij haar grote geheim kende. 'Moeder en zoon.'

O, moeder Maria.

'Twee mensen die voorgeven iets te zijn dat ze niet zijn. Leugenaars.'

Billy Ray keek van haar naar hun ontvoerder, en Maria zag zijn gezicht veranderen, zag zijn neusgaten trillen van woede, zag hoe hij zijn ogen vernauwde, en op dat moment wist ze dat hij iets stoms, iets gevaarlijk ging doen. En dat kon ze niet toestaan.

Ze moest hem redden. Zelfs als ze daarvoor zou moeten doden. Moorden was een doodzonde... haar ziel zou rechtstreeks naar de hel gaan.

Het zij zo.

Billy Ray, die deed alsof hij nog vastgebonden zat en in de war was, kon het niet helpen dat hij met grote ogen naar de vrouw keek die hem ter wereld had gebracht. Wat deed ze hier? De psychopaat had zuster Maria Montoya ontvoerd, de vrouw die zijn natuurlijke moeder was en die hem had afgestaan aan ouders die te stom waren om iets van simpele genetica te snappen.

En daar stond ze nu, in haar nachtjapon – oud, moe en bang, met haar rozenkrans om haar nek. Haar lippen bewogen zonder dat er geluid over kwam, en hij vermoedde dat ze aan het bidden was. Het zou hem niets verbazen als ze op goddelijke interventie hoopte.

Zij. De non. Die zijn moeder was.

Hoer.

Een sloerie die zich verstopte onder het heilige habijt.

En deed alsof ze vroom was.

Hij haatte haar, maar meer nog haatte hij deze man die van plan was hen te doden met een revolver die verdacht veel leek op een exemplaar uit zijn verzameling – de nikkelen Ruger die hij onder zijn stoel voor in de Mercedes bewaarde.

De psychopaat draaide zich heel even om. Dat was het moment waarop Billy Ray zijn kans schoon zag. Hij sprong van de stoel – zijn benen zaten niet langer vast aan de stoelpoten en zijn handen waren ook niet meer gebonden. Met enorme kracht – waarvan hij kon zweren dat die afkomstig was van de Heer – stootte hij de Pomeroy Ultra, juist op het moment dat de ontvoerder zich opnieuw naar hem toe draaide, diep in diens borst.

Het bloed spoot uit de wond.

De non zette het op een schreeuwen en stortte zichzelf op de ontvoerder.

De psychopaat brulde en sloeg Billy Ray hard met de revolver tegen de zijkant van zijn gezicht. Pijn schoot door zijn hoofd. Zijn neus versplinterde. Billy Ray viel achterover en verloor zijn greep op de Ultra. Hij had de ontvoerder net zolang met het mes te lijf willen gaan tot hij was doodgebloed, maar zijn handen waren glibberig van het bloed en de non moest zich er zo nodig mee bemoeien. Ze probeerde tussenbeide te komen, ging de moordenaar met haar blote handen te lijf en krabde hem in het gezicht.

Nee!

Plotseling haalde de forse man uit – zijn masker was scheefgezakt door de aanval van de non, en Billy Rays mes stak nog steeds uit zijn borst – en sloeg zuster Maria met kracht in het gezicht. Ze viel, maar hij ving haar op en drukte zijn revolver in haar bevende, trillende hand...

Zuster Maria slaakte een gesmoorde kreet. *Wilde hij haar dwingen Billy Ray te vermoorden? Nee!*

Ze verzette zich tegen het monster – zwaaide met haar hoofd, en huilde en schreeuwde en bad tegelijk in één afgrijselijk klinkend geluid. Maar de psychopaat was sterk. Veel sterker dan zij. Hij richtte het wapen op Billy Rays hart, spande de haan...

Billy Ray deinsde achteruit en probeerde te ontkomen.

Beng!

De Ruger vuurde.

Pijn explodeerde in Billy's borst. Hij knipperde stomverbaasd met zijn ogen en het bloed kwam gorgelend omhoog in zijn keel. Op hetzelfde moment zag hij hoe de gek zuster Maria's pols omdraaide tot ze het uitkrijste van de pijn. Vol ongeloof, en als in een vertraagde film, zag hij hoe de man de loop van de revolver tegen haar slaap zette en de trekker overhaalde. Huiverend sloot Billy Ray zijn ogen en verzonk in gebed terwijl het leven uit hem wegvloeide.

De non zakte slap tegen hem aan. Voorzichtig liet hij haar lichaam bovenop dat van de dominee zakken, waarna hij hun armen om elkaar heen sloeg. Moeder en zoon – dat was weer eens wat anders.

De pijn was nagenoeg ondraaglijk. Hij keek omlaag naar dat irritante mes dat nog steeds in zijn borst stak, en voelde zichzelf woedend worden. De schoft had hem gestoken. Gelukkig was het lemmet op een rib gestoten, zodat de wond vooral pijnlijk was, maar nauwelijks iets van zijn krachten vergde. Hij zou het wapen nog even laten zitten, en het pas verwijderen wanneer hij hier weg was. Hij kon zich niet nog meer bloedverlies veroorloven.

Hij was dom geweest. Slordig. Hij had er rekening mee moeten houden dat die dominee iets zou verzinnen. Met enige verbazing keek hij naar de dode man. Hoe had hij zichzelf weten te bevrijden? In het schijnsel van de zaklantaarn zag hij hoe de stoel naar de hoop kleren was geschoven. Dus de dominee had zichzelf naar de andere kant van de kamer gesleept, had het op de een of andere manier voor elkaar gekregen om dat mes uit zijn zak te halen, zijn boeien ermee door te snijden en zichzelf te bevrijden. Maar waarom was hij niet gevlucht? Waarom was hij er niet vandoor gegaan?

Had hij daar geen tijd meer voor gehad?

Had hij niet verwacht dat zijn ontvoerder terug zou komen?

Of had hij de grote held uit willen hangen? Had hij zich onoverwinnelijk gevoeld omdat hij in 'het team van Jezus' zat, zoals hij zo vaak zei? De hypocriet.

Toen ze precies zo lagen als hij ze hebben wilde, tilde hij het hoofd van de non op, haalde de rozenkrans van haar hals en liet hem in zijn zak glijden. Toen pakte hij de revolver. Furloughs nikkelen Ruger.

Hij ging naar buiten. In het besef dat hij bloed aan zijn schoenen had, nam hij even de tijd om de zolen af te vegen aan de treden van het trapje. Vervolgens ging hij naar de Mercedes en deed de kofferbak open. Hij vond de verbandtrommel, haalde hem eruit, dwong zichzelf de pijn in zijn borst te negeren en begon het lange pad af te lopen dat uitkwam bij een vervallen steiger aan een poel. De roeiboot lag nog netjes op de plek waar hij hem enkele uren eerder had afgemeerd. Hij stapte erin en keek met behulp van de zaklantaarn naar het mes dat nog uit het duikerpak stak. In de verbandtrommel vond hij een aantal gaasjes en steriele pleisters. Daar zou hij het voorlopig mee moeten doen. Met zijn kiezen op elkaar geklemd trok hij het mes uit zijn borst. De wond begon meteen te bloeden, en snel drukte hij er de gaasjes op. Hij gebruikte alle vijf de pakjes, en plakte er de pleisters overheen. De wond deed pijn en hij verloor bloed, maar er waren geen belangrijke organen beschadigd. Deze keer had hij geluk gehad. Hij liet het licht van de zaklantaarn op het wapen schijnen – een speciaal voor de doe-het-zelver, door Pomeroy ontworpen stuk zakgereedschap dat de naam 'Ultra' had meegekregen.

Zijn mond viel open.

Verdomme!

Hij haatte die Billy Ray, en nu had Asa Pomeroy ook nog het laatste woord gekregen.

Nou ja, voor hen was het intussen te laat.

Hij bewoog het mes door het water om het af te spoelen en liet het in de verbanddoos vallen. Toen haalde hij de revolver en de rozenkrans uit zijn zak, legde ze naast het mes en klapte de trommel dicht. Nadat hij de roeispanen had opgepakt, roeide hij vrijwel geruisloos naar de plek, op zo'n kleine drieëneenhalve kilometer van de werkkamer van de dominee, waar hij zijn pick-up had geparkeerd.

Hij moest opschieten. Over een paar uur zou het licht worden en hij wilde een flink eind uit de buurt van Billy Rays landgoed zijn wanneer diens vermissing ontdekt werd.

En daarbij zat zijn taak er nog lang niet op.

Veel tijd had hij niet, dacht hij, terwijl hij de roeispanen in het water stak. *Eén-twee. Eén-twee. Eén-twee.* Zijn borst deed waanzinnige pijn, maar hij probeerde er niet aan te denken.

Hij had vandaag voor anderen te zorgen.

Zijn lippen plooiden zich in een ongewilde grijns en hij roeide verder door het duister. Het schijnsel van zijn kleine zaklantaarn leidde hem door het vertrouwde water. Het licht weerkaatste in de ogen van een langszwemmende alligator. Hij snoof de bedompte geur van het water in zich op en roeide gestaag verder, net zoals hij in zijn jeugd had gedaan.

Wanneer hij daar toestemming voor had.

En hij voor de verandering geen huisarrest had gehad.

Zijn gezicht verstrakte bij de herinnering aan hoe dat alles veranderd was. Toen *zij* aan hem was voorgesteld. Zijn lippen krulden alsof hij ineens iets smerigs rook.

Zij, met haar parelende lach, zachte stem en ijzeren wil. Een kleine vrouw, zelfs met de hoge hakken die ze altijd droeg. Een tengere schoonheid die mannen, en zelfs vooraanstaande mannen, het hoofd op hol bracht.

Door haar was alles meteen heel anders geworden. Vanaf dat moment was het afgelopen met het jagen buiten het seizoen, met het late opblijven, met het eten voor de televisie, met de keiharde muziek en de 'oorverdovende, dreunende bassen', en vooral met de 'walgelijke, wrede en misselijkmakende teksten'.

Hij greep de roeispanen steviger beet.

Eén-twee, één-twee, één-twee.

Zij, met dat kleine kefhondje van haar, en de dure paarden...

Zijn glimlach veranderde in een akelige grimas toen hij bedacht hoe ironisch het allemaal was – het hondje dat onder de paardenhoeven was verpletterd, de prachtige ruin die een slang zag, steigerde en zijn ruiter afwierp, de ruiter die met haar hoofd tegen een vlijmscherpe rotspunt aan sloeg. Tegen de tijd dat ze naar haar op zoek waren gegaan, hadden de gieren al boven haar rondgecirkeld.

Dus nu kon hij de zware lucht van het moeras inademen, naar het zoemen van de insecten luisteren en kijken naar de maan die opkwam boven het brakke water. *Zij* kon hem dat niet langer verbieden.

Eén-twee, één-twee, één-twee.

Hij stuurde de roeiboot naar de oever van een kleine inham, sprong eruit, trok het bootje op de kant en verstopte het tussen de dichte begroeiing van kattenstaarten en riet.

Nadat hij zijn laarzen had verwisseld voor de sportschoenen die hij in zijn rugzak had, haalde hij een paar keer oppervlakkig, en toen nog een paar keer diep adem. De pijn was draaglijk. Hij stopte de verbandtrommel in de rugzak en ging op weg – dwars over een akker en vandaar in looppas over het kronkelende landweggetje naar zijn pick-up die hij vier kilometer verderop had staan.

Alles was zo goed gegaan.

Totdat Billy Ray Furlough hem bijna te slim af was geweest, en de non... Wie had gedacht dat dat brave vrouwtje de moed zou hebben om hem aan te vallen? *Als een moederbeer*, schoot het door hem heen, bij de herinnering aan de waarschuwende woorden van zijn vader, voordat ze hun geweren namen en aan de lange tocht naar de bergen begonnen. *Kom nooit tussen een moederbeer en haar welpen. Nooit. En mocht dat ooit per ongeluk gebeuren, schiet haar dan onmiddellijk dood. Voor ze de kans krijgt je lever uit je lijf te rukken!*

Op weg naar zijn pick-up was hij twee keer gepasseerd door een auto. Beide keren was hij in de greppel langs de weg gedoken, en daar plat blijven liggen tot de lichtbundel van de koplampen over zijn lichaam was gegleden en de achterlichten zichtbaar waren geworden. Toen pas, en niet eerder, was hij weer opgestaan en verder gejogd. Zijn wond deed pijn. Hij wist dat hij weer was gaan bloeden en onderdrukte een hartgrondige vloek bij de gedachte aan de dominee, en aan hoe de man bijna was ontkomen.

Het was onvoorstelbaar. Híj was de man met het hoge IQ. Billy Ray Furlough was alleen maar een licht ontvlambare ex-atleet die een manier had gevonden om zijn woede in geld om te zetten door te doen alsof hij hartstochtelijk gelovig was. Correctie: Billy Ray was nu een *dode* ex-atleet die het als predikant had gemaakt.

Zijn pick-up stond waar hij hem had achtergelaten – bij het eethuis waar hij vaak een maaltijd gebruikte. Ze waren vierentwintig uur open, en het was het soort gelegenheid waar vooral vrachtwagenchauffeurs halt hielden voor koffie en taart, en 's avonds voor bier en sterkedrank. Ze kenden hem hier bij naam, en niemand zou vreemd opkijken wanneer zijn pick-up er langer stond dan hij binnen was. Hij parkeerde altijd tussen de opleggers en vrachtwagens. Hij liet zich ook altijd zien wanneer hij kwam en ging – soms aan de achterzijde waar de bar was, en soms vóór, in het restaurantgedeelte. Hij zorgde ervoor dat hij zich pakweg om de twee uur of zo liet zien. Hij stond hier bekend als jager en visser, als iemand die zijn pick-up vaak op de parkeerplaats liet staan wanneer hij op jacht ging. Hij werd ook geplaagd, want niemand had hem ooit met een buit gezien – zelfs nog niet eens met een eend, of met vis in zijn fuik. Hij lachte altijd om de goedbedoelde pesterijen, gaf een rondje en vertelde de vaste gasten dat het jagen en vissen eigenlijk alleen maar een excuus waren om in de natuur te kunnen zijn.

Ze dachten dat hij onderaannemer was – een klusser in de bouw. En dat hij vaak zonder werk zat.

Niemand stelde veel vragen, en als alibi deed het uitstekend dienst.

Nu keek hij om zich heen. Het was donker bij de pick-up, erg donker zelfs, ook al begon de hemel in het oosten al een beetje lichter te worden. Snel en voorzichtig trok hij zijn sportschoenen uit, stroopte hij het duikerpak van zijn lijf en trok een spijkerbroek aan. Hij rilde. Het bloed was door de gaasjes op zijn wond gelekt. Hij stak zijn armen door een blauw katoenen overhemd, deed de knoopjes dicht en trok ten slotte een donkerblauw nylon regenjack aan.

Even gunde hij zichzelf de tijd om een paar keer diep adem te halen, en toen stapte hij uit, liep hij naar de automaat en kocht een krant. Terwijl hij deed alsof hij aandachtig de koppen door las, liep hij het restaurant binnen waar het druk was met vrachtwagenchauffeurs die aan de koffie zaten. Hij zwaaide naar de roodharige serveerster van wie hij wist dat haar dienst er bijna op zat, ging aan de bar zitten en bestelde koffie, spiegeleieren met krokant gebakken bacon, gort, pannenkoekjes en jus.

Terwijl hij op zijn ontbijt zat te wachten deed hij zijn best om niet aan de moorden te denken. Dit was niet het moment om weg te dromen en de kick opnieuw te beleven, opnieuw te voelen hoe zijn bloed sneller begon te stromen, en klaar te komen op de herinnering aan hoe de non en de predikant waren gestorven. Nee, nog niet... hij moest het hoofd koel houden. En hij moest ook zijn wond verzorgen, maar nog niet, niet voordat zijn alibi geregeld was en iedereen hem uitvoerig had zien ontbijten.

Zijn blik ging over de voorpagina. Het artikel over de dood van Asa Pomeroy en Gina Jefferson stond op de onderste helft, terwijl de bovenste helft in beslag werd genomen door een foto van Luke Giermans begrafenis. Andere artikelen die verband hielden met de moorden stonden op de binnenpagina's.

'Dat moet een zwaar gestoorde gek zijn,' zei een plaatselijke trucker die eieren vervoerde. Hij sloeg op de krant en liep door naar zijn favoriete tafeltje. Volgens de naam die op zijn overall was geborduurd, heette hij Hank. 'Hoe eerder ze die smeerlap te pakken krijgen en bij zijn ballen ophangen, hoe beter.' Hij knikte en trok aan de klep van zijn pet. 'En mijn zegen hebben ze. Ik luisterde altijd naar *Gierman's Groaners*, maar die aangever van hem – hoe heet die man ook alweer? – die kan ik niet uitstaan.'

Maury Taylor, idioot, dacht hij, en haalde zijn schouders op.

'Maury, ja. Wat een achterlijke zak, die man. Profiteert van Giermans succes. Verdomme.' Hij wreef zijn vlezige onderkin die hij al twee dagen niet had geschoren. 'Krijg de kolere.'

'Ja,' zei hij, toen zijn bord met eieren, bacon en gort voor hem werd neergezet.

'Sorry voor de kapotte dooiers,' zei de serveerster. 'Nieuwe kok. Vind je het heel erg?'

Ja!

'Als je wilt kan ik een nieuwe portie voor je halen.'

Niet doen. Geen aandacht trekken. Glimlach en doe alsof je het niet erg vindt dat de nieuwe kok zijn vak niet verstaat. 'Nee, het geeft niet,' zei hij.

'Weet je het zeker? Het is geen moeite.'

'Het geeft niet.' *Jezus, mens, laat me met rust!*

'Nou, dan krijg je een stuk taart van me. Van het huis. Notentaart. Vers uit de oven.'

Hij knikte, en Hank gaf hem een klap op zijn rug. 'Een goeie dag nog.'

'Jij ook,' zei hij. De klap was hard aangekomen. Hij hapte naar lucht. Toen fronste Hank zijn borstelige wenkbrauwen en keek hem door zijn dikke brillenglazen bezorgd aan. 'Hé, je hebt jezelf bezeerd,' zei hij, met zijn dikke vinger op zijn overhemd wijzend. 'Ongelukje bij het scheren?' Hank lachte, maar het klonk hol.

Hij keek omlaag. En zag de grote rode vlek op zijn overhemd.

Hij dacht snel na. 'Uitgeschoten met de kettingzaag, toen ik de haag aan het snoeien was.'

'Jezus, man, je had wel dood kunnen zijn. Je moet uitkijken met die dingen.'

'Een knoest in het hout.' Hij knikte, en deed alsof hij zich schaamde voor het feit dat hij niet met gereedschap kon omgaan. 'Heb het op de eerstehulppost laten hechten, maar zo te zien kan ik maar beter teruggaan.'

'Dat zou ik maar doen.' Hank fronste, knikte kort, tilde zijn pet op en streek zijn haar glad naar achteren alvorens de pet weer op te zetten en diep over zijn voorhoofd te trekken. 'Tot kijk.' Eindelijk liet de man hem met rust.

Hij ritste zijn jack dicht en at snel door, waarbij hij oplette dat hij niet van de kapotte dooier at. Om de serveerster een plezier te doen spoelde hij nog vier happen taart weg met de koffie, waarna hij geld voor het maal, plus een fooi van vijftien procent op de bar legde.

En ondertussen deed hij in gedachten niets anders dan Billy Ray Furlough vervloeken.

Nou ja, de schoft had zijn verdiende loon gekregen, ja toch?

De zon kwam op toen hij via de kleine achterafweggetjes terugreed naar de achterzijde van Our Lady of Virtues. De pick-up hotste over een vergeten pad vol kuilen dat naar een gewezen melkveebedrijf voerde waar al jaren niemand meer woonde of werkte. Hij parkeerde in de stal, dook onder een gat in het hek door en nam het pad dat hij van vroeger kende, en dat uitkwam bij een privé-ingang van de kelder van het hoofdgebouw.

Eenmaal binnen, liep hij door de doolhof van gangen en trappen tot hij bij zijn eigen kamers kwam – de kamers die hij uit het verleden kende en tot de zijne had gemaakt. Met zijn zaklantaarn voor zich uit schijnend, vond hij de weg naar een gewezen operatiekamer waar hij, in de laden van de kast, een aantal achtergebleven pakjes gaasverband vond. Hij trok zijn jack uit, maakte de knoopjes van zijn overhemd los en haalde de doorweekte gaasjes en pleisters van zijn borst. Bij het uittrekken van zijn overhemd zag hij dat het bloed aan het stollen was, en dat de wond lang niet meer zo hevig bloedde. Als de schoft geen kartelmes, maar een gewoon mes gebruikt zou hebben, zou het veel minder gebloed hebben.

Voorzichtig maakte hij de wond schoon met koud water uit de douche. Uit de verbandtrommel van de dominee haalde hij de tube desinfecterende zalf die hij daarin had zien liggen, en smeerde er wat van op de wond. Hij scheurde een aantal pakjes steriele gaasjes van het ziekenhuis open en legde ze op de wond, zette ze vast met pleister en wikkelde ten slotte een rol rekverband, dat ook in de la had gelegen, om zijn borst. De operatiekamer voelde niet aan alsof hij al bijna twintig jaar geleden gesloten was, maar pas een paar dagen geleden.

Toen hij helemaal klaar was, pakte hij zijn rugzak op, ging naar zijn kamer en stak de kaarsen op zijn altaar aan. Hij maakte de secretaire open en haalde zijn nieuwe schatten uit zijn rugzak. De rozenkrans en de revolver gingen bij elkaar in hetzelfde vakje – de glanzende, rode kralen verleidelijk rond de loop van de nikkelen .357 gewikkeld.

Hij betastte zijn andere schatten – het horloge en de ring, het gouden kruisje en de met diamanten bezette geldclip... Zijn verzameling was aan het groeien, maar was nog lang niet compleet. Zes voorwerpen lagen weggestopt in het bureautje, maar hij had er nog acht nodig... acht voorwerpen die het eigendom waren van acht speciale, uitverkoren mensen.

Van de bovenste plank pakte hij een fotoalbum en sloeg het open. Hij bekeek de oude foto's – het ziekenhuis, het personeel, de patiënten, de nonnen. Er zaten ook andere foto's in het album, want enkelen van de spelers hoorden niet tot de mensen die lachend op de groepsfoto's stonden. Een deel van zijn missie bestond uit het vinden van foto's van juist die anderen.

Zijn keuze was een wijze geweest, vond hij. Maar hij had dan ook jaren gewerkt aan de vervolmaking van zijn plan. De veertien mannen en vrouwen waren geen willekeurige slachtoffers. Je zou bijna kunnen zeggen dat ze zichzelf hadden gekozen.

Hij liet zijn wijsvinger strelend over hun gezichten gaan – over de gezichten van diegenen die hij met een rode pen omcirkeld had. Van hen ging zijn blik naar de ingelijste foto die boven op het bureautje stond. De foto van Faith Chastain, die glimlachend op hem neerkeek. En hij dacht aan haar en aan hun geheime afspraakjes zo lang geleden...

En toen hij de oude leidingen hoorde lekken en de geuren van schimmel, dood en duisternis in zich opsnoof, dacht hij aan de anderen... Zijn bloed begon sneller te stromen bij de herinnering aan hoe elk van zijn uitverkorenen gestorven was, aan de zuiverheid van die momenten, aan dat duizelingwekkende gevoel van macht, die enorme seksuele opwinding...

Hij moest zich schuilhouden.

Rusten.

Een paar uur, misschien ook wel een paar dagen.

'Maar niet lang,' bezwoer hij, terwijl hij naar Faiths foto keek. 'Niet lang.'

Hoofdstuk 23

Abby rekte zich uit en deed voorzichtig haar ogen open. Zonlicht kroop langs de rolgordijnen naar binnen en wierp strepen over de dooreen gewoelde dekens waar rechercheur Reuben Montoya onder lag te slapen. Zijn rechterarm lag over zijn hoofd, en hij had zijn mond net ver genoeg open om in en uit te kunnen ademen. Zijn zwarte haar zat in de war, waardoor zijn anders zo ernstige gezicht iets jongensachtigs kreeg.

Ze dacht terug aan hun liefdesspel, en glimlachte. Terwijl ze zich tegen hem aan nestelde, sloeg ze haar armen om zijn middel. Haar blik viel op het gouden ringetje in zijn oor. Ze drukte een kusje op zijn wang en begon op het kleine sieraad te knabbelen.

'Je hebt een halfuur om daarmee op te houden.'

'Je bent wakker.'

'En hóé,' zei hij, op een toon die haar bloed op slag sneller deed stromen.

In één snelle, vloeiende beweging rolde hij bovenop haar. Nadat hij even op haar neer had gekeken, drukte hij zijn lippen op de hare en begon haar op intieme wijze te strelen. Ze kreeg het warm en voelde het verlangen in zich oplaaien. Het volgende moment beantwoordde ze zijn liefkozingen, en herontdekten ze de hartstocht die van de afgelopen nacht was blijven hangen.

Ze verwelkomde hem, en onder het bedrijven van de liefde concentreerde ze zich met heel haar wezen op het genot dat haar in intense golven overspoelde. De climax kwam veel sneller dan ze verwacht had, en ze keek vol verwondering naar hem op.

Ik ben verliefd op je aan het worden, dacht ze, maar ze hield de woorden voor zichzelf. Nee. Ze genoot van deze man, vond het heerlijk om de liefde met hem te bedrijven, maar ze was niet verliefd. Wellust en liefde waren twee totaal verschillende dingen... Goed, ze mocht Montoya. Ze vond hem aardig. Heel aardig zelfs. Maar dat was nog niet hetzelfde als liefde.

Later, toen hun roes van extase was weggeëbd, zag Montoya Ansel, die vanaf de boekenkast naar hen zat te kijken. 'Voyeur,' mompelde hij.

'Misschien probeert hij wel iets van ons te leren.'

Montoya grinnikte, stond op, zocht zijn spijkerbroek en trok hem aan.

'Je bederft mijn uitzicht,' zei ze plagend.

'Misschien dat ik je later nog een keertje laat kijken.'

'Daar hou ik je aan.'

'Best.' Hij pakte zijn wapen van de commode en stak het in de taillleband van zijn broek. 'Zal ik koffiezetten?'

'Mmm.' Ze rekte zich behaaglijk uit. 'Dat lijkt me heerlijk.' Ze liet haar hoofd zwaar opzij vallen en streek haar haren uit haar gezicht. 'En zou je de hond ook even naar buiten willen laten?'

'Ja hoor, nadat ik jou de krant en een roos heb gebracht.' Ze keek hem na tot hij de kamer uit was, en bleef liggen nagenieten van de blik op zijn rug met brede schouders en smalle taille, en de soepele spieren die ze onder zijn huid had zien bewegen.

Ik zou hieraan gewend kunnen raken, dacht ze, terwijl ze op haar rug ging liggen en opkeek naar het plafond. Ze beet op haar onderlip en dacht terug aan hoe hartstochtelijk hun liefdesspel was geweest. Met een beschaamd glimlachje drukte ze haar handen tegen haar ogen. Het was echt heerlijk geweest.

Hershey kwam de slaapkamer binnenlopen en sprong zonder toestemming op bed.

'Hé, meisje, hoe is het met je?' Abby ging met gekruiste benen zitten en aaide de hond over de kop. Het volgende moment sprong Ansel vanaf de kast op het voeteneinde. Hij liep met een grote boog om de hond heen, ging op het andere kussen liggen en begon te spinnen.

Ze hoorde keukenkastjes open- en dichtgaan en riep: 'De koffie staat rechts van het fornuis... op de bovenste plank!'

Nog meer slaan van deurtjes. Ze hoorde de achterdeur opengaan, en na enkele minuten stilte weer dichtslaan.

'Het lukt hem niet. Ik denk dat we hem maar beter kunnen gaan helpen, jongens.' Ze trok haar kamerjas aan en liep op blote voeten naar de keuken waar Montoya zojuist de koffie en de koffiemolen had gevonden. 'Goeie detective ben jij, zeg.'

'Let op je woorden,' waarschuwde hij, en hij grijnsde. 'Ik ben nog steeds degene hier die gewapend is.'

Even, terwijl ze aan Lukes verdwenen revolver dacht, gleed er een schaduw over haar gezicht. 'Heb je hulp nodig?' vroeg ze, terwijl ze op een barkruk ging zitten.

'Ik denk dat ik het nu wel allemaal gevonden heb.'

'Weet je dat zeker?'

Bijna zwarte ogen keken haar lachend aan, en ze genoot van de manier waarop zijn haar over zijn voorhoofd viel en zoals zijn spijkerbroek laag op zijn heupen hing.

'Ben je buiten geweest?' vroeg ze.

Hij knikte. 'Ik heb onder het raam van het washok gekeken om te zien of er schoenafdrukken waren, of dat je dief andere sporen heeft nagelaten. Zo op het eerste gezicht heb ik niets kunnen ontdekken, maar ik zal iemand van de technische recherche langssturen. Die lui zien meer dan ik.'

'Moet er daarvoor niet eerst een misdaad zijn gepleegd?'

'Als jij meldt dat je revolver is gestolen, kan ik aan de hand daarvan het een en ander geregeld krijgen. En je laat een alarmsysteem installeren.'

'Daar ben ik mee bezig,' zei ze. 'Maar eerder dan volgende week kan ik niemand krijgen.'

'Bel All-Security, en zeg dat je van mij komt.'

'Kun je daar ook dingen geregeld krijgen?'

'Mijn broer Miguel werkt voor dat bedrijf. Al jaren. Ik weet zeker dat hij jou voor zal laten gaan.' Hij maalde de koffie, en net toen hij daarmee klaar was, begon Hershey ineens te blaffen en rende door de gang naar de voordeur.

De bel ging.

'Bezoek?' vroeg hij, met een blik op de klok. 'Om acht uur 's ochtends?'

'Ik weet niet...' Ze trok de ceintuur van haar kamerjas aan en haastte zich naar de deur. Ze gluurde tussen een kiertje van het rolgordijn door, en zag Zoey met bagage op de veranda staan. Op de oprit, naast Montoya's Mustang, stond een huurauto geparkeerd.

'Dat duurde ook lang, zeg!' zei Zoey, toen Abby opendeed en ze met haar koffer, computertas en weekendtas de gang instapte. Hershey draaide enthousiast kwispelend om Zoey heen, alsof ze Abby's zus al maanden verschrikkelijk miste. 'Hé, meisje.' Zoey bukte zich even om de hond te aaien. 'Van wie is die Mustang? Toch niet van jou, hè? Of heb je die oude Honda eindelijk ingeruild? Of heb je hem van Luke geërfd, of...' Ze zweeg toen ze Montoya zag die, met alleen zijn spijkerbroek maar aan en de revolver in zijn tailleband gestoken, onder de boogdoorgang tussen de woonkamer en de eetkamer stond. 'O... wauw.' Ze keek weer naar haar zus en schraapte haar keel. 'Een man met een revolver?'

'Zoey,' zei Abby, terwijl ze voelde dat ze rood werd en zich afvroeg hoe dit verder moest. 'Dit is rechercheur Reuben Montoya. Hij is een *smeris* met een revolver en een zwarte Mustang.' Abby keek naar Montoya en wees op Zoey. 'Montoya, mijn zus Zoey.'

Zoey stapte op hem af en gaf hem een hand. 'Ik had, eh, beter op een ander moment kunnen komen, geloof ik.'

Montoya en Abby wisselden een intieme blik. 'Het had erger gekund.'

'Oooo....' Zoey wierp haar zus een jaloerse blik toe.

Herinneringen aan hun liefdesspel flitsten Abby door het hoofd. Ze zag Zoey smelten onder Montoya's charme. Net wat ze nodig had, haar zus die haar nieuwe vriend leuk vond... *Hij is* niet *je nieuwe vriend, Abby,* hield ze zichzelf streng voor. Ze forceerde een glimlachje en gaf de rechercheur een arm. 'Ik denk dat mijn zus voorlopig voldoende heeft gehoord.'

'Ik neem deze wel.' Hij pakte Zoey's bagage op en liep er rechtstreeks mee naar de logeerkamer alsof hij regelmatig bij Abby thuis logees ontving en hen hun kamer wees.

Zoey trok haar wenkbrauwen op en keek hem grijnzend na. 'O, Abby,' fluisterde ze. 'Hij is – '

'Hij is de rechercheur die aan Lukes zaak werkt,' zei ze, Zoey in de rede vallend.

Haar zus keek haar verbaasd aan. 'En hij is hier, bij jou? Bij Lukes ex? Is dat niet ten strengste verboden? In die politieseries op de televisie legt de politie het nooit aan met iemand die een nauwe relatie met het slachtoffer had omdat – omdat dat een negatieve invloed op het onderzoek zou kunnen hebben.' Ze kneep haar groene ogen halfdicht. 'Niet dat ik het je kwalijk neem, hoor.'

Abby wierp haar zus een waarschuwende blik toe en zei kortaf: 'Rechercheur Montoya was net koffie aan het zetten. Je ziet eruit alsof je ook wel een kopje kunt gebruiken.'

'Dat is absoluut waar. De vlucht was één grote ramp. De meest ellendige vlucht van mijn leven. Van Seattle naar Dallas zat ik ingeklemd tussen een jankende baby met een hysterische moeder en een ontzettend dikke man die maar geen gemakkelijke houding kon vinden. Als ik geen fopspeen in mijn gezicht kreeg geduwd, kreeg ik wel een zet van die man die op zijn laptop een potje probeerde te schaken. In Dallas had ik vertraging, en het tweede gedeelte van de vlucht was nog erger. Technische problemen, een nieuw toestel, geen plaats voor handbagage, geen eten... Over eten gesproken, wat heb je in huis?'

Montoya kwam terug. Kennelijk had hij het staartje van hun gesprek gehoord, want hij glimlachte.

'Wat is er?' vroeg Zoey.

'Niets,' zei Abby, terwijl ze, met Hershey voor hen uit, naar de keuken liepen.

'Een privégrapje?' vroeg Zoey. 'Hoelang zijn jullie' – ze bewoog haar vinger van Abby naar Montoya en terug – 'al samen?'

'Het is geen privégrapje, alleen maar dat we alle twee weten dat mijn culinaire vaardigheden eh... te wensen overlaten.' Waarmee Abby Zoey's vraag heel handig omzeild had. Ze trok de kast open. 'Eens kijken... ik heb toastjes en... pindakaas.'

'Pindakaas light?'

Abby keek haar zus aan. 'Het is pindakaas, Zoey. Die is voornámelijk vet en...' Ze pakte de pot en draaide hem zodat haar zus het etiket kon zien. '... er zitten stukjes echte pinda in. En nee, hij is niet vetarm.'

'Geef toch maar. Beter dan wat ik in het vliegtuig heb gehad. Maar je had wel, je weet wel, wat meer in huis kunnen halen.'

Montoya lachte.

'Ik zie dat hij je al kent,' mompelde Zoey. Terwijl Montoya voor alle drie koffie inschonk, ging ze op een barkruk zitten. 'En zodra ik dit op heb, ga ik pitten. Als je me een uur voor de begrafenis wekt, heb ik juist voldoende tijd om mezelf klaar te maken.'

'De begrafenis is om elf uur.' Abby haalde een half brood uit de koelkast, keek of er schimmel op zat en stopte twee boterhammen in de broodrooster.

'Mooi, dan kan ik voordien nog wat slapen, en daarna ook nog, als ik daar behoefte aan mocht hebben.' Ze keek naar de koffie in haar mok. 'Ik kan niet zeggen dat ik me erop verheug.'

Dan ben je niet de enige, dacht Abby.

In de woonkamer ging een telefoon.

'Dat is de mijne,' zei Montoya, en hij ging de keuken uit.

Zoey nipte van haar koffie en keek hem na. 'Lekker kontje.' Ze wendde zich tot haar zus. 'Eigenlijk mag hij er helemáál wel wezen.' Haar ogen straalden. 'Je had het me wel mogen vertellen.'

'Het is nog maar net. Heel pril. En dan bedoel ik echt *heel* pril.'

Zoey keek nadrukkelijk naar Abby's kamerjas en ongekamde haren. 'Zo te zien is het anders wél dik aan.'

Abby wilde het er niet over hebben. 'Ik zei dat het pril is, en ik weet werkelijk niet... hóé dik het aan is... en óf het wel aan is.'

'Geniet ervan, Abs. Die jongen is een stuk.' Ze nam nog een slokje. 'Het enige waar ik vraagtekens over heb, is dat hij bij de politie is.'

'Ik trouw niet met hem, Zoey. We zijn alleen maar...' Wat waren ze eigenlijk precies? '... bevriend.'

'Mmm. Dat kan ik me heel goed voorstellen... heel goed.'

'Hoe bedoelt u, "wordt vermist"?' vroeg Montoya, terwijl zijn hart in steen veranderde.

De moeder-overste zuchtte. 'Wat ik daarmee bedoel, is dat we het hele gebouw, de tuin en alles hebben afgezocht. Zuster Maria is weg. Haar bed is beslapen, niet opgemaakt en... ze is gewoon spoorloos. Ik zag er nogal tegenop om je te bellen, maar ze gaf altijd enorm over je op, en ze zei altijd dat ik jou het eerste moest waarschuwen als haar iets overkwam.'

Met de mobiel tussen zijn kin en schouder geklemd kleedde hij zich zo snel mogelijk aan. Hij stak zijn arm door de mouw van zijn overhemd en zocht zijn sokken en schoenen bij elkaar.

'Wie heeft haar voor het laatst gezien?'

'Ik geloof dat ik dat was.'

'Waar?'

'Bij de deur van haar kamer, kort voor de vespers, we zijn elkaar op de gang gepasseerd... en... o, jee.'

'Ik kom eraan,' beloofde Montoya. Het was alsof er een ijskoude hamer van angst door zijn hoofd dreunde. 'Laat niemand haar kamer binnen, en hou iedereen weg uit de gang bij haar kamer. Over een halfuur ben ik bij u.'

Hij schoot de rest van zijn kleren aan en liep met grote, haastige stappen terug naar de keuken. Abby, die bezig was om pindakaas op de geroosterde boterhammen te smeren, keek op.

'Ik moet weg.' Hij had geen tijd om het uit te leggen, maar ze zag er zo verduiveld aantrekkelijk uit in die witte badjas van haar, dat hij zich niet kon beheersen, haar in zijn armen nam, kort en heel innig kuste, en weer losliet. 'Hou alle deuren goed op slot,' zei hij, terwijl hij al buiten was. 'Ik bel je straks.'

'Goed.'

Zoey zat achter haar onaangeroerde boterham.

'Goeie god, Abby,' fluisterde ze, 'wát een man.'

'U heeft overal gezocht?' vroeg Montoya, zijn best doend om kalm te blijven. Hij zat tegenover de moeder-overste in haar kantoor – een ruim, van lambriseringen voorzien vertrek met een open haard, een groot bureau en vensters die uitkeken op de binnenplaats.

'We hebben het hele klooster afgezocht. Alle plaatsen waar ze gewoonlijk komt,' antwoordde de vrouw. Ze was klein en heel tenger, in de tachtig, had een dunne, doorschijnende huid en prachtige blauwe ogen. De rimpeltjes rond haar lippen waren diep, maar haar brein scheen met de jaren niets aan scherpte te hebben ingeboet. 'Zuster Maria maakt graag lange wandelingen. Alleen. Ik heb haar vaak gezegd dat dit onverstandig is en dat ze iemand mee moet nemen, maar...' Ze zuchtte, schudde haar hoofd en sloeg een kruisje.

'En de tuinen? Is daar ook gezocht?'

'Hier, rond het klooster, ja. Maar ik heb meneer DuLoc gevraagd om ook in het bos te zoeken.'

'Dat is Lawrence DuLoc? De tuinman?' herinnerde Montoya zich.

'Ja.'

'Hoelang werkt hij al hier?'

'Jaren... minstens tien. Ik zou het na moeten kijken.'

'Woont hij op het terrein?'

'Ja, hij heeft een huisje bij het hek, maar ik kan u verzekeren dat we dolblij zijn met meneer DuLoc.' Ze keek hem uitdagend aan en hief haar kin een fractie op, alsof hij haar beledigd zou hebben.

'Om zuster Maria te vinden moeten we iedereen die iets met het klooster te maken heeft onder de loep nemen. Ik reken daarbij op uw volledige medewerking.'

Ze tuitte haar lippen. 'Natuurlijk, rechercheur, maar tegelijkertijd is het mijn taak om de mensen die hier wonen te beschermen.'

'De uwe, en ook de mijne.' Hij stond op. 'Zou ik nu haar kamer mogen zien?'

De oude non knikte, en haalde haar bril, die aan een kettinkje zat, van haar neus en liet hem op haar borst vallen. Met een knikje gaf ze Montoya een teken dat ze naar Maria's kamer op de eerste verdieping konden. De deur was met een paar stoelen gebarricadeerd, en nadat de moederoverste de stoelen opzij had geschoven duwde ze hem open.

'Was de kamer niet op slot?'

Ze keek hem aan. 'Dat is nergens voor nodig.'

'Tot gisteravond.'

Hij keek de kleine kamer rond. In de hoek stond een tweepersoonsbed. De dekens waren dooreen gewoeld, het laken hing op de vloer. Zijn maag balde zich samen bij de gedachte aan de worsteling die hier had plaatsgevonden. De deur van de kast stond halfopen, en er waren een paar kleren – habijten en gewone kleding – te zien. Het raampje stond eveneens op een kier en liet het briesje binnen. 'U bent nergens aan geweest?'

'Nee. Zuster Rebecca, die meestal met haar samen naar het ochtendgebed gaat, heeft op haar deur geklopt. Toen Maria geen antwoord gaf, is ze naar binnen gegaan, en toen ze zag dat Maria er niet was, heeft ze mij geroepen. Ik ben meteen gaan kijken. We zijn naar het gebed gegaan in de veronderstelling dat ze wel zou komen, maar dat gebeurde niet. En toen ze later ook niet aan het ontbijt verscheen, zijn we wat beter gaan zoeken. Ik heb met iedereen hier gesproken en na mij heeft niemand haar meer gezien. Dat was gisteravond rond acht uur. Zoals ik al zei, ze heeft niets gezegd of gedaan waarmee ze de indruk wekte dat ze ergens mee zat. En toen heb ik u gebeld. Ze had uw nummer opgegeven voor noodgevallen.'

Officieel mocht hij pas iets doen wanneer zijn tante vierentwintig uur vermist werd. Maar hij zocht rond het klooster, sprak officieus met een paar nonnen die met zijn tante bevriend waren, en mocht een kijkje nemen in enkele van de vertrekken en gedeeltes van het klooster dat zuster Maria de afgelopen bijna veertig jaar haar thuis had genoemd.

Hij was boos. Ze was niet eens veilig geweest in een klooster – de enige plek waar ze zich geborgen had gevoeld nadat haar eigen familie haar had uitgestoten.

'U kent mijn tante goed,' zei hij. Moeder-overste liep met hem mee naar zijn auto en hij keek haar doordringend aan.

'Zo goed als je een medemens kunt kennen, denk ik.'

'Was u al hier toen ze haar intrede deed?'

Ze knikte. 'Ja.' Er verscheen een glimlachje rond haar mondhoeken. 'Ik ben hier al heel lang. Volgens mij beschouwen de jongere nonnen me als een fossiel.'

Hij liet zijn blik over haar ranke postuur gaan. Oud, ja, maar zeker nog geen fossiel. 'Dan weet u waarschijnlijk ook waaróm mijn tante hier is gekomen.'

Ze trok haar grijze wenkbrauwen op. 'We vormen een hechte gemeenschap, en eigenlijk hebben we geen geheimen voor elkaar.'

'Elk mens heeft geheimen.'

Ze aarzelde, en toen zei ze: 'Dat is niet erg, zolang je ze maar met God kunt delen. Ik weet dat ze een zoon heeft.'

Ze waren bij Montoya's auto aangekomen. Hij trok het portier open, maar stapte niet meteen in. 'Ik weet niet of de verdwijning van mijn tante... van zuster Maria... iets te maken heeft met het oude ziekenhuis,' zei hij, 'maar ik zou er graag alle gegevens van willen zien. Wie er gewerkt heeft, wie er patiënt was en wie er vaak op bezoek kwam.'

Ze keek met een ruk op. 'Het ziekenhuis is al heel lang gesloten.'

'Ja, maar de administratie ervan,' zei hij. 'Die zal toch nog wel ergens liggen?'

'De patiëntengegevens zijn vertrouwelijk.'

'Als het nodig is kan ik de rechter om toestemming vragen, en die krijg ik. Het enige wat we daarmee bereiken, is dat het onderzoek wordt opgehouden. Dat we kostbare tijd verliezen.' Hij keek het vrouwtje doordringend aan. 'Ik weet niet precies hoe of waarom, maar ik heb het idee dat de dubbele moorden van de afgelopen dagen iets met het ziekenhuis te maken hebben. Het is niet ondenkbaar dat de gegevens van het ziekenhuis aanwijzingen bevatten op grond waarvan we mijn tante zullen kunnen vinden.' Hij voelde zich een beetje schuldig in die zin dat zijn tante, zo kort nadat hij haar om informatie had gevraagd, nu vermist werd. 'Ik had haar om deze informatie gevraagd, en ze zei hetzelfde als u, dat het vertrouwelijk was. Maar nu wordt ze vermist. Is er een verband? Ik weet het niet, maar ik wil het uitzoeken.'

'Waar bent u specifiek in geïnteresseerd?' vroeg ze.

Het verbaasde hem dat ze hem zo goed begreep. 'Ik wil precies weten wat er met Faith Chastain is gebeurd.'

Er verschenen diepe rimpels op haar voorhoofd. 'Ik weet niet – '

'Ik moet zuster Maria vinden.'

Ze wendde haar blik even af, en nam een besluit. 'Ik zal kijken wat ik voor u kan doen. In tegenstelling tot wat mijn uiterlijk laat vermoeden, ben ik geen stoffige, oude relikwie die zich krampachtig aan het verleden vastklampt. Ik ben volledig op de hoogte van de wereld zoals die heden ten dage is, met alle problemen en moeilijkheden van dien. Maar net als u zit ik met een protocol waar ik me aan te houden heb.'

'Dank u. Ik kom snel weer terug.' Hij stapte in en reed, alsof de duivel hem op de hielen zat, naar het centrum. Onderweg belde hij zijn moeder en vroeg haar of ze de overige familieleden wilde bellen om te vragen of iemand Maria gezien had. Daarna belde hij zijn broer Miguel bij All-Security, en vertelde dat hij iemand nodig had die zo snel mogelijk naar Abby's huis in Cambrai kon gaan om daar het alarm opnieuw aan te sluiten, of om een nieuw systeem te installeren.

'Hé, Reu, we zitten tot volgende maand helemaal vol,' zei Miguel. 'We hebben een nieuw filiaal geopend, en de telefoon staat roodgloeiend met die moorden van de laatste dagen. Als jij het druk hebt, kom ik ook handen te kort.'

Montoya nam een bocht te snel en dwong zichzelf wat gas terug te nemen. 'Dit is belangrijk.'

'Ja, dat zegt iedereen.'

'Ik zou je er heel erg dankbaar voor zijn.'

'Vertel me dan maar eerst wie deze vrouw is.'

'Een vriendin van me, die mogelijk in gevaar verkeert.'

Miguel grinnikte, en Montoya hoorde hem een sigaret opsteken. 'Een nieuwe vriendin?'

'Ja.'

'Dat werd hoog tijd,' zei Miguel. 'Goed dan, ik zet het op de agenda voor begin volgende week. Geef me haar adres. Wacht... even een pen pakken.'

Toen Miguel weer aan de lijn was, gaf Montoya hem zoveel mogelijk informatie, en daarna vertelde hij dat Maria werd vermist.

'Is ze uit het klooster verdwenen?' vroeg Miguel.

'Daar heeft het alle schijn van.'

'Goeie god, een mens is tegenwoordig nergens meer veilig.' Hij zweeg. 'Maar ik wed dat je haar zult vinden. En dat ze ongedeerd zal zijn.'

'Dat hoop ik. Bel alle neven en nichten, en vraag of iemand iets van haar weet. Ik heb het ook al tegen mam gezegd. Tot later.' Hij hing op en remde voor een stoplicht in het French Quarter.

De zon scheen door een lichte nevel en het beloofde een mooie dag te worden. Het was zaterdag, en de temperatuur was aangenaam. Hij draaide zijn raampje open. De trottoirs waren vol met wandelende voetgangers. Hij tikte een ongeduldig ritme op het stuur. Het leek wel alsof hij de enige was die haast had. De Mississippi stroomde kalmpjes voorbij, en de geur van de rivier was sterker dan die van koffie, en de stank van benzine en uitlaatgassen, die zich door de straten verspreidde.

Zijn aandacht werd getrokken door twee jongemannen die zelfingenomen en apetrots naar de overkant liepen. Vroeger was hij ook zo geweest, dacht hij, terwijl hij keek hoe hun shorts laag op hun heupen hingen en hoe ze met hun billen draaiden. Als zijn moeder niet zo streng was geweest, en er niet op had gestaan dat hij iets nuttigs met zijn leven zou doen, was hij waarschijnlijk nooit naar de universiteit gegaan, en zou hij nooit bij de politie terecht zijn gekomen. Drie meisjes met strakke T-shirtjes staken over vanaf de andere kant. De beide mannen draaiden zich om en keken hen na. Eén van hen zei iets tegen de meisjes, maar ze negeerden hem.

Nog steeds hetzelfde spelletje, dacht Montoya, met een blik op zijn horloge. Hij passeerde Jackson Square en de St. Louis Cathedral met zijn drie torens die scherp omhoogwezen naar de blauwe lucht, waar enkele dunne nevelslierten langstrokken. Mensen met kinderwagens, mensen de hun hond uitlieten, mensen die lachten en aan het winkelen waren, en zich er blijkbaar niet van bewust waren dat hun leven in gevaar was, dat er een moordenaar vrij rondliep, dat de serene kwaliteit van deze ochtend alleen maar een façade was waarachter zich iets duisters en verschrikkelijks verborg.

Je moet hem vinden. Je bent een goede smeris, dat weet je, dus zorg dat je hem te pakken krijgt en dat Maria het overleeft. Verdomme, Montoya, je moet beter je best doen. En voorkomen dat deze schoft nog meer slachtoffers maakt.

Hij parkeerde in de buurt van het bureau en haastte zich naar binnen. Op de eerste verdieping liep hij Lynn Zaroster tegen het lijf. 'Hé,' zei ze, terwijl ze haar jasje uittrok en over de rugleuning van haar stoel hing. 'Heb je het nieuws al gehoord? Billy Ray Furlough wordt vermist.'

Hij verstijfde.

De angst sloeg hem om het hart en zijn bloed veranderde in ijswater. 'Dat meen je niet.'

'Jawel. Zijn vrouw heeft al aangifte gedaan. Het schijnt dat de dominee en zijn vrouw niet samen slapen, en dat hij doorgaans in zijn kantoor, dat eveneens op het landgoed staat, blijft overnachten. Zijn persoonlijke trainer is om acht uur weggegaan, en is waarschijnlijk de laatste die hem levend heeft gezien. De vierentwintig uur zijn nog niet om, maar vanwege de recente moorden zijn we al met het onderzoek begonnen. Brinkman en Conway zijn met iemand van het plaatselijk bureau en van de FBI naar zijn huis gegaan.'

'Verdomme,' zei Montoya. Hij was misselijk. 'Mijn tante wordt ook vermist. Uit het klooster.'

'Wat?'

'Mijn tante is non. Ze is gisteravond tegen een uur of acht voor het laatst gezien.'

'O, god.' Ze pakte haar jasje. 'Ik ga er onmiddellijk heen.'

'Ik kom er net vandaan.'

'Ben je gek! Je mag geen onderzoek doen naar familie – '

'Het was niet officieel,' viel hij haar in de rede. 'Ik was alleen maar het eerste familielid dat gewaarschuwd werd, en toevallig zit ik bij de recherche. Ja, ik heb vragen gesteld. Ja, ik heb aantekeningen gemaakt. Ja, ik heb haar kamer bekeken. Ja, ik heb de moeder-overste gezegd dat ze er niemand binnen mocht laten. Ik neem aan dat we zullen moeten samenwerken met het plaatselijk bureau van de sheriff.'

Ze trok haar jasje aan. 'En ondertussen ben jij er al zeker van dat we je tante samen met Billy Ray Furlough zullen vinden.'

'Yin en yang,' zei Montoya.

Zaroster keek hem doordringend aan. 'Leg uit.'

'Kijk maar naar de twee andere stellen slachtoffers – ze zijn precies elkaars tegenovergestelde. Van de vrouw wordt de indruk gewekt dat ze de moordenaar is, ze is volledig aangekleed, en ze verschilt in alle opzichten van de man.' Hij kreeg een bittere smaak in zijn mond. 'En met mijn tante en Billy Ray Furlough zou het net zo zijn. Beiden hebben iets met de kerk te maken. De een heel opzichtig en met al het uiterlijk vertoon van dien, en de andere is een non die voor een stil, bescheiden en teruggetrokken bestaan met God heeft gekozen.'

'En daarvoor baseer je je op wat? Op de basisprincipes van het taoïsme, of op een andere oosterse filosofie?'

'Geen idee.'

Ze stak haar Glock in haar schouderholster. 'Ik denk dat het hoog tijd is om er wat harder tegenaan te gaan.'

De begrafenis was een beproeving. Abby en Zoey zaten achteraan met hun vader en Charlene, en luisterden naar de dominee die eindeloos sprak over hoe goed en bijzonder Luke was geweest. Hier en daar werden tranen weggepinkt, en een paar goede vrienden vertelden over wat hij toch voor een ontzettend toffe kameraad was geweest. Abby herkende een paar collega's van WSLJ, een paar vrienden die ze na de scheiding uit het oog was verloren, en een paar wederzijdse kennissen.

Montoya was er ook geweest. Hij had de rouwenden aandachtig opgenomen, en was na afloop van de dienst bij de uitgang van de kerk gaan staan. Ook de pers was aanwezig, en verslaggevers spraken in camera's die door hun collega's op de schouder werden meegevoerd.

Zij en Zoey hadden een paar uur met hun vader en Charlene doorgebracht, totdat de tweede mevrouw Chastain, na meerdere keren nadrukkelijk op haar horloge te hebben gekeken, had verklaard dat het tijd was om te gaan. Daarna had ze haar ziekelijke echtgenoot in zijn rolstoel naar haar Cadillac gereden. Zoey en Abby hielpen haar Jacques in de auto te zetten, en tilden de zware rolstoel vervolgens in de volumineuze kofferbak. 'Denk om de lak,' had Charlene geroepen, waarop Abby en Zoey een gezicht hadden getrokken. Daarna, op weg naar huis, mompelde Zoey: 'Ik moest me beheersen om met paps rolstoel niet een keiharde zet tegen de bumper van die verrekte Caddy te geven. Alsof ze die auto zelf heeft gekocht! Wat een kreng!' Zoey legde haar hoofd tegen het zijraampje van Abby's Honda.

'Nou, zij kan er ook niets aan doen dat pap zo ziek is.'

'Ja, nou, maar daar heeft ze wel voor getekend, of ze dat nu bewust heeft gedaan of niet. In voor- en tegenspoed, nietwaar?' Abby gaf geen antwoord, en Zoey zuchtte. 'Goed, goed, ik heb een pestbui, dat weet ik. Te weinig slaap heeft een fnuikend effect op mijn doorgaans optimistische en zonnige karakter.'

Abby lachte.

'Wat?' vroeg Zoey nors.

'Optimistisch en zonnig? Of heb je soms chronisch last van slaaptekort?'

Zoey slaakte een beledigde zucht. 'Dat zal het zijn.' Ze geeuwde, pakte een trui van de achterbank, vouwde hem dubbel en legde hem bij wijze van kussentje tussen haar hoofd en het raampje. 'Mmm, dat is beter... '

'Ga maar slapen. Ik rij wel.'

'Je hebt niet gesproken met dat knappe vriendje van je.'

'Hij is niet mijn vriendje.'

'Maak dat de kat maar wijs.' Ze geeuwde opnieuw. 'Wanneer een man blijft slapen, koffiezet en je een innige afscheidszoen geeft voor hij de deur uitgaat – dat zijn meestal de dingen die erop wijzen dat iemand een vriendje is.'

'Heb je gezien hoe hij naar iedereen keek?'

'Als een wolf die elk moment tot de aanval over kan gaan.' Abby reed de snelweg op en Zoey verschikte de trui en sloot haar ogen. 'Abs?'

'Mmm?' Abby keek in de achteruitkijkspiegel en gaf gas.

'Ik ben nooit met Luke naar bed geweest, oké?'

'Dat is een leugen, en dat weet je net zogoed als ik.'

'Ik bedoel nádat je met hem bent getrouwd. Ik weet dat je denkt dat dat wel zo is, maar het is niet waar. Zo gemeen ben ik niet.' Zoey deed één oog open en keek haar zus aan. Ze was bloedserieus. 'Zoiets zou ik je niet aandoen, oké? Nooit. Ik weet niet wat Luke je verteld heeft, maar nadat je hem je jawoord hebt gegeven, was hij voor mij taboe. En dat moet je van me geloven. Vóór jullie huwelijk? Ja, maar dat wist je. En daarna echt nooit meer.'

'Waarom vertel je dit nu?'

'Omdat Luke nu niet meer kan liegen. Hij kan nu geen spelletjes meer met je spelen.' Ze zuchtte en liet haar hoofd over haar schouders rollen. 'En je mag ook best geloven dat ik er niet trots op ben dat ik iets met Luke heb gehad. Ik heb me er altijd ellendig over gevoeld. Maar het enige dat ik er nu nog aan kan doen, is je de waarheid vertellen. Luke heeft vaak geprobeerd om me te versieren, maar ik heb hem altijd genegeerd. En ik geef toe dat ik hem aanvankelijk aantrekkelijk vond, maar hij was jouw man.' Ze aarzelde. 'Denk je dat we die zaak ooit zullen kunnen laten rusten, en dat we met een schone lei kunnen beginnen?'

Abby aarzelde en keek Zoey aan. Kon het echt zo simpel zijn?

Zoey zat Abby nog steeds met één oog aan te kijken. 'Ja?'

Luke was dood. Het was voorbij. Dus waarom zou ze het verleden niet begraven? 'Goed, Zoey, we hebben het er niet meer over.'

Hoofdstuk 24

'Ik wil me alleen maar even melden,' zei Montoya. Hij was op weg naar het bureau, en omdat hij tijdens de begrafenis geen kans had gehad om met Abby te spreken, greep hij de eerste de beste gelegenheid aan om haar te bellen. 'En je zeggen dat zuster Maria wordt vermist.'

'Wat?'

Hij hoorde de angstige klank van haar stem. 'Ik neem aan dat je het nieuws niet hebt gehoord.'

'Nee,' zei ze, en haar stem viel weg omdat de verbinding tussen de beide mobiele telefoons slecht was.

'Maar ik ben bezorgder dat ook Billy Ray Furlough wordt vermist.'

'O, god.'

'We weten niet of ze door dezelfde persoon ontvoerd zijn als degene die de anderen heeft vermoord, maar het ziet er niet goed uit.'

'O, nee,' kwam het fluisterend over haar lippen. 'Wat erg.'

'Zeg dat wel.'

'Ik weet zeker dat je haar zult vinden.'

Montoya knikte en veranderde van rijstrook. 'Ja.' Hij kon alleen maar hopen dat zijn tante tegen die tijd nog leefde. Hij greep het stuur steviger vast en zijn maag balde zich samen in het besef dat dat wel eens niet het geval zou kunnen zijn. 'Ik heb met mijn broer Miguel van het beveiligingsbedrijf gesproken. Ze maken tijd voor je vrij.'

'Bedankt.'

'En ik kom langs, al kan ik nu nog niet zeggen wanneer precies. Is je zus nog bij je?'

'Ja, ze wil een paar dagen blijven.'

'Mooi. En je hebt je waakhond.'

Abby lachte. Ondanks zijn sombere bui voelde hij zijn mondhoeken omhoogkomen. 'En vergeet Ansel de waakkat niet,' zei ze.

'O, ja. Mijn maatje.' Hij reed Chartres Street in. Hier, in de buurt van Jackson Square, was het een drukte van je welste van toeristen die naar de vele jazzmuzikanten kwamen luisteren.

'Ansel mist je,' zei ze, en hij snoof.

'Zeg hem maar dat het wederzijds is.' In gedachten zag hij haar gezicht, en de pretlichtjes in haar gouden ogen, en meteen voelde hij zich alweer een heel stuk beter. 'Ik neem aan dat je je revolver nog niet hebt gevonden?'

'Nog niet,' antwoordde ze. Haar stem kwam nu heel helder en goed verstaanbaar door. 'Maar ik heb er niet verder naar gezocht.'

'Het bevalt me niets.'

'Dat weet ik.'

Hoe meer hij over dat ontbrekende wapen dacht, hoe bezorgder hij om haar was. 'Ik probeer straks even langs te komen. En je belt me zodra je ook maar iets ziet – hoe schijnbaar onbeduidend het ook lijkt – dat veranderd lijkt.'

'Dat doe ik,' zei ze. 'Bedankt.'

Hij hing op met een gevoel van kwetsbaar te zijn. Niet alleen werd zijn tante vermist, hij was ook bang dat Abby iets zou kunnen overkomen. En als, tegen de tijd dat haar zus weer wegging, Miguel nog niet bij haar langs was geweest, zou hij haar vragen om zolang bij hem in te trekken – en daar maakte hij zich ook zorgen om.

Zijn geweten knaagde in het besef dat hij haar niet alleen bij zich in huis wilde halen om ervoor te zorgen dat haar niets overkwam, maar ook omdat hij haar bij zich in bed wilde hebben. Hij haastte zich die laatste gedachte van zich af te zetten. Haar veiligheid ging hem boven alles. Zijn intuïtie zei hem dat ze gevaar liep, en haar mocht niets overkomen.

Geef het nu maar toe, man, dacht hij, *je bent verliefd op haar*. Hij klemde zijn kiezen op elkaar en stopte voor een zebra. De politieradio kraakte. *En de laatste keer dat je verliefd was heb je die vrouw ook verloren. Al die politiekennis van je ten spijt.*

'Verdomme,' mompelde hij, terwijl hij bij het bureau parkeerde. Hoewel hij officieel nog niet van de zaak was gehaald, zou dat elk moment – zodra bleek dat de vermissing van zijn tante met de moorden te maken had – kunnen gebeuren.

Hij sloot zijn auto af en ging naar binnen. Hij wilde zijn camera op zijn computer aansluiten om de foto's die hij tijdens Giermans begrafenis had gemaakt te printen. En dan wilde hij ze vergelijken met de foto's die hij tijdens de herdenkingsbijeenkomst van Courtney LaBelle had gemaakt. Haar begrafenis zou morgenmiddag plaatsvinden, en daar moest hij natuurlijk ook naartoe. Hij twijfelde er niet aan dat de moordenaar zich onder de rouwenden zou begeven om van de chaos en het verdriet te kunnen genieten, om zich superieur te kunnen voelen, om dicht in de buurt van de nabestaanden en de politie te zijn en, in gedachten, zijn daad opnieuw te kunnen beleven.

Kom maar op, smeerlap, dacht hij, terwijl hij de trap op liep naar de eerste verdieping. *Ik ben klaar voor je.*

'Je hebt een anoniem briefje ontvangen met de woorden *Kom thuis, Hannah heeft je nodig*?' herhaalde Abby, terwijl ze haar zus aankeek alsof ze haar verstand kwijt was. Ze zaten tegenover elkaar in een restaurantje op St. Charles Avenue, niet ver van de Sacred Heart Academy.

Het was Zoey's idee geweest om, na haar dutje van twee uur, de tram te nemen en er even helemaal uit te zijn. Abby had thuis willen blijven. Ze was moe na de emoties van Lukes begrafenis. Maar aan de andere kant wilde ze ook alles horen over het 'geheim' dat Zoey en haar vader leken te delen ten aanzien van de avond waarop haar moeder was gestorven, en Zoey had beloofd dat ze er Abby alles over zou vertellen.

Uiteindelijk waren ze met Abby's auto naar het centrum gegaan, waar ze op de tram waren gestapt en over de brede laan met eiken waren gereden om uiteindelijk in dit Victoriaanse, tot restaurantje verbouwde huis te belanden. Het was vroeg op de avond. Ze zaten aan een tafel bij het raam en keken uit over de tuin met zijn versiering van tientallen kleine witte lichtjes tussen het weelderige groen. Nadat de serveerster een glas met soepstengels voor hen had neergezet, was Zoey opeens over dat briefje begonnen.

'Hier, ik heb het bij me.' Zoey boog zich voorover, zocht in haar tas en haalde er een witte envelop uit. Het poststempel was van New Orleans, maar er stond geen afzender op.

Hoewel het een warme namiddag was, had Abby het opeens ijskoud. 'En dat vond je niet vreemd?'

'Wel een beetje.' Zoey pakte een soepstengel.

'Heel erg vreemd, Zoey. De enige die me ooit Hannah noemde, was mam.'

'Nou, het is duidelijk dat zíj het niet heeft gestuurd.'

'Precies. Dus wie dan wel? Wie wilde dat jij hierheen zou komen?'

'Ik dacht dat jij het misschien wel had gestuurd.'

'Dat meen je niet.'

'Ik dacht dat het jouw manier was om me hier te krijgen, maar dan zonder je te laten kennen.' Zoey doopte de soepstengel in een potje kruidenboter.

'Als ik je hier had willen hebben, dan zou ik heus wel gebeld hebben. Dat weet je best.'

'In dat geval... ik weet niet... misschien heeft pap het wel gestuurd.'

'Pap?' Abby pakte het briefje op en schudde het voor de neus van haar zus heen en weer. 'En hoe had hij het dan naar de post moeten krijgen?'

'Charlene zou het voor hem gedaan kunnen hebben.'

'En waarom heeft hij er zijn naam dan niet onder gezet? Waarom al dat mysterieuze gedoe? Hij had ook gewoon kunnen bellen, zoals ieder normaal mens gedaan zou hebben.'

'Dan weet ik het niet,' zei Zoey defensief, maar er waren een paar rimpeltjes op haar voorhoofd verschenen. 'Kom op, laten we ons er nu maar geen zorgen over maken. Daarvoor hebben we later nog tijd genoeg.' Ze griste het briefje uit Abby's hand en stak het terug in de envelop.

De serveerster kwam terug. 'Wilt u al bestellen?' Ze was mollig, met roze wangen, en ze hield haar notitieblokje en pen in de aanslag. Met een blik op Abby voegde ze eraan toe: 'Of heeft u nog geen keuze gemaakt?'

Zoey, die al iets op de kaart had gezien, zei: 'Ik neem de sandwich met ijsbergsla, garnalen, ui en de roquefortdressing... o, en geef me ook maar een kom garnalensoep.'

De serveerster keek naar Abby, die eigenlijk geen honger meer had. Ze was met een flinke honger binnengekomen, maar nu voelde haar maag aan alsof hij in de knoop zat. Wie had Zoey dat briefje gestuurd?

'Abby?' vroeg Zoey, terwijl ze van haar naar de serveerster keek. 'Weet je wat je hebben wilt?'

Wat ik wil is een antwoord op al deze vragen... ik ben al deze geheimzinnigheid zat...

Abby keek omlaag naar de kaart en probeerde zich te concentreren. Verbeeldde ze het zich alleen maar, of waren de mensen aan de andere tafeltjes met eten gestopt en zaten ze naar haar te kijken? *Beheers je een beetje, Abby. Maak geen scène. Je zult er weldra het fijne van weten. Als Zoey een briefje heeft gekregen met jouw tweede voornaam erin in dezelfde week als waarin je revolver is gestolen en er moorden worden gepleegd...* Haar handen beefden, dus sloeg ze die in elkaar en legde ze op haar schoot.

'Misschien hebben we nog even nodig,' zei Zoey.

Abby keek haar zus fel aan en bestelde het eerste wat ze op de kaart zag staan. 'Ik neem de spinaziesalade met garnalen, en de dressing van het huis.'

Ze wachtte tot de serveerster weg was, en keek Zoey toen woedend aan. 'Je had me veel eerder van dat briefje moeten vertellen.'

'Ik wilde ermee wachten tot na de begrafenis.'

'Omdat je wist dat ik van streek zou zijn?'

'Omdat ik je niet nog méér van streek wilde maken.' Zoey keek naar het plafond, waar de ventilator de warme lucht in beweging hield.

Abby had lang genoeg om de zaak heen gedraaid. 'En wanneer had je me willen vertellen over de dag dat mam is gestorven?'

Zoey keek omlaag naar de tafel.

'Zoey.' Abby boog zich naar haar toe.

Haar zus sloot haar ogen en schudde nauwelijks zichtbaar haar hoofd. Ze liet de ingehouden adem uit haar longen ontsnappen en pakte haar glas met thee. 'Goed... Eigenlijk mag ik het je niet vertellen...'

'Wat niet? Wat is er dan gebeurd? En wie heeft gezegd dat ik het niet mag weten?'

'De artsen. Jouw artsen, Abby. De psychiaters die je meteen na mams dood behandeld hebben.'

Ineens was er een hels kabaal in Abby's hoofd. Ze klemde haar handen om haar knieën. 'Vertel op,' zei ze, hoewel haar hart bijna had opgehouden met slaan.

Bij het zien van Abby's reactie begon Zoey te twijfelen. 'Misschien is dit er niet de aangewezen plek voor.'

'Vertel op!' herhaalde Abby gespannen.

'Goed, goed... Het schijnt dat je die dag een soort van black-out hebt gehad. Als gevolg van het emotionele trauma. Pap heeft met de artsen gesproken die je na mams dood behandeld hadden, en ze zeiden dat zoiets wel vaker voorkomt. Het is emotioneel geheugenverlies. Soms krijg je je geheugen na een tijdje weer terug, maar soms ook niet.' Ze nam een slokje thee.

'Zoals in mijn geval.'

'Precies.'

'En in de afgelopen twintig jaar hebben jij en pap het niet nodig gevonden om het mij te vertellen?'

'Het was ons afgeraden,' zei ze alleen maar.

'Maar het is intussen al twintig jaar geleden!' Ze was boos, maar ze probeerde het te onderdrukken. 'Goed, goed. Vertel me dan maar hoe het wel is gegaan. Wat was zo verschrikkelijk dat ik het uit mijn geheugen heb gebannen?'

'Het is meer dat je herinnering niet helemaal correct is,' zei Zoey. Ze wachtte tot de serveerster hun glazen had bijgevuld en ze weer alleen waren. 'Je was die dag niet alleen maar uit de auto gestapt, Abby. Jij en ik – we hadden ruziegemaakt over wie het cadeautje naar boven mocht brengen. We deden kruis en munt, en ik won. Pap was behoorlijk nijdig over ons kinderachtige gedoe, want uiteindelijk was het mams verjaardag en zo... en ook de jouwe, natuurlijk. Dat weet ik. Hoe dan ook, toen we het terrein opreden, was je al uit de auto gesprongen voor pap goed en wel op de rem had getrapt. Je rende als eerste naar de ingang van het ziekenhuis, en was al binnen voordat pap en ik uit de auto waren gestapt.'

Abby knipperde met haar ogen en herinnerde zich het schemerlicht van die warme namiddag. 'Dus dan was ik niet buiten blijven staan?'

'Nee. Toen mam uit het raam viel was jij al boven, in haar kamer.'

Het ruisen in haar hoofd werd luider. De kroonluchters van het restaurant begon heen en weer te zwaaien. De lichtjes buiten in de tuin gingen aan en uit en veranderden in sterren. Ze liet haar herinnering aan die dag – haar valse herinnering, zoals nu bleek – aan zich voorbijtrekken. Vagelijk herinnerde ze zich nu hoe ze naar binnen was gehold, door het donkere gebouw, langs een jongen in een rolstoel die haar verbaasd gadesloeg, en een verpleegster die een karretje met medicijnen door de gang duwde. Ze rende langs de staande klok die op dat moment het uur begon te slaan, en vloog de trappen op.

'Ja, ik kan het me weer herinneren,' zei ze verbaasd. 'Ik weet het nog.'

Zoey keek haar ongelovig aan. 'Echt?'

'Ja...'

Ze was, zo snel als ze kon en met twee treden tegelijk, de trap op gerend, en was bijna tegen de non opgebotst. Maar ze had ook zo'n haast. Ze wilde de eerste van hun gezinnetje zijn die Faith met haar verjaardag feliciteerde. Het was hún dag, hún verjaardag. Ze móést haar vader en haar zus voor zijn, want ze popelde om haar moeder over het feestje van Sadie Hawkins te vertellen.

Hoger en hoger, haar schoenen gingen ritmisch over de treden, langs het glas-in-loodvenster van de Maagd Maria, de kleine overloop over en het laatste stukje trap naar de gang van de tweede etage, waar op dat moment niemand meer was, en waar het licht voor de avond al was gedimd.

Buiten adem duwde Abby de deur van 207 open en vloog naar binnen. 'Gefeliciteerd, mam...' zei ze, en bleef toen met een ruk staan terwijl de woorden in haar keel bleven steken. Faith stond voor het raam, niet ver van het dooreengewoelde bed. Half ontkleed, haar blouse open, haar beha los, en een donkere tepel zichtbaar... en ze was niet alleen. Een dokter in een witte jas, met een stethoscoop om zijn hals en zijn haren in de war, probeerde haar beet te grijpen.

Op het moment dat de deur met een klap tegen de muur sloeg, draaide hij zich met een ruk om. Zijn gezicht was rood, en er klopte een ader bij zijn slaap terwijl hij Abby woedend aankeek. 'Weet je dan niet dat je hier niet zomaar binnen kunt vallen? Dat je eerst moet kloppen?'

'Maar...' Abby stond voor de kast en keek langs de dokter naar haar moeder.

Faith was al bezig haar beha weer vast te doen en haar kleren recht te trekken. Haar zenuwachtige vingers probeerden de knoopjes van haar blouse dicht te krijgen, maar ondertussen keek ze over de schouder van de dokter strak naar haar dochter. Abby zag de angst in haar moeders ogen, het glinsteren van tranen. Alleen met haar lippen, en zonder de woorden hardop uit te spreken, zei ze: 'Niet, alsjeblieft...'

Haar moeder wilde dat ze haar mond zou houden. Dat ze het geheim zou bewaren. En Abby had er met geen woord over gerept. Nooit. Ze had zich niet eens herinnerd dat ze in de kamer was geweest. En nu trilde ze over haar hele lichaam en was ze zich ineens scherp bewust van haar moeders wanhoop.

'Abby!' Zoey's stem was als een klap.

De herinnering zakte weg, schrompelde ineen, en opnieuw bevond Abby zich in het restaurant, achter de salade die voor haar op tafel was neergezet. Zoey keek haar vanaf de andere kant van de tafel bezorgd en gespannen aan. Ze was bleek geworden. 'De serveerster vraagt of je gemalen peper op je salade wilt.'

'Wat?' Abby keek naar het bergje donkergroene spinazieblaadjes, de partjes mandarijn, taugé en garnaaltjes op het bord dat voor haar stond. Ze was zich er niet eens van bewust geweest dat ze nog in het restaurant waren, laat staan dat de serveerster het eten had gebracht. Goeie god, ze was bezig om gek te worden! *Net als mam.*

Nee!

Snel keek ze op naar de serveerster, die met een grote pepermolen naast hun tafel stond, en forceerde een wat beverig glimlachje. Ze was niet als Faith. Ze was geen psychiatrische patiënte.

'Peper?' vroeg de serveerster, waarschijnlijk al voor de derde of vierde keer.

'Nee, dank u,' wist Abby te antwoorden, waarop de mollige jonge vrouw met een laatste nieuwsgierige blik doorliep naar het volgende tafeltje.

'Wat héb je?' siste Zoey. 'Beheers je een beetje, wil je?'

'Ik herinner het me weer...' Abby boog zich over de tafel naar haar zus, en sprak juist luid genoeg opdat Zoey – en verder niemand anders – haar zou kunnen verstaan.

Zoey deed niet alsof ze haar niet begrepen zou hebben. Langzaam legde ze haar botermes neer. 'Wat is er gebeurd?'

'Ze was niet alleen.'

'Nee, logisch, jij was bij haar.'

'Nee, niet ik alleen, Zoey. Er was een dokter in de kamer en... ik geloof... ik denk... O, god, het is bijna niet te geloven, maar volgens mij probeerde hij haar *te verkrachten.*'

'Probeerde hij haar te verkrachten?' Zoey keek Abby aan alsof zij ook haar verstand kwijt was.

'Of in ieder geval viel hij haar lastig.'

'Jezus, Abs!'

'Ja, ik weet het, maar ik herinner me dat ze haar beha los had en dat haar blouse openhing en...' Ze aarzelde. 'Ik kan zijn gezicht zien, maar...' Ze probeerde na te denken, de jaren terug te draaien en zich zijn naam weer voor de geest te halen, maar er wilde haar niets te binnen schieten en ze voelde het begin van een opkomende hoofdpijn. Diep ademhalend, keek ze Abby aan. 'Weet jij nog wie mam behandelde? Hoe die psychiater heette?'

'Er waren een heleboel artsen en verpleegsters.' Langzaam, peinzend, stak Zoey de tanden van haar vork in het bakje met dressing en spietste er vervolgens wat sla en een garnaal aan. 'Ik weet niet. Ze is zo vaak opgenomen geweest. En er was veel verloop onder het personeel.'

'Ja, dat weet ik, maar ik heb het over haar laatste verblijf. Wie was er bij haar vlak voordat ze uit het raam is gesprongen?'

'Dat weet ik niet meer, maar pap weet het misschien nog wel.' Ze schudde haar hoofd. 'Maar hij is zo zwak. Ik wil hem hier eigenlijk liever niet meer mee confronteren.'

'Volgens mij hebben we geen andere keus, Zoey. Ik heb het gevoel dat die dokter, wie hij ook geweest mag zijn, mam niet alleen misbruikt heeft, maar dat hij haar ook wel eens vermoord kan hebben.'

'O, toe nou, zeg... Je beschuldigt de man niet alleen van misbruik en verkrachting, maar ook van moord? Denk je dat hij mam uit het raam heeft geduwd?'

Abby kneep haar ogen stijf dicht, probeerde de herinnering vast te houden, maar de beelden waren glibberig en er viel amper greep op te krijgen. 'Ga morgen bij pap langs, en vraag hem wat hij weet.'

'En wat doe jij dan ondertussen?' vroeg Zoey achterdochtig.

'Ik blijf mijn best doen om me er meer van te herinneren.' Ze kamde met haar vingers door haar haren en keek haar zus strak aan. 'Je had het me moeten vertellen. Het kan me niet schelen wat de dokters hebben gezegd. Ik had het moeten weten. Daar had ik recht op.'

'We wilden allemaal dat je niet langer geplaagd zou worden door die vreselijke nachtmerries.'

'Die had ik alleen maar omdat niemand me de waarheid heeft verteld!'

'Goed, goed...'

Er viel een drukkende stilte in het gesprek. Abby schoof de spinazie heen en weer over haar bord. Ze wist intussen wat haar te doen stond, maar dat kon ze niet aan haar zus vertellen, want Zoey zou een beroerte krijgen.

Maar Abby was er zeker van dat, wanneer ze gewapend met deze nieuwe informatie terug zou gaan naar het ziekenhuis, ze zich alles weer zou herinneren. Als ze de waarheid wilde achterhalen ten aanzien van wat er met haar moeder was gebeurd, als ze de greep wilde doorbreken die de dood van haar moeder nog steeds op haar had, dan moest ze teruggaan in de tijd... en zou ze de deur van kamer 207 van Our Lady of Virtues moeten forceren.

Alleen dan zou ze duidelijkheid krijgen over wat er gebeurd was.

Montoya schoof de stapel foto's naar de zijkant van zijn bureau, leunde naar achteren in zijn stoel en wreef over zijn ogen. Hij had uren naar de foto's van Courtney LaBelles gedenkdienst en van Luke Giermans crematie zitten turen. En datzelfde stond hem te wachten nadat Asa Pomeroy en Gina Jefferson hun laatste rustplaats hadden gevonden.

Tot dusver had hij een stapel foto's van nog niet geïdentificeerde mensen. Uit die stapel had hij eerst de vrouwen gehaald, en daarna de mannen die groot genoeg waren om maat zesenveertig te kunnen hebben. En dan was het nog maar helemaal de vraag of hij hier iets mee op zou schieten. Wie zei dat de moordenaar bij al die gelegenheden aanwezig was geweest?

En zelfs als de psychopaat erbij was geweest, dan had hij zich naar alle waarschijnlijkheid vermomd... hij had zich zelfs als vrouw kunnen verkleden... ook al moest het dan wel een erg lange vrouw zijn geweest.

Gefrustreerd haalde Montoya zijn hand over zijn nek en stond op om zijn rug en benen te strekken. Hij was veel te onrustig om zo lang achter zijn bureau te kunnen zitten.

Ze wilden hem niet in de frontlinie van het onderzoek tot er meer bekend was over zijn tante. Wie zou er beter naar Maria kunnen zoeken dan hij? Hij wist ook wel dat hij niet objectief was, maar nou en? Niemand wilde haar ontvoerder liever vinden dan hij. En op dezelfde manier maakte niemand zich zoveel zorgen om Abby Chastains veiligheid als hij.

'Verdomme,' mompelde hij.

Zijn familie hád het niet meer. Vanaf het moment dat Maria's vermissing bekend was geworden, had elke oom, tante, neef en nicht hem minstens al twee keer gebeld om hem van alles te vragen, of om te zeggen hoe bezorgd ze waren.

En niemand was bezorgder dan hij. Met elke seconde die de vermissing van Maria en Billy Ray Furlough langer duurde, raakte hij er meer en meer van overtuigd dat ze hun ontvoering niet overleefd hadden. Telkens wanneer de telefoon ging keek hij er wantrouwend naar – half en

half in de verwachting dat iemand hun stoffelijke resten had gevonden.
Tot dusver was dat telefoontje nog niet gekomen.
Montoya ademde uit met een zucht en probeerde de stukjes van de moordpuzzel in een vast patroon geordend te krijgen, ook al wist hij dat hij met een ziekelijk gestoorde dader te maken had.
Opnieuw las hij het briefje van de moordenaar.

HEB BEROUW
A L

Wie moest waar berouw over hebben? Wat hadden Luke Gierman, Courtney LaBelle, Asa Pomeroy en Gina Jefferson met elkaar gemeen? Welke zonde hadden ze begaan? En wat had dat allemaal met Our Lady of Virtues te maken?
Hij bekeek de foto's van de plaatsen delict op het scherm van zijn computer. Waarom waren de mannelijke slachtoffers uitgekleed? En waarom lagen de vrouwen aangekleed bovenop hen? Wat wilde de dader daar precies mee zeggen? De profielschetser van de FBI had niets nieuws aan het licht gebracht, was met de gebruikelijke kenmerken gekomen... voor zover je het bij een moordenaar over 'gebruikelijk' kon hebben. Blanke man, leeftijd tussen eind twintig en begin veertig, afkomstig uit een middenklasse- of arbeidersgezin, iemand die als kind waarschijnlijk mishandeld was, iemand die was begonnen met brandstichting en het doden van dieren voordat hij uiteindelijk was overgegaan tot het doden van mensen, iemand die zich sterk aangetrokken voelde tot het functioneren van de politie... Montoya had het al zo vaak gelezen.
Hij voelde echter dat deze dader anders was. Deze dader had een nieuwe dimensie toegevoegd aan het spel van seriemoorden.
Nu Montoya op het bureau moest blijven, waren Bentz en Brinkman teruggegaan naar het klooster, en ook naar het huis van Billy Ray Furlough. De FBI, die de leiding had over het onderzoek, sprak met de ongeruste echtgenote en kinderen, en met vrienden, familie en leden van de kerk. Ondertussen wachtten ze op een telefoontje waarin de ontvoerder het bedrag van het losgeld zou noemen – een telefoontje waarvan Montoya zogoed als zeker wist dat het nooit zou komen.
Naar achteren leunend trok hij de la van zijn bureau open, haalde er een pakje Nicorette-kauwgum uit, trok er het papiertje van af en stopte het in zijn mond. Door de openstaande deur van Bentz' kantoor kon hij naar buiten kijken, en zag hij dat de hemel vanaf zee aan het betrekken was.
Nog even, en het zou weer avond zijn.
En Montoya was bang dat de moordenaar opnieuw zou toeslaan.

Wat als de schoft Abby's revolver had gestolen?

Hij speelde met de gedachte om opnieuw bij haar te overnachten, maar wist dat hij in dat geval opnieuw in haar bed zou belanden. Hun liefdesspel was hartstochtelijk, wanhopig en verslavend geweest.

Ze was niet alleen.

Haar zus logeerde bij haar. En daarbij, Abby had haar hond, en Miguel had beloofd dat hij zo snel mogelijk dat alarmsysteem zou installeren.

Maar de revolver van haar ex-man was weg, en dat maakte hem waanzinnig.

Misschien had ze het wapen wel op een andere plek opgeborgen.

Of misschien had iemand het wel gestolen.

En misschien was de dief wel de moordenaar.

Hij onderdrukte een vloek van pure frustratie, en haalde een digitale kaart van New Orleans en omgeving op zijn computerscherm. De plaatsen waar de slachtoffers waren gevonden waren met rood aangegeven. De plaatsen van waarvandaan de slachtoffers ontvoerd waren, waren met blauw aangegeven, en de plaatsen waar hun voertuigen waren aangetroffen, waren oranje. Verder had de woon- en werkplek van de slachtoffers een kleur gekregen. Montoya tuurde naar de kaart, maar hoe hij ook keek, hij kon geen patroon ontdekken.

Zelfs wanneer hij met de data speelde en, bijvoorbeeld, alles wat op één slachtoffer betrekking had in één kleur zette, en dat vervolgens met álle slachtoffers deed, dan nóg viel hem er niets speciaals aan op.

Hij fronste en schudde zijn hoofd. Deze aanpak leverde niets op. Vervolgens bekeek hij de moorden zelf. Het gemeenschappelijk kenmerk van de slachtoffers was tweezijdig. Om te beginnen was er duidelijk sprake van yin en yang – het feit dat de slachtoffers in ieder opzicht elkaars tegenpool waren, waarbij het vooral om goed en kwaad ging. De enscenering van de moorden was zodanig dat de 'goede' helft van het stel de 'kwade' vernietigde. En dan was er natuurlijk ook nog de – soms niet heel duidelijke – link van de slachtoffers met de oude psychiatrische inrichting. En daar kon hij vooralsnog niets mee beginnen.

Terwijl hij over dat laatste feit zat te piekeren, ging zijn mobiel, en hij nam op.

'Montoya.'

'Hallo, u spreekt met Maury Taylor van WSLJ.'

Montoya voelde zijn spieren spannen. 'Ja?'

'Nou, u zei dat ik moest bellen als ik weer zo'n briefje kreeg. En dat is gebeurd. Vandaag.'

Montoya's hand ging al naar zijn jack. 'Blijf ervan af,' zei hij. 'Ik kom eraan.'

'Ik denk erover om er vandaag in de uitzending weer iets over te zeggen, u weet wel, om de dader uit zijn tent te lokken – '

'Nee!' De mobiel tussen zijn kin en schouder klemmend, trok hij zijn jack aan.

'Moet u horen, volgens mij heb ik het recht om – '

'In deze zaak heb je geen enkel recht. Gesnopen? Blijf met je vingers van dat briefje af, maak het niet open en – '

'Ik heb het al opengemaakt.'

Stomme, achterlijke lul.

'Ik wilde er zeker van zijn dat het van dezelfde man was. Weest u maar niet bang, ik heb er niet aangezeten... nou ja, bijna niet.'

'Moet je horen, Taylor, je doet verder niets! Ben ik duidelijk? Niets!' Hij verbrak de verbinding en stak de mobiel in zijn zak. En haastte zich het bureau uit.

Hoofdstuk 25

De tekst van het briefje luidde:

DOE BOETE
L A W

Montoya stond, met het enkele velletje papier in zijn hand, samen met Maury Taylor en de chef-producer in het kantoortje van Eleanor Cavalier. Hij had het poststempel bekeken – niet alleen waren beide briefjes in New Orleans op de post gedaan, ze waren ook via hetzelfde postkantoor verwerkt. Ze waren nagenoeg identiek. Montoya, die de woorden al zeker tien keer had gelezen, stopte het briefje in een plastic zakje.

'Is dit alles wat je hebt gekregen?' vroeg hij, en Maury knikte.

'U mag met alle plezier de rest van de post doorkijken,' bood Eleanor aan, 'maar zover we kunnen overzien is dit het enige stuk dat van belang is.'

Door het plastic las Montoya de woorden nóg eens door. Wat werd er toch met die religieuze verwijzingen bedoeld? In het eerste briefje stond HEB BEROUW, en het was ondertekend door A L. En de tekst van dit briefje was DOE BOETE, en ditmaal was de ondertekening van LAW. Maar was het wel een ondertekening? Hij geloofde van niet. Het leek eerder alsof de moordenaar hem iets probeerde te vertellen, maar hij wist niet wat.

'Ik vind dat ik in de uitzending bekend mag maken dat de moordenaar contact zoekt met WSLJ,' zei Taylor, en het was duidelijk dat hij dat alleen maar deed omdat hij naar hogere luistercijfers streefde.

'Daarover beslist de inspecteur,' zei Montoya.

'Maar de briefjes worden naar déze zender, naar míjn uitzending gestuurd. Ik vind dat ik de luisteraars daar best op zou mogen wijzen.'

'Waarop, precies?' vroeg Montoya.

'Misschien heeft iemand in de omgeving van de moordenaar ze gezien,' opperde Maury, 'en realiseert hij of zij zich niet dat haar man of zijn vriend de moordenaar is.'

'Daar heeft hij gelijk in.' Eleanor tikte een rode vingernagel tegen haar wang. De luistercijfers waren voor haar ook belangrijk.

Montoya haalde diep adem en wist zijn woede onder controle te houden. 'Luister. Ik neem dit mee en laat het onderzoeken op vingerafdrukken, en ik zal een cryptoloog vragen om het handschrift te analyseren. En als we besluiten dat de briefjes openbaar gemaakt mogen worden, dan laten we dat door jullie doen.'

'Exclusieve rechten voor WSLJ,' zei Maury, die wilde kijken of hij net nog een stapje verder kon gaan.

'Kijk maar of je dat van de FBI gedaan kunt krijgen.' Montoya haalde zijn schouders op. In alle eerlijkheid gunde hij de etter niets, maar het was niet aan hem.

'We hebben geprobeerd u zo veel mogelijk tegemoet te komen,' merkte Eleanor op. 'Als u wilt ben ik bereid al die lelijke dingen te herhalen die ik over u tegen Melinda Jaskiel heb gezegd.'

'Te laat. Het kwaad is al geschied.' Zijn mobiel ging. Hij keek op de display. 'Mochten er nog meer briefjes worden bezorgd, laat mij dat dan weten. Ik zal de inspecteur en de persvoorlichter vertellen dat jullie exclusieve rechten willen. Zij kunnen op hun beurt met de FBI praten, en dan laten we het jullie wel weten.'

Maury trok een gezicht alsof hij hem wilde tegenspreken, maar op dat moment ging Montoya's telefoon opnieuw. Hij hield zijn mond toen Montoya de mobiel tegen zijn oor drukte en de lange gang naar de voordeur begon af te lopen. Melba, de receptioniste die eerder zo boos op hem was geweest toen hij zonder haar toestemming naar binnen was gerend om Maury's nek om te draaien, leek het incident te zijn vergeten, want ze schonk hem een glimlach en zwaaide. Montoya vermoedde dat iedereen in de studio heimelijk blij was dat iemand die ingebeelde etter op zijn nummer had gezet.

'Montoya,' zei hij, nadat hij had opgenomen en met zijn schouder de deur openduwde.

'Rechercheur, u spreekt met de moeder-overste van Our Lady of Virtues,' zei ze. 'Sinds ik u vanochtend heb gebeld om u over zuster Maria's vermissing te vertellen, heb ik met meerderen van uw collega's gesproken. Intussen heb ik ook alle informatie die er te vinden was. Met inbegrip van de personeels- en patiëntengegevens.'

'Mooi.'

'En verder zou ik u ook nog iets willen vertellen, maar dat is persoonlijk.' Ze klonk aarzelend. 'Ik zou u graag onder vier ogen spreken.'

'Weet u dat ik van de zaak ben gehaald omdat Maria mijn tante is?'

'Wat ik tegen u wil zeggen is echt alleen maar voor uw oren bestemd.

Het vraagt om de allergrootste discretie.' Haar toon duldde geen tegenspraak.

Hij dacht aan het onderzoek en wat zijn superieuren zouden zeggen over het feit dat hij zijn boekje te buiten ging, maar uiteindelijk kon het hem niet zo heel erg veel schelen wat er met hem gebeurde. En als ze hem wilden ontslaan, dan moest dat maar.

Wat zeker was, was dat hij niets zou doen wat schadelijk voor het onderzoek zou zijn.

Tenzij hij de moordenaar zou kunnen ontmaskeren. In dat geval zou hij de gevolgen op de koop toe nemen. Uiteindelijk wilde iedereen de man te pakken krijgen, en hoe eerder, hoe minder geld de staat Louisiana aan de hele zaak kwijt zou zijn.

'Over een uur ben ik bij u,' zei hij.

'Dank je, Pedro.'

'Ik heet Reuben.'

'Ja, ja, dat weet ik, maar ik weet dat zuster Maria je graag Pedro noemde. Kom alsjeblieft rechtstreeks naar mijn kantoor.'

'Ik moet eerst nog even ergens langs, maar ik kom eraan.'

'Ik wacht op je.'

Hij hing op, haastte zich naar zijn Mustang en stapte in. De bewolking was voor een groot deel opgelost, en de torenspitsen van de St. Louis Cathedral baadden in een helder, bijna engelachtig wit licht. De melancholieke klanken van een saxofoon en een gitaar drongen zijn auto binnen, vermengd met het verkeerslawaai en de stemmen van de talloze voetgangers op het trottoir. En verderop stroomde de Mississippi gestaag naar zee.

Alles bij elkaar was het een schitterende dag in New Orleans.

Maar toch zag Montoya een moordenaar achter elk glimlachend gezicht. Wie deze psychopaat ook was, hij wist zich goed schuil te houden. Geen van de tips die bij het bureau waren binnengekomen – mensen waren snel met het melden van verdacht gedrag van buren, vrienden, familieleden of vijanden – had iets opgeleverd. De telefoon had roodgloeiend gestaan, de telefonistes van 911 hadden amper adem kunnen halen, maar uiteindelijk was elke aanwijzing vals alarm gebleken.

Misschien dat dit nieuwe briefje de doorbraak zou opleveren waar ze allemaal op hoopten.

Vol gas reed hij door naar het bureau, terwijl zijn gedachten opnieuw terugkeerden naar de beide briefjes. Zou LAW iets te maken kunnen hebben met *law*, oftewel 'wet'? Was het een referentie aan de rechterlijke macht? Probeerde de dader de politie voor gek te zetten? Of zat er meer achter? Iets wat hij eigenlijk op het eerste gezicht zou moeten zien, wat in feite overduidelijk zou moeten zijn, maar wat hem ontschoot?

Een aantal dingen sprong in het oog. LAW zouden initialen kunnen zijn, of het eerste deel van een naam, bijvoorbeeld, die van Lawrence DuLoc, de tuinman van het klooster. Maar dat voelde niet goed aan – te gemakkelijk, bijna alsof het opzet was. De dader was niet dom. Integendeel, hij was slim genoeg om wapens te stelen, mensen te ontvoeren en, op de plaats waar hij de moorden pleegde, zogoed als geen sporen achter te laten. Maar aangezien hij toch met de moeder-overste had afgesproken, zou hij van de gelegenheid gebruikmaken en haar een paar vragen over DuLoc stellen.

Montoya reed door een oranje licht, en nam een steegje omdat dat sneller was. En wat als elke letter symbolisch was bedoeld? Kon het zijn dat elke letter een slachtoffer voorstelde?

L van Luke Gierman.

A van Asa Pomeroy.

W van... William. Montoya's hart maakte een sprongetje. Hij twijfelde er niet aan dat Billy Ray Furlough in werkelijkheid William heette. LAW... kon dat het zijn? Alweer leek het net even iets te simpel, maar het zou kunnen.

Aan de andere kant, realiseerde hij zich met een zwaar gevoel in het hart, betekende dat, als die theorie inderdaad juist was, dat de predikant al dood was, want anders zou de moordenaar het briefje niet hebben gestuurd, of wel? En als er één dode was, dan was er ongetwijfeld ook een tweede slachtoffer – de vrouw die yin en yang zou completeren. Montoya realiseerde zich dat, als zijn theorie juist was, het zogoed als zeker was dat zijn tante Maria ook dood was.

Woede kolkte door zijn aderen en deed zijn hart sneller slaan. Nog nooit had hij zich zo machteloos gevoeld. Hoewel hij heel goed wist dat hij zich de moorden niet persoonlijk aan moest trekken, begon hij meer en meer het gevoel te krijgen dat de moordenaar een spelletje met hem speelde.

Blijf kalm.

Hou je rustig.

Probeer objectief te blijven.

Misschien leeft Maria nog wel.

Hij deed een schietgebedje, en parkeerde vlak bij het bureau. Overal stonden busjes van radio- en televisiestations, en meerdere verslaggevers en cameramannen hadden een plekje voor de hoofdingang gezocht. Voetgangers verdrongen zich om te kijken wat er aan de hand was.

Montoya haastte zich naar binnen door de deur van de parkeerplaats en liep de trap op naar de eerste verdieping. Hij werd verwelkomd door het klikken van toetsenborden, de geur van verschaalde koffie en het geroezemoes van stemmen. Rechercheurs waren verdachten aan het verhoren, bespraken zaken of zaten achter hun bureau in papieren te neuzen of in telefoons te praten die ze tussen oor en schouder hielden geklemd.

Zaroster zat op haar plek. Hij legde het plastic zakje met het briefje erin voor haar op het bureau. 'Zo te zien is onze penvriend weer in actie geweest.'

Ze bekeek het briefje en floot zacht. 'Betekent dat, dat er opnieuw twee slachtoffers zijn gevallen?'

'Tenzij hij zijn briefje eerst schrijft, en ze dan pas van kant maakt.'

Ze keek hem aan als om te suggereren dat hij beter zou moeten weten.

'Luister, ik moet even ergens langs. Zou jij dit voor mij naar het lab kunnen brengen en een kopie ervan aan de grafoloog kunnen geven?'

'Hoe ben je hieraan gekomen? Ik dacht dat je van de zaak was gehaald.'

'Ik ben gebeld door Maury Taylor van WSLJ. We zijn oude vrienden. Kennen elkaar al jaren.'

'Maak dat de kat maar wijs,' mompelde ze, maar ze pakte het briefje op en zei: 'Ik ga meteen naar het lab. Ik ben benieuwd of het handschrift overeenkomt met het eerste exemplaar.'

Hij ging half op haar bureau zitten. 'Hoe staat het met de rest van het bewijsmateriaal?'

'O, "de rest". Nou, het lab is nog steeds bezig met de zwarte haar, en tot dusver is er geen identiek DNA gevonden. De bruidsjurk is door één winkelier herkend als een creatie van "Nancoise", wat dat ook mag betekenen... ik vermoed een goedkopere versie van Vera Wang, of zo. We zijn ermee bezig, proberen Nancoise persoonlijk te pakken te krijgen om te zien of ze iets op papier heeft staan. Geen huidresten of iets waar we wat aan zouden kunnen hebben. De schoenen zijn standaard jachtlaarzen die vervaardigd worden door, hou je vast, Pomeroy Industries, de confectiedivisie, en daar maken we wel enige vorderingen, hoewel dat specifieke model al vier jaar onveranderd op de markt wordt gebracht, dus echt opschieten doet dat ook niet.

'Maar ik ben wel iets verder gekomen met de tuinman van Our Lady of Virtues. Lawrence DuLoc. Hij heeft een strafblad, maar alle delicten zijn van zo'n twintig jaar geleden, toen hij nog een kind was.'

'Wat voor delicten?'

'Hij was aangeklaagd wegens lichamelijk geweld, maar de aanklacht is ingetrokken. Wat later een geval van huiselijk geweld, maar ook die aanklacht is ingetrokken.' Ze haalde haar schouders op. 'Niet veel, maar wel iets. Hij is lang en heeft maat vijfenveertigeneenhalf, maar hij heeft alibi's voor de tijd van de moorden. Brinkman is ze aan het nalopen.' Ze zuchtte en schudde haar hoofd. 'Ik heb met DuLoc gesproken. Volgens mij is hij te dom om dit soort dingen verzonnen te kunnen hebben.' Ze fronste haar voorhoofd. 'Denk jij dat hij de dader zou kunnen zijn?'

'Zo te horen niet. De man die wij zoeken probeert ons te slim af te zijn, en ons dat vervolgens onder de neus te wrijven. Bij hem gaat het er juist om dat we beseffen dat hij een genie is.'

'Dus...?'

Montoya was alweer op weg naar de trap. 'We laten DuLoc op ons lijstje staan en zoeken verder.'

'Je werkt niet meer aan de zaak,' riep ze hem na.

Montoya liep door.

De pijn irriteerde hem.

Hij klemde zijn handen om het stuur en voelde hoe hij zweette onder zijn duikerpak. Hij begon uitgeput te raken. De paar uur rust die hij had gehad waren niet voldoende. Wat hij nodig had was extra slaap.

Dat zou moeten wachten.

Tot hij klaar was.

Zijn plan was in gang gezet, en hij wist dat hij weldra weer die unieke kick zou voelen die hem op de been hield, die extra stoot adrenaline in zijn bloed die hem kracht zou geven om zijn werk te voltooien.

Maar die wond zat hem dwars. Hij had er meer last van dan hij verwacht had. Het liep allemaal veel minder soepel dan in het begin. Nee, sinds hij die Billy Ray Furlough onderschat had en die schoft dat stomme mes in zijn borst had gestoken, ging alles een stuk moeizamer dan eerst.

Hij klemde zijn kiezen op elkaar.

Voorzichtig stuurde hij de witte Lexus de stad uit en de ruige natuur in. Het was een heerlijke auto om in te rijden, maar opvallen deed hij wel. En dat was een probleem. Hij keek achterom, naar de achterbank, naar zijn laatste slachtoffer dat als een blad lag te trillen – hij knipperde snel met zijn ogen, maakte zachte, kermende geluiden en had het, naar de stank te oordelen die zich door de auto verspreidde, ook al in zijn broek gedaan.

En met récht heb je het in je broek gedaan, luie rotzak die je bent... wacht maar af.

Als hij nog veel langer doorging met dat kermen, zou hij de ether gebruiken of hem nog een lading met de stungun geven.

Eerder die dag was hij bij Giermans crematie geweest, hoewel hij geweten had dat de politie er ook zou zijn en alle rouwenden zou fotograferen.

Uilskuikens!

Het was echt doodsimpel om hen te slim af te zijn.

Hij was vlak langs de smeris gelopen die heimelijk foto's stond te maken. *Klik, klik, klik.*

Wat een grap.

Pedro, de fotograferende smeris. De smeerlap die in Abby Chastains bed had geslapen.

Bij de gedachte aan hen samen, neukend in bed, verloor hij even de controle over het stuur en schoot de Lexus over de middenstreep. Nee! Hij mocht niet aan zichzelf denken. Gelukkig was er op dit achterafweggetje maar weinig verkeer. Om wat te kalmeren zette hij de radio aan. Bij het horen van iets afgrijselijks klassieks zette hij zo snel mogelijk WSLJ op. Alleen was er op dat moment geen uitzending van *Gierman's Groaners* aan de gang.

Nog iets waar hij zich aan kon ergeren.

Had die debiele presentator het tweede briefje niet gekregen? Waarom werd daar nu geen uitzending aan gewijd? Hij keek op zijn horloge. Het was nog vroeg; het zou nog een paar uur duren voor het donker was, en daarmee was zijn taak extra moeilijk.

Hij was op weg naar de plek waar hij zijn pick-up had achtergelaten. Maar eerst zou hij die geboeide man op de achterbank moeten dumpen. De pisser.

De radio zond zachte jazz uit en daar kon hij al helemaal niet tegen. Hij zette hem uit en nam zich voor om geduld te oefenen. Uiteindelijk had hij twintig jaar gewacht, en een paar uur meer of minder maakten nu ook niet meer uit.

Zijn gezicht veranderde in een grimas. Nog een paar uur maar, en dan het hoogtepunt... vijf van de zeven zouden zijn afgewerkt – de besten van het hele stel. De andere twee stellen woonden niet hier in de buurt, en zouden nog even moeten wachten... maar hij had zelf ook een poosje nodig om van alles bij te komen.

Na vanavond.

Bij de gedachte aan vanavond werd de pijn in zijn borst wat minder. Nog even, en hij zou weer zo'n geweldige, intense kick krijgen. Hij dacht aan de dochter, die zo sprekend op de moeder leek... een paar uur nog maar...

Moeder-overste zag er moe uit. Op haar voorhoofd, onder haar kap, lagen diepe rimpels, en achter haar leesbrilletje waren donkere kringen onder haar ogen te zien. 'Dit is heel moeilijk voor me,' bekende ze, waarbij ze op de grote bruine envelop wees die voor haar op het bureau lag.

'Dit is de informatie waar je om vroeg. Zuster Madeline, de goeierd, wist waar de gegevens op zolder lagen, en ze heeft meneer DuLoc gevraagd om alles naar beneden te halen.' Ze wees op de dozen die in een hoek van het vertrek waren neergezet. 'Ik laat ze voorlopig hier staan voor het geval je er nog iets anders uit nodig mocht hebben, maar eigenlijk denk ik wel dat alles wat je interesseert in deze envelop zit.' Ze tikte met een ongelakte nagel op de envelop en schoof hem vervolgens naar Montoya toe. 'Er was een tijd waarin geheimen nog echt geheimen waren, waarin het geloof nog werkelijk werd beleden, en er ook nog meer... orde was. Maar tegenwoordig... Ach ja.' Ze schonk hem een vaag glimlachje. 'Ik heb lang en diep nagedacht en God om inzicht en Zijn zegen gevraagd, om mij het pad dat ik moet nemen te laten begrijpen,' zei ze. 'En uiteindelijk heeft Hij me voor een uiterst moeilijke keuze geplaatst.'

Ze ging staan, leek even te wankelen, deed een paar onzekere stapjes naar het raam en keek naar een kolibri die tussen de hangplanten vloog en in de nagenoeg uitgebloeide bloesems naar voedsel zocht. 'Ik had het je waarschijnlijk eerder moeten vertellen. Je tante heeft me toevertrouwd dat ze, zonder getrouwd te zijn, een kind – een zoon – had gekregen die ze ter adoptie heeft afgestaan. Meteen daarna is ze bij ons gekomen.'

Montoya keek naar de handen van de non die over haar rozenkrans gingen. 'Dat weet ik.'

Ze knikte, maar bleef naar buiten kijken. 'Die jongen is beroemd geworden – een atleet, een plaatselijke beroemdheid en uiteindelijk een man van God.'

'Billy Ray Furlough?' vroeg Montoya stomverbaasd.

'Dat heeft ze me verteld.'

Furlough had de juiste leeftijd, en bij nader inzien leek de flamboyante predikant ook wel een beetje op de Montoya's – het donkere haar, de olijfkleurige huid en de van nature atletische lichaamsbouw.

'Toen ik hoorde dat zowel meneer Furlough als zuster Maria werd vermist, en bovendien ook nog op dezelfde dag, nam ik me onmiddellijk voor om contact met je te zoeken. En ik wilde het alleen maar aan jou vertellen omdat ik wist dat zuster Maria dat zo gewild zou hebben.' Ze ging met haar rug naar het raam toe staan en keek hem aan. 'Jij bent haar favoriet, weet je, van alle neven en nichten.'

Montoya voelde zich op slag schuldig. Hij vroeg zich af of de moordenaar wist dat hij moeder en zoon had gedood. Natuurlijk wist hij dat. De slachtoffers werden bewust gekozen, en maakten deel uit van een zorgvuldig uitgedacht plan.

'Wat kunt u mij over Lawrence DuLoc vertellen?' vroeg Montoya.

'Meneer DuLoc is voor ons van onschatbare waarde. Zonder zijn hulp zouden we het niet kunnen.' Ze haalde diep adem. 'Hij is patiënt van de psychiatrische inrichting geweest. In zijn jonge jaren kampte hij met enorme woedeaanvallen, maar dat behoor ik je eigenlijk niet te vertellen.' Ze draaide haar handen met de palmen omhoog, maakte een smekend gebaar en vertelde verder, net alsof ze toestemming had gekregen om de vele geheimen die haar waren toevertrouwd met iemand te delen. 'In een ver verleden heeft men hem van lichamelijk geweld beschuldigd, maar hij is al heel erg lang bij ons, en op zijn werk valt werkelijk niets aan te merken.' Ze keek Montoya recht aan. 'Ik sta persoonlijk voor hem in.'

'We zijn verplicht om al zijn persoonlijke gegevens bij het onderzoek te betrekken.'

'Als ik het wel heb, hebben je collega's al met hem gesproken.' Ze liep terug naar haar bureau, ging zitten, reikte over het gladde werkblad heen en legde haar hand even op de zijne. 'Larry is geen moordenaar.'

Montoya wilde dat graag geloven, maar dat liet hij niet blijken. 'Hij is lang, nietwaar? Zo'n één meter vijfentachtig?'

'Ja, hij is lang,' gaf ze toe. Ze rechtte haar rug en sloeg haar armen over elkaar. 'Je kunt met hem praten. Larry wil niets liever dan dat je tante wordt gevonden. Larry DuLoc is een uiterst gelovig mens.' Ze wees op het raam. 'Hij is in de tuin aan het werk.'

'Dank u.' Montoya aarzelde en nam de non onderzoekend op. Toen vroeg hij: 'En bent u nog iets naders te weten gekomen over Faith Chastain?'

Ze sloeg haar handen in elkaar. 'Ze is op haar verjaardag uit het raam van haar kamer gevallen,' zei ze, waarbij ze klonk alsof ze dat al honderden keren had verteld. 'Het ziekenhuis werd aangeklaagd omdat de ramen niet in voldoende mate beveiligd waren. De tralies ervoor waren niet sterk genoeg.'

'Ze is door de ruit gevallen.'

Moeder-overste knikte. 'En als de tralies steviger waren geweest en beter vast hadden gezeten, zou ze nu misschien nog geleefd hebben.'

'Door wie bent u aangeklaagd? Door de staat Louisiana?'

Ze glimlachte geduldig. 'De staat heeft zich er uiteindelijk wel mee bemoeid, maar de aanklacht was ingediend door haar familie. Om precies te zijn door Jacques, haar man. Het is natuurlijk nooit voorgekomen, want we zijn tot een schikking gekomen.'

Montoya keek haar aan omdat hij het gevoel had dat ze niet alles vertelde. 'En is dat alles?'

Ze betastte het kruisje om haar hals en leek met een innerlijke demon te worstelen. Montoya wachtte geduldig af, en uiteindelijk bekende ze:

'Het doet er waarschijnlijk niet meer toe. Het is ook al zo lang geleden, en als het je kan helpen om zuster Maria te vinden, dan...' Ze sloeg een kruisje en leek in gedachten een gebed te zeggen. 'Er gingen geruchten over misbruik, seksueel misbruik, en er werd gefluisterd dat mevrouw Chastain en een van onze artsen een intieme relatie hadden. Aanvankelijk heeft de betrokken arts alles ontkend. Maar toen meldden zich meer getuigen – personeelsleden die dingen hadden gezien maar hun mond hadden gehouden uit angst dat ze hun baan kwijt zouden raken. En uiteindelijk gaf hij toe dat ze inderdaad een relatie hadden gehad, maar dat dit met wederzijdse instemming was geweest.' Ze trok een afkeurend gezicht. 'Wederzijdse instemming? Kun je je dat voorstellen? Met een vrouw die geestelijk ziek was?' Haar neusvleugels trilden van woede. 'Hij is op staande voet ontslagen,' besloot ze.

'En is er een aanklacht tegen hem ingediend?'

Ze schudde haar hoofd. 'Het is gebleven bij die ene aanklacht van de echtgenoot tegen het ziekenhuis. Misschien hebben ze dat andere wel nooit geweten.' Ze keek naar de vloer. 'Niet echt glorieuze momenten in de geschiedenis van het ziekenhuis.'

'En wie was deze arts?'

Ze keek hem recht in de ogen. 'Dr. Heller was een briljant psychiater. In meerdere opzichten zijn tijd ver vooruit. Maar hij liep er hier en daar de kantjes van af, was slordig en lui.' Ze maakte haar rug nog rechter. Montoya besefte dat dit echt moeilijk voor haar was. 'En een van zijn grootste tegenstanders was Gina Jefferson, die in die tijd hier werkte.'

'Heeft ze gezien hoe hij mevrouw Chastain intimideerde?' vroeg Montoya. Hij huiverde en had het gevoel dat hij eindelijk op het juiste spoor zat.

'Dat weet ik niet meer. Maar ze was duidelijk geen fan van Simon Heller.'

'En weet u waar ik dr. Heller zou kunnen vinden?' vroeg Montoya.

'Nee... We hebben geen contact gehouden. Hij is naar een andere staat verhuisd. Ik geloof dat hij naar het westen is gegaan.'

'Dr. Simon Heller. Heeft hij een tweede voornaam?'

'Ja... dat weet ik nog. Hij deed moeilijk ten aanzien van het naambordje op zijn deur.' Ze dacht diep na en Montoya moest zich dwingen om rustig te blijven zitten. De klok tikte. Het was niet ondenkbaar dat zijn tante en Billy Ray al dood waren, en Abby's moeder was er op de een of andere manier ook bij betrokken. Zij was de schakel. 'Simon T. Heller, dat stond er op zijn naamplaatje. Ik weet alleen niet meer waar die T voor stond. Theodore of Thaddeus, iets in die geest.'

'Zitten zijn naam en sociale-verzekeringsnummer in het dossier?' vroeg Montoya, de envelop omhooghoudend.

'Ja. En zijn foto ook, geloof ik.'

Montoya maakte de envelop meteen open en haalde er de vergeelde bladzijden uit. 'Was Heller een forse man?'

'Lang, ja, maar niet fors. Hij had meer iets van een vogelverschrikker. Ik weet nog dat een van de patiënten ergens een foto van een bidsprinkhaan zag, erop wees en "Heller" zei.' Ze glimlachte onwillekeurig. 'Dat was niet aardig, maar ik geef toe dat er een kern van waarheid in zat. Hij droeg een enorme bril en had opvallend lange benen.'

Montoya vond een pasfotootje van Heller dat aan zijn oude sollicitatieformulier was geniet. De kleur was verschoten, maar Hellers trekken waren duidelijk te zien. Hij had zwart haar, een zware snor en keek door een enorme pilotenbril.

'Hij was niet erg oud.'

'Hij was net afgestudeerd,' beaamde de moeder-overste. 'Nog geen dertig.'

'Herinnert u zich verder nog iets van hem?'

'Hij straalde een zekere superioriteit uit die hij met beleefdheid en goede manieren probeerde te maskeren. Niet dat hij daar ver mee kwam. Hij was een beetje een eenling en hij was een echte jogger, o jee, zoals die man kon lopen. Volgens mij deed hij mee aan marathons, maar... o, nou ja, dat weet ik niet zeker. Het is ook al zo lang geleden.'

Montoya betastte de verschoten foto. 'Heeft u foto's van alle mensen die hier hebben gewoond?'

'Alleen maar van het personeel. Voor de identificatie.'

'Was Heller nog steeds in dienst toen Faith verongelukte?'

'Hij was bij haar op de kamer,' bekende ze. 'Hij zag haar vallen, maar kon haar niet op tijd vastgrijpen. Die kwestie van die seksuele intimidatie is pas ná haar dood aan het licht gekomen, en toen is hij meteen ontslagen.'

Hij keek strak naar de foto van de onvriendelijk kijkende man. Zelfs op de foto was zijn verwaandheid te zien. Montoya herinnerde zich de foto van Abby's moeder die hij bij haar op de boekenplank had zien staan. Een beeldschone vrouw met een sexy glimlach – de glimlach die haar dochter van haar had geërfd. Faith was tegen haar wil in Simon Hellers geliefde geweest.

Montoya's maag balde zich samen. Wat was er precies gebeurd, die dag waarop Faith was gestorven? Was ze gevallen omdat ze haar evenwicht was verloren? Of had Heller, die zag aankomen dat die intimidatiekwestie aan het licht zou komen, zijn slachtoffer geduwd?

Moeder-overste schraapte haar keel. 'Faiths dochter is ook getuige geweest van de val. Ze was net een fractie eerder haar moeders kamer binnengekomen.'

'Welke dochter?' vroeg Montoya, maar hij wist het al. Hij was getuige van Abby's nachtmerrie geweest.

'De jongste...'

'Abby.'

'Ja, zo heet ze. Abigail. Hoewel Faith haar vaak Hannah noemde.'

'Weet u waarom?'

'Och, het is zó lang geleden, en ofschoon ik toen in het ziekenhuis werkte, weet ik al die dingen niet meer. Abby was nog maar net vijftien. Het was haar verjaardag, en ook die van Faith. Het schijnt dat ze zonder te kloppen haar moeders kamer is binnengegaan, dat ze dr. Heller daar zag... en meer weten we niet. Op de een of andere manier is Faith door het raam gevallen. Hannah was zo ontdaan dat ze ter plekke is flauwgevallen. Toen ze bijkwam kon ze zich nauwelijks nog iets herinneren.' Ze zuchtte. 'Ik vrees dat ik je niet meer kan vertellen.'

'Het zou wel eens voldoende kunnen zijn,' zei hij, en hij meende het. Simon Heller. Nu wist Montoya waar hij moest zoeken. Hij hoopte alleen dat hij op tijd zou zijn om een volgende moord te kunnen voorkomen.

Hoofdstuk 26

Vanaf zijn plekje achter de bomen stond hij naar haar huis te kijken. Omdat het nog licht was – het was laat in de middag – hield hij zich op een veilige afstand, en lette hij erop dat de zon niet in de lenzen van zijn verrekijker zou weerkaatsen, en daarmee haar aandacht zou trekken. En verder had hij ervoor gezorgd dat hij de wind in zijn rug had, om te voorkomen dat die stomme hond van haar hem zou ruiken.

Wat een gedoe.

Het toneel was gereed. Het enige wat ontbrak waren de spelers, en twee van hen bevonden zich in het huis. Hij wilde wachten tot ze sliepen, maar dat zou nog uren duren.

Geduld, hield hij zichzelf voor. *Je moet de boel niet overhaasten. Je hebt zo lang gewacht, die paar extra uurtjes kunnen er nog best bij.*

Maar hij was ongeduldig.

Rusteloos.

En de pijn in zijn borst werd steeds erger; hij was bang dat de wond ontstoken was. Dat verklaarde ook waarom hij zo'n hoofdpijn had.

Aan de ene kant kwam hij slaap te kort, maar aan de andere kant was hij te opgewonden om te kunnen slapen. En dus wachtte hij, en keek.

De zus had het zich op de bank gemakkelijk gemaakt. Ze had haar schoenen uitgetrokken en haar benen over de armleuning geslagen. Haar glas met wijn stond op de bijzettafel, en ze hield de afstandsbediening in haar hand. *Drink op, zus. Laat de wijn je brein benevelen, je lichaam ontspannen. Hoe eerder je in slaap valt, hoe beter... o ja.*

Zoey zou een gemakkelijk slachtoffer zijn.

Maar Abby niet... Abby was op haar hoede, dat voelde hij. Toen hij zag dat ze spullen uit de garage en keuken naar haar auto bracht, begon hij zich zorgen te maken. Het leek bijna alsof ze weg wilde. En dat kon hij niet hebben. Ze had een gereedschapskist, een koevoet en een aantal zaklantaars achter in de auto gezet.

Waarom?

Zijn hoofd dreunde en zijn opwinding groeide. Hij krabde door het duikerpak aan zijn borst, en realiseerde zich toen pas wat hij deed. *Rustig aan! Kijk goed naar wat ze doet. Ze kan onmogelijk ver weg willen gaan. Je hebt toch geen koffer gezien, of wel? Of een weekendtas?*

Maar het kon best zijn dat ze al een koffer in de auto had gezet voordat hij zijn positie had ingenomen. Wilde ze gaan kamperen? Met de smeris? De gedachte aan haar samen met de smeris bezorgde hem opnieuw een vieze smaak in de mond, en hij moest een paar keer met zijn ogen knipperen om het beeld van zich af te zetten. Hij kon niet hebben dat ze ging, niet nu, maar hij kon het zich ook niet veroorloven dat ze hem zou zien. Zou hij hen op dit moment alle twee kunnen overmeesteren? En hoe moest dat met de hond? Moest hij hen alle twee met de stungun onder stroom zetten, of was een in ether gedrenkte doek een beter idee? Hij wilde hen niet bedreigen met een revolver omdat het, gezien zijn conditie, niet ondenkbaar was dat het mis zou gaan, want uiteindelijk waren zij met hun tweeën. En ze waren jong en atletisch. Het zat er dik in dat ze, tenzij ze verlamd zouden raken van angst, zich zo goed en zo kwaad als het ging zouden verzetten.

De oplossing was simpel.

Hij zou de auto onklaar maken.

Zo geruisloos mogelijk sloop hij, nog steeds met de wind in zijn rug, door het struikgewas. Vogels schrokken en vlogen op. Uit zijn rugzak haalde hij de revolver en het slimme stuk gereedschap dat verantwoordelijk was voor die pijn in zijn borst. Daarna zette hij de rugzak met zijn sleutels en de verrekijker aan de voet van een boom aan de voorzijde van het huis, en sloop verder naar de openstaande deur van de garage waar de Honda in stond.

De deur van het huis stond op een kiertje open, en hij vroeg zich af waar de hond was. Verrekt beest. Met wild kloppend hart liep hij op zijn tenen de garage in, en lette goed op dat hij niet op de schoffel en de hark stapte die naast de kruiwagen in de hoek stonden.

Zonder ook maar enig geluid te maken, klikte hij de Ultra open en liet er een vlijmscherp mesje uit springen. Maar net toen hij op het punt stond haar voorband door te prikken, hoorde hij voetstappen naderbij komen. *Verdomme!*

Hij maakte zich zo klein mogelijk tussen de auto en de muur van de garage. Zijn hart ging als een waanzinnige tekeer.

Geen hond. Geen hond. Geen hond. Zijn vingers sloten zich strak rond de Pomeroy Ultra en het zweet drupte in zijn ogen. Hij zag een spin die zat te wachten in een web vlak boven de vloer waar hij, met zijn wang tegen het gebarsten cement van de vettige vloer, zat weggedoken. Terwijl hij nauwelijks adem durfde te halen, keek hij onder de auto door en zag haar sportschoenen met snelle pas naderbij komen. Ze trok het rechterportier open, en hij hoorde een doffe klap tegen het portier bij zijn hoofd. Waarschijnlijk had ze iets op de stoel van de bijrijder laten vallen.

Haar tas?

Paniek overviel hem.

Wat als ze nu wegging? Wat als ze instapte en de motor van de Honda zou starten? Zodra ze achteruit de garage uitreed, was hij zijn dekking kwijt.

En zou ze hem zien.

Een plek om zich te verstoppen was er niet.

In zijn ene hand hield hij de .38, in de andere het zakmes. Hij hoopte vurig dat hij niet gedwongen zou zijn een van beide wapens te gebruiken. Nog niet. Dat zou zonde zijn van zijn zorgvuldig uitgedachte plan voor haar langzame en volmaakte dood.

Hij had dit van te voren moeten zien aankomen.

Hij was slordig aan het worden, was niet meer zo geconcentreerd.

Maar hij had geluk, want ze liep het huis weer in. Hij keek naar haar voeten. De gerafelde zoom van haar spijkerbroek streek over de bovenkant van haar Nikes. Ze ging weer naar binnen en trok de deur zachtjes achter zich dicht.

Op hetzelfde moment prikte hij de voorband lek, waarna hij naar achteren kroop voor band nummer twee. Eén lekke band was niet voldoende. Ze was handig genoeg om zelf een band te kunnen verwisselen, dus het zou een goed idee zijn om er voor de zekerheid twee lek te prikken. Maar hij aarzelde... als ze merkte dat ze maar liefst twee lekke banden had, zou ze dan niet achterdochtig worden? Nee, dat was geen goed idee.

Net toen hij de garage weer uit wilde sluipen om zich opnieuw terug te trekken in het bos herinnerde hij zich opeens dat ze iets voor in de auto had gegooid.

Hij kwam overeind, keek door het zijraampje in het interieur van de auto, zag haar rugzak liggen en verstijfde. Was dat haar mobiel die daar uit het zijvakje stak? Had hij echt zoveel geluk?

Zo geruisloos mogelijk trok hij het linkerportier open. Ja! Het was haar mobiel! Snel en behendig trok hij met twee vingers het telefoontje uit het vakje, waarna hij maakte dat hij de garage uit kwam. Pas toen hij weer in het bos was en wist dat ze hem niet zou kunnen zien, durfde hij weer adem te halen.

Hij snoof de vochtige moeraslucht in zich op. Tot dusver was alles goed gegaan.

Met wild kloppend hart dacht hij aan hoe ze zou ontdekken dat haar band lek was. Ze zou stoppen om de band te verwisselen, en als hij het handig speelde zou hij, als de barmhartige Samaritaan, juist ter plekke kunnen verschijnen en aanbieden om haar te helpen.

Neem nu maar geen risico.

Eerst de zus, en dan Abby.

Alles was weer onder controle.

De middag was omgevlogen voor Abby. Ze was van plan geweest om Zoey thuis af te zetten om dan, bij klaarlichte dag, naar het ziekenhuis te gaan, een deur te forceren, naar boven te gaan en daar, met de koevoet die ze al in de auto had gelegd, die verduivelde deur van kamer 207 open te breken.

Maar ze was opgehouden door telefoontjes van Montoya's broer, die een afspraak wilde maken voor de installatie van het alarmsysteem, van Charlene die meldde dat hun vader lag te rusten, van drie potentiële kopers die een afspraak wilden maken om het huis te bekijken, en van een paar cliënten die van alles van haar wilden weten. Zelfs Alicia had gebeld, en aangezien ze al een week lang probeerden om elkaar te pakken te krijgen, had Abby een halfuur met haar aan de lijn gehangen om de laatste nieuwtjes uit te wisselen. En al die tijd had Zoey met een glas wijn op de bank liggen luieren en van het ene kanaal naar het andere gezapt om reportages van Lukes begrafenis te bekijken.

'Ik had gedacht dat iemand ons wel gefilmd zou hebben, want uiteindelijk ben je zijn ex.'

'Jasses, Zoey, dat is ongezond.'

'Niet ongezonder dan jij die zo nodig weer naar die inrichting wil. En ik zeg het maar even,' voegde ze eraan toe, terwijl ze van haar glas riesling nipte, 'maar ik ben erop tegen.'

'Dat kan zijn, maar ik moet het doen.'

'Weet Montoya dat?'

'Nee.'

'Ben je van plan hem te bellen?'

'Om wat tegen hem te zeggen? Dat ik me op onweerstaanbare wijze geroepen voel om terug te keren naar de plek waar het allemaal is begonnen? Dat ik, als ik verder wil met mijn leven, eerst een paar stappen terug zal moeten doen om de demonen van het verleden onder ogen te zien?'

Zoey haalde haar schouders op. 'Het klinkt me allemaal veel te vergezocht.'

'Ik moet erheen,' hield Abby vol.

'Nou, dan ga je toch?' Zoey stak haar hand op in een gebaar van overgave.

Abby ademde uit met een zucht. 'Jij en pap hebben twintig jaar lang leugens verteld. Dat is een verduiveld lange tijd. En als ik maar twee uur nodig heb om dit alles te verwerken, dan...'

Zoey slikte de wijn door. 'Gá dan toch, verdorie. En doe wat je niet laten kunt.'

'Ik ben al weg.'

Zoey stond op, liep naar de keuken, trok de koelkast open en haalde de fles wijn eruit. 'Misschien dat ik vanavond nog naar huis vlieg.'

Abby wierp een blik op de zon die weldra onder zou gaan. 'Ik heb geen tijd om het daar nu over te hebben, Zoey. Maar als ik terug ben kunnen we er uitvoerig over praten, en drink ik een glaasje of twee met je mee. Goed? We gaan met de fles wijn op de bank naar een oude film kijken, als er tenminste nog een zender is die wat behoorlijks uitzendt in plaats van alleen maar het laatste nieuws over de moorden.'

Zoey schonk haar glas vol en zette de wijn terug in de koelkast. Ze zuchtte. 'Als je het gevoel hebt dat dit belangrijk voor je is, dan doe je het toch? Het spijt me dat ik zo krengerig ben. Volgens mij heb ik nog steeds last van de jetlag en heb ik ook wat onder de leden. De vrouw achter me in het vliegtuig zat haar longen uit haar lijf te hoesten, en ze zal me wel aangestoken hebben.'

'Er ligt ibuprofen in het medicijnkastje in de badkamer.'

'Voorlopig doe ik het hier maar liever mee.' Ze hield haar glas op. 'Tenzij je wilt dat ik meega?' vroeg ze met tegenzin.

'Maak je geen zorgen, dit is iets wat ik alleen moet doen.'

'Maar ik zou met je mee kunnen gaan, en dan blijf ik wel in de auto zitten als jij alleen naar binnen wilt.'

'Dat hoeft niet.'

'Goed, maar neem dan in ieder geval wel mijn wapen mee.'

'Jouw wapen?'

'Ja. Ik heb het meestal in mijn tas, maar in verband met al die beveiliging op het vliegveld heb ik het in mijn koffer moeten stoppen. Wacht, dan pak ik het even voor je.' Ze zette haar glas op het aanrecht, haastte zich op haar sokken de gang af en kwam even later terug met een soort mes.

'Wat is dat?'

'Een goedkope versie van de Pomeroy Stiletto. Je kunt hem dichtklappen, maar als je op dit knopje hier drukt, dan springt hij open...' Ze drukte op het kleine rode knopje om Abby te wijzen hoe het werkte.

'Is dit soort messen niet verboden?'

'Ik weet alleen maar dat je ze niet mee aan boord van het vliegtuig mag nemen, dus heb ik het in mijn koffer gestopt.' Ze klapte het mes dicht en gaf het aan haar zus.

'Goed,' zei Abby, onzeker. 'Bedankt.' Ze liet het mes in haar zak glijden. Ze was er klaar voor – alles zat in de auto. Ze had haar rugzak er ook al in gelegd. Haar portemonnee, haar mobiel, haar fototoestel en, voor de zekerheid, het busje pepperspray dat ze al bijna twee jaar vrijwel altijd bij zich had, hoewel ze het nog nooit had hoeven gebruiken. En verder een koevoet, een zaklantaarn en een lantaarn.

Hershey, die had gezien dat ze haar auto had ingeladen, stond bij de deur te piepen en had duidelijk zin in een uitje. Abby aarzelde. Zou ze de hond meenemen? 'Nee, later,' zei ze, het dier over haar kop aaiend. 'Dat beloof ik je. Of misschien wil "tante Zoey" wel een eindje met je gaan lopen.'

'Ik ben niet de tante van de hond, oké? Als je ooit kinderen krijgt, dan vind ik het best, maar voor een hond doe ik het niet.'

'Je ziet maar. Tot straks. Steek de haard aan, neem nog een glas wijn,' suggereerde Abby. 'En als ik binnen drie uur niet terug ben, dan bel je de politie maar.'

'Dan bel ik Montoya.'

'Nog beter,' zei ze. Ze speelde met de gedachte om hem zelf te bellen, maar als ze hem zou vertellen wat ze van plan was, kreeg hij een beroerte. Hij zou het net zomin begrijpen als Zoey. Alleen zou hij er veel meer op aandringen dat ze thuisbleef. En daarbij, hij was hard aan het werk – een rechercheur die zijn best deed om meerdere moorden op te lossen, en dat wás me nogal een klus. Bovendien werd zijn eigen tante vermist.

Abby stapte in de Honda, schakelde in de achteruit, en reed de garage uit. Wat zeiden ze ook alweer?

Vandaag is de eerste dag van de rest van je leven.

Voor haar was het juist andersom. *Vandaag was de laatste dag van de vijfendertig eerste jaren van haar leven.*

En morgen begon voor haar een nieuw leven.

'... precies. Controleer Lawrence DuLocs alibi's en zie wat je kunt vinden over een zekere Simon Thaddeus Heller. Ik heb zijn sociale-verzekeringsnummer,' zei Montoya. Hij reed met één hand verder, pakte Hellers sollicitatieformulier van de stoel naast zich en las het aan Zaroster voor. 'In de tijd dat Faith Chastain was opgenomen in Our Lady of Virtues heeft hij een verhouding met haar gehad. Hij is erom ontslagen. Daarna schijnt hij naar het westen getrokken te zijn. Bel met de FBI, misschien dat zij sneller aan zijn gegevens kunnen komen.'

'Komt in orde,' zei ze, en ze hing op.

Hij draaide het raampje een beetje open en tuurde door de voorruit vol met dode insecten. Was Heller teruggekomen? Om persoonlijk wraak te nemen op allen die een nauwe band met Faith Chastain hadden gehad? Maar als dat zo was, waarom had hij dan ook Asa Pomeroy en Luke Gierman vermoord? Of ging het in hun geval alleen maar om een verre relatie? Asa had een zoon die in de inrichting opgenomen was geweest, en Luke Gierman was met Faiths dochter getrouwd geweest, dezelfde dochter als die welke op het moment van Faiths overlijden op haar kamer was geweest. Mary LaBelle was de dochter van mensen die in het ziekenhuis hadden gewerkt. Gina Jefferson was er maatschappelijk werkster geweest.

Toen Heller als arts in Our Lady of Virtues had gewerkt.

Toen DuLoc daar patiënt was.

Hij wist dat hij de oplossing bijna te pakken had, maar hij kon er nog nét niet bij.

Net toen hij de snelweg opreed, ging de telefoon opnieuw. Hij nam op. 'Montoya.'

'Zaroster.'

'Dat was snel.'

'Het gaat niet over Heller of DuLoc. Van hen weet ik nog niets.' Ze aarzelde, en hij veranderde van rijstrook. 'Moet je horen, ik weet dat je officieel van de zaak bent gehaald, maar ik vind dat je dit moet weten. Asa Pomeroys auto is gevonden. In het moeras ten zuiden van de stad.'

Montoya zette zichzelf schrap, want hij wist wat er komen zou.

'Hij is ontdekt door een helikopterpiloot die toeristen over dat gedeelte van het moeras vloog. Hij zag de auto, wist dat die daar niets te zoeken had, herinnerde zich wat hij over de moorden op de radio had gehoord en belde de politie. De mannen van de sheriff waren er als eersten. Er zijn twee doden aangetroffen. Een man en een vrouw, die voorlopig zijn geïdentificeerd als Billy Ray Furlough en zuster Maria Montoya.'

'Verdomme,' kwam het zachtjes over zijn lippen, terwijl zijn maag zich samenbalde. Hoewel hij het nieuws verwacht had, kwam het toch nog als een klap, als een dreun in zijn maag.

'Gecondoleerd.'

'De godvergeten schoft.' Woedend was hij, en de tranen sprongen hem in de ogen toen vele herinneringen aan zijn tante – beelden uit het verleden – door zijn hoofd schoten. Hij zag haar zoals ze als jonge vrouw was geweest, vervuld van hoop en geluk, in de tijd dat ze nog met kinderen had gewerkt en altijd om de grappen en grollen van haar nichten en neven had moeten lachen. Ze had altijd iets treurigs gehad, maar toch had ze een goed leven gehad in het klooster.

'We zullen hem krijgen,' hoorde hij Zaroster zeggen.

Daar twijfelde Montoya niet aan. Als het nodig was, zou hij tot aan zijn dood jacht blijven maken op die schoft. Hij zou zich door niets laten weerhouden. Het monster moest overwonnen worden.

'Zeg me waar het is.' Hij trapte het gaspedaal in, zette zijn zwaailicht aan en scheurde door het verkeer alsof Lucifer persoonlijk hem op de hielen zat.

Een lekke band?

Ze had uitgerekend *nu* een lekke band?

'Geweldig, hoor,' zei Abby, terwijl ze met een nijdig gezicht naar de rechtervoorband van haar Honda stond te kijken. De zon was al bijna onder, en het zou weldra helemaal donker zijn. Echt geweldig. Nou, er zat niets anders op dan die band te verwisselen. Als ze snel was kon ze misschien nog net voor donker in het ziekenhuis zijn. Ze zou het zelf kunnen doen – waarmee ze minstens een halfuur kwijt zou zijn, en het was nog maar helemaal de vraag of de reserveband goed was – of ze kon de wegenwacht bellen. Dat zou waarschijnlijk nog langer duren. Of ze zou hiervandaan lopend naar het ziekenhuis kunnen gaan. Hoewel het met de auto nog iets van acht kilometer was, zou het, als ze dwars over de boerenakkers liep en de verboden-toegangborden negeerde, hooguit maar een kilometer zijn. Maar dan zou ze haar gereedschap in haar rugzak mee moeten nemen, en die was daar niet sterk genoeg voor.

'Dat wordt dus Deur Nummer Eén,' zei ze hardop voor zich uit, terwijl ze op zoek ging naar de krik en het boekje met de gebruiksaanwijzing.

Waarschijnlijk doe je er verstandiger aan om een sleepdienst te bellen en naar huis te gaan – beschouw het maar als een van Zoey's tekenen dat je beter niet in het ziekenhuis kunt inbreken.

Nee,' zei ze, alweer hardop. Teruggaan was géén optie. Ze wilde de waarheid weten, en ze wilde die vandáág nog weten.

Ze had Abby niet alleen moeten laten gaan.

Zoey, die inmiddels met haar derde glas wijn naar een sciencefictionfilm zat te kijken die ze al een paar keer eerder had gezien, wist dat ze een ernstige fout had gemaakt. Hoe had ze Abby in haar eentje naar dat doodenge oude gekkenhuis kunnen laten gaan? Ze had mee moeten gaan.

Maar daar had ze geen zin in gehad. Ze vond het er luguber. Dat was altijd al zo geweest. En indertijd had ze gezworen dat ze er nooit naar terug zou gaan.

De hond, die naast de open haard lag, hief haar kop op en blafte zacht.

Zoey keek hoopvol op. Misschien dat Abby zich bedacht had en dat ze terug was gekomen.

Hershey was opgestaan. Maar nu begon ze ineens zachtjes te grommen.

Nee... niet Abby. Iets anders. Zoey voelde een rilling over haar rug gaan. 'Wat is er?' vroeg ze, terwijl ze het geluid van de televisie wat zachter zette. De nekharen van de hond stonden overeind, en het dier liep van het ene raam naar het andere en keek naar buiten. 'Hou op,' beval Zoey. Wat had Abby ook alweer gezegd? Dat Hershey erg onrustig was... of had ze dat van de kat gezegd? Ze vond alle twee de dieren behoorlijk neurotisch. 'Rustig, maar. Er is niets aan de hand,' zei ze zacht, terwijl ze haar wijn opdronk. 'Ga nou maar weer gewoon liggen.' Ze zette het geluid weer harder, zapte langs de kanalen en vond een zender met doorlopend nieuws waar verslag werd gedaan over de seriemoordenaar die New Orleans onveilig maakte.

Wie was die man, en wat wilde hij? Ze dacht aan Abby en voelde zich schuldig. Niemand, en al helemaal geen vrouw, zou alleen op straat moeten zijn, en nog minder bij donker. Ze keek naar buiten en er verscheen een rimpel op haar voorhoofd. Het was nog licht, maar de zon was al bijna onder.

'O, onzin,' mompelde ze, en het nieuws ging verder met een reportage over de problemen in het Midden-Oosten.

En de hond zat nog steeds te grommen en zachtjes te janken.

'Nou best. Ga dan maar naar buiten! Sloof je dáár maar uit.' Zoey kwam van de bank en realiseerde zich dat ze te veel op had. Ze was niet dronken, verre van, maar een beetje aangeschoten was ze wel. Autorijden was er niet bij. En ze zou ook geen wijn meer drinken. Ze wilde ook best toegeven dat ze nog steeds moe was, en de wijn had haar jetlag er alleen maar erger op gemaakt.

Ondertussen ging die stomme hond helemaal door het lint bij de achterdeur. 'Is het nou áfgelopen,' riep ze. 'Echt hoor, geen eekhoorn is al die opwinding waard.' Ze deed de deur open, en de hond rende blaffend en grommend naar buiten. Ansel, die op een van de barkrukken bij het aanrecht had gelegen, begon opgewonden te blazen, waarmee ze Zoey, die hem niet had gezien, bijna een hartaanval bezorgde. 'Jezus. Hou daarmee op, wil je?' Haar hart ging als een gek tekeer, en ergens aan de andere kant van de gang klonk een doffe klap.

Ze was op slag achterdochtig. Was het de tv? Dat kon ze zich niet voorstellen. Het had niet geklonken alsof het uit de woonkamer was gekomen.

Ansel blies opnieuw en schoot weg naar de eethoek.

Het is ook een verrekte dierentuin hier in huis, dacht ze. Ze voelde zich bepaald slecht op haar gemak en bleef even aandachtig staan luisteren. Uiteindelijk hoorde ze niets behalve de televisie en het blaffen van de hond.

Ze haalde een paar keer diep adem om te kalmeren.

Het zenuwachtige gedrag van de dieren werkte aanstekelijk, en ze wou dat ze in haar auto kon stappen en Abby achterna kon gaan.

Zoey voelde aan haar neus. Gevoelloos. Nee, ze durfde niet te rijden. In plaats daarvan zou ze Abby bellen om te kijken of alles goed met haar was. En ze zou erop aandringen dat ze Montoya belde, dat was de beste oplossing. Ze dacht aan de rechercheur met zijn zwarte haar, donkere ogen en jongensachtige glimlach. Besefte hij wel hoe sexy hij was? Misschien moest ze hem zelf bellen, om hem te vertellen wat Abby van plan was. Ze twijfelde er niet aan dat haar zus zijn nummer hier ergens moest hebben liggen...

Niet doen.

Bel hem niet.

Of ben je soms vergeten wat er met Luke is gebeurd?

Door hem ben je je zus bijna kwijtgeraakt. Hou je erbuiten.

De hond blafte nog steeds alsof zijn leven ervan afhing. Zoey keek uit het venster van de deur en zag Hershey voor het raam van het washok heen en weer lopen. Ze vermoedde dat hij een dier achternazat dat onder het huis was weggekropen.

Geweldig. Wat als het een stinkdier was?

Ze liep naar de zitkamer en pakte haar tas. Terwijl ze erin zocht keek ze naar de televisie. De paus was in beeld. Hij stond op een balkon en zwaaide naar een menigte mensen die zich op het plein ervoor had verzameld.

Ze vond haar telefoon.

Krak!

Wat was dát, verdomme? Een deur die openging?

Zoey drukte de geheugentoets voor Abby's nummer in. Ze weigerde hysterisch te worden. Ze *vertikte het!*

De verbinding klikte en het volgende moment klonk er een melodietje ergens in huis. Was Abby haar mobiel vergeten? O, nee... Met haar telefoon tegen haar oor gedrukt, liep ze de gang in. Het muziekje kwam uit het washok.

'O, Abby,' mompelde ze, terwijl ze door de openstaande deur naar binnen liep en Abby's mobiel op de vensterbank van het open raam zag liggen...

Het open raam?

En dat was uitgerekend het raam waar Hershey zo wild blaffend en grommend voor heen en weer liep en... o, god.

Zoey's nekharen kwamen overeind. Ze verbrak de telefoonverbinding en draaide zich om.

Een overweldigende angst schoot als een vlijmscherp mes door haar heen.

Ze viel bijna flauw.

In de deuropening stond een lange, in het zwart geklede man!

Ze wilde het uitschreeuwen, en zag de vreemdsoortige revolver in zijn hand.

Het is afgelopen. Hij gaat je vermoorden.

In een opwelling dook ze over de wasmachine heen door het raam naar buiten. En belandde in de modder voor het venster. Zo snel als ze kon, en zonder achterom te kijken, krabbelde ze overeind en zette het op een lopen.

Waarheen? O, god, waar kon ze naartoe? De huurauto! Ze had de sleuteltjes onder de stoel gelegd. Ze rende voor haar leven, maakte dat ze naar de voorzijde van het huis kwam, en realiseerde zich dat ze haar mobiel nog steeds in haar hand had.

Met bevende vingers drukte ze op de middelste toets voor het alarmnummer. Achter zich hoorde ze een deur opengaan.

Lopen, lopen, lopen!

Ze ging de hoek van het huis om. De hond kwam haar achterna.

De huurauto stond aan de zijkant van de oprit. Aan de andere kant hoorde ze de telefoon overgaan.

O, neem dan toch op, schoot het door haar heen. Haar sokken slipten op het grind. O, god, waar was hij? Ze keek achterom en zag hem, op nog geen tien meter afstand.

Paniek maakte zich van haar meester.

'Negen-een-een, meldkamer. Wat kan ik voor – '

'Hij is hier! De moordenaar is hier! Ik ben in Cambrai. In het huis van Abby Chastain – '

Ze was bij de auto en zag hoe hij het wapen op haar richtte.

'Vlug!' Haar vingers trokken aan het portierhendel.

En toen vuurde hij.

Montoya parkeerde aan het eind van het laantje bij de politieafzetting die bewaakt werd door twee agenten die hij niet kende. Hij identificeerde zich, zocht zich een weg tussen de andere geparkeerde voertuigen door, ontweek de eerste nieuwsploegen die zojuist gearriveerd waren en liep de laatste meters van het modderige landweggetje af. Hij bevond zich zo diep in het beboste moerasgebied dat het hier al bijna nacht leek, ook al duurde het nog een uur voor de zon helemaal onder was.

Op de plaats van de misdaad heerste een geordende chaos. Agenten waren bezig om de boel af te zetten met gele tape en om lampen op te zetten. Anderen waren bezig met het verzamelen van bewijsmateriaal, en met het maken van foto's van het terrein en de verlaten, verwaarloosde stacaravan. Naast Asa Pomeroys glanzende Jaguar lagen de resten van een oude, verroeste auto waarvan het merk niet meer te herkennen was.

Hij wist dat hij hier niet behoorde te zijn en dat hij ervoor berispt zou worden, maar hij liep het terrein verder op alsof hij hier thuishoorde. Als iemand hem tegen wilde houden, dan zou hij wel verder zien. Hij wilde alleen maar kijken. Verder niets.

Het was niet dat hij niet geloofde dat zijn tante dood was. Het was alleen dat hij met eigen ogen wilde zien wat deze zwaar gestoorde moordenaar had gedaan. Dat was alles.

Niet ver van de Jaguar stond Brinkman met een aantal agenten van de sheriff te praten, terwijl Bentz, samen met iemand van het bureau van de sheriff, het pad onderzocht dat naar een gammele steiger liep. Zo te zien was de FBI nog niet gearriveerd, maar dat zou slechts een kwestie van minuten zijn.

Iedereen was druk bezig – niemand lette op hem.

Het was nu of nooit.

Hij liep het trapje voor de openstaande deur op, en stapte de hel in.

Het interieur van de caravan werd verlicht met jupiterlampen, en op de vloer lagen twee lijken – net als de voorgaande keren met de armen om elkaar heen geslagen. Zijn tante, in habijt, lag bovenop het naakte lichaam van haar zoon, Billy Ray Furlough. Als er bloedsporen waren, dan vielen die niet op door de vele zwarte en rode verfspetters waarmee de slachtoffers bedekt waren. Op een van de muren stond in felrode letters geschreven:

ZONDE WORDT BESTRAFT MET DE DOOD.

Bonita Washington, die bezig was de stoffelijke resten te onderzoeken, keek achterom over haar schouder. 'Het logboek... Montoya?' Ze zette grote ogen. 'Wat doe jij hier?'

Hij zei niets, draaide zich om en ging naar buiten. Hij was halverwege het pad toen hij werd ingehaald door Bentz.

'Blijf staan!' beval hij, en zijn stem had een scherpe klank die Montoya helemaal niet beviel.

Hij gehoorzaamde. Draaide zich om. Keek de oudere man aan. 'Ja?'

'Dat weet je best,' zei hij streng. 'Hoe haal je het in je hoofd om hier te komen?' Montoya gaf geen antwoord, en Bentz kneep zijn ogen half-dicht. 'Verdomme, en ik zal het moeten melden ook.'

'Dan doe je dat toch? Dat is je werk.'

'Verdomme, Montoya, doe dit niet. We willen dit helemaal volgens het boekje doen om te voorkomen dat die schoft er ongestraft van af kan komen. Ik dacht dat we het daar allemaal over eens waren. Of ben ik niet duidelijk genoeg geweest?'

'Ja hoor.'

'Donder dan als de sodemieter op en kom niet terug.' Zijn kaakspieren begonnen te werken toen Montoya hem strak aan bleef kijken. 'Hé, ik weet best dat het ontzettend moeilijk voor je is. Maar laat het los. We krijgen hem wel.'

Niet als ik hem als eerste te pakken krijg, dacht Montoya. Het beeld van het opgezette, bleke gezicht van zijn dode tante en van de verfspetters op haar lichaam stond op zijn netvlies gebrand.

Montoya liep met grote, nijdige stappen terug naar zijn auto. Woedend was hij. Hij dacht aan de boodschap die op de wand van de caravan was geschilderd: ZONDE WORDT BESTRAFT MET DE DOOD.

Precies, jij vuile schoft, was hij het in gedachten met hem eens. *En de grootste zondaar, dat ben jij.*

Ik hoop dat je er klaar voor bent.

Hoofdstuk 27

'De hemel sta me bij.' Abby keek omhoog langs de gevel van het oude ziekenhuis, en ze had het opeens door en door koud. Het was aan het schemeren, het omliggende bos wierp lange schaduwen, muggen zoemden volop en krekels tjirpten. Ze stond naast de fontein met zijn wenende engelen en gebarsten bekken, liet de sfeer op zich inwerken en was zich bewust van iets in de omgeving dat een en al boosaardig was. Het was net alsof het afkomstig was uit het gebouw zelf, dat op de een of andere manier op haar neer leek te kijken.

Dat verbeeld je je maar.

Het vervallen oude gebouw dat zo'n dreigende indruk maakte, was alleen maar een verzameling bakstenen, cement, dakpannen en glas. Er spookten geen geesten van diegenen die erin hadden gewoond. En niet alleen keek het niet op haar neer, het probeerde haar er ook niet voor te waarschuwen dat ze op het punt stond de grootste fout van haar leven te begaan. Dat kon echter niet voorkomen dat haar hart twee keer zo snel sloeg als normaal.

'Je stelt je aan,' zei ze tegen zichzelf, terwijl ze al haar moed bij elkaar raapte. Ze kon het nu toch niet opgegeven, niet nu ze haar doel zo dicht genaderd was. Maar haar hart bonsde als een gek, en haar zenuwen waren tot het uiterste gespannen.

Dit is de plek waar het gebeurd is, dacht ze, terwijl ze naar de plek op het door onkruid overwoekerde beton keek waar het leven van haar moeder was geëindigd.

Vooruit, schiet op. Stel het niet langer uit.

Ze sloeg een kruisje, hees een riem van haar rugzak over haar schouder en begon om het gebouw heen te lopen. Ze liep dwars over het eens zo zorgvuldig verzorgde gazon waar ze vroeger vaak naar de vele vlinders en bijen had gekeken, en waar ze ooit eens door een groep kinderen van min of meer haar eigen leeftijd was aangestaard alsof ze iemand van een andere planeet was geweest. Ze herinnerde zich hoe ze haar en Zoey hadden aangegaapt terwijl ze elkaar rond de bloeiende en heerlijk ruikende magnolia's achterna hadden gezeten.

Abby had die kinderen vreemd gevonden, maar haar vader had haar altijd voorgehouden dat ze medelijden met hen moest hebben. Het was niet goed om over anderen te oordelen, had hij gezegd, maar toch had ze hen maar raar gevonden. Ze keek naar het hoekje van de veranda waar ze altijd hadden gezeten, en liep er – nu nog – met een ruime boog omheen.

Er was geen ontkomen aan. De achterdeur was niet zo heel ver meer toen ze opeens het gevoel had alsof ze achtervolgd werd door het kleine blonde meisje dat nooit iets zei, maar dat altijd met een stuk krijt vreemde vormen op de flagstones zat te tekenen. En door de jongen die al haar bewegingen gadesloeg en voortdurend plukken haar uit zijn hoofd trok. De oude vrouw die onderuitgezakt, met een arm slap omlaag, haar mond wijd open en grote, verwonderde ogen achter dikke brillenglazen, in haar rolstoel zat. De vrouw die in het verleden een beroemde schoonheid was geweest, was zwaar dement. En dan was er die jongen geweest, een puber die bijna man was, die altijd naar haar en haar moeder had gestaard, maar dan op een manier die haar onveranderlijk naar een douche had doen verlangen. Hoe vaak had hij niet in de buurt van haar moeders kamer op de gang gestaan en ritmisch in zo'n antistressbal geknepen? Ze kon zich nog goed herinneren hoe hij haar met die donkere, doordringende ogen van hem had aangekeken, en ze zich zonder uitzondering vies had gevoeld. De seksuele boodschap die hij uitzond was duidelijk – hij stond dat balletje te kneden, maar in werkelijkheid verlangden die grote handen van hem naar méér.

Ze huiverde bij de gedachte aan al die gekwelde zielen die hier hadden geleefd, die afhankelijk waren geweest van de verzorging van de artsen, verpleegkundigen, maatschappelijk werkers en overig personeel, maar die in werkelijkheid veelal aan hun lot waren overgelaten. Haar moeder had hier veilig moeten zijn. Dit ziekenhuis had een plek moeten zijn waar zieken beter werden gemaakt, en waar ze zich op hun gemak konden voelen. Niet een plaats waar pijn werd geleden. Waar ze doodsangsten uitstonden. Waar ze seksueel misbruikt werden.

Abby bad voor haar arme, geestelijk zwakke moeder. 'O, mam, het spijt me zo,' zei ze hardop. Haar hart voelde zwaar aan.

Ik vergeef je. Faiths woorden leken vanuit de hemel omlaag te zweven, en opeens bleef Abby stokstijf staan. Had ze dát bedoeld? Een ijzige vinger van begrip gleed langs haar ruggengraat. Ze liep verder over het oude pad en dacht aan het monster dat Faith misbruikt had, de arts die kamer 207 binnenging onder het mom zijn patiënt te helpen, maar die haar in plaats daarvan tot perverse daden had gedwongen.

'Ik hoop dat je in de hel ligt te rotten,' mompelde ze in het halfduister voor zich uit.

Het werd nu snel donker. De zon was achter de bomen gezakt, de lucht begon te betrekken en het zag eruit alsof er regen op komst was.

De achterdeur zat stevig op slot, net als toen ze hier de vorige keer was geweest. Maar het raam waar ze zich toen door naar binnen had gehesen, stond nog steeds op een kiertje. Zuster Maria was vergeten om het te sluiten, of om dat aan de oude tuinman te vragen. Aan de andere kant had de non daar ook niet veel tijd voor gehad, dacht Abby treurig, en ze twijfelde er niet aan dat zuster Maria intussen al dood was.

Ze keek naar het open raam.

Had ze geluk?

Of was het juist een slecht voorteken?

Ze wilde best toegeven dat ze bang was, en dat ze nog steeds twijfelde of haar beslissing om haar moeders kamer binnen te dringen wel zo'n verstandige was.

Haar vaders mantra schoot door haar hoofd. *Zit het tegen...*

'Ja, ja, ik weet het. Hou nou maar op!' Ze haalde diep adem en zette de angst van zich af. Zenuwachtig liet ze haar rugzak door het raam naar binnen vallen, waarna ze zich op de vensterbank hees en er aan de andere kant, in de gang, van afsprong.

Ze was hier!

Beneden, in zijn vertrekken in de kelder, had hij de doffe bons van haar sprong door het raam gehoord. Zijn hart begon sneller te slaan en hij haalde diep adem. Hij had geweten dat ze zou komen. Faiths dochter zou terugkeren naar de plek waar al haar problemen waren begonnen, en waar ze voor het eerst kennis had gemaakt met het grote verdriet. Hij liet zijn tong over zijn lippen gaan en knipperde met zijn ogen.

Maar zíjn grote verdriet was al veel eerder begonnen.

Hij keek naar de muren van zijn kamer, naar alles wat hij er zo zorgvuldig op had geschilderd. Gedeeltes uit de bijbel, woorden van grote filosofen die over de zonde hadden geschreven, zijn eigen persoonlijke theorieën die door zijn moeder geformuleerd en vervolgens bekrachtigd waren op de strenge katholieke scholen waar hij uiteindelijk van af was getrapt.

Hij spitste zijn oren. Hoorde voetstappen. Van de dochter.

Diep in zijn lendenen begon het weer te kriebelen – kriebelde de begeerte die hij had gevoeld voor Faith Chastain, maar ook de woede die zich altijd weer van hem meester maakte bij de gedachte dat ze zich ook aan de dokter had geschonken.

Zonde wordt bestraft met de dood.

Hoe vaak had hij die woorden niet van zijn moeder gehoord. In gedachten zag hij haar nog voor het raam zitten met de bijbel op schoot, en, op tafel naast haar, de asbak met de vergeten, brandende sigaret, en haar glas met smeltende ijsblokjes. 'Hij zal ervoor boeten,' had ze honderden keren tegen haar zoon gezegd. 'Je vader en die slet van een nieuwe vrouw van hem zijn zondaren, en ze zullen alle twee moeten boeten.' Ze had een slok van haar drankje genomen, en haar tong had het druppeltje weggelikt dat aan haar lip was blijven hangen. 'Net als iedereen.' Ze had hem aangekeken met ogen waar totaal geen moederliefde uit sprak. 'En jij ook. Je hebt zijn bloed in je aderen, en je zult boeten.' Nog een slokje, en dan dat verdraaide, sarcastische glimlachje dat hij zo was gaan haten. 'Maar dat doe je al, niet? De nonnen op school hebben het me verteld.'

Hij voelde weer dezelfde schaamte als toen, toen ze tegen hem tekeer was gegaan over de zonden waar ze in haar eigen jeugd regelmatig over te horen had gekregen. Met bevende vingers had ze een nieuwe sigaret opgestoken, en hem vervolgens met zijn zonden geconfronteerd. De nonnen hadden haar verteld dat hij van school had gespijbeld – hetgeen natuurlijk een leugen was geweest – maar zij had de zusters geloofd en hem, om hem over zijn zondige gedrag na te laten denken, in een kast opgesloten.

En dat was niet de eerste keer geweest.

Eerder was hij op school betrapt toen hij een meisje had gekust. Thuis had zijn woedende en diep beschaamde moeder hem opgewacht. Die keer had ze hem uitgekleed en hem drie dagen, te midden van zijn eigen urine en uitwerpselen, en zonder water opgesloten gehouden. Bij wijze van boetedoening had ze hem *zonde wordt bestraft met de dood* op de muur laten schrijven. Gedurende die drie dagen van zijn opsluiting had hij gedacht dat hij in die lege kast, waar zijn vader ooit eens zijn geweren in had bewaard, zou sterven.

Natuurlijk had ze hem er uiteindelijk weer uit gelaten. Dat gebeurde altijd wanneer zijn naar drank stinkende moeder na verloop van tijd vond dat hij lang genoeg gestraft was. En dan smeekte ze hem altijd in tranen om vergiffenis, en stopte ze hem in bad, gaf ze hem nieuwe kleren en duur speelgoed, en kuste ze hem overal... over zijn hele lichaam... en streelde en verzorgde ze de blauwe plekken, sneeën en schrammen die hij had opgelopen bij zijn pogingen om uit die kast te komen.

Op die momenten was ze heel teder en overlaadde ze hem met liefkozingen. Ze verzekerde hem dat God, als hij werkelijk berouw toonde over zijn zonden, hem genadig zou zijn. En zij ook.

Ooit eens, na een extra lang verblijf in de kast, was hij niet alleen bang, maar vooral ook woedend geweest. Toen hij de sleutel in het slot had horen omdraaien en het eerste, oogverblindende licht naar binnen was gevallen, was hij opgestaan en straal langs haar heen gelopen. Hij had haar handen van zich af geslagen en had haar geschenken naar haar teruggegooid. Hij dreigde haar dat hij haar zou verlaten, dat hij alles wat ze had gedaan aan zijn vader zou vertellen. Dat was het moment geweest waarop ze, heftig bevend en snikkend, verteld had dat de man die hem verwekt had, hem helemaal nooit had willen hebben. Zijn vader had betaald voor een abortus die zij geweigerd had. En was zijn vader, toen hij eenmaal geboren was, bij haar gebleven? O, een paar jaar, dat wel, maar uiteindelijk was het huwelijk op de klippen gelopen, was zijn vader vreemdgegaan en had hij hen verlaten.

Op dat moment, toen ze hem huilend en zo heftig bevend dat ze haar sigaret nog niet eens vast had kunnen houden, verteld had dat zijn vader een abortus had gewild, had hij zich gerealiseerd dat ze bij wijze van uitzondering de waarheid sprak. Het klopte immers dat zijn vader hen had verlaten voor de hoer.

En toen had hij geweten dat het zijn taak was om de zaak recht te zetten. Dat hij persoonlijk boete moest doen voor het feit dat hij ongewenst was.

Hij had geen moment geaarzeld en het zwaard der wrake opgenomen.

Was zijn vaders tweede vrouw niet gestorven?

Had men hem daar niet van verdacht?

Was hij niet hier beland... blijvend opgesloten tot het ziekenhuis de poorten had gesloten, en hij daarna van de ene particuliere instelling naar de andere was gestuurd? Altijd en overal waren nonnen en priesters, rozenkransen en kruisbeelden geweest. En altijd had hij geweten dat al zijn zonden werden gezien en opgeschreven, en dat ze nooit vergeten en nooit vergeven werden. Hij had geprobeerd zijn missie trouw te blijven en zijn persoonlijke verlangens de baas te blijven. Hij had zijn best gedaan zijn persoonlijke wellust te onderdrukken.

Maar... met Faith... had hij alles op het spel gezet, had hij zijn ziel veroordeeld tot het hart van de hel, en dat alleen om haar aan te mogen raken en bij haar te mogen liggen, om haar heerlijke, warme lichaam bovenop het zijne te kunnen voelen.

En nu was haar dochter hier – haar dochter die zo sprekend op haar leek dat ze bijna haar tweelingzus zou kunnen zijn.

Opnieuw keek hij naar de woorden op de muur van zijn kamer. Boven de citaten had hij met de grootst mogelijke zorg veertien simpele woorden geschilderd voor de veertien slachtoffers – de zondaars en heiligen, zij die gestraft zouden worden, en zij die de straffen uitdeelden.

Was Faith maar hier... zij zou het begrijpen. Zij zou hem geruststellen.

Zij zou van hem *houden*. Maar dat was niet mogelijk. Die luilak van een dokter had haar vermoord. Hij had haar geneukt, en toen hij door de dochter op heterdaad was betrapt, had hij Faith, beeldschone Faith, door het raam geduwd.

Zijn lichaam kromp ineen bij de herinnering aan haar schreeuw, aan de klap waarmee ze tegen het beton was geslagen. De tranen sprongen hem in de ogen. Withete woede kolkte door zijn aderen.

In tegenstelling tot wat velen geloofden, was Faiths dood geen ongeluk geweest.

Dat wist hij.

Want hij was erbij geweest.

De dokter zou voor zijn zonden boeten.

Vanavond.

De kamers in het ziekenhuis waren stil en vol schaduwen. Schemerlicht drong naar binnen door de niet dichtgespijkerde ramen, en het rook er muf en vochtig. Abby was zich bewust van een daling in de temperatuur, terwijl de sfeer iets zwaars en stroperigs kreeg.

Hou toch op, dat verbeeld je je maar. Stel je niet aan en loop door!

Ze ritste haar rugzak open en haalde haar zaklantaarn eruit. Een stem in haar achterhoofd schreeuwde dat ze gek was om dit te doen, dat ze even gek was als sommigen van de mensen die hier opgenomen waren geweest en dat ze, als ze ook maar een beetje nuchter verstand had, moest maken dat ze hier wegkwam.

Ze kon morgen terugkomen.

Overdag, wanneer het licht was.

Met een waakhond, Montoya en een revolver.

Nee. Ze wilde het *nu* weten.

Ze had het al veel te lang uitgesteld.

Ze kon de gedachte van *nog* langer in onzekerheid te moeten leven niet verdragen.

Het was nu of nooit.

Ze hees de rugzak weer over haar schouder. In haar ene hand hield ze de koevoet, in de andere haar zaklantaarn. Ze scheen met het licht over de stoffige vloerdelen en over de ramen, en begon de gang af te lopen. Ze zag half vergaan, loshangend behang en kroonluchters met lange draden van oude spinnenwebben eraan. Elke griezelfilm die ze ooit van haar leven had gezien speelde haar door het hoofd.

Ze had zich nog nooit zo eenzaam gevoeld.

Ze was nog nooit zo vastberaden geweest.

Je moet dit doen. Je moet je herinneren hoe het is gegaan.

Het gebouw maakte zachte kreunende en krakende geluiden.

Abby onderdrukte een schreeuw.

Het stelt niets voor. Oude huizen kraken altijd. Je eigen huis kraakt.

Ze liep de keuken in en hoorde een ander geluid. Haar hart balde zich samen.

Kras, kras, kras.

Het gekrabbel van kleine klauwtjes. Ze scheen met het licht in het rond, en liet de lichtbundel over het oude aanrecht, het fornuis en de verroeste gootsteen gaan waar ze nog net een rat in de afvoer zag verdwijnen – zijn staart kronkelde als een kleine, zwarte slang achter hem aan.

'Jezus,' kwam het in een zucht over haar lippen. Haar hart klopte in haar keel.

Abby liep langzaam verder en hoorde haar eigen voetstappen en het slaan van haar eigen hart.

Ze sloot haar ogen en meende een zachte kreet te horen.

Doe jezelf dit niet aan. Er is hier geen mens. Laat je angst niet op hol slaan. Hoed je voor de paranoia van je moeder.

Ze haalde diep en haperend adem en greep de koevoet vast alsof haar leven ervan afhing. Ze slikte haar angst terug maar kon zweren dat ze, als ze echt heel goed luisterde, het gedempte snikken en de wanhoopskreten kon horen van de patiënten die hier geleden hadden.

Hou op. Er is niemand in dit gebouw. Er is niemand die snikt of kreunt of wat dan ook, verdomme! Vooruit, schiet nou toch eindelijk eens op! Het is al bijna donker. Hoe eerder je dit achter de rug hebt, hoe beter!

Montoya trapte het gas zo ver mogelijk in. Het kon hem niet schelen dat hij hier niet zo hard mocht rijden. Met wild kloppend hart en zijn kaken op elkaar geklemd haalde hij iedereen in – auto's en vrachtwagens, de een na de ander. Het beeld van het lichaam van zijn tante bovenop dat van Billy Ray stond op zijn netvlies gebrand, en hij greep het stuur nog iets steviger beet. Wat als het monster het nu op Abby had voorzien? 'Verdomme,' gromde hij, terwijl hij terugschakelde en een oplegger passeerde.

Toen hij bij een recht gedeelte van de weg was gekomen, pakte hij zijn mobiel en belde naar haar huis.

Hij telde de keren dat de telefoon overging, en voelde zijn angst groeien. 'Toe dan,' moedigde hij haar aan. 'Vooruit!' Maar er nam niemand op.

Angst dreunde door zijn hoofd.

Hou toch op. Misschien is ze gewoon niet thuis.

Montoya toetste het nummer van haar mobiel in, maar in plaats van te rinkelen, sprong meteen het bandje aan waarop hij werd verzocht een boodschap in te spreken.

Het beviel hem niets. Er konden wel duizend redenen zijn waarom ze niet opnam, redenen die niets te maken hadden met de moorden die hadden plaatsgevonden, maar dat maakte hem er niets geruster op.

Hij voelde intuïtief aan dat de dood van Faith Chastain op de een of andere manier tot de recente dodelijke ontwikkelingen had geleid. Hij wist alleen nog niet hóé het precies zat. Maar het enige wat hij heel zeker wist, was dat Abby ermee te maken had.

Het landschap schoot langs, maar niets van wat hij zag drong tot hem door terwijl hij zijn uiterste best deed om de paniek de baas te blijven.

Wat zou in vredesnaam de verbindende factor kunnen zijn tussen Faith Chastains tragische dood en de dodelijke gebeurtenissen die zich nu afspeelden?

Zonde wordt bestraft met de dood.

Waarom uitgerekend *die* boodschap? Wat zat erachter?

Met een bedenkelijke blik op de donkere wolken die zich samenpakten, dacht hij aan het eerste briefje dat bij WSLJ was binnengekomen.

Heb berouw.

Om wat? Een zonde? Hij nam gas terug voor een bocht, negeerde het kraken van de politieradio en probeerde alle brokstukjes aan elkaar gelijmd te krijgen. Hij dacht aan de tweede boodschap.

Doe boete.

Wat bedoelde de moordenaar daar precies mee? Wie moest boete doen, en waarvoor? Nog meer zonden? En wat waren die zonden dan? Wat wilde de dader precies met al die religieus getinte teksten? *Denk na! Je moet het verband zien te vinden. De tijd begon op te raken. En de moordenaar probeert je iets duidelijk te maken... het heeft te maken met zonde...*

Waarom werden de slachtoffers twee aan twee gepresenteerd?

Wat waren hun zonden?

Hij werkte met zijn kaakspieren en zijn hoofd deed pijn van het ingespannen denken. Elk slachtoffer was uitgezocht om een specifieke reden... voor zijn of haar zonde. Jegens wie? De moordenaar? De mensheid? God?

Jezus, Montoya, gebruik je hersens!

Bij het naderen van de smalle brug nam hij gas terug. Er kwam hem een motorrijder tegemoet – zijn enkele koplamp gloeide als een lichtgevend oog. Midden op de brug passeerden ze elkaar.

Montoya bleef met zijn gedachten bij de briefjes van de moordenaar.

Het tweede was ondertekend met Al W... nee, met LAW. Dat moest een aanwijzing zijn, dat kon haast niet anders. Wat probeerde de moordenaar daarmee te zeggen?

Het voor de hand liggende antwoord was simpel:

L voor Luke.

A voor Asa.

W voor William.

Maar waarom niet voor de vrouwelijks slachtoffers?

Geen C voor Courtney.

Geen G voor Gina.

Geen M voor Maria.

En waarom had de Maagd Maria die bruidsjurk aangehad? Waarom al dat geld bij Asa Pomeroy en Gina Jefferson? En de bloedrode en zwarte verf, en die woorden op de muur bij William en Maria, bij moeder en zoon?

Wat waren hun zonden?

En waarom getuigde de laatste scène van zo'n enorme woede? Van zoveel agressiviteit? Terwijl dat bij de eerste twee gevallen niet zo was geweest.

'Krijg toch allemaal wat.' Hij zette zijn richtingaanwijzer uit en haalde een vrachtwagen in die achterop een sticker had geplakt met de tekst: *Toeter Als Je Van Jezus Houdt.*

Toen hij de oplegger voorbij was, pakte hij opnieuw zijn mobiel om Abby te bellen. Hij wilde haar stem horen om zich ervan te verzekeren dat alles goed met haar was.

Hij drukte op de sneltoets, keek door de voorruit vol dode insecten naar het verkeer, luisterde naar het overgaan van de telefoon en probeerde ondertussen te bedenken wat de boodschap van de moordenaar zou kunnen zijn. Ongelijke puzzelstukjes, duidelijke aanwijzingen... ze leken hem wakker te willen schudden, leken hem uit te dagen. Wat was toch het ziekelijke verhaal die deze psychopaat tot het plegen van de moorden dreef?

Wat was de zin van yin en yang? Van licht en donker? Van goed en kwaad?

Nee!

Niet noodzakelijkerwijs goed tegenover kwaad. Het was eerder zondaar en heilige.

Hij remde af en zette de auto langs de kant van de weg. De oplegger, die vlak achter hem aan had gereden, haalde hem luid toeterend in. Montoya's hart ging als een waanzinnige tekeer. Zondaar en heilige... Luke Gierman, de man met de grote bek die zijn vrouw belazerde, en Courtney LaBelle, de maagd. Asa Pomeroy, de hebzuchtige industrieel, en Gina Jefferson, de filantroop. Billy Ray Furlough, niet Maria's zoon... nee, dat was alleen maar een bijkomstigheid. Hij was een agressieve predikant die hoog van de toren blies over Gods wraak, terwijl Maria een ingetogen, ware gelovige was die had vertrouwd op een goede, barmhartige God.

Kon dat het zijn?

Zo simpel?

Hij hield de telefoon tegen zijn oor gedrukt, en hoorde Abby's stem die hem vroeg een boodschap in te spreken. O, god, hij hoopte vurig dat alles goed met haar was, want hij raakte dat akelige gevoel maar niet kwijt dat ze op de een of andere manier rechtstreeks met dit drama te maken had.

Hij liet de motor draaien, vroeg Abby om hem meteen te bellen, verbrak de verbinding en belde Geweldmisdrijven.

De seconden kropen om.

'Zaroster.' Lynn nam op.

'Met Montoya. Zit je in de buurt van een computer?' vroeg hij. Zijn brein raasde in kringetjes rond terwijl de eerste regendruppels op de voorruit vielen.

'Ja, ik zit achter mijn bureau. Hoezo?'

'Je moet iets voor me opzoeken. Met Google, of wat voor zoekmachine dan ook.'

'Google. Eén momentje.'

Hij hoorde haar typen en werd zowat krankzinnig van het wachten.

'Hebbes,' zei ze. 'Wat wil je dat ik opzoek?'

'Begin met de Zeven Hoofdzonden.'

Ze was even stil. 'Zeven Hoofdzonden... goed...'

Het begon harder te regenen. Dikke druppels spatten op de motorkap van zijn Mustang en dropen over de voorruit. Hij deed de ruitenwissers aan, keek naar het langsrijdende verkeer en luisterde naar haar typen.

'Ik heb hier heel wat in beeld.'

'Ga naar een site die er een opsomming van geeft... bij voorkeur een katholieke site. En lees ze me voor.'

'Waar je maar behoefte aan hebt.' Nog meer tikken. 'Ja, hier heb ik ze,' zei ze.

De angst joeg adrenaline door zijn aderen. Hij had het stuur zo stevig beet dat zijn knokkels er wit van zagen.

'Daar gaat-ie,' zei ze. 'We kennen ze allemaal: Trots, Toorn, Jaloezie, Wellust, Onmatigheid, Gemakzucht en Hebzucht.'

'Goed. Mooi,' zei hij, hoewel de zuivere angst hem om het hart sloeg. Als zijn gedachtegang correct was, als hij eindelijk doorhad wat er aan de hand was, dan moest het ergste nog komen. 'Ik heb als kind op catechisatie gezeten, en dat vertellen ze je daar. Maar dat is niet alles.'

'Het spijt me, het zijn er echt maar zeven.'

'Nee, ik bedoel, zijn er niet ook zeven specifieke deugden die tegenover die zonden staan?'

'Deugden?' herhaalde ze. 'Misschien zou je me willen vertellen waar je dit voor nodig hebt.'

'Zodra ik het weet,' siste Montoya. Hij zag enorm op tegen het antwoord, en hoorde haar weer iets tikken. 'Er zouden er ook zeven van moeten zijn.'

'Deugden... zoals de naam van het ziekenhuis – *virtues*?' vroeg ze, en Montoya's angst nam toe.

'Precies.'

'Even kijken...' Nog meer tikken, en lange seconden stilte. Hij dacht dat hij gek zou worden. 'O, hier heb ik het. Nooit geweten dat die bestonden. Verdomme. Moet je horen.'

'Ja?'

'Ik heb hier een lijst met Zeven Deugden, één deugd voor elke zonde.'

Ineens begon het te stortregenen.

'En die zijn?'

'Voor trots – *pride* – is dat nederigheid – *humility*, voor toorn – *wrath* – is het zachtmoedigheid – *meekness*, voor jaloezie – *envy* – is het naastenliefde – *charity*, voor wellust – *lust* – is het kuisheid – *chastity*, tegenover onmatigheid – *gluttony* – staat matigheid – *moderation*, en tegenover gemakzucht – *sloth* – staat ijver – *zeal*, en tegenover hebzucht – *avarice* – staat – '

'Gulheid – *generosity*,' zei hij, en hij schakelde. Zaroster slaakte een kreet van verbazing. 'De letters... A, L, W? *Avarice, Lust* en *Wrath?*'

'Bingo.' Waarom had hij dat niet eerder gezien? De aanwijzingen hadden voor het grijpen gelegen. De moordenaar had hen uitgedaagd met de letters, en dat niet alleen ten aanzien van de namen van de slachtoffers, maar ook voor wat betrof de zonde of de deugd die met hen werd geassocieerd. 'Ik kom van de plek waar mijn tante en Billy Ray Furlough zijn aangetroffen, en je kunt je niet voorstellen wat voor agressiviteit die scène uitstraalt. Bij de andere slachtoffers was absoluut geen sprake van woede of toorn. Integendeel. Onze moordenaar is kil en klinisch, dus ik begreep niet waarom het deze keer zo totaal anders was. Eerst dacht ik dat hij bezig was om door te draaien, maar toen herinnerde ik me de toorn van Billy Rays preken, en zijn doopnaam, William, begint met een W, de W van *Wrath* – toorn –. Daar staat mijn tante tegenover, die juist het toonbeeld was van zachtmoedigheid, van *meekness*, en zij heet Maria – '

'M,' viel Zaroster hem in de rede. 'En Courtney LaBelle, onze Maagd Maria, was C. C van *Chastity* – kuisheid – tegenover Luke Giermans L voor *Lust* – wellust. Jezus, kan het nog verknipter?'

'Asa Pomeroys zonde was *Avarice* – hebzucht – ,' zei Montoya, bij de gedachte aan de gierige industrieel, 'en Gina Jefferson was het toppunt van *generosity* – gulheid of filantropie.'

'A en G,' fluisterde ze. 'En als je gelijk hebt, dan is hij nog lang niet klaar. Het gaat om een totaal van zeven zonden en zeven deugden – '

'Veertien slachtoffers.' Montoya keerde en gaf opnieuw plankgas. 'En alles draait om het ziekenhuis, om Our Lady of Virtues.'

'Verdomme! En dat is waar Simon Heller heeft gewerkt,' zei ze, en in gedachten zag hij de woedende trek rond haar mondhoeken. 'Ik vermoed dat hij onze dader is. Zojuist is zijn meest recente adres doorgekomen. En wat denk je? Hij woont sinds drie maanden weer in New Orleans. In een gehuurde flat in het Garden District.'

Montoya's hart balde zich samen en hij voelde zich boos worden. 'Stuur daar onmiddellijk iemand naartoe.' Misschien dat ze hem op konden pakken voor het te laat was.

'Ik ga al.' Hij verbeeldde zich dat ze haar jasje en wapen al pakte.

'Neem iemand mee. En vertel het aan Bentz.'

'Doe ik.'

'Wees voorzichtig, Lynn. Deze man is gevaarlijk.'

'Maak je geen zorgen,' zei ze. 'Dat ben ik ook.'

De regen kletterde op het dak van het ziekenhuis.

Met haar zenuwen tot het uiterste gespannen liep Abby langs het glas-in-loodvenster op de kleine overloop. Er kwam amper nog licht door de gekleurde panelen. Haar keel was kurkdroog, haar hart bonsde in haar oren. Ze luisterde aandachtig en tuurde met behulp van haar zaklantaarn voor zich uit in de duisternis.

Ze nam de laatste treden.

En ze betrad de pikdonkere gang van de tweede verdieping.

Haar moeders etage.

Waar Faiths leven was geëindigd.

Buiten floot de wind en joeg de regen in vlagen tegen de gevel. Abby kreeg er kippenvel van. Dit was de gang waar Heller had rondgeslopen, waar hij voor haar deur op de loer had gestaan.

In haar herinnering duwde ze de deur weer open en zag ze hem – hij zat met zijn grote handen aan de borsten van haar moeder. Misschien kneep hij er wel in. Abby had een geruisloze kreet geslaakt. Hij had zich met een ruk omgedraaid. Ze kon zijn rood aangelopen, strak kijkende gezicht, zijn van woede glinsterende ogen en de kloppende ader bij zijn slaap nog zien. En zijn erectie onder de witte doktersjas.

Haar maag had zich van pure walging samengebald en alleen de smekende blik in haar moeders ogen, waarmee ze Abby over Hellers schouder heen had aangekeken, had ervoor gezorgd dat ze het niet had uitgeschreeuwd.

Nu scheen Abby met het licht van de zaklantaarn door de gang. Alle deuren stonden open – sommige wagenwijd, andere alleen maar op een kier. Maar ze zaten niet op slot. Met uitzondering van 207. Die deur zat wel potdicht.

Het heeft niets te betekenen, hield ze zichzelf voor. Voor de zekerheid liet ze het licht nogmaals over de andere deuren schijnen. Inderdaad, ze stonden allemaal open.

Nou, schiet op! Maak deze deur dan open!

Haar handen waren klam van het zweet en haar huid tintelde van angst. Ze klemde de koevoet onder haar arm en pakte de deurknop vast. Ze sloot haar ogen en draaide.

De knop gaf mee.

Moeiteloos.

Haar hart maakte een sprongetje. De vorige keer was de deur op slot geweest.

Ze duwde.

De deur zwaaide geruisloos naar binnen, soepel, alsof de scharnieren onlangs geolied waren.

De angst sloeg haar om het hart.

Iets klopte hier niet. En niet zo'n beetje ook. Toch deed ze een stapje naar binnen, waar de geur van ontsmettingsmiddelen haar in het gezicht sloeg. Ze scheen met de lichtbundel van haar zaklantaarn over de vloer van de vertrouwde kamer, en vervolgens over de muren en het meubilair.

Abby verstijfde. Ze kon haar ogen niet geloven.

Alles was nog precies zoals ze het zich herinnerde.

Het witgeschilderde ijzeren bed in de hoek.

Het nachtkastje met een vaas verse bloemen erop.

Het dubbele fotolijstje met verschoten kiekjes van Abby en Zoey als kinderen.

De patchwork quilt in verschillende tinten roze die Abby's grootmoeder met de hand had genaaid.

Het kruisbeeld aan de muur.

In kamer 207 was de tijd stil blijven staan.

'Nee,' fluisterde Abby, terwijl ze wat verder de kamer inliep. Rook ze daar, afgezien van de schoonmaakmiddelen, ook een vleug van haar moeders parfum?

Onmogelijk.

Haar moeder was niet hier...

Als een film die snel werd teruggespoeld, keerde ze in haar herinnering terug naar die avond waarop haar leven voorgoed was veranderd.

Ze herinnerde zich hoe ze de kamer was binnengerend, vol ongeduld om haar moeder over het feestje en Trey Hilliard te vertellen...

'Mam?' Abby, die buiten adem was omdat ze de trap met twee treden tegelijk was opgerend, vloog haar moeders kamer binnen. 'Mam? Drie keer raden!'

Haar moeder stond bij het hoge raam. Buiten begon het te schemeren. Maar Faith was half aangekleed en ze was niet alleen. Een dokter, Simon Heller, hield haar vast.

Abby kwam slippend tot stilstand en zette grote ogen op. 'Mam?'

Probeerde Heller haar door de ruit te duwen, of probeerde hij dat juist te voorkomen?

'Hé, wat doen jullie?'

Heller draaide zich met een ruk om. Zijn gezicht was rood aangelopen en verwrongen tot een woedende grimas. Vlokjes speeksel vlogen van zijn mondhoeken. 'Weet je wel dat dit een particuliere kamer is?' vroeg hij woedend. Hij had zijn ogen half samengeknepen, en zijn neusvleugels trilden. 'Je moet eerst kloppen voordat je naar binnen kunt!'

'Maar...' Abby keek naar haar moeder. Ze voelde zich duidelijk heel slecht op haar gemak en probeerde haar kleren recht te trekken.

Faith schaamde zich, dat zag Abby zo. Ze had tranen in haar ogen gekregen, en ze bloosde. Ze keek over Hellers schouder naar Abby's gezicht, waar de verwarring en afkeer duidelijk op te lezen stonden. Ze bewoog haar lippen en zei, maar zonder geluid te maken: 'Niet doen, alsjeblieft...' En toen voegde ze er hardop aan toe: 'Abby Hannah, het spijt me verschrikkelijk.'

Voor Abby iets terug had kunnen zeggen draaide Faith zich met een ruk om, net alsof Heller haar daar op de een of andere manier toe gedwongen had. Ze vloog met haar volle gewicht tegen het raam.

De ruit barstte en brak met een oorverdovend gekraak.

'Nee!' Abby vloog naar haar moeder toe, probeerde haar te pakken, maar Heller greep haar bij de arm en hield haar tegen.

Om te voorkomen dat ze Faith zou kunnen redden, of om te voorkomen dat zij ook zou vallen?

'Ik vergeef je...' riep haar moeder. Haar ogen waren groot en rond.

De ruit brak in talloze scherven. Sommige kleurden rood van het bloed toen Faith er dwars doorheen viel. Haar ijzingwekkende kreet weergalmde door Abby's brein.

'Nee! Mam! Nee!' krijste ze. Ze probeerde zich los te rukken uit Hellers greep. Ze hoorde iets – een stokkende adem? – boven de misselijkmakende klap uit, van haar moeder die op het beton te pletter sloeg.

Ontzet, en terwijl de tranen over haar wangen stroomden, staarde Abby door de kapotte ruit naar het gebarsten beton en Faiths gebroken lichaam. 'Nee!' jammerde Abby ongelovig, terwijl ze zich losrukte uit Hellers ijzeren greep. 'Nee! Nee! Neeeeee!'

Rond haar moeder vormde zich een plas bloed. Faith Chastains ogen keken zonder iets te zien naar boven. De insecten zoemden verder, en opeens werd er van alle kanten geschreeuwd en geroepen, en klonken er bevelen. Maar Abby's moeder was dood.

Snikkend strompelde Abby bij het raam vandaan.

Achter zich hoorde ze een zacht, onderdrukt snikken.

Ze draaide zich met een ruk om en zag de kast op een kier staan. Een heel klein kiertje maar. Een smalle schaduw. En daarin... de fonkeling van een stel boosaardige ogen.

Had iemand hiernaar staan kijken? Een voyeur die een kick kreeg bij het zien van hoe dr. Heller haar moeder tot ziekelijk, pervers gedrag dwong?

De harde, felle ogen keken heel even recht in de hare, in een moment van intiem, ondenkbaar begrip...

Goeie god, dacht ze nu, terwijl haar hoofd bonsde. De beelden uit het verleden waren zo helder geweest dat ze de vochtige lucht van die benauwde avond nog op haar huid kon voelen.

De zaklantaarn beefde in haar handen, en het schijnsel ging met schokjes door de kamer.

Langzaam draaide ze zich opzij en keek naar de kast.

Naar de kastdeur, die op een kiertje openstond.

En in die kier glommen dezelfde, van haat vervulde ogen.

Hoofdstuk 28

Abby onderdrukte een kreet.

Haar hart dreunde in haar oren.

Ze richtte haar zaklantaarn op de zwarte kier, en de lichtbundel – die in kracht was afgenomen – landde op een oude, doodsbange man die angstig naar haar opkeek. Zijn handen waren achter zijn rug gebonden, om zijn enkels zat tape gewikkeld en er was een stuk tape over zijn mond geplakt.

Hoewel ze het niet zeker wist, meende ze hem eerder gezien te hebben, en toen ze een stapje naar hem toe deed drong de scherpe geur van zweet, urine en angst haar neusgaten binnen. Zijn ogen waren wijd opengesperd en hij maakte gedempte geluiden die deden vermoeden dat hij het in werkelijkheid uitschreeuwde, maar door de tape over zijn mond geen geluid over zijn lippen kon krijgen.

Ze stak haar hand uit om de tape van zijn lippen te trekken, maar aarzelde.

Natuurlijk had ze hem eerder gezien.

Na twintig jaar had hij meer rimpels en zijn haar was intussen helemaal wit. Maar zijn trekken waren onveranderd. De harde kaaklijn, de zware wenkbrauwen en de adelaarsneus. Met een misselijkmakende schok realiseerde ze zich dat ze in de doodsbange, bloeddoorlopen ogen van dr. Simon Heller keek.

De verkrachter van haar moeder.

Ze deinsde achteruit. 'Smerige, vuile moordenaar,' zei ze.

Hij schudde wild met zijn hoofd en deed nog meer zijn best om het uit te schreeuwen.

De schoft.

'Ik zou je moeten laten rotten!' Ze vroeg zich af wie hem in de kast had gezet. Wie zijn handen en voeten had gebonden, en zijn mond had dichtgeplakt. Hem aan zijn lot had overgelaten. Nieuwe angst kroop langs haar ruggengraat omhoog, en met een ruk – haren en stukjes huid meetrekkend – trok ze het plakband van zijn mond. Als het aan haar lag verdiende hij veel erger. Hij begon te jammeren, maar afgezien daarvan, en het suizen van de wind, meende ze nog een ander geluid te horen.

Een vertrouwd geluid.

Krakende vloerdelen?

Een voetstap?

Ze pakte de koevoet stevig vast, maar het was te laat.

'Kijk uit!' schreeuwde Heller.

Ze draaide zich om terwijl ze uithaalde met de koevoet, maar op hetzelfde moment voelde ze iets hards en kouds in haar nek.

Krak.

De ijzeren staaf trof doel, en hard ook.

'Kreng!' riep een gekwelde mannenstem, terwijl hij de trekker van zijn stungun overhaalde. Een stroomstoot van duizenden volts weerkaatste door Abby's lichaam. En verlamde haar. Ze zakte in elkaar, en de koevoet vloog naar de andere kant van de kamer, waar hij tegen de plint aan knalde.

Spastische schokken trokken door haar lichaam, en ze kon niets anders doen dan opkijken naar het rood aangelopen, woedende gezicht van een man van wie ze meende dat ze hem zou moeten herkennen. 'Godvergeten klein kreng,' siste hij, terwijl hij haar nog een dosis stroom toediende en zijn scheen masseerde.

Haar ledematen weigerden de bevelen van haar brein te gehoorzamen, maar in de toenemende duisternis herkende ze de van woede glinsterende, half samengeknepen ogen die op haar neer staarden – dezelfde ogen als die welke ze lang geleden had gezien toen hij de veel jongere man was geweest die op de gang, in de kantine of op de veranda zijn antistressbal had staan kneden, dezelfde man/jongen die ze in de kast had ontdekt waaruit hij had toegekeken hoe Heller haar moeder misbruikte.

Vuile, geperverteerde smeerlap, probeerde ze te zeggen, maar zelfs in haar eigen oren klonk het als een onverstaanbaar gebrabbel.

Hij grijnsde om haar hulpeloosheid, en ze had nog nooit zo'n wrede, intens boosaardige grijns gezien. Er lag een duivelse gloed in zijn ogen, en ze herinnerde zich hoe ze hem in die bal had zien knijpen – alsof hij hem langzaam maar zeker probeerde te wurgen.

Haar mond werd kurkdroog.

Christian Pomeroy!

Asa's zoon.

Hoe had ze hem kunnen vergeten?

O, god, niet alleen zou hij haar vermoorden, maar hij zou ervoor zorgen dat ze langzaam en uiterst pijnlijk aan haar einde kwam. Hij zou haar martelen en kwellen, en alles doen om zijn eigen, duistere seksuele verlangens te bevredigen.

Ze voelde dat ze moest overgeven, en toen hij zich naar haar toe boog om haar haren te strelen, wilde ze haar hoofd opzij draaien en hem bijten, maar haar lichaam werkte niet mee.

En dat wist hij.

'Welkom thuis, Faith,' fluisterde hij.

Wat? Faith? Ze was haar moeder niet.

'Ik heb hier zo ontzettend lang op gewacht.'

De man was gek! Waar had hij het over?

'En het wachten is nu bijna voorbij.'

Haar maag draaide zich om toen hij zich opnieuw naar haar toe boog en ze verwachtte dat hij haar zou kussen. Maar in plaats daarvan gaf hij haar nog een pijnlijke lading van een paar duizend volt.

Drup.

Drup.

Drup.

De druppels water vielen in een vast ritme op de vloer.

Waar ben ik? Zoey kwam langzaam bij en kreunde – elke spier in haar lichaam deed pijn. Het was koel en muf, en de enige verlichting in het celachtige vertrek kwam van een kleine lantaarn in de hoek. Haar armen zaten op haar rug gebonden, haar enkels waren gebonden en ze kon zich amper bewegen.

Een intense angst maakte zich van haar meester.

Goeie god, wat gebeurde er? Ze knipperde met haar ogen en herinnerde zich wat er bij Abby's huis gebeurd was. Ze had door het raam van het washok weten te ontsnappen, maar de lange, gespierde man was haar de oprit af gevolgd en had haar op het laatste moment te pakken gekregen. Vaag, als door een nevel, herinnerde ze zich dat hij een soort van zwart duikerpak had gedragen. Hij had een soort stungun of taser gehad, en daarmee had hij haar, toen ze in haar huurauto had willen stappen, een stroomstoot toegediend. Ze was bij bewustzijn geweest, maar had zich niet kunnen verzetten toen hij haar mond had dichtgeplakt, haar handen achter haar rug had getrokken en haar polsen en enkels had gebonden. Toen ze geen bedreiging meer had gevormd, had hij haar opgetild en op de achterbank van haar gehuurde zilvergrijze Toyota gegooid. Hij was waanzinnig sterk, maar toen hij haar optilde had ze zijn adem horen stokken en hem even ineen voelen krimpen. Hij had gevloekt, net alsof het optillen hem op de een of andere manier pijn deed. Misschien had hij een spier verrekt.

En dat gunde ze hem van harte.

Maar waarom had hij haar ontvoerd? Waarom had hij haar hier, in dit akelige hok, opgesloten?

Ze voelde zich in paniek raken en keek koortsachtig om zich heen om te zien of er een mogelijkheid tot ontsnappen was.

Drup.

Op het moment dat de druppel in de plas viel, wist ze het.

Met klaarheldere zekerheid.

Ze was ergens op het terrein van Our Lady of Virtues. Misschien zelfs wel in het oude ziekenhuis... hoewel ze zich niet kon herinneren dat daar zulke kleine cellen waren geweest. *Omdat je in de kelder zit!*

Nee!

De adrenaline schoot door haar aderen.

Ze moest uit deze gevangenis zien te ontsnappen! Ze haatte kelders. Kon er niet tegen om opgesloten te zitten. En die gek, wie hij ook zijn mocht, zou terugkomen. *Je moet hier weg, Zoey! Je hebt geen seconde te verliezen!*

Ze hoorde een angstig kermen, en realiseerde zich dat de geluiden uit haar eigen keel afkomstig waren. Nee! Ze klemde haar kiezen op elkaar en probeerde de verlammende angst de baas te worden.

De hemel sta me bij.

Ze haalde lang en diep adem.

Je moet rustig blijven, Zoey. Je hebt wel vaker voor hete vuren gestaan.

Ja, maar je hebt nog nooit met een moordlustige psychopaat te maken gehad!

Ze twijfelde er geen moment aan dat hij de moordenaar was die New Orleans onveilig maakte, die Luke en al die anderen had vermoord... o, verdomme... ze moest zichzelf zien te bevrijden, ze moest hier weg! Ze was *veel* te jong om nu al te sterven, en om zich door een gek te laten martelen en kwellen.

Waar was hij?

En waar was Abby? Ze was toch naar het ziekenhuis gegaan? Goeie god, had het monster haar al vermoord? Zoey begon onbeheersbaar te beven. Ze bad dat alles goed was met haar zus, dat ze deze engerd op de een of andere manier te slim af was geweest en dat ze ontsnapt was en hulp was gaan halen.

Maar in haar hart wist ze dat de kans uiterst gering was.

Misschien was Abby al dood.

De tranen sprongen haar in de ogen bij de gedachte aan haar zus, en dat ze er nooit bij had stilgestaan dat ze er op een dag wel eens niet meer zou kunnen zijn. O, Abby, dacht ze, en ze begon aan de tape rond haar enkels en polsen te rukken. Ze moest hier weg! Het was niets voor haar om zich zomaar gewonnen te geven, en deze schoft verwachtte natuurlijk nooit dat ze hem op wat voor manier te slim af zou kunnen zijn. Terwijl ze aan de tape trok, vreesde ze opeens dat de gek haar vanuit de schaduw zou bespringen, en ze tuurde om zich heen.

Ze was alleen.

Ze luisterde aandachtig om te horen of ze misschien ergens iets van een beweging bespeurde, maar het enige dat ze, afgezien van het wilde bonzen van haar hart en haar eigen oppervlakkige adem hoorde, was het zachte sissen van de lamp en het water dat van het plafond op de vloer druppelde.

Je bent alleen, Zoey. Dat is goed. Je hebt tijd. Probeer er zo goed mogelijk gebruik van te maken.

Als ze die tape nu maar van haar polsen en enkels kon krijgen.

En dat kun je ook, zodra je een manier hebt verzonnen. Vooruit, Zoey, concentreer je.

Wat kun je waarmee je deze man te slim af zal zijn? Wat kun je verzinnen om hier weg te komen?

De psychopaat die je heeft ontvoerd is een moordenaar. DE moordenaar. Je kunt jezelf een heleboel wijsmaken, maar op grond van wat er de afgelopen dagen is gebeurd weet je natuurlijk best dat hij je, net als die anderen, wil vermoorden.

Haar maag balde zich samen, en ze was het liefst in wanhopige tranen uitgebarsten. Dit was verkeerd. Oneerlijk. De tranen sprongen haar in de ogen, maar ze riep zichzelf onmiddellijk tot de orde.

Met janken als een klein kind schiet je niets op! Doe iets! En doe het NU!

Met alle kracht die ze maar kon opbrengen, schoof ze beetje bij beetje naar de metalen deur die – logisch – dicht was. Ze had gedacht dat ze, als het haar zou lukken om overeind te komen, met haar rug naar de deur toe kon gaan staan en het hendel omlaag zou kunnen drukken. Haar polsen waren gebonden en haar schouders deden waanzinnig pijn, maar ze had geen andere keus en dat wist ze maar al te goed. De zware metalen deur was de enige mogelijkheid om hier weg te komen.

Nog een paar centimeter en nog een paar centimeter... Ze dacht aan de lantaarn. Ze zou hem om kunnen gooien en brand kunnen veroorzaken, maar daar schoot ze weinig mee op. Bovendien bevatte de ruimte, voor zover ze kon overzien, geen brandbare materialen. Ze zou in de val zitten in deze cel, en geen mens zou haar komen redden.

Nee, dat was geen oplossing.

Ze schoof verder over de smerige vloer, en probeerde zich niet aan het vuil te storen.

Eindelijk was ze bij de deur. Ze ging er met haar rug tegenaan zitten en probeerde te gaan staan door zich erlangs omhoog te werken.

Ze viel en schaafde haar arm.

De wond deed pijn.

Laat deze schoft je niet te slim af zijn.

In gedachten vloekend probeerde ze het opnieuw. Maar haar benen hielden haar niet, en ze zakte langs de deur omlaag. En haalde haar arm nog verder open.

Vooruit, Zoey, het moet je lukken. Doe nog wat meer je best. Geef het niet op.

Haar voeten waren bloot, dus kromde ze haar tenen, probeerde ze in de koude, betonnen vloer te drukken en wist zich beetje bij beetje tegen de deur aan omhoog te wurmen. Toen ze haar evenwicht had gevonden, probeerde ze het hendel omlaag te drukken. Zonder succes. De deur zat op slot. Ze probeerde het nog eens, in de hoop dat het oude slot het zou begeven.

Niets.

Nogmaals klemde ze haar kiezen op elkaar, verzamelde ze al haar kracht en probeerde ze voor de derde keer het hendel naar beneden te krijgen.

Niets.

Verdomme, verdomme en nog eens verdomme. Ze wilde zich op de vloer laten zakken en een potje janken.

Ze zat in de val!

De gek had haar opgesloten, en als hij haar niet zou laten verhongeren en creperen, zou hij terugkomen om op een andere, afschuwelijke manier een eind aan haar leven te maken.

Ze mocht het niet opgeven. Haar enige hoop, concludeerde ze, was de lantaarn. Als – en wanneer – iemand de deur opendeed, zou ze diegene de lantaarn met lampolie, de brandende lont en de glazen houder in het gezicht kunnen slingeren.

Dát, of ze was er geweest.

'Verdomme nog aan toe, Montoya!' blafte Bentz, terwijl hij zijn wapen terugstopte in zijn holster. Hoe haalde zijn partner dit in zijn hoofd? En waar wás hij?

Na Zarosters telefoontje was Bentz in allerijl vertrokken bij de stacaravan waar Billy Ray Furlough en Maria Montoya levenloos waren aangetroffen. Hij had de leiding van het onderzoek ter plekke aan Brinkman overgedragen, en was als een speer naar Simon Hellers huis gereden – een in Griekse stijl gebouwde villa met enorme witte pilaren, in figuren gesnoeide bomen en struiken in de voortuin en een enorme veranda.

Bentz was, onder het roepen dat hij politie was, naar binnen gegaan, maar de enige die hij in de smaakvolle villa had aangetroffen, was Zaroster.

'Dat er iets gaande is, is duidelijk,' zei ze en nam hem mee naar de werkkamer in het souterrain, waar goed te zien was dat er zich een worsteling had afgespeeld.

De bureaustoel lag op zijn kant.

De monitor van de computer was op de grond gevallen, en het scherm was gebarsten.

Op de leren fauteuil, waarop – naar het scheen – iemand aan een kruiswoordpuzzel had zitten werken, zaten bloedspetters. De krant met de puzzel lag op de vloer, en het potlood was tegen de marmeren schouw van de open haard gerold. Op de krant lag een leesbrilletje waarvan één glas eruit lag en het andere gebarsten was. De puzzel was ongeveer voor een derde ingevuld.

Zaroster had de rest van het huis al onderzocht, maar Bentz liep alle vertrekken nog eens na. Zo op het eerste gezicht leek verder alles onaangeroerd. De bedden waren opgemaakt, en er waren geen andere mensen. Wat leek te ontbreken was Hellers auto – een witte Lexus SUV met, volgens de kentekenregistratie, een kenteken van Californië. Hij stond niet in de garage, niet elders op het terrein en ook niet op straat in de buurt van het huis.

Maar hoe had Montoya geweten dat Heller bij de zaak was betrokken?

Die ingebeelde knul, die alle regels aan zijn laars lapte, dacht dat hij maar gewoon zijn gang kon gaan! Montoya had het lef om, terwijl hem dat verboden was, een kijkje te komen nemen op de plek waar zijn tante was vermoord – om zomaar binnen te komen lopen in die caravan waar zuster Maria en Billy Ray Furlough om het leven waren gebracht en achter waren gelaten. En daarna, zonder nauwelijks iets tegen Bentz te zeggen, was Montoya ervandoor gegaan, en was hij op eigen houtje aan een soort van wraakactie begonnen. Zonder ook maar iets aan iemand te vertellen.

Met uitzondering van Zaroster – of daar leek het in elk geval op.

'Waar is Montoya nu?' vroeg hij, nadat hij vergeefs naar de Lexus had gezocht en naar Hellers werkkamer was teruggekeerd.

'Naar het ziekenhuis van Our Lady of Virtues,' antwoordde Zaroster, waarna ze hem verslag deed van haar gesprek met Montoya, en zijn theorie dat de moorden verband hielden met de Zeven Hoofdzonden en de Zeven Deugden. 'Maar dat is nog niet alles,' ging ze verder. 'Montoya vermoedt dat alle betrokkenen direct of indirect iets met dat oude ziekenhuis te maken hebben. We dachten dat Heller de moordenaar was, maar – ' ze liet haar blik over de chaos in de werkkamer gaan – 'zo te zien is hij zelf ook slachtoffer.'

'En jullie denken dat de namen van de slachtoffers verband houden met een van die zonden, of...?'

'Met de zonden en met de deugd die met elke zonde geassocieerd wordt. In het geval van Heller, Simon Thaddeus Heller, ben ik er zogoed als zeker van dat het om *Sloth* – gemakzucht – gaat.'

Bentz dacht aan wat hij in de rest van het huis had gezien. Alles zag er keurig opgeruimd uit. 'Zou Heller lui moeten zijn?'

'Hoe moet ik dat weten? Ik zeg het alleen maar.'

'Goed.'

'En misschien heeft hij wel een vrouw, een vriendin, een vriend of een werkster die de zooi achter hem opruimt.'

'Of die theorie is onzin,' sprak Bentz zijn gedachten hardop uit, maar hij moest toegeven dat het een mogelijkheid was. Heller, die in de inrichting had gewerkt. Iets in de manier waarop de puzzelstukjes van de moorden in elkaar begonnen te vallen, leek Montoya's theorie te staven. Maar dat betekende nog steeds niet dat de man gewoon maar in z'n eentje zijn gang kon gaan en alle regels met voeten kon treden. En daarmee de zaak mogelijk in gevaar bracht.

Alsof jij dat nooit gedaan zou hebben, zei een stemmetje in zijn achterhoofd.

Hij negeerde het.

Ze liepen naar de voordeur van het indrukwekkende oude huis met zijn dure meubels en originele kunstvoorwerpen – spullen waar Heller nu niets meer aan zou hebben. 'Als Montoya gelijk heeft, dan is onze moordenaar nog lang niet door zijn lijstje heen.'

'Inderdaad. Kom op, we gaan.' Ze was al op weg naar haar auto.

'Wacht! Jij blijft hier. Ik wil dat je de boel hier laat afzetten en dat je om versterking belt. Ik ga naar het ziekenhuis. Je belt Montoya en je vertelt hem wat we hier hebben gevonden. Mijn telefoontjes zal hij negeren, maar de jouwe neemt hij op. Zeg hem dat hij onder geen enkele voorwaarde alleen dat ziekenhuis binnen mag gaan!'

'En dacht je echt dat hij naar mij zou luisteren?'

'Je kunt het in ieder geval proberen.' Bentz was al over het pas gemaaide gazon op weg naar de stoep waar zijn auto stond. 'Ben je bekend met de Oproerwet?' vroeg hij, terwijl hij zijn portier opentrok en over zijn schouder door de regen keek.

Zaroster stond, met haar mobiel tegen haar oor gedrukt, op de drempel van de openstaande voordeur van Hellers huis. Ze keek hem vragend aan.

'Ik zou hem maar vast even nakijken als ik jou was. Want zodra ik terug ben, zal ik je hem woord voor woord voorlezen. Je wist wat Montoya van plan was, dus als deze zaak in het honderd loopt, dan zou je daar wel eens net zoveel schuld aan kunnen hebben als Montoya. Er is geen ruimte, hoor je me? – er is *geen* ruimte voor dit eigengereide gedoe.' Hij stapte in zijn auto, trok het portier dicht, startte de motor, zette de sirene aan en reed plankgas de stille straat uit.

'Idioot,' gromde Bentz, terwijl hij zijn mobiel pakte en het nummer van het bureau intoetste. Ze hadden assistentie nodig. Hij had alle begrip voor Montoya's motieven, maar ze bevielen hem van geen kant. Realiseerde hij zich dan niet dat hij het hele onderzoek in gevaar zou kunnen brengen?

Zoey was al, over de vloer schuivend, op weg naar de lamp, toen ze aan de andere kant van de deur iets hoorde. *Voetstappen!*

Alsjeblieft, God, laat het de politie zijn! Iemand die me komt redden.

Haar hart sloeg als een gek en de angst schoot door haar bloed toen het slot een luide klik gaf. Het volgende moment ging de deur langzaam en krakend open.

Op de drempel, in schaduwen gehuld, stond de verpersoonlijking van satan.

O, god, help me alsjeblieft!

Zo snel als ze kon schoot ze zo ver mogelijk bij hem vandaan, totdat ze met haar rug tegen de smerige muurtegels drukte en niet verder kon.

Zijn grijns was een grimas.

Boosaardig.

Vals en gemeen.

Ze viel bijna flauw van angst toen hij de kleine cel in stapte.

'Ik dacht al dat je intussen wel wakker zou zijn,' zei hij, met een gluiperige stem. 'Mooi. Ik wil dat je getuige bent van wat er gaat gebeuren.'

Dat klonk niet goed. Ze zette zich schrap voor nog een dosis van de stungun, maar hij kwam naar haar toe, trok haar hardhandig overeind, slingerde haar, voor ze erop bedacht was, als een zak aardappelen over zijn schouder en hield haar vast bij haar gebonden enkels. Opnieuw hoorde ze zijn adem stokken alsof hij pijn had, en ze voelde intuïtief aan dat hij ergens een zwakke plek moest hebben. En die plek zou ze moeten vinden. Om er gebruik van te maken. Om deze gek te verwonden en hem op de een of andere manier de baas te kunnen worden.

Hij liep met haar de gang in. Zijn pas was onregelmatig, net alsof het lopen hem pijn deed. Ze verzette zich en probeerde zich los te wurmen, maar haar pogingen leverden niets op. Hij kon haar moeiteloos de baas en liep verder door stinkende gangen, langs meerdere vertrekken waar lantaarns brandden. Haar hoofd bungelde op zijn rug en haar haren vielen over haar gezicht, maar hier en daar lukte het haar een kamer in te kijken. Ze ving glimpen op van martelwerktuigen als stunguns, chirurgische apparatuur, dwangbuizen en injectienaalden. Het was een waar martelaarsparadijs.

En ze realiseerde zich dat ze het juist had gehad. Ze bevond zich inderdaad in de kelder van de inrichting waar Faith Chastain misbruikt en verkracht was, het gekkenhuis waar ze op zo'n tragische manier om het leven was gekomen.

En Zoey vreesde dat het nu haar beurt was.

Montoya reed de parkeerplaats van het klooster op, trapte hard op de rem en parkeerde vlak naast Abby's kleine Honda.

'Verdomme.' Hij had een opsporingsbevel naar de auto laten uitgaan, maar niemand had eraan gedacht om op de parkeerplaats van het klooster te kijken. Hij had niet om versterking gebeld, en hij had zijn mobiele telefoon laten rinkelen wanneer hij op de display zag dat het Bentz was die belde. Hij had geen behoefte aan een preek. Of aan een bevel dat hij toch niet op zou volgen.

Hij wilde niets liever dan op zijn partner vertrouwen, maar hij wilde hem hier niet bij betrekken. Niet voordat hij er helemaal zeker van was. Bentz zou moeten wachten.

Maar Abby's auto was een belangrijke aanwijzing.

Hij zette de motor af, stapte uit en gespte een tweede revolver rond zijn enkel. Hij had een busje pepperspray bij zich, haalde een zaklantaarn uit het handschoenenvakje, sloot de auto af en haastte zich op een holletje naar het hek.

Zijn mobiel ging en hij zag dat het Zaroster was.

De angst sloeg hem om het hart. Stel dat er nieuws over Abby was? Dat hij te laat was? Zonder te stoppen drukte hij op de groene toets en drukte de telefoon tegen zijn oor. 'Montoya.'

Zaroster klonk kortaf en zakelijk. 'Er is niemand bij Heller thuis en er zijn sporen van een worsteling.'

'Verdomme!'

'Jij zegt het.'

'En zijn auto?'

'Spoorloos. Een witte Lexus SUV. Te oordelen naar dit huis leidt de dokter een luxueus leventje. Of dat dééd hij. Bentz is hier geweest en we denken dat Heller ook een slachtoffer is. Waarom anders die worsteling in zijn eigen huis? Het lijkt alsof hij in zijn werkkamer is overmeesterd.

We hebben bloedsporen gevonden, en een kapotgeslagen leesbril die overeenkomt met de bril die Heller draagt op een foto die op de schoorsteenmantel staat.'

Dit was slecht nieuws. Montoya was ervan overtuigd dat Heller de moordenaar was. Want als Heller het niet was, wie was het dan wel?

'Bentz is onderweg naar het ziekenhuis,' vervolgde Zaroster, terwijl hij het hek passeerde. 'Met versterking, en hij is op oorlogspad. Als ik je te pakken kreeg, zei hij, moest ik je zeggen dat je niet naar binnen mag in het ziekenhuis.'

'Te laat. Ik ben er al. Abby Chastains auto staat bij het klooster, en voor zover ik weet heeft ze geen plannen om non te worden. Ik heb een paar keer geprobeerd om haar te bellen, maar ze neemt niet op. Is er iemand bij haar huis geweest? Om te kijken of ze daar is?'

'Voor zover ik weet niet. Nog niet.'

'Verdomme.' Dat was ook niet nodig, wist hij. Haar auto was hier. Zij was hier. Hij hoopte vurig dat ze alleen was, en niet met de levensgevaarlijke psychopaat die al zoveel slachtoffers had gemaakt. Zes, voor zover hij wist. In theorie had hij er nog acht op zijn lijstje staan. Abby Chastain... Met welke zonde of deugd zou de dader haar, op grond van haar naam, in verband kunnen brengen?

A van Abby. A van... Avarice?

Nee. *Avarice* was al gebruikt voor Asa Pomeroy.

Chastain. C. Chastity?

Nee, want als zijn theorie klopte, dan was *Chastity* al gebruikt voor Courtney LaBelle, de maagd... alweer mis.

C van Charity? De deugd die tegenover de zonde van *Envy* – jaloezie – stond?

Zijn hart miste een slag. Natuurlijk! Maar Heller dan? Simon T. Heller, als hij ook een slachtoffer was, dan had hij de S... De S van *Sloth*, ja, maar *Sloth* hoorde bij *Humility.*

Zaroster was nog steeds aan de telefoon en probeerde hem ervan te overtuigen dat hij op versterking moest wachten. '... en ik denk dat er van het bureau van de sheriff in een paar minuten wel iemand bij je kan zijn.'

Montoya had genoeg gehoord. 'Oké, laat ze maar komen, en snel! Ik heb geen tijd om te wachten. En als Bentz daar niet blij mee is, dan heeft hij pech!'

'Bentz heeft heel duidelijk gezegd – '

'Bentz kan de pot op. Ik weet wat hij heeft gezegd. Je hebt me gewaarschuwd. Je hebt niets te vrezen.'

'Daar gaat het niet om, Montoya.'

Hij wachtte niet op haar uitleg. Het kon hem niet schelen. 'Ik bel je zodra ik iets te melden heb.' Hij hing op, zette het geluid om op de trilfunctie, stopte zijn mobiel in zijn zak en liep verder over het natte pad. Zijn schoenen veerden op de drassige grond, en de geur van natte aarde vulde zijn neusgaten. De angst dreef hem voort, en hij dacht aan Abby en wat hij zou aantreffen.

Was de moordenaar bij haar?

Was Montoya al te laat?

Of was dit alleen maar vals alarm?

C van Charity... C van Chastain.

Nee!

Hoe was haar tweede voornaam ook alweer? Ze had het hem gezegd, of hij had het ergens gezien. Abigail Hannah Chastain Berman. *Hannah!* De *H van Humility!* Verdomme!

Voor de verandering hoopte hij bij god dat hij ernaast zat met zijn intuïtie. Ritmisch jogde hij verder tussen de bomen en de struiken door. Het ging steeds harder gieten. De regen kwam intussen met bakken uit de hemel en drupte in dikke spetters van de takken.

Hij vroeg zich af of hij haar ooit nog levend terug zou zien.

Je mag haar niet verliezen!

Als het niet anders kan, dan schiet je de schoft dood!

Schiet hem dood, ook als het anders kan.

Door het loof van de struiken ving hij de eerste glimp op van het indrukwekkende, sinistere en zwaar verwaarloosde gebouw.

Wat waren daar allemaal voor vreselijke dingen gebeurd?

Welk kwaad had er in de duistere gangen gehuisd?

Welke ontoelaatbare misdaden waren er gepleegd om patiënten handelbaar te houden, om diegenen die aan niet-begrepen ziektes leden in bedwang te houden of, in Hellers geval, om patiënten zwakker en zwakker te maken zodat zich ze aan zijn wellustige verlangens zouden onderwerpen?

Montoya voelde aan de deuren terwijl de regen in zijn kraag liep en van zijn neus droop.

Allemaal zaten ze op slot.

Hij probeerde de ramen. Potdicht of dichtgetimmerd.

Maar toch had hij heel sterk het gevoel dat er iemand binnen was.

Verdomme nog aan toe!

Elke seconde was er één, en Abby's leven stond op het spel. Hij moest haar vinden. *Moest* haar vinden. Opnieuw voelde hij aan alle deuren en ramen.

Een raam inslaan durfde hij niet.

Hij had de verrassing nodig om er zijn voordeel mee te kunnen doen.

Montoya jogde rond het enorme gebouw. Hij passeerde de fontein waar het regenwater een laagje in het gebarsten bassin had gevormd, en negeerde de graffiti waarmee de triplexplaten voor de ramen waren beklad. Uiteindelijk was hij aan de achterzijde van het gebouw gekomen bij wat de keuken leek.

De deur was op slot, maar vlak ernaast bevond zich een raam dat op een kiertje openstond. En hij zag voetafdrukken.

Van kleine voeten.

Zijn hart balde zich samen.

Abby!

Zonder ook maar een seconde te aarzelen, hees hij zichzelf op de vensterbank en sprong er aan de andere kant van af.

Hij hoopte vurig dat ze alleen was, maar durfde niet te roepen, durfde niemand te laten merken dat hij in de buurt was.

Voor het geval dat.

Hoofdstuk 29

Abby kon amper ademhalen. Ze zat opgesloten in de kast, haar mond was dichtgeplakt, haar enkels waren gebonden en haar handen waren ruw op haar rug getrokken en eveneens gebonden. Ze was gedwongen om door die kier van de kastdeur te kijken, net als Pomeroy dat al die jaren geleden had gedaan.

Waarom?

En waarom had ze niet eerder aan hem gedacht?

Omdat je alles heel bewust uit je geheugen hebt gebannen... je was Heller vergeten, en Christian Pomeroy ook... maar dat is nu niet belangrijk. Wat nu belangrijk is, is dat je een manier moet verzinnen om het hier levend van af te brengen!

Het was donker in de kamer, en Pomeroy had, voordat hij weg was gegaan, zwarte dekens voor het raam gehangen zodat er geen licht naar binnen of naar buiten kon schijnen. In de open haard stond een kleine lantaarn op een laag pitje te branden – juist voldoende om de kamer een spookachtig aanzien te geven.

Ze was niet alleen. Pomeroy had Simon Heller op zijn rug op het bed gelegd en hem aan de metalen spijlen van het hoofd- en voeteneinde vastgeketend.

Abby ging een beetje anders staan. De pijn schoot door haar schouders. Veel bewegen kon ze niet. Hij had haar vastgebonden aan een haak achter in de kast, en hij moest haar hebben vastgemaakt met een soort strop, want hoe meer ze zich bewoog, hoe strakker haar armen naar achteren werden getrokken.

Ze dacht aan de pepperspray in haar rugzak, en aan de koevoet die tegen de muur geleund stond – haar wapens, waar ze nu niets meer aan had. Verdomme!

Geef het niet op. Denk na, Abby. Probeer iets te verzinnen. Hij is weg. Dit is je kans!

De kast was klein en beschikte, voor zover ze kon nagaan, maar over een enkele haak – de haak waar ze aan vast zat gebonden – en verder niets. Ze had, zo goed en zo kwaad als dat met gebonden handen mogelijk was, het interieur afgetast. Ze had geen andere haken kunnen vinden, geen uitstekende spijkers, maar rondom langs de muur was een lat getimmerd waar in het verleden mogelijk een plank op had gerust. En er zat een scherpe kant aan. Als ze op haar tenen ging staan en de tape rond haar polsen maar lang genoeg langs dat scherpe kantje haalde, misschien dat ze het dan door zou kunnen zagen. Misschien.

De kans was klein, maar ze had geen andere.

De brandende pijn in haar schouders negerend, en het feit dat haar kuiten, wanneer ze op haar tenen stond, van de spanning trilden, ging ze aan de slag. Snel. Zo krachtig mogelijk. Op en neer, op en neer, tot de tape er warm van werd.

Doorgaan, Abby.

Regen sloeg tegen het raam, terwijl goed te horen was dat het ook harder was gaan waaien. Ze wreef en wreef. Sneller. Haar kuiten gloeiden, de pijn in haar schouders begon ondraaglijk te worden.

Ga door!

Zwetend, en moeizaam ademhalend, schuurde ze met alle kracht die haar restte. Ze wist niet of de tape dunner en dunner werd, maar wat ze wel wist, was dat ze haar polsen schaafde.

Maar toen hoorde ze, boven het lawaai van haar eigen wild kloppende hart en het suizen van de wind uit, zware voetstappen de trap op komen.

Nee!

Haar hart, dat toch al veel te snel klopte, sloeg nu pas echt op hol.

Wrijf, wrijf, wrijf.

Gaf de tape echt een beetje mee, of verbeeldde ze zich dat alleen maar?

Met de moed der wanhoop bleef ze schuren, hoewel haar hele lichaam als een gek protesteerde en ze bang was dat de pijn haar elk moment te veel zou worden en ze haar pogingen zou moeten staken.

De voetstappen kwamen dichterbij, kwamen de gang in en bleven voor de deur van de kamer staan.

O nee! Nog niet! Alsjeblieft, God, nog niet!

Abby probeerde haar angst terug te slikken. Het zweet droop van haar neus. Ze bleef de tape rond haar polsen langs het scherpe randje van de lat schuren. Sneller en sneller, terwijl ze haar polsen van elkaar probeerde te trekken om het plastic extra onder druk te zetten.

Blijf kalm!

Het slot van de deur van de kamer rammelde, en de deur zwaaide geruisloos open.

De moed zonk Abby in de schoenen.

Door de kier zag Abby Pomeroy de kamer in sjokken. Hij droeg iets over zijn schouder... nee, niet iets, maar *iemand*... een andere vrouw...

O, goeie god, nee!

Haar laatste beetje hoop ging in rook op toen ze haar zus herkende.

Zoey!

Bentz gaf plankgas. Hij scheurde als een idioot door de gietende regen. De ruitenwissers van de Crown Vic leverden dapper strijd tegen de wolkbreuk en mepten het water even snel weg als het uit de donkere, dreigende lucht viel. De autobanden zoefden over het asfalt en door diepe plassen, en hier en daar slipte hij een beetje, maar niet voldoende om hem vaart te laten minderen.

Geen woord van Montoya.

Natuurlijk niet.

Bentz had het bureau van de sheriff al gewaarschuwd. Het slechte nieuws was dat ze eigenlijk niemand konden sturen omdat er een ernstig auto-ongeluk was gebeurd waarbij een auto te water was geraakt en een andere over de kop was geslagen. Een bestuurder had het niet overleefd, terwijl de passagier, evenals de bestuurder en de twee passagiers van de andere auto, zwaargewond was.

De plaatselijke politie had de handen vol aan de afwikkeling ervan.

De auto ging niet sneller.

De wind was toegenomen tot stormkracht en het Spaanse mos in de bomen zwiepte spookachtig heen en weer toen hij eindelijk bij de afslag voor Our Lady of Virtues was gekomen.

Hij klemde zijn kiezen op elkaar en hield vaart, maar had intussen zijn zwaailicht en sirene uitgezet.

Bentz had een akelig voorgevoel over wat er zich op dit moment naar alle waarschijnlijkheid in het oude ziekenhuis afspeelde, en hij wilde zijn voordeel doen met het verrassingselement.

Hij nam een bocht en kwam bij de splitsing – het weggetje rechts ging naar het klooster, het andere weggetje naar het ziekenhuis. Hij koos voor links, reed tot aan het hek, stopte, trok zijn wapen en stapte uit.

Het hek bleek op slot te zitten. Natuurlijk. Maar dat was niet echt een onoverkomelijk bezwaar. Hij was altijd een atleet geweest, ook al had hij de laatste jaren dan niet meer zo heel veel aan sport gedaan en was hij intussen maar liefst vijfentwintig pond aangekomen. Nou en? En wat maakte het uit of de regen met bakken uit de hemel kwam, en het metaal van het hek nat en glibberig was? Het was uiteindelijk maar een hek. Van bijna drie meter hoog.

Fluitje van een cent.

Abby viel bijna flauw toen ze Zoey zag.

Wat was het monster van plan?

Het stond intussen wel vast dat Pomeroy de moordenaar was die zijn zorgvuldig uitgekozen slachtoffers twee aan twee gedood had, alsof het om de een of andere ziekelijke rituele moord-zelfmoord zou gaan.

Wanhopig vroeg ze zich af wat ze zou kunnen doen om zichzelf, haar zus en Heller te redden. Ze keek naar het bed waar haar moeder twintig jaar eerder in had gelegen. De psychiater lag met gespreide armen en benen op de quilt. Zijn mond was opnieuw dichtgeplakt, hij beefde over zijn hele lichaam en zijn ogen waren groot van angst. Zijn broek was nat en hij kermde als een lam dat naar de slachtbank wordt geleid. Ze haatte hem met heel haar hart, maar kon toch niet toestaan dat hij zomaar vermoord zou worden. Als ze een manier zou kunnen bedenken om te ontsnappen, zou ze ook moeten proberen om Heller te redden, om hem vervolgens officieel te beschuldigen van de moord op haar moeder.

Pomeroy, die onder het lopen een beetje met zijn been trok, liet Zoey zonder pardon op de vloer vallen, waar ze als een zoutzak bleef liggen. Abby nam aan dat ze zich niet kon bewegen. Haar ogen draaiden weg, en dat was waarschijnlijk omdat ze een kalmerend middel of een dosis met de stungun toegediend had gekregen.

Schoft! Ze zag Pomeroy met voldoening naar de kast kijken. Hij genoot hiervan – kwam klaar op de kwetsbaarheid en de doodsangst van zijn slachtoffers.

Aan haar zus zou ze niets hebben.

Je staat er alleen voor. Je zult hem op de een of andere manier in de val moeten lokken. Hij is te groot en te sterk, en vooral ook te vastberaden om hem lichamelijk de baas te kunnen... je zult het van je slimheid moeten hebben.

Ze wist weinig van hem af, alleen maar dat hij in dezelfde tijd als haar moeder in de psychiatrische inrichting opgenomen was geweest. Hij was Asa Pomeroys oudste zoon, een kind dat bijna vergeten was toen Asa van Christians moeder, Karen, was gescheiden om te kunnen trouwen met zijn nieuwe liefde, die hem een tweede zoon, Jeremy, had geschonken.

Pomeroy maakte een geluid alsof hij pijn had en keek zo doordringend naar Abby dat ze het gevoel had dat hij dwars door haar heen zag. Hij had haar aangesproken met de naam van haar moeder, en de toon waarop hij dat had gedaan suggereerde dat hij een nauwe relatie met Faith had gehad – die mogelijk zelfs intiem was geweest. De wellust was in zijn ogen te lezen geweest toen hij 'Welkom thuis, Faith' had gezegd.

Haar maag balde zich samen bij de gedachte aan wat hij haar moeder mogelijk had aangedaan. Of was haar moeder het ermee eens geweest? O, god...

Gebruik deze kennis. Doe alsof je Faith bent. Speel zijn fantasie mee. Pomeroy zal niet willen dat Faith opnieuw sterft. Doe alsof je je moeder bent. En denk eraan, hij heeft haar niet vermoord, maar Heller!

Vanuit haar ooghoeken zag ze de moordenaar van haar moeder vastgeketend en doodsbang op het bed liggen, en ineens zag ze weer volkomen helder voor zich hoe hij Faith uit het raam had geduwd. Hij had gedaan of hij wilde helpen en Abby vastgehouden om te voorkomen dat ze achter haar moeder aan door het raam zou vallen, maar ondertussen had hij Faith wel degelijk een harde zet gegeven en door de versplinterende ruit geduwd.

Het vlammetje in de lantaarn flakkerde en Zoey kreunde. Pomeroy liep naar het nachtkastje, trok de bovenste la open en haalde er twee revolvers uit.

De eerste was Lukes .38.

O, jezus. De moordenaar was bij haar *in* huis geweest, was door de gang geslopen, had met zijn vingers aan haar spullen gezeten, was haar slaapkamer binnengegaan en had misschien ook wel aan haar hoofdkussen gezeten. Opnieuw balde haar maag zich samen.

Ze rilde en probeerde vergeefs haar kalmte te bewaren.

Volhouden, Abby. Blijf doorgaan met te proberen die tape door te zagen!

Maar ze bleef strak – gefascineerd en ontzet tegelijk – naar Pomeroy kijken, en zag hem de tweede revolver – een wapen met een lange loop – pakken en voor Hellers doodsbange gezicht houden.

De psychiater probeerde zich van Pomeroy af te wenden en trok met al zijn kracht aan de kettingen waarmee hij aan het bed was geketend. Als hij gekund had zou hij zich op basis van pure lichamelijke kracht hebben losgerukt. Abby zag hoe zijn polsen en enkels begonnen te bloeden, terwijl hij probeerde het uit te schreeuwen.

'Je kunt niet ontsnappen,' zei Pomeroy. 'Je lot is bezegeld, Simon.'

Heller schudde zijn hoofd.

'Je hebt haar vermoord.'

Heller schudde nog heftiger met zijn hoofd en zijn ogen waren zo groot als schoteltjes.

'Ik heb je gezien. Je hebt haar door het raam geduwd.'

De arts maakte alle mogelijke protesterende geluiden.

'En al heb je dat niet gedaan, al die verdovende middelen die je haar gaf waren op zich al een doodvonnis, medicijnen om haar onderdanig en gewillig te maken zodat je haar naar hartenlust kon misbruiken.' Pomeroy schonk de arts een van haat vervuld glimlachje. 'Je bent een ziek mens, Heller. En een intense luilak. In plaats van je kennis te gebruiken, in plaats van je best te doen om haar beter te maken, heb je voor de gemakkelijkste oplossing gekozen die geen enkele inspanning van je vereiste.'

Heller huilde. Hij kermde en snikte voor zover de tape die zijn lippen op elkaar hield, dat toeliet.

'En, dokter, daar zul je voor boeten. Je was het toppunt van luiheid, en luiheid kan alleen maar worden bestreden met ijver – *zeal.*'

Heller verstijfde.

Luiheid en ijver? Abby vroeg zich af waar de man het over had.

'En ik heb een engel van barmhartigheid voor je meegebracht. Iemand die jouw zonde van luiheid teniet zal doen met haar deugd van ijver.' Hij keek neer op Zoey. 'Ik geef toe dat ze op dit moment geen al te ijverige en vitale indruk maakt, maar dat is door mijn toedoen, en het is maar tijdelijk.'

Zoey maakte een totaal verdwaasde indruk. Ze probeerde haar hoofd op te heffen, maar haar spieren hadden geen kracht en ze zakte terug.

Wat voor macabere, ziekelijke fantasie was dit?

In de kast ging Abby, in het besef dat elke seconde telde, door met het schuren van de tape langs de scherpe kant van de lat.

Hij hoorde geluiden. Stemmen. Gekerm. Onderdrukt geschreeuw.

Montoya durfde er niet aan te denken wat hij zou kunnen vinden, maar het positieve eraan was dat dit betekende dat de slachtoffers nog leefden. Abby? Heller?

Op zijn tenen sloop hij de trap op. Hij gebruikte de zaklantaarn zo weinig mogelijk, alleen maar even van tijd tot tijd om voor zich uit te schijnen om zich ervan te overtuigen dat hij geen obstakels tegen zou komen waarover hij zou kunnen struikelen. In zijn andere hand hield hij zijn Glock in de aanslag.

Het gebouw werd gegeseld door de harde regen en wind, en op de trap was het duister als de nacht. De geluiden vanaf de tweede verdieping waren steeds beter te horen. Hij passeerde een spookachtig glas-in-loodvenster, maar gunde zichzelf niet de tijd om er wat beter naar te kijken. Zo stilletjes als hij maar kon nam hij de laatste treden, en keek de gang van de tweede verdieping in. Onder een van de deuren – de enige deur op de hele etage die dicht was – zag hij een streep licht.

Hij twijfelde er niet aan dat het licht afkomstig was uit kamer 207.

De kamer waar Faith Chastain om het leven was gekomen.

Waar hij nu kettingen hoorde ratelen. En iemand gedempte doodsbange geluiden hoorde maken.

Er was geen tijd om op assistentie te wachten.

Zodra hij bij de deur was, zou hij er naar binnen gaan.

De tape begon langs de randen te scheuren. Heel in de verte, boven het lawaai van het noodweer uit, meende Abby het geluid van sirenes te horen. *O, laat dat alsjeblieft waar zijn.* En ze ging door met het schuren, schuren en nog eens schuren van de tape langs de scherpe rand van de lat.

Met ogen groot van ontzetting zag ze Pomeroy een mes uit het nachtkastje halen. Haar hart balde zich samen van angst toen hij het wapen omhooghield en het gouden licht van de lantaarn op het glimmende lange lemmet weerkaatste.

Ze wist zeker dat hij Hellers keel wilde doorsnijden, maar in plaats daarvan wendde hij zich tot Zoey, die als een slappe vaatdoek aan zijn voeten lag.

Nee! O, nee!

Wanhopig schuurde ze verder, en bad vurig dat ze zich nog tijdig zou kunnen bevrijden. Maar Pomeroy leek ineens haast te hebben. Hij boog zich naar voren en sneed, met één snelle beweging, de tape rond Zoey's polsen door, en deed vervolgens hetzelfde met de tape rond haar enkels.

Waarom?

Liet hij haar zus vrij? Omdat hij Abby had? Abby, die veel meer op hun moeder leek?

Abby's relatieve opluchting was van korte duur. Nee, hij liet Zoey helemaal niet vrij. Ook Zoey speelde een rol in Pomeroys ziekelijke plan.

'Het moment is aangebroken om voor je zonden te betalen, dokter,' zei Pomeroy op een ijzingwekkend kalme toon.

Heller werd hysterisch. Hij schreeuwde het uit achter de tape, kronkelde zich in alle bochten, en rukte zo hard aan de kettingen dat het bed ervan heen en weer bewoog. De herrie was enorm, en overstemde het lawaai van de regen die tegen de ramen kletterde.

Pomeroy trok Zoey overeind. 'Jij, Simon Heller,' riep Pomeroy woedend, 'bent verdoemd. Je beweerde dokter te zijn, en je hebt gezworen dat je zou helpen en genezen. Maar in plaats daarvan heb je altijd voor de makkelijke oplossing gekozen. Je hebt niet alleen je patiënten misbruikt, maar je hebt je schuldig gemaakt aan een van de Zeven Hoofdzonden – de zonde van luiheid.'

Abby kon haar oren niet geloven. *De Zeven Hoofdzonden? Luiheid? Hij had een redelijke verklaring voor zijn daden? Speelde voor God?* Hoe zwaar gestoord was Pomeroy wel niet?

Met ontzetting zag ze Pomeroy zijn arm om Zoey's middel slaan. Met een hardhandig gebaar trok hij Zoey met haar rug tegen zich aan en drukte haar het wapen met de lange loop in de hand. Er speelde een genietend glimlachje rond zijn lippen terwijl hij met zijn lendenen tegen Zoey's romp aan wreef.

Abby voelde haar maaginhoud omhoogkomen. *Geperverteerde smeerlap! Vuilak!*

Zoey keek op, en in een moment van helderheid keek ze Abby recht in de ogen.

Abby begreep het vrijwel meteen. Zoey was lang niet zo ver heen als ze voorgaf te zijn. Maar wat zou ze kunnen doen?

Niets! Jij zult haar moeten helpen!

Abby schuurde koortsachtig verder. Haar armen deden ondraaglijk pijn, haar geschaafde polsen leken in brand te staan, maar meer en meer voelde ze de tape meegeven, voelde ze de kunststofvezels hun kracht verliezen.

Pomeroy zei: 'En jij, Zoey Chastain, oudste dochter van Faith, hebt de deugd van de ijver, en daarmee is het je plicht de wereld van gemakzucht te verlossen.'

Heller verstijfde.

Pomeroy richtte zijn vurige blik op Abby.

Nu was het haar beurt om te verstijven. Had hij gezien dat ze zichzelf probeerde te bevrijden? Haar hart sloeg een doodsbang ritme.

'En jij, Hannah, zult weldra volgen. Jij, die vernederd bent door je wellustige, overspelige echtgenoot.' Hij hield zijn hoofd een beetje schuin, fronste zijn voorhoofd, en er gleed een schaduw over zijn ogen. 'Faith?' fluisterde hij verward... 'Faith?'

Ze knikte, in de hoop dat hij haar zou geloven, maar zijn blik werd weer helder en hij bewoog zijn hoofd heen en weer als om een inwendige nevel van zich af te schudden. 'Nee... Niet Faith. Hannah... voor *humility* – nederigheid.' Ineens glimlachte hij, alsof al zijn zenuwuiteinden weer correct met elkaar communiceerden. 'De *pride* – trots – is onderweg.'

Pride? Humility? Sloth? Zeal? Zonden en deugden? Waar hád die man het over? En wie was de vertegenwoordiger van pride? Iemand wiens naam begon met een P? Ze herinnerde zich de zonden en deugden uit haar jeugd op particuliere katholieke scholen. Maar wat had dit in vredesnaam met haar moeder te maken?

Virtues! Deugden!

Our Lady of Virtues!

Was *dat* het? Niet dat het er nog toe deed. Niets deed er nog toe. Het enige wat nog telde, was ontsnappen. Een manier vinden om deze moorden te voorkomen. Ze moest iets doen! Iets! Wat dan ook! Ze kon niet machteloos toezien hoe deze man nog eens twee mensen in koelen bloede zou vermoorden.

'Je weet over wie ik het heb,' zei Pomeroy, terwijl hij met zijn lendenen hard tegen Zoey's rug wreef en in de donkere kast keek. Hoe gestoord was die man? Hoever was hij heen? '*Pride?* Je minnaar? Pedro?'

Er begon een belletje te rinkelen. *Pedro!* Had Montoya niet gezegd dat zijn tante hem Pedro noemde?

'De smeris!' snauwde Pomeroy.

O, lieve god, het monster wilde ook Montoya vermoorden!

'Nu,' zei Pomeroy, en hij richtte de loop van het wapen rechtstreeks op Simon Hellers hart. 'Het is tijd.'

Zoey hing als een slappe zak tegen hem aan. Was nergens toe in staat. Of wel? Door haar verwarde haren heen keek ze opnieuw naar haar zus.

Pomeroy richtte het wapen.

Heller schreeuwde achter zijn dichtgeplakte lippen.

De moordenaar haalde de trekker over, en op hetzelfde moment stompte Zoey keihard met haar elleboog tegen de borst van de forsgebouwde man.

Beng!

Het wapen ging af.

Heller krijste het uit en zakte slap in elkaar terwijl er zich op zijn borst een plas bloed vormde. Zoey stompte Pomeroy voor de tweede keer hard tegen zijn borst, en zijn adem stokte. Ze schopte hem tegen zijn schenen, en hij schreeuwde het uit van de pijn.

'Kreng! IJver is een deugd! Maar overijverig zijn is dat niet!' Hij draaide de revolver in haar hand en drukte de loop tegen Zoey's slaap. 'Nu ben jij aan de beurt.'

Beng!

De knal van het pistoolschot weergalmde luid door de gang.

Het volgende moment klonk gedempt geschreeuw.

Jezus, nee! Abby! Nee!

Angst en woede maakten zich van Montoya meester.

Hij was te laat!

Verdomme, hij was te laat!

Met getrokken wapen liet hij zich met zijn volle gewicht tegen de deur van 207 aan vallen.

Het oude slot begaf het met een oorverdovend gekraak en het versplinteren van hout. Montoya vloog de kamer in op hetzelfde moment dat Pomeroy de loop van de revolver tegen Zoey's slaap drukte.

'Politie!' schreeuwde Montoya. 'Laat dat wapen vallen!'

Een revolverschot!

Verdomme!

Bentz had geen seconde te verliezen.

Met de achterkant van zijn wapen sloeg hij een raam op de begane grond in, en tikte het glas eruit. Hij hees zichzelf op, voelde de vlijmscherpe resten die nog in het kozijn staken in zijn handpalmen drukken, zwaaide zijn benen naar binnen en sprong aan de andere kant over de vensterbank. Hij bevond zich in de zitkamer van het oude ziekenhuis.

Hij haalde zijn mobiel uit zijn zak en toetste het alarmnummer in.

'Negen-één-één, waarmee kan ik u van – '

'Dit is Rick Bentz. Politie New Orleans, Geweldmisdrijven.' Hij noemde zijn identificatienummer, zei waar hij zich bevond en vroeg met spoed om assistentie. 'Het ziekenhuis van Our Lady of Virtues. Er wordt geschoten.' Hij verbrak de verbinding, stopte de mobiel terug in zijn zak, trok zijn wapen en zocht zich een weg door het duistere, vervallen oude gebouw.

Abby oefende extra druk uit op de tape rond haar polsen op het moment dat Montoya de kamer binnenviel. De tape gaf een klein beetje mee.

'Ga weg!' blafte Pomeroy. Hij probeerde Zoey vast te blijven houden en de loop van de revolver tegen haar slaap gedrukt te houden terwijl Montoya hem onder schot nam.

Zoey's ogen waren groot van angst.

'Laat vallen die revolver,' beval Montoya. 'Nú!'

Pomeroy snoof. 'Trots tot aan het bittere einde.'

Op het bed lag Heller dood te bloeden en het licht doofde in zijn ogen.

Abby bleef haar polsen stug en onbevreesd langs de lat schuren.

'Jij had het moeten zijn,' zei Pomeroy, terwijl hij beetje bij beetje, en Zoey bij wijze van schild voor zich houdend, naar het raam liep.

'Blijf staan!' beval Montoya.

Maar Christian Pomeroy had alleen nog maar oog voor Abby. 'Zo mooi.'

'Blijf staan of ik schiet!' Montoya's gezicht was een keihard masker. Hij keek Pomeroy strak aan en richtte zijn wapen op het hoofd van de lange man. 'Het is afgelopen.'

'Daar vergis je je in, Pedro,' zei Pomeroy op een kalme toon, die Abby's bloed in ijswater veranderde. 'Vanavond is nog maar het begin.'

'Dit wordt je dood.'

'En de jouwe.'

Zoey kromp ineen, liet haar hoofd naar achteren vallen en ramde haar elleboog opnieuw tegen Pomeroys borst. De moordenaar schreeuwde het uit van de pijn en zijn greep op het wapen verslapte.

Montoya vuurde.

Beng!

De kogel uit Montoya's Glock joeg door de schouder van Pomeroy, die op dat moment eveneens de trekker overhaalde.

Beng!

Zoey zakte in elkaar. Het bloed gutste uit haar hoofd.

De tape scheurde en Abby vloog uit de kast en knielde naast haar zus.

Montoya vuurde opnieuw. *Beng!* En nog eens. *Beng!*

Het bovenlichaam van de moordenaar werd doorzeefd met kogels en bloed spoot alle kanten op.

Pomeroy wierp zichzelf door de deken die hij voor het raam had gehangen. Het glas barstte en versplinterde, met bloed besmeurde scherven vlogen in het rond.

De deken en Pomeroy stortten in de natte, duistere nacht.

Abby, met haar mond nog dichtgeplakt, schreeuwde het uit.

Plof!

Ze hoorde het kraken van botten toen hij beneden op het natte beton smakte.

Abby boog zich over haar zus heen. Het bloed stroomde uit een wond vlak onder haar oog. 'Alles komt goed, Zoey... Hoor je me?'

Montoya knielde naast haar en voelde Zoey's hartslag. 'Hou vol... alsjeblieft. Hou het alsjeblieft vol.'

Hij pakte Pomeroys mes, sneed de tape rond Abby's enkels door, en toen pakte hij zijn mobiel en begon bevelen uit te delen.

Alles drong nauwelijks nog tot Abby door. Al haar spieren deden pijn en de kamer tolde om haar heen. Ze vreesde flauw te zullen vallen. De regen sloeg, voortgedreven door de warme, naar het moeras geurende wind, door het kapotte raam de kamer in.

Sirenes kwamen dichterbij en ze meende gekleurde zwaailichten op de muren van haar moeders kamer te zien weerkaatsen. Ineens klonken overal stemmen en voetstappen, en een andere man kwam de kamer in gerend. Ze meende hem te herkennen – was hij niet ook van de politie? Bentz? Maar alles was onwerkelijk... en dreigde tot zwart te vervagen, en Zoey... Zoey lag roerloos op de vloer en het bloed stroomde uit haar wang.

'Abby? Abby?' Ze hoorde zijn stem en keek in zijn donkere ogen... Montoya! Haar hart zwol. Hij was voor haar gekomen. Ze forceerde een aarzelend glimlachje, dat meteen weer verdwenen was. 'Ze heeft een shock.'

Hij hield haar dicht tegen zich aan en zei: 'Dit gaat even pijn doen.' In een snelle beweging trok hij de tape van haar mond. Hier en daar kwam een beetje huid mee en het deed inderdaad behoorlijk pijn, maar het kon haar niet schelen.

'Zoey...'

'De ambulance komt eraan,' zei hij, terwijl hij haar nog dichter tegen zich aan trok. Ze snoof zijn geur diep in zich op en was zich scherp bewust van de kracht van zijn lichaam.

'Zoey... niet Zoey.'

'Alles komt goed,' zei hij in haar oor, en ze wou dat ze hem kon geloven, maar hier, in deze kamer, was niets ooit goed, en zou niets ooit goed zijn.

'Weet je wie de moordenaar was?'

Ze knipperde met haar ogen, en toen ze sprak was dat met zachte, hese stem. 'Christian Pomeroy.'

'Asa's zoon?' vroeg Bentz.

'Hij is hier patiënt geweest. Ik heb zijn naam op de lijst zien staan,' zei Montoya, terwijl hij hoorde hoe ergens op de begane grond een deur werd ingetrapt. Overal klonken voetstappen en door het open raam hoorden ze een helikopter naderbij komen.

'Een reddingshelikopter,' zei Bentz, en opeens wemelde het in de kamer van mensen. Politie en ambulancepersoneel.

'Meneer?' zei een broeder tegen Montoya. Hij ontfermde zich over Zoey, onderzocht haar snel, legde haar aan het infuus en probeerde de bloeding te stelpen. 'Kunt u misschien even opzij gaan?'

Een verpleegster nam Abby onderzoekend op. 'Is alles goed met haar?'

'Ja, ja, met mij is alles best,' antwoordde Abby, terwijl ze zich aan Montoya vastklampte en bad voor het leven van haar zus. Ze keek hoe Zoey op een brancard werd gelegd en Hellers stoffelijk overschot in een zak werd gedaan.

'En zij?' vroeg Abby, op haar zus wijzend. 'Mijn zus? Komt het met haar ook weer goed?'

'Dat kunnen we op dit moment nog niet beloven,' zei de broeder, 'maar ze is stabiel.' Hij keek Abby aan. 'We doen ons best.'

'En de man buiten? Die uit het raam is gevallen?' vroeg Montoya.

'Dood,' antwoordde een collega van hem, waarna hij met zijn kin op de zak met Hellers stoffelijke resten wees. 'Net als hij daar.'

Abby rilde in Montoya's armen. Eindelijk zou ze het verleden kunnen begraven. De toekomst werd niet langer overschaduwd door het onbekende... of toch wel? Wat had Christian ook alweer zo raadselachtig gezegd, alsof hij nog een geheim had gehad, eentje dat hij niet had gedeeld?

Er verschenen diepe rimpels op haar voorhoofd. Het moest een leugen zijn geweest. Hiermee moest het afgelopen zijn. De woorden van de moordenaar lieten haar niet met rust.

Dit is nog maar het begin...

'Alles komt goed,' zei Montoya, terwijl hij haar ondersteunde en ze samen de kamer verlieten waarin zich zoveel drama's hadden afgespeeld.

'Weet je dat zeker?'

'Ja.' Hij drukte een kus op haar kruin. 'Je kunt me vertrouwen.'

Epiloog

'Volgens mij kan dit wel weg.' Montoya trok het Te Koop-bord van de paal en gooide het op een hoop dorre blaadjes bij de vuilniscontainer.

'Wil je niet dat ik wegga?' vroeg Abby plagend.

'Nee.' Hij sloot haar in zijn armen. 'In ieder geval niet ver.'

Hij had natuurlijk gelijk. In de afgelopen twee weken sinds de nacht dat Christian Pomeroy uit het raam van het oude ziekenhuis was gesprongen, had Abby geen behoefte meer gehad om haar huis te verkopen en naar elders te verhuizen.

Haar zus, Zoey, had een week in het ziekenhuis gelegen, en nadat ze daarna nog drie dagen bij Abby thuis op krachten was gekomen, had ze verklaard dat ze terug wilde naar Seattle. Zoey's gezicht had er nog steeds uitgezien alsof ze zwaar mishandeld was, maar de plastisch chirurgen hadden het bot van haar jukbeen, dat voor een deel door Pomeroys kogel versplinterd was, gereconstrueerd. Haar wachtten nog meerdere operaties in de toekomst, maar ze leefde en ze verlangde naar haar eigen huis.

Dat had Abby best kunnen begrijpen. Ze beloofde haar dat ze voor de volgende operaties naar haar toe zou komen en voor haar zou zorgen.

'Geweldig. Wedden dat ik, wanneer alles eenmaal alles achter de rug is, een oogverblindende schoonheid zal zijn?' Ze had geweigerd om zich door de gedachte aan verdere schoonheidsoperaties uit het veld te laten slaan. 'Hollywood zal om me vechten. En ik wed dat ik zó een talkshow zal kunnen krijgen. Wacht maar af!' Ze had gelachen, maar was meteen ineengekrompen van de pijn. 'Nou ja, uiteindelijk.'

Abby zelf had geen enkele behoefte meer om weg te gaan bij Montoya, die geen moment van haar zijde was geweken. Hershey vond het ook geweldig dat Montoya tegenwoordig praktisch bij hen was ingetrokken, maar Ansel leek de rechercheur nog steeds niet te vertrouwen.

Abby keek op naar Montoya, en zag hoe de zon die door het bladerdak filterde zijn zwarte haar deed glanzen. Haar hart zwol en ze probeerde niet langer de aantrekkingskracht te onderdrukken.

Na Lukes verraad en haar scheiding had Abby gezworen dat ze nooit meer verliefd zou worden. Maar dat was een vergissing geweest. Een enorme vergissing. Reuben Montoya's aanwezigheid maakte haar uitzinnig van vreugde. En hoewel ze zichzelf er regelmatig van probeerde te overtuigen dat de euforie die ze voelde volkomen bespottelijk was, had ze ook besloten dat het tijd was voor een nieuwe liefde. Die avond van Pomeroys dood had hij gezegd dat ze hem kon vertrouwen. En hij had de waarheid gesproken.

'Maar misschien heb ik me wel vergist,' zei Montoya, terwijl hij zijn arm om haar schouders sloeg en ze terugliepen naar het huis. Hershey sprong om hen heen. Ze passeerden het Te Koop-bord en hij gaf het een schop. 'Misschien wil je nog steeds verhuizen.'

'O?' Ze trok haar wenkbrauwen op en keek hem onderzoekend aan. Ze stond altijd weer van hem te kijken. 'Wil je soms van me af? Zo snel al nadat je het bord eraf hebt gehaald?'

Hij grijnsde. Zijn witte tanden contrasteerden met het zwart van zijn sikje. 'Dat heb ik niet gezegd.'

Abby hield haar hoofd schuin. 'Snap ik het goed, en is dit soms een indirect aanzoek?'

'Dat heb ik ook niet gezegd!' Hij lachte en kneep in haar schouders. 'Hemel, je weet hoe je iemand de wind uit de zeilen moet nemen, zeg.'

Ze besloot verder niets te zeggen en af te wachten. Wat wilde hij precies?

'Moet je luisteren. Ik kan het huis naast het mijne kopen. Mevrouw Alexander gaat naar het noorden want ze wil bij haar kinderen zijn. Ze heeft me een aantrekkelijk voorstel gedaan, en het lijkt me een fantastisch idee om de twee huizen bij elkaar te trekken en alles te moderniseren. En verder had ik gedacht dat je misschien wel bij mij zou willen komen wonen.'

'Misschien,' zei ze, terwijl ze haar blik over haar huisje en haar tuin liet gaan. 'Maar eigenlijk woon ik hier ontzettend fijn.'

'In je eentje?'

'Niet noodzakelijkerwijs.' Ze gaf hem een knipoog. 'Waarom kom jij niet hier wonen?'

'Ho, help. Daar heb ik heel wat redenen voor. Laten we beginnen met dat we allee twee in de stad werken. Mij lijkt het handig om in de buurt van het werk te wonen, en in de buurt van vrienden en het uitgaansleven. Maar we zouden dit huis kunnen houden. Je weet wel, voor als we zin hebben om even weg te zijn uit de drukte.'

'Nou, daarvoor is het wel erg vlakbij.'

Hij trok haar in zijn armen en legde zijn voorhoofd tegen het hare. De zon weerkaatste op de gouden ring in zijn oor. 'Mij lijkt het volmaakt,' zei hij. Zijn adem streek langs haar gezicht, en haar hart begon sneller te slaan.

'En op die manier kan ik ook altijd terug als het niet mocht gaan tussen ons.'

'Ben je daar echt bang voor?' Hij leek zo positief. Ja, misschien was Reuben Diego Pedro Montoya wel trots. 'Had ik je al verteld dat ze weddenschappen hebben afgesloten op het bureau? Volgens Bentz is het twee tegen één dat jij en ik voor het eind van het jaar getrouwd zijn.'

'Echt? Nou, dan mag je wel opschieten, vind je ook niet?'

'Ik sta bekend als iemand die graag vaart achter de dingen zet,' zei hij, en de verlangende blik in zijn donkere ogen bezorgde haar een inmiddels vertrouwde kriebel in haar lendenen.

'Ik heb heel wat in mijn rugzak,' waarschuwde ze, 'en dan heb ik het nog niets eens over wat er in het oude ziekenhuis is gebeurd, en al die oude spoken uit het verleden.'

'O, dat is niet voldoende?'

Ze gaf hem een zet. 'Neeee. Ik bedoel Ansel en Hershey.'

Hij kreunde. 'Ik weet niet. Een hond en een achterdochtige kat?'

'En een ijverige zus?'

Hij lachte. 'Is dat alles? Dat valt reuze mee. Kom op, Chastain, zeg op, wat heb je verder nog?'

'Je bent onmogelijk,' zei ze. Ze giechelde en had zich in jaren niet meer zo vrolijk gevoeld.

'Dat is me al vaker verweten.'

'Goed, ik ben bereid om je voorstel in overweging te nemen,' zei ze, toen ze de veranda opliepen, en ze een eekhoorn over het dak hoorde rennen. 'Maar ik kan je niets beloven.'

Hoe heerlijk ze de afgelopen twee weken met Montoya ook had gevonden, het was niet altijd even gemakkelijk geweest. Er was vaak gebeld door verslaggevers die haar naam hadden gekoppeld aan Faith Chastain en Christian Pomeroy. Sean Erwin was woedend geweest toen hij het huis voor vele duizenden dollars minder dan het waard was had willen kopen en ze zijn aanbod had afgewezen. Bij WSLJ probeerde Maury Taylor nog steeds een slaatje uit Lukes dood en de hele toestand rond de moorden te slaan, en haar ongewilde bekendheid had haar vele nieuwe klanten opgeleverd.

Overal verschenen achtergrondartikelen over Christian Pomeroy, de rijke, geestelijk gestoorde zoon van een plaatselijke miljonair die door de mazen van de psychiatrische gezondheidszorg was geglipt.

Christian, die in onmin leefde met zijn vader die hem als kind in de steek had gelaten, had door Asa Pomeroy gefabriceerde wapens gebruikt om hem ermee te overmeesteren en te vermoorden. Worstelend met neurosen als gevolg van geestelijke instabiliteit, die mogelijk nog verergerd waren door een religieus fanatieke moeder. Bovendien was uit oude medische gegevens gebleken dat deze moeder haar zoon had mishandeld.

Christian werd verdacht van de moord op de tweede vrouw van zijn vader en was niet in de gevangenis maar op de psychiatrische afdeling van Our Lady of Virtues terechtgekomen, waar hij optrok met een groepje agressieve sociopathische jongeren van zijn leeftijd die allen kampten met ernstige gedragsproblemen. Tijdens zijn verblijf in de inrichting had Christian Faith Chastain leren kennen, en was verliefd op haar geworden. Het gerucht ging dat ze een verhouding hadden.

Twintig jaar later ontpopte hij zich als een bijzonder macaber soort seriemoordenaar.

Christian was die avond in het ziekenhuis om het leven gekomen, precies op dezelfde wijze als zijn geliefde twintig jaar eerder. In het hart van de kelder van het oude gebouw had de politie Pomeroys nest aangetroffen – een voormalige operatiekamer die was veranderd in een bizarre leefruimte voor een geestelijk gestoord mens.

In het cement van de wanden waren religieuze citaten gekrast, en teksten die verband hielden met zonde en boetedoening. Daaroverheen had Pomeroy met fluorescerende verf de zeven hoofdzonden en bijbehorende deugden geschreven.

Er had een ledikant met een slaapzak erop gestaan, en een oude secretaire waarin Pomeroy de schatten van zijn slachtoffers had bewaard. Courtney LaBelles verlovingsring en Luke Giermans Rolex lagen samen in een vakje. Gina Jeffersons kettinkje met kruisje was rond Asa Pomeroys geldclip gewikkeld. Maria Montoya's dierbaarste rozenkrans was rond Billy Ray Furloughs dure revolver gedraaid...

Ja, besloot Abby, je moest wel heel geschift zijn om dat soort dingen te doen.

Het scheen dat Christian Pomeroy jaren aan zijn wraakplannen had gewerkt, en dat zijn behoefte aan vergelding hem was ingegeven door zijn moeders verouderde opvattingen over zonde en verlossing. Hij had Courtney LaBelle zelfs de trouwjurk van zijn moeder laten aantrekken. Het bleek dat hij de japon, die door de ontwerpster geïdentificeerd was, jarenlang bewaard had.

De politie had, op de zijkant van het bureau geniet, een lijstje met de veertien namen van zijn potentiële slachtoffers aangetroffen, met daarachter de zonden en deugden die ze naar zijn idee vertegenwoordigden. Zes van de namen waren doorgestreept – de drie mannen en drie vrouwen die hij tot op dat moment had vermoord. Van de resterende namen waren er vier omcirkeld – Pedro Montoya, Hannah Chastain, Simon Heller en Zoey Chastain. Trots, Nederigheid, Luiheid en IJver. De overige vier namen zeiden Abby niets, maar zij werden geassocieerd met Jaloezie, Naastenliefde, Onmatigheid en Matigheid. Deze mensen waren aan de dood ontsnapt. Of dat werd tenminste aangenomen. De politie was nog naar hen op zoek.

Maar Pomeroys laatste woorden lieten haar niet met rust.

Vanavond is nog maar het begin.

Onzin! Hij was dood. En ze geloofde niet dat hij uit de dood zou herrijzen.

Maar waarom bekroop haar dan maar steeds dat gevoel van angst en onzekerheid wanneer ze aan hem dacht? En was het alsof een ijskoude hand zich om haar hart sloot?

En waarom had ze nu nachtmerries waarin hij een rol speelde?

'Is er iets?' vroeg Montoya, toen hij de deur achter hen dichtdeed.

'Ach, hetzelfde oude liedje,' bekende ze, maar ze weigerde stil te staan bij Pomeroy en de tragedies die hij had veroorzaakt. Het was voorbij. Afgelopen. 'Wat zou je zeggen van een biertje?'

'Dat lijkt me heerlijk.'

Ze gingen naar de keuken, en terwijl ze de koelkast opentrok begon Montoya's mobiel te rinkelen. Hij haalde de telefoon uit zijn zak en keek wie het was.

'Bentz,' zei hij, zonder al te veel overtuiging, en hij nam op. 'Montoya.'

Abby trok twee flesjes open. Toen ze Montoya zijn flesje aangaf, zag ze zijn gezicht verstrakken in reactie op iets wat zijn partner hem vertelde. 'Nee, geen idee,' zei hij. 'Dat hoor ik voor het eerst.' Hij nam een slok van zijn bier en luisterde opnieuw terwijl hij Abby aankeek.

Abby's maag balde zich samen. Er was iets aan de hand.

'Ze is hier... Ja, ik zal het haar vragen, en dan bel ik je terug.'

'Wat moet je me vragen?' vroeg ze, toen hij de verbinding had verbroken. Haar vingers sloten zich strak om de hals van haar bierflesje.

'Het gaat over je moeder.'

Abby voelde een ijzige adem langs haar nek strijken. 'Wat is er met haar?'

'Jij en je zus zijn haar enige kinderen, ja toch?'

'Ja. Zoey en ik.' Wat was dat voor vraag? Ze kreeg een akelig gevoel in haar maag en ze zette haar bier op het aanrecht.

'En je bent met een keizersnee ter wereld gekomen?'

'Nee!' Abby schudde haar hoofd.

'En Zoey?'

'Nee. Dat weet ik zeker. Mam en pap hebben ons over onze geboorte verteld. En ik ben ooit eens de badkamer binnengegaan toen mam daar in haar blootje stond. Geen litteken. Hoezo?'

'Bentz is de medische rapporten, met inbegrip van het rapport van de lijkschouwer, van je moeder aan het doornemen,' zei Montoya, en hij krabde zijn sikje. 'Het schijnt dat ze een litteken had dat op een keizersnee wijst. Bentz heeft dat met haar eerdere rapporten vergeleken, maar daarin staat verder niets over een zwangerschap of geboorte.'

'Onmogelijk.'

Hij nam haar op met die donkere, warme ogen van hem en realiseerde zich dat ze eigenlijk maar heel weinig af wist van de vrouw die haar ter wereld had gebracht, de vrouw die op dezelfde dag jarig was als zij, de vrouw die haar eigen polsen had doorgesneden, de vrouw die jarenlang in een psychiatrische inrichting had gezeten en daar met haar eigen demonen had gestreden.

'Maar dat kan gewoon niet... mam en pap waren niet eens samen...' zei Abby, en toen het tot haar doordrong wat ze zei, werd ze ijskoud vanbinnen. Had Faith niet zowel met Heller als met Pomeroy een verhouding gehad? Was het zo ondenkbaar dat ze van een van hen een kind had gekregen... en dat Abby ergens een halfbroertje of een halfzusje had rondlopen? Een kind dat door een moordenaar was verwekt? Haar hart veranderde in een klomp ijs. 'Ik geloof van niet,' zei ze bijna fluisterend, 'maar als ik eerlijk ben moet ik bekennen dat ik het niet weet.' Ze schraapte haar keel en onderdrukte de opwelling om te roepen dat het een leugen was. 'In principe is... alles mogelijk.'

'En zou het niet kunnen zijn dat Pomeroy dat bedoelde toen hij riep dat die avond nog maar het begin was?'

Ze huiverde en durfde bijna niet aan de gevolgen te denken. 'Ik... ik denk dat we dat maar beter kunnen uitzoeken.' Het was een afschuwelijke gedachte, vooral omdat ze niets liever wilde dan het verleden begraven. Maar kennelijk mocht dat niet zo zijn. Ze haalde diep adem en keek Montoya in de ogen. 'Zeg maar waar we moeten beginnen.'

Montoya dacht na, nam een slok bier en zette zijn flesje op het aanrecht. 'Bij het begin,' zei hij. 'Waar het allemaal is begonnen.' Hij hield haar blik gevangen. 'In het ziekenhuis van Our Lady of Virtues.'

'Goeie god, is dit dan nooit afgelopen?'

'Natuurlijk wel.' Hij glimlachte en trok haar in zijn armen. 'En dit doen we samen, jij en ik.' Hij kuste haar teder op de lippen. 'Weet je, lieveling, ik heb zo het idee dat Bentz deze weddenschap gaat winnen.'

'Echt?' vroeg ze, en ze kon het niet helpen dat ze moest lachen. Ze had Montoya, de man van wie ze hield.

'Absoluut. Het zit er dik in dat ik, nog voor het jaar om is, een getrouwd man zal zijn.'

'En wie is de gelukkige jongedame?' vroeg ze vrolijk.

Montoya gaf haar een knipoog. 'Doe eens een gooi?'

'Nee, nee, meneer de rechercheur, daar begin ik niet aan. Ik wil dat je het mij zegt, al was het maar om teleurstellingen te voorkomen.'

'Nou, Abby, in dat geval denk ik niet dat je daar bang voor hoeft te zijn.'

'En jij ook niet,' beloofde ze plechtig. 'Jij ook niet.'